U0101766

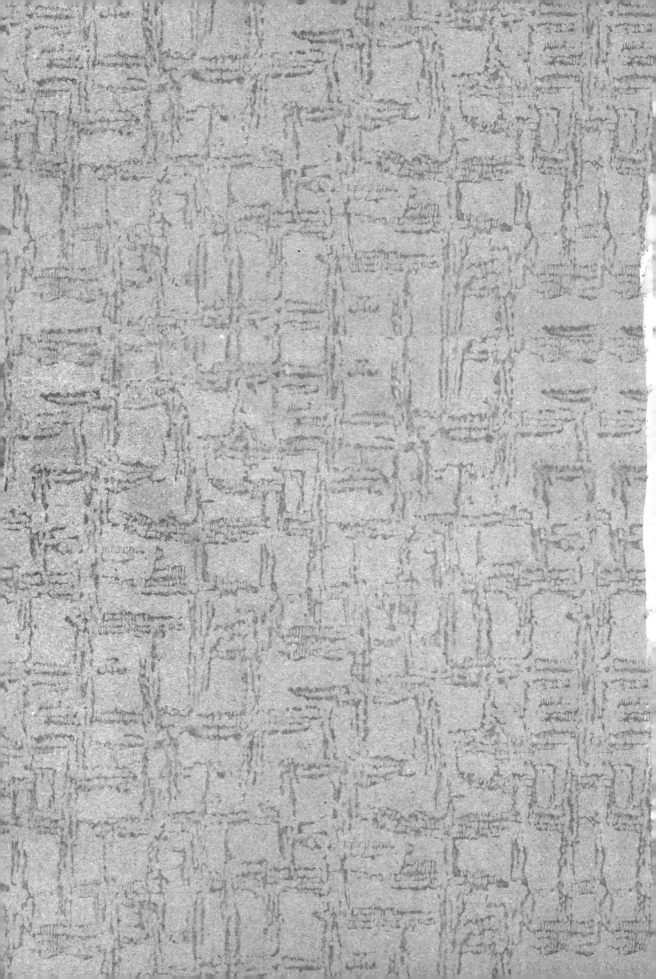

第七卷

中华经典藏书

北京出版社

佛学经典

本 卷 目 录

佛 学 经 典

佛学经典

佛学经典目录

佛说四十二章经

佛所行赞经

金 刚 经

般若波罗蜜多心经

大方广佛华严经·华藏世界品

妙法莲华经

宝 积 经

百 喻 经

维摩诘所说经

佛说阿弥陀经

佛说无量寿经

佛说观无量寿佛经

大毗卢遮那成佛神变加持经

中　论

唯识三十论颂

因明入正理论

大乘起信论

肇　论

六祖法宝坛经

禅源诸诠集都序

辅 教 编

佛说
四十二章经

〔汉〕迦叶摩腾 竺法兰 译

佛说四十二章经

迦叶摩腾共竺法兰译

尔时，世尊既成道已，作是思惟：离欲寂静，是最为胜，住大禅定①，降诸魔道。今转法轮，度众生于鹿野苑中。为憍陈如等五人转四谛法轮，而证道果。

时，复有比丘所说诸疑陈佛进止，世尊教诏，一一开悟，合掌敬诺而顺尊敕②。尔时，世尊为说真经四十二章。

佛言："辞亲出家为道，识心达本，解无为法，名曰'沙门'。常行二百五十戒，为四真道，行进志清净，成阿罗汉。"

佛言："阿罗汉者，能飞行变化，住寿命，动天地；次为阿那含，阿那含者，寿终，魂灵上十九天，于彼得阿罗汉；次为斯陀含，斯陀含者，一上一还，即得阿罗汉；次为须陀洹，须陀洹者，七死七生，便得阿罗汉。爱欲断者，譬如四肢断，不复用之。"

佛言："出家沙门者，断欲去爱，识自心源，达佛深理，悟佛无为。内无所得，外无所求，心不系道，亦不结业③，无念、无作、无修、无证，不历诸位而自崇最，名之为道。"

佛言："剃除须发而为沙门，受佛法者，去世资财，乞求取足，日中一食，树下一宿，慎不再矣。使人愚蔽者，爱与欲也。"

佛言："众生以十事为善，亦以十事为恶，何者为十？身三口四意三。身三者，杀、盗、淫；口四者，两舌、恶骂、妄言、绮语；意三者，嫉、恚、痴④。不信三尊⑤，以邪为真，优婆塞⑥行五事不懈退，至十事必得道也。"

佛言："人有众过而不自悔，顿止其心，罪来归身，犹水归海，自成深广，何能免离？有恶知非，改过得善，罪日消减，后会得道也。"

佛言："人愚⑦以吾为不善，吾以四等慈护济之。重以恶来者，吾重以善往，福德之气，常在此也。害气重殃，反在于彼。"

有愚人闻佛道守大仁慈，以恶来，以善往，故来骂佛。佛嘿然不答，愍⑧之痴冥狂愚使然。骂止，问曰："子以礼从人，其人不纳，实理如之乎？"曰："持归。""今子骂我，我亦不纳，子自持归，祸子身矣。犹响之应声、影之追形，终无免离，慎勿为恶也。"

佛言："恶人害贤者，犹仰天而唾，唾不污天，还污己身；逆风坋⑨人，尘不污人，还坋于身。贤者不可毁，祸必灭己也。"

佛言："夫人为道，务博爱，博哀施⑩。德莫大施，守志奉道，其福甚大。视人施道，助之欢喜，亦得福报。"质曰："彼福不当减乎？"佛言："犹如炬火，数千百人各以炬来取其火，去熟食除冥，彼火如故。福亦如之。"

佛言："饭凡人百，不如饭一善人；饭善人千，不如饭持五戒者一人；饭持五戒者万人，不如饭一须陀洹；饭须陀洹百万，不如饭一斯陀含；饭斯陀含千万，不如饭一阿那含；饭阿那含一亿，不如饭一阿罗汉；饭阿罗汉十亿，不如饭辟支佛一人；饭辟支佛百亿，不如饭一佛。学愿求佛，欲济众生也。饭善人，福最深重。凡人事天地鬼神，不如孝其二亲，二亲最神也。"

佛言："天下有二十难：贫穷布施难、豪贵学道难、判命不死难、得视佛经难、生值佛世难、忍色离欲难、见好不求难、有势不临难、被辱不瞋难、触事无心难、广学博究难、不轻未学⑪难、除灭我慢⑫难、会善知识难、见性学道难、对境不动难、善解方便难、随化度人难、心行平等难、不说是非难。"

有沙门问佛："以何缘⑬得道？奈何知宿命⑭？"佛言："道无形相，知之无益。要当守志行，譬如磨镜，垢去明存，即自见形。断欲守空，即见道真，知宿命矣。"

佛言："何者为善？惟行道善；何者最大？志与道合大；何者多力？忍辱最健。忍者无恶，必为人尊；何者最明？心垢除，恶行灭，内清净无瑕，未有天地逮于今日，十方所有，未尝不见，得无不知，无不见，无不闻，得一切智，可谓明矣。"

佛言："人怀爱欲不见道者，譬如浊水，以五彩投其中，致力搅之，众人共临水上，无能睹其影。爱欲交错，心中为浊，故不见道。若人渐解忏悔，来近知识，水澄秽除，清净无垢，即自见形。猛火著釜⑮下，中水踊跃，以布覆上，众生照临，亦无睹其影者，心中本有三毒，湧⑯沸在内，五盖覆外，终不见道。恶心垢净，乃知魂灵所从来，生死所趣向，诸佛国土道德所在耳。"

佛言："夫为道者，譬如持炬火入冥室中，其冥即灭而明犹存。学道见谛，愚痴都灭，无不明矣。"

佛言："吾何念？念道；吾何行？行道；吾何言？言道。吾念谛道⑰，不忘须臾⑱也。"

佛言："睹天地，念非常；睹山川，念非常；睹万物形体丰炽⑲，念非常。执心如此，得道疾也。"

佛言："一日行，常念道、行道，遂得信根⑳，其福无量。"

佛言："熟自念：身中四大，各自有名，都为无吾我者，寄生亦不久，其事如幻耳。"

佛言："人随情欲求花名，譬如烧香，众人闻其香，然香以薰自烧，愚者贪流俗之名誉，不守道真，花名危己之祸，其悔在后时。"

佛言："财色之于人，譬如小儿贪刀刃之蜜甜，不足一食之美，然有截舌之患也。"

佛言："人系于妻子宝宅之患甚于牢狱桎梏，根档牢狱有原赦，妻子情欲虽有虎口之祸，己犹甘心投焉，其罪无赦。"

佛言："爱欲莫甚于色，色之为欲，其大无外，赖有一矣，假其二同，普天之民无能为道者。"

佛言："爱欲之于人，犹执炬火逆风而行。愚者不释炬，必有烧手之患；贪淫、恚怒、愚痴之毒处在人身，不早以道除斯祸者，必有危殃，犹愚贪执炬自烧其手也。"

时有天神献玉女于佛，欲以试佛意，观佛道。佛言："革囊众秽，尔来何为？以可诳俗难动六通去，吾不用尔。"天神愈敬佛，因问道意，佛为解释，即得须陀洹㉑。

佛言："夫为道者，犹木在水，寻流而行，不左触岸，亦不右触岸，不为人所取，不为鬼神所遮，不为洄流所住，亦不腐败，吾保其入海矣。人为道，不为情欲所惑，不为众邪所诳，精进无碍，吾保其得道矣。"

佛告沙门："慎勿信汝意，汝意终不可信；慎勿与色会㉒，色会即祸生。得阿罗汉道，乃可信汝意耳。"

佛告诸沙门："慎勿视女人，若见无见；慎勿与言，若与言者，敕心正行，曰：'吾为沙门，处于浊世，当如莲花，不为泥所污。老者以为母，长者以为姊，少者以为妹，幼者予敬之以礼。意殊当谛惟：观自头至足，自视内，彼身何有？唯盛恶露诸不净种。以释其意。"

佛言："人为道去情欲，当如草见大火来，已劫道人，见爱欲必当远之。"

佛言："人有患淫情不止，踞斧刃上以自除其阴。佛谓之曰：'若使断阴，不如断心。心为功曹㉓，若止功曹，从者都息。邪心不止，断阴何益？斯须即死。'"佛言："世俗倒见如斯痴人。"

有淫童女与彼男誓，至期不来而自悔曰："欲吾知尔本，意以思想生，吾不思想尔，即尔而不生。"佛行道闻之，谓沙门曰："记之，此迦叶佛偈流在俗间。"

佛言："人从爱欲生忧，从忧生畏，无爱即无忧，不忧即无畏。"

佛言："人为道，譬如一人与万人战，被甲操兵，出门欲战，意怯胆弱，乃自退走，或半道还，或格斗而死，或得大胜，还国高迁。夫人能牢持其心，精锐进行，不惑于流俗狂愚之言者，欲灭恶尽，必得道矣。"

有沙门夜诵经，其声悲紧，欲悔思返。佛呼沙门问之："汝处于家，将何修为？"对曰："常弹琴。"佛言："弦缓何如？"曰："不鸣矣。""弦急何如？"曰："声绝矣。""急缓得中何如？"曰："诸音并调。"佛告沙门："学道犹然，执心调适，道可得矣。"

佛言："夫人为道，犹所锻铁，渐深垂去垢，成器必好学道，以渐深去心垢，精进就道，异㉔即身疲，身疲即意恼，意恼即行退，行退即修罪。"

佛言："人为道亦苦，不为道亦苦。惟人自生至老，自老至病，自病至死，其苦无量。心恼积罪，生死不息，其苦难说。"

佛言："夫人离三恶道㉕，得为人难；既得为人，去女即男难；即得为男，六情㉖完具难；情已具，生中国难；既处中国，值奉佛道难；即奉佛道，值有道之君难；既值有道之君，生菩萨家难；既生菩萨家，以心信三尊，值佛世难。"

佛问诸沙门："人命在几间？"对曰："在数日间。"佛言："子未能为道。"复问一沙门："人命在几间？"对曰："在饭食间。""去，子未能为道。"复问一沙门："人命在几间？"对曰："呼吸之间。"佛言："善哉！子可谓为道者矣。"

佛言："弟子去离吾数千里，意念吾戒，必得道。若在吾侧，意在邪，终不得道。其实在行，近而不行，何益万分耶？"

佛言："人为道，犹若食蜜，中边皆甜。吾经亦尔，其义皆快㉗，行者得道矣。"

佛言："人为道，能拔爱欲之根。譬如摘悬珠，一一摘之，会有尽时，恶尽得道也。"

佛言："诸沙门㉘行道，当如牛负行深泥中，疲极不敢左右顾趣㉙，欲离泥以自苏息㉚。沙门视情欲甚于彼泥，直心念道，可免众苦。"

佛言："吾视王侯之位如尘隙，视金玉之宝如瓦砾，视纨素之服如币帛，视大千世界如一诃子㉛，视四耨水㉜如涂足油，视方便㉝如筏宝聚，视无上乘㉞如梦金帛，视求佛道如眼前花，视求禅定如须弥柱，视求涅槃如昼夜寤，视倒正者如六龙舞，视平等者如一真地，视兴化者如四时木。"

诸大比丘闻佛所说，欢喜奉行。

---

①住：安住之意。指事物形成后的相对稳定状态；禅定：禅与定的合称，指专注一境、思想集中，以获得悟解或功德，为广义上的"定"，大乘常将之与般若（智慧）结合，作定慧双修。

②敕：chì，同勑。诏命、教法。

③结：缠缚，纠结。业：意为造作，泛指一切身心活动，一般分为身业（行动）、口业（语言文字）、意业（思想、心理）三种。

④嫉、恚、痴：即指贪、瞋、痴三种烦恼，通常称为"三毒"，又称"三垢"、"三火"。是产生人世一切烦恼的根本原因。恚，huì，音会，怨怒意。

⑤三尊：指佛、法、僧三宝。

⑥优婆塞：指在家修习佛道的男子。

⑦人愚：意为"愚昧迷惑的人们"。

⑧愍：mǐn，音悯。哀怜，怜悯。

⑨坋 fèn，音份。将粉末敷洒在他物上。

⑩哀施：怀着怜悯之心，同情之心布施。

⑪末学：指初学佛道的人。

⑫我慢：自以为是，自高自大。

⑬缘：条件。

⑭宿命：前世的生命。

⑮釜：fǔ，音斧，一种无脚的烹饪器皿。

⑯湧：yǒng，本作"涌"，水波升腾。

⑰谛道：四谛道理，即指佛教真理。

⑱须臾：片刻。

⑲丰炽：丰，茂盛，丰满之意。炽，昌盛之意。

⑳信根：信解佛法之根本。

㉑须陀洹：洹音 huán。须陀洹意为"入流，预流，指通过证悟四谛通理而断除三界的偏见。是小乘佛教修行所要达到的一个果位。

㉒会：聚合，汇合。

㉓功曹：官名，掌管考查记录功劳。此处以功曹喻心思、意念。恶的心思意念止息，则恶行亦从之而止息。

㉔异："反之"之意。

㉕三恶道：指佛教六道轮回中的畜生、饿鬼、地狱三道。道意为趋向，可能。

㉖六情：佛教用语，指眼、耳、鼻、舌、身、意。又称"六根"。

㉗此句意为：佛之经典教化其意旨都是教人快乐的。

㉘沙门：指出家念佛行道的僧人。

㉙顾趣：四顾张望。趣同趋，趋向。

㉚苏息：缓解疲劳，得以休息。

㉛诃子：植物名，即诃黎勒，果实入药。

㉜耨：nòu。

㉝方便：佛教用语，指因人施教，诱导之使领悟佛之真义。

㉞无上乘：即大乘，指佛之无上圣智。

佛所行赞经

马鸣　撰

〔北凉〕昙无谶　译

佛所行赞经卷第一①

马鸣菩萨撰
北凉天竺三藏昙无谶译

生品第一

甘蔗之苗裔，释迦无胜王，净财德纯备，
名故曰净饭。群生乐瞻仰，犹如初生月。
王如天帝释②，夫人犹舍脂③。执志安如地，
心净若莲华。假譬名靡耶，其实无伦比。
于彼像天后，降神而处胎。母悉离忧患，
不生幻伪心。厌恶喧哗俗，乐处空闲林。
蓝毗尼胜园④，流泉花果茂。寂静乐禅思，
启王请游彼。王知其志愿，而生奇特想：
勅内外眷属，俱诣彼园林。尔时摩耶后，
自知产时至，偃寝安胜床，百千婇女侍。
于四月八日，时和气调适，斋戒修净德，
菩萨右胁生，大悲救世间，不令母苦恼。
优留王股生，毕偷王手生，曼陀王顶生，
伽叉王腋生。菩萨亦如是，诞从右胁生。
渐渐从胎出，光明普照耀。如从虚空堕，
不由于生门，修德无量劫。自知生不乱，
安谛不倾动。明显妙端严，晃然从胎现。
犹如日初升，观察极明耀，而不害眼根。
纵视而不耀，如观空中月。自身光照耀，
如日夺灯明。菩萨真金身，普照亦如是。
正直心不乱，安详行七步。足下安平趾，
炳彻犹七星。兽王师子步，观察于四方。
通达真实义，堪能如是说。此生为佛生，
则为后边生。我唯此　生，当度于　切。
应时虚空中，净水双流下，一温一清凉，
灌顶令身乐。安处宝宫殿，卧于瑠璃床。
天王金华手，捧持床四足。诸天于空中，
执持宝盖侍。承威神赞叹，劝发成佛道。

诸龙王欢喜，渴仰殊胜法。曾奉过去佛，
今得值菩萨。散曼陀罗华，专心乐供养。
如来出兴世，净居天欢喜。已除爱欲欢，
为法而欣悦。众生没苦海，令得解脱故。
须弥宝山王，坚持此大地。菩萨出兴世，
功德风所飘。普皆大震动，如风鼓浪舟。
栴檀细末香，众宝莲华藏。风吹腾空流，
缤纷而乱坠。天衣从空下，触身生妙乐。
日月如常度，光耀倍增明。世界诸火光，
无薪自焰炽。净水清凉井，前后自然生。
中宫婇女众，怪叹未曾有，竞赴而饮浴，
皆起安乐想。无量部多天，乐法悉云集。
于蓝毗尼园，遍满林树间，奇特众妙华，
非时而敷荣。凶暴众生类，一时生慈心。
世间诸疾病，不疗自然除。乱鸣诸禽兽，
寂然而无声。万川皆停流，浊水悉澄清。
空中无云翳⑤，天鼓自然鸣。一切诸世间，
悉得安隐乐。犹如荒难国，忽得贤明主。
菩萨所以生，为济世众苦。唯彼魔天王，
独忧而不悦。父王见生子，奇特未曾有。
素性虽安重，惊骇改常容。自虑交心胸，
一喜复一惧。夫人见其子，不由常道生。
女人性怯弱，怵惕怀冰炭⑥。不别吉凶相，
反更生忧怖。长宿诸母人，互乱祈神明。
各请常所事，愿令太子安。时彼林中有，
知相婆罗门，威仪具多闻，才辩高名称，
见相心欢喜，踊跃未曾有。知王心惊怖，
白王以真实：人生于世间，唯求殊胜子。
王今如满月，应生大欢喜。今生奇特子，
必光显宗族。安心自欣庆，莫生余疑虑。
灵祥集家国，从今转兴盛。所生殊胜子，
必为世间救。惟此上士身，金色妙光明。
如是殊胜相，必成等正觉。若令乐世间，
必作转轮王⑦。普为大地主，勇猛正法治。
王领四天下，统御一切王。犹如世光明，
日光为最胜。若处于山林，专心求解脱。
成就实智慧，普照于世间。譬若须弥山，
诸山中之王。众宝金为最，众流海为最，
诸星月为最，诸明日为最。如来处世间，
两足中为尊。净目修且广，上下瞬长睫，

瞪瞩绀青色，犹如半月形。此相云何非，
平等殊胜因。时王告二生，若如汝所说，
如此奇特相，以是因缘故，不应于先王，
乃现于我世。婆罗门白王：不应如是说。
多闻与智慧，名称及事业，如是四事者，
不应顾先后。物性之所生，各从因缘起。
今当说诸譬，王今且谛听。毗求、央耆罗，
此二仙人族，经历久远世，各生殊胜子。
毗利诃钵低，及与簉迦罗，能造《帝王论》，
不从先族来。萨罗萨仙人，经论久断绝，
而生婆罗娑，续复明经论。现在知见生，
不必由先绪，毗耶婆仙人，多造诸经论。
末后胤跋弥，广集偈章句。阿低利仙人，
不解医方论，后生阿低离，善能治百病。
二生驹尸仙，不闲外道论，后伽提那王，
悉解外道法。甘蔗王始族，不能制海潮。
至娑伽罗王，生育千王子，能制大海潮，
使不越常限。阇那驹仙人，无师得禅道。
凡得名称者，皆生于自力，或先胜后劣，
或先劣后胜。帝王诸神仙，不必承本族。
是故诸世间，不应顾先后。大王今如是，
应生欢喜心。以心欢喜故，永离于疑惑。
王闻仙人说，欢喜增供养，我今生胜子，
当绍转轮位。我年已朽迈，出家修梵行。
无令圣王子，舍世游山林。时近处园中，
有苦行仙人，名曰阿私陀，善解于相法，
来诣王宫门。王谓梵天应，苦行乐正法，
此二相俱现，梵行相具足。时王大欢喜，
即请入宫内，恭敬设供养。将入内宫中，
唯乐见王子。虽有婇女众，如在空闲林。
安处正法座，加敬尊奉事，如安低牒王，
奉事波尸吒。时王白仙人：我今得大利，
劳屈大仙人；辱来摄受我[8]，诸有所应为，
唯愿垂教勅。如是劝请已，仙人大欢喜：
善哉常胜王，众德悉皆备，爱乐来求者，
惠施崇正法。仁智殊胜族，谦恭善随顺，
宿植众妙因，胜果见于今。汝当听我说，
今者之因缘，我从日道来，闻空中天说，
言王生太子，当成正觉道，并见先瑞相。
今故来到此，欲观释迦王，建立正法幢。

王闻仙人说，决定离疑网，命持太子出，
以示于仙人。仙人观太子，足下千辐轮，
手足网缦指，眉间白毫峙，马藏隐密相⑨，
容色焰光明，见生未曾相，流泪长叹息。
王见仙人泣，念子心战栗，气结盈心胸，
惊悸不自安。不觉从座起，稽首仙人足。
而白仙人言：此子生奇特，容貌极端严。
天人殆不异，当为人中上。何故生忧悲，
将非短寿子，生我忧悲乎？久渴得甘露，
而复反弃乎？将非失财宝，丧家亡国乎？
若有胜子存，国嗣有所寄。我死时心悦，
安乐生他世。犹如人两目，一眠而一觉。
莫如秋霜华，虽敷而无实。人于亲族中，
爱深无过子。宜时为记说，令我得苏息。
仙人知父王，心怀大忧惧，即告言大王：
王今勿恐怖，前已语大王，慎勿自生疑。
今相犹如前，不应怀异想。自惟我年暮，
不及故悲泣。今我临终时，此子应世王。
为尽生故生，斯人难得遇。当舍圣王位，
不著五欲境，精勤修苦行，开觉得真实。
常为诸群生，灭除痴冥障。于世永炽燃，
智慧日光明。众生没苦海，众病为聚沫。
衰老为巨浪，死为海洪涛。乘轻智慧舟，
度此众流难。智慧沂流水，净戒为傍岸。
三昧清凉池，正受众奇鸟。如此甚深广，
正法之大河，渴爱诸群生，饮之以苏息。
深著五欲境，众苦所驱迫，迷生死旷野，
莫知所归趣。菩萨出世间，为通解脱道。
世间贪欲火，境界薪炽然。兴发大悲云，
法雨雨令灭。痴暗门重扉，贪欲为关钥，
闭塞诸群生，出要解脱门。金刚智慧镊，
拔恩爱逆毛。愚痴网自缠，穷苦无所依。
法王出世间，能解众生缚。王莫以此子，
自生忧悲患。当忧彼众生，著欲违正法。
我今老死坏，远离圣功德。虽得诸禅定，
而不获其利。于此菩萨所，竟不闻正法。
身坏命终后，必生三难天。王及诸眷属，
闻彼仙人说，知其自忧叹，恐怖悉已除。
生此奇特子，我心得大安。出家舍世荣，
修习仙人道，不绍国嗣位，复令我不悦。

尔时彼仙人，向王真实说：必如王所虑，
当成正觉道。于王眷属中，安慰众心已。
自以已神力，腾空而远逝。尔时白净王，
见子奇特相。又闻阿私陀，决定真实说。
于子心敬重，倍护兼常念。大赦于天下，
牢狱悉解脱，世人生子法，随宜取舍事，
依诸经方论，一切悉皆为。生子满十日，
安隐心已泰。普祠诸天神，广施于有道。
沙门婆罗门，咒愿祈告福。亲族诸群臣，
及国中贫乏，村城婇女众，牛马象钱财，
各随彼所须，一切皆给与。卜择选良时，
迁子还本宫。二饭白净牙，七宝庄严舆，
杂色诸玟珞⑩，明艳极光泽。夫人抱太子，
周币礼天神⑪。然后升宝舆，婇女众随侍。
王与诸臣民，一切俱导从。犹如天帝释，
诸天众围绕。如摩醯首罗⑫，忽生六面子。
设种种众具，供给及请福。今王生太子，
设众具亦然。毗沙门天王，生那罗鸠婆，
一切诸天众，皆悉大欢喜。王今生太子，
迦毗罗卫国，一切诸人民，欢喜亦如是。

处宫品第二

时白净王家，以生圣子故，亲族名子弟，
群臣悉忠良。象马宝车舆，国财七宝器，
日日转增胜，随应而集生。无量诸伏藏，
自然从地出。清净雪山中，凶狂群白象，
不呼自然至，不御自调伏。种种杂色马，
形体极端严，朱毛纤长尾，超腾骏若飞，
朝野之所生，应时自然至。纯色调善牛，
肥壮形端正，平步淳香乳，应时悉云集。
怨憎者心平，中平益淳厚。素笃者亲密，
乱逆悉消除。微风随时雨，雷霆不震裂，
种植不待时，收实倍丰熟。五谷鲜香美，
轻软易消化。诸有怀孕者，身安体和适。
除受四圣种⑬，诸余世间人，资生各自如，
无有他求想。无慢无悭嫉，亦无恚害心。
一切诸士女，玄同劫初人。天庙诸寺舍，
园林井泉池，皆如天上物，应时自然生。
无有饥饿者，刀兵疾疫息。国中诸人民，

亲族相爱敬。法爱相娱乐，不生染污欲。
以义求财物，无有贪利心。为法行惠施，
无求反报思。修习门梵行⑭，灭除恚害心。
过去摩瓷王，生目光太子，举国蒙吉祥，
众恶一时息。今王生太子，其德亦复尔。
众德义备故，名悉达罗他。时摩耶夫人，
见其所生子，端正如天童，众美悉备足。
过喜不自胜，命终生天上。大爱瞿昙弥⑮，
见太子天童，德貌世奇特。既生母命终，
爱育如其子，子敬亦如母，犹日月火光，
从微照渐广。太子长日新，德貌亦复尔。
无价栴檀香，阎浮檀名宝，护身神仙药，
璎珞庄严身。附庸诸邻国，闻王生太子，
奉献诸珍异，牛羊鹿马车，宝器庄严具，，
助悦太子心。虽有诸严饰，婴童玩好物，
太子性安重，形少而心宿，心栖高胜境。
不染于荣华，修学诸术艺。一闻超师匠，
父王见聪达，深虑逾世表。广访名豪族，
风教礼义门，容姿端正女，名耶输陀罗，
应娉太子妃，诱导留其心。太子志高远，
德盛貌清明，犹梵天长子，舍那鸠摩罗。
贤妃美容貌，窈窕淑妙姿，环艳若天后。
同处日夜欢，为立清净宫。宏丽极庄严，
高崎在虚空。犹如秋白云，温凉四时适。
随时择善居，妓女众围绕，奏合天乐音，
勿怜秽声色，令生厌世想。如天捷挞婆，
自然宝宫殿，乐女奏天音，声色耀心目。
菩萨处高宫，音乐亦如是。父王为太子，
静居修纯德。仁慈正法化，亲贤远恶友。
心不染恩爱，于欲起毒想，摄情捡诸根，
灭除轻躁意。和颜善听说，慈教厌众心。
宣化诸外道，断诸谋逆术。教学济世方，
万民得安乐。如今我子安，万民亦如是。
事火奉诸神，叉手饮月光。恒水沐浴身，
法水澡其心。祈福非存已，唯子及万民。
爱语非无义，义言非不爱。爱言非不实，
实言非不爱。以有惭愧故，不能如实说。
于爱不爱事，不依贪恚想。志存于寂嘿，
平心止诤讼。不以祠天会，胜于断事福。
见多求众生，丰施过其望。心无战争想，

以德降怨敌。调一而护七，离七防制五，
得三觉了三，知二舍于二。求情得其罪，
应死垂仁恕。不加粗恶言，软言而教勅，
矜施以财物，指授资生路。受学神仙道，
灭除怨恚心。名德普流闻，世累永消亡。
主匠修明德，率土皆承习。如人心安静，
四体诸根从。时白净太子，贤妃耶输陀，
年并渐长大，孕生罗睺罗⑯。白净王自念，
太子已生子，遗嗣相绍续，正化无终极。
太子既生子，爱子与我同，不复虑出家，
但当力修善。我今心太安，无异生天乐。
犹若劫初时，仙王所住道。受行清净业，
祠祀不害生。炽然修胜业，王胜梵行胜，
宗族财宝胜，勇健技艺胜。明显照世间，
如日千光耀。所以为人王，正为显其子。
显子为宗族，荣族以名闻。名高得生天，
生天乐为已。已乐智慧增，悟道弘正法。
先胜多闻所，受行众妙道。唯愿令太子，
爱子不舍家。一切诸国王，生子年尚小。
不令王国土，虑其心放逸，纵情著世乐，
不能绍王种。今王生太子，随心恣五欲。
唯愿乐世荣，不欲令学道。过去菩萨王，
其道虽深固，要习世荣乐，生子继宗嗣，
然后入山林，修行寂嘿道。

厌患品第三

外有诸园林，流泉清凉池。众杂华果树，
行列垂玄荫。异类诸奇鸟，奋飞戏其中。
水陆四种华，焰色流妙香。妓女因奏乐，
弦歌告太子。太子闻音乐，叹美彼园林。
内怀甚踊悦，思乐出游观。犹如系狂象，
常慕闲旷野。父王闻太子，乐出彼园游。
即勅诸群臣，严饰备羽仪。平治王正路，
并除诸丑秽，老病形残类，羸劣贫穷苦。
无令少乐子，见起厌恶心。庄严悉备已，
启请求拜辞。王见太子至，摩头瞻颜色。
悲喜情交结，口许而心留。众宝轩饰车，
结驷骏平流。贤良善术艺，年少美姿容。
妙净鲜华服，同车为执御。街巷散众华，

宝缦蔽路傍。垣树列道侧，宝器以庄严。
缯盖诸幢幡，缤纷随风飏。观者侠长路，
侧身目运光。瞪瞩而不瞬，如并青莲华。
臣民悉扈从，如星随宿王。异口同声叹，
称庆世希有。贵贱及贫富，长幼及中年，
悉皆恭敬礼，唯愿令吉祥。郭邑及田里，
闻太子当出，尊卑不待辞，寤寐不相告。
六畜不遑收，钱财不及敛，门户不容闭，
奔驰走路傍。楼阁堤塘树，窗牖衢巷间，
侧身竞容目。瞪瞩观无厌，高观谓投地，
步者谓乘虚。意专不自觉，形神若双飞。
虔虔恭形观，不生放逸心。圆体牖支节，
色若莲华敷。今出处园林，愿成圣法仙。
太子见修途，庄严从人众，服乘鲜光泽，
欣然心欢悦。国人瞻太子，严仪胜羽从，
亦如诸王众，见天太子生。时净居天王，
忽然在道侧，变形衰老相，劝生厌离心。
太子见老人，惊怪问御者：此是何等人，
头白而背偻，目冥身战摇，任杖而羸步，
为是身卒暴，为受性自尔。御者心踌躇，
不敢以实答，净居加神力，令其表真言：
色变气虚微，多忧少欢乐，喜忘诸根羸，
是名衰老相。此本为婴儿，长养于母乳，
及童子嬉游，端正恣五欲。年逝形枯朽，
今为老所坏。太子长叹息，而问御者言：
但彼独衰老，吾等亦当然。御者又答言：
尊亦有此分，时移形自变，必至无所疑，
少壮无不老，举世知而求。菩萨久习修，
清净智慧业，广植诸德本，愿果萃于今。
闻说衰老苦，战栗身毛竖，雷电霹雳声，
群兽怖奔走。菩萨亦如是，震怖长嘘息。
系心于老苦，颔头而瞪瞩。念此衰老苦，
世人何爱乐，老相之所坏，触类无所择。
虽有壮色力，无一不迁变。目前见证相，
如何不厌离。菩萨谓御者：宜速回车还，
念念衰老至，园林何足欢。寿命即风驰，
飞轮旋本宫，心存朽暮境，如归空塚间。
触事不留情，所居无暂安。王闻子不悦，
劝令重出游，即敕诸群臣，庄严复胜前。
天复化病人，守命在路傍。身瘦而腹大，

呼吸长喘息，手脚挛枯燥，悲泣而呻吟。
太子问御者：此复何等人。对曰是病者，
四大俱错乱，羸劣无所堪，转侧恃仰人。
太子闻所说，即生衰愍心。问唯此人病，
余亦当复尔。对曰此世间，一切俱亦然。
有身必有患，愚痴乐朝欢。太子闻其说，
即生大恐怖。身心悉战动，譬如扬波月，
处斯大苦器，云何能自安。呜呼世间人！
愚惑痴暗障，病贼至无期，而生喜乐心。
于是回车还，愁忧念病苦。如人被打害，
卷身待杖至。静息于闲宫，专求反世乐。
王复闻子还，敕问何因缘。对曰见病苦，
王怖犹失身。深责治路者，心结口不言。
复增妓女众，音乐倍胜前。以此悦视听，
乐俗不厌家。昼夜进声色，其心未始欢。
王自出游历，更求胜妙园。拣择诸婇女，
美艳极姿颜，智黠能奉事，容媚能惑人。
增修王御道，防制诸不净。并敕善御者，
瞻察择路行。时彼净居天，复化为死人，
四人共持舆，现於菩萨前。余人悉不觉，
菩萨御者见。问此何等举，幡华杂庄严。
从者悉忧戚，散发号哭随。天神教御者，
对曰为死人。诸根坏命断，心散念识离，
神逝形乾燥，挺直如枯木。亲戚诸朋友，
恩爱素缠绵，今悉不喜见，远弃空塚间。
太子闻死声，悲痛心交结。问唯此人死，
天下亦俱然。对曰普皆尔，夫始必有终。
长幼及中年，有身莫不坏。太子心惊怛[17]，
身垂车轼前。息殆绝而叹，世人一何误！
公见身磨灭，犹尚放逸生。心非枯木石，
曾不虑无常。即敕回车还，非复游戏时。
命脆死无期，如何纵心游。御者奉王敕，
畏怖不敢旋。正御疾驱驰，径往之彼园。
林流肃清净，嘉木悉敷荣。灵禽杂奇兽，
飞走欣和鸣。光耀悦耳目，犹天难陀园。

离欲品第四

太子入园林，众女来奉迎，并生希遇想，
竞媚进幽诚，各尽妖姿态，供侍随所宜。

或有执手足，或遍摩其身，或复对言笑，
或现忧戚容。规以悦太子，令生爱乐心。
众女见太子，光颜状天身，不假诸饰好，
素体逾庄严。一切皆瞻仰，谓月天子来。
种种设方便，不动菩萨心。更互相顾视，
抱愧寂无言。有婆罗门子，名曰优陀夷，
谓诸婇女言，汝等悉端正，聪明多技术，
色力亦不常，兼解诸世间，隐密随欲方。
容色世希有，状如玉女形。天见舍妃后，
神仙为之倾。如何人王子，不能感其情？
今此王太子，持心虽坚固，清净德纯备，
不胜女人力。古昔孙陀利，能坏大仙人。
令习于爱欲，以足蹋其顶。长苦行瞿昙，
亦为天后坏，胜渠仙人子，习欲随浣流。
毗尸婆梵仙，修道十千岁，深著于天后，
一日顿破坏，如彼诸美女，力胜诸梵行。
况汝等技术，不能感王子。当更勤方便，
勿令绝王嗣。女人性虽贱，尊荣随胜夫。
何不尽其术，令彼生染心。尔时婇女众，
庆闻优陀说，增其踊悦心，如鞭策良马。
往到太子前，各进种种术。歌舞或言笑，
扬眉露白齿，美目相眄睐[18]，轻衣见素身。
妖摇而徐步，诈亲渐习近。情欲实其心，
兼奉大王言。漫形婇隐陋，忘其惭愧情。
太子心坚固，傲然不改容。犹如大龙象，
群象众围绕，不能乱其心，处众若闲居，
犹如天帝释，诸天女围绕。太子在园林，
围绕亦如是。或为整衣服，或为洗手足，
或以香涂身，或以华严饰，或为贯璎珞，
或有扶抱身，或为安枕席，或倾身密语，
或世俗调戏，或说众欲事，或作诸欲形，
规以动其心。菩萨心清净，坚固难可转。
闻诸婇女说，不忧亦不喜，倍生厌思惟，
叹此为奇怪。始知诸女人，欲心盛如是。
不知少壮色，俄顷老死坏。哀哉此大惑，
愚痴覆其心。当思老病死，昼夜勤最励。
锋剑临其颈，如何犹嬉笑。见他老病死，
不知自观察，是则泥木人，当有何心虑。
如空野双树，华叶俱茂盛，一已被斩伐，
第二不知怖。此等诸人辈，无心亦如是。

尔时优陀夷，来至太子所，见宴默禅思，
心无五欲想。即白太子言，大王先见敕，
为子作良友。今当奉诚言，朋友有三种，
能除不饶益，成人饶益事，遭难不遗弃。
我既名善友，弃舍丈夫仪，言不尽所怀，
何名为三益。今故说真言，以表我丹诚。
年在于盛时，容色德充备。不重于女人，
斯非胜人体。正使无实心，宜应方便纳。
当生软下心，随顺取其意。爱欲增憍慢，
无过于女人。且今心虽背，法应方便随。
顺女心为乐，顺为庄严具。若人离于顺，
如树无华果。何故应随顺，摄受其事故。
已得难得境，勿起轻易想。欲为最第一，
天犹不能忘。帝释尚私通，瞿昙仙人妻。
阿伽陀仙人，长夜修苦行，为以求天心，
而遂愿不果。婆罗堕仙人，及与月天子。
婆罗舍仙人，与迦宾阇罗。如是此众多，
悉为女人坏。况今自境界，而不能娱乐。
宿世植德本，得此妙众具。世间皆乐著，
而心反不珍。尔时王太子，闻友优陀夷，
甜辞利口辩，善说世间相。答言优陀夷，
感汝诚心说，我今当语汝，且复留心听：
不薄妙境界，亦知世人乐。但见无常相，
故生患累心。若此法常存，无老病死苦，
我亦应爱乐，终无厌离心。若令诸女色，
至竟无衰变，爱欲虽为过，犹可留人情。
人有老病死，彼应自不乐。何况于他人，
而生染著心。非常五欲境，自身俱亦然。
而生爱乐心，此则同禽兽。汝所引诸仙，
习著五欲者，彼即可厌患，习欲故磨灭。
又称彼胜王，乐著五欲境，亦复同磨灭。
当知彼非胜，善言假方便。随顺习近者，
习则真染著，何名为方便，虚诳为随顺。
是事我不为，真实随顺者，是则为非法，
此心难裁抑。随事即生著，著则不见过。
如何方便随，虚顺而心乖。此理我不见，
知是老病死，大苦之积聚，令我坠其中，
此非知识说。呜呼优陀夷，真为大肝胆。
生老病死患，此苦甚可畏。眼见悉朽坏，
而犹乐追逐。今我至慄劣⑳，其心亦狭小。

思惟老病死，卒至不预期。昼夜忘睡眠，
何由习五欲。老病死炽然，决定至无疑。
犹不知忧戚，真为木石心。太子为优陀，
种种巧方便，说欲为深患，不觉至日暮。
时诸婇女众，妓乐庄严具，一切悉无用，
惭愧还入城。太子见园林，庄严悉休废，
妓女尽还归，其处尽虚寂，倍增非常想，
俛仰还本宫。父王闻太子，心绝于五欲，
极生大忧苦，如利刺贯心。即召诸群臣，
问欲设方便，咸言非五欲，所能留其心。

出城品第五

王复增种种，胜妙五欲具，昼夜以娱乐，
冀悦太子心。太子深厌离，了无爱乐情，
但思生死苦，如被箭师子。王使诸大臣。
贵族名子弟，年少胜姿颜，聪慧执礼仪，
昼夜同游止，以取太子心。如是未几时，
启王复出游。服乘骏足马，众宝具庄严，
与诸贵族子，围绕俱出城。譬如四种华，
日照悉开敷。太子耀神景，羽从悉蒙光。
出城游园林，修路广而平，树木华果茂，
心乐遂忘归。路傍见耕人，垦壤杀诸虫。
其心生悲恻，痛逾刺贯心。又见彼农夫，
勤苦形枯悴，蓬发而流汗，尘土坌其身，
耕牛亦疲困，吐舌而急喘。太子性慈悲，
极生怜愍心，慨然兴长叹，降身委地坐。
观察此众苦，思惟生灭法。呜呼诸世间，
愚痴莫能觉。安慰诸人众，各令随处坐。
自阴间浮树，端坐正思惟。观察诸生死，
起灭无常变。心定安不动，五欲廓云消。
有觉亦有观，人初无漏禅。离欲生喜乐，
正受三摩提[2]。世间甚辛苦，老病死所坏，
终身受大苦，而不自觉知。厌他老病死，
此则为大患。我今求胜法，不应同世间。
自婴老病死，而反恶他人。如是真实观，
少壮色力寿。新新不暂停，终归磨灭法。
不喜亦不忧，不疑亦不乱，不眠不著欲，
不坏不嫌彼。寂静离诸盖，慧光转增明。
尔时净居天，化为北丘形，来诣太子所。

太子敬起迎，问言汝何人。答言是沙门，
畏厌老病死，出家求解脱。众生老病死，
变坏无暂停，故我求常乐，无灭亦无生。
怨亲平等心，不务于财色。所安唯山林，
空寂无所营。尘想既已息，萧条倚空闲。
精粗无所择，乞求以支身。即于太子前，
轻举胜虚逝。太子心欢喜，惟念过去佛，
建立此威仪，遗像现于今。端坐正思惟，
即得正法念。当作何方便，遂心长出家，
敛情抑诸根。徐起还入城，眷属悉随从。
谓止不远逝，内密兴遐念，方便超世表。
形虽随路归，心实留山林。犹如击狂象，
常念游旷野。太子时入城，士女夹路迎。
老者愿为子，少愿为夫妻，或愿为兄弟。
诸亲内眷属，若当从所愿。诸集希望断，[23]
太子心欢喜。忽闻断集声，此音我所乐。
斯愿要当成，深思断集乐，增长涅槃心。
身如金山峰，脯臂如象手[24]，其音若春雷，
绀眼譬牛王。无尽法为心，面如满月光。
师子王游步，徐入于本宫。犹如帝释子，
心敬形亦恭。往诣父王所，稽首问和安，
并启生死畏，哀请求出家。一切诸世间，
合会要别离，是故愿出家，欲求真解脱。
父王闻出家，心即大战惧，犹如大狂象，
动摇小树枝。前执太子手，流泪而告言：
且止此所说，未是依法时。少壮心动摇，
行法多生过。奇特五欲境，心尚未厌离。
出家修苦行，未能决定心。空闲旷野中，
其心未寂灭，汝心虽乐法，未若我是时。
汝应领国事，令我先出家。弃父绝宗嗣，
此则为非法。当息出家心，受习世间法。
安乐善名闻，然后可出家。太子恭逊辞，
复启于父王：惟为保四事，当息出家心。
保子命常存，无病不厌老，众具不损减，
奉命停出家。父王告太子：汝勿说此言，
如此四事者，谁能保令无。汝求此四愿，
正为人所笑，且停出家心，服习于五欲。
太子复启王：四愿不可保，应听子出家，
愿不为留难。子在被烧舍，如何不听出。
分析为常理，孰能不听求。脱当自磨灭，

不如以法离。若不以法离，死至孰能持，
父王知子心，决定不可转。但当尽力留，
何须复多言，更增诸婇女，上妙五欲乐，
昼夜苦防卫，要不令出家。国中诸群臣，
来诣太子所，广引诸礼律，劝令顺王命。
太子见父王，悲感泣流泪。且还本宫中，
端坐嘿思惟。宫中诸婇女，亲近围绕侍，
伺候瞻颜色，瞩目不暂瞬。犹若秋林鹿，
端视彼猎师。太子正容貌，犹若真金山。
妓女共瞻察，听教候音颜。敬畏察其心，
犹彼林中鹿。渐已至日暮，太子处幽夜。
光明甚辉耀，如日照须弥，坐于七宝座，
熏以妙栴檀。婇女众围绕，奏犍挞婆音。
如毗沙门子，众妙天乐声。太子心所念，
第一远离乐。虽作众妙音，亦不在其怀。
时净居天子，知太子时至，决定应出家。
忽然化来下，厌诸妓女众，悉皆令睡眠。
容仪不敛摄，委纵露丑形。惽睡互低仰，
乐器乱纵横。傍倚或反倒，或复似投渊。
璎珞如曳锁，衣裳绞缚身。抱琴而偃地，
犹若受苦人。黄绿衣流散，如摧迦尼华。
纵体倚壁眠，状若悬角弓。或手攀窗牖，
如似绞死尸。嚬呻长欠呿㉗。厌污涕流涎。
蓬头露丑形，见若颠狂人。华鬘垂覆面，
或以面掩地。或举身战掉，犹若独摇鸟。
委身更相枕，手足互相加。或颦蹙皱眉，
或阖眼开口。种种身散乱，狼籍犹横死。
时太子端坐，观察诸婇女。先皆极端严，
言笑心谄黠，妖艳巧姿媚，而今悉丑秽。
女人性如是，云何可亲近。沐浴假庄饰，
诳惑男子心。我今已觉了，决定出无疑。
尔时净居天，来下为开门。太子时徐起，
出诸婇女间。蹰躇于内阁，而告车匿言：
吾今心渴仰，欲饮甘露泉，鞍马速牵来㉘。
欲至不死乡。自知心决定，坚固誓庄严。
婇女本端正，今悉见丑形，门户先关闭，
今已悉自开。观此诸瑞相，第一义之筌。
车匿内思惟，应奉太子教，脱令父王知，
复应深罪责。诸天加神力，不觉牵马来。
平乘骏良马，众宝镂乘具。高翠长髦尾，

局背短毛耳。鹿腹鹅王头，额广圆爪鼻。
龙咽臆膊方②，具足骐骥相。太子抚马颈，
摩身而告言：父王常乘汝，临敌辄胜怨。
吾今欲相依，远涉甘露津。战斗多众旅，
荣乐多伴游。商人求珍宝，乐从者亦众。
遭苦良友难，求法必寡朋。堪此二友者，
终获于吉安。吾今欲出游，为度苦众生。
汝今欲自利，兼济诸群萌。宜当竭其力，
长驱勿疲倦。劝已徐跨马，理辔俟晨征。
人状日殿流，马如白云浮。束身不奋迅，
屏气不喷鸣。四神来捧足，潜密寂无声。
重门固关钥，天神自令开。敬重无过父，
爱深莫逾子。内外诸眷属，恩爱亦缠绵。
遣情无遗念，飘然超出城。清净莲华目，
从淤泥出生。顾瞻父王宫，而说告离篇。
不度生老死，永无游此缘。一切诸天众，
虚空龙鬼神，随喜称善哉。唯此真谛言，
诸天龙神众，庆得难得心。各以自力光，
引导助其明。人马心俱锐，奔逝若流星。
东方犹未晓，已进三由旬。

佛所行赞经卷第二

马鸣菩萨撰
北凉天竺三藏昙无谶译

车匿还品第六

须臾夜已过，众生眼光出。顾见林树间，
跋伽仙人处。林流极清旷，禽兽亲附人。
太子见心喜，形劳自然息。此则为祥瑞，
必获未曾利。又见彼仙人，所应供养者，
并自护威仪，灭除憍慢迹。下马手摩头，
汝今已度我。慈目视车匿，犹清凉水池。
骏足马驰驶，犹若鸟迅飞。汝常系马后，
感汝深敬勤。余事不足计，惟取汝真心。

心敬形甚勤，此二今始见。人有心至诚，
身力无所堪。力堪心不至，汝今二俱备。
捐弃世荣禄，进步随我来。何人不向利，
无利亲戚离。汝今空随我，不求现世报。
何以育养子，为绍嗣宗族。所以奉敬父，
为其育子故。一切皆求利，汝独背利游。
多言何所解，今当略告汝：汝事我已毕，
今且乘马还。自我长夜来，所求处今得。
即脱宝璎珞，以授于车匿。持是以赐汝，
以慰汝忧悲。宝冠顶摩尼，光明照其身。
即脱置掌中，如日曜须弥。车匿持此珠，
还归父王所。持珠礼王足，以表我虔心。
为我启请王，愿舍爱恋情。为脱生老死，
故入苦行林。亦不求生天，非无仰恋心。
亦不怀结恨，惟欲舍忧悲。长夜集恩爱，
要当有别离。以有常离故，故求解脱因。
若得解脱者，永无离亲期。为断爱出家，
勿为子生忧。五欲为忧根，应忧著欲者。
乃祖诸胜王，志坚固不移。今我袭余财，
惟法舍非宜。夫人命终时，产财悉遗子。
子多贪俗利，而我乐法财。若言年少壮，
非是游学时，当知求正法，无时非为时。
无常无定期，死怨常随逐。是故我今日，
决定求法时。如上诸所启，汝悉为我宣。
惟愿令父王，不复顾恋我。若以形毁我，
令王割爱心，汝莫惜其言，使王念不绝。
车匿奉教敕，悲塞情惛迷。合掌而胡跪㉚，
还答太子言：如敕具宣者，恐更增忧悲。
忧悲增转深，如象溺深泥。决定恩爱离，
有心孰不哀。金石尚摧破，何况溺哀情。
太子长深宫，少乐身细软。投身刺棘林，
苦行安可堪。初命我索马，我意已不安。
天神驱逼我，命我速庄严。何意令太子，
决定舍深宫，迦毗罗卫人，举国生悲痛。
父王已年老，念子爱亦深。决定舍出家，
此则非所应。邪见无父母，此则无复论。
瞿昙弥长养，乳哺形枯乾。慈爱难可忘，
莫作背恩人。婴儿功德母，胜族能奉事。
得胜而复弃，此则非胜人。耶输陀胜子，
嗣国掌正法。厥年尚幼小，亦不应弃舍。

已违舍父王，及宗亲眷属，勿复弃于我，
要不离尊足。心怀如汤火，不堪独还国。
今于空野中，弃太子而归。则同须曼提，
弃舍于罗摩。今若独还宫，白王当何言。
合宫同见责，复以何辞答。太子向告我，
随方便形毁，牟尼功德所，云何而虚说。
我深渐愧故，舌亦不能言。设使有言者，
天下谁复信。若言月光热，世间有信者。
脱有信太子，所行非法行。太子心柔软，
常慈悲一切。深爱而弃舍，此则违宿心。
愿可思还宫，以慰我愚诚。太子闻车匿，
悲切苦谏言，心安转坚固，而复告之曰：
汝今为我故，而生别离苦。当舍此悲念，
□□慰其心。众生各异趣，乖离理自常。
纵令我今日，不舍亲族者。死至形神乖，
当复云何留。慈母怀妊我，深爱怀抱苦。
生已即命终，竟不蒙子养。存亡各异路，
今为何处求。旷野高显树，众鸟群聚栖。
暮集晨离散，世间离亦然。浮云起高山，
四集于空中。俄尔复离散，人理亦复然。
世间本自乖，暂会恩爱缠。如梦中聚散，
不应计我亲。譬如春生木，渐长柯叶成。
秋霜遂零落，同体尚分离。况人暂合会，
亲戚岂常俱。汝且息忧苦，顺我教而归。
归意犹存我，且归后更还。迦毗罗卫人，
闻我心决定，顾遗念我者。汝当宣我言，
度生死苦海，然后当来还。情愿若不遂，
身灭山林间。白马闻太子，发斯真实言，
屈膝而舐足，长息泪流连。轮掌纲缦手，
顺摩白马顶：汝莫生忧悲，我今忏谢汝。
良马之勤劳，其功今已毕。恶道苦长息，
妙果现于今。众宝庄严剑，车匿常执随。
太子拔利剑，如龙曜光明。宝冠笼玄发，
合剃置空中。上升凝虚境，飘若鸾凤翔。
忉利诸天子，执发还天宫。常欲奉事足，
况今得顶发。尽心加供养，至于正法尽。
太子时自念，庄严具悉除。惟有素缯衣，
犹非出家仪。时净居天子，知太子心念，
化为猎师像，持弓佩利箭，身被袈裟衣，
径至太子前。太子念此衣，染色清净服。

仙人上妙饰，非猎者所应。即呼猎师前，
软语而告曰：汝于此衣服，贪爱似不染。
以我身上服，与汝相贸易。猎师白太子：
非不惜此衣，用媒于群鹿，诱引而杀之。
苟是汝所须，今当与交易。猎者受妙衣，
还复于天身。太子及车匿，见生奇特想。
此必无事衣，定非世人服。内心大欢喜，
于衣倍增敬。即与车匿别，披著袈裟衣。
犹若青绛云，围绕日月轮。安详而谛步，
入于仙人窟。车匿目随瞩，身没不复见。
大家舍父王，眷属并及我，受著袈裟衣，
入于苦行林。举手仰呼天，闷绝而躃地。
起抱白马颈，望绝随路归。徘徊数反顾，
形往心反驰。或沉思失魂，或俯仰垂身，
或倒而复起，悲泣随路还。

入苦行林品第七

太子遣车匿，将入仙人处。端严身光曜，
普照苦行林，具足一切义，随义而之彼。
如兽王师子，入于群兽中。俗容悉已舍，
惟见道真形。彼诸学仙士，忽见未曾有，
懔然心惊喜，合掌端目瞩。男女随执事，
即视不改仪。如天观帝释，瞪视目不瞬。
诸仙不移足，瞪视亦复然。任重手执作，
不释事而看。如牛在辕轭，形束而心依。
俱学神仙者，咸说未曾见。孔雀等众鸟，
乱声而翔鸣。持鹿戒梵志，随鹿游山林。
鹿性粗聪瞡[31]，见太子端视。随鹿诸梵志，
端视亦复然。甘庶灯重明，犹如日初光。
能感群乳牛，增出甜香乳。彼诸梵志等，
惊喜传相告。为八婆数天[32]，为二阿湿波[33]，
为第六魔王，为梵迦夷天[34]，为日月天子，
而来下此耶？要是所应敬，奔竞来供养。
太子亦谦下，敬辞以问讯。菩萨遍观察，
林中诸梵志，种种修福业，悉求生天乐。
问长宿梵志，所行真实道。今我初至此，
未知行何法。随事而请问，愿为我解说。
尔时彼二生，以诸修苦行，及苦行果报，
次第随事答。非聚落所出，清净水生物。

或食根茎叶，或复食华果。种种各异道，
服食亦不同。或习于鸟生，两足擒取食。
有随鹿食草，吸风蟒蛇仙。木石春不食，
两齿啮为痕。或乞食施人，取残而自食。
或常水沐头，或奉事于火。水居习鱼仙，
如是等种种。梵志修苦行，寿终得生天。
只因苦行故，当得安乐果。两足尊贤士，
闻此诸苦行，不见真实义，内心不欣悦。
思惟哀念彼，心口自相告。哀哉大苦行，
惟求人天报，轮回向生死，苦多而乐少。
违亲舍胜境，决定求天乐。虽免于小苦，
终为大苦缚。自枯槁其形，修行诸苦行。
而求于受生，增长五欲因。不观生死故，
以苦而求苦。一切众生类，心常畏於死。
精勤求受生，生已会当死。虽复畏于苦，
而长没苦海。此生极疲劳，将生复不息。
任苦求现乐，求生天亦劳。求乐心下劣，
俱堕于非义。方于极鄙劣，精勤则为胜。
未若修智慧，两舍永无为。苦身是法者，
安乐为非法。行法而后乐，因法果非法。
身所行起灭，皆由心意力。若离心意者，
此身如枯木。是故当调心，心调形自正。
食净为福者，禽兽贫穷子。常食於果药，
斯等应有福。若言善心起，苦行为福因。
彼诸安乐行，何不善心起。乐非善心起，
善亦非苦因。若彼诸外道，以水为净者。
乐水居众生，恶业应常净。善本功德仙，
所住止之处。功德仙住故，普世之所重。
应尊彼功德，不应重其处。如是广说法，
遂至于日暮。见有事火者，或钻或吹然。
或有酥油洒，或举声咒愿。如是竟日夜，
观察彼所行。不见真实义，而便欲舍去。
时彼诸梵志，悉来请留住。眷仰菩萨德，
忼忼勤劝请。汝从非法处，来至正法林。
而复欲弃舍，是故劝请留。诸长宿梵志，
蓬发服草衣，追随菩萨后，愿请小留神。
菩萨见诸老，随逐身疲劳。止住一树下，
安慰遣令还。梵志诸长幼，围绕合掌请。
汝忽来到此，园林妙充满。而今弃舍去，
遂成丘旷野。如人爱寿命，不欲舍其身。

我等亦如是，惟愿小留住。此处诸梵仙，
王仙及天仙，皆依于此处。又邻雪山侧，
增长人苦行。其处莫过此，众多诸学士，
由此路生天。求福学仙者，皆从此巳北。
摄受于正法，慧者不游南。若汝见我等，
懈怠不精进，行诸不净法，而不乐住者，
我等悉应去，汝可留止此。此诸梵志等，
常求苦行伴。汝为苦行长，云何相弃舍。
若能止住此，奉事如帝释。亦如天奉事，
毗黎诃钵低⑤。菩萨向梵志，说巳心所愿。
我修正方便，惟欲灭诸有。汝等心质直，
行法亦寂默。亲念于来宾，我心实爱乐。
美说感人怀，闻者皆沐浴。闻汝等所说，
增我乐法情。汝等悉归我，以为法良朋。
而今弃舍汝，其心甚怅然。先违本亲属，
今与汝等乖。合会别离苦，其苦等无异。
非我心不乐，亦不见他过。但汝等苦行，
悉求生天乐。我求灭三有，形背而心乖。
汝等所行法，自习先师业。我为灭诸集，
以求无集法。是故于此林，永无久停理。
尔时诸梵志，闻菩萨所说，真实有义言，
辞辩理高胜，其心大欢喜，深加崇敬情。
时有一梵志，常卧尘土中，萦发衣树皮，
黄眼修高鼻，而白菩萨言：志固智慧明，
决定了生过。知离生则安，不著生天福。
志求永灭身，是则未曾有。惟见此一人，
祠祀祈天神，及种种苦行，悉求生天乐，
未离贪欲境。能与贪欲争，志求真解脱。
此则为丈夫，决定正觉士。斯处不足留，
当至频陀山。彼有大牟尼，名曰阿罗蓝。
惟彼得究竟，第一增胜眼。汝当往诣彼，
得闻真实道。能使心悦者，必当行其法。
我观汝志乐，恐亦非所安。当复舍彼游，
更求余多闻。隆鼻广长目，丹唇素利齿，
薄肤面光泽，朱舌长软薄。如是众妙相，
悉饮尔焰水。当度不测深，世间无有比。
耆旧诸仙人，不得者当得。菩萨领其言，
与诸仙人别。彼诸仙人众，右绕各辞还。

合宫忧悲品第八

车匿牵马还，望绝心悲塞。随路号泣行，
不能自开割。先与太子俱，一宿之径路。
今舍太子还，生夺天荫故。徘徊心顾恋，
八日乃至城。良马素奔骏，奋迅有威相。
踯躅顾瞻仰，不睹太子形。流泪四体垂，
憔悴失光泽。旋转恸悲鸣，日夜忘水草。
遗失救世主，还迦毗罗卫。国土悉廓然，
如归空聚落，如日翳须弥，重冥举世暗。
泉池不澄清，华果不荣茂。巷路诸士女，
忧戚失欢容。车匿与白马，怅怏行不前。
问事不能答，迟迟若尸行。众见车匿还，
不见释王子，举声大号泣，如弃罗摩还。
有人来路傍，倾身问车匿：王子世所爱，
举国人之命，汝辄盗将去，今为何所在。
车匿抑悲心，而答众人言：我眷恋追逐，
不舍于王子。王子舍于我，并弃俗威仪。
剃头被法服，入于苦行林。众人闻出家，
惊起奇特想。呜咽而啼泣，涕泪交流下。
各各相告语，我等作何计。众人咸议言：
悉当追随去，如人命根坏，身死形神离。
王子是我命，失命我岂生。此邑成丘林，
彼林成郭邑。此城失威德，如杀毗黎多。
城内诸士女，虚传王子还，奔驰出路首。
惟见马空归，莫知其存亡，悲泣种种声。
车匿步牵马，歔欷垂泪还。失太子忧悲，
加增怖惧心。如战士破敌，执怨送王前。
入门泪雨下，满目无所见。仰天大号哭，
白马亦悲鸣。宫中杂鸟兽，内厩中群马，
闻白马悲鸣，鸣呼而应之。谓呼太子还，
不见而绝声。后宫诸婇女，闻马鸟兽鸣，
被发面萎黄，形瘦唇口乾，弊衣不浣濯，
垢秽不浴身。庄严具悉废，毁悴不鲜明。
举体无光泽，犹如寅小星。衣裳坏褴褛，
状如被贼形。见车匿白马，涕泣绝望归。
感结而号唃，犹如新丧亲。狂乱而搔扰，
犹群牛失道。大爱瞿昙弥，闻太子不还，
束身投于地，四体悉伤坏。犹如狂风摧，

金色芭蕉树。又闻子出家，长叹增悲感。
右旋细软发，一孔一发生。黑净鲜光泽，
平住而洒地。何意合天冠，剃著草土中。
膞臂师子步，修广牛王目，身光黄金焰，
方臆梵音声。持是上妙相，入于苦行林。
世间何薄福，失斯圣地主。妙细柔软足，
清净莲华色，土石刺棘林，云何而可蹋。
生长于深宫，温衣细软服。沐浴以香汤，
末香以涂身，今则昌风露，寒暑安可堪。
华族大丈夫，摽挺胜多闻，德备名称高，
常施而无求。云何忽一朝，乞食以活身。
清净宝床卧，奏乐以觉悟，岂能山树间，
草土以藉身。念子心悲痛，闷绝而躄地。
侍人扶令起，为拭其目泪。其余诸夫人，
忧苦四体垂，内感心惨结，不动如画人。
时耶输陀罗，深责于车匿。共我意中人，
今为在何所。人马三共行，令惟二来还。
我心极惶怖，战栗不自安。汝是不正人，
不昵非善友。不吉纵强暴，应笑用啼为。
将去而啼还，反覆不相应。爱念自在伴，
随欲恣心作。故使圣王子，一去不复归。
汝令应大喜，作恶已果成。宁近智慧怨，
不习愚痴友。假名为良朋，内实怀怨结。
今此胜王家，一旦悉破坏。此诸贵夫人，
忧悴毁形好㊲。涕泣气息绝，面泪横流下。
夫主尚在世，依此如雪山，安意如大地，
忧悲殆至死。况此窗牖中，悲泣长叫者。
生亡其所天，其苦何可堪。告马汝无义，
夺人心所重。犹如暗冥中，恶贼劫珍宝。
乘汝战斗时，刀矛锋利箭，一切悉能堪。
今有何不忍，一族之殊胜，强夺我心去。
汝是弊恶虫，造诸不正业。今日大呜呼，
声满于王宫。先劫我所念，尔时何以痖。
若尔时有声，举宫悉应觉。尔时若觉者，
不生今苦恼。车匿闻苦言，饮气而息结。
抆泪合掌答，愿听我自陈。莫嫌责白马，
亦莫恚于我。我等悉无过，天神之所为。
我极畏王法，天神所驱遣，速牵马与之，
俱去疾如飞。厌气令无声，足亦不触地。
城门自然开，虚空自然明。斯皆天神为，

岂是我之力。耶输陀闻说，心生奇特想：
天神之所为，非是斯等咎。嫌责心稍除，
炽然大苦息。躄地称怨嗟，双轮鸟分乖。
我今失依怙，同法行生离。乐法舍同行，
何处更求法。古昔诸先胜，大快见王等，
斯皆夫妻俱，学道游林野。而今舍于我，
为求何等法。梵志祠祀典，夫妻必同行。
同行法为因，终则同受报。汝何独法悭，
弃我而双游。或见我嫉恶，更求无嫉者。
或当嫌薄我，更求净天女。以何胜德色，
修习于苦行。以我薄命故，夫妻生别离。
罗睺罗何故，不蒙于膝下。呜呼不吉士，
貌柔而心刚。胜族盛光荣，怨憎犹宗仰。
又子生未孩，而能永弃舍。我亦无心腹，
夫弃游山林，不能自泯没。此则木石人，
言已心迷乱。或哭或狂言，或瞪视沉思。
哽咽不自胜，惙惙气殆尽⊗，卧于尘土中。
诸余婇女众，见生悲痛心，犹如盛莲华，
风雹摧令萎，父王失太子，昼夜心悲恋。
斋戒求天神，愿令子速还。发愿祈请已，
出于天祠门。闻诸啼哭声，惊怖心迷乱。
如天大雷电，群象乱奔驰。见车匿白马，
广问知出家。举身投于地，如崩帝释幢。
诸臣徐扶起，以法劝令安。久而心小醒，
而告白马言：我数乘汝战，每念汝有功。
今者憎恶汝，倍于爱念时。所念功德子，
汝辄运令去。掷著山林中，独自空来归。
汝速持我往，不尔往将还。不为此二者，
我命将不存。更无余方治，惟待子为药。
如珊阇梵志，为子死杀身。我失行法子，
自然令无身。摩⑷众生主，亦常为子忧。
况复我常人，失子能自安。古昔阿阇王，
爱子游山林，感思而命终，即时得生天。
吾今不能死，长夜住忧苦，合宫念吾子，
虚渴如饿鬼。如人渴掬水，欲饮而夺之。
守渴而命终，必生饿鬼趣。今我至虚渴，
得子水复失。及我未命终，速语我子处。
勿令我渴死，堕于饿鬼中。我素志力强，
难动如大地，失子心躁乱，如昔十车王。
王师多闻士，大臣智聪达，二人劝谏王，

不缓亦不切：愿自宽情念，勿以忧自伤。
古昔诸胜王，弃国如散华。子今行学道，
何足苦忧悲。当忆阿私记，理数亦应然。
天乐转轮王，萧然不累情。岂曰世界主，
能移金玉心。今当使我等，推求到其所。
方便苦谏诤，以表我丹诚。要望降其志，
以慰王忧悲。王喜即答言，惟汝等速行，
如舍居陀鸟，为子空中旋。我今念太子，
便怡心亦然。二人既受命，王与诸眷属，
其心小清凉，气宣餐饮通。

推求太子品第九

王正以忧悲，感切师大臣。如鞭策良马，
驰驶若迅流。身疲不辞劳，径诣苦行林。
舍俗五仪饰，善摄诸情根。入梵志精庐，
敬礼彼诸仙。诸仙请就坐，说法安慰之。
即白仙人言，意有所谘问。争称净饭王，
甘蔗名称胄。我等为师臣，法教典要事。
王如天帝释，子如阇延多。为度老病死，
出家或投此。我等为彼来，惟尊应当知。
答言有此人，长臂大人相。择我等所行，
随顺生死法。往诣阿罗蓝，以求胜解脱。
既得定实已，尊崇王速命。不敢计疲劳，
寻路而驰进。见太子处林，悉舍俗仪饰。
真体犹光耀，如日出乌云。国奉天神师，
执正法大臣。舍除俗威仪，下乘而步进。
犹王婆摩叠，仙人婆私吒。往诣山林中，
见王子罗摩。各随其本仪，恭敬礼问讯。
犹如倏迦罗，及与央耆罗，尽心加恭敬，
奉事天帝释。王子亦随敬，王师及大臣。
如帝释安慰，倏迦央耆罗。即命彼二人，
坐于王子前。如富那婆数，两星侍月傍。
王师及大臣，启请于王子，如毗利波低，
语彼阇延多。父王念太子，如利刺贯心。
荒速发狂乱，卧于尘土中。日夜增悲思，
流泪常如雨。敕我有所命，惟愿留心听。
知汝乐法情，决定无所疑。非时入林薮，
悲恋烧我心。汝若念法者，应当哀愍我。
望宽远游情，以慰我悬心。勿令忧悲水，

崩坏我心岸。如云水草山，风日火雹灾。
忧悲为四患，飘乾烧坏心。且还食土邑，
时至更游仙。不顾于亲戚，父母亦弃捐。
此岂名慈悲，覆护一切耶？法不必山林，
在家亦修闲。觉悟勤方便，是则名出家。
剃发服染衣，自游山数间。此则怀畏怖，
何足名学仙。愿得一抱汝，以水雨其顶。
冠汝以天冠，置于伞盖下。瞩目一观汝，
然后我出家。头留摩先王，阿瓮阇阿沙，
跋阇罗婆休，毗跋罗安提，毗提阿阇那，
那罗湿波罗，如是等诸王，悉皆著天冠。
璎珞以严容，手足贯珠环。婇女众娱乐，
不违解脱因。汝今可还家，崇习于二事。
心修增上法，为地增上主。垂泪约勒我，
令宣如是言。既有此救占，汝应奉教还。
父王因汝故，没溺忧悲海。无救无所依，
无由自开释。汝当为船师，度著安隐处。
毗森摩王子，二罗弥跋提，闻父勒恭命，
汝今亦应然。慈母鞠养恩，尽寿报罔极。
如牛失其犊，悲呼忘眠食。汝今应速还，
以救其生命。孤鸟离群哀，龙象独游苦。
凭依者失荫，当思为救护。一子犹幼孤，
遭苦莫知告。免彼芃芃苦，如人救月蚀。
举国诸士女，别离苦炽然。叹息烟冲天，
熏慧眼令暗。惟求见汝水，灭火目开明。
菩萨闻父王，切教苦备至。端坐正思惟，
随宜逊顺答：我亦知父王，慈念心过厚。
畏生老病死，故违罔极恩。谁不重所生，
以终别离故。正使生相守，死至莫能留。
是故知所重，长辞而出家。闻父王忧悲，
增恋切我心。但如梦暂会，倏忽归无常。
汝当决定知，众生性不同。忧苦之所生，
不必子与亲。所以生离苦，皆从痴惑生。
如人随路行，中道暂相逢，须臾各分散。
乖理本自然，合会暂成亲。随缘理自分，
深达亲假合，不应生忧悲。此世违亲爱，
他世更求亲。暂亲复乖离，处处无非亲。
常合而常散，散散何足哀。处胎渐渐变，
分分死更生。一切时有死，山林何非时。
时时受五欲，求财时亦然。一切时死故，

除死法无时。欲使我为王，慈爱法难违。
如病服非药，是故我不堪。高低愚痴处，
放逸随爱憎。终身常畏怖，思虑形神疲。
顺众心违法，智者所不为。七宝妙宫殿，
于中盛火然。天厨百味饭，于中有杂毒。
莲华清凉池，于中多毒虫。位高为灾宅，
慧者所不居。古昔先胜王，见居国多愆。
楚毒加众生，猒患而出家。故知王正苦，
不如行法安。宁处于山林，食草同禽兽。
不堪处深宫，黑虵同共冗。舍王位五欲，
任苦游山林。此则为随顺，乐法渐增明。
今弃闲静林，还家受五欲，日夜苦法增，
此则非所应。名族大丈夫，乐法而出家。
永背名称族，建大丈夫志。毁形被法服，
乐法游山林。今复弃法服，有违惭愧心。
天王尚不可，况归人胜家。已吐贪恚痴，
还复服食者。如人反食吐，此苦安可堪。
如人舍被烧，方便驰走出。须臾还复入，
此岂为黠夫。见生老死过，猒患而出家。
今当还复入，愚痴与彼同。处宫修解脱，
则无有是处。解脱寂静生，王者加楚毒。
寂静废王威，王正解脱乖。动静犹水火，
二理何得俱。决定修解脱，亦不居王位。
若言居王位，兼修解脱者。此则非决定，
决定解不然。既非决定心，或出还复入。
我今已决定，断亲属钩饵。正方便出家，
云何还复入。大臣内思惟，太子丈夫志，
深识德随顺，所说有因缘。而告太子言：
如王子所说，求法法应尔，但今非是时。
父王衰暮年，念子增忧悲。虽曰乐解脱，
反更为非法。虽乐出无慧，不思深细理。
不见因求果，徒舍现法观。有言有后世，
又复有言无。有无既不判，何为舍现乐。
若当有后世，应任其所得。若言后世无，
无即为解脱。若言有后世，不说解脱因。
如地坚火暖，水湿风飘动。后世亦复然，
此则性自尔。有说净不净，各从自性起。
言可方便移，此则愚痴说。诸根行境界，
自性皆决定。爱念与不念，自性定亦然。
老病死等苦，谁方便使然。谓水能灭火，

火令水煎消。自性增相坏，性和成众生。
如人处胎中，手足诸体分。神识自然成，
谁有为之者。棘刺谁令利，此则性自然。
及种种禽兽，无欲使尔者。诸有生天者，
自在天所为。及与造化者，无自力方便。
若有所由生，彼亦能令灭。何须自方便，
而求于解脱。有言我令生，亦复我令灭。
有言无由生，要方便而灭。如人生育子，
不负于祖宗。学仙人遗典，奉天大祠祀。
此三无所负，则名为解脱。古今之所传，
此三求解脱。若以余方便，徒劳而无实。
汝欲求解脱，惟习上方便。父王忧悲息，
解脱道须臾。舍家游山林，还归亦非过。
昔庵婆利王，久处苦行林。舍徒众眷属，
还家居王位。国王子罗摩，去国处山林。
闻国风俗离，还归维正化。娑楼婆国王，
名曰头楼摩。父子游山林，终亦俱还国。
婆私坡牟尼，及与安低叠，山林修梵行，
久亦归本国。如是等先胜，正法善名称。
悉还王领国，如灯照世间。是故舍山林，
正法化非过。太子闻大臣，爱语饶益说。
以常理不乱，无碍而庠序。固志安隐说。
而答于大臣。有无等犹豫，二心疑惑增。
而作有无说，我不决定取。净智修苦行，
决定我自知。世间犹豫论，展转相传习。
无有真实义，此则我不安。明人别真伪，
信岂由他生。犹如生盲人，以盲人为导。
于夜大暗中，当复何所之。于净不净法，
世间生疑惑。设不见真实，应行清净道。
宁苦行净法，非乐行不净。观彼相承说，
无一决定相。真言虚心受，永离诸过患。
语过虚伪说，智者所不言。如说罗摩等，
舍家修梵行。终归还本国，服习五欲者。
此等为陋行，智者所不依。我今当为汝，
略说其要义。日月坠于地，须弥雪山转。
我身终不易，退入于非处。宁投身盛火，
不以义不毕。还归于本国，入五欲炽然。
表斯要誓言，徐起而长辞。太子辩锋焰，
犹如盛日光。王师及大臣，言论莫能胜。
相谓计已尽，惟当辞退还。深敬叹太子，

不敢强逼迫。敬奉王命故，不敢速疾还。
徘徊于中路，行迈顾迟迟。选择黠慧人，
审谛机悟士。隐身密伺候，然后舍而还。

佛所行赞经卷第三

马鸣菩萨撰
北凉天竺三藏昙无谶译

瓶沙王诣太子品第十

太子辞王师，及正法大臣。冒浪济恒河，
路由灵鹫岳。藏根于五山，特秀峙中亭。
林木华果茂，流泉温凉分。入彼五岳城，
寂静犹天外。国人见太子，容德深且明。
少年身光泽，无比丈夫形。悉起奇特想，
如见自在幢。横行为停足，随后咸速驰。
先进悉回顾，瞩目观无猒。四体诸相好，
随见目不移。恭敬来奉迎，合掌礼问讯。
咸皆大欢喜，随宜而供养。仰瞻尊胜颜，
俯愧种种形。正素轻躁仪，寂默加肃恭。
结恨心求解，慈和情顿增。士女公私业，
一时悉休废。敬形宗其德，随观尽忘归。
眉间白毫相，修广绀青目。举体金光曜，
清净网缦手。虽为出家形，有应圣王相。
王舍城士女，长幼悉不安。此人尚出家，
我等何俗欢。尔时瓶沙王，处于高观上。
见彼诸士女，惶惶异常仪。敕召一外人，
备问何因缘。恭跪王楼下，具白所见闻。
昔闻释氏种，奇特殊胜子。神慧超世表，
应王领八方。今出家在此，众人悉奉迎。
王闻心惊喜，形留神已驰。敕使者速还，
伺候进趣宜。奉教密随从，瞻察所施为。
瞪静端目视，佯步显真仪。入里行乞食，
为诸乞士先。钦形心不乱，好恶靡不安。
精粗随所得，持钵归闲林。食讫漱清流，

乐静安白山。青林列高崖，丹华植其间。
孔雀等诸鸟，翻飞而乱鸣。法服明鲜发，
如日照榑桑。使见安住彼，次第具上闻。
王闻心驰敬，即敕严驾行。天冠佩华服，
师子王游步，简择诸宿重，安静审谛士。
导从百千众，云腾升白山。见菩萨威仪，
寂静诸情根。端坐山岩室，如月丽青天。
妙色净端严，犹若法化身。虔心肃然发，
恭步渐亲近。犹如天帝释，诣摩醯须摩。
钦容执礼仪，敬问彼和安。菩萨详而动，
随顺反相酬。时王劳问毕，端坐清净石。
瞪瞩瞻神仪，颜和情交悦。伏闻名高族，
盛德相承袭。钦情久蕴积，今欲决所疑。
日光之源宗，祚隆已万世。令德绍遗嗣，
弘广萃于今。贤明年幼少，何故而出家。
超世圣主子，乞食不存荣。妙体应涂香，
何为服袈裟。手宜握天下，反以受薄餐。
若不代父王，受禅享其土。吾今分半国，
庆望少留情。既勉逼亲嫌，时过随所从。
当体我诚言，贪得为良邻。或恃名胜族，
才德容貌兼。不欲降高节，屈下受人恩。
当给勇健士，器仗随军资。自力广收罗，
天下孰不推。明人知时取，法财五欲增。
若不获三利，终始徒劳勤。崇法舍财色，
财为一世人。富财舍法欲，此则保财滨。
贫婆而忘法，五欲孰能欢。是故三事俱，
德流而道宣。法财五欲备，名世大丈夫。
无令圆相身，徒劳而无功。曼陀转轮王，
王领四天下。帝释分半座，力不能王天。
今汝脯长臂，足揽人天境。我不恃王力，
而欲强相留。见汝改形好，受著出家衣。
既以敬其德，□□惜其人。汝今行乞食，
我愿奉其土。少壮受五欲，中年习用财。
年耆诸根熟，是乃顺法时。壮年守法财，
必为欲所坏。老则气虚微，随顺求寂默。
耆年愧财欲，行法举世宗。壮年心轻躁，
驰骋五欲境。俦侣罫缠绵，情交相感深。
年宿寡绸缪，顺法者所宗。五欲悉休废，
增长乐法心。且崇王者法，大会奉天神。
当乘神龙背，受乐上升天。先胜诸圣王，

严身宝璎珞。祠祀设大会，终归受天福。
如是瓶沙王，种种方便说。太子志坚固，
不动如须弥。

答瓶沙王品第十一

瓶沙王随顺，安慰劝请已。太子敬答谢：
深感于来言。善得世间宜，所说不乖理。
诃黎名族胄，为人善知识。义怀心虚尽，
法应如是说。世间诸凡品，不能处仁义。
薄德愚近情，岂达名胜事。承习先胜宗，
崇礼修敬让。能于苦难中，周济不相弃。
是则为世间，真善知识相。善友财通济，
是名牢固藏。守惜封已利，是必速忘失。
国财非常宝，惠施为福业。兼施善知识，
虽散后无悔。既知汝厚怀，不为违逆论。
且今以所见，率心而相告。畏生老病死，
欲求真解脱。舍亲离恩爱，岂还习五欲。
不畏盛毒蛇，冻雹猛盛火。惟畏五欲境，
流转劳我心。五欲非常贼，劫人善珍宝。
诈伪虚非实，犹若幻化人。暂思令人惑，
况常处其中。五欲为大碍，永障寂灭法。
天乐尚不可，况处人间欲。五欲生渴爱，
终无满足时。犹盛风猛火，投薪亦无足。
世间诸非义，莫过五欲境。众生愚贪故，
乐著而不觉。智者畏五欲，不堕于非义。
王领四海内，犹外更希求。爱欲如大海，
终无止足时。曼陀转轮王，普天雨黄金。
王领四天下，复希忉利天。帝释分半座，
欲图致命终。农沙修苦行，王三十三天。
纵欲心高慢，仙人挽步车。缘斯放逸行，
即堕蟒蛇中。湮罗转轮王，游于忉利天。
取天女为后，税欲仙人金。仙人忿加咒，
国灭而命终。婆罗天帝释，天帝释农沙，
农沙归帝释。天主岂有常，国土非坚固。
惟大力所居。被服于草衣，食果饮流水。
长发如垂地，寂默无所求。如是修苦行，
终为欲所坏。当知五欲境，行道者怨家。
千臂大力王，勇健难为敌。罗摩仙人杀，
亦由贪欲故。况我刹利种，不为欲所牵。

舍彼意乐者，建得第四禅，苦乐已俱息。
或生解脱想，住彼四禅报，得生广果天。
以彼久寿故，名之为广果。于彼禅定起，
见有身为过。增进修智慧，猒离第四禅。
决定增进求，方便除色欲。始自身诸窍，
渐次修虚解。终则坚固分，悉成于空观。
略空观境界，进观无量识。善于内寂静，
离我及我所。观察无所有，是无所有处。
文暗皮骨离，野鸟离樊笼。远离于境界，
解脱亦复然。是上婆罗门，离形常不尽。
慧者应当知，是为真解脱。汝所问方便，
及求解脱者，如我上所说，深信者当学。
持祇沙仙人，及与阇那伽，毗陀波罗沙，
及余求道者，悉从于此道，而得真解脱。
太子闻彼说，思惟其义趣，发其先宿缘，
而复重请问：闻汝胜智慧，微妙深细义。
于知因不舍，则非究竟道。性转变知因，
说言解脱者。我观是生法，亦为种子法。
汝谓我清净，则是真解脱。若遇因缘会，
则应还复缚。犹如彼种子，时地水火风。
离散生理乖，遇缘种复生。无知业因爱，
舍则名脱者。存我诸众生，无毕竟解脱。
处处舍三种，而复得三胜。以我常有故，
彼则微细随。微细过随故，心则离方便。
寿命得长久，汝谓真解脱。汝言离我所，
离者则无有。众数既不离，云何离求那。
是故有求那，当知非解脱。求尼与求那[43]，
义异而体一。若言相离者，终无有是处。
色暖离于火，别火不可得。譬如身之前，
则无有身者。如是求那前，亦无有求尼。
是故先解脱，然后为身缚。又知因离身，
或知或无知。若言有知者，则应有所知。
若有所知者，则非为解脱。若言无知者，
我则无所用。离我而有知，我即同木石。
且知其精粗，背粗而崇微。若能一切舍，
所作则毕竟。于阿罗蓝说，不能悦其心。
知非一切智，应行更求胜。往诣郁陀仙，
彼亦计有我。虽观细微境，见想不想过。
离想非想住，更无有出途。以众生至彼，
必当还退转。菩萨求出故，复舍郁陀仙，

更求胜妙道。进登伽阇山，城名苦行林，
五比丘先住。见彼五比丘，善摄诸情根。
持戒修苦行，居彼苦行林。居连禅河侧，
寂静甚可乐。菩萨即于彼，一处静思惟。
五比丘知彼，精心求解脱。尽心加供养，
如敬自在天。谦卑而师事，进止常不离。
犹如修行者，诸根随心转。菩萨勤方便，
当度老病死。专心修苦行，节身而忘餐。
净心守斋戒，行人所不堪。寂默而禅思，
遂经历六年。日食一麻米，形体极销羸。
欲求度生死，重惑愈更沉。道由慧解成，
不食非其因。四体虽微劣，慧心转增明。
神虚体轻微，名德普流闻。犹如月初生，
鸠摩头华敷。溢国胜名流，士女竞来观。
苦形如枯木，垂满于六年。怖畏生死苦，
专求正觉因。自惟非由此，离欲寂观生。
未若我先时，于阎浮树下，所得未曾有。
当知彼是道，道非疲身得。要须身力求，
饮食充诸根。根悦令心安，心安顺寂静。
静为禅定筌，由禅知正法。法力得难得，
寂静离老死。第一离诸垢，如是等妙法，
悉从饮食生。思惟斯义已，澡浴尼连滨。
浴已欲出池，羸劣莫能起。天神按树枝，
举手攀而出。时彼出林侧，有一牧牛长，
长女名难陀。净居天来告，菩萨在林中，
汝应往供养。难陀婆罗阇，欢喜到其所。
手贯白珂钏，身服青染衣。青白相映发，
如水净泡叠。信心增踊跃，稽首菩萨足。
敬奉香乳糜，惟垂哀愍受。菩萨受而食，
彼得现法果。食已诸根悦，堪受于菩提。
身体蒙光泽，德问转崇高。如百川增海，
初月日增明。五比丘见已，惊起嫌怪想。
谓其道心退，舍而择善居。如人得解脱，
五大悉远离。菩萨独游行，诣彼吉祥树。
当于彼树下，成等正觉道。其地广平正，
桑泽软草生。安详师子步，步步地震动。
地动感黑龙，欢喜目开明。言曾见先佛，
地动相如今。牟尼德尊重，大地所不胜。
步步足履地，轰轰震动声。妙光照天下，
犹若朝日明。五百群青雀，右绕空中旋。

柔软清凉风，随顺而回转。如斯诸瑞相，
悉同过去佛。以是知菩萨，当成正觉道。
从彼获草人，得净柔软草。布草于树下，
正身而安坐。跏趺不倾动，如龙绞缚身。
要不起斯座，究竟其所作。发斯真誓言，
天龙悉欢喜。清凉微风起，草木不鸣条。
一切诸禽兽，寂静悉无声。斯皆是菩萨，
必成觉道相。

破魔品第十三

仙王族大仙，于菩提树下，建立坚固誓，
要成解脱道。鬼龙诸天众，悉皆大欢喜。
法怨魔天王，独忧而不悦。五欲自在王，
具诸战斗艺。憎嫉解脱者，故名为波旬。
魔王有三女，美貌善仪容。种种惑人术，
天女中第一。第一名欲染，次名能悦人，
三名可爱乐。三女俱时进，白父波旬言，
不审何忧戚。父具以其事，写情告诸女。
世有大牟尼，身被大誓铠，执持大强弓，
智慧刚利箭，欲战伏众生，破坏我境界。
我一旦不如，众生信于彼，悉归解脱道，
我土则空虚。譬如人犯戒，其身则空虚。
及慧眼未开，我国犹得安。当往坏其志，
断截其桥梁。执弓持五箭，男女眷属俱，
诣彼吉安林，愿众生不安。见牟尼静默，
欲度三有海。左手执强弓，右手弹利箭。
而告菩萨言，汝刹利速起。死甚可怖畏，
当修汝自法。舍离解脱法，习战施福会，
调伏诸世间，终得生天乐。此道善名称，
先胜之所行。仙王高宗胄，乞士非所应。
今若不起者，且当安汝意。慎莫舍约誓，
试我一放箭。湮罗月光孙，亦由我此箭，
小触如风吹，其心发狂乱。寂静苦行仙，
闻我此箭声，心即大恐怖，昏迷失本性。
况汝末世中，望脱我此箭。汝今速起者，
幸可得安全。此箭毒猛盛，懔栗而战掉。
计力堪箭者，自安犹尚难。况汝不堪箭，
云何能不惊。魔说斯怖事，追胁于菩萨。
菩萨心怡然，不疑亦不怖。魔王即放箭，

兼进三玉女。菩萨不视箭，亦不顾三女。
魔王惕然疑，心口自相语。曾为雪山女，
射摩醯首罗，能令其心变，而不动菩萨。
非复以此箭，及天三玉女，所能移其心，
令起于爱恚。当更合军众，以力强逼迫。
作此思惟时，魔军忽然集。种种各异形，
执戟持刀剑。戴树捉金杵，种种战斗具。
猪鱼驴马头，驼牛咒虎形。师子龙象首，
及余禽兽类。或一身多头，或面各一目，
或复众多眼，或大腹长身，或羸瘦无腹，
或长脚大膝，或大脚肥膊④，或长牙利爪，
或无头胸面，或两足多身，或大面傍面。
或作灰土色，或似明星光。或身放烟火，
或象耳负山。或被发裸形，或被服皮革，
面色半赤白。或著虎皮衣，或复著蛇皮。
或腰带大铃，或索发螺髻。或散发被身，
或吸人精气。或夺人生命，或趦掷大呼⑤。
或奔走相逐，迭自相打害。或空中旋转，
或飞腾树间。或虓呀吼唤⑯，恶声震天地。
如是诸恶类，围绕菩提树。或欲擘裂身，
或复欲吞噉。四面放火然，烟焰上冲天。
狂风四激起，山森普震动。风火烟尘合，
黑暗无所见。爱法诸天人，及诸龙鬼神，
悉皆忿魔众，瞋恚血泪流。净居诸天众，
见魔乱菩萨，离欲无瞋心，哀愍而伤彼。
悉来见菩萨，端坐不倾动。无量魔围绕，
恶声动天地。菩萨安静默，光颜无异相。
犹如师子王，处于群兽中。皆叹呜呼呼，
奇特未曾有。魔众相驱策，各进其威力。
迭共相催切，须更令摧灭。裂眦加切齿，
乱飞而趦掷。菩萨默然观，如看童儿戏。
众魔益忿恚，倍增战斗力。抱石不能举，
举者不能下。飞矛戟利矟⑰，凝虚而不下。
雷震雨大雹，化成五色华。恶龙蛇喷毒，
化成香风气。诸种种形类，欲害菩萨者，
不能令倾动，随事还自伤。魔王有姊妹，
名弥伽迦利。手执髑髅器，在于菩萨前。
作种种异仪，淫惑乱菩萨。如是等魔众，
种种丑类身。作种种恶声，欲恐怖菩萨。
不能动一毛，诸魔悉忧戚。空中负多神，

隐身出音声。我见大牟尼，心无怨恨想。
众魔恶毒心，无怨处生怨。愚痴诸恶魔，
徒劳无所为。当舍恚害心，寂静默然住。
汝不能口气，吹动须弥山。火冷水炽然，
地性平柔软。不能坏菩萨，历劫修苦行。
菩萨正思惟，精进勤方便。净智慧光明，
慈悲于一切。此四妙功德，无能中断截。
而为作留难，不成正觉道。如日千光照，
必除世间暗。钻木而得火，掘地而得水。
精勤正方便，无求而不获。世间无救获，
中贪恚痴毒。哀愍众生故，求智慧良药，
为世除苦患。汝云何恼乱，世间诸痴惑，
皆悉著邪径。菩萨习正路，欲引导众生。
恼乱世导师，是则大不可。如大旷野中，
欺诳商人导。众生堕大冥，莫知所至处。
为然智慧灯，云何欲令灭。众生悉漂没，
生死之大海。为修智慧舟，云何欲今没。
忍辱为法芽，固志为法根。律仪戒为华，
觉心为枝干。智慧之大树，无上法为果。
荫护诸众生，云何而欲伐。贪恚痴枷锁，
轭缚于众生。长劫修苦行，为解众生缚。
决定成于今，于此正基坐。如过去诸佛，
坚竖金刚际。诸方悉倾动，惟此地安隐。
能堪受妙定，非汝所能坏。但当软下心，
除诸高慢意。应修知识想，忍辱而奉事。
魔闻空中声，见菩萨安静。惭愧离憍慢，
复道还天上。魔众悉忧戚，崩溃失威武。
斗战诸器仗，纵横弃林野。如人杀怨主，
怨党悉摧碎。众魔既退散，菩萨心虚静。
日光倍增明，尘雾悉除灭。月明众星朗，
无复诸暗障。空中雨天萃，以供养菩萨。

阿惟三菩提品第十四

菩萨降魔已，志固心安静。永尽第一义，
入于深妙禅。自在诸三昧，次第现在前。
初夜入正受，忆念过去生。从某处某名，
而来生于此。如是百千万，死生悉了知。
受生死无量，一切众生类，悉曾为亲族，
而起大悲心。大悲心念已，又观彼众生，

轮回六趣中，生死无穷极。虚伪无坚固，
如芭蕉梦幻。即于中夜时，建得净天眼。
见一切众生，如观镜中像。众生生生死，
贵贱与贫富。清净不净业，随受苦乐报。
观察恶业者，当生恶趣中。修习善业者，
生于人天中。若生地狱者，受无量种苦。
吞饮于洋铜，铁枪贯其体。投之沸镬汤，
驱入盛火聚。长牙群犬食，利嘴乌啄脑。
畏火起业林，剑叶截其体。利刀解其身，
或利斧斫剉。受斯极苦毒，业行不令死。
乐修不净业，极苦受其报。味著须臾顷，
苦报甚久长。戏笑种苦因，号泣而受罪。
恶业诸众生，若见自报者。气脉则应断，
恐怖崩血死。造诸畜生业，业种种各异。
死堕畜生道，种种各异身。或为皮肉死，
毛角骨尾羽。更互相残杀，亲戚还相啖。
负重而挽轭，鞭策钩锥刺。伤体脓血流，
饥渴莫能解。展转相残杀，无有自在力。
虚空水陆中，逃死亦无处。悭贪增上者，
生于饿鬼趣。巨身如大山，咽孔犹针筒。
饥渴火毒然，还自烧其身。求者悭不与，
或遮人惠施。生彼饿鬼中，求食不能得。
不净人所弃，欲食而变失。若人闻悭贪，
苦报如是者：割肉以施人，如彼尸毗王。
或生人中道，身处于行厕。动转极大苦，
出胎生恐怖。软身触外物，犹如刀剑截。
住彼宿业分，无时不有死。勤苦而求生，
得生长受苦。乘福生天者，渴爱常烧身。
福尽命终时，衰死五相至。犹如树华萎，
枯悴失光泽。眷属存亡分，悲苦莫能留。
宫殿廓然空，玉女悉远离。坐卧尘土中，
悲泣相恋慕。生者哀堕落，死者恋生悲。
精勤修苦行，贪求生天乐。既有如是苦，
鄙哉何可贪。大方便所得，不免别离苦。
呜呼诸天人，修短无差别。积劫修苦行，
永离于爱欲，谓决定长存，而今悉堕落。
地狱受众苦，畜生相残杀，饿鬼饥渴逼，
人间疲渴爱。虽云生天乐，别离最大苦。
迷惑生世间，无一稣息处。呜呼生死海，
轮转无穷已。众生没长流，漂泊无所依。

如是净天眼，观察于五道。虚伪不坚固，
如芭蕉泡沫。即彼第三夜，入于深正受。
观察诸世间，轮转苦自性。数数生老死，
其数无有量。贪欲痴暗障，莫知所由出。
正念内思惟，生死何从起。决定知老死，
必由生所致。如人有身故，则有身痛随。
又观生何因，见从诸有业。天眼观有业，
非自在天生。非自性非我，亦复非无因。
如破竹初节，余节则无难。既见生死因，
渐次见真实。有业从取生，犹如火得薪。
取以爱为因，如小火焚山。知爱从受生，
觉苦乐求安。饥渴求饮食，受生爱亦然。
诸受触为因，三等苦乐生。钻燧加人功，
则得火为用。触从六入生，盲无明觉故。
六入名色起，如芽长茎叶。名色由识生，
如种芽叶生。识还从名色，展转更无余。
缘识生名色，缘名色生识。犹人船俱进，
水陆更相运。如识生名色，名色生诸根。
诸根生于触，触复生于受。受生于爱欲，
爱欲生于取。取生于业有，有则生于生。
生生于老死，轮回周无穷。众生因缘起，
正觉悉觉知。决定正觉已，生尽老死灭。
有灭则生灭，取灭则有灭。爱灭则取灭。
受灭则爱灭。触灭则受灭，六入灭触灭。
一切入灭尽，由于名色灭。识灭名色灭，
行灭则识灭。痴灭则行灭，大仙正觉成。
如是正觉成，佛则兴世间。正见等八道⁴⁸，
坦然平直路。毕竟无我所，如薪尽火灭。
所作者已作，得先正觉道。究竟第一义，
入大仙人室。暗谢明相生，动静悉寂默。
逮得无尽法，一切智明朗。大仙德纯厚，
地为普震动。宇宙悉清明，天龙神云集。
空中奏天乐，以供养于法。微风清凉起，
天云雨香雨。妙华非时敷，甘果违节熟。
摩诃曼陀罗，种种天宝华，从空而乱下，
供养牟尼尊。异类诸众生，各慈心相向。
恐怖悉销除，无诸恚慢心。一切诸世间，
皆同漏尽人。诸天乐解脱，恶道暂安宁。
烦恼渐休息，智月渐增明。甘蔗族仙士，
有诸生天者。见佛出兴世，欢喜充满身。

即于天宫殿，雨华以供养。诸天龙鬼神，
同声叹佛德。世人见供养，及闻赞叹声，
一切皆随喜，踊跃不自胜。惟有魔天王，
心生大忧悲。佛于彼七日，禅思心清净。
观察菩提树，瞪视目不瞬。我依于此处，
得遂宿心愿，安住无我法。佛眼观众生，
发上哀愍心，欲令得清净。贪恚痴邪见，
飘流没其心。解脱甚深妙，何由能得宣。
舍离勤方便，安住于默然。顾惟本誓愿，
复生说法心。观察诸众生，烦恼孰增微。
梵天知其念，法应请而转。普放梵光明，
为度苦众生。来见牟尼尊，说法大人相。
妙义悉显现，安住实智中。离于留难过，
无诸虚伪心。恭敬心欢喜，合掌劝请言。
世间何福庆，遭遇大悲尊。一切众生类，
尘秽滓杂心。或有重烦恼，或烦恼轻微。
世尊已免渡，生死大苦海。愿当济渡彼，
沉溺诸众生。如世间义士，得利与物同。
世尊得法利，惟应济众生。凡人多自利，
彼我兼利难。惟愿垂慈悲，为世难中难。
如是劝请已，奉辞还梵天。佛以梵天请，
心悦加其诚。长养大悲心，增其说法情。
念当行乞食，四王咸奉钵。如来为法故，
受四合成一。时有商人行，善友天神告。
大仙牟尼尊，在彼山林中。世间良福田，
汝应往供养。闻命大欢喜，奉施于初饭。
食已顾思惟，谁应先闻法。惟有阿罗蓝，
郁头罗摩子，彼堪受正法，而今已命终。
次有五比丘，应闻初说法。欲说寂灭法，
如日光除冥。行诣波罗奈，古仙人住处。
牛王目平视，安详师子步。为度众生故，
往诣迦尸城。步步兽王视，顾瞻菩提林。

转法轮品第十五

如来善寂静，光明显照曜。严仪独游步，
犹若大众随。道逢一梵志，其名优波迦。
执持比丘仪，恭立于路傍。欣遇未曾有，
合掌而启问。群生皆染著，而有无著容。
世间心动摇，而独静诸根。光颜如满月，

似味甘露津。容貌大人相，慧力自在王。
所作必已办，为宗禀何师。答言我无师，
无宗无所胜。自悟甚深法，得人所不得。
人之所应觉，举世无觉者。我今悉自觉，
是故名正觉。烦恼如怨家，伏以智慧剑。
是故世所称，名之为最胜。当诣波罗奈，
击甘露法鼓。无慢不存名，亦不求利乐。
惟为宣正法，拔济苦众生。以昔发弘誓，
度诸未度者。誓果成于今，当遂其本愿。
富财自供已，不称名义士。兼利于天下，
乃名大丈夫。临危不济溺，岂云勇健士。
疾病不救疗，何名为良医。见迷不示路，
孰云善导师。如灯照幽冥，无心而自明。
如来然慧灯⑭，无诸求欲情。钻燧必得火，
空中风自然。穿地必得水，此皆理自然。
一切诸牟尼，成道必伽耶，亦同迦尸国，
而转正法轮。梵志优波迦，呜呼叹奇特。
随心先所期，从路各分乖。计念未曾有，
步步顾踟蹰。如来渐前行，至于迦尸城。
其地胜庄严，如天帝释宫。恒河波罗奈，
二水双流间。林木华果茂，禽兽同群游。
闲寂无喧俗，古仙之所居。如来光照耀，
倍增其鲜明。憍陈如族子，次十力迦叶，
三名婆涩波，四阿湿波誓，五名跋陀罗，
习苦乐山林。远见如来至，集坐共议言。
瞿昙染世乐，放舍诸苦行。今复还至此，
慎勿起奉迎。亦莫礼问讯，供给其所须。
已坏本誓故，不应受供养。凡人见来宾，
应修先后宜。且为设床座，任彼之所安。
作此要言已，各各正基坐。如来渐欲至，
不觉违约言。有请让其座，有为摄衣钵。
有请洗摩足，有请问所须。如是等种种，
尊敬奉师事。惟不舍其族，犹称瞿昙名。
世尊告彼言，莫称我本姓。于阿罗诃所，
而生媟慢言。于敬不敬者，我心悉平等。
汝等心不恭，当自招其罪。佛能度世间，
是故称为佛。于一切众生，等心如子想。
而称本名字，如得慢父罪。佛以大悲心，
哀愍而告彼。彼率愚骇心⑳，不信正真觉。
言先修苦行，犹尚无所得。今恣身口乐，

何因得成佛。如是等疑惑，不信得佛道。
究竟真实义，一切智具足。如来即为彼，
略说其要道。愚夫习苦行，乐行悦诸根。
见彼二差别，斯则为大过。非是正真道，
以违解脱故。疲身修苦行，其心犹驰乱。
尚不生世智，况能超诸根。如以水然灯，
终无破暗期。疲身修慧灯，不能坏愚痴。
朽木而求火，徒劳而不获。钻燧人方便，
即得火为用。求道非苦行，而得甘露法。
著欲为非义，愚痴障慧明。尚不了经论，
况得离欲道。如人得重病，食不随病食。
无知之重病，著欲岂能除。放火于旷野，
干草增猛风，焰盛孰能灭，贪爱火亦然。
我已离二边，心存于中道。众苦毕竟息，
安静离诸过。正见逾日光，平等觉观乘。
正语为舍宅，游戏正业林。正命为丰姿，
方便为正路。正念为城郭，正定为床座。
八道坦平正，免脱生死苦。从此途出者，
所作已究竟。不堕于彼此，二世苦数中。
三界纯苦聚，唯此道能灭。本所未曾闻。
正法清净眼。等见解脱道，唯我今始起。
生老病死苦，爱离怨憎会。所求事不果，
及余种种苦。离欲未离欲，有身及无身。
离净功德者，略说斯皆苦。犹如盛火息，
虽微不舍热。寂静微细我，大苦性犹存。
贪等诸烦恼，及种种业过。是则为苦因，
舍离则苦灭。犹如诸种子，离于地水等，
众缘不和合，芽叶则不生。有有性相续，
从天至恶趣。轮回而不息，斯由贪欲生。
软中上差降，种种业为因。若灭于贪等，
则无有相续。种种业尽者，差别苦长息。
此有则彼有，此灭则彼灭。无生老病死，
无地水火风。亦无初中边，亦非欺诳法。
贤圣之所住，无尽之寂灭。所说八正道，
是方便非余。世间所不见，彼彼长迷惑。
我知苦断集，证灭修正道。观此四真谛，
速成等正觉。谓我已知苦，已断有漏因，
已灭尽作证，已修八正道，已知四真谛，
清净法眼成。于此四真谛，未生平等眼。
不名得解脱，不言作已作。亦不言一切，

真实知觉成。已知真谛故，自知得解脱。
自知作已作，自知等正觉。说是真实时，
憍邻族姓子。八万诸天众，究竟真实义。
远离诸尘垢，清净法眼成。天人师知彼，
所作事已作。欢喜师子吼，问憍邻知未。
憍邻即白佛，已知大师法。已知彼法故，
名阿若憍邻。于佛弟子中，最先第一悟。
彼知正法声，闻子诸地神。咸共举声唱，
善哉深见法，如来于今日，转未曾所转。
普为诸天人，广开甘露门。净戒为众辐，
调伏寂定齐。坚固智为辋，惭愧屑其铜，
正念以为毂[51]，成真实法轮。正真出三界，
不退从明师。如是地神唱，虚空神传称。
诸天转赞叹，乃至彻梵天。三界诸天神，
始闻大仙说。展转惊相告，普闻佛兴世。
广为群生类，转寂静法轮。风霁云雾除，
空中雨天华。诸天奏天乐，喜叹未曾有。

佛所行赞经卷第四

马鸣菩萨撰
北京天竺三藏昙无谶译

瓶沙王诸弟子品第十六

时彼五比丘，阿湿波誓等，闻彼知法声，
慨然而自伤。合掌而加敬，仰瞻于尊颜。
如来善方便，次令入正法。前后五比丘，
得道调诸根。犹五星丽天，列侍于明月。
时彼鸠夷城，长者子耶舍，夜眠忽觉悟，
自见其眷属。男女裸身卧，即生厌离心。
念此烦恼本，诳惑于愚夫。严服佩璎珞，
出家诣出林。寻路而并唱，恼乱恼乱乱。
如来夜经行，闻唱恼乱声。即命汝善来，
比有安隐处。涅槃极清凉，寂灭离诸恼。
耶舍闻佛教，心中大欢喜。乘本猒离心，

圣慧泠然开。如入清凉池，肃然至佛所。
其身犹俗容，心已得漏尽。宿植善根力，
疾成罗汉果。净智理潜明，闻法能即悟。
犹如鲜素缯，易为染其色。彼已自觉知，
所应作已作。顾身犹庄严，而生惭愧心。
如来知彼念，而为说偈言：严饰以璎珞，
心调伏诸根。平等观众生，行法不计形。
身被出家衣，其心累未忘。处林贪世荣，
是则为俗人。形虽表俗仪，心栖高胜境。
在家同山林，则离于我所。缚解存于心，
形岂有定相。佩甲衣重袍，谓能制强敌。
改形著染衣，为伏烦恼怨。即命比丘来，
应声俗容变。具足出家仪，皆成于沙门。
先有俗游朋，其数五十四。寻善友出家，
随次入正法。斯由宿善业，妙果成于今。
纯烟洽已久，经水速鲜明。上行诸声闻，
六十阿罗汉。悉如罗汉法，随顺而教诫。
汝今已济度，生死河彼岸。所作已毕竟，
堪受一切供。各应游诸国，度诸未度者。
众生苦炽然，各无救护者。汝等各独游，
哀愍而摄受。吾今亦独行，还彼伽阇山。
彼有大仙人，王仙及梵仙，悉皆在于彼，
举世之所宗。迦叶苦行仙，国人悉奉事。
受学者甚众，我今往度之。时六十比丘，
奉教广宣法。各从其宿缘，随意诣诸方。
世尊独游步，往诣伽阇山。入空静法林，
诣迦叶仙人。彼有事火窟，恶龙之所居。
山林极清旷，处处无不安。世尊为教化，
告彼而请宿。迦叶白佛言，无有宿止处。
惟有事火窟，善清净可居。而有恶龙止，
必能伤害人。佛言但见与，且一宿止住。
迦叶种种难，世尊请不已。迦叶复白佛，
心不欲相与，谓我有悋惜，且自随所乐。
佛即入火室，端坐正思惟。时恶龙见佛，
瞋恚纵毒火，举室洞炽然，而不触佛身。
舍尽火自灭，世尊犹安坐。犹如劫火起，
梵天宫洞然。梵王正其坐，不恐亦不畏。
恶龙见世尊，光颜无异相。毒息善心生，
稽首而归依。迦叶夜见光，叹呜呼怪哉！
如此道德人，而为龙火烧。迦叶及眷属，

晨朝悉来看。佛已降恶龙，置在于钵中。
彼知佛功德，而生奇特想。憍慢久习故，
犹言我道尊。佛以随时宜，现种种神变。
察其心所念，变化而应之。令彼心柔软。
堪为正法器。自知其道浅，不及于世尊。
决定谦下心，随顺受正法。郁呲罗迦叶，
弟子五百人，随师善调伏，次第受正法。
迦叶并徒众，悉受正化已。仙人资生物，
并诸事火具，悉弃于水中，漂没随流迁。
那提伽阇等，二弟居下流。见被服诸物，
随流而乱下。谓其遭大变，忧怖不自安。
二众五百人，寻江而求兄。见兄已出家，
诸弟子亦然。知得未曾法，而起奇特想。
兄今已伏道，我等亦当随。彼兄弟三人，
及弟子眷属，世尊为说法，即以事火譬。
愚痴黑烟起，乱想钻襚生。贪欲瞋恚火，
焚烧于众生。如是烦恼火，炽然不休息。
弥纶于生死，苦火亦常然。能见二种火，
炽然无依怙。云何有心人，而不生厌离。
厌离除贪欲，贪尽得解脱。若已得解脱，
解脱知见生。观察生死流，而举于梵行。
一切作已作，更不受后有。如是千比丘，
闻世尊说法，诸漏永不起，一切心解脱。
佛为迦叶等，千比丘说法，所作者已作，
净慧妙庄严。诸功德眷属，施戒净诸根。
大德仙从道，苦行林失荣。如人失戒德，
空身而徒生。世尊大眷属，进诣王舍城。
忆念摩竭王，先所修要誓。世尊既已至，
止住于杖林。瓶沙王闻之，与大眷属俱。
举国士女从，往诣世尊所。远见如来坐，
降心伏诸根。除去诸俗容，下车而步进。
犹如天帝释，往诣梵天王。前顶礼佛足，
敬问体安和。佛还慰劳毕，命令一面坐。
时王心默念，释迦大威力，胜德迦叶等，
今皆为弟子。佛知众心念，而问于迦叶。
汝见何福利，而弃事火法。迦叶闻佛命，
惊起大众前，胡跪而合掌，高声白佛言。
修福事火神，果报悉轮回。生死烦恼增，
是故我弃舍。精勤奉事火，为求五欲境。
受欲增无穷，是故我弃舍。事火修咒术，

离解脱受生。受生为苦本，故舍更求安。
我本谓苦行，祠祀设大会。为最第一胜，
而更违正道。是故今弃舍，更求胜寂灭。
离生老病死，无尽清凉处。以知此义故，
放舍事火法。世尊闻迦叶，说自知见事，
欲令诸世间，普生净信心。而告迦叶言，
汝大士善来，分别种种法，而从于胜道。
今于大众前，显汝胜功德，如巨富长者，
开现于宝藏。令贫苦众生，增其厌离心。
善哉奉尊教，即于大众前，行身入正受，
飘然升虚空。经行住坐卧，或举身洞然。
左右出水火，不烧亦不湿。从身出云雨，
雷电动天地。举世悉瞻仰，纵目观无厌。
异口而同音，称叹未曾有。然后摄神通，
敬礼世尊足。佛为我大师，我为尊弟子。
奉教闻斯行，所作已毕竟。举世普见彼，
迦叶为弟子，决定知世尊，真实一切智。
佛知诸会众，堪为受法器。而告瓶沙王，
汝今善谛听：心意及诸根，斯皆生灭法。
了知生灭过，是则平等观。如是平等观，
是则为知身。知身生灭法，无取亦无受。
知身诸根觉，无我无我所。纯一苦积聚，
苦生而苦灭。已知诸身相，无我无我所。
是则之第一，无尽清净处。我见等烦恼，
系缚诸世间。既见无我所，诸缚悉解脱。
不实见所缚，见实则解脱。世间摄受我，
则为邪摄受。若彼有我者，或常或无常。
生死二边见，其过最尤甚。若使无常者，
修行则无果。亦不受后有，无功而解脱。
若使有常者，无死生中间。则应同虚空，
无生亦无灭。若使有我者，则应一切同。
一切皆有我，无业果自成。若有我作者，
不应苦修行。彼有自在主，何须造作为。
若我则有常，理不容变异。见有苦乐相，
云何言有常。知生则解脱，远离诸尘垢。
一切悉有常，何用解脱为。无我不惟言，
理实无实性。不见我作事，云何说我作。
我既无所作，亦无作我者。无此二事故，
真实无有我。无作者知者，无主而常还。
生死日夜流，汝今听我说。六根六境界②，

因缘六识生。三事会生触，
心念业随转。阳珠遇乾草，
绿日火随生。诸根境界识，
士夫生亦然。芽因种子生，
种非即是芽。不即亦不异，
众生生亦然。世尊说真实，
平等第一义。王眷属人民，
瓶沙王欢喜，离垢法眼生。
百千诸鬼神，闻说甘露法，
亦随离诸尘。

大弟子出家品第十七

尔时瓶沙王，稽首请世尊，
迁住于竹林，哀受故默然。
王已见真谛，奉拜而还宫。
世尊与大众，徙居安竹园。
为度众生故，建立慧灯明。
以梵住天住，贤圣住而住。
时阿湿波誓，调心御诸根。
时至行乞食，入于王舍城。
容貌世挺特，威仪谛安诸。
城中诸士女，见者莫不欢。
行者为住步，前迎后风驰。
迦毗罗仙人，广度诸弟子。
第一胜多闻，其名舍利弗。
见比丘庠序，闲雅净诸根。
踟蹰而待至，举手请问言：
年少净容仪，我所未曾见。
得何胜妙法，为宗事何师。
师教何所说，愿告决所疑。
比丘欣彼问，和颜逊辞答：
一切智具足，甘蔗胜族生。
天人中最胜，是则我大师。
我年既幼稚，学日又初浅。
岂能宣大师，甚深微妙义。
今当以浅智，略说师教法。
一切有法生，皆从因缘起。
生灭法悉灭，说道为方便。
二生优波提，随听心内融。
远离诸尘垢，清净法眼生。
先所修决定，知因及无因，
一切无所作，皆由自在天。
今闻因缘法，无我智开明。
增微诸烦恼，无能究竟除。
惟有如来教，永尽而无遗。
非摄受我所，而能离吾我。
明因日灯兴，孰能令无光。
如断莲华茎，微丝犹连绵。
佛教除烦恼，犹断石无余。
敬礼比丘足，退辞而还家。
比丘乞食已，亦还归竹园。
舍利弗还家，貌色甚和雅。
善友尊目连，同体闻才均。
遥见舍利弗，颜仪甚熙怡。
告言今见汝，而有异常容。
素性至沉隐，欢相现于今。
必得甘露法，此相非无因。

答言如来告，实获未曾法。即请而为说，
闻则心开解。诸尘垢亦除，随生正法眼。
久植妙因果，如观掌中灯。得佛不动信，
俱行诸佛所。与徒众弟子，二百五十人。
佛遥见二贤，而告诸众言：彼来者二人，
吾上首弟子，一智慧无双，二神足第一。
以深净梵音，即命汝善来。此有清净法，
出家究竟道。手执三奇杖，紫发持澡瓶。
闻佛善来声，即变成沙门。二师及弟子，
悉成比丘仪。稽首世尊足，却坐于一面。
随顺为说法，皆得罗汉道。尔时有二士，
迦叶施明灯。多闻身相具，财盈妻极贤。
厌舍而出家，志求解脱道。路由多子塔，
忽遇释迦文。光仪显明耀，犹若祠天幢。
肃然举身敬，稽首顶礼足。尊为我大师，
我是尊弟子。久远积痴冥，愿为作灯明。
佛知彼二士，心乐崇解脱。清净和软音，
命之以善来。闻命心融泰，形神疲劳息。
心栖胜解脱，寂静离诸尘。大悲随所应，
略为其解说。顿解诸深法，成四无碍辩。
大德普流闻，故名大迦叶。本见身我异，
或见我即身。有我及我所，斯见已永除。
惟见众苦聚，离苦则无余。持戒修苦行，
非因而见因。平等见苦性，永无他取心。
若有若见无，二见生犹豫。平等见真谛，
决定无复疑。深著于财色，迷醉贪欲生。
无常不净想，贪爱永已乖。慈心平等念，
怨亲无异想。哀愍于一切，则销瞋恚毒。
依色诸有对，种种杂想生。思惟坏色想，
能断于色爱。虽生无色天，命亦要之尽。
愚于四正受，而生解脱想。寂灭离诸想，
无色贪永除。动乱心变逆，犹狂风鼓浪。
深入坚固定，寂止掉乱心。观法无我所，
生灭不坚固。不见软中上，我慢心自忘。
炽然智慧灯，离诸痴冥暗。见尽无尽法，
无明悉无余。思惟十功德㉝，十种烦恼灭。
苏息作已作，深感仰尊颜。离三而得三，
三弟子除三。犹三星列布，于三十三天。
列侍于三五，三侍佛亦然。

化给孤独品第十八

时有大长者，名曰给孤独。巨富财无量，
广施济贫乏。远从于北方，侨萨罗国来。
止一知识舍，主人名首罗。闻佛兴于世，
近住于竹林。承名重其德，即夜诣彼林。
如来已知彼，根熟净信生。随宜称其实，
而为说法言。汝已乐正法，净信心虚渴。
能灭于睡眠，而来敬礼我。今日当为汝，
具设初宾仪。汝宿植德本，坚固净希望。
闻佛名欢喜，堪为正法器。虚怀广行惠，
周给于贫穷。名德普流闻，果成由宿因。
今当行法施，至心精诚施。时施寂静施，
兼受持净戒。戒为庄严具，能转于恶趣。
令人上升天，报以天五乐。诸求为大苦，
爱欲集诸过。当修远离德，离欲寂静乐。
知老病死苦，世间之大患。正观察世间，
离生老病死。既见于人间，有老病死苦。
生天亦复然，无有常存者。无常则是苦，
苦则无有我。无常苦非我，何有我我所。
知苦即是苦，集者则为集。苦灭即寂静，
道即安隐处。群生流动性，当知是苦本。
猒末塞其源，不愿有非有。生老死盛火，
世间普炽然。见生死动摇，当习于无想。
三摩提究竟，甘露寂静处。空无我我所，
世间悉如幻。当观於此身，诸大众行聚。
长者闻说法，即得于初果。生死海销灭，
惟有一滴余。空闲修离欲，第一有无身。
不如今俗人，见谛真解脱。不离诸行苦，
种种异见网。虽至第一有，不见真实义。
邪想著天福，有爱缚转深。长者闻说法，
阴盖焕然开。遂得于正见，诸邪见永除。
犹如秋厉风，飘散于重云。不计自在因，
亦非邪因生。亦复非无因，而生于世间。
若自在天生，无长幼先后。亦无五道轮，
生者不应灭。亦不应灾患，为恶亦非过。
净与不净业，斯由自在天。若自在天生，
世间不应疑。如子从父生，孰不识其尊。
人遭穷苦时，不应反怨天。悉应宗自在，

不应奉余神。自在是作者，不应名自在。
以其是作故，彼则应常作。常作则自劳，
何名为自在。若无心而作，如婴儿所为。
常有心而作，有心非自在。苦乐由众生，
则非自在作。自在生苦乐，彼应有爱憎。
已有爱憎故，不应称自在。若复自在作，
众生应默然。任彼自在力，何用修善为。
正复修善恶，不应有业报。自在若业生，
一切则共业。若是共业者，皆应称自在。
自在若无因，一切亦应无。若因余自在，
自在应无穷。是故诸众生，悉无有作者。
当知自在义，于此论则坏。一切义相违，
无说则有过。若复自性生，其过亦如彼。
诸明因论者，未曾如是说。无所依无因，
而能有所作。彼彼皆由因，犹如依种子。
是故知一切，则非自性生。一切诸所作，
非惟一因生。而说一自性，是故则非因。
若言彼自性，周满一切处。若周满一切，
亦无能所作。既无能所作，是则非为因。
若遍一切处，一切有作者。是则一切时，
常应有所作。若言常作者，无时时生物。
是故应当知，非自性为因。又说彼自性，
离一切求那。一切所作事，亦应离求那。
一切诸世间，悉见有求那。是故知自性，
亦复非为因。若说彼自性，异于求那者。
以常为因故，其性不应异。众生求那异，
故自性非因。自性若常者，事亦不应坏。
以自性为因，因果理应同。世间见坏故，
当知彼有因。若彼自性因，不应求解脱。
以有自性故，应任彼生灭。假令得解脱，
自性还生缚。若自性不见，为见法因者。
此亦非为因，因果理殊故。世间诸见事，
因果悉俱见。若自性无心，不应有心因。
如见烟知火，因果类相求。非彼因不见，
而生于见事。犹金造器服，始终不离金。
自性是事因，始终岂得殊。若使时作者，
不应求解脱。以彼时常故，应任彼时节。
世间无有边，时节亦复然。是故修行者，
不应方便求。陀罗骠求那，世间一异论。
虽有种种说，当知非一因。若说我作者，

应随欲而生。而今不随欲，云何说我作。
不欲而更得，欲者反更违。苦乐不自在，
云何言我作。若使我作者，应无恶趣业。
种种业果生，故知非我作。言我随时作，
时应惟作善。善恶随缘生，故知非我作。
若使无因作，不应修方便。一切自然定，
修因何所为。世间种种业，而获种种果。
是故知一切，非为无因作。有心及无心，
悉从因缘起。世间一切法，非无因生者。
长者心开解，通达胜妙义。一相实智生，
决定了真谛。敬礼世尊足，合掌而启请：
居在含婆提，土地丰安乐。波斯匿大王，
师子元族胄。福德名称流，远近所宗敬。
欲造立精舍，惟愿哀愍受。知佛心平等，
所居不求安。愍彼众生故，不违我所请。
佛知长者心，大施发于今。无染无所著，
善护众生心。汝已见真谛，素心好行施。
钱财非常宝，宜应速为施。如库藏被烧，
已出者为珍。明人知无常，出财广行惠。
悭贪者守惜，恐尽不受用。亦不畏无常，
徒失增忧悔。应时应器施，如健夫临敌。
能施而能战，是则勇慧士。施者众所爱，
善称广流闻。良善乐为友，命终心常欢。
无悔亦无怖，不生饿鬼趣。此则为华报，
其果难思议。轮回六趣中，良伴无过施。
若生天人中，为众所奉事。生于畜生道，
施报随受乐。智慧修寂定，无依无有数。
虽获甘露道，犹资施以成。缘彼惠施故，
修八大人念㉞。随念欢喜心，决定三摩提。
三昧增智慧，能正观生灭。正观生灭已，
次第得解脱。舍财惠施有，蠲除于贪著。
慈悲恭敬与，兼除嫉恚慢。明见惠施果，
无施痴见除。诸结烦恼灭，斯由于惠施。
当知惠施者，则为解脱因。犹如人种栽，
为荫华果故。布施亦如是，报乐大涅槃。
不坚固财施，获报坚固果。施食惟得力，
施衣得好色。若建立精舍，众果具足成。
或施求五欲，或贪求大财。或为名闻施，
有求生天乐。或为免贫苦，惟汝无想施。
施中之最上，无利而不获。汝心有所弘，

宜令速成就。痴爱心来游，清净眼开还。
长者受佛教，惠心转增明。请优波提舍，
贤友而同归。还彼㤭萨罗，周行择良墟。
见太子祇园，林流极清闲。往诣太子所，
请求买其田。太子甚宝惜，元无出卖心。
设布黄金满，犹尚地不迁。长者心欢喜，
即遍布黄金。祇言我不与，汝云何布金。
长者言不与，何言满黄金。二人共诤讼，
延及断事官。众皆叹奇特，祇亦知其诚。
广问其因缘，辞言立精舍。供养于如来，
并及比丘僧。太子闻佛名，其心即开悟。
惟取其半金，求和同建立。汝地我树林，
共以供养佛。长者地祇林，以付舍利弗。
经始立精舍，昼夜勤速成。高显胜庄严，
犹四天王宫。随法顺道宜，称如来所应。
世间未曾有，增辉舍卫城。如来现神荫，
众圣集安居。无侍者哀降，有侍资道宜。
长者乘斯福，寿尽上升天。子孙继基业，
历世种福田。

父子相见品第十九

佛于摩竭国，化种种异道。悉从一味法，
如日映众星。出彼五山城，与千弟子俱。
前后眷属从，往诣尼金山。近迦维罗卫，
而生报恩心。当修法供养，以奉于父王。
王师及大臣，先遣伺候人。当寻从左右，
瞻察其进止。知佛欲还国，驱驰而先白。
太子远游学，愿满今来还。王闻大欢喜，
严驾即出迎。举国诸士庶，悉皆从王行。
渐近遥见佛，光相倍昔容。处于大众中，
犹如梵天王。下车而徐进，恐为法留难。
瞻颜内欣踊，口莫知所言。顾贪居俗累，
子超然登仙。虽子居道尊，未知称何名。
自惟久思渴，今日无由宣。子今默然坐，
安隐不改容。久别无感情，令我心独悲。
如人久虚渴，路逢清冷泉。奔驰而欲饮，
临泉忽枯竭。今我见其子，犹是本先颜。
心疎气高绝，都无荫流心。抑情虚妄断，
如渴对枯泉。未见繁想驰，对目则无欢。

如人念离亲，忽见画形像。应王四天下，
犹若曼陀王。汝今行乞食，斯道何足荣。
安静如须弥，光相如日明。详行牛王步，
无畏师子吼。不受四天封，乞食而养身。
佛知父王心，犹存于子想。为开其心故，
并哀一切众。神足升虚空，两手捧日月。
游行于空中，作种种变异。或分身无量，
还复合为一。或履水如地，或入地如水。
石壁不碍身，左右出水火。父王大欢喜，
父子情悉除。空中莲华坐，面为王说法。
知王心慈念，为子增忧悲。缠绵爱念子，
宜应速除灭。息爱静其心，受我子养法。
人子所未奉，今以奉父王。父未从子得，
今从子得之。人王之奇特，天王亦希有。
胜妙甘露道，今以奉大王。自业业受生，
业依业果报。当知业因果，勤习度世业。
谛观于世间，惟业为良朋。亲戚及与身，
深爱相恋慕。命绝神独往，惟业良友随。
轮回于五趣，三业三种生。爱欲为其因，
种种类差别。今当竭其力，净修身口业。
昼夜勤修习，息乱心寂然。惟此为已利，
离此悉非我。当知三界有，犹如海涛波。
难乐难习近，当修第四业。生死五道轮，
犹众星旋转。诸天亦迁变，人中岂得常。
涅槃为最安，禅寂乐中胜。人王五欲乐，
危险多恐怖。犹毒蛇同居，何有须更欢。
明人见世间，如盛火围绕。恐畏无暂安，
永离生老死。无尽寂静处，慧者之所居。
不须利器仗，象马以车兵。调伏贪恚痴，
天下敌无余。知苦断苦因，证灭修方便。
正觉四真谛，恶趣恐怖除。先现妙神通，
令王心欢喜。信乐情已深，堪为正法器。
合掌而赞叹，奇哉誓果成。奇哉大苦离，
奇哉饶益我。先虽增忧悲，缘悲故获利。
奇哉我今日，生子果报成。宜舍胜妙乐，
宜精勤习苦。宜离亲族荣，定割恩爱情。
古昔诸仙王，唐苦而无功。清净安隐处，
汝今悉已获。自安而安彼，大悲济众生。
若本住世间，为转轮王者，无自在神通，
令我心开解。亦元此妙法，使我今日欢。

设为转轮王，生死绪不绝。今已免生死，
轮回大苦灭。能为众生类，广说甘露法。
如此妙神通，智慧甚深广。永灭生死苦，
为天人之上。虽居圣王位，终不获斯利。
如是赞叹已，法爱增恭敬。居王父尊位，
谦毕稽首礼。国中诸人民，观佛神通力。
闻说深妙法，兼见王敬重。合掌头面礼，
悉生奇特想。猒患居俗累，咸生出家心。
释种诸王子，心悟道果成。悉猒世荣乐，
舍亲爱出家。阿难陀难陀，金毗阿那律，
难陀跋难陀，及军荼陀那，如是等上首，
及余释种子，悉从于佛教，受法为弟子。
匡国大臣子，优陀夷为首，与诸王子俱，
随次而出家。又阿低黎子，名曰优波离。
见彼诸王子，大臣子出家，心感情开解，
亦受出家法。父王见其子，神力诸功德。
自亦入清流，甘露正法门。舍王位国土，
禅定甘露饭。闲居修静默，处宫习王仙。
如来悉随摄，本族知识已。道申颜和悦，
亲戚欢喜随。时至应乞食，入迦维罗国。
城中诸士女，惊起举声唱。悉达阿罗陀，
学道成而归。内外转相告，巨细驰出看。
门户窗牖中，比肩而侧目。见佛身相好，
光明甚晖耀。外著袈裟衣，身光内彻照。
犹如日圆轮，内外相映发。观者心悲喜，
合掌涕泪流。见佛庠序步，钦形摄诸根。
妙身显法义，惊惜增悲叹。剃发毁形好，
身被染色衣。堂堂仪雅容，束身视地行。
应戴羽葆盖，手揽飞龙辔。如何冒游尘，
执钵而行乞。艺足伏怨敌，貌足彩女欢。
华服冠天冠，黎民咸首阳。如何屈茂容，
拘心制其形。舍妙欲光服，素身著染衣。
见何相何求，举世五欲怨。舍贤妻爱子，
乐独而孤游。难哉彼贤妃，长夜抱忧思。
而今闻出家，性命犹能全。不审净饭王，
竟见此子不。见其妙相身，毁形而出家。
怨家犹痛惜，父见岂能安。爱子罗睺罗，
泣涕常悲恋。见无抚慰心，用学此道为。
诸明相法者，咸言太子生。具足大人相，
应享食四海。观今之所为，斯则皆虚谈。

如是比众多，纷纭而乱说。如来心无著，
无欣亦无戚。慈悲愍众生，欲令脱贫苦。
增长彼善根，并为当来世。显其少欲迹，
兼除俗尘雾。入贫里乞食，精粗任所得。
巨细不择门，满钵归山林。

受祇洹精舍品第二十

世尊已开化，迦维罗卫人。随缘度已毕，
与大众俱行。往侨萨罗国，诣波斯匿王。
祇洹已庄严，堂舍悉周备。流泉相灌注，
华果悉敷荣。水陆众奇鸟，随类群和鸣。
众美世无比，若稽罗山宫。给孤独长者，
眷属寻路迎。散华烧名香，奉请入祇洹。
手执金龙瓶，躬跪注长水。以祇洹精舍，
奉施十方僧。世尊咒愿受，镇国令久安。
给孤独长者，福庆流无穷。时波斯匿王，
闻世尊已至。严驾出祇洹，敬礼世尊足。
却坐于一面，合掌白佛言：不卑毕小国，
忽成大吉祥。恶逆多灾害，岂能感大人。
今得睹圣颜，沐浴饮清化。鄙虽处凡品，
蒙圣人胜流。如风拂香林，气合成重飚。
众鸟集须弥，异色齐金光。得与明人会，
蒙荫而同荣。野夫供仙人，生为三足星。
世利皆有尽，圣利永无穷。人王多愆咎，
遇圣利常安。佛知王心至，乐法如帝释。
唯有二种著，不能忘财色。知时知心行，
而为王说法。恶业卑下士，见善犹知敬。
况复自在王，积德乘宿因。遇佛加恭敬，
此乃非为难。国素静民安，非见佛所增。
今当略说法，大王且谛听。受持我所说，
见我功德成。命终形神垂，亲戚悉别离。
惟有善恶业，始终而影随。当崇法王业，
子养于万民。现世名称流，命终上升天。
纵清不顺法，今苦后无欢。古昔赢马王，
顺法受天福。金步王行恶，寿终生恶道。
我今为大王，略说善恶法。大要当慈心，
观民犹一子。不迫亦不害，善摄持诸根。
舍邪就正路，不自举下人。结友于苦行，
勿习邪见朋。勿恃王威势，勿听邪佞言。

勿恼诸苦行，莫逾王正典。念佛唯正法，
调伏非法者。现为人中上，德惟隆道申。
深思无常想，身命念念迁。栖心高胜境，
志求清净信。保兹自在乐，来世增其欢。
传名于旷劫，必报如来恩。如人爱甜累，
必种其良栽。有从明入暗，有从暗入明。
有暗暗相续，有明明相因。智者舍三品，
当学始终明。言恶群响应，善唱随者难。
无有不作果，作者不败亡。创业不动习，
至竟莫能为。素不修善因，后致乐无期。
既往无息期，是故当修善。自省不为恶，
自作自受故。犹四石山合，众生无逃处。
生老病死山，群生脱无由。惟有行正法，
出斯苦重山。世间悉无常，五欲境如电。
老死锥锋端，何应习非法。古昔诸胜王，
犹若自在天。勇健志胜虚，暂显已磨灭。
劫火熔须弥，海水悉枯竭。况身如泡沫，
而望久在世。猛风止旋岚，日光翳须弥。
盛火水所销，有物悉归灭。此身无常器，
长夜苦守护。广资以财色，放逸而㤭慢。
死时忽然至，挺直如枯木。明人见斯变，
勤修岂睡眠。生死独摇机，不止会堕落。
不习不续乐，苦报者不为。不近不胜友，
不学不断习。学不受有智，受必令无身。
有身不染境，染境为大过。虽生无色天，
不免时迁变。当学不变身，不变则无过。
以有此身故，为众苦之本。是故诸智者，
息本于无身。一切众生类，斯由欲生苦。
是故于欲有，当生猒离心。猒离于欲有，
则不受众苦。虽生色无色，变易为大患。
以不寂静故，况不离于欲。如是观三界，
无常无有生。众苦常炽然，智者岂愿乐。
如树盛火然，众鸟岂群集。觉者为明士，
难此则无明。此则开觉士，离此则非觉。
此则应所作，离此则不应。此则为远宗，
离此与理垂。言此殊胜法，非在家所应。
此则为非说，法惟在人弘。患热入冷水，
一切得清凉。冥室灯火明，悉睹于五色。
修道亦如是，道俗无异方。或山居堕罪，
或在家升仙。痴冥为巨海，邪见为涛波。

群生随爱流，漂转莫能渡。智慧为轻舟，
坚持三昧正，方便鼓念楫⑤，能济无知海。
时王专心听，一切智所说。猒薄于俗荣，
知王者无欢。如逸醉狂象，醉醒纯熟还。
时有诸外道，见王信敬佛。咸求于大王，
与佛决神通。时王白世尊，愿从彼所求。
佛即默然许，种种诸异见，五通神仙士，
悉来诣佛所。佛即现神力，正基坐空中。
普放大光明，如日晖朝阳。外道悉降伏，
国民普归宗。为毋说法故，即升忉利天。
三月处天宫，普化诸天人。度母报恩毕，
安居时过还。诸天众习从，乘于七宝阶。
下至阎浮提，诸佛常下处。无量诸天人，
乘宫殿随送。阎浮提居民，合掌而仰瞻。

守财醉象调伏品第二十一

天上教化母，及余诸天众。还游于人中，
随缘而行化。树提迦耆婆，首罗输卢那，
长者子央伽，及无畏王子，尼瞿屡陀等，
尸利掘多迦，尼捷优波离，悉令得解脱。
乾陀罗国王，其名弗迦罗。闻说深妙法，
舍国而出家。醯茂钵低鬼，及婆多耆利，
于毗富罗山，调伏而受化。波罗延梵志，
波沙那山中，半偈微细义，调伏令信乐。
他那摩帝村，有鸠吒檀枕，是二生之首，
广杀生祠祀。如来方便化，令其入正道。
于毗提诃山，大威德天神，名般遮尸呿，
受法入决定。毗纽瑟吒村，化彼难陀母，
央伽富黎城，降伏大力神。富那跋陀罗，
输屡那檀陀，凶恶大力龙，国王及后宫，
皆悉受正法，以开甘露门。于彼悦栅村，
稽那及尸卢，志求生天乐，化令入正道。
央瞿利摩罗，于彼修佯村，为现神通力，
化令即调伏。有大长者子，浮黎耆婆男，
大富多财钱，如富那跋陀，即于如来前，
受化广行施。于彼跋提村，化彼跋提黎，
及与跋陀罗，兄弟二鬼神。毗提诃富黎，
有二婆罗门，一名为大寿，二名曰梵寿，
论义以降伏，令入于正法。至毗舍离城，

化诸罗刹鬼，并离车师子，及诸离车众。
萨遮尼乾子，悉令入正法。阿摩勒迦波，
有鬼跋陀罗，及跋陀罗迦，跋陀罗劫摩。
又至阿腊山，度鬼阿腊婆，二名鸠摩罗，
三诃悉多迦。还至迦阇山，度鬼洹迦那，
及针毛夜叉，及其姊妹子。又至波罗奈，
化彼迦旃延。然后乘神通，至输卢波罗，
化彼诸商人。多波犍尼剑，受其旃檀堂，
妙香流于今。至摩醯波低，度迦毗罗仙。
牟尼住于彼，足蹈于石上，千辐双轮现，
终则不磨灭。至婆罗那处，化婆罗那鬼。
至摩偷罗国，度鬼竭昙摩，偷罗俱瑟咤，
度赖咤波罗。至鞞兰若村，度诸婆罗门。
迦利摩沙村，度萨毗萨深。亦复化于彼，
阿耆尼毗舍。复还舍卫国，度彼瞿昙摩，
阇帝轮卢那，道迦阿低黎。还憍萨罗国，
度外道之师，弗迦罗婆黎，及诸梵志众。
至施多毗迦，寂静空闲处，度诸外道仙，
令入佛仙路。至阿输阇国，度诸鬼龙众。
至金毗罗国，度二恶龙王，一名金毗罗，
二名迦罗迦。又至跋致国，化度夜叉鬼，
其名曰毗沙。那鸠罗父母，并及大长者，
令信乐正法。至拘睒弥国，化度瞿师罗，
及二优婆夷，婆阇郁多罗。伴等优婆夷，
众多次第度。至犍陀罗国，度阿婆罗龙。
如是等次第，空行水陆性，皆悉往化度，
如日照幽冥。尔时提婆达，见佛德殊胜。
内心怀嫉妒，退失诸禅定，造诸恶方便，
破坏正法僧。登耆阇崛山，崩石以打佛。
石分为二分，堕于佛左右。于王平直路，
放狂醉恶象，震吼若协霆，勇气奋成云。
䐋呬而奔走①，逸越如暴风。鼻牙尾四足，
角则莫不摧。王舍城巷路，狼藉杀伤人。
横尸而布路，髓脑血流离。一切诸士女，
恐怖不出门。合城悉战悚，但闻惊唤声。
有出城驰走，有窟穴自藏。如来众五百，
时至而入城。高阁窗牖人，启佛令勿行。
如来心安泰，怡然无惧容。惟念贪嫉苦，
慈心欲令安。天龙众营从，渐至狂象所。
诸比丘逃避，惟与阿难俱。犹法种种相，

一自性不移。醉象奋狂怒，见佛心即醒。
投身礼佛足，犹如太山崩。莲华掌摩顶，
如月照乌云。跪伏佛足下，而为说法言。
象莫害大龙，象与龙战难。象欲害大龙，
终不生善趣。贪恚痴迷醉，难降佛已降。
是故汝今日，当舍贪恚痴。已没苦淤泥，
不舍转更增。彼象闻佛说，醉解心即悟。
身心得安乐，如渴饮甘露。象已受佛化，
国人悉欢喜。咸欢唱希有，设种种供养。
下善转成中，中善进增上。不信者生信，
已信者深固。阿阇世大王，见佛降醉象。
心生奇特想，欢喜倍增敬。如来善方便，
现种种神力，调伏诸众生，随力入正法。
举国修善业，犹如劫初人。彼提婆达兜，
为恶自缠缚，先神力飞行，今堕无择狱。

庵摩罗女见佛品第二十二

世尊广化毕，而生涅槃心。发于王舍臧，
诣巴连弗邑。到已住于彼，婆吒利支提，
彼是摩竭提，边邑附庸国。主国婆罗门，
多闻明经典。瞻相土安危，国之仰观师。
摩端王遣使，勅告彼仰观。命起于牢城，
以备于强邻。世尊记彼地，天神所保持。
于中起城郭，永固无危亡。仰观心欢喜，
供养佛法僧。佛出彼城门，往诣恒河滨。
仰观深敬佛，名为瞿昙门。恒河侧人民，
皆出迎世尊。兴种种供养，各严船令渡。
世尊以船多，偏受违众心。即以神通力，
隐身及大众。忽从此岸没，而出于彼岸。
以乘智慧船，广济于众生。缘斯德力故，
济河不凭舟。恒河侧人民，同声唱奇特。
咸言名此津，名为瞿昙津。城门瞿昙门，
津名瞿昙津，斯名流于世，历代共称传。
如来复前行，至彼鸠黎村，说法多所化。
复至那提村，人民多疫死。亲戚悉来问，
诸亲疫死者，命终生何所。佛善知业报，
悉随问记说。前至鞞舍离，住于庵罗林。
彼庵摩罗女，承佛诣其园。侍女众随从，
庠序出奉迎。善执诸情根，身服轻素衣。

舍离庄严服，息沐浴香华。犹世贞贤女，
洁素以祠天。端正妙容姿，犹天玉女形。
佛遥见女来，告诸比丘众，此女极端正，
能留行者情。汝等当正念，以慧镇其心。
宁在暴虎口，狂夫利剑下，不于女人所，
而起爱欲情。女人显姿态，若行住坐卧，
乃至画像形，悉表妖冶容。劫夺人善心，
如何不自防。见啼笑喜怒，纵体而垂肩。
或散发髻倾，犹尚乱人心。况复饰容仪，
以显妙姿颜。庄严隐陋形，诱诳于愚夫。
迷乱生恶想，不觉丑秽形。当观无常苦，
不净无我所。谛见其真实，灭除贪欲想。
正观于自境，天女尚不乐。况复人间欲，
而能留人心。当执精进弓，智慧锋利箭。
被正念重铠，决战于五欲。宁以热铁枪，
贯彻于双目。不以爱欲心，而观于女色。
爱欲迷其心，眩惑于女色，乱想而命终，
必堕三恶道。畏彼恶道苦，不受女人欺。
根不击境界，境界不击根。于中贪欲想，
由根击境界。犹如二耕牛，同一轭一鞅[57]。
牛不转相缚，根境界亦然。是故当制心，
勿令其放逸。佛为诸比丘，种种说法已。
彼庵摩罗女，渐至世尊前。见佛坐树下，
禅定静思惟。念佛大悲心，哀受我树林。
端心歛仪容，正素妖冶情。恭形心纯备，
稽首接足礼。世尊命令坐，随心为说法。
汝心已纯静，表彻外德容。壮年丰财宝，
备德兼姿颜。能信乐正法，是则世之难。
丈夫宿智慧，乐法非为奇。女人情志弱，
智浅爱欲深。而能乐正法，此亦为甚难。
人生于世间，惟应法自娱。财色非常保，
惟正法为珍。强梁病所坏，少壮老所迁。
命为死所困，行法无能侵。所爱莫不离，
不爱而强邻。所求不随意，惟法为从心。
他力为大苦，自在力为欢。女人悉由他，
兼怀他子苦。是故当思惟，猒难于女身。
彼庵摩罗女，闻法心欢喜。坚固智增明，
能断于爱欲。即自猒女身，不染于境界。
虽耻于陋形，法力劝其心。稽首而白佛：
已蒙尊摄受，哀受明供养，令满其志愿。

佛知彼诚心，兼利诸群生。默然受其请，
令即随欢喜。亲听转增明，作礼而还家。

佛所行赞经卷第五

马鸣菩萨撰
北凉天竺三藏昙无谶译

神力住寿品第二十三

尔时鞞舍离，诸离车长者，闻世尊入国，
住庵摩罗园。有乘素车舆，素盖素衣服。
青赤黄绿色，其众各异仪。羽从前后导，
争涂竞路前。天冠衮华服，实饰以庄严。
威容盛明曜，增晖彼园林。除舍五威仪，
下车而步进。息慢而形恭，顶礼于佛足。
大众围绕佛，如日重轮光。离车名师子，
为诸离车长。德貌如师子，位居师子目。
灭除师子慢，受诲释师子。汝等大威德，
名族美色容。能除世㤭慢，受法以增明。
财色得华饰，不如戒庄严。国土丰安乐，
惟以汝等荣。荣身而安民，在于调御心。
加以乐法情，令德转崇高。非薄土群类，
而能集众贤。当日新其德，抚养于万民。
导众以明正，如牛王涉津。若人能自念，
今世及后世。惟当修正戒，福利二世安。
为众所敬重，名称普流闻。仁者乐为友，
德流永无疆。山林宝玉石，皆依地而生。
戒德亦如地，众善之所出。无翅欲腾虚，
度河无良舟。人而无戒德，济苦为实难。
如树美华果，针刺难可攀。多闻美色力，
破戒者亦然。端坐胜堂阁，王心自庄严。
净戒功德见，随大仙而化。染衣服毛羽，
螺髻剃须发。不修于戒德，方涉众苦难。
日夜三沐浴，奉火修苦行。遗身秽野兽，
赴水火投岩。食果饵草根，吸风饮恒水。

服气以绝粮，远离于正式。习斯禽兽道，
非为正法器。毁戒招诽谤，仁者所不亲。
心常怀恐怖，恶名而影随。现世无利益，
后世岂获安。是故智慧士，当修于净戒。
于生死旷野，戒为善导师。持戒由自力，
此则不为难。净戒为梯隥，令人上升天。
建立净戒者，斯由烦恼微。诸过坏其心，
丧失善功德。先当离我所，我所覆诸善。
犹灰覆火上，足蹈而觉烧。憍慢覆其心，
如日隐重云。慢怠灭惭愧，忧悲弱强志。
老病坏壮容，我慢灭诸善。诸天阿修罗，
贪嫉兴诤讼。丧失诸功德，悉由我慢坏。
我于胜中胜，我得胜者同。我于胜小劣，
斯则为愚夫。色族悉非常，动摇不暂安。
终为磨灭法，何用憍慢为。贪欲为巨患，
诈亲而密怨。猛火从内发，贪火亦复然。
贪欲之炽然，甚于世间火。火盛水能灭，
贪爱难可销。猛火焚旷野，草尽还复生。
贪欲火焚心，正法生则难。贪欲求世乐，
乐增不净业。恶业堕恶道，怨无过贪欲。
贪则生于爱，爱则习诸欲。习欲招众苦，
尤恶无过贪。贪则为大病，智药愚夫止。
邪觉不正思，能令贪欲增。无常苦不净，
无我无我所。知慧真实观，能灭彼邪贪。
是故于境界，当修真实观。真实观已生，
贪欲得解脱。见德生贪欲，见过起瞋恚。
德过二俱亡，贪恚得除灭。瞋恚改素容，
能坏端正色。瞋恚翳明目，害法义欲闻。
断绝亲爱义，为世所轻贱。是故当舍恚，
勿随于瞋心。能制狂恚心，是名善御者。
世称善调驷，是为摄绳客。纵恚不息焚，
忧悔火随烧。若人起瞋恚，先自烧其心。
然后加于风，或烧或不烧。生老病死苦，
逼迫于众生。复加于恚害，多怨复增怨。
见世众苦迫，应起慈悲心。众生起烦恼，
增微无量差。如来善方便，随病而略说。
譬如世良医，随病而投药。尔时诸离车，
闻佛所说法，即起礼佛足，欢喜而顶受。
请佛及大众，明日设薄供。佛告诸离车，
庵摩罗已请。离车怀感愧，彼何夺我利。

知佛心平等，而复随喜心。如来善随宜，
安慰令心悦，伏化纯熟归。如蛇被严咒，
夜过明相生。佛与大众俱，诣庵摩罗舍。
受彼供养毕，往诣毗纽村，于彼夏安居。
三月安居竟，复还鞞舍离。住猕猴池侧，
坐于林树间。普放大光明，以感魔波旬⊗。
来诣于佛所，合掌劝请言。昔尼连禅侧，
已发真实要。我所作事毕，当入于涅槃。
今所作已作，当遂于本心。时佛告波旬，
灭度时不远，却后三月满，当入于涅槃。
时魔知如来，灭度已有期。情愿既已满，
欢喜还天宫。如来坐树下，正受三摩提。
放舍业报寿，神力住命存。以如来舍寿，
大地皆震动。十方虚空境，周遍大火然。
须弥顶崩颓，天雨飞砾石。狂风四激起，
树木悉摧折。天乐发哀声，天人心忘欢。
佛从三昧起，昔告诸众生。我今已舍寿，
三昧力存身。身如朽败车，无复往来因。
已脱于三有，如鸟破卵生。

离车辞别品第二十四

尊者阿难陀，见地普大动，心惊身毛竖，
问佛何因缘。佛告阿难陀，我住三月寿，
余命行悉舍，是故地大动。阿难闻佛教，
悲感泪交流，犹如大力象，摇彼栴檀树。
扰动理迫迮，香汁泪流下。亲重大师尊，
恩深未离欲。惟此四事故，悲苦不自胜。
今我闻世尊，涅槃决定教，举体悉萎销。
述方失常韵。所闻法悉忘，荒悸忘天地。
怪哉救世主！灭度一何驶。遭寒冰垂死，
遇火忽复灭。于烦恼旷野，述乱失其方。
忽遇善导师，未度忽复失。如人涉长涂，
热竭久乏水。忽遇清凉池，奔趣悉枯竭。
绀睫瞪睛目，明鉴于三世。智慧照幽冥，
昏冥一何速。犹如旱地苗，云兴仰希雨。
暴风云速灭，望绝守空田。无智大暗冥，
群生悉述方。如来然慧灯，忽灭何由出。
佛闻阿难说，酸诉情悲切，软语安慰言，
为说真实法。若人知自性，不应处忧悲。

一切诸有为，悉皆磨灭法。我已为汝说，
合会情别离，恩爱理不常，当舍悲恋心，
有为流动法。生灭不自存，欲令长存者，
终无有是处。有为若常存，无有迁变者。
此则为解脱，于何而更求。汝及余众生，
今于我何求。汝等所应得，我已为说竟。
何用我此身，妙法身长存。我住我寂静，
所要唯在此。然我于众生，未曾有师拳。
当修猒离想，善住于自洲。当知自洲者，
专精勤方便。独静修闲居，不从于他信。
当知法洲者，决定明慧灯。能灭除痴暗，
观察四境界。逮得于胜法，离我离我所。
骨竿皮肉涂，血浇以筋缠。谛观悉不净，
云何乐此身。诸受从缘生，犹如水上泡。
生灭无常苦，远离于乐想。心识生住灭，
新新不暂停。思惟于寂灭，常想永已乖。
众行因缘起，聚散不常俱。愚痴生我想，
慧者无我所。于此四境界，思惟正观察。
此则一乘道，众苦悉皆灭。若能住于此，
真实正观者，佛身之存亡，此法常无尽。
佛说此妙法，安慰阿难时，诸离车闻之，
惶怖咸来集，悉舍俗威仪，驱驰至佛所。
礼毕一面坐，欲问不能宣。佛已知其心，
逆为方便说：我今观察汝，心有异常想。
放舍俗缘务，惟念法为情。汝今欲从我，
所闻所知者，于我存亡际，慎莫生忧悲。
无常有为性，躁动变易法。不坚非利益，
无有久住相。古昔诸仙王，婆私吒仙等，
曼陀转轮王，其比亦众多。如是诸先胜，
力如自在天。悉已久磨灭，无一存于今。
日月天帝释，其数亦甚众。悉皆归磨灭，
无有长存者。过去世诸佛，数如恒边沙。
智慧照世间，悉皆如灯灭。未来世诸佛，
将灭亦复然。今我岂独异，当入于涅槃。
彼有应度者，今宜进前行。毗舍离快乐⑲。
汝等且自安。世间无依怙，三界不足欢。
当止忧悲苦，而生离欲心。决断长别已，
而游于北方。靡靡涉长路，如日傍西山。
尔时诸离车，悲吟逐路随。仰天而哀叹，
呜呼何怪哉！形如真金山，众相具庄严。

不久将崩坏，无常何无慈。生死久虚竭，
如来智慧母，而今顿放舍，无救苦奈何。
众生久暗冥，假明慧以行。如何智慧日，
忽然而潜光。无知为迅流，漂浪诸众生。
如何法桥梁，一旦忽然摧。慈悲大医王，
无上智良药，疗治众生苦，如何忽远逝。
慈悲妙天幢，智慧以庄严，金刚心绞络，
世间观无猒，祠祀严胜幢，云何一旦崩。
众生何薄福，轮回生死流。解脱门忽闭。
长苦无出期。如来善安慰，割情而长辞。
制心忍悲恋，如萎迦尼华。徘徊而迟迟，
怅怏随路行。如人丧其亲，葬毕长诀还。

般涅槃品第二十五

佛至涅槃处，鞞舍离空虚，犹如夜云冥，
星月失光明。国土先安乐，而今顿凋悴。
犹如丧慈父，孤女常独悲。如端正无闻，
聪明而薄福。心辨而口吃，明慧而乏才。
神通无威仪，慈悲心虚伪。高胜而无力，
威仪而无法。鞞舍离亦然，素荣而今悴。
犹如秋田苗，失水悉枯萎。或断火灭烟，
或对食忘餐。悉废公私业，不修诸俗缘。
念佛感恩深，默默各不言。时师子离车，
强忍其忧悲，垂泣发哀声，以表眷恋心：
破坏诸邪径，显示于正法。已降诸外道，
遂往不复还。世绝离世道，无常为大病。
世尊入大寂，无依无有救。方便最胜尊，
潜光究竟处。我等失强志，如火绝其薪。
世尊舍世荫，群生甚可悲。如人失神力，
举世共哀之。逃暑投凉池，遭寒以凭火。
一旦悉廓然，群生何所寄。通达殊胜法，
为世陶铸师。世间失宰主，人丧道则亡。
老病死自在，道丧非道通。能坏大苦机，
世间何有双。猛热极焰盛，大云雨令销。
贪欲火炽然，其谁能令灭。坚固能臂者，
已舍世间住。复何智慧力，能为不请友。
如彼临刑囚，为死而醉酒。众生迷惑识，
惟为死受生。利锯以解材，无常解世间。
痴暗为深水，欲爱为巨浪。烦恼为浮沫，

邪见摩竭鱼。惟有智慧船，能度斯大海。
众病为树华，衰老为织条。死为树深根。
有业为其芽。智慧刚利刀，能断三有树㊿。
无明为钻燧，贪欲为炽焰。五欲境界薪，
灭之以智水。具足殊胜法，已坏于痴冥。
见安隐正路，究竟诸烦恼。慈悲化众生，
怨亲无异想。一切智通达，而今悉弃舍。
软美清净音，方身纤长臂。大仙而有边，
何人得无穷。当觉时迁速，应勤求正法。
如险道遇水，时饮速进路。非常甚暴逆，
普坏无贵贱。正观存于心，虽眠亦常觉。
时离车师子，常念佛智慧。猒离于生死，
叹慕人师子。不存世恩爱，深崇离欲德。
折伏轻躁意，栖心寂静处。勤修行惠施，
远离于憍慢。乐独修闲居，思惟真实法。
尔时一切智，圆身师子顾。瞻彼鞞舍离，
而说长辞偈：是吾之最后，游此鞞舍离。
住力士生地，当入于涅槃。渐次第行游，
至彼蒲伽城。安住坚固林，教诫诸比丘。
吾今已升天，当入于涅槃。汝等当依法，
是则尊胜处。不入修多罗，亦不顺律仪。
真实义相连，则不应摄受。非法亦非律，
又非我所说，是则为暗说。汝等应速舍，
执受于明说。是则非颠倒，是则我所说。
如法如律教，如我法律受，是则为可信。
言我法律非，是则不可信。不解细微义，
谬随于文字，是则为愚夫。非法而妄说，
不别其真伪，无见而暗受，犹输金其肆，
诳惑于世间。愚夫习浅智，不解真实义。
受于相似法，而作真法受。是故当审谛，
观察真法律。犹如炼金师，烧打而取真。
不知诸经论，是则非智慧。不应说所应，
应作不应见。当作平等受，句义如说行。
执剑无方便，则反伤其手。辞句不巧便，
其义难了知。如夜行求室，宅旷莫知处。
失义则忘法，忘法心驰乱。是故智慧士，
不违真实义。说斯教诫已，至于波婆城。
彼诸力士众，设种种供养。时有长者子，
其名曰纯陀，请佛到其舍，供设最后饭。
饭食说法毕，行诣鸠夷城。度于莱蕨河，

及熙连二河。彼有坚固林，安隐闲静处。
入金河洗浴，身若真金山。告敕阿难陀，
于彼双树间，扫洒令清净，安置于绳床。
吾今中夜时，当入于涅槃。阿难闻佛教，
气塞而心悲。行泣而奉教，布置讫还白。
如来就绳床，北首右胁卧，枕手累双足，
犹如师子王。毕苦后边身，一卧永不起。
弟子众围绕，哀叹世眼灭。风止林流静，
鸟兽寂无声。树木汁泪流，华叶非时零。
未离欲人天，皆悉大惶怖。如人游旷泽，
道险未至村。但恐行不至，心惧行忽忽。
如来毕竟卧，而告阿难陀，往告诸力士，
我涅槃时至，彼若不见我，永恨生大苦。
阿难受佛教，悲泣而随路。告彼诸力士，
世尊已毕竟。诸力士闻之，极生大恐怖。
士女奔驰出，号泣至佛所。弊衣而散发，
蒙尘身流汗。号恸诸彼林，犹如天福尽。
垂泪礼佛足，忧悲身萎熟。如来安慰说，
汝等勿忧悴。今应随喜时，不宜生忧戚。
长劫之所规，我今始获得。已度根境界，
无尽清净处。离地水火风，寂静不生灭。
永除于忧患，云何为我忧。我昔伽阇山，
欲舍于此身，以本因缘故，存世至今。
守斯危脆身，如毒蛇同居。今入于大寂，
众苦缘已毕。不复更受身，未来苦长息。
汝等不复应，为我生恐怖。力士闻佛说，
入于大寂静，心乱而目冥，如睹大黑暗。
合掌白佛言，佛离生死苦，永之寂灭乐，
我等实欣庆。犹如被烧舍，亲从盛火出。
诸天犹欢喜，何况于世人。如来既灭后，
群生无所睹，永违于救护，是故生忧悲。
譬如商人众，远涉于旷野，惟有一导师，
忽然中道亡，大众无所怙，云何不忧悲。
现世自证知，睹一切知见。而不获胜利，
举世所应笑。譬如经宝山，愚痴守贫苦。
如是诸力士，向佛而悲诉。犹如人一子，
悲诉于慈父。佛以善诱辞，显示第一义。
告诸力士众，诚如汝所言，求道须精勤，
非但见我得，如我所说行。得离众苦网，
行道存于心。不必由我见，犹如疾病人，

依方服良药，众病自然除。不待见医师，
不如我说行。空见我无益，虽与我相远。
行法为近我，同止不随法。当知去我远，
摄心莫放逸。精勤修正业，人生于世间。
长夜众苦迫，扰动不自安，犹若风中灯，
时诸力士众，闻佛慈悲教，内感而抆泪，
强自抑止归。

大般涅槃品第二十六

尔时有梵志，名须跋陀罗。贤德悉备足，
净戒护众生。少禀于邪见，随外道出家。
欲来见世尊，告语阿难陀。我闻如来道，
厥义深难测。世间无上觉，第一调御师。
今欲般涅槃，难复可再遇。难见见者难，
犹如镜中月。我今欲奉见，无上善导师。
为求绝众苦，度生死彼岸。佛日欲潜光，
愿令我暂见。阿难情悲感，兼谓为讥论。
或欣世尊灭，不宜令佛见。佛知彼希望，
堪为正法器。而告阿难言，听彼外道前，
我为度人生，汝勿作留难。须跋陀罗闻，
心生大欢喜，乐法情转深，加敬至佛前。
应时随顺言，软语而问讯，和颜合掌请，
今欲有所问：世有知法者，如我比甚多。
惟闻佛所得，解脱异要道。愿为我略说，
沾润虚渴怀。不为论议故，亦无胜负心。
佛为彼梵志，略说八正道。闻即虚心受，
犹述得正路。觉知先所学，非为究竟道。
即得未曾得，舍离于邪径。兼背痴暗障，
思惟先所习。瞋恚痴冥俱，长养不善乐。
爱恚痴等行，能起诸善业。多闻慧精进，
亦由有爱生。恚痴若断者，则离于诸业。
诸业既已除，是名业解脱。诸业解脱者，
不与义相应。世间说一切，悉皆有自性。
有爱瞋恚痴，而有自性者。此则应常存，
云何而解脱。正使恚痴灭，有爱还复生。
如水自性冷，缘火故成热。热息归于冷，
以自性常故。常知有爱性，闻慧进不增。
不增亦不减，云何是解脱。先谓彼生死。
本从性中生。今观于彼义，无得解脱者。

性者则常住，云何有究竟。譬如然明灯，
何能令无光。佛道真实义，缘爱生世间。
爱灭则寂灭，因灭故果亡。本谓我异身，
不见无作者。今闻佛正教，世间无有我。
诸法因缘生，无有自在故。因缘生故苦，
因缘灭亦然。观世因缘生，则灭于断见。
缘离世间灭，则离于常见。悉舍本所见，
深见佛正法。宿命种善因，闻法能即悟。
已得善寂灭，清净无尽处。心开信增广，
仰瞻如来卧。不忍观如来，舍世般涅槃。
及佛未究竟，我当先灭度。合掌辞圣颜，
一面正基坐。舍寿入涅槃，如雨灭小火。
佛告诸比丘，我最后弟子，而今已涅槃，
汝等当供养。佛以初夜过，月明众星朗。
闲林静无声，而兴大悲心。遗诫诸弟子，
吾般涅槃后，汝等当恭敬，波罗提木义，
即是汝大师。巨夜之明灯，贫人之大宾。
常所教诫者，汝等当随顺，如事我无异。
当净身口行，离诸治生业。田宅畜众生，
积财集五谷。一切当远离，如避大火坑。
垦土截草木，医疗治诸病。仰观于历数，
推步吉凶象。占相于利害，此悉不应为。
节身随时食，不受使行术。不和合汤药，
远离诸谄曲。顺法资生具，应当知量受。
受则不积聚，是则略说戒。为众戒之本，
亦为解脱本。依此法能生，一切诸正受。
一切真实智，缘斯得究竟。是故当执持，
勿令其断坏，净戒不断故，则有诸善法。
无则无诸善，以戒建立故。已住清净戒，
善摄诸情根。犹如善牧牛，不令其纵暴。
不摄诸根马，纵逸于六境。现世致殃祸，
将坠于恶道。譬如不调马，令人堕坑陷。
是故明智者，不应纵诸根。诸根甚凶恶，
为人之重怨。众生爱诸根，还为彼伤害。
深怨盛毒蛇，暴虎及猛火。世间之甚恶，
慧者所不畏。惟畏轻躁心，将人入恶道。
以彼乐小甜，不观深险故。狂象失利钩，
猿猴得树林。轻躁心如是，慧者当执持。
放心令自在，终不得寂灭。是故当制心，
远之安静处。饮食知节量，当如服药法。

天人应度者，悉已得解脱。汝等诸弟子，
展转维正法。知有必磨灭，勿复生忧悲。
当自勤方便，到不别离家。我已然智灯，
照除世间冥。知世不牢固，汝等当随喜。
如亲遭重病，疗治脱苦患。已舍于苦器，
逆生死海流。永离众苦患，是亦应随喜。
汝等善自护，勿生于放逸。有者悉归灭，
我今入涅槃。言语从是断，此则最后教。
入初禅三昧，次第九正受。逆次第正受，
还入于初禅。复从初禅起，入于第四禅。
出定心无寄，便入于涅槃。以佛涅槃故，
大地普震动。空中普雨火，无薪而自焰。
又复从地起，八方俱炽然。乃至诸天宫，
炽然亦如是。雷电动天地，霹雳震山川。
犹天阿修罗，击鼓战斗声。狂风四激起，
山崩雨灰尘。日月无光晖，清流悉沸漏。
坚固林萎悴，华叶非时零。飞龙乘黑云，
垂五首泪流。四王及眷属，舍悲兴供养。
浮居天来下，虚空中列侍。观察无常变，
不忧亦不喜。叹世违天师，泯灭一何速。
八部诸天神，遍满虚空中。散华以供养，
戚戚心不欢。惟有魔王喜，奏乐以自娱。
阎浮提失荣，犹山颓岭崩。大象素牙折，
牛王双角摧。虚空无日月，莲华遭严霜。
如来般涅槃，世间悴亦然。

叹涅槃品第二十七

时有一天子，乘千白鹄宫，于上虚空中，
观佛般涅槃。普为诸天众，广说无常偈。
一切性无常，速生亦速灭。生则与苦俱，
惟寂灭为乐。行业薪积聚，智慧火炽然。
名称烟冲天，时雨雨令灭。犹如劫火起，
水灾之所灭。复有梵仙天，犹第一义仙。
处天胜妙乐，而不染天报。叹如来寂灭，
心定而口言。观察三世法，始终无不坏。
第一义通达，世间无比士。慧知见之上，
救护世间者，悉为无常坏，何人得长存。
哀哉举世间，群生堕邪径。时阿那律陀，
于世不律陀，已灭不律陀，生死尼律陀，

叹如来寂灭，群生悉盲冥。诸行聚无常，
犹如轻云浮。速起而速灭，慧者不保持。
无常金刚杵，坏牟尼仙山。鄙哉世轻躁。
破坏不坚固。无常暴师子，害龙象大仙。
如来金刚幢，犹为无常坏。何况未离欲，
而不生怖畏。六种子一芽，一水之所雨。
四引之深恨，二瓠五种⑧果。三际同一体，
烦恼之大树，牟尼大象拔。而不免无常，
犹如饰弃鸟，乐水吞毒蛇。勿遇天大旱，
失水而亡身。骏马勇于战，战毕纯熟还。
猛火缘薪炽，薪尽则自灭。如来亦如是，
事毕归涅槃。犹如明月光，普为世除冥。
众生悉蒙照，而复隐须弥。如来亦如是，
慧光照幽冥，为众生除冥，而隐涅槃山。
名称胜光明，普照于世间。灭除一切冥，
不停若迅流。善御七骏马，军众羽从游。
光光日天子，犹入于崦嵫⑨。日月五障翳，
众生失光明。奉天祠天毕，惟有燋黑烟。
如来已潜晖，世失荣亦然。绝恩爱希望，
普应众生望。众生望已满，事毕绝希望。
离烦恼身缚，而得真实道。离群聚愦乱，
入于寂静处。神通腾虚游，苦器故弃舍。
痴冥之重暗，智慧光照除。烦恼之埃尘，
智水洗令净。不复数数还，永之寂静处。
灭一切生死，一切悉崇敬。令一切乐法，
以慧充一切。悉安尉一切，一切德普流。
名闻遍一切，重照迄于今。诸有竞德者，
于彼哀愍心。四利为不欣，四衰不以戚。
善摄于诸情，诸根悉明彻。澄心平等观，
六境不染著。所得未曾得，得人所不得。
以诸出要水，虚渴令饱满。施人所不施，
亦不望其报。寂静妙相身，悉知一切念。
好恶不倾动，力胜一切怨。一切病良药，
而为无常坏。一切众生类，乐法各异端。
普应其所求，悉满其所愿。圣慧大施主，
一往不复还。犹若世猛火，薪尽不复然。
八法所不染，降五难调群。以三而见三，
离三而成三。藏一而得一，超七而长眠。
究竟寂灭道，贤圣之所宗。已断烦恼障，
宗奉者已度。饥虚渴乏者，饮之以甘露。

被忍辱重铠，降伏诸恚怒。胜法微妙义，
以悦于众心。修世界善者，植以圣种子。
习正不正者，等摄而不舍。转无上法轮，
普世欢喜受。宿植乐法因，斯皆得解脱。
游行于人间，度诸未度者。未见真实者，
悉令见真实。诸习外道者，授之以深法。
说生死无常，无主无有乐。建大名称幢，
破坏众魔军。进却无欣戚，薄生叹寂灭。
未度者令度，未脱者令脱，未寂者令寂，
未觉者令觉。牟尼寂静道，以摄于众生。
众生违圣道，习诸不正业。犹若大劫尽，
持法者长眠。密云震霹雳，摧林雨甘露。
少象摧棘林，识养能利人。云离象老悴，
斯皆无所堪。破见能成见，于度世而度。
已坏诸邪论，而得自在道。今入于大寂，
世间无救护。魔王大军众，奋武震天地。
欲害牟尼尊，不能令倾动。如何忽一朝，
非常魔所坏。天人普云集，充满虚空中。
畏无穷生死，心生大忧怖。世间无远近，
天眼悉照见。业报谛明了，如观镜中像。
天耳胜聪达，无远而不闻。腾虚教诸天，
游步化人境。分身而合体，涉水而不软。
忆念过去生，弥劫而不忘。诸根游境界，
彼彼各异念。知他心通智，一切皆悉知。
神通净妙智，平等观一切。悉尽一切漏，
一切事已毕。智舍有余界，息智而长眠。
众生刚强心，见则得柔软。钝根诸众生，
见则慧明利。无量恶业过，见各得通途。
一旦忽长眠，谁复显斯德。世间无救护，
望断气息绝。谁以清凉水，洒之令苏息。
所作自事毕，大悲已长息。世间愚痴网，
谁当为裂坏。向生死迅流，谁当说令返。
群生痴惑心，谁说寂静道。谁示安隐处，
谁显真实义。众生受大苦，谁为慈父救。
犹多诵悉忘，马易土失威。王者亡失国，
世无佛亦然。多闻无辞辩，为医而无慧。
人王失光相，佛灭俗失荣。良驹失善御，
乘舟失船师。三军失英将，商人失其导。
疾病失良医，圣王失七宝。众星失明月，
爱寿而失命。世间亦如是，佛灭失大师。

如是阿罗汉，所作皆已毕。诸漏悉已尽，
知恩报恩故。缠绵悲恋说，叹德陈世苦。
诸未离欲者，悲泣不自胜。其诸漏尽者，
惟叹生灭苦。时诸力士众，闻佛已涅槃。
乱声怮悲泣，如群鹄遇鹰。悉来诣双树，
睹如来长眠。无复觉悟容，捶胸而呼天。
犹师子搏犊，群牛乱呼声。中有一力士，
心已乐正法。谛观圣法王，已入于大寂。
言众生悉眠，佛开法令觉。今入于大寂，
毕竟而长眠。为众建法幢，而今一旦崩。
如来智慧日，大觉为照明。精进为炎热，
智慧曜千光。灭除一切暗，如何复长冥。
一慧照三世，普为众生眼。而今忽然盲，
举世莫知路。生死大河流，贪恚痴巨浪。
法桥一旦崩，众生长没溺。彼诸力士众，
或悲泣号咷，或密感无声，或投身躄地，
或寂默禅思，或烦惋长吟。办金银宝舆，
香华具庄严。安置如来身，宝帐覆其上。
具幢幡华盖，种种诸妓乐。诸力士男女，
导从随供养。诸天散香华，空中鼓天乐。
人天一悲叹，声合而同哀。入城见士女，
长幼供养毕。出于龙象门，度熙连河表。
到诸过去佛，灭度支提⑥所。积牛头栴檀，
及诸名香木。置佛身于上，灌以众香油。
以火烧其下，三烧而不然。时彼大迦叶，
先住王舍城。知佛欲涅槃，眷属从彼来。
净心发妙愿，愿见世尊身。以彼诚愿故，
火灭而不然。迦叶眷属至，悲叹俱瞻颜。
敬礼于双足，然后火乃然。内绝烦恼火，
外火不能烧。难烧外皮肉，金刚真骨存。
香油悉烧尽，盛骨以金瓶。如法界不尽，
骨不尽亦然。金刚智慧果，难动如须弥。
大力金翅鸟，所不能倾移。而处于宝瓶，
应世而流迁。奇哉世间力，能转寂灭法。
德称广流布，周流于十方。随世长寂灭，
惟有余骨存。大光曜天下，群生悉蒙照。
一旦而潜晖，遗骨于瓶中。金刚利智慧，
坏烦恼苦山。众苦集其身，金刚志能安。
受大苦众生，悉令得除灭。如是金刚体，
今为火所焚。彼诸力士众，勇健世无双。

摧伏怨家苦，能救苦归依。亲爱遭苦难，
志强能无忧。今见如来灭，悉怀忧悲心。
壮士气强盛，㤭慢虚天步，忧苦迫其身，
入城犹旷泽。持舍利入城，巷路普供养，
置于高楼阁，人天悉奉事。

分舍利品第二十八

彼诸力士众，奉事于舍利。以妙胜香华，
与无上供养。时七国诸王，承佛已灭度。
遣使诸方士，请求佛舍利。彼诸力士众，
敬重如来身。兼恃其勇健，而起㤭慢心。
宁舍自身命，不舍佛舍利。彼使悉空还，
七王大忿恨。兴军如云雨，来诣鸠夷城。
人民出城者，皆悉惊怖还。告诸力士众，
诸国军马来，象马车步众，围绕鸠夷城。
城外诸园林，泉池华果树，军众悉践蹈，
荣观悉摧碎。力士登城观，生业悉破坏。
严备战斗具，以拟于外敌。弓弩炮石车，
飞炬悉发来。七王围绕城，军众备精锐。
羽仪盛明显，犹如七曜光。钟鼓若雷霆，
勇气盛云雾。力士大奋怒，开门而命敌。
长宿诸士女，心信佛法者，惊怖发诚愿。
伏彼而不害。随亲相劝谏，不欲令斗战。
勇士被重甲，挥戈舞长剑。钟鼓而乱鸣，
执仗锋未交。有一婆罗门，名曰独楼那。
多闻智略胜，谦虚众所宗。慈心乐正法，
告彼诸王言：观彼城形势，一人亦足当。
况复齐心力，而不能伏彼。正使相摧灭，
复有何德称。利锋刃既交，势无有两全。
因此而害彼，二俱有所伤。战斗多机变，
形势难测量。或有强胜弱，或弱而胜强。
健夫轻毒蛇，岂不伤其身。有人性柔弱，
群女子所奖。临阵成战士，如火得膏油。
斗莫轻弱敌，谓彼无所堪。身力不足恃，
不如法力强。古昔有胜王，名迦兰陀摩。
端坐起慈心，能伏其怨敌。虽王四天下，
名称财利丰。终归亦皆尽，如牛饮饱归。
应以法以义，应以和方便。战胜增其怨，
和胜后无患。今结饮血仇，此事甚不可。

为欲供养佛，应随佛忍辱。如是婆罗门，
决定吐诚实。方宜义和理，而作无畏说。
尔时彼诸王，告婆罗门言：汝今善应时，
黠慧义饶益。亲密至诚言，顺法依强理。
且听我所说，为王者之法。或因五欲事，
嫌恨竞强力。或因其嬉戏，不急致斗诤。
吾等今为法，战诤有何怪。憍慢而违义，
世人尚伏从。况佛离憍慢，化人令谦下。
我等而不能，亡身而供养。昔诸大地主，
弭瑟糅难陀。为一端正女，战诤相摧残。
况今为供养，寂静离欲师。爱身而惜命，
不以力争求。先王骄罗婆，与般那婆战。
展转更相破，正为贪利故。况为无贪师，
而复贪其生。罗摩仙人子，瞋恨千臂王。
破国杀人民，正为瞋恚故。况为无恚师，
而惜于身命。罗摩为私陀，杀害诸鬼神。
况天摄受师，不为其没命。阿黎及婆俱，
二鬼常结怨。正为愚痴故，广害于众生。
况为智慧师，而复惜命身。如是比众多，
无义而自丧。况今天人师，普世所恭敬。
计身而惜命，不勤求供养。汝若欲止诤，
为吾等入城。劝彼令开解，使我愿得满。
以汝法言故，令我心小息。犹如盛恚蛇，
咒力故暂止。尔时婆罗门，受彼诸王教。
入城诣力士，问讯以告诚。外诸人中王，
手执利器仗。身被于重甲，精锐曜日光。
奋师子勇气，咸欲灭此城。然其为法故，
犹畏非法行。是故遣我来，旨欲有所白。
我不为土地，亦不求钱财。不以憍慢故，
亦无怀恨心。恭敬大仙故，而来至于此。
汝等知我心，何为苦相违。尊奉彼我同，
则为法兄弟。世尊之遗灵，一心共供养。
悭惜于钱财，此则大非道。法悭过最甚，
普世之所薄。决定不通者，当修待宾法。
无有刹利法，闭门而自防。彼等悉如是，
告此吉凶法。我今私所怀，亦告其诚实。
莫彼此相违，理应共和合。世尊在于世，
常以忍辱力。不顺于圣教，云何名供养。
世人以五欲，财利田宅诤。若为正法者，
应随顺圣理。为法而结怨，此则理相违。

佛寂静慈悲，常欲安一切。供养于大悲，
而兴于大害。应等分舍利，普令得供养。
顺法名称流，义通理则宣。若彼非法行，
当以法和之。是则为乐法，令法得久住。
佛说一切施，法施为最胜。人斯行财施，
行法施者难。力士闻此说，内愧互相视。
报彼梵志言，深感汝来意。亲善顺法言，
和理雅正说。梵志之所应，随顺自功德。
善和彼此诤，示我以要道。如制迷途马，
还复于正路。今当用和理，从汝之所说。
诚言而不顾，后必生悔恨。即开佛舍利，
等分为八分。自供养一分，七分付梵志。
七王得舍利，欢喜而顶受。持归还自国，
起塔加供养，梵志求力士，得分舍利瓶。
又从彼七王，求分第八分。持归起支提，
号名金瓶塔。俱夷那竭人，聚集余灰炭。
而起一支提，名曰灰炭塔。八王起八塔，
金瓶及灰炭。如是阎浮提，始起于十塔。
举国诸士女，悉持宝华盖。随塔而供养，
庄严若金山。种种诸妓乐，昼夜长赞叹。
时五百罗汉，永失大师荫。惟然无所恃，
还耆阇崛山。集彼帝释岩，结集诸经藏。
一切皆共推，长老阿难陀。如来前后说，
巨细汝悉闻。鞞提醯牟尼，当为大众说。
阿难大众中，升于师子座。如佛说所说，
称如是我闻。合座悉流涕，感此我闻声。
如法如其时，如处如其人。随说而笔受，
究竟成经藏。勤方便修学，悉已得涅槃。
今得及当得，涅槃亦复然。无忧王出世，
强者能令忧。劣者为除忧，如无忧华树。
王于阎浮提，心常无以忧。深信于正法，
故号无忧王。孔雀之苗裔，禀正性而生。
普济于天下，兼起诸塔庙。本字强无忧，
今名法无忧。开彼七王塔，以取于舍利。
分布一日起，八万四千塔。惟有第八塔，
在于罗摩村。神龙所守护，王取不能得。
虽不得舍利，知佛有遗灵。神龙所供养，
增其信敬心。虽王领国土，逮得初圣果。
能令普天下，供养如来塔。去来今现在，
悉皆得解脱。如来现在世，涅槃及舍利。

恭敬供养者，其福等无异。明慧增上心，

深察如来德。怀道兴供养，其福亦复胜。

佛得尊胜法，应受一切供。已到不死处，

信者亦随安。是故诸天人，悉应当供养。

第一大慈悲，通达第一义。度一切众生，

孰闻而不感。生老病死苦，世间苦无过。

死苦苦之大，诸天之所畏。永离二种苦，

云何不供养。不受后有乐，世间乐无上。

增生苦之大，世间苦无比。佛得离生苦，

不受后有乐。为世广显示，如何不供养。

赞诸牟尼尊，始终之所行。不自显知见，

亦不求名称。随顺佛经说，以济诸世间。

据《大藏经》

①此经又名佛本行经，为古印度马鸣造。马鸣（公元100—160）是中印度舍卫国娑枳多城人，与贵霜王朝迦腻色迦王关系深厚。出身于婆罗门贵族家庭，家学深厚，是卓越的辩论者。早年学习外道，后来与胁尊者辩论，深有所感，遂皈依佛门，受菩萨称号，博学三藏，明达内外典，是古典时期梵语文学的先驱。本经就是他用梵语所写的关于佛陀生涯的叙事诗。

②天帝释：即帝释天。因陀罗神。本是吠陀神话中最有力量的神祇，其后引入佛教中，成为佛法的守护神。

③舍脂：帝释天之妃，阿修罗之女。又作舍之、舍支等。义为净量、妙安。

④蓝毗尼园：位于古印度拘利与迦毗罗卫之间，乃善觉王为其夫人蓝毗尼建造的花园，是佛陀诞生之地。

⑤翳（yì）：遮蔽。

⑥怵惕（chù tì）：恐惧警惕。

⑦转轮王：佛书中指最有势力之王。谓此王在世，有瑞轮旋转。

⑧摄受：以慈悲心容受、摄持众生，使渐进地入手佛道。

⑨马藏：即马阴藏。佛的阴性生殖器官如马腹般，隐藏于腹中，不可得见。

⑩珓（jiào）：占卜用具。用蚌壳、竹片、木片制成。也叫杯珓。

⑪帀（zā）：同"匝"。周，遍。

⑫摩醯首罗天王：本是印度婆罗门教的创世神。后纳入佛教，其形象通常为三目八臂，手持白拂，乘白牛。

⑬四圣：四种得度的众生：声闻、缘觉、菩萨、佛。

⑭四梵行：即慈、悲、喜、舍四无量心。

⑮瞿昙：印度的姓氏，其意是最殊胜的牛。释迦亦称瞿昙；这又是如来的同义语。

⑯罗睺罗：释迦牟尼的亲子，在母腹七年，生于释迦成道之夜。十五岁出家，在佛的十大弟子中密行第一。

⑰怛（dá）：忧苦，悲伤。

⑱眄睐（miǎn lài）：斜视。

⑲媟（xiè）：同"媟"，轻慢。

⑳儜（níng）：弱劣。

㉑无漏：无烦恼，无污染。

㉒三摩提：又作三摩地。又音译作三昧，定的异名。这是一种心、精神的统一作用，把心、精神集中到某一对象上去而凝敛其力量，进入宗教意义的深况的瞑想境地。

㉓集：生命的苦谛，由种种因素积集而成的道理。

㉔脯（chōng）：匀直。

㉕犍达婆：又作乾闼婆。奉侍帝释天的司奏雅乐之神。传说不食酒肉，唯以香气为食。

㉖迦尼华：迦尼迦树的花。此树产于印度，处处成林，叶呈金色。

㉗欠呿（qù）：张口呼气。

㉘鞁（bèi）：驾车的用具。

㉙臗（kūn）：同"臀"。

㉚胡跪：古西域僧人拜座之法，右膝着地，竖左膝危坐。倦则两膝姿势互换，故亦称互跪。

㉛睒睗（shǎn shì）：疾视。

㉜婆薮天：意为世天。此天为毗纽天之子。

㉝阿湿波：意为双马童。为日天与天女所化牝马所生之双生子。在印度神话中是拟人化的曙光。

㉞梵迦夷天：色界初禅天的通称。又作梵身天、净身天。

㉟忨（wàn）：贪。

㊱毗黎诃钵：不详。应是一种神名。

㊲顇：同"悴"，憔悴。

㊳惄惄（chuò chuò）：忧愁的样子。

㊴茕茕（qióng）：形容孤单。

㊵榑桑：传说中的神树，为日出处。榑音 fú。

㊶叚（jiǎ）：借。

㊷唐：空；徒然。

㊸求尼：属性的所有者，即所谓实体。　　求那：德、属性之意。性质存于实体，其自身属于实体，而不能属于其他的性质。

㊹腨（shuàn）：脚肚。

㊺趒（tiào）：同"跳"，雀行走状。

㊻虓（xiāo）：虎怒吼。

㊼矟（shuò）：同"槊"，古代一种兵器。

㊽八道：即八正道。八种达到涅槃的正道：正见、正思惟、正语、正业、正命、正精进、正念、正定。此八道最能代表佛教的实践法门。

㊾然：同"燃"。

㊿駁：同"呆"。

51毂（gǔ）：固定轮轴的部件。以上辋（wǎng）：车轮周围的框。锏（jiàn）：车轴上的铁，用于减少磨擦。

52六根：六根即六情，指六种感觉器官或认识能力。即眼根、耳根、鼻根、舌根、身根、意根。前五种又称五根，是物质上存在的色法，即色根。

53十功德：能破生死，得涅槃、度众生，故称功德。其中包括入智功德、起通功德、大无量功德、十利益成就功德、五事报果成就功德、心自在功德、修习对治功德、对话成就功德、修习正道功德、正道成就功德等。

54八大人念：声闻、缘觉、菩萨等圣者为入菩提道所觉知思念的八种教法。即少欲觉、知足觉、远离觉、精进觉、正念觉、正定觉、正慧觉、不戏论觉。

55楫（jí）：船浆。

56爗昫（héng yù）：暴风。

57軶（è）：拴牲畜的木架以供役使。　　鞅（yāng）：古代马拉车时安在马脖子上的皮套。

58波旬：魔王名。释迦出世时的魔王，五欲界第六天，常以杀信佛众生为事。

59毗舍离：耶车子国的都城。

60三有：欲有、色有、无色有。义同三界。

61晡（bū）：申时，午后三时至五时。

62蚖（wán）：一种毒蛇。

63觚（gū）：古代盛酒的酒具。

64崦嵫（yān zī）：古代指太阳落山的地方。

65支提：庙、灵塔之意。

金 刚 经

〔后秦〕鸠摩罗什　译

法会因由分第一

〔后秦〕三藏法师鸠摩罗什译

如是我闻①：

一时，佛在舍卫国祇树给孤独园，与大比丘②众千二百五十人俱。尔时，世尊③食时著衣持钵④，入舍卫大城乞食。于其城中次第乞已，还至本处。饭食讫，收衣钵。洗足已，敷座而坐。

---

①如是我闻：佛经开卷语，意为"我是这样听佛说的"。

②大比丘：指道行很高的男僧人。

③世尊：意为一世所尊，天下敬仰之人，佛的尊号之一。

④钵（bō），音波，佛教僧侣进食、化缘的器具。

善现启请分第二

时，长老须菩提在大众中，即从座起，偏袒右肩，右膝著地，合掌恭敬而白佛言曰："希有世尊，如来善护念诸菩萨、善付嘱诸菩萨。世尊，善男子、善女人，发阿耨多罗三藐三菩提心①，应云何住②？云何降伏其心③？"

佛言："善哉！善哉！须菩提，如汝所说，如来善护念诸菩萨，善付嘱诸菩萨。汝今谛听，当为汝说。善男子、善女人发阿耨多罗三藐三菩提心，应如是住，如是降伏其心。"

"唯然！世尊。愿乐欲闻。"

---

①发阿耨多罗三藐三菩提心：即发求无上正等正觉之心，亦即发愿成佛。

②住：意为放置、安住，引申为"执著"。云何安住指如何执着于佛法，证悟般若大智。

③云何降伏其心：指应如何息止人之邪妄之心，即贪、瞋、痴三心。

大乘正宗分第三

佛告须菩提："诸菩萨摩诃萨①应如是降伏其心：所有一切众生之类，若卵生，若胎生，若湿生，若化生，若有色，若无色，若有想，若无想，若非有想非无想②。我皆令入无余涅槃而灭度之③。如是灭度无量无数无边众生，实无众生得灭度者。何以故？须菩提，若菩萨有我相、人相、众生相、寿者相，即非菩萨。"

---

①菩萨摩诃萨：泛指一切大菩萨。

②卵生、胎生、湿生、化生、有色、无色、有想、无想、非有想非无想：指佛教"三界"（欲界、色界、无色界）中的九类众生，泛指芸芸众生。

③无余涅槃：与"有余涅槃"相对，是涅槃境界之更高一级，指生死惑业及其苦果都已彻底断灭的状态；灭度：灭尽一切烦恼，使脱离苦海。

妙行无住分第四

复次，"须菩提，菩萨于法应无所住，行于布施①，所谓不住色布施，不住声、香、味、触、法②布施。须菩提，菩萨应如是布施，不住于相③。何以故？若菩萨不住相布施，其福德不可思量。"

"须菩提，于意云何？东方虚空可思量不？"

"不也，世尊。"

"须菩提，南西北方、四维④、上下虚空可思量不？"

"不也，世尊。"

"须菩提，菩萨无住相布施，福德亦复如是不可思量。须菩提，菩萨但应如所教住。"

---

①布施：佛教"六度"即六种修行方法之一，措施与他人以财物、体力、智慧等，为众生谋福造福，以求积累功德，获最终解脱。

②色、声、香、味、触、法：佛教所谓"六尘"，即指由眼、耳、鼻、舌、身、意这六种感卢所感知的各类事物，泛指一切物质形式。

③相：指事物之相状、样子、差别（这是对事物之相状、样子的感觉、认识而言的，因此相有时作"想"）。不住于相指不执着于事物的差别。

④四维：指东南、西南、东北、西北四个方向，与东、西、南、北、上、下合称"十方"。

如理实见分第五

"须菩提，于意云何？可以身相见如来不？"

"不也，世尊。不可以身相得见如来。何以故？如来所说身相，即非身相。"

佛告须菩提："凡所有相，皆是虚妄。若见诸相非相，即见如来。"

正信希有分第六

须菩提白佛言："世尊，颇有众生得闻如是言说章句，生实信①不？"

佛告须菩提："莫作是说。如来灭后，后五百岁，有持戒修福者，于此章句能生信心，以此为实。当知是人不于一佛二佛三四五佛而种善根②，已于无量千万佛所③种诸善根，闻是章句，乃至一念生净信④者。须菩提，如来悉知悉见，是诸众生得如是无量福德。何以故？是诸众生无复我相、人相、众生相、寿者相，无法相，亦无非法相。何以故？是诸众生若心取相，即为著我、人、众生、寿者，若取法相，即著我、人、众生、寿者。何以故？若取非法相，即著我、人、众生、寿者。是故不应取法，不应取非法。以是义故，如来常说，汝等比丘，知我说法，如筏喻⑤者，法尚应舍，何况非法。"

---

①实信：坚定正确的信仰。
②善根：指善的本性、善的种子。种善根指心中耕植善的种子，并于实际上积极行善。
③佛所：即佛国、佛土，指佛所主持教化的世界，亦即极乐世界。
④一念生净信：一念形容时间极短，指刹那间生出澄彻清静之心。
⑤筏喻：接前面"不应取法，亦不应取非法"而言，意指"法"或"法相"及"非法"或"非法相"就象渡河的筏或船，只是一种工具、手段，而非目的。达到目的，即可舍弃工具。

无得无说分第七

"须菩提，于意云何？如来得阿耨多罗三藐三菩提耶？如来有所说法耶？"

须菩提言："如我解佛所说义，无有定法名阿耨多罗三藐三菩提，亦无有定法如来可说。何以故？如来所说法，皆不可取，不可说，非法，非非法。所以者何？一切贤圣皆以无为法而有差别。"

依法出生分第八

"须菩提，于意云何？若人满三千大千世界七宝①，以用布施，是人所得福德宁为多不？"

须菩提言："甚多，世尊。何以故？是福德即非福德性，是故如来说福德多。"

"若复有人于此经中受持，乃至四句偈等，为他人说，其福胜彼，何以故？须菩提，一切诸佛及诸佛阿耨多罗三藐三菩提法皆从此经出。须菩提，所谓佛法者，即非佛法。"

---

①三千大千世界：简称"大千世界"，泛指世界万物。七宝：指供奉佛的七种宝物，说法不一，多指金、银、琉璃、砗磲（chē qú）、玛瑙、真珠、玻璃。

一相无相分第九

"须菩提，于意云何？须陀洹能作是念'我得须陀洹果'①不？"

须菩提言："不也，世尊。何以故？须陀洹名为入流，而无所入，不入色、声、香、味、触、法，是名须陀洹。"

"须菩提，于意云何？斯陀含②能作是念'我得斯陀含果'不？"

须菩提言："不也，世尊。何以故？斯陀含名一往来，而实无往来，是名斯陀含。"

"须菩提，于意云何？阿那含③能作是念'我得阿那含果'不？"

须菩提言："不也，世尊。何以故？阿那含名为不来，而实无不来，是故名阿那含。"

"须菩提，于意云何？阿罗汉能作是念'我得阿罗汉道④'不？"

须菩提言："不也，世尊。何以故？实无有法名阿罗汉。世尊，若阿罗汉作如是念，我得阿罗汉道，即为著我、人、众生、寿者。世尊，佛说我得无诤三昧⑤，人中最为第一，是第一离欲阿罗汉。世尊，我不作是念，我是离欲阿罗汉。世尊，我若作是念，我得阿罗汉道，世尊则不说须菩提是乐阿兰那行⑥者，以须菩提实无所行。而名须菩提，是乐阿兰那行。"

---

①须陀洹：意为"入流"、"预流"，小乘佛教修行所要达到的第一果位，指通过证悟四谛真理而断除三界的偏见。洹：huán，音还。

②斯陀含：意为"一来"，小乘佛教修行的第二果位，指通过证悟四谛断除一切烦恼。

③阿那含：意为"不来"，"不还"，小乘佛教修行之第三果位，指已深悟四谛，因而完全断除俗界惑见：

④阿罗汉：意为"杀贼"、"应供"，小乘佛教修行之最高果位，指已超脱生死轮回，进入涅槃"无生"境界。

⑤无诤三昧："无诤"指因体悟空理而不再有争辩求胜意念；"三昧"即定，指专注一境的精神状态。"无诤三昧"指既无欲无念，与人世无争，则心注一境，自断烦恼。

⑥阿兰那行：指清净无诤之修行。

庄严净土分第十

佛告须菩提："于意云何？如来昔在然灯佛①所，于法有所得不？"

"不也，世尊。如来在然灯佛所，于法实无所得。"

"须菩提，于意云何？菩萨庄严佛土不？"

"不也，世尊。何以故？庄严佛土者，即非庄严，是名庄严。"

"是故，须菩提，诸菩萨摩诃萨应如是生清净心：不应住色生心，不应住声、香、味、触、法生心，应无所住而生其心。须菩提，譬如有人，身如须弥山王②。于意云何？是身为大不？"

须菩提言："甚大，世尊。何以故？佛说非身，是名大身。"

---

①然灯佛：释伽牟尼在修行中曾从之闻法的大佛，此佛预言释伽必能成佛。

②须弥山：佛教圣山。须弥山王谓此山极大，为众山之王。

无为福胜①分第十一

"须菩提，如恒河中所有沙数②，如是沙等恒河，于意云何？是诸恒河沙宁为多不？"

须菩提言："甚多，世尊。但诸恒河尚多无数，何况其沙。"

"须菩提，我今实言告汝，若有善男子、善女人以七宝满尔所恒河沙数三千大千世界，以用布施，得福多不？"

须菩提言："甚多，世尊。"

佛告须菩提："若善男子善女人于此经中，乃至受持四句偈等，为他人说，而此福德胜前福德。"

---

①无为福胜：指修无为之福，胜于以宝布施。

②恒河沙数：喻数量不胜其多。

尊重正教分第十二

复次，"须菩提，随说是经，乃至四句偈等，当知此处一切世间天、人、阿修罗①，皆应供养如佛塔庙，何况有人尽能受持读诵。须菩提，当知是人成就最上第一希有之法。若是，经典所在之处，即为有佛，若尊重弟子。"

---

①天：天界生存者，又称天众或天部；人：人间欲界的生存者；阿修罗：皈依佛法前的恶神。天、人、阿修罗为六道众生中较高三道，又称"三善道"。

如法受持①分第十三

　　尔时，须菩提白佛言："世尊，当何名此经？我等云何奉持②？"

　　佛告须菩提："是经名为《金刚般若波罗蜜》，以是名字，汝当奉持。所以者何？须菩提，佛说般若波罗蜜，即非般若波罗蜜，是名波若波罗蜜。须菩提，于意云何？如来有所说法不？"

　　须菩提白佛言："世尊，如来无所说。"

　　"须菩提，于意云何？三千大千世界所有微尘③是为多不？"

　　须菩提言："甚多，世尊。"

　　"须菩提，诸微尘，如来说非微尘，是名微尘。如来说世界，非世界，是名世界，须菩提，于意云何？可以三十二相见如来不？"

　　"不也，世尊。不可以三十二相得见如来。何以故？如来说三十二相④，即是非相，是名三十二相。"

　　"须菩提，若有善男子善女人以恒河沙等身命布施⑤。若复有人于此经中，乃至受持四句偈等，为他人说，其福甚多。"

---

①如法受持：当如此法，承受奉持。
②奉持：奉行持守。
③微尘：极细小的尘埃。
④三十二相：佛所具有的三十二种圣异、吉瑞的相貌特征。
⑤此句意为：就象多如恒河之沙的善男善女们以自己的身家性命作为布施一样。

离相寂灭分第十四

　　尔时，须菩提闻说是经，深解义趣，涕泪悲泣而白佛言："希有，世尊，佛说如是甚深经典，我从昔来所得慧眼①，未曾得闻如是之经。世尊，若复有人得闻是经，信心清净，则生实相②，当知是人成就第一希有功德。世尊，是实相者，即是非相，是故如来说名实相。世尊，我今得闻如是经典，信解③受持，不足为难。若当来世后五百岁，其有众生得闻是经，信解受持，是人即为第一希有。何以故？此人无我相，无人相，无众生相，无寿者相。所以者何？我相即是非相，人相、众生相、寿者相即是非相。何以故？离一切诸相，即名诸佛。"

　　佛告须菩提："如是如是。若复有人得闻是经，不惊、不怖、不畏，当知是人甚为希有。何以故？须菩提，如来说第一波罗蜜④，即非第一波罗蜜，是名第一波罗蜜。"

　　"须菩提，忍辱波罗蜜，如来说非忍辱波罗蜜，是名忍辱波罗蜜。何以故？须菩提，如我昔为歌利王割截身体，我于尔时无我相，无人相，无众生相，无寿者相。何以故？须菩提，我于往昔节节支解时，若有我相、人相、众生相、寿者相，应生瞋恨⑤。须菩提，又念过去于五百世作忍辱仙人，于尔所世无我相，无人相，无众生相，无寿者相。"

"是故，须菩提，菩萨应离一切相，发阿耨多罗三藐三菩提心，不应住色生心，不应住声、香、味、触、法生心，应生无所住心。若心有住，即为非住。是故佛说菩萨心，不应住色布施。须菩提，菩萨为利益一切众生故，应如是布施。"

"如来说，'一切诸相，即是非相'，又说'一切众生，即非众生'。须菩提，如来是真语者、实语者、如语者、不诳语者、不异语者。"

"须菩提，如来所得法，此法无实无虚。须菩提，若菩萨心住于法而行布施，如人入暗，则无所见。若菩萨心不住于法而行布施，如人有目，日光明照，见种种色。"

"须菩提，当来之世，若有善男子善女人，能于此经受持读诵，则为如来以佛智慧悉知是人，悉见是人，皆得成就无量无边功德。"

---

①慧眼：智慧之眼，喻指经修习智慧后所具有的观照或观察能力。此句意为：我自修行以来所得的观照能力。

②信心清净，即生实相：意思是心诚志坚，因信而生慧眼，得以观照到一切存在之本体。"生"意为显现，"实相"意为一切存在之本体，有时亦称"真如"、"法身"、"佛性"等。

③信解：相信并且了解佛法。

④波罗蜜：意为"度至彼岸"，也即藉此渡过生死大河，到达涅槃彼岸之意，其方法有六：布施、忍辱、持戒、精进、禅定、般若（即智慧）。第一波罗蜜意即布施，是最根本方法。

⑤瞋恨：意为仇恨、愤怒，为贪、瞋、痴三毒之一。

持经功德分第十五

"须菩提，若有善男子善女人，初日分以恒河沙等身布施，中日分复以恒河沙等身布施，后日分①亦以恒河沙等身布施，如是无量百千万亿劫②以身布施。若复有人闻此经典，信心不逆，其福胜彼，何况书写、受持、读诵、为人解说。"

"须菩提，以要言之，是经有不可思议、不可称量无边功德。如来为发大乘者说，为发最上乘者③说。若有人能受持、读诵、广为人说，如来悉知是人、悉见是人皆得成就不可量、不可称、无有边、不可思议功德。如是人等，即为荷担如来阿耨多罗三藐三菩提。何以故？须菩提，若乐小法者，著④我见、人见、众生见、寿者见，即于此经不能听受、读诵、为人解说。"

"须菩提，在在处处若有此经，一切世间天、人、阿修罗所应供养，当知此处即为是塔，皆应恭敬作礼围绕，以诸华⑤香而散其处。"

---

①初日分、中日分、后日分：即一天的早、中、晚时分。

②劫：佛教中的时间单位，为时很长。

③发大乘者、发最上乘者：指发愿成为具有无上圣智之佛的人。

④著：即着，意为执着。

⑤华：通"花"。

能净业障分第十六

　　复次，"须菩提，若善男子、善女人受持读诵此经，若为人轻贱，是人先世罪业，应堕恶道①；以今世人轻贱故，先世罪业即为消灭，当得阿耨多罗三藐三菩提。须菩提，我念②过去无量阿僧祇劫③，于然灯佛前，得值八百四千万亿那由他④诸佛，悉皆供养承事，无空过者。若复有人于后末世能受持读诵此经，所得功德，于我所供养诸佛功德，百分不及一，千万亿分乃至算数、譬喻所不能及。"

　　"须菩提，若善男子、善女人于后末世有受持读诵此经，所得功德，我若具说者，或有人闻，心即狂乱，狐疑不信。须菩提，当知是经义不可思议，果报亦不可思议。"

---

　　①业：指人一生中的意念及行为，包括身、口、意三个方面，分为善业和恶业两种，恶业即是罪业。佛教因果报应说认为，人若在此生中有恶意恶行，则来世（或后世）必会转生（或投生）为畜生、饿鬼、地狱三恶道中之一种。
　　②阿僧祇：意为"无数"，佛教中表时间的单位，亦表数目极多。阿僧祇劫，意为无穷无尽的时间。
　　③念：想起、忆起。
　　④那由他：意为"很多"，与"阿僧祇"意近。

究竟无我分第十七

　　尔时，须菩提白佛言："世尊，善男子善女人发阿耨多罗三藐三菩提心，云何应住？云何降伏其心？"

　　佛告须菩提："善男子善女人，发阿耨多罗三藐三菩提心者，当生如是心：我应灭度一切众生，灭度一切众生已，而无有一众生实灭度者，何以故？须菩提，若菩萨有我相、人相、众生相、寿者相，即非菩萨。所以者何？须菩提，实无有法发阿耨多罗三藐三菩提心者①。"

　　"须菩提，于意云何？如来于然灯佛所有法得阿耨多罗三藐三菩提不？"

　　"不也，世尊。如我解佛所说义，佛于然灯佛所无有法得阿耨多罗三藐三菩提。"

　　佛言："如是，如是。须菩提，实无有法得阿耨多罗三藐三菩提。须菩提，若有法如来得阿耨多罗三藐三菩提者，然灯佛即不与我授记：'汝于来世当得作佛，号释伽牟尼'。以实无有法得阿耨多罗三藐三菩提，是故然灯佛与我授记，作是言：'汝于来世当得作佛，号释伽牟尼'。何以故？如来者，即诸法如义②。若有人言如来得阿耨多罗三藐三菩提，须菩提，实无有法佛得阿耨多罗三藐三菩提。须菩提，如来所得阿耨多罗三藐三菩提，于是中无实无虚③。是故如来说：'一切法，皆是佛法'。须菩提，所言一切法者，即非一切法，是故名一切法。须菩提，譬如人身长大。"须菩提言："世尊，如来说人身长大，即为非大身，是名大身。"

　　"须菩提，菩萨亦如是，若作是言'我当灭度无量众生'，即不名菩萨。何以故？须菩提，实无有法名为菩萨。是故，佛说一切法无我、无人、无众生、无寿者。"

"须菩提，若菩萨作是言'我当庄严佛土④'，是不名菩萨。何以故？如来说庄严佛土者，即非庄严，是名庄严。须菩提，若菩萨通达无我、法者，如来说名真是菩萨。"

---

①法：办法，方法。此句意为"实在没有那种有办法发愿成佛的人。"

②无实无虚：意思是说佛法超言绝象，实而不有，虚而不无。

③如来者，即诸法如义：意为"如来与一切诸法境界契合为一，无异无别。"

④庄严佛土：使动用法，即"使佛土庄严"。

一体同观分第十八

"须菩提，于意云何？如来有肉眼①不？"

"如是，世尊。如来有肉眼。"

"须菩提，于意云何？如来有天眼不？"

"如是，世尊。如来有天眼。"

"须菩提，于意云何？如来有慧眼不？"

"如是，世尊。如来有慧眼。"

"须菩提，于意云何？如来有法眼不？"

"如是，世尊。如来有法眼。"

"须菩提，于意云何？如来有佛眼不？"

"如是，世尊。如来有佛眼。"

"须菩提，于意云何？如恒河中所有沙，佛说是沙不？"

"如是，世尊。如来说是沙。"

"须菩提，于意云何？如一恒河中所有沙，有如是沙等恒河，是诸恒河所有沙数佛世界，如是宁为多不？"

"甚多，世尊。"

佛告须菩提："尔所国土中所有众生，若干种心②，如来悉知。何以故？如来说：'诸心皆为非心，是名为心'。所以者何？须菩提，过去心不可得，现在心不可得，未来心不可得。"

---

①肉眼、天眼、慧眼、法眼、佛眼：佛教中所谓五眼，指由低到高的五种智慧，也即五种认识能力。肉眼指肉身所具之眼；天眼为色界天人所具之眼；远近、昼夜都能得见；慧眼，意指声闻、缘觉二乘圣人所具之眼，能照见真空无相之理；法眼指菩提所具有智慧之眼，能照见一切法门；佛眼指佛所具备的一切智慧。

②若干种心：心泛指一切精神现象，与识、意等属同一概念。若干种心指各种各样精神活动。

法界通化分第十九

"须菩提，于意云何？若有人满三千大千世界七宝以用布施，是人以是因缘①得福多不？"

"如是，世尊，此人以是因缘得福甚多。"

"须菩提，若福德有实，如来不说得福德多，以福德无故，如来说得福德多。"

---

①因缘：指事物形成、认识发生、果报产生的原因和条件。具体言之，"因"指事物或现象乃至认识生成的主要的、根本的、决定性的原因或依据；而"缘"只是生成事物的辅助性的条件。

离色离相分第二十

"须菩提，于意云何？佛可以具足色身见①不？"

"不也，世尊。如来不应以具足色身见，何以故？如来说具足色身，即非具足色身，是名具足色身。"

"须菩提，于意云何？如来可以具足诸相②见不？"

"不也，世尊。如来不应以具足诸相见，何以故？如来说诸相具足，即非诸相具足，是名诸相具足。"

---

①具足色身："具足"指完全具备、圆满无缺。"色身"指物质之身、血肉之躯。具足色身指具有圆满充分的血肉之身。

②诸相：指佛所具有的各种体貌特征，分为"相"与"好"二类，"相"指本经前文所说的佛所具备的三十二种大人相。"好"即较隐密的细微特征，如八十种好。

非说所说分第二十一

"须菩提，汝勿谓如来作是念'我当有所说法'，莫作是念。何以故？若人言如来有所说法，即为谤佛，不能解我所说故。须菩提，说法者无法可说，是名说法。"

尔时，慧命①须菩提白佛言："世尊，颇有众生于未来世闻说是法，生信心不？"

佛言："须菩提，彼非众生，非不众生。何以故？须菩提，众生众生者，如来说非众生，是名众生。"

①慧命：原指法身以智慧为寿命，智慧之命夭伤，则法身之体亡失。后来用以称那些博闻强记、很有智慧的比丘，与"长老"同义。

无法可得分第二十二

须菩提白佛言："世尊，佛得阿耨多罗三藐三菩提，为无所得耶？"

佛言："如是，如是。须菩提，我于阿耨多罗三藐三菩提，乃至无有少法可得，是名阿耨多罗三藐三菩提。"

净心行善分第二十三

复次，"须菩提，是法平等，无有高下，是名阿耨多罗三藐三菩提。以无我、无人、无众生、无寿者修一切善法，即得阿耨多罗三藐三菩提。须菩提，所言善法者，如来说即非善法，是名善法。"

福智无比分第二十四

"须菩提，若三千大千世界中所有诸须弥山王，如是等七宝聚，有人持用布施。若人以此《般若波罗蜜经》乃至四句偈等，受持、读诵、为他人说，于前福德百分不及一，百千万亿分乃至算数譬喻所不能及。"

化无所化分第二十五

"须菩提，于意云何？汝等勿谓如来作是念'我当度①众生'。须菩提，莫作是念。何以故？实无有众生如来度者，若有众生如来度者，如来即有我、人、众生、寿者。须菩提，如来说有我者，则非有我，而凡夫②之人以为有我。须菩提，凡夫者，如来说则非凡夫，是名凡夫。"

①度：即"度脱"，"灭度"意为使脱离生死之流而达彼岸涅槃世界。

②凡夫：又称"六凡"，即天、人、阿修罗、畜生、饿鬼、地狱六道众生。此外指没有证灭断惑之功夫的人，也即尚未悟佛理、得解脱的俗人。

法身非相分第二十六

"须菩提，于意云何？可以三十二相观如来不？"

须菩提言："如是，如是。以三十二相观如来。"

佛言："须菩提，若以三十二相观如来者，转轮圣王①即是如来。"

须菩提白佛言："世尊，如我解佛所说义，不应以三十二相观如来。"

尔时，世尊而说偈言：

　　若以色见我，以音声求我，

　　是人行邪道，不能见如来。

①转轮圣王：古印度传说中的圣王，因手持轮宝而得名。据说他出世时自天感得轮宝，从而降伏四方天下。佛教袭用此说，认为他具有三十二相。

无断无灭分第二十七

"须菩提，汝若作是念'如来不以具足相故，得阿耨多罗三藐三菩提'。须菩提，莫作是念'如来不以具足相故，得阿耨多罗三藐三菩提'。须菩提，汝若作是念'发阿耨多罗三藐三菩提心者说诸法断灭①'，莫作是念。何以故？发阿耨多罗三藐三菩提心者，于法不说断灭相。"

①断灭：即断灭之见，为五恶见中的第二见。意为否定任何因果关系，认为一切都是绝对的空寂。佛教认为如若这样，就是弃有著顽空，终不能解脱。

不受不贪分第二十八

"须菩提，若菩萨以满恒河沙等世界七宝持用布施，若复有人知一切法无我①，得成于忍②，此菩萨胜前菩萨所得功德。何以故？须菩提，以诸菩萨不受福德故。"

须菩提白佛言："世尊，云何菩萨不受福德？"

"须菩提，菩萨所作福德，不应贪著③，是故说不受福德。"

---

①法无我：即诸法无我，指一切诸法万物皆由种种因缘和合而生，流转变迁，无恒常坚实之主体。

②忍：又译"堪忍"，指安然承受忍耐现实中种种苦而不生不满之瞋心，还指安住于佛法而不动心，是"智"的别称。

③贪著："贪"意为"贪爱"、"贪图"，谓多求而不厌足，为佛教"三毒"（贪、瞋、痴）之一；"著"意为"执着"，谓心固着而不离。

威仪寂静分第二十九

"须菩提，若有人言'如来若来若去，若坐若卧'，是人不解我所说义。何以故？如来者，无所从来，亦无所去，故名如来。"

一合相①理分第三十

"须菩提，若善男子、善女人以三千大千世界碎为微尘，于意云何？是微尘众宁为多不？"

须菩提言："甚多，世尊。何以故？若是微尘众实有者，佛即不说是微尘众。所以者何？佛说微尘众，即非微尘众，是名微尘众。世尊，如来所说三千大千世界即非世界，是名世界。何以故？若世界实有者，即是一合相。如来说一合相，即非一合相，是名一合相。须菩提，一合相者，即是不可说，但凡夫之人贪著其事。"

---

①一合相：众合为一之相。也即众生为无明所障而误执的世界统一之相。佛教认为，世界无论从时间还是空间上看，都不是统一的、完整的一体。因此"一合相"即是关于世界万物为一整体的错误认识。

智见不生分第三十一

"须菩提，若人言'佛说我见、人见、众生见、寿者见'，须菩提，于意云何？是人解我所说义不？"

"不也，世尊。是人不解如来所说义。何以故？世尊说'我见、人见、众生见、寿者见'，即非我见、人见、众生见、寿者见，是名我见、人见、众生见、寿者见。"

"须菩提，发阿耨多罗三藐三菩提心者，于一切法应如是①知、如是见、如是信解②，不生法相。须菩提，所言法相者，如来说即非法相，是名法相。"

---

①如是：意为"这样"，指整个《金刚经》中所阐述的破相去执、无住生心的方法，亦即用"即非——是名"所表达的双遣否定的方法。

②知、见、信解：认识并掌握佛法的三种方法。"知"即知晓、了解，侧重于由内证悟；"见"即见解、领会，侧重于从外观照；"解"即相信并理解，是知见之合。

应化非真分第三十二

"须菩提，若有人以满无量阿僧祇世界七宝①持用布施，若有善男子、善女人发菩提心者，持于此经乃至四句偈等，受持读诵，为人演说，其福胜彼。云何为人演说？不取于相。如如②不动，何以故？

一切有为法③，如梦幻泡影，

如露亦如电，应作如是观。"

佛说此经已，长老须菩提及诸比丘、比丘尼④、优婆塞、优婆夷⑤、一切世间天、人、阿修罗闻佛所说，皆大欢喜，信受奉行。

金刚般若波罗蜜经

补阙真言：

南无喝啰怛那哆啰夜耶　佉啰佉啰　俱住俱住　摩啰摩啰　虎啰吽　贺贺苏怛拏　吽

泼抹拏娑婆诃（三遍）

---

①满无量阿僧祇世界七宝：意为"满世界的七宝"，极言其多。

②如如不动：前一"如"字为比喻，意为"象"，后一"如"字谓真如。全句意思是"象真如实相一样清净不动"。此处意指得菩提智慧的修行者应以平等心、无分别心来看待一切诸法万物，与真如实相契合为一。

③有为法：指依赖一定的原因和条件而形成、处于相互联系之中、有生灭变化过程的一切事物、现象、境界、概念等。

④比丘：男僧人，俗称"和尚"；比丘尼：出家女僧人，俗称"尼姑"。

⑤优婆夷：指接受五戒的在家女信徒，也即女居士。

般若波罗蜜多心经

〔唐〕玄奘 译

般若波罗蜜多心经

〔唐〕三藏法师玄奘译

　　观自在菩萨①，行深般若波罗蜜多②时，照见五蕴③皆空，度一切苦厄。舍利子④，色不异空，空不异色，色即是空，空即是色。受、想、行、识，亦复如是，舍利子，是诸法空相⑤，不生不灭，不垢不净，不增不减。是故空中无色，无受、想、行、识；无眼、耳、鼻、舌、身、意；无色、声、香、味、触、法⑥；无眼界，乃至无意识界；无无明⑦，亦无无明尽，乃至无老死，亦无老死尽；无苦、集、灭、道⑧；无智，亦无得。以无所得故，菩提萨埵⑨，依般若波罗蜜多故，心无罣碍⑩；无罣碍故，无有恐怖，远离颠倒梦想，究竟涅槃⑪。三世诸佛，依般若波罗蜜多故，得阿耨多罗三藐三菩提⑫。故知般若波罗蜜多是大神咒，是大明咒，是无上咒，是无等等咒，能除一切苦，真实不虚。故说般若波罗蜜多咒，即说咒曰：

　　揭谛揭谛，波罗揭谛，波罗僧揭谛，菩提萨婆诃。

---

①观自在菩萨：又译"观世音菩萨"，佛教中大慈大悲菩萨，"西方三圣"之一。

②般若波罗蜜多：般（bō），音波，般若意为大智慧，佛教所求之最高智慧，惟佛能有；波罗蜜多，意为到达彼岸（即极乐世界）；般若波罗蜜意即通过智慧以达彼岸世界。

③五蕴：又称"五阴"，指色（形相）、受（情欲）、想（意念）、行（行为）、识（心灵）。"识"为认识的主观要素，色、受、想、行为认识的客观要素。

④舍利子：即舍利弗，佛祖十大弟子之一，号曰"智慧第一。"

⑤诸法：指世界万物；空相，指空的世界。

⑥眼耳鼻舌身意：即佛教中所谓"六根"或"六情"；色声香味触法，即指"六境"，六境为六根作用之对色。六根与六境合称十二界。

⑦无明：痴愚暗昧之意，佛教中指人世之烦恼。

⑧苦、集、灭、道：佛教之所谓"四谛"，亦即四真理。苦谛是对社会人生及自然环境所作的价值判断，佛教认为世间一切皆苦；集谛是指造成人间痛苦的原因；灭谛指断灭世间诸苦得以产生的原因，灭者，灭生以求出世，达于涅槃；道谛，指脱离苦、集的世间的因果关系而达到出世涅槃的一切理论说教和修习方法。

⑨菩提萨埵：意即大菩萨。

⑩罣同"挂"，读作 guà，意即牵挂；碍即妨碍。

⑪究竟：达到至极；涅槃：意为寂灭，解脱，佛教所追求之最高境界；究竟涅槃意为达到彻底解脱。

⑫耨（nòu）："阿耨多罗三藐三菩提"：意为"无上正等正觉"，即圆极佛果，自在菩提，是只有佛才具备的最高智慧、能力。

大方广佛华严经·华藏世界品

〔唐〕实叉难陀　译

大方广佛华严经

华藏世界品①

尔时，普贤菩萨复告大众言：

诸佛子！此华藏庄严世界海②，是毗卢遮那如来③，往昔于世界海微尘数劫修菩萨行时，一一劫中，亲近世界海微尘数佛，一一佛所，净修世界海微尘数大愿之所严净。

诸佛子！此华藏庄严世界海，在须弥山微尘数风轮所持。其最下风轮名平等住，能持其上一切宝焰炽然庄严。次上风轮名出生种种宝庄严，能持其上净光照耀摩尼王幢。次上风轮名宝威德，能持其上一切宝铃。次上风轮名平等焰，能持其上日光明相摩尼王轮。次上风轮名种种普庄严，能持其上光明轮华④。次上风轮名普清净，能持其上一切华焰师子座。次上风轮名声遍十方，能持其上一切珠王幢。次上风轮名一切宝光明，能持其上一切摩尼王树华。次上风轮名速疾普持，能持其上一切香摩尼须弥云。次上风轮名种种宫殿游行，能持其上一切宝色香台云。

诸佛子！彼须弥山微尘数风轮最在上者，名殊胜威光藏，能持普光摩尼庄严香水海。此香水海有大莲华，名种种光明蕊香幢，华藏庄严世界海住在其中，四方均平清净坚固，金刚轮山周匝围绕，地海众树，各有区别。

是时普贤菩萨欲重宣其义，承佛神力，观察十方，而说颂言：

"世尊往昔于诸有，微尘佛所修净业；故获种种宝光明，
华藏庄严世界海；广大悲云遍一切，舍身无量等刹尘⑤。
以昔劫海修行力，今此世界无诸垢，放大光明遍住空，
风力所持无动摇。佛藏摩尼普严饰，如来愿力令清净。
普散摩尼妙藏华，以昔愿力空中住。种种坚固庄严海，
光云垂布满十方。诸摩尼中菩萨云，普诣十方光炽然。
光焰成轮妙华饰，法界周流靡不遍。一切宝中放净光，
其光普照众生海，十方国土皆周遍，咸令出苦向菩提。
宝中佛数等众生，从其毛孔出化形。梵主帝释轮王等⑥，
一切众生及诸佛。化现光明等法界，光中演说诸佛名，
种种方便示调伏，普应群心无不尽。华藏世界所有尘，
一一尘中见法界。宝光现佛如云集，此是如来刹自在。
广大愿云周法界，于一切劫化群生。普贤智地行悉城，
所有庄严从此出。"

尔时，普贤菩萨复告大众言：

诸佛子！此华藏庄严世界海，大轮围山，住日珠王莲华之上。旃檀摩尼以为其身⑦，威德宝王以为其峰，妙香摩尼而作其轮，焰藏金刚，所共成立。一切香水，流注其间，众宝为林，妙华开敷，香草布地，明珠间饰，种种香华，处处盈满，摩尼为网，周匝垂覆。如是等有世界海微尘

众妙庄严。

尔时，普贤菩萨欲重宣其义，承佛神力，观察十方，而说颂言：

"世界大海无有边，宝轮清净种种色；所有庄严尽奇妙，
此由如来神力起。摩尼宝轮妙香轮，及以真珠灯焰轮；
种种妙宝为严饰，清净轮围所安住。坚固摩尼以为藏，
阎浮檀金作严饰⑧；舒光发焰遍十方，内外映彻皆清净。
金刚摩尼所集成，复雨摩尼诸妙宝；其宝精奇非一种，
放净光明普严丽。香水分流无量色，散诸华宝及旃檀；
众莲竞发如衣布，珍草罗生悉芬馥。无量宝树普庄严，
开华发旃色炽燃；种种名衣在其内，光云四照常圆满。
无量无边大菩萨，执盖焚香充法界；悉发一切妙音声，
普转如来正当轮。诸摩尼树宝末成，一一宝末现光明；
毗卢遮那清净身，悉入其中普令见。诸庄严中现佛身，
无边色相无央数；悉往十方无不遍，所化众生亦无限。
一切庄严出妙音，演说如业本愿轮；十方所有净刹海，
佛自在力咸令遍。"

尔时，普贤菩萨复告大众言：

诸佛子！此世界海大轮围山内，所有大地，一切皆以金刚所成。坚固庄严，不可沮坏，清净平坦，无有高下。摩尼为轮，众宝为藏。一切众生种种形状，诸摩尼宝，以为间错。散众宝末，布以莲华，香藏摩尼分置其间。诸庄严具，充遍如云。三世一切诸佛国土，所有庄严而为校饰，摩尼妙宝以为其网，普现如来所有境界，如天帝释，于中布列。

诸佛子！此世界海地，有如是等世界海微尘数庄严。

尔时，普贤菩萨欲重宣其义，承佛神力，观察十方，而说颂言：

"其地平坦极清净，安住坚固无能坏。摩尼处处以为严，
众宝于中相间错。金刚为地甚可悦，宝轮宝网具庄严。
莲华布上皆圆满，妙衣弥复悉周遍。菩萨天冠宝璎珞，
悉布其地为严好。旃檀摩尼普散中，咸舒离垢妙光明。
宝华发焰出妙光，光焰如云照一切。散此妙华及众宝，
普覆于地为严饰。密云兴布满十方，广大光明无有尽。
普至十方一切土，演说如来甘露法。一切佛愿摩尼内，
普现无边广大劫。最胜智者昔所行，于此宝中无不见。
其地所有摩尼宝，一切佛刹咸来入。彼诸佛刹一一尘，
一切国土亦入中。妙宝庄严华藏界，菩萨游行遍十方。
演说大士诸弘愿，此是道场自在力。摩尼妙宝庄严地，
放净光明备众饰。充满法界等虚空，佛力自然如是现。
诸有修治普贤愿，入佛境界大智人。能知于此刹海中，
如是一切诸神变。"

尔时，普贤菩萨复告大众言：

诸佛子！此世界海大地中，有十不可说佛刹微尘数香水海。一切妙宝庄严其底，妙香摩尼庄严其岸，毗卢遮那摩尼宝王以为其网，香水映彻，具众宝色，充满其中。种种宝华，旋布其上，

斾檀细末，澄垽其下⑨。演佛言音，放宝光明。无边菩萨持种种盖，现神通力。一切世界所有庄严，悉于中现。十宝阶陛⑩，行列分布。十宝栏楯⑪，周匝围绕。四天下微尘数、一切宝庄严芬陀利华敷荣水中⑫，不可说百千亿那由他数十宝尸罗幢⑬，恒河沙数一切宝衣铃网幢，恒河沙数无边色相宝华楼阁，百千亿那由他数十宝莲华城，四天下微尘数众宝树林宝焰摩尼以为其网，恒河沙数斾檀香诸佛言音光焰摩尼。不可说百千亿那由他数众宝垣墙，悉共围绕，周遍严饰。

尔时，普贤菩萨欲重宣其义，承佛神力，观察十方，而说颂言：

"此世界中大地上，有香水海摩尼严。清净妙宝布其底，
安住金刚不可坏。香藏摩尼积成岸，日焰珠轮布若云。
莲华妙宝为璎珞⑭，处处庄严净无垢。香水澄渟具众色⑮，
宝华旋布放光明。普震音声闻远近，以佛威神演妙法。
阶陛庄严具众宝，复以摩尼为间饰。周回栏楯悉宝成，
莲华珠网加云布。摩尼宝树列成行，华蕊敷荣光赫奕⑯。
种种乐音恒竞奏，佛神通力令如是。种种妙宝芬陀利，
敷布庄严香水海。香焰光明无暂停，广大圆满皆充遍。
明珠宝幢恒炽盛，妙衣垂布为严饰。摩尼铃网演法音，
令其闻者趣佛智。妙宝莲华作城郭，众彩摩尼所严莹。
真珠云影布四隅，如是庄严香水海。垣墙缭绕皆周匝，
楼阁相望布其上。无量光明恒炽燃，种种庄严清净海。
毗卢遮那于住昔，种种刹海皆严净。如是广大无有边，
悉是如来自在力。"

尔时，普贤菩萨复告大众言：

诸佛子！一一香水海，各有四天下微尘数香水河，右旋围绕。一切皆以金刚为岸，净光摩尼以为严饰，常现诸佛宝色光云，及诸众生所有言音。其河所有漩澓之外⑰，一切诸佛所修因行，种种形相皆从中出，摩尼为网，众宝铃铎，诸世界海所有庄严悉于中现。摩尼宝云以复其上，其云普现华藏世界毗卢遮那十方化佛及一切神通之事。复出妙音，称扬三世佛菩萨名。其香水中常出一切宝焰光云，相续不绝，若广说者，一一河各有世界海微尘数庄严。

尔时，普贤菩萨欲重宣其义，承佛神力，观察十方，而说颂言：

"清净香流满大河，金刚妙宝为其岸。宝末为轮布其地，
种种严饰皆珍好。宝阶行列妙庄严，栏楯周回悉殊丽。
真珠为藏众华饰，种种缨鬘共垂下。香水宝光清净色，
恒吐摩尼竞疾流。众华随浪皆摇动，悉奏乐音宣妙法。
细末斾檀作泥垽，一切妙宝同洄澓。香藏氛氲布在中，
发焰流芬普周遍。河中出生诸妙宝，悉放光明色炽燃。
其光布影成台座，华盖珠璎皆具足。摩尼王中现佛身，
光明普照十方刹。以此为轮严饰地，香水映彻常盈满。
摩尼为网金为铎，遍复香河演佛音。克宣一切菩提道，
及以普贤之妙行。宝岸摩尼极清净，恒出如来本愿音。
一切诸佛曩所行，其音普演皆令见。其河所有漩流处，
菩萨如云常踊出。悉往广大刹土中，乃至法界咸充满。
清净珠王布若云，一切香河悉弥复。其珠等佛眉间相，

炳然显现诸佛影。"

尔时，普贤菩萨复告大众言：

诸佛子！此诸复水河两间之地，悉以妙宝种种庄严，一一各有四天下微尘数众宝庄严。芬陀利华周匝遍满，各有四天下微尘数众宝树林，次第行列。一一树中，恒出一切诸庄严云，摩尼宝王照耀其间。种种华香处处盈满，其树复出微妙音声，说诸如来一切劫中所修大愿。复散种种摩尼宝王，充遍其地，所谓莲华轮摩尼宝王、香焰光云摩尼宝王、种种严饰摩尼宝王、现不可思议庄严色摩尼宝王、日光明衣藏摩尼宝王、周遍十方普垂布光网云摩尼宝王、现一切诸佛神变摩尼宝王、现一切众生业报海摩尼宝王，如是等有世界海微尘数。其香水河两间之地，一一悉具如是庄严。

尔时，普贤菩萨欲重宣其义，承佛神力，观察十方而说颂言：

"其地平坦极清净，真金摩尼共严饰。诸树行列荫其中，

耸干垂条华若云。枝条妙宝所庄严，华焰成轮光四照。

摩尼为果如云布，普使十方常现睹。摩尼布地皆充满，

众华宝末共庄严。复以摩尼作宫殿，悉现众生诸影像。

诸佛影像摩尼王，普散其地靡不周。如是赫奕遍十方，

一一尘中咸见佛。妙宝庄严善分布，真珠灯网相间错。

处处悉有摩尼轮，一一皆现佛神通。众宝庄严放大光，

光中普现诸化佛。一一周行靡不遍，悉以十力广开演。

摩尼妙宝芬陀利，一切水中咸遍满。其华种种各不同，

悉现光明无尽歇。三世所有诸庄严，摩尼果中皆显现。

体性无生不可取，此是如来自在力，此地一切庄严中，

悉现如来广大身。彼亦不来亦不去，佛昔愿力皆令见。

此地一一微尘中，一切佛子修行道。各见所记当来刹。

随其意乐悉清净。"

尔时，普贤菩萨复告大众言：

诸佛子！诸佛世尊世界海，庄严不思议。何以故？诸佛子！此华藏庄严世界海一切境界，一一皆以世界海微尘数清净功德之所庄严。

尔时，普贤菩萨欲重宣其义，承佛神力，观察十方，而说颂言：

"此刹海中一切处，悉以众宝为严饰。发焰腾空布若云，

光明洞彻常弥覆。摩尼吐云无有尽，十方佛影于中现。

神通变化靡暂停，一切菩萨咸来集。一切摩尼演佛音，

其音美妙不思议。毗卢遮那昔所行，于此宝内恒闻见。

清净光明遍照尊，庄严具中皆现影。变化分身众围绕，

一切刹海咸周遍。所有化佛皆如幻，求其来处不可得。

以佛境界威神力，一切刹中如是现。如来自在神通事，

悉遍十方诸国土。以此刹海净庄严，一切皆于宝中见。

十方所有诸变化，一切皆于镜中像。但由如来昔所行，

神通愿力而出生。若有能修普贤行[18]，入于菩萨胜智海。

能于一切微尘中，普现其身净众刹。不可思议亿大劫，

亲近一切诸如来。如其一切之所行，一刹那中悉能现。

诸佛国土如虚空，无等无生无有相。为利众生普严净，

本愿力故住其中。"

尔时，普贤菩萨复告大众言：诸佛子！此中有何等世界住，我今当说。诸佛子！此不可说佛刹微尘数香水海中，有不可说佛刹微尘数世界种安住。——世界种复有不可说佛刹微尘数世界。

诸佛子！彼诸世界种于世界海中，各各依住，各各形状，各各体性，各各方所，各各趣入，各各庄严，各各分齐，各各行列，各各无差别，各各力加持。

诸佛子！此世界种或有依大莲华海住，或有依无边色宝华海住，或有依一切真珠藏宝璎珞海住，或有依香水海住，或有依一切华海住，或有依摩尼宝网海住，或有依漩流光海住，或有依菩萨宝庄严冠海住，或有依种种生身海住，或有依一切佛音声摩尼王海住。如是等若广说者，有世界海微尘数。

诸佛子！彼一切世界种，或有作须弥山形，或作江河形，或作回转形，或作漩流形，或作轮辋形[19]，或作坛墠形[20]，或作树林形，或作楼阁形，或作山幢形，或作普方形，或作胎藏形，或作莲华形，或作佉勒迦形[21]，或作众生身形，或作云形，或作诸佛相好形，或作圆满光明形，或作种种珠网形，或作一切门闼形[22]，或作诸庄严具形。如是等若广说者，有世界海微尘数。

诸佛子！彼一切世界种，或有以十方摩尼云为体，或有以众色焰为体，或有以诸光明体，或有以宝香焰为体，或有以一切宝庄严多罗华为体[23]，或有以菩萨影像为体，或有以诸佛光明为体，或有以佛色相为体，或有以一宝光为体，或有以众宝光为体，或有以一切众生福德海音声为体，或以有一切众生诸业海音声为体，或有以一切佛境界清净音声为体，或有以一切菩萨大愿海音声为体，或有以一切佛方便音声为体，或有以一切刹庄严具成不坏音声为体，或有以无边佛音声为体，或有以一切佛变化音声为体，或有以一切众生善音声为体，或有以一切佛功德海清净音声为体。如是等若广说者，有世界海微尘数。

尔时，普贤菩萨欲重宣其义，承佛神力，观察十方而说颂言：

"刹种坚固妙庄严，广大清净光明藏。依止莲华宝海住，

或有住于香海等。须弥城树坛墠形，一切刹种遍十方。

种种庄严形相别，各种布列而安住。或有体是净光明，

或是华藏及宝云。或有刹种焰所成，安住摩尼不坏藏。

灯云焰彩光明等，种种无边清净色。或有言音以为体，

是佛所演不思议。或是愿力所出音，神变音声为体性。

一切众生大福业，佛功德音亦如是。刹种一一差别门，

不可思议无有尽。如是十方皆遍满，广大庄严现神力。

十方所有广大刹，悉来入此世界种。虽见十方普入中，

而实无来无所入。以一刹种入一切，一切入一亦无余。

体相如本无差别，无等无量悉周遍。一切国土微尘中，

普见如来在其所。愿海言音若雷震，一切众生悉调状。

佛身周遍一切刹，无数菩萨亦充满。如来自在无等伦，

普化一切诸含识。"

尔时，普贤菩萨复告大众言：

诸佛子！此不可说佛刹微尘数香水海，在华藏庄严世界海中，如天帝网分布而住[24]。

诸佛子！此最中央香水海名无边妙华光，以现一切菩萨形摩尼王幢为底，出大莲华，名一切香摩尼王庄严。有世界种而住其上，名普照十方炽然宝光明，以一切庄严具为体，有不可说佛刹

微尘数世界于中布列。

其最下方有世界名最胜光遍照，以一切金刚庄严光耀轮为际，依众宝摩尼华而住，其状犹如摩尼宝形，一切宝华庄严云弥覆其上。佛刹微尘世界周匝围绕，种种安住，种种庄严。佛号净眼离垢灯。

此上过佛刹微尘数世界⑫，有世界名种种香莲华妙庄严，以一切庄严具为际，依宝莲华网而住，其状如师子之座，一切宝色珠帐云弥覆其上。二佛刹微尘数世界周匝围绕。佛号师子光胜照。

此上过佛刹微尘数世界，有世界名一切宝庄严普照光，以香风轮为际，依种种宝华璎珞住。其形八隅，妙光摩尼日轮云而覆其上，三佛刹微尘数世界周匝围绕。佛号净光智胜幢。

此上过佛刹微尘数世界，有世界各种种光明华庄严，以一切宝王为际，依众色金刚尸罗幢海住，其状犹如摩尼莲华，以金刚摩尼宝光云而覆其上。四佛刹微尘数世界周匝围绕，纯一清净。佛号金刚光明无量精进力善出现。

此上过佛刹微尘数世界，有世界名普放妙华光，以一切宝铃庄严网为际，依一切树林庄严宝轮网海住，其形普方而多有隅角，梵音摩尼王云以覆其上。五佛刹微尘数世界周匝围绕。佛号香光喜力海。

此上过佛刹微尘数世界，有世界名净妙光明，以宝王庄严幢为际，依金刚宫殿海住，其形四方，摩尼轮髻帐云而覆其上。六佛刹微尘数世界周匝围绕。佛号普光自在幢。

此上过佛刹微尘数世界，有世界名众华焰庄严，以种种华庄严为际，依一切宝色焰海住，其状犹如楼阁之形，一切宝色衣真珠栏楯云而覆其上。七佛刹微尘数世界，周匝围绕，纯一清净。佛号欢喜海功德名称自在光。

此上过佛刹微尘数世界，有世界名出生威力地，以出一切声摩尼王庄严为际，依种种宝色莲华座虚空海住，其状犹如因陀罗网，以无边色华网云而覆其上。八佛刹微尘数世界周匝围绕。佛号广大名称智海幢。

此上过佛刹微尘数世界，有世界名出妙音声，以心王摩尼庄严轮为际，依恒出一切妙音声庄严云摩尼王海住，其状犹如梵天身形⑬，无量宝庄严师子座云而覆其上。九佛刹微尘数世界周匝围绕。佛号清静月光明相无能摧伏。

此上过佛刹微尘数世界，有世界名金刚幢，以无边庄严真珠藏宝璎珞为际，依一切庄严宝师子座摩尼海住，其状周圆，十须弥山微尘数一切香摩尼华须弥云弥覆其上。十佛刹微尘数世界周匝围绕，纯一清净。佛号一切法海最胜王。

此上过佛刹微尘数世界，有世界名恒出现帝青宝光明，以极坚牢不可坏金刚庄严为际，依种种殊异华海住，其状犹如半月之形，诸天宝帐云而覆其上。十一佛刹微尘数世界周匝围绕。佛号无量功德法。

此上过佛刹微尘数世界，有世界名光明照耀，以普光庄严为际，依华旋香水海住。状如华旋，种种衣云而覆其上。十二佛刹微尘数世界周匝围绕。佛号超释梵。

此上过佛刹微尘数世界，至此世界名娑婆⑭，以金刚庄严为际，依种种色风轮所持莲华网住，状如虚空，以普圆满天宫殿庄严虚空云而覆其上。十三佛刹微尘数世界周匝围绕。其佛即是毗卢遮那如来世尊。

此上过佛刹微尘数世界，有世界名寂静离尘光，以一切宝庄严为际，依种种宝衣海住。其状犹如执金刚形，无边色金刚云而覆其上。十四佛刹尘数世界周匝围绕。佛号遍法界胜音。

此上过佛刹微尘数世界，有世界名众妙光明灯，以一切庄严帐为际，依净华网海住。其状犹如卐字之形，摩尼树香水海云而覆其上。十五佛刹微尘数世界周匝围绕，纯一清净。佛号不可摧伏力普照幢。

此上过佛刹微尘数世界，有世界名清净光遍照，以无尽宝云摩尼王为际，依种种香焰莲华海住。其状犹如龟甲之形，圆光摩尼轮旃檀云而覆其上。十六佛刹微尘数世界周匝围绕。佛号清净日功德眼。

此上过佛刹微尘数世界，有世界名宝庄严藏，以一切众生形摩尼王为际，依光明藏摩尼王海住。其形八隅，以一切轮围山宝庄严华树网弥覆其上，十七佛刹微尘数世界周匝围绕。佛号无碍智光明遍照十方。

此上过佛刹微尘数世界，有世界名离尘，以一切殊妙相庄严为际，依众妙华师子座海住。状如珠璎，以一切宝香摩尼王圆光云而覆其上。十八佛刹尘数世界周匝围绕，纯一清净。佛号无量方便最胜幢。

此上过佛刹微尘数世界，有世界名清净光普照，以出无尽宝云摩尼王为际，依无量色香焰须弥山海住。其状犹如宝华旋布，以无边色光明摩尼王帝青云而覆其上。十九佛刹微尘数世界周匝围绕。佛号普照法界虚空光。

此上过佛刹微尘数世界，有世界名妙宝焰，以普光明日月宝为际，依一切诸天形摩尼王海住。其状犹如宝庄严具，以一切宝衣幢云及摩尼灯藏网而覆其上。二十佛刹微尘数世界周匝围绕，纯一清净。佛号福德相光明。

诸佛子！此遍照十方炽然宝光明世界种，有如是等不可说佛刹微尘数广大世界，各各所依住。各各形状，各各体性，各各方面，各各趣入，各各庄严，各各分齐，各各行列，各种无差别，各各力加持。周匝围绕所谓十佛刹微尘数回转形世界，十佛刹微尘数江河形世界，十佛刹微尘数旋流形世界，十佛刹微尘数轮辋形世界，十佛刹微尘数坛墠形世界，十佛刹微尘数树林形世界，十佛刹微尘数楼观形世界，十佛刹微尘数尸罗幢形世界，十佛刹微数普方形世界，十佛刹微尘数胎藏形世界，十佛刹微尘数莲华形世界，十佛刹微尘数佉勒迦形世界，十佛刹尘数种种众生形世界，十佛刹微尘数佛相形世界，十佛刹微尘数圆光形世界，十佛刹微尘数云形世界，十佛刹微尘数网形世界，十佛刹微尘数门闼形世界。如是等有不可说佛刹微尘数。此一一世界，各有十佛刹微尘数广大世界，周匝围绕。此诸世界，一一复有如上所说微尘数世界而为眷属。如是所说一切世界皆在此无边妙华光香水海，及围绕此海香水河中。

尔时，普贤菩萨复告大众言：

诸佛子！此无边妙华光香水海东，次有香水海，名离垢焰藏，出大莲华，名一切香摩尼王妙庄严。有世界种而住其上，名遍照刹旋，以菩萨行吼音为体。

此中最下方，有世界名宫殿庄严幢。其形四方，依一切宝庄严海住，莲花光网云弥覆其上。佛刹微尘数世界围绕，纯一清净。佛号眉间光遍照。

此上过佛刹微尘数世界，有世界名德华藏。其形周圆，依一切宝华蕊海住，真珠幢师子座云弥覆其上，二佛刹微尘数世界围绕。佛号一切无边法海慧。

此上过佛刹微尘数世界，有世界名善变化妙香轮。形如金刚，依一切宝庄严铃网海住，种种庄严圆光云弥覆其上，三佛刹微尘数世界围绕。佛号功德相光明普照。

此上过佛刹微尘数世界，有世界名妙色光明。其状犹如摩尼宝轮，依无边色宝香水海住，普光明真珠楼阁云弥覆其上，四佛刹微尘数世界围绕，纯一清净。佛号善眷属出兴遍照。

此上过佛刹微尘数世界，有世界名善盖覆。状如莲华，依金刚香水海住。离尘光明香水云弥覆其上，五佛刹微尘数世界围绕。佛号法喜无尽慧。

此上过佛刹微尘数世界，有世界名尸利华光轮⑧。其形三角，依一切坚固宝庄严海住，菩萨摩尼冠光明云弥覆其上，六佛刹微尘数世界围绕。佛号清净普光明云。

此上过佛微尘数世界，有世界名宝莲华庄严。形如半月，依一切莲华庄严海住，一切宝华云弥覆其上，七佛刹微尘数世界围绕，纯一清净。佛号功德华清净眼。

此上过佛刹微尘数世界，在世界名无垢焰庄严。其状犹如宝灯行列，依宝焰藏海住，常雨香水种种身云弥覆其上，八佛刹微尘数世界围绕。佛号慧力无能胜。

此上过佛刹微尘数世界，有世界名妙梵音。形如卐字，依宝衣幢海住，一切华庄严帐云弥覆其上，九佛刹微尘数世界围绕。佛号广大目如空中净月。

此上过佛刹微尘数世界，有世界名微尘数音声。其状犹如因陀罗网，依一切宝水海住，一切乐音宝盖云弥覆其上，十佛刹微尘数世界围绕，纯一清净。佛号金色须弥灯。

此上过佛刹微尘数世界，有世界名宝色庄严。形如卐字，依帝释形宝王海住，日光明华云弥覆其上，十一佛刹微尘数世界围绕。佛号迥照法界光明智。

此上过佛刹微尘数世界，有世界名金色妙光。其状犹如广大城廓，依一切宝庄严海住，道场宝华云弥覆其上，十二佛刹微尘数世界围善。佛号宝灯普照幢。

此上过佛刹微尘数世界，有世界名遍照光明轮。状如华旋，依宝衣旋海住，佛音声宝王楼阁云弥覆其上。十三佛刹微尘数世界围绕，纯一清净。佛号莲华焰遍照。

此上过佛刹微尘数世界，有世界名宝藏庄严。状如四洲㉕，依宝璎珞须弥住。宝焰摩尼云弥覆其上，十四佛刹微尘数世界围绕。佛号无尽福开敷华。

此上过佛刹微尘数世界，有世界名如镜像普现。其状犹如阿修罗身，依金刚莲华海住，宝冠光影云弥覆其上，十五佛刹微尘数世界围善。佛号甘露音。

此上过佛刹微尘数世界，有世界名旃檀月。其形八隅，依金刚旃檀宝海住。真珠华摩尼云弥覆其上，十六佛刹微尘数世界围绕，纯一清净。佛号最胜法无等智。

此上过佛刹微尘数世界，有世界名离垢光明。其状犹如香水旋流，依无边色宝光海住，妙香光明云弥覆其上，十七佛刹微尘数世界围绕。佛号遍照虚空光明音。

此上过佛刹微尘数世界，有世界名妙华庄严。其状犹如旋绕之形，依一切华海住，一切乐音摩尼云弥覆其上，十八佛刹微尘数世界围绕。佛号普现胜光明。

此上过佛刹微尘数世界，有世界名胜音庄严。其状犹如师子之座，依金师子座海住，众色莲华藏师子座云弥覆其上，十九佛刹微尘数世界围绕。佛号无边功德称普光明。

此上过佛刹微尘数世界，有世界名高胜灯。状如佛掌，依宝衣服香幢海住，日轮普照宝王楼阁云弥覆其上，二十佛刹微尘数世界围绕，纯一清净。佛号普照虚空灯。

诸佛子！此离垢焰藏香水海南，次有香水海，名无尽光明轮。世界种名佛幢庄严，以一切佛功德海音声为体。

此中最下方有世界名爱见华，状如宝轮，依摩尼树藏宝王海住，化现菩萨形宝藏云弥覆其上，佛刹微尘数世界围绕，纯一清净。佛号莲华光欢喜面。

此上过佛刹微尘数世界，有世界名妙音。佛号须弥宝灯。

此上过佛刹微尘数世界，有世界名众宝庄严光。佛号法界音声幢。

此上过佛刹微尘数世界，有世界名香藏金刚。佛号光明音。

此上过佛刹微尘数世界，有世界名净妙音。佛号最胜精进力。

此上过佛刹微尘数世界，有世界名宝莲华庄严，佛号法城云雷音。

此上过佛刹微尘数世界，有世界名与安乐。佛号大名称智慧灯。

此上过佛刹微尘数世界，有世界名无垢网。佛号师子光功德海。

此上过佛刹微尘数世界，有世界名华林幢遍照。佛号大智莲华光。

此上过佛刹微尘数世界，有世界名无量庄严。佛号普眼法界幢，

此上过佛刹微尘数世界，有世界名普光宝庄严。佛号胜智大商主。

此上过佛刹微尘数世界，有世界名华王。佛号月光幢。

此上过佛刹微尘数世界，有世界名离垢藏。佛号清净觉。

此上过佛刹微尘数世界，有世界名宝光明。佛号一切智虚空灯。

此上过佛刹微尘数世界，有世界名出生宝璎珞。佛号诸度福海相光明。

此上过佛刹微尘数世界，有世界名妙轮遍覆。佛号调伏一切染著心令欢喜。

此上过佛刹微尘数世界，有世界名宝华幢。佛号广博功德音大名称。

此上过佛刹微尘数世界，有世界名无量庄严。佛号平等智光明功德海。

此上过佛刹微尘数世界，有世界名无尽光庄严幢。状如莲华，依一切宝网海住，莲华光摩尼网弥覆其上，二十佛刹微尘世界围绕，纯一清净。佛号法界净光明。

诸佛子！此无尽光明轮香水海右旋，次有香水海，名金刚宝焰光。世界种名佛光庄严藏，以称说一切如来名音为体。

此中最下方有世界名宝焰莲华，其状犹如摩尼色眉间毫相，依一切宝色水漩海住，一切庄严楼阁云弥覆其上，佛刹微尘数世界围绕，纯一清净。佛号无垢宝光明。

此上过佛刹微尘数世界，有世界名光焰藏。佛号无碍自在智慧光。

此上过佛刹微尘数世界，有世界名宝轮妙庄严。佛号一切宝光明。

此上过佛刹微尘数世界，有世界名栴檀树华幢。佛号清净智光明。

此上过佛刹微尘数世界，有世界名佛刹妙庄严。佛号广大欢喜音。

此上过佛刹微尘数世界，有世界名妙光庄严。佛号法界自在智。

此上过佛刹微尘数世界，有世界名无边相。佛号无碍智。

此上过佛刹微尘数世界，有世界名焰云幢。佛号演说不退轮。

此上过佛刹微尘数世界，有世界名众宝严清净轮，佛号离垢华光明。

此上过佛刹微尘数世界，有世界名广大出离。佛号无碍智日眼。

此上过佛刹微尘数世界，有世界名妙庄严金刚座。佛号法界智大光明。

此上过佛刹微尘数世界，有世界名智慧普庄严。佛号智炬光明王。

此上过佛刹微尘数世界，有世界名莲华池深妙音。佛号一切智普照。

此上过佛刹微尘数世界，有世界名种种色光明。佛号普光华王云。

此上过佛刹微尘数世界，有世界名妙宝幢。佛号功德光。

此上过佛刹微尘数世界，有世界名摩尼华毫相光。佛号普音云。

此上过佛刹微尘数世界，有世界名甚深海。佛号十方众生主。

此上过佛刹微尘数世界，有世界名须弥光。佛号法界普智音。

此上过佛刹微尘数世界，有世界名金莲华。佛号福德藏普光明。

此上过佛刹微尘数世界，有世界名宝庄严藏。形如卐字，依一切香摩尼庄严树海住，清净光明云弥覆其上，二十佛刹微尘数世界围绕，纯一清净。佛号大变化光明网。

诸佛子！此金刚宝焰香水海右旋，次有香水海，名帝青宝庄严。世界种名光照十方，依一切妙庄严莲华香云住，无边佛音声为体。

于此最下方，有世界名十方无尽色藏轮。其状周回，有无量角，依无边色一切宝藏海住，因

陀罗网而覆其上㉚，佛刹微尘数世界围绕，纯一清净。佛号莲华眼光明遍照。

此上过佛刹微尘数世界，有世界名净妙庄严藏。佛号无上慧大师子。

此上过佛刹微尘数世界，有世界名出现莲华座。佛号遍照法界光明王。

此上过佛刹微尘数世界，有世界名宝幢音。佛号大功德普名称。

此上过佛刹微尘数世界，有世界名金刚宝庄严藏。佛号莲华日光明。

此上过佛刹微尘数世界，有世界名因陀罗华月。佛号法自在智慧幢。

此上过佛刹微尘数世界，有世界名妙轮藏。佛号大喜清净音。

此上过佛刹微尘数世界，有世界名妙音藏。佛号大力善商主。

此上过佛刹微尘数世界，有世界名清净月。佛号须弥光智慧力。

此上过佛刹微尘数世界，有世界名无边庄严相。佛号方便愿净月光。

此上过佛刹微尘数世界，有世界名妙华音，佛号法海大愿智。

此上过佛刹微尘数世界，有世界名一切宝庄严。佛号功德宝光明相。

此上过佛刹微尘数世界，有也界名坚固也。佛号美音最胜天。

此上过佛刹微尘数世界，有世界名普光善化，佛号大精进寂静慧。

此上过佛刹微尘数世界，有世界名善守护庄严行。佛号见者生欢喜。

此上过佛刹微尘数世界，有世界名旃檀宝华藏。佛号甚深不可动智慧光遍照。

此上过佛刹微尘数世界，有世界名现种种色相海。佛号普放不思议胜义王光明。

此上过佛刹微尘数世界，有世界名化现十方大光明。佛号胜功德威光无与等。

此上过佛刹微尘数世界，有世界名须弥云幢。佛号极净光明眼。

此上过佛刹微尘数世界，有世界名莲华遍照。其状周圆，依无边色众妙香摩尼海住，一切乘庄严云而覆其上，二十佛刹微尘数世界围绕，纯一清净。佛号解脱精进日。

诸佛子！此帝青宝庄严香水海右旋，次有香水海，名金刚轮庄严底。世界种名妙宝间错因陀罗网，普贤智所生音声为体。

此中最下方有世界名莲华网，其状犹如须弥山形，依众妙华山幢海住，佛境界摩尼王帝网云而覆其上，佛刹微尘数世界围绕，纯一清净。佛号法身普觉慧。

此上过佛刹微尘数世界，有世界名无尽日光明。佛号最胜大觉慧。

此上过佛刹微尘数世界，有世界名普放妙光明。佛号大福云无尽力。

此上过佛刹微尘数世界，有世界名树华幢。佛号无边智法界音。

此上过佛刹微尘数世界，有世界名真珠盖。佛号波罗蜜师子频申。

此上过佛刹微尘数世界，有世界名无边音。佛号一切智妙觉慧。

此上过佛刹微尘数世界，有世界名普见树峰。佛号普现众生前。

此上过佛刹微尘数世界，有世界名师子帝网光。佛号无垢日金色光焰云。

此上过佛刹微尘数世界，有世界名众宝间错。佛号帝幢最胜慧。

此上过佛刹微尘数世界，有世界名无垢光明地。佛号一切力清净月。

此上过佛刹微尘数世界，有世界名恒出叹佛功德音。佛号如虚空普觉慧。

此上过佛刹微尘数世界，有世界名高焰藏。佛号化现十方大云幢。

此上过佛刹微尘数世界，有世界名光严道场。佛号无等智遍照。

此上过佛刹微尘数世界，有世界名出生一切宝庄严。佛号广度众生神通王。

此上过佛刹微尘数世界，有世界名光严妙宫殿，佛号一切义成广大慧。

此上过佛刹微尘数世界，有世界名离尘寂静。佛号不唐现㉛。

此上过佛刹微尘数世界，有世界名摩尼华幢。佛号悦意吉祥音。

此上过佛刹微尘数世界，有世界名普云藏。其状犹如楼阁之形，依种种宫殿香水海住。一切宝灯云弥覆其上，二十佛刹微尘数世界围绕，纯一清净。佛号最胜觉神通王。

诸佛子！此金刚轮庄严底香水海右旋，次有香水海，名莲华因陀罗网。世界种名普现十方影，依一切香摩尼庄严莲华住，一切佛智光音声为体。

此中最下方有世界名众生海宝光明，其状犹如真珠之藏，依一切摩尼璎珞海旋住。水光明摩尼云而覆其上，佛刹微尘数世界围绕，纯一清净。佛号不思议功德遍照月。

此上过佛刹微尘数世界，有世界名妙香轮。佛号无量力幢。

此上过佛刹微尘数世界，有世界名妙光轮。佛号法界光音觉悟慧。

此上过佛刹微尘数世界，有世界名吼声摩尼幢。佛号莲华光恒垂妙臂。

此上过佛刹微尘数世界，有世界名极坚固轮。佛号不退转功德海光明。

此上过佛刹微尘数世界，有世界名众行光庄严。佛号一切智普胜尊。

此上过佛刹微尘数世界，有世界名师子座遍照。佛号狮子光无量力觉慧。

此上过佛刹微尘数世界，有世界名宝焰庄严。佛号一切法清净智。

此上过佛刹微尘数世界，有世界名无量灯。佛号无忧相。

此上过佛刹微尘数世界，有世界名常闻佛音。佛号自然胜威光。

此上过佛刹微尘数世界，有世界名清净变化。佛号金莲华光明。

此上过佛刹微尘数世界，有世界名普入十方。佛号观法界频申慧。

此上过佛刹微尘数世界，有世界名炽然焰。佛号光焰树紧那罗王。

此上过佛刹微尘数世界，有世界名香光遍照。佛号香灯善化王。

此上过佛刹微尘数世界，有世界名无量华聚轮。佛号普现佛功德。

此上过佛刹微尘数世界，有世界名众妙普清净。佛号一切法平等神通王。

此上过佛刹微尘数世界，有世界名金光海。佛号十方自在大变化。

此上过佛刹微尘数世界，有世界名真珠华藏。佛号法界宝光明不可思议慧。

此上过佛刹微尘数世界，有世界名帝释须弥师子座。佛号胜力光。

此上过佛刹微尘数世界，有世界名无边宝普照。其形四方，依华林海住，普雨无边色摩尼王帝网而弥覆其上，二十佛刹微尘数世界围绕，纯一清净。佛号遍照世间最胜音。

诸佛子！此莲华因陀罗网香水海右旋，次有香水海，名积集宝香藏。世界种名一切威德庄严，以一切佛法轮音声为体。

此中最下方有世界名种种出生，形如金刚，依种种金刚山幢住。金刚宝光云而覆其上，佛刹微尘数世界围绕，纯一清净。佛号莲华眼。

此上过佛刹微尘数世界，有世界名喜见音。佛号生喜乐。

此上过佛刹微尘数世界，有世界名宝庄严幢。佛号一切智。

此上过佛刹微尘数世界，有世界名多罗华普照。佛号无垢寂妙音。

此上过佛刹微尘数世界，有世界名变化光。佛号清净空智慧月。

此上过佛刹微尘数世界，有世界名众妙间错。佛号开示福德海密云相。

此上过佛刹微尘数世界，有世界名一切庄严具妙音声。佛号欢喜云。

此上过佛刹微尘数世界，有世界名莲华池。佛号名称幢。

此上过佛刹微尘数世界，有世界名一切宝庄严。佛号频申观察眼。

此上过佛刹微尘数世界，有世界名净妙华。佛号无尽金刚智。

此上过佛刹微尘数世界，有世界名莲华庄严城。佛号日藏眼普光明。

此上过佛刹微尘数世界，有世界名无量树峰。佛号一切法雷音。

此上过佛刹微尘数世界，有世界名日光明。佛号开示无量智。

此上过佛刹微尘数世界，有世界名依止莲华叶。佛号一切福德山。

此上过佛刹微尘数世界，有世界名风普持。佛号日曜根。

此上过佛刹微尘数世界，有世界名光明显现。佛号身光普照。

此上过佛刹微尘数世界，有世界名香雷音金刚宝普照。佛号最胜华开敷相。

此上过佛刹微尘数世界，有世界名帝网庄严。形如栏楯，依一切庄严海住，光焰楼阁云弥覆其上，二十佛刹微尘数世界围绕，纯一清净。佛号示现无畏云。

诸佛子！此积集宝香藏香水海右旋，次有香水海，名宝庄。世界种名普无垢，以一切微尘中佛刹神变声为体。

此中最下方有世界名净妙平坦，形如宝身，依一切宝光轮海住。种种旃檀摩尼真珠云而覆其上，佛刹微尘数世界围绕，纯一清净。佛号难摧伏无等幢。

此上过佛刹微尘数世界，有世界名炽燃妙庄严。佛号莲华慧神通王。

此上过佛刹微尘数世界，有世界名微妙相轮幢。佛号十方大名称无尽光。

此上过佛刹微尘数世界，有世界名焰藏摩尼妙庄严。佛号大智慧见闻皆欢喜。

此上过佛刹微尘数世界，有世界名妙华庄严。佛号无量力最胜智。

此上过佛刹微尘数世界，有世界名出生净微尘。佛号超胜梵。

此上过佛刹微尘数世界，有世界名普光明变化香。佛号香象金刚大力势。

此上过佛刹微尘数世界，有世界名光明旋。佛号义成善名称。

此上过佛刹微尘数世界，有世界名宝璎珞海。佛号无比光遍照。

此上过佛刹微尘数世界，有世界名妙华灯幢。佛号究竟功德无碍慧灯。

此上过佛刹微尘数世界，有世界名善巧庄严。佛号慧日波罗蜜。

此上过佛刹微尘数世界，有世界名旃檀华普光明。佛号无边慧法界音。

此上过佛刹微尘数世界，有世界名帝网幢。佛号灯光迴照。

此上过佛刹微尘数世界，有世界名净华轮。佛号法界日光明。

此上过佛刹微尘数世界，有世界名大威耀。佛号无边功德海法轮音。

此上过佛刹微尘数世界，有世界名同安住宝莲华池。佛号开示入不可思议智。

此上过佛刹微尘数世界，有世界名平坦地。佛号功德宝光明王。

此上过佛刹微尘数世界，有世界名香摩尼聚。佛号无尽福德海妙庄严。

此上过佛刹微尘数世界，有世界名微妙光明。佛号无等力普遍音。

此上过佛刹微尘数世界，有世界名十方普坚固庄严照耀。其形八隅，依心王摩尼轮海住，一切宝庄严帐云弥覆其上，二十佛刹微尘数世界围绕，纯一清净。佛号普眼大明灯。

诸佛子！此宝庄严香水海右旋，次有香水海，名金刚宝聚。世界种名法界行，以一切菩萨地方便法音声为体。

此中最下方有世界名净光照耀，形如珠贯，依一切宝色珠璎海住，菩萨珠髻光明摩尼云而覆其上，佛刹微尘数世界围绕，纯一清净。佛号最胜功德光。

此上过佛刹微尘数世界，有世界名妙盖。佛号法自在慧。

此上过佛刹微尘数世界，有世界名宝庄严狮子座。佛号大龙渊。

此上过佛刹微尘数世界，有世界名出现金刚座。佛号升狮子座莲华台。

此上过佛刹微尘数世界，有世界名莲华胜音。佛号智光普开悟。

此上过佛刹微尘数世界，有世界名善惯习。佛号持地妙光王。

此上过佛刹微尘数世界，有世界名喜乐音。佛号法灯王。

此上过佛刹微尘数世界，有世界名摩尼藏因陀罗网。佛号不空见。

此上过佛刹微尘数世界，有世界名众妙地藏。佛号焰身幢。

此上过佛刹微尘数世界，有世界名金光轮。佛号净治众生行。

此上过佛刹微尘数世界，有世界名须弥山庄严。佛号一切功德云普照。

此上过佛刹微尘数世界，有世界名众树形。佛号宝华相净月觉。

此上过佛刹微尘数世界，有世界名无怖畏。佛号最胜金光炬。

此上过佛刹微尘数世界，有世界名大名称龙王幢，佛号观等一切法。

此上过佛刹微尘数世界，有世界名示现摩尼色。佛号变化日。

此上过佛刹微尘数世界，有世界名光焰庄严。佛号宝盖光遍照。

此上过佛刹微尘数世界，有世界名香光云。佛号思惟慧。

此上过佛刹微尘数世界，有世界名无怨仇。佛号精进胜慧海。

此上过佛刹微尘数世界，有世界名一切庄严具光明幢。佛号普现悦意莲华自在王。

此上过佛刹微尘数世界，有世界名毫相庄严，形如半月，依须弥山摩尼华海住。一切庄严炽盛光摩尼王云而弥覆其上，二十佛刹尘数世界围绕，纯一清净。佛号清净眼。

诸佛子！此金刚宝聚香水海右旋，次有香水海，名天城宝堞。世界种名灯焰光明，以普示一切平等法轮音为体。

此中最下方有世界名宝月光焰轮，形如一切庄严具，依一切宝庄严华海住，琉璃色师子座云而覆其上，佛刹微尘数世界围绕，纯一清净。佛号日月自在光。

此上过佛刹微尘数世界，有世界名须弥宝光。佛号无尽法宝幢。

此上过佛刹微尘数世界，有世界名众妙光明幢。佛号大华聚。

此上过佛刹微尘数世界，有世界名摩尼光明华。佛号人中最自在。

此上过佛刹微尘数世界，有世界名普音。佛号一切智遍照。

此上过佛刹微尘数世界，有世界名大树紧那罗音。佛号无量福德自在龙。

此上过佛刹微尘数世界，有世界名无边净光明。佛号功德宝华光。

此上过佛刹微尘数世界，有世界名最胜音。佛号一切智庄严。

此上过佛刹微尘数世界，有世界名众宝间饰。佛号宝焰须弥山。

此上过佛刹微尘数世界，有世界名清净须弥音。佛号出现一切行光明。

此上过佛刹微尘数世界，有世界名香水盖。佛号一切波罗蜜无碍海。

此上过佛刹微尘数世界，有世界名师子华网。佛号宝焰幢。

此上过佛刹微尘数世界，有世界名金刚妙华灯。佛号一切大愿光。

此上过佛刹微尘数世界，有世界名一切法光明地。佛号一切法广大真实义。

此上过佛刹微尘数世界，有世界名真珠末平坦庄严。佛号胜慧光明网。

此上过佛刹微尘数世界，有世界名琉璃华。佛号宝积幢。

此上过佛刹微尘数世界，有世界名无量妙光轮。佛号大威力智海藏。

此上过佛刹微尘数世界，有世界名明见十方。佛号净修一切功德幢。

此上过佛刹微尘数世界，有世界名可爱乐梵音。形如佛手，依宝光网海住。菩萨身一切庄严云而弥覆其上，二十佛刹微尘数世界围绕，纯一清净。佛号普照法界无碍光。

尔时，普贤菩萨复告大众言：

诸佛子！彼离垢焰藏香水海东，次有香水海名变化微妙身；此海中有世界种，名善布差别方。次有香水海，名金刚眼幢，世界种名庄严法界桥。次有香水海，名种种莲华妙庄严，世界种名恒出十方变化。次有香水海，名无间宝王轮，世界种名宝莲华茎密云。次有香水海，名妙香焰普庄严，世界种名毗卢遮那变化行。次有香水海，名宝末阎浮幢，世界种名诸佛护念境界。次有香水海，名一切色炽然光，世界种名最胜光遍照。次有香水海，名一切庄严具境界，世界种名宝焰灯。如是等不可说佛刹微尘数香水海。

其最近轮围山香水海，名琉璃地；世界种名常放光明，以世界海清净劫音声为体。

此中最下方有世界名可爱乐净光幢，佛刹微尘数世界围绕，纯一清净。佛号最胜三昧精时慧。

此时过十佛刹微尘世界，与金刚幢世界齐等，有世界名香庄严幢。十佛刹微尘数世界围绕，纯一清净。佛号无障碍法界灯

此上过三佛刹微尘数世界，与娑婆世界齐等，有世界名放光藏。佛号遍法界无障碍慧明。

此上过七佛刹微尘数世界，至此世界种最上方，有世界名最胜身香。二十佛刹微尘数世界围绕，纯一清净。佛号觉分华。

诸佛子！彼无尽光明轮香水海外，次有香水海，名具足妙光，世界种名遍无垢。次有香水海，名光耀盖，世界种名无边普庄严。次有香水海，名妙宝庄严，世界种名香摩尼轨度形。次有香水海，名出佛音声，世界种名善建立庄严。次有香水海，名香幢须弥藏，世界种名光明遍满。次有香水海，名旃檀妙光明，世界种名华焰轮。次有香水海，名风力持，世界种名宝焰云幢。次有香水海，名帝释身庄严，世界种名真珠藏。次有香水海，名平坦严净，世界种名毗琉璃末种种庄严。如是等不可说佛刹微尘数香水海。

其最近轮围山香水海，名妙树华，世界种名出生诸方广大刹，以一切佛摧伏魔音为体。此中最下方有世界名焰炬幢，佛号世间功德海。

此上过十佛刹微尘数世界，与金刚幢世界齐等，有世界名出生宝。佛号狮子力宝云。

此上与娑婆世界齐等，有世界名衣服幢。佛号一切智海王。

于此世界种最上方，有世界名宝璎珞师子光明。佛号善变化莲华幢。

诸佛子！彼金刚焰光明香水海外，次有香水水海，名一切庄严具莹饰幢，世界种名清净行庄严。次有香水海，名一切宝华光耀海，世界种名功德相庄严。次有香水海，名莲华开敷，世界种名菩萨摩尼冠庄严。次有香水海，名妙宝衣服，世界种名净珠轮。次有香水海，名可爱华遍照，世界种名百光云照耀。次有香海，名遍虚空大光明，世界种名宝光普照。次有香水海，名妙华庄严幢，世界种名金月眼璎珞。次有香水海，名真珠香海藏，世界种名佛光明。次有香水海，名宝轮光明，世界种名善化现佛境界光明。如是等不可说佛刹微尘数香水海。

其最近轮围山香水海，名无边轮庄严底。世界种名无量方差别，以一切国土种种言说音为体。此中最下方有世界名金刚华盖，佛号无尽相光普门音。

此上过十佛刹微尘数世界，有世界与金刚幢世界齐等，名出生宝衣幢，佛号福德云大威势。

此上与娑婆世界齐等，有世界名众宝具妙庄严，佛号胜慧海。

于此世界种最上方，有世界名日光明衣服幢，佛号智日莲华云。

诸佛子！彼帝青宝庄严香水海外，次有香水海，名阿修罗宫殿，世界种名香水光所持。次有香水海，名宝狮子庄严，世界种名遍示十方一切宝。次有香水海，名宫殿色光明云，世界种名宝轮妙庄严。次有香水海，名出大连华，世界种名妙庄严遍照法界。次有香水海，名灯焰妙眼，世

界种名遍观察十方变化。次有香水海，名不思议庄严轮，世界种名十方光明普名称。次有香水海，名宝积庄严，世界种名灯光照耀。次有香水海，名清净宝光明，世界种名须弥无能为碍风。次有香水海，名宝衣栏楯，世界种名如来身光明。如是等不可说佛刹微尘数香水海。

其最近轮围山香水海，名树庄严幢；世界种名安住帝网，以一切菩萨智地音声为体，此中最下方有世界名妙金色，佛号香焰胜威光。

此上过十佛刹微尘数世界，与金刚幢世界齐等，有世界名摩尼树华，佛号无碍普现。

此上与娑婆世界齐等，有世界名毗琉璃妙庄严，佛号法自在坚固慧。

于此世界种最上方，有世界名梵音妙庄严，佛号莲华开敷光明王。

诸佛子！彼金刚轮庄严底香水海外，次有香水海，名化现莲华处，世界种名国土平正。次有香水海，名摩尼光，世界种名遍法界无迷惑。次有香水海，名众妙香日摩尼，世界种名普现十方。次有香水海，名恒纳宝流，世界种名普行佛言音。次有香水海，名无边深妙音，世界种名无边方差别。次有香水海，名坚实积聚，世界种名无量处差别。次有香水海，名清净梵音，世界种名普清净庄严。次有香水海，名旃檀栏楯音声藏，世界种名迴出幢。次有香水海，名妙香宝王光庄严，世界种名普现光明力。

诸佛子！彼莲华因陀罗网香水海外，次有香水海，名银莲华妙庄严，世界种名普遍行。次有香水海，名毗琉璃竹密焰云，世界种名普出十方音。次有香水海，名十方光焰聚，世界种名恒出变化分布十方。次有香水海，名出现真金摩尼幢，世界种名金刚幢相。次有香水海，名平等大庄严，世界种名法界勇猛旋。次有香水海，名宝华丛无尽光，世界种名无边尽光明。次有香水海，名妙金幢，世界种名演说微密处。次有香水海，名光影遍照，世界种名普庄严。次有香水海，名寂音，世界种名现前垂布。如是等不可说佛刹微尘数香水海。

其最近轮围山香水，名密焰云幢；世界种名一切光庄严，以一切如来道场众会音为体。于此最下方有世界名净眼庄严，佛号金刚月遍照十方。

此上过十佛刹微尘数世界，与金刚幢世界齐等，有世界名莲华德，佛号大精进善觉慧。

此上与娑婆世界齐等，有世界名金刚密庄严，佛号娑罗王幢。

此上过七佛刹微数世界，有世界名净海庄严，佛号威德绝伦无能制伏。

诸佛子！彼积集宝香藏香水海外，次有香水海，名一切宝光明遍照，世界种名无垢称庄严。次有香水海，名众宝华开敷，世界种名虚空相。次有香水海，名吉祥幄遍照，世界种名无碍光普庄严。次有香水海，名旃檀树华，世界种名普现十方旋。次有香水海，名出生妙色宝，世界种名胜幢周遍行。次有香水海，名普生金刚华，世界种名现不思议庄严。次有香水海，名心王摩尼轮严饰，世界种名示现无碍佛光明。

次有香水海，名积集宝璎珞，世界种名净除疑。次有香水海，名真珠轮普庄严，世界种名诸佛愿所流。如是等不可说佛刹微尘数香水海。

其最近轮围山香水海，名阎浮檀宝藏轮；世界种名普音幢，以入一切智门音声为体。此中最下方有世界名华蕊焰。佛号精进施。

此上过十佛刹微尘数世界，与金刚幢世界齐等，有世界名莲华光明幢，佛号一切功德最胜心王②。

此上过三佛刹微尘数世界，与娑婆世界齐等，有世界名十力庄严，佛号善出现无量功德王。

于此世界种最上方，有世界名摩尼香山幢，佛号广大善眼净除疑。

诸佛子！彼宝庄严香水海外，次有香水海，名持须弥光明藏，世界种名出生广大云。次有香水海，名种种庄严大威力境界，世界种名无碍净庄严。次有香水海，名密布宝莲华，世界种名最众生各各业，世界无量种。于中取著生，受苦乐不同。

有刹众宝成，常放无边光，金刚妙莲华，庄严净无垢。

有刹光为体，依止光轮住，金色旃檀香，焰云普照明。

有刹月轮成，香衣悉周布，于一莲华内，菩萨皆充满。

有刹众宝成，色相无诸垢，譬如天帝网，光明恒照耀。

有刹香为体，或是金刚华，摩尼光影形，观察甚清净。

或有难思刹，华旋所成就，化佛皆充满，菩萨普光明。

或有清净刹，悉是众华树，妙枝布道场，荫以摩尼云。

有刹净光照，金刚华所成，有是佛化音，无边列成网。

有刹如菩萨，摩尼妙宝冠。或有如座形，从化光明出。

或是旃檀末，或是眉间光，或佛光中音，而成斯妙刹。

或见清净刹，以一光庄严。或见多庄严，种种皆奇妙。

或用十国土，妙物作严饰。或以千土中，一切为庄校。

或以亿刹物，庄严于一土。种种相不同，皆如影像现。

不可说土物，庄严于一刹。各各放光明，如来愿力起。

或有诸国土，愿力所净治，一切庄严中，普现众刹海。

诸修普贤愿，所得清净土，三世刹庄严，一切于中现。

佛子汝应观，刹种威神力，未来诸国土，如梦悉令见。

十方诸世界，过去国土海，咸于一刹中，现象犹如化。

三世一切佛，及以其国土，于一刹种中，一切悉观见，

一切佛神力，尘中现众土，种种悉明见，如影无真实。

或有众多刹，其形如大海。或如须弥山，世界不思议。

有刹善安住，其形如帝网。或如树林形，诸佛满其中。

或作宝轮形，或有莲华状，八隅备众饰，种种悉清净。

或有如座形，或复有三隅。或如佉勒迦，城郭梵王身。

或如天主髻，或有如半月。或如摩尼山，或如日轮形。

或有世界形，譬如香海旋。或作光明轮，佛昔所严净。

或有轮辋形，或有坛墠形。或如佛毫相，肉髻广长眼。

或有如佛手，或如金刚杵。或如焰山形，菩萨悉周遍。

或如师子形，或如海蚌形，无量诸色相，体性各差别。

于一刹种中，刹形无有尽，皆由佛愿力，护念得安住。

有刹住一劫，或住于十劫，乃至过百千，国土微尘数。

或于一劫中，见刹有成坏，或无量无数，乃至不思议。

或有刹有佛，或有刹无佛。或有唯一佛，或有无量佛。

国土若无佛，他方世界中，有佛变化来，为现诸佛事。

殁天与降神，处胎及出生，降魔成正觉，转无上法轮。

随众生心乐，示现种种相。为转妙法轮，悉应其根欲。

一一佛刹中，一佛出兴世，经于亿千岁，演说无上法。

众生非法器，不能见诸佛。若有心乐者，一切处皆见。

一一刹土中，各有佛兴世。一切刹中佛，亿数不思议。

此中一一佛，现无量神变。悉遍于法界，调伏众生海。

有刹无光明，黑暗多恐惧，苦触如刀剑，见者自酸毒。

或有诸天光，或有宫殿光，或日月光明，刹网难思议。

有刹自光明，或树放净光，未曾有苦恼，众生福力故。

或有山光明，或有摩尼光，或以灯光照，悉众生业力。

或有佛光明，菩萨满其中。有是莲华光，焰色甚严好。

有刹华光照，有以香水照，涂香烧香照，皆由净愿力。

有以云光照，摩尼蚌光照，佛神力光照，能宣悦意声。

或以宝光照，或金刚焰照，净音能远震，所至无众苦。

或有摩尼光，或是严具光，或道场光明，照耀众会中。

佛放大光明，化佛满其中，其光普照触，法界悉周遍。

有刹甚可畏，嗥叫大苦声，其声极酸楚，闻者生厌怖。

地狱畜生道，及以阎罗处，是浊恶世界，恒出忧苦声。

或有国土中，常出可乐音，悦意顺其教，斯由净业得。

或有国土中，恒闻帝释音，或闻梵天音，一切世主音。

或有诸刹土，云中出妙声。宝海摩尼树，及乐音遍满。

诸佛圆光内，化声无有尽，及菩萨妙音，周闻十方刹。

不可思议国，普转法轮声。愿海所出声，修行妙音声。

三世一切佛，出生诸世界，名号皆具足，音声无有尽。

或有刹中闻，一切佛力音，地度及无量，如是法皆演。

普贤誓愿力，亿劫演妙音，其音若雷震，住劫亦无尽。

佛于清净国，示现自在音，十方法界中，一切无不闻。"

据《高丽大藏经》

---

①：本品属唐代实叉难陀所译《华严经》之第五品。本品描述毗卢遮那佛所住的华藏庄严世界海，整个世界被看成毗卢遮那佛的显现，反映了"一即一切，一切即一"的华严宗的世界观。

②华藏庄严世界海：莲华所象征的世界，为法身佛毗卢遮那显现的庄严净土。

③毗卢遮那：梵文为 Vairocana，意为光明遍照、遍一切处、大日等。它是华严教派的本尊，是在无量劫海修功德而得正觉的莲华藏世界的教主，有时略称卢舍那、遮那。它与普贤、文殊菩萨合称"华严三圣"。

④轮华：轮多梨华的略称，宝珠名，意为明耀珠。

⑤刹尘：无数国土。刹：国土、田地。

⑥帝释：又称天帝释，为须弥山顶峰忉利天的主人，护持佛法天神之一。轮王：即转轮圣方，因手持轮宝而得名。原为印度神活中的圣王，佛教袭用为管理天下之神。有金银铜铁四王，各持相应轮宝降伏魔怪。

⑦旃檀：即檀香。

⑧阎浮檀金：盛产于印度阎浮檀河的金，多为紫磨色，为金中上品。

⑨垽（yìn）：泥渣。

⑩十宝：指金、银、琉璃、砗磲（chē qú）、玛瑙、珊瑚、琥珀、真珠、玫瑰、瑟瑟等十种宝物。通常又将前七种称为七宝。

⑪楯（shǔn）：栏干。

⑫四天下：指须弥山四方的大陆，指全世界。芬陀利华：白莲花。华通花。

华、曼殊沙华、摩诃曼殊沙华⑥，而散佛上，及诸大众。普佛世界，六种震动。

尔时，会中比丘、比丘尼、优婆塞、优婆夷⑦、天、龙、夜叉、乾闼婆、阿修罗、迦楼罗、紧那罗、摩睺罗伽⑧、人非人，及诸小王、转轮圣王，是诸大众得未曾有，欢喜合掌，一心观佛。

尔时，佛放眉间白毫相光，照东方万八千世界，靡不周遍。下至阿鼻地狱，上至阿迦尼吒天，于此世界，尽见彼土六趣众生⑨。

又见彼土现在诸佛，及闻诸佛所说经法，并见彼诸比丘、比丘尼、优婆塞、优婆夷，诸修行得道者。复见诸菩萨摩诃萨，种种因缘，种种信解，种种相貌，行菩萨道。复见诸佛般涅槃者，复见诸佛般涅槃后，以佛舍利起七宝塔。

尔时，弥勒菩萨作是念："今者世尊现神变相，以何因缘而有此瑞？今佛世尊入于三昧，是不可思议现希有事，当以问谁，谁能答者？"复作此念："是文殊师利，法王之子，已曾亲近供养过去无量诸佛，必应见此希有之相，我今当问。"

尔时，比丘、比丘尼、优婆塞、优婆夷，及诸天龙鬼神等，咸作此念："是佛光明神通之相，今当问谁？"

尔时，弥勒菩萨欲自决疑，又观四众比丘、比丘尼、优婆塞、优婆夷，及诸天龙鬼神等众会之心，而问文殊师利言："以何因缘而有此瑞，神通之相，放大光明，照于东方万八千土，悉见彼佛国界庄严？"于是弥勒菩萨欲重宣此义，以偈问曰：

"文殊师利，导师何故？
眉间白毫，大光普照。
雨曼陀罗，曼殊沙华，
旃檀香风，悦可众心。
以是因缘，地皆严净，
而此世界，六种震动。
时四部众，咸皆欢喜，
身意快然，得未曾有。
眉间光明，照于东方，
万八千土，皆如金色，
从阿鼻狱，上至有顶。
诸世界中，六道众生，
生死所趋，善恶业缘，
受报好丑，于此悉见。
又睹诸佛，圣主师子，
演说经典，微妙第一。
其声清净，出柔软音，
教诸菩萨，无数亿万，
梵音深妙，令人乐闻。
各于世界，讲说正法，
种种因缘，以无量喻，
照明佛法，开悟众生。
若人遭苦，厌老病死，

为说涅槃，尽诸苦际。
若人有福，曾供养佛，
志求胜法，为说缘觉。
若有佛子，修种种行，
求无上慧，为说净道。
文殊师利，我住于此。
见闻若斯，及千亿事，
如是众多，今当略说。
我见彼土，恒沙菩萨，
种种因缘，而求佛道。
或有行施，金银珊瑚。
真珠摩尼，砗磲玛瑙，
金刚诸珍，奴婢车乘，
宝饰辇舆，欢喜布施。
回向佛道，愿得有乘。
三界第一，诸佛所叹。
或有菩萨，驷马宝车，
栏楯华盖，轩饰布施。
复见菩萨，身肉手足，
及妻子施，求无上道。
又见菩萨，头目身体，
欣乐施与，求佛智慧。
文殊师利，我见诸王，
往诣佛所，问无上道，
便舍乐土，宫殿臣妾，
剃除须发，而被法服。
或见菩萨，而作比丘，
独处闲静，乐诵经典。
又见菩萨，勇猛精进，
入于深山，思惟佛道。
又见离欲，常处空闲，
深修禅定，得五神通。
又见菩萨，安禅合掌，
以千万偈，赞诸法王。
复见菩萨，智深志固，
能问诸佛，闻悉受持。
又见佛子，定慧具足，
以无量喻，为众讲法。
欣乐说法，化诸菩萨，
破魔兵众，而击法鼓。

夷、天、龙、夜叉、乾闼婆、阿修罗、迦楼罗、紧那罗、摩睺罗伽、人非人、及诸小王、转轮圣王等，是诸大众，得未曾有，欢喜合掌，一心观佛。尔时，如来放眉间白毫相光，照东方万八千佛土，靡不周遍，如今所见是诸佛土。

"弥勒当知，尔时会中有二十亿菩萨乐欲听法。是诸菩萨，见此光明普照佛土，得未曾有，欲知此法所为因缘。时有菩萨，名曰妙光，有八百弟子。是时日月灯明佛从三昧起，因妙光菩萨，说大乘经，名《妙法莲华》，教菩萨法，佛所护念。

"六十小劫不起于座，时会听者亦坐一处，六十小劫身心不动，听佛所说，谓如食顷。是时众中无有一人若身若心而生懈倦。

"日月灯明佛于六十小劫说是经已，即于梵魔、沙门、婆罗门，及天人阿修罗众中，而宣此言：'如来于今日中夜，当入无余涅槃。'时有菩萨，名曰德藏，日月灯明佛即授其记，告诸比丘：'是德藏菩萨，次当作佛，号曰净身、多陀阿伽度、阿罗诃、三藐三佛陀⑬。'佛授记已，便于中夜，入无余涅槃。佛灭度后，妙光菩萨持《妙法莲华经》，满八十小劫，为人演说。日月灯明佛八子，皆师妙光。妙光教化，令其坚固阿耨多罗三藐三菩提。

"是诸王子，供养无量百千万亿佛已，皆成佛道，其最后成佛者，名曰燃灯。八百弟子中有一人，号曰求名，贪著利养，虽复读诵众经，而不通利，多所忘失，故号求名。是人亦以种诸善根因缘故，得值无量百千万亿诸佛，供养恭敬，尊重赞叹。弥勒当知，尔时妙光菩萨，岂异人乎？我身是也。求名菩萨，汝身是也。今见此瑞，与本无异，是故惟忖，今日如来当说大乘经，名《妙法莲华》，教菩萨法，佛所护念。"

尔时，文殊师利于大众中，欲重宣此义，而说偈言：

> "我念过去世，无量无数劫，
> 有佛人中尊，号日月灯明。
> 世尊演说法，度无量众生，
> 无数亿菩萨，令入佛智慧。
> 佛未出家时，所生八王子，
> 见大圣出家，亦随修梵行。
> 时佛说大乘，经名《无量义》，
> 于诸大众中，而为广分别。
> 佛说此经已，即于法座上，
> 跏趺坐三昧，名无量义处。
> 天雨曼陀华，天鼓自然鸣，
> 诸天龙鬼神，供养人中尊。
> 一切诸佛土，即时大震动。
> 佛放眉间光，现诸希有事，
> 此光照东方，万八千佛土，
> 示一切众生，生死业报处。
> 又见诸佛土，以众宝庄严，
> 琉璃玻璃色，斯由佛光照。
> 及见诸天人，龙神夜叉众，
> 乾闼紧那罗，各供养其佛。
> 又见诸如来，自然成佛道，

身色如金山，端严甚微妙，
如净琉璃中，内现真金像。
世尊在大众，敷演深法义，
一一诸佛土，声闻众无数，
因佛光所照，悉见彼大众。
或有诸比丘，在于山林中，
精进持净戒，犹如护明珠。
又见诸菩萨，行施忍辱等，
其数如恒沙，斯由佛光照。
又见诸菩萨，深入诸禅定，
身心寂不动，以求无上道。
又见诸菩萨，知法寂灭相，
各于其国土，说法求佛道。
尔时四部众，见日月灯佛，
现大神通力，其心皆欢喜。
各各自相问，是事何因缘？
天人所奉尊，适从三昧起，
赞妙光菩萨，汝为世间眼，
一切所归信，能奉持法藏，
如我所说法，唯汝能证知。
世尊既赞叹，令妙光欢喜，
说是《法华经》，满六十小劫，
不起于此座，所说上妙法，
是妙光法师，悉皆能受持。
佛说是《法华》，令众欢喜已，
寻即于是日，告于天人众，
诸法实相义，已为汝等说，
我今于中夜，当入于涅槃，
汝一心精进，当离于放逸，
诸佛甚难值，亿劫时一遇。
世尊诸子等，闻佛入涅槃，
各各怀悲恼，佛灭一何速！
圣主法之王，安慰无量众，
我若灭度时，汝等勿忧怖，
是德藏菩萨，于无漏实相，
心已得通达，其次当作佛，
号曰为净身，亦度无量众。
佛此夜灭度，如薪尽火灭，
分布诸舍利，而起无量塔。
比丘比丘尼，其数如恒沙，

倍复加精进，以求无上道。
是妙光法师，奉持佛法藏，
八十小劫中，广宣《法华经》，
是诸八王子，妙光所开化，
坚固无上道，当见无数佛。
供养诸佛已，随顺行大道，
相继得成佛，转次而授记。
最后天中天，号曰燃灯佛，
诸仙之导师，度脱无量众。
是妙光法师，时有一弟子，
心常怀懈忌，贪著于名利。
求名利无厌，多游族姓家，
弃舍所习诵，废忘不通利，
以是因缘故，号之为求名。
亦行众善业，得见无数佛，
供养于诸佛，随顺行大道，
具六波罗密，今见释师子。
其后当作佛，号名曰弥勒。
广度诸众生，其数无有量。
彼佛灭度后，懈怠者汝是，
妙光法师者，今则我身是。
我见灯明佛，本光瑞如此，
以是知今佛，欲说《法华经》。
今相如本瑞，是诸佛方便，
今佛放光明，助发实相义。
诸人今当知，合掌一心待，
佛当雨法雨，充足求道者。
诸求三乘人，若有疑悔者，
佛当为除断，令尽无有余。"

---

①本经为后秦鸠摩罗什所译。其主要内容是：一是论述三乘（声闻、缘觉、菩萨）方便，一乘（佛乘）真实，三乘归一的道理，力求调和小乘、大乘之间的矛盾；二是宣扬佛种从缘而起，一切众生皆能成佛。

②漏：缺失，不完足。

③结：生命的束缚、烦恼，如贪、嗔、痴之类。

④毵：音 nóu。

⑤陀罗尼：梵文为 dhāranī，汉译为总持。这是极其超卓的记忆力，使人能忆持法案，不会忘失。

⑥曼陀罗华：悦意花。　　　曼殊沙华：如意花。皆是天界的花，非人间所有，由天神随其意散放。　　　摩诃：大的意思。

⑦优婆塞、优婆夷：在家奉佛的男子和女子。

⑧自天至摩睺罗伽是守护佛法的八种神怪，即所谓天龙八部。

⑨六趣：即六道。这是众生依业的涤净而轮转的六种境界，即地狱、饿鬼、畜生、修罗、人间、天上。

⑩由旬：古印度计长度的单位。军行一日的行程，或说四十里，或说三十里，或说十六里。

⑪阿僧祇：相当于说无量数长时间。

⑫以上为佛的十种称号。如来，完成修行的人；应供，应受尊敬、供养的人；正遍知，得到正确觉悟的人；明行足，完全具足明确的知与行的人；善逝，行动美善的人；世间解，对世间有善解的人；无上士，不能再超过的人；调御丈夫，人间的调御师；天人师，可以作为人与神的老师的人；世尊，古代印度弟子对老师的尊称。

⑬多陀阿伽度：如来的音译。　阿罗诃：即阿罗汉，佛的十种称号之一。　三藐三佛陀：正遍知的音译。

方便品第二

尔时，世尊从三昧安祥而起①，告舍利弗：

"诸佛智慧甚深无量，其智慧门难解难入，一切声闻、辟支佛所不能知。所以者何？佛曾亲近百千万亿无数诸佛，尽行诸佛无量道法，勇猛精进，名称普闻。成就甚深未曾有法，随宜所说，意趣难解。

"舍利弗！吾从成佛以来，种种因缘，种种譬喻，广演言教，无数方便，引导众生，令离诸著。所以者何？如来方便知见波罗蜜，皆已具足。舍利弗！如来知见，广大深远，无量无碍，力无所畏，禅定解脱三昧，深入无际，成就一切未曾有法。

"舍利弗！如来能种种分别，巧说诸法，言辞柔软，悦可众心。舍利弗！取要言之，无量无边未曾有法，佛悉成就。

"止，舍利弗！不须复说。所以者何？佛所成就第一希有难解之法，唯佛与佛，乃能究尽诸法实相。所谓诸法，如是相，如是性，如是体，如是力，如是作，如是因，如是缘，如是果，如是报，如是本末究竟等。"

尔时，世尊欲重宣此义，而说偈言：

> "世雄不可量，诸天及世人，
> 一切众生类，无能知佛者。
> 佛力无所畏，解脱诸三昧，
> 及佛诸余法，无能测量者。
> 本从无数佛，具足行诸道，
> 甚深微妙法，难见难可了。
> 于无量亿劫，行此诸道已，
> 道场得成果，我已悉知见。
> 如是大果报，种种性相义，
> 我及十方佛，乃能知是事。
> 是法不可示，言辞相寂灭，
> 诸余众生类，无有能得解；
> 除诸菩萨众，信力坚固者。
> 诸佛弟子众，曾供养诸佛，
> 一切漏已尽，住是最后身，
> 如是诸人等，其力所不堪。
> 假使满世间，皆如舍利弗，
> 尽思共度量，不能测佛智。
> 正使满十方，皆如舍利弗，
> 及余诸弟子，亦满十方刹，

　　　　尽思共度量，亦复不能知。

　　　　辟支佛利智，无漏最后身，

　　　　亦满十方界，其数如竹林，

　　　　斯等共一心，于亿无量劫，

　　　　欲思佛实智，莫能知少分。

　　　　新发意菩萨，供养无数佛，

　　　　了达诸义趣，又能善说法，

　　　　如稻麻竹苇，充满十方刹，

　　　　一心以妙智，于恒河沙劫，

　　　　咸皆共思量，不能知佛智，

　　　　不退诸菩萨，其数如恒沙，

　　　　一心共思求，亦复不能知。

　　　　又告舍利弗，无漏不思议，

　　　　甚深微妙法，我今已具得。

　　　　唯我知是相，十方佛亦然。

　　　　舍利弗当知，诸佛语无异，

　　　　于佛所说法，当生大信力，

　　　　世尊法久后，要当说真实，

　　　　告诸声闻众，及求缘觉乘，

　　　　我令脱苦缚，逮得涅槃者。

　　　　佛以方便力，示以三乘教，

　　　　众生处处著，引之令得出。”

　　尔时，大众中有诸声闻漏尽阿罗汉、阿若憍陈如等千二百人，及发声闻辟支佛心，比丘、比丘尼、优婆塞、优婆夷，各作是念：“今者世尊，何故殷勤称叹方便，而作是言？佛所得法，甚深难解，有所言说，意趣难知，一切声闻、辟支佛所不能及。佛说一解脱义，我等亦得此法，到于涅槃。而今不知是义所趣。”

　　尔时，舍利弗知四众心疑，自亦未了，而白佛言：“世尊！何因何缘，殷勤称叹诸佛等一方便，甚深微妙难解之法？我自昔来，未曾从佛闻如是说。今者四众，咸皆有疑。惟愿世尊敷演斯事，世尊何故殷勤称叹甚深微妙难解之法。”

　　尔时，舍利弗欲重宣此义，而说偈言：

　　　　“慧日大圣尊，久乃说是法，

　　　　自说得如是，力无畏三昧，

　　　　禅定解脱等，不可思议法，

　　　　道场所得法，无能发问者。

　　　　我意难可测，亦无能问者。

　　　　无问而自说，称叹所行道，

　　　　智慧甚微妙，诸佛之所得。

　　　　无漏诸罗汉，及求涅槃者，

　　　　今皆堕疑网，佛何故说是？

　　　　其求缘觉者，比丘比丘尼，

> 诸天龙鬼神，及乾闼婆等，
> 相视怀犹豫，瞻仰两足尊，
> 是事为云何，愿佛为解说。
> 于诸声闻众，佛说我第一。
> 我今自于智，疑惑不能了，
> 为是究竟法，为是所行道。
> 佛口所生子，合掌瞻仰待，
> 愿出微妙音，时为如实说。
> 诸天龙神等，其数如恒沙。
> 求佛诸菩萨，大数有八万，
> 又诸万亿国，转轮圣王至，
> 合掌以敬心，欲闻具足道。"

尔时，佛告舍利弗："止，止！不须复说。若说是事，一切世间诸天及人，皆当惊疑。"

舍利弗重白佛言："世尊，惟愿说之，惟愿说之！所以者何？是会无数百千万亿阿僧祇众生，曾见诸佛，诸根猛利，智慧明了，闻佛所说，则能敬信。"

尔时，舍利弗欲重宣此义，而说偈言：

> "法王无上尊，惟说愿勿虑，
> 是会无量众，有能敬信者。"

佛复止舍利弗："若说是事，一切世间天、人、阿修罗，皆当惊疑，增上慢比丘，将坠于大坑。"

尔时，世尊重说偈言：

> "止止不须说，我法妙难思，
> 诸增上慢者，闻必不敬信！"

尔时，舍利弗重白佛言："世尊，惟愿说之，惟愿说之！今此会中，如我等比，百千万亿，世世已曾从佛受化，如此人等，必能敬信。长夜安稳，多所饶益。"

尔时，舍利弗欲重宣此义，而说偈言：

> "无上两足尊，愿说第一法，
> 我为佛长子，惟垂分别说。
> 是会无量众，能敬信此法。
> 佛已曾世世，教化如是等，
> 皆一心合掌，欲听受佛语。
> 我等千二百，及余求佛者，
> 愿为此众故，惟垂分别说。
> 是等闻此法，则生大欢喜。"

尔时，世尊告舍利弗："汝已殷勤三请，岂得不说！汝今谛听，善思念之。吾当为汝分别解说。"

说此语时，会中有比丘、比丘尼、优婆塞、优婆夷五千人等，即从座起，礼佛而退。所以者何？此辈罪根深重，及增上慢，未得谓得，未证谓证，有如此失，得以不住。世尊默然而不制止。

尔时，佛告舍利弗："我今此众，无复枝叶，纯有真实。舍利弗！如是增上慢人，退亦佳矣。

以此供养像，渐见无量佛。
自成无上道，广度无数众，
入无余涅槃，如薪尽火灭。
若人散乱心，入于塔庙中，
一称南无佛，皆已成佛道。
于诸过去佛，在世或灭度，
若有闻是法，皆已成佛道。
未来诸世尊，其数无有量，
是诸如来等，亦方便说法。
一切诸如来，以无量方便，
度脱诸众生，入佛无漏智。
若有闻法者，无一不成佛。
诸佛本誓愿，我所行佛道，
普欲令众生，亦同得此道。
未来世诸佛，虽说百千亿，
无数诸法门，其实为一乘。
诸佛两足尊，知法常无性，
佛种从缘起，是故说一乘。
是法住法位，世间相常住，
于道场知已，导师方便说。
天人所供养，现在十方佛，
其数如恒沙，出现于世间。
安隐众生故，亦说如是法，
知第一寂灭，以方便力故，
虽示种种道，其实为佛乘。
知众生诸行，深心之所念，
过去所习业，欲性精进力。
及诸根利钝，以种种因缘，
譬喻亦言辞，随应方便说。
今我亦如是，安隐众生故，
以种种法门，宣示于佛道。
我以智慧力，知众生性欲，
方便说诸法，皆令得欢喜。
舍利弗当知，我以佛眼观，
见六道众生，贫穷无福慧。
入生死险道，相续苦不断。
深著于五欲，如犛牛爱尾，
以贪爱自蔽，盲瞑无所见。
不求大势佛，及与断苦法，
深入诸邪见，以苦欲舍苦。

为是众生故，而起大悲心。
我始坐道场，观树亦经行，
于三七日中，思惟如是事。
我所得智慧，微妙最第一。
众生诸根钝，著乐痴所盲，
如斯之等类，云何而可度？
尔时诸梵王，及诸天帝释，
护世四天王，及大自在天，
并余诸天众，眷属百千万，
恭敬合掌礼，请我转法轮。
我即自思惟，若但赞佛乘，
众生没在苦，不能信是法。
破法不信故，坠于三恶道。
我宁不说法，疾入于涅槃。
寻念过去佛，所行方便力，
我今所得道，亦应说三乘。
作是思惟时，十方佛皆现，
梵音慰喻我，善哉释迦文，
第一之导师，得是无上法，
随诸一切佛，而用方便力。
我等亦皆得，最妙第一法，
为诸众生类，分别说三乘，
少智乐小法，不自信作佛，
是故以方便，分别说诸果。
虽复说三乘，但为教菩萨。
舍利弗当知，我闻圣师子，
深净微妙音，称南无诸佛。
复作如是念，我出浊恶世，
知诸佛所说，我亦随顺行，
思惟是事已，即趋波罗奈⑫，
诸法寂灭相，不可以言宣。
以方便力故，为五比丘说，
是名转法轮，便是涅槃音。
及以阿罗汉，法僧差别名。
从久远劫来，赞示涅槃法，
生死苦永尽，我常如是说。
舍利弗当知，我见佛子等，
志求佛道者，无量千万亿。
咸以恭敬心，皆来至佛所，
曾从诸佛闻，方便所说法。

我即作是念，如来所以出，

为说佛慧故，今正是其时。

舍利弗当知，钝根小智人，

著相憍慢者，不能信是法。

今我喜无畏，于诸菩萨中，

正直舍方便，但说无上道。

菩萨闻是法，疑网皆已除，

千二百罗汉，悉亦当作佛。

如三世诸佛，说法之仪式，

我今亦如是，说无分别法。

诸佛兴出世，悬远值遇难，

正使出于世，说是法复难。

无量无数劫，闻是法亦难，

能听是法者，斯人亦复难。

譬如优昙华，一切皆爱乐，

天人所希有，时时乃一出。

闻法欢喜赞，乃至发一言，

则为已供养，一切三世佛，

是人甚希有，过于优昙华。

汝等勿有疑，我为诸法王，

普告诸大众，但以一乘道，

教化诸菩萨，无声闻弟子。

汝等舍利弗，声闻及菩萨，

当知是妙法，诸佛之秘要。

以五浊恶世，但乐著诸欲。

如是等众生，终不求佛道。

当来世恶人，闻佛说一乘。

迷惑不信受，破法堕恶道。

有惭愧清净，志求佛道者，

当为如是等，广赞一乘道。

舍利弗当知，诸佛法如是，

以万亿方便，随宜而说法。

其不习学者，不能晓了此。

汝等既已知，诸佛世之师，

随宜方便事，无复诸疑惑，

心生大欢喜，自知当作佛。”

①三昧：又作"三摩提"、"三摩帝"，意为"定"、"正定"等，即排除一切杂念，使心神平静。

②优昙钵华：无花果树的一种。义译为瑞应，或作祥瑞花。

③我慢：以自己的生命中有实我，以此实我为无比重要，而生傲慢心，自以为了不起。

④修多罗：原义为线、条，指贯串各物的纽。一般指佛经，汉译作经、契经。

⑤伽陀：偈、偈颂之意。

⑥祇夜：义为重颂、应颂。佛经中将散文部份可说的意思用韵文再重申一遍，称为重颂。

⑦优婆提舍经：教义问答及论说。

⑧钝根：悟性迟钝的人，难以领会佛法的真理。

⑨三恶道：三种罪恶世界，由恶业召感而来，即地狱、饿鬼、畜生。

⑩樒（mì）：香木。

⑪白镴（là）：锡和铅的合金。

⑫波罗奈：印度恒河边的一座城，意译为江绕，城中有鹿野苑。释迦在菩提伽耶觉悟成道，至此说四谛之法，度㤭陈如等五比丘。

妙法莲华经卷第二

譬喻品第三

尔时，舍利弗踊跃欢喜，即起合掌，瞻仰尊颜，而白佛言：

“今从世尊闻此法音，心怀踊跃，得未曾有。所以者何？我昔从佛闻如是法，见诸菩萨授记作佛，而我等不预斯事，甚自感伤，失于如来无量知见。

“世尊！我常独处山林树下，若坐若行。每作是念：‘我等同入法性，云何如来以小乘法而见济度？’是我等咎，非世尊也！

“所以者何？若我等待说所因成就阿耨多罗三藐三菩提者，必以大乘而得度脱。然我等不解方便随宜所说，初闻佛法，遇便信受，思惟取证。世尊！我从昔来，终日竟夜，每自克责；而今从佛，闻所未闻未曾有法，断诸疑悔。身意泰然，快得安隐。今日乃知真是佛子——从佛口生，从法化生，得佛法分。”

尔时，舍利弗欲重宣此义，而说偈言：

“我闻是法音，得所未曾有，
心怀大欢喜，疑网皆已除。
昔来蒙佛教，不失于大乘，
佛音甚希有，能除众生恼，
我已得漏尽，闻亦除忧恼。
我处于山谷，或在林树下，
若坐若经行，常思惟是事，
呜呼深自责，云何而自欺？
我等亦佛子，同入无漏法，
不能于未来，演说无上道。
金色三十二，十力诸解脱，
同共一法中，而不得此事。

八十种妙好①，十八不共法②，
如是等功德，而我皆已失。
我独经行时，见佛在大众，
名闻满十方，广饶益众生。
自惟失此利，我为自欺诳。
我常于日夜，每思惟是事，
欲以问世尊，为失为不失。
我常见世尊，称赞诸菩萨，
以是于日夜，筹量如是事。
今闻佛音声，随宜而说法，
无漏难思议，令众至道场。
我本著邪见，为诸梵志师③，
世尊知我心，拔邪说涅槃。
我悉除邪见，于空法得证，
尔时心自谓，得至于灭度。
而今乃自觉，非是实灭度，
若得作佛时，具三十二相④，
天人夜叉众，龙神等恭敬，
是时乃可谓，永尽灭无余。
佛于大众中，说我当作佛，
闻如是法音，疑悔悉已除。
初闻佛所说，心中大惊疑，
将非魔作佛，恼乱我心耶？
佛以种种缘，譬喻巧言说，
其心安如海，我闻疑网断。
佛说过去世，无量灭度佛，
安住方便中，亦皆说是法。
现在未来佛，其数无有量，
亦以诸方便，演说如是法。
如今者世尊，从生及出家，
得道转法轮，亦以方便说。
世尊说实道，波旬无此事⑤，
以是我定知，非是魔作佛。
我堕疑网故，谓是魔所为。
闻佛柔软音，深远甚微妙，
演畅清净法，我心大欢喜。
疑悔永已尽，安住实智中。
我定当作佛，为天人所敬。
转无上法轮，教化诸菩萨。"

尔时，佛告舍利弗：

"吾今于天、人、沙门、婆罗门等大众说，我昔曾于二万亿佛所，为无上道故，常教化汝，汝亦长夜随我受学。我以方便引导汝故，生我法中。

"舍利弗！我昔教汝志愿佛道，汝今悉忘，而便自谓已得灭度。我今还欲令汝忆念本愿所行道故，为诸声闻说是大乘经，名《妙法莲华》，教菩萨法，佛所护念。

"舍利弗！汝于未来世，过无量无边不可思议劫，供养若干千万亿佛，奉持正法，具足菩萨所行之道，当得作佛。号曰华光如来、应供、正遍知、明行足、善逝、世间解、无上士、调御丈夫、天人师、佛、世尊。国名离垢，其土平正，清静严饰，安隐丰乐，天人炽盛。琉璃为地，有八交道，黄金为绳，以界其侧。其傍各有七宝行树，常有华果。华光如来亦以三乘教化众生。

"舍利弗！彼佛出时虽非恶世，以本愿故，说三乘法。其劫名大宝庄严，何故名曰大宝庄严？其国中以菩萨为大宝故。彼诸菩萨无量无边不可思议，算数譬喻所不能及，非佛智力无能知者。若欲行时，宝华承足。此诸菩萨非初发意，皆久值德本，于无量百千万亿佛所净修梵行。恒为诸佛之所称叹。常修佛慧，具大神通，善知一切诸法之门，质直无伪，志念坚固。如是菩萨充满其国。

"舍利弗！华光佛寿十二小劫，除为王子未作佛时。其国人民寿八小劫。华光如来过十二小劫，授坚满菩萨阿耨多罗三藐三菩提记。告诸比丘，是坚满菩萨次当作佛，号曰华足安行、多陀阿伽度⑥、阿罗诃⑦、三藐三佛陀。其佛国土亦复如是。

"舍利弗！是华光佛灭度之后，正法住世三十二小劫，像法住世亦三十二小劫⑧。"

尔时，世尊欲重宣此义，而说偈言：

> "舍利弗来世，成佛普智尊，
> 号名曰华光，当度无量众。
> 供养无数佛，具足菩萨行，
> 十力等功德，证于无上道。
> 过无量劫已，劫名大宝严，
> 世界名离垢，清净无瑕秽。
> 以琉璃为地，金绳界其道，
> 七宝杂色树，常有华果实。
> 彼国诸菩萨，志念常坚固，
> 神通波罗蜜，皆已悉具足。
> 于无数佛所，善学菩萨道，
> 如是等大士，华光佛所化。
> 佛为王子时，弃国舍世荣，
> 于最末后身，出家成佛道。
> 华光佛住世，寿十二小劫，
> 其国人民众，寿命八小劫。
> 佛灭度之后，正法住于世，
> 三十二小劫，广度诸众生。
> 正法灭尽已，像法三十二。
> 舍利广流布，天人普供养。
> 华光佛所为，其事皆如是。
> 其两足圣尊，最胜无伦匹。

　　　　　　　　　　彼即是汝身，宜应自欣庆。"

　　尔时，四部众——比丘、比丘尼、优婆塞、优婆夷，天龙、夜叉、乾闼婆、阿修罗、迦楼罗、紧那罗、摩睺罗伽等大众，见舍利弗于佛前受阿耨多罗三藐三菩提记，心大欢喜，踊跃无量，各各脱身所著上衣，以供养佛。释提桓因、梵天王等，与无数天子，亦以天妙衣、天曼陀罗华、摩诃曼陀罗华等，供养于佛。所散天衣，住虚空中，而自回转。诸天伎乐，百千万种，于虚空中，一时俱作，雨众天华，而作是言："佛昔于波罗奈，初转法轮，今乃复转无上最大法轮。"

　　尔时，诸天子欲重宣此义，而说偈言：

　　　　　　　　"昔于波罗奈，转四谛法轮。
　　　　　　　　分别说诸法，五众之生灭。
　　　　　　　　今复转最妙，无上大法轮，
　　　　　　　　是法甚深奥，少有能信者。
　　　　　　　　我等从昔来，数闻世尊说，
　　　　　　　　未曾闻如是，深妙之上法。
　　　　　　　　世尊说是法，我等皆随喜。
　　　　　　　　大智舍利弗，今得受尊记，
　　　　　　　　我等亦如是，必当得作佛，
　　　　　　　　于一切世间，最尊无有上。
　　　　　　　　佛道叵思议，方便随宜说。
　　　　　　　　我所有福业，今世若过世，
　　　　　　　　及见佛功德，尽回向佛道。"

　　尔时，舍利弗白佛言：

　　"世尊，我今无复疑悔，亲于佛前得受阿耨多罗三藐三菩提记。是诸千二百心自在者，昔住学地，佛常教化，言我法能离生老病死，究竟涅槃。是学无学人，亦各自以离我见及有无见等，谓得涅槃。而今于世尊前，闻所未闻，皆堕疑惑。善哉！世尊，愿为四众说其因缘，令离疑悔。"

　　尔时，佛告舍利弗：

　　"我先不言，诸佛世尊以种种因缘、譬喻言辞，方便说法，皆为阿耨多罗三藐三菩提耶。是诸所说，皆为化菩萨故。然舍利弗，今当复以譬喻，更明此义。诸有智者，以譬喻得解。

　　"舍利弗！若国邑聚落，有大长者，其年衰迈，财富无量，多有田宅，及诸僮仆。其家广大，唯有一门，多诸人众，一百、二百，乃至五百人，止住其中。堂阁朽故，墙壁隤落⑨，柱根腐败，梁栋倾危，周匝俱时，欻然火起⑩，焚烧舍宅。长者诸子，若十、二十，或至三十，在此宅中。长者见是大火从四面起，即大惊怖，而作是念：'我虽能于此所烧之门，安隐得出，而诸子等，于火宅内，乐著嬉戏，不觉不知，不惊不怖，火来逼身，苦痛切己，心不厌患，无求出意。'

　　"舍利弗！是长者作是思惟：'我身手有力，当以衣裓⑪，若以几案，从舍出之。'复更思惟：'是舍唯有一门，而复狭小。诸子幼稚，未有所识，恋著戏处，或当堕落，以火所烧。我当为说怖畏之事，此舍已烧，宜时疾出，无令为火之所烧害。'所是念已，如所思惟，是告诸子：'汝等速出'。父虽怜愍，善言诱喻，而诸子等乐著嬉戏，不肯信受，不惊不畏，了无出心。亦复不知何者是火，何者为舍，云何为失，但东西走戏，视父而已。

　　"尔时，长者即作是念：'此舍已为大火所烧，我及诸子若不时出，必为所焚。我今当设方便，令诸子等得免斯害。'

　　"父知诸子，先心各有所好，种种珍玩奇异之物，情必乐著。而告之言：'汝等所可玩好，希有难得，汝若不取，后必忧悔。如此种种羊车、鹿车、牛车，今在门外，可以游戏。汝等于此火宅，宜速出来，随汝所欲，皆当予汝。'

"尔时，诸子闻父所说珍玩之物，适其愿故，心各勇锐，互相推排，竞共驰走，争出火宅。

"是时长者见诸子等安隐得出，皆于四衢道中，露地而坐，无复障碍，其心泰然，欢喜踊跃。时诸子等各白父言：'父先所许玩好之具——羊车、鹿车、牛车，愿时赐予。'

"舍利弗！尔时长者各赐诸子等一大车，其车高广，众宝庄校，周匝栏楯，四面悬铃。又于其上，张设幡盖，亦以珍奇杂宝而严饰之，宝绳交络，垂诸华缨，重敷婉筵，安置丹枕。驾以白牛，肤色充洁，形体姝好，有大筋力，行步平正，其疾如风。又多仆从，而侍卫之。所以者何？是大长者，财富无量，种种诸藏，悉皆充溢，而作是念：'我财物无极，不应以下劣小车，与诸子等。今此幼童，皆是吾子，爱无偏党。我有如是七宝大车，其数无量，应当等心，各各与之，不宜差别。所以者何？以我此物，周给一国，犹尚不匮，何况诸子。'是时诸子各乘大车，得未曾有，非本所望。

"舍利弗，于汝意云何？是长者等与诸子珍宝大车，宁有虚妄不？"

舍利弗言："不也，世尊。是长者但令诸子得免火难，全其躯命，非为虚妄。何以故？若全身命，便为已得玩好之具，况复方便，于彼火宅而拔济之。世尊！若是长者，乃至不与最小一车，犹不虚妄。何以故？是长者先作是意：'我以方便，令子得出！'以是因缘，无虚妄也！何况长者自知财富无量，欲饶益诸子，等与大车。"

佛告舍利弗：

"善哉！善哉！如汝所言。舍利弗！如来亦复如是，则为一切世间之父。于诸怖畏、衰恼、忧患、无明暗蔽，永尽无余，而悉成就无量知见，力无所畏。有大神力及智慧力，具足方便智慧波罗蜜。大慈大悲，常无懈倦，恒求善事，利益一切。而生三界朽故火宅，为度众生生、老、病、死、忧悲、苦恼、愚痴、暗蔽、三毒之火，教化令得阿耨多罗三藐三菩提。见诸众生为生、老、病、死、忧悲、苦恼之所烧煮，亦以五欲财利故，受种种苦；又以贪著追求故，现受众苦，后受地狱、畜生、饿鬼之苦；若生天上，及在人间，贫穷困苦、爱别离苦、怨憎会苦，如是等种种诸苦。众生没在其中，欢喜游戏，不觉不知，不惊不怖，亦不生厌，不求解脱。于此三界火宅，东西驰走，虽遭大苦，不以为患。

"舍利弗！佛见此已，便作是念：'我为众生之父，应拔其苦难，与无量无边佛智慧乐，令其游戏。'

"舍利弗！如来复作是念：'若我但以神力及智慧力，舍于方便，为诸众生赞如来知见力无所畏者，众生不能以是得度。所以者何？是诸众生，未免生、老、病、死、忧悲、苦恼，而为三界火宅所烧，何由能解佛之智慧？'

"舍利弗！知彼长者，虽复身手有力，而不用之，但以殷勤方便，勉济诸子火宅之难，然后各与珍宝大车。如来亦复如是，虽有力无所畏，而不用之，但以智慧方便，于三界火宅，拔济众生，为说三乘——声闻、辟支佛、佛乘。而作是言：'汝等莫得乐住三界火宅，勿贪粗弊，色、声、香、味、触也。若贪著生爱，则为所烧。汝速出三界，当得三乘——声闻、辟支佛、佛乘，我今为汝保任此事，终不虚也。汝等但当勤修精进。'

"如来以是方便，诱进众生，复作是言：'汝等当知此三乘法，皆是圣所称叹，自在无系，无所依求。乘是三乘，以无漏根、力、觉、道、禅定、解脱、三昧等，而自娱乐，便得无量安隐快乐。'

"舍利弗！若有众生，内有智性，从佛世尊闻法信受，殷勤精进，欲速出三界，自求涅槃，是名声闻乘。如彼诸子，为求羊车出于火宅。若有众生，从佛世尊闻法信受，殷勤精进，求自然慧，乐独善寂，深知诸法因缘，是名辟支佛乘。如彼诸子，为求鹿车出于火宅。若有众生，从佛世尊闻法信受，勤修精进，求一切智、佛智、自然智、无师智、如来知见力无所畏，悯念安乐无量众生，利益天人，度脱一切，是名大乘。菩萨求此乘故，名为摩诃萨。如彼诸子，为求牛车出于火宅。

"舍利弗！如彼长者见诸子等安隐得出火宅，到无畏处，自惟财富无量，等以大车而赐诸子。如来亦复如是，为一切众生之父，若见无量亿千众生，以佛教门，出三界苦，怖畏险道，得涅槃乐。如来尔时便作是念：'我有无量无边智慧力无畏等，诸佛法藏。是诸众生，皆是我子，等与大乘，不令有人独得灭度，皆以如来灭度而灭度之。'是诸众生脱三界者，悉与诸佛禅定解脱等娱乐之具，皆是一相、一种，圣所称叹，能生净妙第一之乐。

"舍利弗！如彼长者，初以三车诱引诸子，然后但与大车，宝物庄严，安隐第一，然彼长者无虚妄之咎。如来亦复如是，无有虚妄。初说三乘引导众生，然后但以大乘而度脱之。何以故？如来有无量智慧力无所畏，诸法之藏，能与一切众生大乘之法，但不尽能受。

"舍利弗！以是因缘，当知诸佛方便力故，于一佛乘分别说三。"

佛欲重宣此义，而说偈言：

> "譬如长者，有一大宅，
> 其宅久故，而复顿弊。
> 堂舍高危，柱根摧朽，
> 梁栋倾斜，基陛隤毁，
> 墙壁圮坼，泥涂陁落。
> 覆苫乱坠，椽桷差脱，
> 周障屈曲，杂秽弃遍。
> 有五百人，止住其中。
> 鸱枭雕鹫，乌鹊鸠鸽，
> 蚖蛇蝮蝎⑫，蜈蚣蚰蜒，
> 守宫百足⑬，鼬狸鼷鼠，
> 诸恶虫辈，交横驰走。
> 屎尿臭处，不净流溢，
> 蜣螂诸虫，而集其上。
> 狐狼野干，咀嚼践踏，
> 哜啮死尸，骨肉狼藉。
> 由是群狗，竞来抟撮，
> 饥羸慞惶，处处求食。
> 斗诤揸掣，嗥吠嘷吠⑭，
> 其舍恐怖，变状如是。
> 处处皆有，魑魅魍魉，
> 夜叉恶鬼，食啖人肉，
> 毒虫之属，诸恶禽兽，
> 孚乳产生，各自藏护。
> 夜叉竞来，争取食之，

食之既饱，恶心转炽，
斗诤之声，甚可怖畏。
鸠槃荼鬼[15]，蹲踞土埵，
或时离地，一尺二尺，
往返游行，纵逸嬉戏，
捉狗两足，扑令失声，
以脚加颈，怖狗自乐。
复有诸鬼，其身长大，
裸形黑瘦，常住其中，
发大恶声，叫呼求食。
复有诸鬼，其咽如针。
复有诸鬼，首如牛头。
或食人肉，或复啖狗，
头发蓬乱，残害凶险，
饥渴所逼，叫唤驰走。
夜叉饿鬼，诸恶鸟兽，
饥急四向，窥看窗牖，
如是诸难，恐畏无量。
是朽故宅，属于一人。
其人近出，未久之间，
于后宅舍，忽然火起，
四面一时，其焰俱炽。
栋梁椽柱，爆声震裂，
摧折堕落，墙壁崩倒。
诸鬼神等，扬声大叫。
雕鹫诸鸟，鸠槃荼等，
周慞惶怖，不能自出。
恶兽毒虫，藏窜孔穴，
毗舍阇鬼，亦住其中。
薄福德故，为火所逼，
共相残害，饮血啖肉。
野干之属[16]，并已前死。
诸大恶兽，竞来食啖。
臭烟蓬㶿，四面充塞。
蜈蚣蚰蜒，毒蛇之类，
为火所烧，争走出穴。
鸠槃荼鬼，随取而食。
又诸饿鬼，头上火燃，
饥渴热恼，周慞闷走。
其宅如是，甚可怖畏，

毒害火灾，众难非一。
是时宅主，在门外立，
闻有人言，汝诸子等，
先因游戏，来入此宅，
稚小无知，欢娱乐著。
长者闻已，惊入火宅，
方宜救济，令无烧害。
告喻诸子，说众患难，
恶鬼毒虫，灾火蔓延，
众苦次第，相续不绝。
毒蛇蚖蝮，及诸夜叉。
鸠槃荼鬼，野干狐狗，
雕鹫鸱枭，百足之属，
饥渴恼急，甚可怖畏，
此苦难处，况复大火。
诸子无知，虽闻父诲，
犹故乐著，嬉戏不已。
是时长者，而作是念，
诸子如此，益我愁恼。
今此舍宅，无一可乐，
而诸子等，耽湎嬉戏，
不受我教，将为火害。
即便思惟，设诸方便，
告诸子等，我有种种，
珍玩之具，妙宝好车，
羊车鹿车，大牛之车，
今在门外，汝等出来，
吾为汝等，造作此车，
随意所乐，可以游戏。
诸子闻说，如此诸车，
即时奔竞，驰走而出，
到于空地，离诸苦难。
长者见子，得出火宅，
住于四衢，坐师子座，
而白庆言，我今快乐。
此诸子等，生育甚难，
愚小无知，而入险宅。
多诸毒虫，魑魅可畏，
大火猛焰，四面俱起。
而此诸子，贪乐嬉戏，

我已救之，令得脱难，
是故诸人，我今快乐。
尔时诸子，知父安坐，
皆诣父所，而白父言，
愿赐我等，三种宝车。
如前所许，诸子出来，
当以三车，随汝所欲，
今正是时，惟垂给与。
长者大富，库藏众多，
金银琉璃，砗磲玛瑙，
以众宝物，造诸大车。
庄校严饰，周匝栏楯。
四面悬铃，金绳交络。
真珠罗网，张施其上，
金华诸璎，处处垂下，
众彩杂饰，周匝围绕，
柔软缯纩，以为茵褥。
上妙细氎⑰，价值千亿，
鲜白净洁，以覆其上。
有大白牛，肥壮多力，
形体姝好，以驾宝车。
多诸傧从，而侍卫之。
以是妙车，等赐诸子。
诸子是时，欢喜踊跃。
乘是宝车，游于四方，
嬉戏快乐，自在无碍。
告舍利弗，我亦如是，
众圣中尊，世间之父。
一切众生，皆是吾子，
深著世乐，无有慧心。
三界无安，犹如火宅，
众苦充满，甚可怖畏，
常有生老，病死忧患，
如是等火，炽然不息。
如来已离，三界火宅，
寂然闲居，安处林野。
今此三界，皆是我有，
其中众生，悉是吾子。
而今此处，多诸患难，
唯我一个，能为救护。

虽复教诏，而不信受，
于诸欲染，贪著深故。
以是方便，为说三乘，
令诸众生，知三界苦，
开示演说，出世间道。
是诸子等，若心决定，
具足三明，及六神通，
有得缘觉，不退菩萨。
汝舍利弗，我为众生，
以此譬喻，说一佛乘，
汝等若能，信受是语，
一切皆当，成得佛道。
是乘微妙，清净第一，
于诸世间，为无有上，
佛所悦可，一切众生，
所应称赞，供养礼拜。
无量亿千，诸力解脱，
禅定智慧，及佛余法，
得如是乘，令诸子等，
日夜劫数，常得游戏，
与诸菩萨，及声闻众，
乘此宝乘，直至道场。
以是因缘，十方谛求，
更无余乘，除佛方便。
告舍利弗，汝诸人等，
皆是吾子，我则是父。
汝等累劫，众苦所烧，
我皆济拔，令出三界，
我虽先说，汝等灭度，
但尽生死，而实不灭，
今所应作，唯佛智慧。
若有菩萨，于是众中，
能一心听，诸佛实法，
诸佛世尊，虽以方便，
所化众生，皆是菩萨。
若人小智，深著爱欲，
为此等故，说于苦谛。
众生心喜，得未曾有，
佛说苦谛，真实无异。
若有众生，不知苦本，

深著苦因，不能暂舍，
为是等故，方便说道。
诸苦所因，贪欲为本，
若灭贪欲，无所依止，
灭尽诸苦，名第三谛。
为灭谛故，修行于道，
离诸苦缚，名得解脱。
是人于何，而得解脱，
但离虚妄，名为解脱，
其实未得，一切解脱。
佛说是人，未实灭度，
斯人未得，无上道故，
我意不欲，令至灭度。
我为法王，于法自在，
安隐众生，故现于世。
汝舍利弗，我此法印，
为欲利益，世间故说，
在所游方，勿妄宣传。
若有闻者，随喜顶受，
当知是人，阿惟越致。
若有信受，此经法者，
是人已曾，见过去佛，
恭敬供养，亦闻是法。
若人有能，信汝所说，
则为见我，亦见于汝，
及比丘僧，并诸菩萨。
斯《法华经》，为深智说，
浅识闻之，迷惑不解，
一切声闻，及辟支佛，
于此经中，力所不及。
汝舍利弗，尚于此经，
以信得入，况余声闻。
其余声闻，信佛语故，
随顺此经，非己智分。
又舍利弗，憍慢懈怠，
计我见者，莫说此经。
凡夫浅识，深著五欲，
闻不能解，亦勿为说。
若人不信，毁谤此经，
则断一切，世间佛种。

或复颦蹙，而怀疑惑，
若佛在世，若灭度后，
其有诽谤，如斯经典，
见有读诵，书持经者，
轻贱憎嫉，而怀结恨，
此人罪报，汝今复听，
其人命终，入阿鼻狱，
具足一劫，劫尽更生，
如是展转，至无数劫，
从地狱出，当堕畜生，
若狗野干，其形领瘦[18]，
黧䵧疥癞，人所触娆，
又复为人，之所恶贱，
常困饥渴，骨肉枯竭，
生受楚毒，死被瓦石。
断佛种故，受斯罪报。
若作骆驼[19]，或生驴中，
身常负重，加诸杖捶。
但念水草，余无所知，
谤斯经故，获罪如是。
有作野干，来入聚落，
身体疥癞，又无一目，
为诸童子，之所打掷，
受诸苦痛，或时致死。
于此死已，更受蟒身，
其形长大，五百由旬，
聋騃无足，宛转腹行，
为诸小虫，之所咂食，
昼夜受苦，无有休息，
谤斯经故，获罪如是。
若得为人，诸根暗钝，
矬陋挛躄[20]，盲聋背伛，
有所言说，人不信受，
口气常臭，鬼魅所著，
贫穷下贱，为人所使，
多病痟瘦[21]，无所依怙，
虽亲附人，人不在意，
若有所得，寻复忘失。
若修医道，顺方治病，
更增他疾，或复致死。

若自有病，无人救疗，
设服良药，而复增剧。
若他反逆，抄劫窃盗，
如是等罪，横罹其殃。
如斯罪人，永不见佛，
众圣之王，说法教化，
如斯罪人，常生难处，
狂聋心乱，永不闻法。
于无数劫，如恒河沙，
生辄聋痖，诸根不具，
常处地狱，如游园观，
在余恶道，如己舍宅，
驼驴猪狗，是其行处，
谤斯经故，获罪如是。
若得为人，聋盲喑痖，
贫穷诸衰，以自庄严，
水肿乾痟，疥癞痈疽，
如是等病，以为衣服，
身常臭处，垢秽不净，
深著我见，增益瞋恚，
淫欲炽盛，不择禽兽，
谤斯经故，获罪如是。
告舍利弗，谤斯经者，
若说其罪，究劫不尽。
以是因缘，我故语汝，
无智人中，莫说此经。
若有利根，智慧明了，
多闻强识，求佛道者，
如是之人，乃可为说。
若人曾见，亿百千佛，
植诸善本，深心坚固，
如是之人，乃可为说。
若人精进，常修慈心，
不惜身命，乃可为说。
若人恭敬，无有异心，
离诸凡愚，独处山泽，
如是之人，乃可为说。
又舍利弗，若见有人，
舍恶知识，亲近善友，
如是之人，乃可为说。

若见佛子，持戒清洁，

如净明珠，求大乘经，

如是之人，乃可为说。

若人无瞋，质直柔软，

常悯一切，恭敬诸佛，

如是之人，乃可为说。

复有佛子，于大众中，

以清净心，种种因缘，

譬喻言辞，说法无碍，

如是之人，乃可为说。

若有比丘，为一切智，

四方求法，合掌顶受，

但乐受持，大乘经典，

乃至不受，余经一偈，

如是之人，乃可为说。

如人至心，求佛舍利，

如是求经，得已顶受，

其人不复，志求余经，

亦未曾念，外道典籍，

如是之人，乃可为说。

告舍利弗，我说是相，

求佛道者，穷劫不尽，

如是等人，则能信解，

汝当为说，《妙法华经》。”

---

①八十种好：佛的身体所具足的八十种吉相。据说是经过百大劫的长久修行才能感得。

②十八不共法：佛特有的十八种特征或功德，不与其他众生共有者。1—3是在身、口、意三业上无过失，4是对众生的平等心，5是由禅定而来的心灵上的安稳，6是不舍一切的心怀，7—11是在救度众生的愿欲、精进、念力、禅定、智慧五点方面不减退，12是解脱后不退转。13—15是为了救度众生，以智慧之力现身、口、意三业。16—18是知悉过去、未来、现在的一切，无所阻滞。

③梵志：游行僧，或一般的修行者。

④三十二相：如来身体的三十二种殊胜的相状；佛、转轮王的身体所具的三十二种相好。

⑤波旬：恶魔、魔王之意。

⑥多陀阿伽度：即如来之意。

⑦阿罗诃：即阿罗汉。

⑧佛教将佛入灭后其教法流行状态分为正法、像法、末法三个时期。教、行、证三者都有具体显现的时期是正法；只有教、行二者，模仿正法的时期是像法；只有教而无行、证是佛教衰微的时代。

⑨隤（tuí）：同颓。

⑩欻（xū）：忽然。

⑪袼（gé）：衣的前襟，泛指僧衣。

⑫蚖（yuán）：蝾螈。

⑬守宫：壁虎的旧称。

⑭哑喍（yá chái）：狗斗的样子。

⑮鸠槃荼鬼：食人精气之鬼。

⑯野干：兽名。

⑰叠毛（dié）：细棉布。

⑱领（kū）：秃。

⑲牦（tuō）驼：即骆驼。

⑳躄（bì）：跛脚。

㉑痟（xiāo）：同"消"。

信解品第四

尔时，慧命须菩提、摩诃迦旃延、摩诃迦叶、摩诃目犍连，从佛所闻未曾有法，世尊授舍利弗阿耨多罗三藐三菩提记，发希有心，欢喜踊跃。即从座起，整衣服，偏袒右肩，右膝着地，一心合掌，屈躬恭敬，瞻仰尊颜，而白佛言：

"我等居僧之首，年并朽迈，自谓已得涅槃，无所堪任，不复进求阿耨多罗三藐三菩提。世尊往昔说法既久，我时在座，身体疲懈，但念空、无相、无作，于菩萨法，游戏神通，净佛国土，成就众生，心不喜乐。所以者何？世尊令我等出于三界，得涅槃证，以今我等年已朽迈，于佛教化菩萨阿耨多罗三藐三菩提，不生一念好乐之心。

"我等今于佛前，闻授声闻阿耨多罗三藐三菩提记，心甚欢喜，得未曾有。不谓于今忽然得闻希有之法，深自庆幸，获大善利，无量珍宝，不求自得。世尊！我等今者乐说譬喻，以明斯义。

"譬若有人，年既幼稚，舍父逃逝，久住他国，或十、二十、至五十岁，年既长大，加复穷困，驰骋四方，以求衣食，渐渐游行，遇向本国。其父先来，求子不得，中止一城。其家大富，财宝无量，金、银、琉璃、珊瑚、琥珀、玻璃珠等，其诸仓库，悉皆盈溢，多有僮仆、臣佐、吏民，象、马、车乘、牛、羊无数，出入息利，乃遍他国，商估贾客，亦甚众多。时贫穷子游诸聚落，经历国邑，遂到其父所止之城。父每念子，与子离别五十余年，而未曾向人说如此事，但自思惟，心怀悔恨，自念老朽，多有财物，金银珍宝，仓库盈溢，无有子息，一旦终没，财物散失，无所委付，是以殷勤，每忆其子。复作是念：'我若得子，委付财物，坦然快乐，无复忧虑。'

"世尊！尔时穷子，佣赁展转，遇到父舍，住立门侧。遥见其父踞师子床，宝几承足，诸婆罗门、刹利、居士，皆恭敬围绕，以真珠璎珞，价值千万，庄严其身。吏民僮仆，手执白拂，侍立左右。覆以宝帐，垂诸华幡，香水洒地，散众名华，罗列宝物，出内取与，有如是等种种严饰，威德特尊。穷子见父有大力势，即怀恐怖，悔来至此。窃作是念：'此或是王，或是王等，非我佣力得物之处，不如往至贫里，肆力有地，衣食易得。若久住此，或见逼迫，强使我作。'作是念已，疾走而去。

"时富长者于师子座，见子便识，心大欢喜。即作是念：'我财物库藏，今有所付。我常思念此子，无由见之，而忽自来，甚适我愿，我虽年朽，犹故贪惜。'即遣旁人，急追将还。尔时使者疾走往捉，穷子惊愕，称怨大唤：'我不相犯，何为见捉！'使者执之愈急，强牵将还。于时穷子自念无罪而被囚执，此必定死，转更惶怖，闷绝躄地。

"父遥见之，而语使言：'不须此人，勿强将来。以冷水洒面，令得醒悟，莫复与语。'所以者何？父知其子，志意下劣，自知豪贵，为子所难。审知是子，而以方便，不语他人，云是我子。使者语之：'我今放汝，随意所趣。'穷子欢喜，得未曾有，从地而起，往至贫里，以求衣食。

　　"尔时，长者将欲诱引其子，而设方便。密遣二人，形色憔悴，无威德者：'汝可诣彼，徐语穷子：此有作处，倍与汝直。穷子若许，将来使作。若言欲何所作，便可语之，雇汝除粪，我等二人，亦共汝作。'时二使人即求穷子，既已得之，具陈上事。尔时穷子先取其价，寻与除粪。其父见子，愍而怪之①。又以他日，于窗牖中，遥见子身，羸瘦憔悴，粪土尘坌②，污秽不净。即脱璎珞、细软上服、严饰之具，更著粗弊垢腻之衣，尘土坌身，右手执持除粪之器，状有所畏。语诸作人：'汝等勤作，勿得懈息。'以方便故，得近其子。后复告言：'咄！男子，汝常此作，勿复余去，当加汝价。诸有所需，盆器、米、面、盐、醋之属，莫自疑难，亦有老弊使人，须者相给。好自安意，我如汝父，勿复忧虑。所以者何？我年老大，而汝少壮，汝常作时，无有欺怠瞋恨怨言，都不见汝有此诸恶，如余作人。自今已后，如所生子。'即时长者，更与作字，名之为儿。

　　"尔时，穷子虽欣此遇，犹故自谓客作贱人。由是之故，于二十年中常令除粪。过是已后，心相体信，入出无难，然其所止，犹在本处。

　　"世尊！尔时长者有疾，自知将死不久。语穷子言：'我今多有金银珍宝，仓库盈溢，其中多少，所应取与，汝悉知之，我心如是，当体此意。所以者何？今我与汝，便为不异，宜加用心，无令漏失。'

　　"尔时，穷子即受教敕，领知众物，金银珍宝及诸库藏，而无希取一餐之意。然其所止，故在本处，下劣之心，亦未能舍。复经少时，父知子意，渐以通泰，成就大志，自鄙先心。临欲终时，而命其子，并会亲族、国王、大臣、刹利、居士，皆悉已集，即自宣言：'诸君当知，此是我子，我之所生，于某城中舍吾逃走，伶俜辛苦③，五十余年，其本字某，我名某甲，昔在本城，怀忧推觅，忽于此间，遇会得之，此实我子，我实其父，今我所有一切财物，皆是子有，先所出内，是子所知。'世尊！是时穷子闻父此言，即大欢喜，得未曾有，而作是念：'我本无心有所希求，今此宝藏自然而至。'

　　"世尊！大富长者，则是如来，我等皆以佛子，如来常说我等为子。世尊！我等以三苦故，于生死中，受诸热恼，迷惑无知，乐著小法，今日世尊令我等思惟蠲除诸法戏论之粪④，我等于中勤加精进，得至涅槃一日之价。既得此已，心大欢喜，自以为足，便自谓言：'于佛法中勤精进故，所得弘多。'然世尊先知我等心著弊欲，乐于小法，便见纵舍，不为分别，汝等当有如来之见宝藏之分。世尊以方便力，说如来智慧，我等从佛，得涅槃一日之价，以为大得，于此大乘无有志求。我等又因如来智慧，为诸菩萨开示演说，而自于此无有志愿。所以者何？佛知我等心乐小法，以方便力，随我等说，而我等不知真是佛子。今我等方知世尊于佛智慧无所吝惜。所以者何？我等昔来真是佛子，而但乐小法，若我等有乐大之心，佛则为我说大乘法。于此经中，唯说一乘，而昔于菩萨前，毁訾声闻乐小法者⑤，然佛实以大乘教化，是故我等说本无心有所希求。今法王大宝自然而至，如佛子所应得者，皆已得之。"

　　尔时，摩诃迦叶欲重宣此义，而说偈言：

　　　　"我等今日，闻佛音教，
　　　　欢喜踊跃，得未曾有。
　　　　佛说声闻，当得作佛，
　　　　无上宝聚，不求自得。

譬如童子，幼稚无识，
舍父逃逝，远到他土，
周流诸国，五十余年。
其父忧念，四方推求，
求之既疲，顿止一城，
造立舍宅，五欲自娱。
其家巨富，多诸金银，
砗磲玛瑙，真珠琉璃，
象马牛羊，辇舆车乘，
田业僮仆，人民众多，
出入息利，乃遍他国，
商估贾人，无处不有，
千万亿众，围绕恭敬，
常为王者，之所爱念，
群臣豪族，皆共宗重。
以诸缘故，往来者众，
豪富如是，有大力势。
而年朽迈，益忧念子，
夙夜惟念，死时将至，
痴子舍我，五十余年，
库藏诸物，当如之何？
尔时穷子，求索衣食，
从邑至邑，从国至国，
或有所得，或无所得，
饥饿羸瘦，体生疮癣，
渐次经历，到父住城，
佣赁展转，遂至父舍。
尔时长者，于其门内，
施大宝帐，处师子座，
眷属围绕，诸人侍卫，
或有计算，金银宝物，
出内财产，注记券疏。
穷子见父，豪贵尊严，
谓是国王，若国王等，
惊怖自怪，何故至此。
复自念言，我若久住，
或见逼迫，强驱使作。
思惟是已，驰走而去，
借问贫里，欲往佣作。
长者是时，在师子座，

遥见其子，默而识之，
即敕使者，追捉将来。
穷子惊唤，迷闷躄地，
是人执我，必当见杀，
何用衣食，使我至此。
长者知子，愚痴狭劣，
不信我言，不信是父。
即以方便，更遣余人，
眇目矬陋，无威德者，
汝可语之，云当相雇，
除诸粪秽，倍与汝价。
穷子闻之，欢喜随来，
为除粪秽，净诸房舍，
长者于牖，常见其子，
念子愚劣，乐为鄙事。
于是长者，著弊垢衣，
执除粪器，往到子所，
方便附近，语令勤作。
既益汝价，并涂足油，
饮食充足，荐席厚暖，
如是苦言，汝当勤作，
又以软语，若如我子。
长者有智，渐令入出，
经二十年，执作家事，
示其金银，真珠玻璃，
诸物出入，皆使令知。
犹处门外，止宿草庵，
自念贫事，我无此物。
父知子心，渐已旷大，
欲与财物，即聚亲族，
国王大臣，刹利居士。
于此大众，说是我子，
舍我他行，经五十岁，
自见子来，已二十年，
昔于某城，而失是子，
周行求索，遂来至此。
凡我所有，舍宅人民，
悉以付之，恣其所用。
子念昔贫，志意下劣，
今于父所，大获珍宝，

并及舍宅，一切财物，
甚大欢喜，得未曾有。
佛亦如是，知我乐小，
未曾说言，汝等作佛，
而说我等，得诸无漏，
成就小乘，声闻弟子。
佛敕我等，说最上道，
修习此者，当得成佛。
我承佛教，为大菩萨，
以诸因缘，种种譬喻，
若干言辞，说无上道。
诸佛子等，从我闻法，
日夜思惟，精勤修习。
是时诸佛，即授其记，
汝于来世，当得作佛，
一切诸佛，秘藏之法，
但为菩萨，演其实事，
而不为我，说斯真要。
如彼穷子，得近其父，
虽知诸物，心不希取。
我等虽说，佛法宝藏，
自无志愿，亦复如是。
我等内灭，自谓为足，
唯了此事，更无余事，
我等若闻，净佛国土，
教化众生，都无欣乐。
所以者何？一切诸法，
皆悉空寂，无生无灭，
无大无小，无漏无为，
如是思惟，不生喜乐。
我等长夜，于佛智慧，
无贪无著，无复志愿，
而自于法，谓是究竟。
我等长夜，修习空法，
得脱三界，苦恼之患，
住最后身，有余涅槃。
佛所教化，得道不虚，
则为已得，报佛之恩。
我等虽为，诸佛子等，
说菩萨法，以求佛道，

而于是法，永无愿乐。
导师见舍，观我心故，
初不劝进，说有实利。
如富长者，知子志劣，
以方便力，柔伏其心，
然后乃付，一切财物。
佛亦如是，现希有事，
知乐小者，以方便力，
调伏其心，乃教大智。
我等今日，得未曾有，
非先所望，而今自得，
如彼穷子，得无量宝。
世尊我今，得道得果，
于无漏法，得清净眼。
我等长夜，持佛净戒，
始于今日，得其果报，
法王法中，久修梵行，
今得无漏，无上大果。
我等今者，真是声闻，
以佛道者，令一切闻。
我等今者，真阿罗汉，
于诸世间，天人魔梵，
普于其中，应受供养。
世尊大恩，以希有事，
怜愍教化，利益我等，
无量亿劫，谁能报者。
手足供给，头顶礼敬，
一切供养，皆不能报。
若以顶戴，两肩荷负，
于恒沙劫，尽心恭敬，
又以美膳，无量宝衣，
及诸卧具，种种汤药，
牛头栴檀，及诸珍宝，
以起塔庙，宝衣布地，
如斯等事，以用供养，
于恒沙劫，亦不能报。
诸佛希有，无量无边，
不可思议，大神通力，
无漏无为，诸法之王，
能为下劣，忍于斯事，

取相凡夫，随宜为说。
诸佛于法，得最自在，
知诸众生，种种欲乐，
及其志力，随所堪任，
以无量喻，而为说法，
随诸众生，宿世善根，
又知成熟，未成熟者，
种种筹量，分别知已，
于一乘道，随宜说三。"

①愍（mǐn）：同悯。
②坌（bèn）：尘埃。
③伶俜（líng pīng）：孤独的样子。
④蠲（juān）：免除。
⑤訾（zǐ）：说别人坏话。

妙法莲华经卷第三

药草喻品第五

尔时，世尊告摩诃迦叶及诸大弟子：

"善哉！善哉！迦叶善说如来真实功德。诚如所言，如来复有无量无边阿僧祇功德，汝等若于无量亿劫说不能尽。迦叶当知，如来是诸法之王，若有所说，皆不虚也。于一切法，以智方便而演说之，其所说法，皆悉到于一切智地。如来观知一切诸法之所归趣，亦知一切众生深心所行，通达无碍。又于诸法究尽明了，示诸众生一切智慧。

"迦叶！譬如三千大千世界，山川溪谷土地，所生卉木丛林，及诸药草，种类若干，各色各异。密云弥布，遍覆三千大千世界，一时等澍①，其泽普洽，卉木丛林，及诸药草，小根小茎，小枝小叶，中根中茎，中枝中叶，大根大茎，大枝大叶，诸树大小，随上中下各有所受。一云所雨，称其种性而得生长，华果敷实。虽一地所生，一雨所润，而诸草木，各有差别。

"迦叶！当知如来亦复如是，出现于世，如大云起，以大音声普遍世界天、人、阿修罗，如彼大云遍覆三千大千国土。于大众中，而唱是言：'我是如来、应供、正遍知、明行足、善逝、世间解、无上士、调御丈夫、天人师、佛、世尊，未度者令度，未解者令解，未安者令安，未涅槃者令得涅槃。今世后世，如实知之。我是一切知者、一切见者、知道者、开道者、说道者，汝等天、人、阿修罗众，皆应到此，为听法故。'

"尔时，无数千万亿种众生，来至佛所而听法。如来于时，观是众生诸根利钝，精进懈怠，随其所堪，而为说法。种种无量，皆令欢喜，快得善利。是诸众生，闻是法已，现世安隐，后生善处，以道受乐，亦得闻法。既闻法已，离诸障碍，于诸法中，任力所能，渐得入道。如彼大云，雨于一切卉木丛林及诸药草，如其种性，具足蒙润，各得生长。如来说法，一相一味，所谓解脱相、离相、灭相，究竟至于一切种智。其有众生，闻如来法，若持读诵，如说修行，所得功德，不自觉知。所以者何？唯有如来，知此众生种相体性，念何事，思何事，修何事，云何念，云何思，云何修，以何法念，以何法思，以何法修，以何法得何法，众生住于种种之地，唯有如来如实见之，明了无碍。如彼卉木丛林诸药草等，而不自知上中下性，如来知是一相一味之法，所谓解脱相、离相、灭相，究竟涅槃常寂灭相，终归于空。佛知是已，观众生心欲而将护之，是故不即为说一切种智。汝等迦叶，甚为希有，能知如来随宜说法，能信能受。所以者何？诸佛世尊，随宜说法，难解难知。”

尔时世尊欲重宣此义，而说偈言：

> “彼有法王，出现世间，
> 随众生欲，种种说法。
> 如来尊重，智慧深远，
> 久默斯要，不务速说。
> 有智若闻，则能信解，
> 无智疑悔，则为永失。
> 是故迦叶，随力为说，
> 以种种缘，令得正见。
> 迦叶当知，譬如大云，
> 起于世间，遍覆一切，
> 慧云含润，电光晃曜，
> 雷声远震，令众悦豫。
> 日光掩蔽，地上清凉，
> 叆叇垂布②，如可承揽。
> 其雨普等，四方俱下，
> 流澍无量，率土充洽。
> 山川险谷，幽邃所生，
> 卉木药草，大小诸树，
> 百谷苗稼，甘蔗蒲萄③，
> 雨之所润，无不丰足，
> 干地普洽，药木并茂。
> 其云所出，一味之水，
> 草木丛林，随分受润。
> 一切诸树，上中下等，
> 称其大小，各得生长，
> 根茎枝叶，华果光色。
> 一雨所及，皆得鲜泽。
> 如其体相，性分大小，
> 所润是一，而各滋茂。
> 佛亦如是，出现于世，

譬如大云，普覆一切。
既出于世，为诸众生，
分别演说，诸法之实。
大圣世尊，于诸天人，
一切众中，而宣是言，
我为如来，两足之尊，
出于世间，犹如大云，
充润一切，枯槁众生，
皆令离苦，得安隐乐，
世间之乐，及涅槃乐。
诸天人众，一心善听，
皆应到此，觐无上尊。
我为世尊，无能及者，
安隐众生，故现于世，
为大众说，甘露净法。
其法一味，解脱涅槃，
以一妙音，演畅斯义，
常为大乘，而作因缘。
我观一切，普皆平等，
无有彼此，爱憎之心。
我无贪著，亦无限碍，
恒为一切，平等说法，
如为一人，众多亦然。
常演说法，曾无它事，
去来坐立，终不疲厌，
充足世间，如雨普润。
贵贱上下，持戒毁戒，
威仪具足，及不具足，
正见邪见，利根钝根，
等雨法雨，而无懈倦。
一切众生，闻我法者，
随力所受，住于诸地。
或处人天，转轮圣王，
释梵诸王，是小药草。
知无漏法，能得涅槃，
起六神通，及得三明④，
独处山林，常行禅定，
得缘觉证，是中药草。
求世尊处，我当作佛，
行精进定，是上药草。

又诸佛子，专心佛道，
常行慈悲，自知作佛，
决定无疑，是名小树。
安住神通，转不退轮，
度无量亿，百千众生，
如是菩萨，名为大树。
佛平等说，如一味雨。
随众生性，所受不同，
如彼草木，所禀各异。
佛以此喻，方便开示，
种种言辞，演说一法，
于佛智慧，如海一滴。
我雨法雨，充满世间，
一味之法，随力修行，
如彼丛林，药草诸树，
随其大小，渐增茂好。
诸佛之法，常以一味，
令诸世间，普得具足，
渐次修行，皆得道果。
声闻缘觉，处于山林，
住最后身，闻法得果，
是名药草，各得增长。
若诸菩萨，智慧坚固，
了达三界，求最上乘，
是名小树，而得增长。
复有住禅，得神通力，
闻诸法空，心大欢喜，
放无数光，度诸众生。
是名大树，而得增长。
如是迦叶，佛所说法，
譬如大云，以一味雨，
润于人华，各得成实。
迦叶当知，以诸因缘，
种种譬喻，开示佛道，
是我方便，诸佛亦然。
今为汝等，说最实事，
诸声闻众，皆非灭度，
汝等所行，是菩萨道，
渐渐修学，悉当成佛。"

①澍（shù）：及时的雨。

②叆叇（ài dài）：形容浓云蔽日。

③蒲萄：即葡萄。

④三明：修行者所具有的三种超人的能力：一是宿命明，能知过去世的种种因缘及已发生的事故，依此可矫正常见；二是天眼明，能知未来的果报及将发生的事故，依此可矫正断见；三是漏尽明，这是断尽烦恼而得的智慧，依此可矫正邪见。

授记品第六

尔时，世尊说是偈已，告诸大众，唱如是言：

"我此弟子摩诃迦叶，于未来世，当得奉觐三百万亿诸佛世尊，供养恭敬，尊重赞叹，广宣诸佛无量大法。于最后身得成为佛，名曰光明如来、应供、正遍知、明行足、善逝、世间解、无上士、调御丈夫、天人师、佛、世尊。国名光德，劫名大庄严。佛寿十二小劫，正法住世二十小劫，像法亦住二十小劫。国界严饰，无诸秽恶、瓦砾荆棘、便利不净。其土平正，无有高下、坑坎堆阜。琉璃为地，宝树行列，黄金为绳，以界道侧，散诸宝华，周遍清净。其国菩萨，无量千亿。诸声闻众，亦复无数。无有魔事，虽有魔及魔民，皆护佛法。"

尔时，世尊欲重宣此义，而说偈言：

"告诸比丘，我以佛眼，

见是迦叶，于未来世，

过无数劫，当得作佛。

而于来世，供养奉觐，

三百万亿，诸佛世尊，

为佛智慧，净修梵行。

供养最上，二足尊已，

修习一切，无上之慧，

于最后身，得成为佛。

其土清净，琉璃为地，

多诸宝树，行列道侧，

金绳界道，见者欢喜。

常出好香，散众名华。

种种奇妙，以为庄严。

其地平正，无有丘坑。

诸菩萨众，不可称计，

其心调柔，逮大神通，

奉持诸佛，大乘经典。

诸声闻众，无漏后身，

法王之子，亦不可计，

乃以天眼，不能数知。

其佛当寿，十二小劫，

正法住世，二十小劫，

像法亦住，二十小劫，

光明世尊，其事如是。"

尔时，大目犍连、须菩提、摩诃迦旃延等，皆悉悚慄。一心合掌，瞻仰尊颜，目不暂舍，即共同声而说偈言：

> "大雄猛世尊，诸释之法王，
> 哀悯我等故，而赐佛音声。
> 若知我深心，见为授记者，
> 如以甘露洒，除热得清凉。
> 如从饥国来，忽遇大王膳，
> 心犹怀疑惧，未敢即便食，
> 若复得王教，然后乃敢食。
> 我等亦如是，每惟小乘过，
> 不知当云何，得佛无上慧。
> 虽闻佛音声，言我等作佛，
> 心尚怀忧惧，如未敢便食，
> 若蒙佛授记，尔乃快安乐。
> 大雄猛世尊，常欲安世间，
> 愿赐我等记，如饥须教食。"

尔时，世尊知诸大弟子心之所念，告诸比丘：

"是须菩提，于当来世，奉觐三百万亿那由他佛①，供养恭敬，尊重赞叹，常修梵行，具菩萨道。于最后身得成为佛，号曰名相如来、应供、正遍知、明行足、善逝、世间解、无上士、调御丈夫、天人师、佛、世尊。劫名有宝，国名宝生。其土平正，玻璃为地，宝树庄严，无诸丘坑、沙砾、荆棘、便利之秽，宝华覆地，周遍清净。其土人民，皆处宝台珍妙楼阁。声闻弟子无量无边，算数譬喻所不能知。诸菩萨众无数千万亿那由他。佛寿十二小劫，正法住世二十小劫，像法亦住二十小劫。其佛常处虚空，为众说法，度脱无量菩萨及声闻众。"

尔时，世尊欲重宣此义，而说偈言：

> "诸比丘众，今告汝等，
> 皆当一心，听我所说。
> 我大弟子，须菩提者，
> 当得作佛，号曰名相，
> 当供无数，万亿诸佛，
> 随佛所行，渐具大道，
> 最后身得，三十二相，
> 端正姝妙，犹如宝山，
> 其佛国土，严净第一，
> 众生见者，无不爱乐。
> 佛于其中，度无量众。
> 其佛法中，多诸菩萨，
> 皆悉利根，转不退轮。
> 彼国常以，菩萨庄严。
> 诸声闻众，不可称数，
> 皆得三明，具六神通，

住八解脱^②，有大威德。
其佛说法，现于无量。
神通变化，不可思议。
诸天人民，数如恒沙，
皆共合掌，听受佛语。
其佛当寿，十二小劫。
正法住世，二十小劫，
像法亦住，二十小劫。"

尔时，世尊复告诸比丘众：

"我今语汝，是大迦旃延，于当来世，以诸供具供养奉事八千亿佛，恭敬尊重。诸佛灭后，各起塔庙，高千由旬，纵广正等五百由旬，以金、银、琉璃、砗磲、玛瑙、真珠、玫瑰，七宝合成，众华、璎珞、涂香、末香、烧香、缯盖、幢幡，供养塔庙。过是已后，当复供养二万亿佛，亦复如是。供养是诸佛已，具菩萨道。当得作佛，号曰阎浮那提金光如来、应供、正遍知、明行足、善逝、世间解、无上士、调御丈夫、天人师、佛、世尊。其土平正，玻璃为地。宝树庄严，黄金为绳，以界道侧。妙华覆地，周遍清静，见者欢喜。无四恶道——地狱、饿鬼、畜生、阿修罗道。多有天、人、诸声闻众，及诸菩萨，无量万亿，庄严其国。佛寿十二小劫，正法住世二十小劫，像法亦住二十小劫。"

尔时，世尊欲重宣此义，而说偈言：

"诸比丘众，皆一心听，
如我所说，真实无异。
是迦旃延，当以种种，
妙好供具，供养诸佛。
诸佛灭后，起七宝塔，
亦以华香，供养舍利。
其最后身，得佛智慧，
成等正觉，国土清净，
度脱无量，万亿众生，
皆为十方，之所供养，
佛之光明，无能胜者。
其佛号曰：阎浮金光。
菩萨声闻，断一切有，
无量无数，庄严其国。"

尔时，世尊复告大众：

"我今语汝，是大目犍连，当以种种供具，供养八千诸佛，恭敬尊重。诸佛灭后，各起塔庙，高千由旬，纵广正等五百由旬，以金、银、琉璃、砗磲、玛瑙、真珠、玫瑰七宝合成，众华、璎珞、涂香、末香、烧香、缯盖、幢幡，以用供养。过是已后，当复供养二百万亿诸佛，亦复如是。当得成佛，号曰多摩罗跋旃檀香如来、应供、正遍知、明行足、善逝、世间解、无上士、调御丈夫、天人师、佛、世尊。劫名喜满，国名意乐。其土平正，玻璃为地，宝树庄严，散真珠华，周遍清净，见者欢喜。多诸天、人，菩萨、声闻，其数无量。佛寿二十四小劫，正法住世四十小劫，像法亦住四十小劫。"

　　　　　　“我等诸宫殿，光明甚威耀，

　　　　　　　此非无因缘，是相宜求之。

　　　　　　　过于百千劫，未曾见是相，

　　　　　　　为大德天生，为佛出世间？”

　　“尔时，五百万亿诸梵天王，与宫殿俱，各以衣裓盛诸天华，共诣北方，推寻是相。见大通智胜如来处于道场菩提树下，坐师子座，诸天、龙王、乾闼婆、紧那罗、摩睺罗伽、人非人等，恭敬围绕，及见十六王子请佛转法轮。时诸梵天王头面礼佛，绕百千匝，即以天华而散佛上。所散之华如须弥山，并以供养佛菩提树。华供养已，各以宫殿奉上彼佛，而作是言：‘惟见哀悯，饶益我等，所献宫殿，愿垂纳受。’尔时诸梵天王，即于佛前，一心同声，以偈颂曰：

　　　　　　“世尊甚难见，破诸烦恼者，

　　　　　　　过百三十劫，今乃得一见。

　　　　　　　诸饥渴众生，以法雨充满，

　　　　　　　昔所未曾睹，无量智慧者，

　　　　　　　如优昙钵华，今日乃值遇。

　　　　　　　我等诸宫殿，蒙光故严饰，

　　　　　　　世尊大慈悯，惟愿垂纳受。”

　　“尔时，诸梵天王偈赞佛已，各作是言：‘惟愿世尊转于法轮，令一切世间诸天、魔、梵、沙门、婆罗门，皆获安隐，而得度脱。’时诸梵天王一心同声，以偈颂曰：

　　　　　　“惟愿天人尊，转无上法轮，

　　　　　　　击于大法鼓，而吹大法螺，

　　　　　　　普雨大法雨，度无量众生。

　　　　　　　我等咸归请，当演深远音。”

　　“尔时，大通智胜如来默然许之。”

　　“西南方乃至下方，亦复如是。尔时上方五百万亿国土诸大梵王，皆悉自睹所止宫殿光明威耀，昔所未有。欢喜踊跃，生希有心，即各相诣，共议此事。‘以何因缘，我等宫殿，有斯光明？’时彼众中有一大梵天王，名曰尸弃，为诸梵众而说偈言：

　　　　　　“今以何因缘，我等诸宫殿，

　　　　　　　威德光明耀，严饰未曾有。

　　　　　　　如是之妙相，昔所未闻见，

　　　　　　　为大德天生，为佛出世间？”

　　“尔时，五百万亿诸梵天王，与宫殿俱，各以衣裓盛诸天华，共诣下方，推寻是相。见大通智胜如来处于道场菩提树下，坐师子座，诸天、龙王、乾闼婆、紧那罗、魔睺罗伽、人非人等，恭敬围绕，及见十六王子请佛转法轮。时诸梵天王头面礼佛，绕百千匝，即以天华，而散佛上。所散之华如须弥山，并以供养佛菩提树。华供养已，各以宫殿奉上彼佛，而作是言：‘惟见哀悯，饶益我等，所献宫殿，愿垂纳处。’尔时诸梵天王，即于佛前一心同声，以偈颂曰：

　　　　　　“善哉见诸佛，救世之圣尊，

　　　　　　　能于三界狱，勉出诸众生。

　　　　　　　普智天人尊，哀悯群萌类，

　　　　　　　能开甘露门，广度于一切。

　　　　　　　于昔无量劫，空过无有佛，

　　　　　　世尊未出时，十方常暗暝，

　　　　　　三恶道增长，阿修罗亦盛，

　　　　　　诸天众转减，死多堕恶道。

　　　　　　不从佛闻法，常行不善事，

　　　　　　色力及智慧，斯等皆减少。

　　　　　　罪业因缘故，失乐及乐想，

　　　　　　住于邪见法，不识善仪则，

　　　　　　不蒙佛所化，常堕于恶道。

　　　　　　佛为世间眼，久远时乃出，

　　　　　　哀悯诸众生，故现于世间。

　　　　　　超出成正觉，我等甚欣庆，

　　　　　　及余一切众，喜叹未曾有。

　　　　　　我等诸宫殿，蒙光故严饰，

　　　　　　今以奉世尊，惟垂哀纳受。

　　　　　　愿以此功德，普及于一切，

　　　　　　我等与众生，皆共成佛道。”

　　“尔时，五百万亿诸梵天王偈赞佛已，各白佛言：‘惟愿世尊转于法轮，多所安隐，多所度脱。’时诸梵天王而说偈言：

　　　　　　“世尊转法轮，击甘露法鼓，

　　　　　　度苦恼众生，开示涅槃道。

　　　　　　惟愿受我请，以大微妙音，

　　　　　　哀悯而敷演，无量劫习法。”

　　“尔时，大通智胜如来，受十方诸梵天王及十六王子请，即时三转十二行法轮，若沙门、婆罗门，若天、魔、梵，及余世间所不能转，谓是苦，是苦集，是苦灭，是苦灭道③。及广说十二因缘法——无明缘行，行缘识，识缘名色，名色缘六入，六入缘触，触缘受，受缘爱，爱缘取，取缘有，有缘生，生缘老死忧悲苦恼。无明灭则行灭，行灭则识灭，识灭则名色灭，名色灭则六入灭，六入灭则触灭，触灭则受灭，受灭则爱灭，爱灭则取灭，取灭则有灭，有灭则生灭，生灭则老死忧悲苦恼灭。佛于天人大众之中说是法时，六百万亿那由他人，以不受一切法故，而于诸漏心得解脱，皆得深妙禅定、三明、六通，具八解脱。第二第三第四说法时，千万亿恒河沙那由他等众生，亦以不受一切法故，而于诸漏心得解脱。从是已后，诸声闻众无量无边，不可称数。

　　“尔时，十六王子皆以童子出家而为沙弥④，诸根通利，智慧明了，已曾供养百千万亿诸佛，净修梵行，求阿耨多罗三藐三菩提。俱白佛言：‘世尊！是诸无量千万亿大德声闻，皆已成就。世尊亦当为我等说阿耨多罗三藐三菩提法，我等闻已，皆共修学。世尊！我等志愿如来知见，深心所念，佛自证知。’

　　“尔时，转轮圣王所将众中八万亿人，见十六王子出家，亦求出家。王即听许。尔时，彼佛受沙弥请，过二万劫已，乃于四众之中，说是大乘经，名《妙法莲华》，教菩萨法，佛所护念。说是经已，十六沙弥为阿耨多罗三藐三菩提故，皆共受持，讽诵通利。

　　“说是经时，十六菩萨沙弥皆悉信受，声闻众中亦有信解，其余众生千万亿种，皆生疑惑。

　　“佛说是经，于八千劫未曾休废，说此经已，即入静室，住于禅定八万四千劫。是时十六菩萨沙弥，知佛入室，寂然禅定，各升法座，亦于八万四千劫为四部众广说分别《妙法华经》，一

分别真实法，菩萨所行道，
说是《法华经》，如恒河沙偈。
彼佛说经已，静室入禅定，
一心一处坐，八万四千劫。
是诸沙弥等，知佛禅未出，
为无量亿众，说佛无上慧。
各各坐法座，说是大乘经，
于佛宴寂后，宣扬助法化。
一一沙弥等，所度诸众生，
有六百万亿，恒河沙等众。
彼佛灭度后，是诸闻法者，
在在诸佛土，常与师俱生。
是十六沙弥，具足行佛道，
今现在十方，各得成正觉。
尔时闻法者，各在诸佛所，
其有住声闻，渐教以佛道。
我在十六数，曾亦为汝说，
是故以方便，引汝趣佛慧。
以是本因缘，今说《法华经》，
令汝入佛道，慎勿怀惊惧。
譬如险恶道，迥绝多毒兽，
又复无水草，人所怖畏处。
无数千万众，欲过此险道，
其路甚旷远，经五百由旬。
时有一导师，强识有智慧，
明了心决定，在险济众难。
众人皆疲倦，而白导师言，
我等今顿乏，于此欲退还。
导师作是念：此辈甚可悯，
如何欲退还，而失大珍宝。
寻时思方便，当设神通力，
化作大城郭，庄严诸舍宅，
周匝有园林，渠流及浴池，
重门高楼阁，男女皆充满。
即作是化已，慰众言勿惧，
汝等入此城，各可随所乐。
诸人既入城，心皆大欢喜，
皆生安隐想，自谓已得度。
导师知息已，集众而告言，
汝等当前进，此是化城耳。

我见汝疲极，中路欲退还，
故以方便力，权化作此城，
汝今勤精进，当共至宝所。
我亦复如是，为一切导师。
见诸求道者，中路而懈废，
不能度生死，烦恼诸险道。
故以方便力，为息说涅槃，
言汝等苦灭，所作皆已办。
既知到涅槃，皆得阿罗汉，
尔乃集大众，为说真实法。
诸佛方便力，分别说三乘，
唯有一佛乘，息处故说二。
今为汝说实，汝所得非灭，
为佛一切智，当发大精进。
汝证一切智，十力等佛法，
具三十二相，乃是真实灭。
诸佛之导师，为息说涅槃，
既知是息已，引入于佛慧。"

①憺（dàn）：恐惧，通"惮"。

②迦陵频伽：意为好音声鸟。

③苦：身心感受到逼迫而呈苦恼状态。由种种因缘积集而成的烦恼即苦恼，而消除苦恼的方法即苦灭，苦灭道。

④沙弥：受过十戒的由七岁至二十岁间的出家男子。

⑤閦（chù）：佛名用字。

⑥姟（gāi）：通"垓"。古代数量名中最大的。

妙法莲华经卷第四

五百弟子授记品第八

　　尔时，富楼那弥多罗尼子，从佛闻是智慧方便随宜说法，又闻授诸大弟子阿耨多罗三藐三菩提记，复闻宿世因缘之事，复闻诸佛有大自在神通之力，得未曾有，心净踊跃。即从座起，到于佛前，头面礼足，却住一面，瞻仰尊颜，目不暂舍。而作是念："世尊甚奇特，所为希有。随顺世间若干种性，以方便知见而为说法，拔出众生处处贪著。我等于佛功德，言不能宣，唯佛世尊能知我等深心本愿。"

　　尔时，佛告诸比丘：

"汝等见是富楼那弥多罗尼子不？我常称其于说法人中，最为第一。亦常叹其种种功德，精勤护持，助宣我法，能于四众示教利喜，具足解释佛之正法，而大饶益同梵行者。自舍如来，无能尽其言论之辨。

"汝等勿谓富楼那但能护持助宣我法，亦于过去九十亿诸佛所，护持助宣佛之正法，于彼说法人中亦最第一。又于诸佛所说空法，明了通达，得四无碍智，常能审谛清净说法，无有疑惑，具足菩萨神通之力。随其寿命，常修梵行，彼佛世人咸皆谓之实是声闻，而富楼那以斯方便，饶益无量百千众生，又化无量阿僧祇人，令立阿耨多罗三藐三菩提。为净佛土故，常作佛事，教化众生。

"诸比丘！富楼那亦于七佛说法人中而得第一，今于我所说法人中亦为第一，于贤劫中当来诸佛说法人中亦复第一①，而皆护持助宣佛法。亦于未来护持助宣无量无边诸佛之法，教化饶益无量众生，令立阿耨多罗三藐三菩提。为净佛土故，常勤精进教化众生，渐渐具足菩萨之道。过无量阿僧祇劫，当于此土得阿耨多罗三藐三菩提，号曰法明如来、应供、正遍知、明行足、善逝、世间解、无上士、调御丈夫、天人师、佛、世尊。其佛以恒河沙等三千大千世界为一佛土，七宝为地，地平如掌，无有山陵溪涧沟壑，七宝台观，充满其中，诸天宫殿，近处虚空，人天交接，两得相见。无诸恶道，亦无女人，一切众生皆以化生，无有淫欲。得大神通，身出光明，飞行自在，志念坚固，精进智慧，普皆金色，三十二相，而自庄严。其国众生常以二食，一者法喜食，二者禅悦食。有无量阿僧祇千万亿那由他诸菩萨众，得大神通，四无碍智，善能教化众生之类。其声闻众，算数校计所不能知，皆得具足六通、三明及八解脱。其佛国土有如是等无量功德庄严成就，劫名宝明，国名善净。其佛寿命无量阿僧祇劫，法住甚久。佛灭度后，起七宝塔，遍满其国。"

尔时，世尊欲重宣此义，而说偈言：

> "诸比丘谛听，佛子所行道，
> 善学方便故，不可得思议。
> 知众乐小法，而畏于大智，
> 是故诸菩萨，作声闻缘觉，
> 以无数方便，化诸众生类。
> 自说是声闻，去佛道甚远，
> 度脱无量众，皆悉得成就，
> 虽小欲懈怠，渐当令作佛。
> 内秘菩萨行，外现是声闻，
> 少欲厌生死，实自净佛土。
> 示众有三毒，又现邪见相，
> 我弟子如是，方便度众生。
> 若我具足说，种种现化事，
> 众生闻是者，心则怀疑惑。
> 今此富楼那，于昔千亿佛，
> 勤修所行道，宣护诸佛法。
> 为求无上慧，而于诸佛所，
> 现居弟子上，多闻有智慧，
> 所说无所畏，能令众欢喜，

　　　　　　未曾有疲倦，而以助佛事。

　　　　　　已度大神通，具四无碍智，

　　　　　　知诸根利钝，常说清净法，

　　　　　　演畅如是义，教诸千亿众，

　　　　　　令住大乘法，而自净佛土。

　　　　　　未来亦供养，无量无数佛，

　　　　　　护助宣正法，亦自净佛土。

　　　　　　常以诸方便，说法无所畏，

　　　　　　度不可计众，成就一切智。

　　　　　　供养诸如来，护持法宝藏，

　　　　　　其后得成佛，号名曰法明。

　　　　　　其国名善净，七宝所合成，

　　　　　　劫名为宝明，菩萨众甚多，

　　　　　　其数无量亿，皆度大神通，

　　　　　　威德力具足，充满其国土。

　　　　　　声闻亦无数，三明八解脱，

　　　　　　得四无碍智，以是等为僧。

　　　　　　其国诸众生，淫欲皆已断，

　　　　　　纯一变化生，具相庄严身。

　　　　　　法喜禅悦食，更无余食想，

　　　　　　无有诸女人，亦无诸恶道。

　　　　　　富楼那比丘，功德悉成满，

　　　　　　当得斯净土，贤圣众甚多。

　　　　　　如是无量事，我今但略说。"

　　尔时，千二百阿罗汉心自在者，作是念："我等欢喜，得未曾有，若世尊各见授记，如余大弟子者，不亦快乎！"

　　佛知此等心之所念，告摩诃迦叶："是千二百阿罗汉，我今当现前次第与授阿耨多罗三藐三菩提记。于此众中，我大弟子憍陈如比丘，当供养六万二千亿佛，然后得成为佛，号曰普明如来、应供、正遍知、明行足、善逝、世间解、无上士、调御丈夫、天人师、佛、世尊。其五百阿罗汉——优楼频螺迦叶、伽耶迦叶、那提迦叶、迦留陀夷、优陀夷、阿㝹楼驮、离婆多、劫宾那、薄拘罗、周陀、莎加陀等，皆当得阿耨多罗三藐三菩提，尽同一号，名曰普明。"

　　尔时，世尊欲重宣此义，而说偈言：

　　　　　　"憍陈如比丘，当见无量佛，

　　　　　　过阿僧祇劫，乃成等正觉。

　　　　　　常放大光明，具足诸神通，

　　　　　　名闻遍十方，一切之所敬，

　　　　　　常说无上道，故号为普明。

　　　　　　其国土清净，菩萨皆勇猛，

　　　　　　咸升妙楼阁，游诸十方国，

　　　　　　以无上供具，奉献于诸佛。

舍于清净土，悯众故生此。

当知如是人，自在所欲生，

能于此恶世，广说无上法。

应以天华香，及天宝衣服，

天上妙宝聚，供养说法者。

吾灭后恶世，能持是经者，

当合掌礼敬，如供养世尊，

上馔众甘美，及种种衣服，

供养是佛子，冀得须臾闻。

若能于后世，受持是经者，

我遣在人中，行于如来事。

若于一劫中，常怀不善心，

作色而骂佛，获无量重罪，

其有读诵持，是《法华经》者，

须臾如恶言，其罪复过彼。

有人求佛道，而于一劫中，

合掌在我前，以无数偈赞。

由是赞佛故，得无量功德，

叹美持经者，其福复过彼。

于八十亿劫，以最妙色声，

及与香味触，供养持经者，

如是供养已，若得须臾闻，

则应自欣庆，我今获大利。

药王今告汝，我所说诸经，

而于此经中，《法华》最第一。"

　　尔时，佛复告药王菩萨摩诃萨：

　　"我所说经典，无量千万亿，已说、今说、当说，而于其中，此《法华经》最为难信难解。药王！此经是诸佛秘要之藏，不可分布，妄授与人，诸佛世尊之所守护，从昔已来，未曾显说。而此经者，如来现在，犹多怨嫉，况灭度后！

　　"药王！当知如来灭后，其能书、持、读、诵、供养，为他人说者，如来则为以衣覆之，又为他方现在诸佛之所护念。是人有大信力及志愿力、诸善根力，当知是人与如来共宿，则为如来手摩其头。

　　"药王！在在处处，若说、若读、若诵、若书，若经卷所住处，皆应起七宝塔，极令高广严饰，不须复安舍利。所以者何？此中已有如来全身。此塔应以一切华、香、璎珞、缯盖、幢幡、伎乐、歌颂，供养恭敬，尊重赞叹。若有人得见此塔，礼拜供养，当知是等皆近阿耨多罗三藐三菩提。

　　"药王！多有人在家出家行菩萨道，若不能得见、闻、读、诵、书、持、供养是《法华经》者，当知是人未善行菩萨道；若有得闻是经典者，乃能善行菩萨之道。其有众生求佛道者，若见若闻是《法华经》，闻已信解受持者，当知是人得近阿耨多罗三藐三菩提。

　　"药王！譬如有人渴乏须水，于彼高原，穿凿求之，犹见干土，知水尚远，施功不已，转见湿土，遂渐至泥，其心决定，知水必近。菩萨亦复如是，若未闻、未解、未能修习是《法华经》，当知是人去阿耨多罗三藐三菩提尚远，若得闻、解、思惟、修习，必知得近阿耨多罗三藐三菩提。所以者何？一切菩萨阿耨多罗三藐三菩提，皆属此经，此经开方便门，示真实相。是《法华经》藏，深固幽远，无人能到。今佛教化成就菩萨，而为开示。

"药王！若有菩萨闻是《法华经》，惊疑怖畏，当知是为新发意菩萨，若声闻人闻是经，惊疑怖畏，当知是为增上慢者。

"药王！若有善男子、善女人，如来灭后，欲为四众说是《法华经》者，云何应说？是善男子、善女人，入如来室，著如来衣，坐如来座，尔乃应为四众广说斯经。如来室者，一切众生中大慈悲心是；如来衣者，柔和忍辱心是；如来座者，一切法空是。空住是中，然后以不懈怠心，为诸菩萨及四众广说是《法华经》。

"药王！我于余国遣化人，为其集听法众，亦遣化比丘、比丘尼、优婆塞、优婆夷听其说法。是诸化人，闻法信受，随顺不逆。若说法者在空闲处，我时广遣天龙、鬼神、乾闼婆、阿修罗等听其说法。我虽在异国，时时令说法者得见我身。若于此经忘失句读，我还为说，令得具足。"

尔时，世尊欲重宣此义，而说偈言：

"欲舍诸懈怠，应当听此经，
是经难得闻，信受者亦难。
如人渴须水，穿凿于高原，
犹见干燥土，知去水尚远，
渐见湿土泥，决定知近水。
药王汝当知，如是诸人等，
不闻《法华经》，去佛智甚远，
若闻是深经，决了声闻法。
是诸经之王，闻已谛思惟，
当知此人等，近于佛智慧。
若人说此经，应入如来室，
著于如来衣，而坐如来座，
处众无所畏，广为分别说。
大慈悲为室，柔和忍辱衣，
诸法空为座，处此为说法。
若说此经时，有人恶口骂，
加刀杖瓦石，念佛故应忍。
我千万亿土，现净坚固身，
于无量亿劫，为众生说法。
若我灭度后，能说此经者，
我遣化四众，比丘比丘尼，
及清净士女，供养于法师，
引导诸众生，集之令听法。
若人欲加恶，刀杖及瓦石，
则遣变化人，为之所卫护。
若说法之人，独在空闲处，

诸善男子，于我灭后，

谁能受持，读诵此经。

今于佛前，自说誓言。

此经难持，若暂持者，

我则欢喜，诸佛亦然，

如是之人，诸佛所叹。

是则勇猛，是则精进，

是名持戒，行头陀者[2]，

则为疾得，无上佛道。

能于来世，读持此经，

是真佛子，住淳善地。

佛灭度后，能解其义，

是诸天人，世间之眼。

于恐畏世，能须臾说，

一切天人，皆应供养。”

---

①然：通“燃”。

②头陀：修习苦行，过着极其清苦生活，专心于修道的人。

提婆达多品第十二[1]

尔时，佛告诸菩萨及天、人、四众：

“吾于过去无量劫中，求《法华经》无有懈倦。于多劫中常作国王，发愿求于无上菩提，心不退转。为欲满足六波罗蜜，勤行布施，心无吝惜，象、马、七珍、国、城、妻、子、奴婢、仆从、头、目、髓、脑、身、肉、手、足，不惜躯命。时世人民寿命无量，为于法故，捐舍国位，委政太子，击鼓宣令，四方求法，谁能为我说大乘者，吾当终身供给走使。

“时有仙人来白王言：‘我有大乘，名《妙法华经》。若不违我，当为宣说。’王闻仙言，欢喜踊跃，即随仙人，供给所须，采果汲水，拾薪设食，乃至以身而为床座，身心无倦。于时奉事，经于千岁，为于法故，精勤给侍，令无所乏。”

尔时，世尊欲重宣此义，而说偈言：

“我念过去劫，为求大法故，

虽作世国王，不贪五欲乐。

椎钟告四方，谁有大法者，

若为我解说，身当为奴仆。

时有阿私仙，来白于大王，

我有微妙法，世间所希有，

若能修行者，吾当为汝说。

时王闻仙言，心生大喜悦，

既便随仙人，供给于所须。

采薪及果蓏②，随时恭敬与，
情存妙法故，身心无懈倦。
普为诸众生，勤求于大法，
亦不为己身，及以五欲乐。
故为大国王，勤求获此法，
遂致得成佛，今故为汝说。”

佛告诸比丘：

“尔时王者，则我身是；时仙人者，今提婆达多是。由提婆达多善知识故，令我具足六波罗蜜，慈悲喜舍，三十二相，八十种好③，紫磨金色，十力、四无所畏、四摄法④，十八不共⑤、神通道力，成等正觉，广度众生，皆因提婆达多善知识故。告诸四众，提婆达多却后过无量劫，当得成佛，号曰天王如来、应供、正遍知、明行足、善逝、世间解、无上士、调御丈夫、天人师、佛、世尊。世界名天道。时天王佛住世二十中劫，广为众生说于妙法，恒河沙众生得阿罗汉果，无量众生发缘觉心，恒河沙众生发无上道心，得无生忍⑥，至不退转。时天王佛般涅槃后，正法住世二十中劫。全身舍利起七宝塔，高六十由旬，纵广四十由旬，诸天人民，悉以杂华、末香、烧香、涂香、衣服、璎珞、幢幡、宝盖、伎乐、歌颂，礼拜供养七宝妙塔，无量众生得阿罗汉果，无量众生悟辟支佛，不可思议众生发菩提心，至不退转。”

佛告诸比岳：

“未来世中，若有善男子、善女人，闻《妙法华经·提婆达多品》，净心信敬，不生疑惑者，不堕地狱、饿鬼、畜生，生十方佛前，所生之处，常闻此经。若生人天中，受胜妙乐，若在佛前，莲华化生。”

于是，下方多宝世尊所从菩萨，名曰智积，白多宝佛：“当还本土。”

释迦牟尼佛告智积曰：“善男子！且待须臾，此有菩萨，名文殊师利，可与相见，论说妙法，可还本土。”

尔时，文殊师利坐千叶莲华，大如车轮，俱来菩萨亦坐宝莲华，从于大海娑竭罗龙宫，自然涌出，住虚空中，诣灵鹫山，从莲华下，至于佛所，头面敬礼二世尊足。修敬已毕，往智积所，共相慰问，却坐一面。

智积菩萨问文殊师利：“仁往龙宫，所化众生，其数几何？”

文殊师利言：“其数无量，不可称计，非口所宣，非心所测，且待须臾，自当证知。”所言未竟，无数菩萨坐宝莲华，从海涌出，诣灵鹫山，住在虚空。此诸菩萨，皆是文殊师利之所化度，具菩萨行，皆共论说六波罗蜜。本声闻人，在虚空中说声闻行，今皆修行大乘空义。

文殊师利谓智积曰：“于海教化，其事如是。”

尔时，智积菩萨以偈赞曰：

“大智德勇健，化度无量众，
今此诸大会，及我皆已见。
演畅实相义，开阐一乘法，
广导诸众生，令速成菩提。”

文殊师利言：“我于海中，唯常宣说《妙法华经》。”

智积问文殊师利言：“此经甚深微妙，诸经中宝，世所希有。颇有众生勤加精进，修行此经，速得佛不？”

文殊师利言：“有娑竭罗龙王女，年始八岁，智慧利根，善知众生诸根行业，得陀罗尼，诸

深著五欲，求现灭度，
诸优婆夷，皆勿亲近。
若是人等，以好心来，
到菩萨所，为闻佛道，
菩萨则以，无所畏心，
不怀希望，而为说法。
寡女处女，及诸不男，
皆勿亲近，以为亲厚。
亦莫亲近，屠儿魁脍，
畋猎渔捕，为利杀害，
贩肉自活，炫卖女色，
如是之人，皆勿亲近。
凶险相扑，种种嬉戏，
诸淫女等，尽勿亲近。
莫独屏处，为女说法，
若说法时，无得戏笑。
入里乞食，将一比丘，
若无比丘，一心念佛。
是则名为，行处近处，
以此二处，能安乐说。
又复不行，上中下法，
有为无为，实不实法，
亦不分别，是男是女，
不得诸法，不知不见，
是则名为，菩萨行处。
一切诸法，空无所有。
无有常住，亦无起灭，
是名智者，所亲近处。
颠倒分别，诸法有无，
是实非实，是生非生。
在于闲处，修摄其心，
安住不动，如须弥山。
观一切法，皆无所有，
犹如虚空，无有坚固，
不生不出，不动不退，
常住一相，是名近处。
若有比丘，于我灭后，
入是行处，及亲近处。
说斯经时，无有怯弱。
菩萨有时，入于静室，

　　　　　　　　　以正忆念，随义观法，
　　　　　　　　　从禅定起，为诸国王，
　　　　　　　　　王子臣民，婆罗门等，
　　　　　　　　　开化演畅，说斯经典，
　　　　　　　　　其心安隐，无有怯弱。
　　　　　　　　　文殊师利，是名菩萨，
　　　　　　　　　安住初法，能于后世，
　　　　　　　　　说《法华经》。”

　　“又，文殊师利！如来灭后，于末法中欲说是经，应住安乐行。若口宣说，若读经时，不乐说人及经典过，亦不轻慢诸余法师，不说他人好恶长短。于声闻人，亦不称名说其过恶，亦不称名赞叹其美，又亦不生怨嫌之心。善修如是安乐心故，诸有听者，不逆其意，有所难问，不以小乘法答，但以大乘而为解说，令得一切种智。”

　　尔时，世尊欲重宣此义，而说偈言：
　　　　　　　　　“菩萨常乐，安隐说法，
　　　　　　　　　于清净地，而施床座，
　　　　　　　　　以油涂身，澡浴尘秽，
　　　　　　　　　著新净衣，内外俱净。
　　　　　　　　　安处法座，随问为说。
　　　　　　　　　若有比丘，及比丘尼，
　　　　　　　　　诸优婆塞，及优婆夷，
　　　　　　　　　国王王子，群臣士民，
　　　　　　　　　以微妙义，和颜为说。
　　　　　　　　　若有难问，随义而答。
　　　　　　　　　因缘譬喻，敷演分别，
　　　　　　　　　以是方便，皆使发心，
　　　　　　　　　渐渐增益，入于佛道。
　　　　　　　　　除懒惰意，及懈怠想，
　　　　　　　　　离诸忧恼，慈心说法。
　　　　　　　　　昼夜常说，无上道教，
　　　　　　　　　以诸因缘，无量譬喻，
　　　　　　　　　开示众生，咸令欢喜。
　　　　　　　　　衣服卧具，饮食医药，
　　　　　　　　　而于其中，无所希望。
　　　　　　　　　但一心念，说法因缘，
　　　　　　　　　愿成佛道，令众亦尔，
　　　　　　　　　是则大利，安乐供养。
　　　　　　　　　我灭度后，若有比丘，
　　　　　　　　　能演说斯，《妙法华经》，
　　　　　　　　　心无嫉恚，诸恼障碍，

亦无忧愁，及骂詈者，

又无怖畏，加刀杖等，

亦无摈出，安住忍故。

智者如是，善修其心，

能住安乐，如我上说。

其人功德，千万亿劫，

算数譬喻，说不能尽。"

"又，文殊师利！菩萨摩诃萨于后末世，法欲灭时，受持读诵斯经典者，无怀嫉妒谄诳之心，亦勿轻骂学佛道者，求其长短。若比丘、比丘尼、优婆塞、优婆夷，求声闻者，求辟支佛者，求菩萨道者，无得恼之，令其疑悔，语其人言：'汝等去道甚远，终不能得一切种智，所以者何？汝是放逸之人，于道懈怠故。'

"又亦不应戏论诸法，有所诤竞。当于一切众生起大悲想，于诸如来起慈父想，于诸菩萨起大师想，于十方诸大菩萨，常应深心恭敬礼拜。于一切众生，平等说法，以顺法故，不多不少，乃至深爱法者，亦不为多说。

"文殊师利！是菩萨摩诃萨，于后末世，法欲灭时，有成就是第三安乐行者。说是法时，无能恼乱，得好同学，共读诵是经，亦得大众而来听受，听已能持，持已能诵，诵已能说，说已能书。若使人书，供养经卷，恭敬、尊重、赞叹。"

尔时，世尊欲重宣此义，而说偈言：

"若欲说是经，当舍嫉恚慢，

谄诳邪伪人，常修质直行。

不轻蔑于人，亦不戏论法，

不令他疑悔，云汝不得佛。

是佛子说法，常柔和能忍，

慈悲于一切，不生懈怠心。

十方大菩萨，悯众故行道，

应生恭敬心，是则我大师。

于诸佛世尊，生无上父想，

破于憍慢心，说法无障碍。

第三法如是，智者应守护，

一心安乐行，无量众所敬。"

"又，文殊师利！菩萨摩诃萨于后末世，法欲灭时，有持是《法华经》者，于在家出家人中生大慈心，于非菩萨人中生大悲心，应作是念：'如是之人，则为大失。如来方便随宜说法，不闻不知不觉，不问不信不解。其人虽不问不信不解是经，我得阿耨多罗三藐三菩提时，随在何地，以神通力、智慧力引之，令得住是法中。'

"文殊师利！是菩萨摩诃萨，于如来灭后，有成就此第四法者，说是法时，无有过失，常为比丘、比丘尼、优婆塞、优婆夷、国王、王子、大臣、人民、婆罗门、居士等供养恭敬，尊重赞叹。虚空诸天为听法故，亦常随侍。若在聚落、城邑、空闲林中，有人来欲难问者，诸天昼夜常为法故而卫护之，能令听者皆得欢喜。所以者何？此经是一切过去、未来、现在诸佛神力所护故。

"文殊师利！是《法华经》于无量国中，乃至名字不可得闻，何况得见、受持、读诵！

"文殊师利！譬如强力转轮圣王，欲以威势降伏诸国，而诸小王不顺其命，时转轮王起种种兵而往讨伐。王见兵众战有功者，即大欢喜，随功赏赐。或与田宅、聚落、城邑；或与衣服、严身之具；或与种种珍宝——金、银、琉璃、砗磲、玛瑙、珊瑚、琥珀、象、马、车乘、奴婢、人民，惟髻中明珠不以与之。所以者何？独王顶上有此一珠，若以与之，王诸眷属必大惊怪。

文殊师利！如来亦复如是，以禅定智慧力，得法国土，王于三界，而诸魔王不肯顺伏。如来贤圣诸将与之共战，其有功者，心亦欢喜，于四众中为说诸经，令其心悦。赐以禅定、解脱、无漏根力、诸法之财。又复赐与涅槃之城，言得灭度，引导其心，令皆欢喜，而不为说是《法华经》。

"文殊师利！如转轮王见诸兵众有大功者，心甚欢喜，以此难信之珠，久在髻中，不妄与人，而今与之。如来亦复如是，于三界中为大法王，以法教化一切众生，见贤圣军与五阴魔、烦恼魔、死魔共战，有大功勋，灭三毒，出三界，破魔网，尔时如来亦大欢喜，此《法华经》能令众生至一切智，一切世间多怨难信，先所未说，而今说之。

"文殊师利！此《法华经》是诸如来第一之说，于诸说中最为甚深，末后赐与，如彼强力之王久护明珠，今乃与之。

"文殊师利！此《法华经》，诸佛如来秘密之藏，于诸经中最在其上，长夜守护，不妄宣说，始于今日，乃与汝等而敷演之。"

尔时，世尊欲重宣此义，而说偈言：

"常行忍辱，哀悯一切，
乃能演说，佛所赞经。
后末世时，持此经者，
于家出家，及非菩萨，
应生慈悲，斯等不闻，
不信是经，则为大失。
我得佛道，以诸方便，
为说此法，令住其中。
譬如强力，转轮之王，
兵战有功，赏赐诸物，
象马车乘，严身之具，
及诸田宅，聚落城邑，
或与衣服，种种珍宝，
奴婢财物，欢喜赐与。
如有勇健，能为难事，
王解髻中，明珠赐之。
如来亦尔，为诸法王，
忍辱大力，智慧宝藏，
以大慈悲，如法化世。
见一切人，受诸苦恼，
欲求解脱，与诸魔战，
为是众生，说种种法，
以大方便，说此诸经。

既知众生，得其力已，
末后乃为，说是《法华》，
如王解髻，明珠与之。
此经为尊，众经中上，
我常守护，不妄开示，
今正是时，为汝等说。
我灭度后，求佛道者，
欲得安隐，演说斯经，
应当亲近，如是四法。
读是经者，常无忧恼，
又无病痛，颜色鲜白，
不生贫穷，卑贱丑陋。
众生乐见，如慕贤圣，
天诸童子，以为给使。
刀杖不加，毒不能害，
若人恶骂，口则闭塞。
游行无畏，如师子王，
智慧光明，如日之照。
若于梦中，但见妙事。
见诸如来，坐师子座，
诸比丘众，围绕说法。
又见龙神，阿修罗等，
数如恒沙，恭敬合掌，
自见其身，而为说法。
又见诸佛，身相金色，
放无量光，照于一切，
以梵音声，演说诸法。
佛为四众，说无上法，
见身处中，合掌赞佛，
闻法欢喜，而为供养，
得陀罗尼，证不退智。
佛知其心，深入佛道，
即为授记，成最正觉。
汝善男子，当于来世，
得无量智，佛之大道，
国土严净，广大无比，
亦有四众，合掌听法。
又见自身，在山林中，
修习善法，证诸实相，
深入禅定，见十方佛。

　　　　　诸佛身金色，百福相庄严，
　　　　　闻法为人说，常有是好梦，
　　　　　又梦作国王，舍宫殿眷属，
　　　　　及上妙五欲，行诣于道场。
　　　　　在菩提树下，而处师子座，
　　　　　求道过七日，得诸佛之智。
　　　　　成无上道已，起而转法轮，
　　　　　为四众说法，经千万亿劫，
　　　　　说无漏妙法，度无量众生。
　　　　　后当入涅槃，如烟尽灯灭。
　　　　　若后恶世中，说是第一法，
　　　　　是人得大利，如上诸功德。"

---

①梵志：外道的修行者。尼犍子：出家的女信徒。

②路伽耶陀：印度顺世外道，强调唯物论。

③旃陀罗：印度四种姓之外的贱民，被认为与畜牲同类，其职业为狩猎、屠宰、杀戮等。

④畋（tián）：狩猎。

从地涌出品第十五

　　尔时，他方国土诸来菩萨摩诃萨，过八恒河沙数，于大众中起，合掌作礼，而白佛言："世尊！若听我等于佛灭后，在此娑婆世界，勤加精进，护持、读诵、书写、供养是经典者，当于此土而广说之。"

　　尔时，佛告诸菩萨摩诃萨众："止！善男子，不须汝等护持此经。所以者何？我娑婆世界自有六万恒河沙等菩萨摩诃萨，一一菩萨，各有六万恒河沙眷属。是诸人等，能于我灭后，护持读诵广说此经。"

　　佛说是时，娑婆世界三千大千国土，地皆震裂，而于其中，有无量千万亿菩萨摩诃萨同时涌出。是诸菩萨，身皆金色，三十二相，无量光明，先尽在此娑婆世界之下，此界虚空中住。

　　是诸菩萨，闻释迦牟尼佛所说音声，从下发来。一一菩萨，皆是大众唱导之首，各将六万恒河沙眷属，况将五万、四万、三万、二万、一万恒河沙等眷属者，况复乃至一恒河沙，半恒河沙，四分之一，乃至千万亿那由他分之一，况复千万亿那由他眷属，况复亿万眷属，况复千万、百万乃至一万，况复一千、一百乃至一十，况复将五、四、三、二、一弟子者，况复单己乐远离行，如是等比，无量无边，算数譬喻所不能知。

　　是诸菩萨从地出已，各诣虚空七宝妙塔多宝如来、释迦牟尼佛所。到已，向二世尊头面礼足。及至诸宝树下师子座上佛所，亦皆作礼，右绕三匝，合掌恭敬，以诸菩萨种种赞法，而以赞叹，住在一面，欣乐瞻仰于二世尊。是诸菩萨摩诃萨，从初涌出，以诸菩萨种种赞法而赞于佛，如是时间，经五十小劫。是时释迦牟尼佛默然而坐，及诸四众亦皆默然。五十小劫，佛神力故，令诸大众谓如半日。

　　尔时，四众亦以佛神力故，见诸菩萨遍满无量百千万亿国土虚空。是菩萨众中，有四导师：一名上行，二名无边行，三名净行，四名安立行。是四菩萨，于其众中最为上首唱导之师，在大众前，各共合掌，观释迦牟尼佛，而问讯言："世尊！少病少恼，安乐行不？所应度者受教易不？不令世尊生疲劳耶？"

　　尔时，四大菩萨而说偈言：

　　　　　　　　"世尊安乐，少病少恼，
　　　　　　　　　教化众生，得无疲倦？
　　　　　　　　　又诸众生，受化易不？
　　　　　　　　　不令世尊，生疲劳耶？"

　　尔时，世尊于菩萨大众中而作是言："如是！如是！诸善男子，如来安乐，少病少恼，诸众生等，易可化度，无有疲劳。所以者何？是诸众生，世世已来，常受我化，亦于过去诸佛，恭敬尊重，种诸善根。此诸众生，始见我身，闻我所说，即皆信受，入如来慧。除先修习学小乘者，如是之人，我今亦令得闻是经，入于佛慧。"

　　尔时，诸大菩萨而说偈言：

　　　　　　　　"善哉善哉！大雄世尊。
　　　　　　　　　诸众生等，易可化度。
　　　　　　　　　能问诸佛，甚深智慧，
　　　　　　　　　闻已信行，我等随喜。"

　　于时，世尊赞叹上首诸大菩萨："善哉！善哉！善男子，汝等能于如来发随喜心。"

　　尔时，弥勒菩萨及八千恒河沙诸菩萨众，皆作是念："我等从昔以来，不见不闻如是大菩萨摩诃萨众，从地涌出，住世尊前，合掌供养，问讯如来。"时弥勒菩萨摩诃萨，知八千恒河沙诸菩萨等心之所念，并欲自决所疑，合掌向佛，以偈问曰：

　　　　　　　　"无量千万亿，大众诸菩萨，
　　　　　　　　　昔所未曾见，愿两足尊说，
　　　　　　　　　是从何所来，以何因缘集？
　　　　　　　　　巨身大神通，智慧叵思议，
　　　　　　　　　其志念坚固，有大忍辱力，
　　　　　　　　　众生所乐见，为从何所来？
　　　　　　　　　一一诸菩萨，所将诸眷属，
　　　　　　　　　其数无有量，如恒河沙等。
　　　　　　　　　或有大菩萨，将六万恒沙，
　　　　　　　　　如是诸大众，一心求佛道。
　　　　　　　　　是诸大师等，六万恒河沙，
　　　　　　　　　俱来供养佛，及执持是经。
　　　　　　　　　将五万恒沙，其数过于是。
　　　　　　　　　四万及三万，二万至一万，
　　　　　　　　　一千一百等，乃至一恒沙，
　　　　　　　　　半及三四分，亿万分之一，
　　　　　　　　　千万那由他，万亿诸弟子，
　　　　　　　　　乃至于半亿，其数复过上。

> 百万至一万，一千及一百，
> 五十与一十，乃至三二一，
> 单已无眷属，乐于独处者，
> 俱来至佛所，其数转过上。
> 如是诸大众，若人行筹数，
> 过于恒沙劫，犹不能尽知。
> 是诸大威德，精进菩萨众，
> 谁为其说法，教化而成就？
> 从谁初发心，称扬何佛法，
> 受持行谁经，修习何佛道？
> 如是诸菩萨，神通大智力，
> 四方地震裂，皆从中涌出。
> 世尊我昔来，未曾见是事，
> 愿说其所从，国土之名号。
> 我常游诸国，未曾见是众，
> 我于此众中，乃不识一人，
> 忽然从地出，愿说其因缘。
> 今此之大会，无量百千亿，
> 是诸菩萨等，皆欲知此事。
> 是诸菩萨众，本末之因缘，
> 无量德世尊，惟愿决众疑！”

尔时，释迦牟尼分身诸佛，从无量千万亿他方国土来者，在于八方诸宝树下师子座上，结跏趺坐。其佛侍者，各各见是菩萨大众，于三千大千世界四方，从地涌出，住于虚空。各白其佛言：“世尊！此诸无量无边阿僧祇菩萨大众，从何所来？”

尔时，诸佛各告侍者：“诸善男子！且待须臾，有菩萨摩诃萨，名曰弥勒，释迦牟尼佛之所授记，次后作佛，已问斯事，佛今答之，汝等自当因是得闻。”

尔时，释迦牟尼佛告弥勒菩萨：

“善哉！善哉！阿逸多，乃能问佛如是大事。汝等当共一心，被精进铠①，发坚固意，如来今欲显发宣示诸佛智慧，诸佛自在神通之力，诸佛师子奋迅之力，诸佛威猛大势之力。”

尔时，世尊欲重宣此义，而说偈言：

> “当精进一心，我欲说此事，
> 勿得有疑悔，佛智叵思议②。
> 汝今出信力，住于忍善中，
> 昔所未闻法，今皆当得闻。
> 我今安慰汝，勿得怀疑惧，
> 佛无不实语，智慧不可量。
> 所得第一法，甚深叵分别，
> 如是今当说，汝等一心听。”

尔时，世尊说此偈已，告弥勒菩萨：

“我今于此大众宣告汝等，阿逸多！是诸大菩萨摩诃萨，无量无数阿僧祇从地涌出，汝等昔所未见者，我于是娑婆世界，得阿耨多罗三藐三菩提已，教化示导是诸菩萨，调伏其心，令发道意。此诸菩萨，皆于是娑婆世界之下，此界虚空中住，于诸经典，读诵通利，思惟分别，正忆念。

"阿逸多！是诸善男子等，不乐在众多有所说，常乐静处，勤行精进，未曾休息。亦不依止人天而住。常乐深智，无有障碍，亦常乐于诸佛之法，一心精进，求无上慧。"

尔时，世尊欲重宣此义，而说偈言：

> "阿逸汝当知，是诸大菩萨，
> 从无数劫来，修习佛智慧，
> 悉是我所化，令发大道心。
> 此等是我子，依止是世界，
> 常行头陀事，志乐于静处。
> 舍大众愦闹，不乐多所说。
> 如是诸子等，学习我道法，
> 昼夜常精进，为求佛道故，
> 在娑婆世界，下方空中住，
> 志念力坚固，常勤求智慧，
> 说种种妙法，其心无所畏。
> 我于伽耶城，菩提树下坐，
> 得成最正觉，转无上法轮。
> 尔乃教化之，令初发道心，
> 今皆住不退，悉当得成佛。
> 我今说实语，汝等一心信，
> 我从久远来，教化是等众。"

尔时，弥勒菩萨摩诃萨及无数诸菩萨等，心生疑惑，怪未曾有，而作是念："云何世尊于少时间，教化如是无量无边阿僧祇诸大菩萨，令住阿耨多罗三藐三菩提？"即白佛言：

"世尊如来为太子时，出于释宫，去伽耶城不远，坐于道场，得成阿耨多罗三藐三菩提，从是已来，始过四十余年。世尊！云何于此少时，大作佛事，以佛势力，以佛功德，教化如是无量大菩萨众，当成阿耨多罗三藐三菩提？

"世尊！此大菩萨众，假使有人，于千万亿劫，数不能尽，不得其边。斯等久远以来，于无量无边诸佛所，植诸善根，成就菩萨道，常修梵行。"

"世尊！如此之事，世所难信。譬如有人，色美发黑，年二十五，指百岁人，言：'是我子'，其百岁人亦指年少，言：'是我父，生育我等。'是事难信。佛亦如是，得道以来，其实未久，而此大众诸菩萨等，已于无量千万亿劫，为佛道故，勤行精进，善入出住无量百千万亿三昧，得大神通，久修梵行，善能次第习诸善法，巧于问答，人中之宝，一切世间甚为希有。今日世尊方云，得佛道时，初令发心，教化示导，令向阿耨多罗三藐三菩提，世尊得佛未久，乃能作此大功德事。

"我等虽复信佛随宜所说，佛所出言未曾虚妄，佛所知者皆悉通达，然诸新发意菩萨，于佛灭后，若闻是语，或不信受，而起破法罪业因缘。唯然，世尊！愿为解说，除我等疑，及未来世诸善男子，闻此事已，亦不生疑。"

尔时，弥勒菩萨欲重宣此义，而说偈言：

"佛昔从释种，出家近伽耶，
坐于菩提树，尔来尚未久。
此诸佛子等，其数不可量，
久已行佛道，住于神通力，
善学菩萨道，不染世间法，
如莲华在水，从地而涌出，
皆起恭敬心，住于世尊前。
是事难思议，云何而可信？
佛得道甚近，所成就甚多，
愿为除众疑，如实分别说。
譬如少壮人，所始二十五，
示人百岁子，发白而面皱，
是等我所生；子亦说是父，
父少而子老，举世所不信。
世尊亦如是，得道来甚近。
是诸菩萨等，志固无怯弱，
从无量劫来，而行菩萨道，
巧于难问答，其心无所畏，
忍辱心决定，端正有威德，
十方佛所赞，善能分别说，
不乐在人众，常好在禅定，
为求佛道故，于下空中住。
我等从佛闻，于此事无疑，
愿佛为未来，演说令开解。
若有于此经，生疑不信者，
即当堕恶道，愿今为解说，
是无量菩萨，云何于少时，
教化令发心，而住不退地。"

①被：通"披"。
②叵（pǒ）：不可。

如来寿量品第十六

尔时，佛告诸菩萨及一切大众："诸善男子！汝等当信解如来诚谛之语。"复告大众："汝等当信解如来诚谛之语。"又复告诸大众："汝等当信解如来诚谛之语。"

是时菩萨大众，弥勒为首，合掌白佛言："世尊！惟愿说之，我等当信受佛语。"如是三白已，复言："惟愿说之，我等当信受佛语。"

尔时，世尊知诸菩萨三请不止，而告之言：

"汝等谛听！如来秘密神通之力。一切世间天、人及阿修罗皆谓今释迦牟尼佛，出释氏宫，去伽耶城不远，坐于道场，得阿耨多罗三藐三菩提。然善男子，我实成佛已来，无量无边百千万亿那由他劫，譬如五百千万亿那由他阿僧祇三千大千世界，假使有人抹为微尘，过于东方五百千万亿那由他阿僧祇国，乃下一尘，如是东行，尽是微尘，诸善男子！于意云何？是诸世界，可得思惟校计，知其数不？"

弥勒菩萨等俱白佛言："世尊！是诸世界无量无边，非算数所知，亦非心力所及。一切声闻、辟支佛，以无漏智，不能思惟知其限数，我等住阿惟越致地，于是事中，亦所不达。世尊！如是诸世界，无量无边。"

尔时，佛告大菩萨众：

"诸善男子！今当分明宣语汝等。是诸世界，若著微尘及不著者，尽以为尘，一尘一劫，我成佛已来，复过于此百千万亿那由他阿僧祇劫。自从是来，我常在此娑婆世界，说法教化，亦于余处百千万亿那由他阿僧祇国，导利众生。

"诸善男子！于是中间，我说然灯佛等①，又复言其入于涅槃，如是皆以方便分别。

"诸善男子！若有众生来至我所，我以佛眼观其信等诸根利钝，随所应度，处处自说名字不同，年纪大小，亦复现言当入涅槃，又以种种方便，说微妙法，能令众生发欢喜心。

"诸善男子！如来见诸众生乐于小法，德薄垢重者，为是人说：'我少出家，得阿耨多罗三藐三菩提。'然我实成佛已来，久远若斯，但以方便教化众生，令入佛道，作如是说。

"诸善男子！如来所演经典，皆为度脱众生，或说己身，或说他身；或示己身，或示他身；或示己事，或示他事；诸所言说，皆实不虚。所以者何？如来如实知见三界之相，无有生死，若退若出，亦无在世及灭度者，非实非虚，非如非异，不如三界，见于三界，如斯之事，如来明见，无有错谬。以诸众生有种种性，种种欲，种种行，种种忆想分别故，欲令生诸善根，以若干因缘、譬喻、言辞，种种说法，所作佛事，未曾暂废。如是，我成佛已来，甚大久远，寿命无量阿僧祇劫，常住不灭。

"诸善男子，我本行菩萨道，所成寿命，今犹未尽，复倍上数。然今非实灭度，而便唱言当取灭度，如来以是方便，教化众生。所以者何？若佛久住于世，薄德之人，不种善根，贫穷下贱，贪著五欲，入于忆想妄见网中，若见如来常在不灭，便起憍恣，而怀厌怠，不能生难遭之想，恭敬之心，是故如来以方便说：'比丘当知，诸佛出世，难可值遇！'所以者何？诸薄德人，过无量百千万亿劫，或有见佛，或不见者，以此事故，我作是言：'诸比丘！如来难可得见。'斯众生等闻如是语，必当生于难遭之想，必怀恋慕，渴仰于佛，便种善根，是故如来虽不实灭，而言灭度。

"又善男子，诸佛如来，法皆如是，为度众生，皆实不虚。譬如良医，智慧聪达，明练方药，善治众病。其人多诸子息，若十、二十乃至百数。以有事缘，远至余国。诸子于后，饮他毒药，药发闷乱，宛转于地。是时其父还来归家，诸子饮毒，或失本心，或不失者，遥见其父，皆大欢喜，拜跪问讯：'善安隐归，我等愚痴，误服毒药，愿见救疗，更赐寿命。'

"父见子等苦恼如是，依诸经方，求好药草，色香美味，皆悉具足，捣筛和合，与子令服。而作是言：'此大良药，色香美味，皆悉具足，汝等可服，速除苦恼，无复众患。'其诸子中不失心者，见此良药，色香俱好，即便服之，病尽除愈。余失心者，见其父来，虽亦欢喜问讯，求索治病，然与其药，而不肯服。所以者何？毒气深入，失本心故，于此好色香药，而谓不美。父作是念：'此子可悯！为毒所中，心皆颠倒，虽见我喜，求索救疗，如是好药，而不肯服，我今当设方便，令服此药。'即作是言：'汝等当知，我今衰老，死时已至，是好良药，今留在此，汝可取服，勿忧不瘥②，作是教已，复至他国，遣使还告：'汝父已死。'是时诸子闻父背丧，心大忧恼，而作是念：'若父在者，慈悯我等，能见救护，今者舍我，远丧他国，自惟孤露，无复恃怙。'常怀悲感，心遂醒悟，乃知此药色香美味。即取服之，毒病皆愈。其父闻子悉已得瘥，寻便来归，咸使见之。

"诸善男子！于意云何？颇有人能说此良医虚妄罪不？"

"不也，世尊！"

佛言："我亦如是，成佛已来，无量无边百千万亿那由他阿僧祇劫，为众生故，以方便力，言当灭度，亦无有能如法说我虚妄过者。"

尔时，世尊欲重宣此义，而说偈言：

> "自我得佛来，所经诸劫数，
> 无量百千万，亿载阿僧祇，
> 常说法教化，无数亿众生，
> 令入于佛道，尔来无量劫，
> 为度众生故，方便现涅槃，
> 而实不灭度，常住此说法。
> 我常住于此，以诸神通力，
> 令颠倒众生，虽近而不见。
> 众见我灭度，广供养舍利，
> 咸皆怀恋慕，而生渴仰心。
> 众生既信伏，质直意柔软，
> 一心欲见佛，不自惜身命。
> 时我及众僧，俱出灵鹫山，
> 我时语众生，常在此不灭，
> 以方便力故，现有灭不灭。
> 余国有众生，恭敬信乐者，
> 我复于彼中，为说无上法，
> 汝等不闻此，但谓我灭度。
> 我见诸众生，没在于苦恼，
> 故不为现身，令其生渴仰，
> 因其心恋慕，乃出为说法。
> 神通力如是，于阿僧祇劫，
> 常在灵鹫山，及余诸住处。
> 众生见劫尽，大火所烧时，
> 我此土安隐，天人常充满。
> 园林诸堂阁，种种宝庄严。
> 宝树多华果，众生所游乐。
> 诸天击天鼓，常作众伎乐，
> 雨曼陀罗华，散佛及大众。
> 我净土不毁，而众见烧尽，
> 忧怖诸苦恼，如是悉充满。

　　是诸罪众生，以恶业因缘，

　　过阿僧祇劫，不闻三宝名③，

　　诸有修功德，柔和质直者，

　　则皆见我身，在此而说法。

　　或时为此众，说佛寿无量，

　　久乃见佛者，为说佛难值。

　　我智力如是，慧光照无量，

　　寿命无数劫，久修业所得。

　　汝等有智者，勿于此生疑，

　　当断令永尽，佛语实不虚。

　　如医善方便，为治狂子故，

　　实在而言死，无能说虚妄。

　　我亦为世父，救诸苦患者，

　　为凡夫颠倒，实在而言灭。

　　以常见我故，而生憍恣心，

　　放逸著五欲，堕于恶道中。

　　我常知众生，行道不行道，

　　随所应可度，为说种种法。

　　每自作是意，以何令众生，

　　得入无上慧，速成就佛身。"

---

①然：同"燃"。

②瘥（chài）：病愈。

③三宝：佛、法、僧称为三宝。佛是已开悟的人，法是佛的教法，僧是信奉佛的教法的僧团。

分别功德品第十七

　　尔时，大会闻佛说寿命劫数长远如是，无量无边阿僧祇众生，得大饶益。于时世尊告弥勒菩萨摩诃萨：

　　"阿逸多！我说是如来寿命长远时，六百八十万亿那由他恒河沙众生，得无生法忍①；复有千倍菩萨摩诃萨，得闻持陀罗尼门；复有一世界微尘数菩萨摩诃萨，得乐说无碍辩才；复有一世界微尘数菩萨摩诃萨，得百千万亿无量旋陀罗尼；复有三千大千世界微尘数菩萨摩诃萨，能转不退法轮；复有二千中国土微尘数菩萨摩诃萨，能转清净法轮；复有小千国土微尘数菩萨摩诃萨，八生当得阿耨多罗三藐三菩提；复有四四天下微尘数菩萨摩诃萨，四生当得阿耨多罗三藐三菩提；复有三四天下微尘数菩萨摩诃萨，三生当得阿耨多罗三藐三菩提；复有二四天下微尘数菩萨摩诃萨，二生当得阿耨多罗三藐三菩提；复有一四天下微尘数菩萨摩诃萨，一生当得阿耨多罗三藐三菩提；复有八世界微尘数众生，皆发阿耨多罗三藐三菩提心。"

　　佛说是诸菩萨摩诃萨得大法利时，于虚空中，雨曼陀罗华、摩诃曼陀罗华，以散无量百千万亿宝树下师子座上诸佛，并散七宝塔中师子座上释迦牟尼佛，及久灭度多宝如来，亦散一切诸大菩萨及四部众。又雨细末旃檀沉水香等，于虚空中，天鼓自鸣，妙声深远。又雨千种天衣，垂诸璎珞——真珠璎珞、摩尼珠璎珞、如意珠璎珞，遍于九方。众宝香炉，烧无价香，自然周至，供养大会。一一佛上，有诸菩萨执持幡盖，次第而上，至于梵天。是诸菩萨，以妙音声，歌无量颂，赞叹诸佛。

尔时，弥勒菩萨从座而起，偏袒右肩，合掌向佛，而说偈言：

"佛说希有法，昔所未曾闻，
世尊有大力，寿命不可量，
无数诸佛子，闻世尊分别，
说得法利者，欢喜充遍身。
或住不退地，或得陀罗尼，
或无碍乐说，万亿旋总持。
或有大千界，微尘数菩萨，
各各皆能转，不退之法轮。
复有中千界，微尘数菩萨，
各各皆能转，清静之法轮。
复有小千界，微尘数菩萨，
余各八生在，当得成佛道。
复有四三二，如此四天下，
微尘诸菩萨，随数生成佛。
或一四天下，微尘数菩萨，
余有一生在，当成一切智。
如是等众生，闻佛寿长远，
得无量无漏，清净之果报。
复有八世界，微尘数众生，
闻佛说寿命，皆发无上心。
世尊说无量，不可思议法，
多有所饶益，如虚空无边。
雨天曼陀罗，摩诃曼陀罗，
释梵如恒沙，无数佛土来。
雨旃檀沉水，缤纷而乱坠，
如鸟飞空下，供散于诸佛。
天鼓虚空中，自然出妙声，
天衣千万种，旋转而来下，
众宝妙香炉，烧无价之香，
自然释周遍，供养诸世尊。
其大菩萨众，执七宝幡盖，
高妙万亿种，次第至梵天，
一一诸佛前，宝幢悬胜幡。
亦以千万偈，歌咏诸如来。
如是种种事，昔所未曾有，

闻佛寿无量，一切皆欢喜。

佛名闻十方，广饶益众生，

一切具善根，以助无上心。"

尔时，佛告弥勒菩萨摩诃萨：

"阿逸多！其有众生，闻佛寿命长远如是，乃至能生一念信解，所得功德无有限量。若有善男子、善女人，为阿耨多罗三藐三菩提故，于八十万亿那由他劫，行五波罗蜜——檀波罗蜜、尸罗波罗蜜、羼提波罗蜜、毗梨耶波罗蜜、禅波罗蜜，除般若波罗蜜②，以是功德比前功德，百分、千分、百千万亿分，不及其一，乃至算数譬喻所不能知。若善男子、善女人有如是功德，于阿耨多罗三藐三菩提退者，无有是处。"

尔时，世尊欲重宣此义，而说偈言：

"若人求佛慧，于八十万亿，

那由他劫数，行五波罗蜜。

于是诸劫中，布施供养佛，

及缘觉弟子，并诸菩萨众，

珍异之饮食，上服与卧具，

旃檀立精舍，以园林庄严。

如是等布施，种种皆微妙，

尽此诸劫数，以回向佛道。

若复持禁戒，清静无缺漏，

求于无上道，诸佛之所叹。

若复行忍辱，住于调柔地，

设众恶来加，其心不倾动。

诸有得法者，怀于增上慢，

为斯所轻恼，如是亦能忍。

若复勤精进，志念常坚固，

于无量亿劫，一心不懈息。

又于无数劫，住于空闲处，

若坐若经行，除睡常摄心，

以是因缘故，能生诸禅定，

八十亿万劫，安住心不乱，

持此一心福，愿求无上道。

我得一切智，尽诸禅定际，

是人于百千，万亿劫数中，

行此诸功德，如上之所说。

有善男女等，闻我说寿命，

乃至一念信，其福过于彼。

若人悉无有，一切诸疑悔，

深心须臾信，其福为如此。

其有诸菩萨，无量劫行道，

闻我说寿命，是则能信受。

> 如是诸人等，顶受此经典，
>
> 愿我于未来，长寿度众生，
>
> 如今日世尊，诸释中之王，
>
> 道场师子吼，说法无所畏，
>
> 我等未来世，一切所尊敬，
>
> 坐于道场时，说寿亦如是。
>
> 若有深心者，清静而质直，
>
> 多闻能总持，随义解佛语，
>
> 如是之人等，于此无有疑。"

"又，阿逸多！若有闻佛寿命长远，解其言趣，是人所得功德，无有限量，能起如来无上之慧。何况广闻是经，若教人闻；若自持，若教人持；若自书，若教人书；若以华、香、璎珞、幢幡、缯盖、香油、酥灯，供养经卷，是人功德无量无边，能生一切种智。

"阿逸多！若善男子、善女人闻我说寿命长远，深心信解，则为见佛常在耆阇崛山，共大菩萨、诸声闻众，围绕说法。又见此娑婆世界，其地琉璃，坦然平正，阎浮檀金③，以界八道。宝树行列，诸台楼观，皆悉宝成。其菩萨众，咸处其中。若有能如是观者，当知是为深信解相。

"又复如来灭后，若闻是经而不毁訾，起随喜心，当知已为深信解相，何况读诵、受持之者！斯人则为顶戴如来①。

"阿逸多！是善男子、善女人，不须为我复起塔寺，及作僧坊，以四事供养众僧。所以者何？是善男子、善女人受持读诵是经典者，为已起塔，造立僧坊，供养众僧。则为以佛舍利，起七宝塔，高广渐小，至于梵天，悬诸幡盖及众宝铃，华、香、璎珞、末香、涂香、烧香、众鼓、伎乐、箫、笛、箜篌，种种舞戏，以妙音声歌呗赞颂，则为于无量千万亿劫，作是供养已。

"阿逸多！若我灭后，闻是经典，有能受持，若自书，若教人书，则为起立僧坊，以赤旃檀作诸殿堂三十有二，高八多罗树⑤，高广严好，百千比丘于其中止，园林、浴池、经行禅窟，衣服饮食、床褥、汤药，一切乐具，充满其中，如是僧坊、堂阁，若干百千万亿，其数无量，以此现前，供养于我，及比丘僧。

"是故我说，如来灭后，若有受持、读诵、为他人说，若自书，若教人书，供养经卷，不须复起塔寺及造僧坊，供养众僧。况复有人能持是经，兼行布施、持戒、忍辱、精进、一心、智慧，其德最胜，无量无边。譬如虚空，东西南北四维上下，无量无边，是人功德，亦复如是无量无边，疾至一切种智。

"若人读诵受持是经，为他人说，若自书，若教人书，复能起塔及造僧坊，供养赞叹声闻众僧，亦以百千万亿赞叹之法，赞叹菩萨功德。又为他人种种因缘，随义解说此《法华经》，复能清净持戒，与柔和者而共同止，忍辱无瞋，志念坚固，常贵坐禅，得诸深定，精进勇猛，摄诸善法，利根智慧，善答问难。

"阿逸多！若我灭后，诸善男子、善女人，受持读诵是经典者，复有如是诸善功德，当知是人已趣道场⑥，近阿耨多罗三藐三菩提，坐道树下。

"阿逸多！是善男子、善女人，若坐、若立，若行处，此中便应起塔，一切天人皆应供养，如佛之塔。"

尔时，世尊欲重宣此义，而说偈言：

> "若我灭度后，能奉持此经，
>
> 斯人福无量，如上之所说。

是则为具足，一切诸供养。
以舍利起塔，七宝而庄严，
表刹甚高广，渐小至梵天，
宝铃千万亿，风动出妙音。
又于无量劫，而供养此塔，
华香诸璎珞，天衣众伎乐，
然香油酥灯，周匝常照明。
恶世法末时，能持是经者，
则为已如上，具足诸供养。
若能持此经，则如佛现在，
以牛头旃檀，起僧坊供养，
堂有三十二，高八多罗树，
上馔妙衣服，床卧皆具足，
百千众住处，园林诸浴池，
经行及禅窟⑦，种种皆严好。
若有信解心，受持读诵书，
若复教人书，及供养经卷，
散华香末香，以须曼薝蔔⑧。
阿提目多伽，熏油常然之。
如是供养者，得无量功德，
如虚空无边，其福亦如是。
况复持此经，兼布施持戒，
忍辱乐禅定，不瞋不恶口，
恭敬于塔庙，谦下诸比丘，
远离自高心，常思惟智慧，
有问难不瞋，随顺为解说，
若能行是行，功德不可量。
若见此法师，成就如是德，
应以天华散，天衣覆其身，
头面接足礼，生心如佛想。
又应作是念，不久诣道树，
得无漏无为，广利诸人天。
其所住止处，经行若坐卧，
乃至说一偈，是中应起塔，
庄严令妙好，种种以供养。
佛子住此地，则是佛受用，
常在于其中，经行及坐卧。"

---

①无生法忍：又作无生忍。认悟因缘生法的无生的本性。而安住于此种本性中。忍是忍可，忍知之意。

②波罗蜜：本意为完全、绝对完满，即修行的完成。一般作菩萨的修行解，共有六项。文中所言五波罗蜜、檀、尸罗、羼提、毗梨耶波、禅波罗蜜即布施、持戒、忍辱、精进、禅定等修行的音译。般若即第六项智慧。其中第六项是根本。

③阎浮檀金：据说阎浮是一种树。在阎浮树林中有河，河底有金矿，称为浮檀金。

④顶藏：尊崇之义。

⑤多罗树：即贝叶树。古印度人常以铁笔刻字于贝叶上。

⑥趣：通"趋"。

⑦经行：佛教徒因养身散除郁闷，经返于一定之地称为经行。

⑧詹葡（zhān pú）：郁金花。

妙法莲华经卷第六

随喜功德品第十八

尔时，弥勒菩萨摩诃萨白佛言："世尊，若有善男子、善女人，闻是《法华经》随喜者，得几所福。"而说偈言：

> "世尊灭度后，其有闻是经，
> 若能随喜者，为得几所福？"

尔时，佛告弥勒菩萨摩诃萨：

"阿逸多！如来灭后，若比丘、比丘尼、优婆塞、优婆夷，及余智者，若长若幼，闻是经随喜已，从法会出，至于余处，若在僧坊，若空闲地，若城邑、巷陌、聚落、田里，如其所闻，为父母、宗亲、善友、知识，随力演说。是诸人等，闻已随喜，复行转教，余人闻已，亦随喜转教，如是展转至第五十。阿逸多！其第五十善男子、善女人，随喜功德，我今说之，汝当善听。

"若四百万亿阿僧祇世界六趣四生众生①——卵生、胎生、湿生、化生，若有形、无形，有想、无想、非有想、非无想，无足、二足、四足、多足，如是等在众生数者，有人求福，随其所欲娱乐之具，皆给与之。一一众生，与满阎浮提金②、银、琉璃、砗磲、玛瑙、珊瑚、琥珀诸妙珍宝，及象、马、车乘，七宝所成宫殿楼阁等。是大施主，如是布施满八十年已，而作是念：'我已施众生娱乐之具，随意所欲，然此众生皆已衰老，年过八十，发白面皱，将死不久，我当以佛法而训导之。'即集此众生，宣布法化，示教利喜，一时皆得须陀洹道、斯陀含道、阿那含道、阿罗汉道③，尽诸有漏，于深禅定皆得自在，具八解脱。于汝意云何？是大施主所得功德，宁为多不？"

弥勒白佛言："世尊！是人功德甚多，无量无边，若是施主，但施众生一切乐具，功德无量，何况令得阿罗汉果！"

佛告弥勒：

"我今分明语汝，是人以一切乐具施于四百万亿阿僧祇世界六趣众生，又令得阿罗汉果，所得功德，不如是第五十人，闻《法华经》一偈随喜功德，百分、千分、百千万亿分，不及其一，及至算数譬喻所不能知。阿逸多！如是第五十人展转闻《法华经》随喜功德，尚无量无边阿僧祇，何况最初于会中闻而随喜者，其福复胜，无量无边阿僧祇，不可得比。

"又，阿逸多！若人为是经故，往诣僧坊，若坐若立，须臾听受，缘是功德，转身所生，得好上妙象、马、车乘，珍宝辇舆，及乘天宫，若复有人于讲法处坐，更有人来，劝令坐听，若分座令坐，是人功德，转身得帝释坐处，若梵王坐处，若转轮圣王所坐之处。

"阿逸多！若复有人语余人言：'有经名《法华》，可共往听。'即受其教，乃至须臾间闻，是人功德，转身得与陀罗尼菩萨共生一处，利根智慧，百千万世，终不喑痖①，口气不臭。舌常无病，口亦无病。齿不垢黑，不黄不疏，亦不缺落，不差不曲。唇不下垂，亦不褰缩⑤，不粗涩，不疮胗⑥，亦不缺坏，亦不呙斜⑦，不厚不大，亦不黧黑⑧，无诸可恶。鼻不匾㔸⑨，亦不曲戾。面色不黑，亦不狭长，亦不窊曲⑩，无有一切不可喜相。唇舌牙齿，悉皆严好，鼻修高直，面貌圆满，眉高而长，额广平正，人相具足。世世所生，见佛闻法，信受教诲。

"阿逸多！汝且观是，劝于一人令往听法，功德如此，何况一心听说读诵，而于大众为人分别，如说修行！"

尔时，世尊欲重宣此义，而说偈言：

> "若人于法会，得闻是经典，
> 乃至于一偈，随喜为他说，
> 如是展转教，至于第五十，
> 最后人获福，今当分别之。
> 如有大施主，供给无量众，
> 具满八十岁，随意之所欲，
> 见彼衰老相，发白而面皱，
> 齿疏形枯竭，念其死不久，
> 我今应当教，令得于道果。
> 即为方便说，涅槃真实法，
> 世皆不牢固，如水沫泡焰，
> 汝等咸应当，疾生厌离心。
> 诸人闻是法，皆得阿罗汉，
> 具足六神通，三明八解脱。
> 最后第五十，闻一偈随喜，
> 是人福胜彼，不可为譬喻。
> 如是展转闻，其福尚无量，
> 何况于法会，初闻随喜者。
> 若有劝一人，将引听《法华》，
> 言此经深妙，千万劫难遇，
> 即受教往听，乃至须臾闻，
> 斯人之福报，今当分别说。
> 世世无口患，齿不疏黄黑，
> 唇不厚褰缺，无有可恶相，
> 舌不干黑短，鼻高修且直，
> 额广而平正，面目悉端严，
> 为人所喜见，口气无臭秽，

　　　　　　优钵华之香，常从其口出。
　　　　　　若故诣僧坊，欲听《法华经》，
　　　　　　须臾闻欢喜，今当说其福。
　　　　　　后生天人中，得妙象马车，
　　　　　　珍宝之辇舆，及乘天宫殿。
　　　　　　若于讲法处，劝人坐听经，
　　　　　　是福因缘得，释梵转轮座。
　　　　　　何况一心听，解说其义趣，
　　　　　　如说而修行，其福不可限！"

①六趣四生：六趣即六道轮回。四生即下文卵生、胎生、湿生、化生。卵生是由卵而生，胎生由母胎而生，湿生即由湿气中出生，化生即由过去的业力忽然而生，如地狱的众生。

②阎浮提：即南瞻部洲。上有众多阎浮树，故名。一般是指印度。

③须陀洹道：小乘佛教中声闻乘修行的四个阶位之一。依次顺序是：须陀洹道（预流果）、斯陀含道（一束果）、阿那含道（不还果）、阿罗汉道（无学果）。

④喑痖（yīn yǎ）：说不出话，嗓子哑。痖同"哑"。

⑤褰（qiān）：撩起。

⑥胗（zhěn）：同"疹"。

⑦呙（wāi）斜：歪斜不正。

⑧釐（lí）：里。

⑨匾匜（tì）：薄。

⑩窊（wā）：凹

法师功德品第十九

　　尔时，佛告常精进菩萨摩诃萨：

　　"若善男子、善女人，受持是《法华经》，若读若诵，若解说，若书写，是人当得八百眼功德、千二百耳功德、八百鼻功德、千二百舌功德、八百身功德、千二百意功意，以是功德庄严六根，皆令清净。

　　"是善男子、善女人，父母所生清净肉眼，见于三千大千世界，内外所有山林河海，下至阿鼻地狱，上至有顶，亦见其中一切众生，及业因缘果报生处，悉见悉知。"

　　尔时，世尊欲重宣此义，而说偈言：

　　　　　　"若于大众中，以无所畏心，
　　　　　　说是《法华经》，汝听其功德。
　　　　　　是人得八百，功德殊胜眼，
　　　　　　以是庄严故，其目甚清净。
　　　　　　父母所生眼，悉见三千界，
　　　　　　内外弥楼山，须弥及铁围①，
　　　　　　并诸余山林，大海江河水，
　　　　　　下至阿鼻狱，上至有顶处，
　　　　　　其中诸众生，一切皆悉见。

虽未得天眼，肉眼力如是。"

"复次，常精进！若善男子、善女人，受持此经，若读、若诵，若解说，若书写，得千二百耳功德。以是清净耳，闻三千大千世界，下至阿鼻地狱，上至有顶，其中内外种种语言音声——象声、马声、牛声、车声、啼哭声、愁叹声、螺声、鼓声、钟声、铃声、笑声、语声、男声、女声、童子声、童女声、法声、非法声、苦声、乐声、凡夫声、圣人声、喜声、不喜声、天声、龙声、夜叉声、乾闼婆声、阿修罗声、迦楼罗声、紧那罗声、摩睺罗伽声、火声、水声、风声、地狱声、畜生声、饿鬼声、比丘声、比丘尼声、声闻声、辟支佛声、菩萨声、佛声，以要言之，三千大千世界中，一切内外所有诸声，虽未得天耳，以父母所生清净常耳，皆悉闻知，如是分别种种音声，而不坏耳根。"

尔时，世尊欲重宣此义，而说偈言：

"父母所生耳，清净无浊秽，
以此常耳闻，三千世界声。
象马车牛声，钟铃螺鼓声。
琴瑟箜篌声，箫笛之音声，
清净好歌声，听之而不著，
无数种人声，闻悉能解了，
又闻诸天声，微妙之歌音，
及闻男女声，童子童女声。
山川险谷中，迦陵频伽声，
共命等诸鸟，悉闻其音声，
地狱众苦痛，种种楚毒声，
饿鬼饥渴逼，求索饮食声，
诸阿修罗等，居在大海边，
自共言语时，出于大音声。
如是说法者，安住于此间，
遥闻是众声，而不坏耳根。
十方世界中，禽兽鸣相呼，
其说法之人，于此悉闻之。
其诸梵天上，光音及遍净，
乃至有顶天，言语之音声，
法师住于此，悉皆得闻之。
一切比丘众，及诸比丘尼，
若读诵经典，若为他人说，
法师住于此，悉皆得闻之。
复有诸菩萨，读诵于经法，
若为他人说，撰集解其义，
如是诸音声，悉皆得闻之。
诸佛大圣尊，教化众生者，
于诸大会中，演说微妙法，
持此《法华》者，悉皆得闻之。

> 三千大千界，内外诸音声，
> 下至阿鼻狱，上至有顶天，
> 皆闻其音声，而不坏耳根，
> 其耳聪利故，悉能分别知。
> 持是《法华》者，虽未得天耳，
> 但用所生耳，功德已如是。"

"复次，常精进！若善男子、善女人，受持是经，若读、若诵，若解说，若书写，成就八百鼻功德。以是清净鼻根，闻于三千大千世界，上下内外种种诸香——须曼那华香、阇提华香、末利华香、薝葡华香、波罗罗华香、赤莲华香、青莲华香、白莲华香、华树香、果树香、旃檀香、沉水香、多摩罗跋香、多伽罗香②，及千万种和香，若末、若丸、若涂香，持是经者，于此间住，悉能分别。又复别知众生之香——象香、马香、牛羊等香，男香、女香、童子香、童女香，及草木丛林香，若近若远，所有诸香，悉皆得闻，分别不错。

"持是经者，虽住于此，亦闻天上诸天之香——波利质多罗拘鞞陀罗树香③，及曼陀罗华香、摩诃曼陀罗华香、曼殊沙华香、摩诃曼殊沙华香、旃檀、沉水，种种末香，诸杂华香，如是等天香和合所出之香，无不闻知。又闻诸天身香——释提桓因在胜殿上①，五欲娱乐嬉戏时香，若在妙法堂上，为忉利诸天说法时香，若于诸园游戏时香，及余天等男女身香，皆悉遥闻。如是展转及至梵世，上至有顶诸天身香，亦皆闻之。并闻诸天所烧之香，及声闻香、辟支佛香、菩萨香、诸佛身香，亦皆遥闻，知其所在。虽闻此香，然于鼻根不坏不错，若欲分别为他人说，忆念不谬。"

尔时，世尊欲重宣此义，而说偈言：

> "是人鼻清净，于此世界中，
> 若香若臭物，种种悉闻知。
> 须曼那阇提，多摩罗旃檀，
> 沉水及桂香，种种华果香，
> 及知众生香，男子女人香，
> 说法者远住，闻香知所在，
> 大势转轮王，小转轮及子，
> 群臣诸宫人，闻香知所在。
> 身所著珍宝，及地中宝藏，
> 转轮王宝女，闻香知所在。
> 诸人严身具，衣服及璎珞，
> 种种所涂香，闻香知其身。
> 诸天若行坐，游戏及神变，
> 持是《法华》者，闻香悉能知。
> 诸树华果实，及酥油香气，
> 持经者住此，悉知其所在。
> 诸山深险处，旃檀树华敷，
> 众生在中者，闻香悉能知。
> 铁围山大海，地中诸众生，
> 持经者闻香，悉知其所在。

阿修罗男女，及其诸眷属，
斗诤游戏时，闻香皆能知。
旷野险隘处，师子象虎狼，
野牛水牛等，闻香知所在。
若有怀妊者，未辨其男女，
无根及非人，闻香悉能知。
以闻香力故，知其初怀妊，
成就不成就，安乐产福子。
以闻香力故，知男女所念。
染欲痴恚心，亦知修善者。
地中众伏藏，金银诸珍宝，
铜器之所盛，闻香悉能知。
种种诸璎珞，无能识其价，
闻香知贵贱，出处及所在。
天上诸华等，曼陀曼殊沙，
波利质多树，闻香悉能知。
天上诸宫殿，上中下差别，
众宝华庄严，闻香悉能知。
天园林胜殿，诸观妙法堂，
在中而娱乐，闻香悉能知。
诸天若听法，或受五欲时，
来往行坐卧，闻香悉能知。
天女所著衣，好华香庄严，
周旋游戏时，闻香悉能知。
如是展转上，乃至于梵世，
入禅出禅者，闻香悉能知。
光音遍净天，乃至于有顶，
初生及退没，闻香悉能知。
诸比丘众等，于法常精进，
若坐若经行，及读诵经典，
或在林树下，专精而坐禅，
持经者闻香，悉知其所在。
菩萨志坚固，坐禅若读诵，
或为人说法，闻香悉能知。
在在方世尊，一切所恭敬，
悯众而说法，闻香悉能知。
众生在佛前，闻经皆欢喜，
如法而修行，闻香悉能知。
虽未得菩萨，无漏法生鼻，
而是持经者，先得此鼻相。”

　　"复次，常精进！若善男子、善女人，受持是经，若读、若诵、若解说、若书写，得千二百舌功德。若好若丑，若美不美，及诸苦涩物，在其舌根，皆变成上味，如天甘露，无不美者。若以舌根，于大众中有所演说，出深妙声，能入其心，皆令欢喜快乐。又诸天子、天女、释梵诸天，闻是深妙音声，有所演说言论，次第皆悉来听。及诸龙、龙女、夜叉、夜叉女、乾闼婆、乾闼婆女、阿修罗、阿修罗女、迦楼罗、迦楼罗女、紧那罗、紧那罗女、摩睺罗伽、摩睺罗伽女，为听法故，皆来亲近、恭敬、供养。及比丘、比丘尼、优婆塞、优婆夷、国王、王子、群臣、眷属，小转轮王、大转轮王、七宝千子、内外眷属，乘其宫殿，俱来听法，以是菩萨善说法故。婆罗门、居士、国内人民，尽其形寿，随侍供养。又诸声闻、辟支佛、菩萨、诸佛。常乐见之。是人所在方面，诸佛皆向其处说法，悉能受持一切佛法，又能出于深妙法音。"

　　尔时，世尊欲重宣此义，而说偈言：

　　　　　　　"是人舌根净，终不受恶味，
　　　　　　　其有所食啖，悉皆成甘露。
　　　　　　　以深净妙声，于大众说法，
　　　　　　　以诸因缘喻，引导众生心。
　　　　　　　闻者皆欢喜，设诸上供养。
　　　　　　　诸天龙夜叉，及阿修罗等，
　　　　　　　皆以恭敬心，而共来听法。
　　　　　　　是说法之人，若欲以妙音，
　　　　　　　遍满三千界，随意即能至。
　　　　　　　大小转轮王，及千子眷属，
　　　　　　　合掌恭敬心，常来听受法，
　　　　　　　诸天龙夜叉，罗刹毗舍阇⑤，
　　　　　　　亦以欢喜心，常乐来供养。
　　　　　　　梵天王魔王，自在大自在，
　　　　　　　如是诸天众，常来至其所。
　　　　　　　诸佛及弟子，闻其说法音，
　　　　　　　常念而守护，或时为现身。"

　　"复次，常精进！若善男子、善女人，受持是经，若读、若诵、若解说、若书写，得八百身功德，得清净身，如净琉璃，众生喜见。其身净故，三千大千世界众生，生时死时，上下好丑，生善处、恶处，悉于中现。及铁围山、大铁围山、弥楼山、摩诃弥楼山等诸山，及其中众生，悉于中现。下至阿鼻地狱，上至有顶，所有及众生，悉于中现。若声闻、辟支佛、菩萨、诸佛说法，皆于身中现其色像。"

　　尔时，世尊欲重宣此义，而说偈言：

　　　　　　　"若持《法华》者，其身甚清净，
　　　　　　　如彼净琉璃，众生皆喜见，
　　　　　　　又如净明镜，悉见诸色像，
　　　　　　　菩萨于净身，皆见世所有，
　　　　　　　唯独自明了，余人所不见。
　　　　　　　三千世界中，一切诸群萌⑥，
　　　　　　　天人阿修罗，地狱鬼畜生，

如是诸色像，皆于身中现。
诸天等宫殿，乃至于有顶，
铁围及弥楼，摩诃弥楼山，
诸大海水等，皆于身中现。
诸佛及声闻，佛子菩萨等，
若独若在众，说法悉皆现。
虽未得无漏，法性之妙身，
以清净常体，一切于中现。"

"复次，常精进！若善男子、善女人，如来灭后受持是经，若读、若诵、若解说、若书写，得千二百意功德。以是清净意根，乃至闻一偈一句，通达无量无边之义。解是义已，能演说一句一偈，至于一月、四月，乃至一岁，诸所说法，随其义趣，皆与实相不相违背。若说俗间经书，治世语言，资生业等，皆顺正法。三千大千世界，六趣众生，心之所行，心所动作，心所戏论，皆悉知之。虽未得无漏智慧，而其意根清净如此。是人有所思惟、筹量、言说，皆是佛法。无不真实，亦是先佛经中所说。"

尔时，世尊欲重宣此义，而说偈言：

"是人意清净，明利无浊秽，
以此妙意根，知上中下法，
乃至闻一偈，通达无量义，
次第如法说，月四月至岁。
是世界内外，一切诸众生，
若天龙及人，夜叉鬼神等，
其在六趣中，所念若干种，
持《法华》之报，一时皆悉知。
十方无数佛，百福庄严相，
为众生说法，悉闻能受持。
思惟无量义，说法亦无量，
终始不忘错，以持《法华》故。
悉知诸法相，随义识次第，
达名字语言，如所知演说。
此人有所说，皆是先佛法，
以演此法故，于众无所畏。
持《法华经》者，意根净若斯，
虽未得无漏，先有如是相。
是人持此经，安住希有地，
为一切众生，欢喜而爱敬。
能以千万种，善巧之语言，
分别而说法，持《法华经》故。"

①佛教认为世界的中心是一座大山，名叫须弥山，山高八万由旬，日、月在其周围，六道、诸天在其侧面或上方，山上为

帝释天的宫殿。山外有大海环绕，在海之外有八山、八山之外有咸海，围绕此海者是铁围山。弥楼山是古印度七金山之一，义为光山、光明山。

②须曼那华：意为善称意花。印度人用此花结环装饰身体。阇提华：金钱花。末利花：即茉莉花。波罗罗华：意为重生花，一年两次开花之义。多摩罗跋：香草名，即藿叶香。多伽罗香：根香，香味久聚不散。

③波利质多罗拘鞞陀罗树香：波利质多罗意为香遍树，天树王，为切利天帝释殿前的树。拘鞞陀罗意为大游戏地树，黑色檀香木的一种。

④释提桓因：意为"作为神祇们的帝王"，指帝释天。据吠陀神话，帝释天进入佛教中来，成为切利天（即三十三天）的主人。

⑤罗刹：本来是一种恶鬼，后来成为佛教的守护神。毗舍阇（shé）：食肉鬼，又作颠狂鬼。

⑥群萌：即群氓，众人之意。

常不轻菩萨品第二十

尔时，佛告得大势菩萨摩诃萨：

"汝今当知，若比丘、比丘尼、优婆塞、优婆夷，持《法华经》者，若有恶口骂詈诽谤，获大罪报，如前所说。其所得功德，如向所说，眼耳鼻舌身意清净。

"得大势！乃往古昔，过无量无边不可思议阿僧祇劫，有佛名威音王如来、应供、正遍知、明行足、善逝、世间解、无上士、调御丈夫、天人师、佛、世尊，劫名离衰，国名大成。其威音王佛，于彼世中，为天、人、阿修罗说法，为求声闻者说应四谛法，度生老病死，究竟涅槃，为求辟支佛者，说应十二因缘法，为诸菩萨，因阿耨多罗三藐三菩提，说应六波罗蜜法，究竟佛慧。

"得大势！是威音王佛寿四十万亿那由他恒河沙劫，正法住世劫数如一阎浮提微尘，像法住世劫数如四天下微尘，其佛饶益众生已，然后灭度。正法、像法灭尽之后，于此国土，复有佛出，亦号威音王如来、应供、正遍知、明行足、善逝、世间解、无上士、调御丈夫、天人师、佛、世尊。如是次第有二万亿佛，皆同一号。最初威音王如来既已灭度，正法灭后，于像法中，增上慢比丘有大势力。尔时，有一菩萨比丘，名常不轻。

"得大势！以何因缘名常不轻？是比丘凡有所见，若比丘、比丘尼、优婆塞、优婆夷，皆悉礼拜赞叹，而作是言：'我深敬汝等，不敢轻慢。所以者何？汝等皆行菩萨道，当得作佛。'而是比丘不专读诵经典，但行礼拜，乃至远见四众，亦复故往礼拜赞叹，而作是言：'我不敢轻于汝等，汝等皆当作佛。'四众之中，有生瞋恚心不净者，恶口骂詈，言'是无智比丘，从何所来？自言我不轻汝，而与我等授记，当得作佛，我等不用如是虚妄授记。'如此经历多年，常被骂詈，不生瞋恚，常作是言：'汝当作佛！'说是语时，众人或以杖木瓦石而打掷之，避走远住，犹高声唱言：'我不敢轻于汝等，汝等皆当作佛！'以其常作是语故，增上慢比丘、比丘尼、优婆塞、优婆夷，号之为常不轻。

"是比丘临欲终时，于虚空中，具闻威音王佛先所说《法华经》二十千万亿偈，悉能受持，即得如上眼根清净，耳、鼻、舌、身、意根清净。得是六根清净已，更增寿命二百万亿那由他岁，广为人说是《法华经》。

"于是，增上慢四众——比丘、比丘尼、优婆塞、优婆夷，轻贱是人，为作'不轻'名者，见其得大神通力、乐说辩力、大善寂力，闻其所说，皆信伏随从。是菩萨复化千万亿众，令住阿耨多罗三藐三菩提。

"命终之后，得值二千亿佛，皆号日月灯明，于其法中，说是《法华经》。以是因缘，复值二

诵、解说、书写、如说修行。所在国土，若有受持、读诵、解说、书写、如说修行，若经卷所住之处，若于园中，若于林中，若于树下，若于僧坊，若白衣舍，若在殿堂，若山谷旷野，是中皆应起塔供养。所以者何？当知是处即是道场，诸佛于此得阿耨多罗三藐三菩提，诸佛于此转于法轮，诸佛于此而般涅槃。"

尔时，世尊欲重宣此义，而说偈言：

　　　　　　"诸佛救世者，住于大神通，
　　　　　　为悦众生故，现无量神力，
　　　　　　舌相至梵天，身放无数光，
　　　　　　为求佛道者，现此希有事，
　　　　　　诸佛謦欬声，及弹指之声，
　　　　　　周闻十方国，地皆六种动。
　　　　　　诸佛皆欢喜，现无量神力。
　　　　　　以佛灭度后，能持是经故，
　　　　　　嘱累是经故，赞美受持者，
　　　　　　于无量劫中，犹故不能尽。
　　　　　　是人之功德，无边无有穷，
　　　　　　如十方虚空，不可得边际。
　　　　　　能持是经者，则为已见我，
　　　　　　亦见多宝佛，及诸分身者，
　　　　　　又见我今日，教化诸菩萨。
　　　　　　能持是经者，令我及分身，
　　　　　　灭度多宝佛，一切皆欢喜。
　　　　　　十方现在佛，并过去未来，
　　　　　　亦见亦供养，亦令得欢喜。
　　　　　　诸佛坐道场，所得秘要法，
　　　　　　能持是经者，不久亦当得。
　　　　　　能持是经者，于诸法之义，
　　　　　　名字及言辞，乐说无穷尽，
　　　　　　如风于空中，一切无障碍。
　　　　　　于如来灭后，知佛所说经，
　　　　　　因缘及次第，随义如实说，
　　　　　　如日月光明，能除诸幽冥。
　　　　　　斯人行世间，能灭众生暗，
　　　　　　教无量菩萨，毕竟住一乘。
　　　　　　是故有智者，闻此功德利，
　　　　　　于我灭度后，应受持斯经，
　　　　　　是人于佛道，决定无有疑。"

---

①謦欬（qǐng kài）：咳嗽，借指言谈。

②般涅槃：完全的涅槃，完全的寂灭。

嘱累品第二十二

尔时，释迦牟尼佛从法座起，现大神力，以右手摩无量菩萨摩诃萨顶，而作是言：

"我于无量百千万亿阿僧祇劫，修习是难得阿耨多罗三藐三菩提法，今以付嘱汝等，汝等应当一心流布此法，广令增益。"

如是三摩诸菩萨摩诃萨顶，而作是言：

"我于无量百千万亿阿僧祇劫，修习是难得阿耨多罗三藐三菩提法，今以付嘱汝等，汝等当受持、读诵、广宣此法，令一切众生普得闻知。

"所以者何？如来有大慈悲，无诸悭吝，亦无所畏，能与众生佛之智慧、如来智慧、自然智慧，如来是一切众生之大施主。汝等亦应随学如来之法，勿生悭吝。于未来世，若有善男子、善女人，信如来智慧者，当为演说此《法华经》，使得闻知，为令其人得佛慧故。若有众生不信受者，当于如来余深法中，示教利喜，汝等若能如是，则为已报诸佛之恩。"

时诸菩萨摩诃萨，闻佛作是说已，皆大欢喜，遍满其身。益加恭敬，曲躬低头，合掌向佛，俱发声言：

"如世尊敕，当具奉行。唯然，世尊！愿不有虑。"

诸菩萨摩诃萨众，如是三反，俱发声言：

"如世尊敕，当具奉行。唯然，世尊！愿不有虑。"

尔时，释迦牟尼佛令十方来诸分身佛，各还本土，而作是言：

"诸佛各随所安，多宝佛塔还可如故。"

说是语时，十方无量分身诸佛坐宝树下，师子座上者，及多宝佛，并上行等无边阿僧祇菩萨大众，舍利弗等声闻四众，及一切世间天、人、阿修罗等，闻佛所说，皆大欢喜。

药王菩萨本事品第二十三

尔时，宿王华菩萨白佛言：

"世尊！药王菩萨云何游于娑婆世界？世尊！是药王菩萨，有若干百千万亿那由他难行苦行，善哉，世尊！愿少解说。"

诸天、龙神、夜叉、乾闼婆、阿修罗、迦楼罗、紧那罗、摩睺罗伽、人非人等，又他国土诸来菩萨，及此声闻众，闻皆欢喜。

尔时，佛告宿王华菩萨：

"乃往过去无量恒河沙劫，有佛号日月净明德如来、应供、正遍知、明行足、善逝、世间解、无上士、调御丈夫、天人师、佛、世尊。其佛有八十亿大菩萨摩诃萨，七十二恒河沙大声闻众，佛寿四万二千劫，菩萨寿命亦等。彼国无有女人、地狱、饿鬼、畜生、阿修罗等，及以诸难。地平如掌，琉璃所成，宝树庄严，宝帐覆上，垂宝华幡，宝瓶香炉，周遍国界。七宝为台，一树一台，其树去台，尽一箭道。此诸宝树，皆有菩萨、声闻而坐其下，诸宝台上，各有百亿诸天作天伎乐，歌叹于佛，以为供养。

"尔时，彼佛为一切众生喜见菩萨，及众菩萨、诸声闻众，说《法华经》。是一切众生喜见菩萨，乐习苦行，于日月净明德佛法中，精进经行，一心求佛，满万二千岁已，得现一切色身三昧。得此三昧已，心大欢喜，即作念言：'我得现一切色身三昧，皆是得闻《法华经》力。我今当供养日月净明德佛及《法华经》。'即时入是三昧，于虚空中，雨曼陀罗华、摩诃曼陀罗华、细末坚黑旃檀。满虚空中，如云而下。又雨海此岸旃檀之香，此香六铢，价值娑婆世界，以供养佛。

"作是供养已，从三昧起，而自念言：'我虽以神力供养于佛，不如以身供养。'即服诸香——旃檀、薰陆、兜楼婆、毕力迦、沉水、胶香①，又饮薝卜诸华香油，满千二百岁已，香油涂身，于日月净明德佛前，以天宝衣而自缠身，灌诸香油，以神通力愿而自然身，光明遍照八十亿恒河沙世界。其中诸佛，同时赞言'善哉！善哉！善男子，是真精进，是名真法供养如来。若以华、香、璎珞、烧香、末香、涂香、天缯幡盖，及海此岸旃檀之香，如是等种种诸物供养，所不能及、假使国城、妻子布施，亦所不及。善男子！是名第一之施，于诸施中最尊最上，以法供养诸如来故！'作是语已，而各默然。其身火然，千二百岁，过是已后，其身乃尽。

"一切众生喜见菩萨作如是法供养已，命终之后，复生日月净明德佛国中，于净德王家，结跏趺坐，忽然化生。即为其父而说偈言：

　　　　　"大王今当知，我经行彼处，
　　　　　　即时得一切，现诸身三昧，
　　　　　　勤行大精进，舍所爱之身，
　　　　　　供养于世尊，为求无上慧。"

"说是偈已，而白父言：'日月净明德佛，今故现在。我先供养佛已，得解一切众生语言陀罗尼，复闻是《法华经》八百千万亿那由他、甄迦罗、频婆罗、阿閦婆等偈②。大王，我今当还供养此佛。'白已，即坐七宝之台，上升虚空，高七多罗树，往到佛所，头面礼足，合十指抓，以偈赞佛：

　　　　　"容颜甚奇妙，光明照十方，
　　　　　　我适曾供养，今复还亲觐。"

"尔时，一切众生喜见菩萨说是偈已，而白佛言：'世尊！世尊！犹故在世。'

"尔时，日月净明德佛告一切众生喜见菩萨：'善男子！我涅槃时到，灭尽时至。汝可安施床座，我于今夜当般涅槃。'又敕一切众生喜见菩萨：'善男子！我以佛法嘱累于汝，及诸菩萨大弟子，并阿耨多罗三藐三菩提法，亦以三千大千七宝世界、诸宝树、宝台及给侍诸天，悉付于汝。我灭度后，所有舍利，亦付嘱汝。当令流布，广设供养，应起若干千塔。'如是，日月净明德佛敕一切众生喜见菩萨已，于夜后分，入于涅槃。

"尔时，一切众生喜见菩萨见佛灭度，悲感懊恼，亦慕于佛。即以海此岸旃檀为薪，供养佛身，而以烧之。火灭已后，收取舍利，作八万四千宝瓶，以起八万四千塔，高三世界，表刹庄严，垂诸幡盖，悬众宝铃。

"尔时，一切众生喜见菩萨复自念言：'我虽作是供养，心犹未足，我今当更供养舍利。'便语诸菩萨大弟子，及天、龙、夜叉等一切大众：'汝等当一心念，我今供养日月净明德佛舍利。'作是语已，即于八万四千塔前，然百福庄严臂，七万二千岁，而以供养。令无数求声闻众，无量阿僧祇人，发阿耨多罗三藐三菩提心，皆使得住现一切色身三昧。

"尔时，诸菩萨、天、人、阿修罗等，见其无臂，忧恼悲哀，而作是言：'此一切众生喜见菩萨，是我等师，教化我者，而今烧臂，身不具足。'于时，一切众生喜见菩萨于大众中，立此誓言：'我舍两臂，必当得佛金色之身，若实不虚，令我两臂还复如故。'作是誓已，自然还复。由斯菩萨福德智慧淳厚所致。

"当尔之时，三千大千世界，六种震动，天雨宝华，一切人天，得未曾有。"

佛告宿王华菩萨：

"于汝意云何？一切众生喜见菩萨岂异人乎？今药王菩萨是也！其所舍身布施，如是无量百千万亿那由他数。

"宿王华！若有发心欲得阿耨多罗三藐三菩提者，能然手指，乃至足一指，供养佛塔，胜以国城妻子，及三千大千国土，山林河池，诸珍宝物，而供养者。若复有人，以七宝满三千大千世界，供养于佛及大菩萨、辟支佛、阿罗汉，是人所得功德，不如受持此《法华经》，乃至一四句偈，其福最多。

"宿王华！譬如一切川流江河，诸水之中，海为第一。此《法华经》亦复如是，于诸如来所说经中，最为深大。又如土山、黑山、小铁围山、大铁围山及十宝山，众山之中，须弥山为第一；此《法华经》亦复如是，于诸经中，最为其上。又如众星之中，月天子最为第一，此《法华经》亦复如是，于千万亿种诸经法中，最为照明。又如日天子能除诸暗，此经亦复如是，能破一切不善之暗。又如诸小王中，转轮圣王最为第一，此经亦复如是，于众经中最为其尊。又如帝释，于三十三天中王，此经亦复如是，诸经中王。又如大梵天王，一切众生之父，此经亦复如是，一切贤圣、学、无学，及发菩萨心者之父。又如一切凡夫人中，须陀洹、斯陀含、阿那含、阿罗汉、辟支佛为第一，此经亦复如是。一切如来所说，若菩萨所说，若声闻所说，诸经法中，最为第一。有能受持是经典者，亦复如是，于一切众生中亦为第一。一切声闻辟支佛中，菩萨为第一，此经亦复如是，于一切诸经法中，最为第一。如佛为诸法王，此经亦复如是，诸经中王。

"宿王华！此经能救一切众生者，此经能令一切众生离诸苦恼，此经能大饶益一切众生，充满其愿。如清凉池，能满一切诸渴乏者；如寒者得火，如裸者得衣，如商人得主，如子得母，如渡得船，如病得医，如暗得灯，如贫得宝，如民得王，如贾客得海，如炬除暗。此《法华经》亦复如是，能令众生离一切苦、一切病痛，能解一切生死之缚。

"若人得闻此《法华经》，若自书，若使人书，所得功德，以佛智慧筹量多少，不得其边。若书是经卷，华、香、璎珞、烧香、末香、涂香、幡盖、衣服，种种之灯——酥灯、油灯、诸香油灯、薝蔔油灯、须曼那油灯、波罗罗油灯、婆利师迦油灯、那婆摩利油灯供养③，所得功德，亦复无量。

"宿王华！若有人闻是《药王菩萨本事品》者，亦得无量无边功德。若有女人闻是《药王菩萨本事品》，能受持者，尽是女身，后不复受。若如来灭后，后五百岁中，若有女人，闻是经典，如说修行，于此命终，即往安乐世界，阿弥陀佛、大菩萨众围绕住处，生莲华中，宝座之上，不复为贪欲所恼，亦复不为瞋恚愚痴所恼，亦复不为憍慢嫉妒诸垢所恼，得菩萨神通、无生法忍。得是忍已，眼根清净，以是清净眼根，见七百万二千亿那由他恒河沙等诸佛如来。"

是时，诸佛遥共赞言："善哉！善哉！善男子，汝能于释迦牟尼佛法中，受持、读诵、思惟是经，为他人说，所得福德，无量无边，火不能焚，水不能漂。汝之功德，千佛共说，不能令尽。汝今已能破诸魔贼，坏生死军，诸余怨敌，皆悉摧灭。善男子！百千诸佛，以神通力，共守护汝。于一切世间天人之中，无如汝者，唯除如来，其诸声闻、辟支佛，乃至菩萨，智慧禅定，无有与汝等者。"

"宿王华！此菩萨成就如是功德智慧之力。若有人闻是《药王菩萨本事品》，能随喜赞善者，是人现世，口中常出青莲华香，身毛孔中常出牛头旃檀之香，所得功德，如上所说。

"是故，宿王华，以此《药王菩萨本事品》，嘱累于汝。我灭度后，后五百岁中，广宣流布于阎浮提，无令断绝，恶魔、魔民、诸天、龙、夜叉、鸠槃荼等，得其便也。

"宿王华！汝当以神通之力，守护是经。所以者何？此经则为阎浮提人病之良药。若人有病，得闻是经，病即消灭，不老不死。

"宿王华！汝若见有受持是经者，应以青莲华，盛满末香，供散其上。散已，作是念言：'此人不久，必当取草坐于道场，破诸魔军，当吹法螺，击大法鼓，度脱一切众生老病死海。'是故求佛道者，见有受持是经典人，应当如是生恭敬心。"

说是《药王菩萨本事品》时，八万四千菩萨得解一切众生语言陀罗尼。多宝如来于宝塔中赞宿王华菩萨言："善哉！善哉！宿王华，汝成就不可思议功德，乃能问释迦牟尼佛如此之事，利益无量一切众生。"

---

①薰陆、兜楼婆、毕力迦：薰陆树汁可作香，称为乳头香、乳香。兜楼婆即苜蓿香。毕力迦即丁香。而胶香即沈香。

②甄迦罗、频婆罗、阿阅（chù）婆：都是古印度极大的数量单位。

③婆利师迦油灯：婆利师迦意为夏生花，雨生花。那婆摩利油灯：那婆是杂色花。摩利也是茉莉。

妙法莲华经卷第七

妙音菩萨品第二十四

尔时，释迦牟尼佛放大人相肉髻光明，及放眉间白毫相光，遍照东方百八万亿那由他恒河沙等诸佛世界。过是数已，有世界名净光庄严，其国有佛，号净华宿王智如来、应供、正遍知、明行足、善逝、世间解、无上士、调御丈夫、天人师、佛、世尊，为无量无边菩萨大众恭敬围绕，而为说法。释迦牟尼佛白毫光明遍照其国。

尔时，一切净光庄严国中，有一菩萨，名曰妙音，久已植众德本，供养亲近无量百千万亿诸佛，而悉成就甚深智慧，得妙幢相三昧、法华三昧、净德三昧、宿王戏三昧、无缘三昧、智印三昧、解一切众生语言三昧、集一切功德三昧、清净三昧、神通游戏三昧、慧炬三昧、庄严王三昧、净光明三昧、净藏三昧、不共三昧、日旋三昧，得如是等百千万亿恒河沙等诸大三昧。

释迦牟尼佛光照其身，即白净华宿王智佛言："世尊！我当往诣娑婆世界，礼拜、亲近、供养释迦牟尼佛，及见文殊师利法王子菩萨、药王菩萨、勇施菩萨、宿王华菩萨、上行意菩萨、庄严王菩萨、药上菩萨。"

尔时，净华宿王智佛告妙音菩萨："汝莫轻彼国，生下劣想。善男子！彼娑婆世界，高下不平，土石诸山，秽恶充满。佛身卑小，诸菩萨众，其形亦小，而汝身四万二千由旬，我身六百八十万由旬，汝身第一端正，百千万福，光明殊妙，是故汝往，莫轻彼国，若佛菩萨及国土，生下劣想。"

妙音菩萨白其佛言："世尊！我今诣娑婆世界，皆是如来之力，如来神通游戏，如来功德智慧庄严。"

于是，妙音菩萨不起于座，身不动摇，而入三昧，以三昧力，于耆阇崛山，去法座不远，化作八万四千众宝莲花，阎浮檀金为茎，白银为叶，金刚为须，甄叔迦宝以为其台①。

尔时，文殊师利法王子见是莲华，而白佛言："世尊！是何因缘，先现此瑞，有若干千万莲华，阎浮檀金为茎，白银为叶，金刚为须，甄叔迦宝以为其台？"

尔时，释迦牟尼佛告文殊师利："是妙音菩萨摩诃萨，欲从净华宿王智佛国，与八万四千菩萨围绕而来，至此娑婆世界，供养、亲近、礼拜于我，亦欲供养、听《法华经》。"

文殊师利白佛言："世尊！是菩萨种何善本，修何功德，而能有是大神勇力？行何三昧？愿为我等说是三昧名字，我等亦欲勤修行之。行此三昧，乃能见是菩萨色相大小，威仪进止。惟愿世尊以神通力，彼菩萨来，令我得见。"

尔时，释迦牟尼佛告文殊师利："此久灭度多宝如来，当为汝等而现其相。"

时多宝佛告彼菩萨："善男子，来，文殊师利法王子欲见汝身。"

于时，妙音菩萨于彼国没，与八万四千菩萨俱共发来，所经诸国，六种震动，皆悉雨于七宝莲华，百千天乐，不鼓自鸣。是菩萨目如广大青莲华叶，正使和合百千万月。其面貌端正，复过于此，身真金色，无量百千功德庄严，威德炽盛，光明照耀，诸相具足，如那罗延坚固之身②。入七宝台，上升虚空，去地七多罗树，诸菩萨众恭敬围绕，而来诣此娑婆世界耆阇崛山。

到已，下七宝台，以价值百千璎珞，持至释迦牟尼佛所，头面礼足，奉上璎珞，而白佛言："世尊！净华宿王智佛问讯世尊，少病少恼，起居轻利，安乐行不？四大调和不？世事可忍不？众生易度不？无多贪欲、瞋恚、愚痴、嫉妒、悭慢不？无不孝父母，不敬沙门，邪见不善心，不摄五情不？世尊！众生能降伏诸魔怨不？久灭度多宝如来在七宝塔中，来听法不？又问讯多宝如来安隐少恼，堪忍久住不？世尊！我今欲见多宝佛身，惟愿世尊示我令见。"

尔时，释迦牟尼佛语多宝佛："是妙音菩萨欲得相见。"

时多宝佛告妙音言："善哉！善哉！汝能为供养释迦牟尼佛，及听《法华经》，并见文殊师利等，故来至此。"

尔时，华德菩萨白佛言："世尊！是妙音菩萨，种何善根，修何功德，有是神力？"

佛告华德菩萨：

"过去有佛，名云雷音王、多陀阿伽度、阿罗诃、三藐三佛陀，国名现一切世间，劫名喜见。妙音菩萨于万二千岁，以十万种伎乐，供养云雷音王佛，并奉上八万四千七宝钵。以是因缘果报，今生净华宿王智佛国，有是神力。

"华德！于汝意云何？尔时云雷音王佛所，妙音菩萨伎乐供养，奉上宝器者，岂异人乎？今此妙音菩萨摩诃萨是。

"华德！是妙音菩萨，已曾供养亲近无量诸佛，久植德本，又值恒河沙等百千万亿那由他佛。

"华德！汝但见妙音菩萨，其身在此，而是菩萨现种种身，处处为诸众生说是经典——或现梵王身，或现帝释身，或现自在天身，或现大自在天身，或现天大将军身，或现毗沙门天王身，或现转轮圣王身，或现诸小王身，或现长者身，或现居士身，或现宰官身，或现婆罗门身，或现比丘、比丘尼、优婆塞、优婆夷身，或现长者居士妇女身，或现宰官妇女身，或现婆罗门妇女身，或现童男童女身，或现天、龙、夜叉、乾闼婆、阿修罗、迦楼罗、紧那罗、摩睺罗伽、人非人等身，而说是经。诸有地狱、饿鬼、畜生、及众难处，皆能救济，乃至于王后宫，变为女身，而说是经。

"华德！是妙音菩萨，能救护娑婆世界诸众生者。是妙音菩萨，如是种种变化现身，在此娑婆国土为诸众生说是经典，于神通变化智慧，无所损减。是菩萨以若干智慧，明照娑婆世界，令一切众生各得所知，于十方恒河沙世界中，亦复如是。若应以声闻形得度者，现声闻形而为说得是陀罗尼，若夜叉，若罗刹，若富单那，若吉蔗②，若鸠槃荼，若饿鬼等，伺求其短，无能得便。"即于佛前而说咒曰：

"痤隶；摩诃痤隶；郁枳；目枳；阿隶；阿罗婆第；涅隶第；涅隶多婆第；伊致抳；韦致抳；旨致抳；涅隶墀抳，涅梨墀婆底。

"世尊！是陀罗尼神咒，恒河沙等诸佛所说，亦皆随喜。若有侵毁此法师者，则为侵毁是诸佛已。"

尔时，毗沙门天王护世者，白佛言："世尊！我亦为悯念众生，拥护此法师故，说是陀罗尼。"即说咒曰：

"阿梨；那梨；瓮那梨；阿那卢；那履；拘那履。

"世尊！以是神咒拥护法师，我亦自当拥护持是经者，令百由旬内，无诸衰患。"

尔时，持国天王在此会中，与千万亿那由他乾闼婆众，恭敬围绕，前诣佛所，合掌白佛言："世尊！我亦以陀罗尼神咒，拥护持《法华经》者。"即说咒曰：

"阿伽祢；伽祢；瞿利；乾陀利；旃陀利；摩蹬耆；常求利；浮楼莎抳；頞底。

"世尊！是陀罗尼神咒，四十二亿诸佛所说，若有侵毁此法师者，则为侵毁是诸佛已。"

尔时，有罗刹女等，一名蓝婆，二名毗蓝婆，三名曲齿，四名华齿，五名黑齿，六名多发，七名无厌足，八名持璎珞，九名皋帝，十名夺一切众生精气。是十罗刹女，与鬼子母，并其子及眷属，俱诣佛所，同声白佛言："世尊！我等亦欲拥护读诵受持《法华经》者，除其衰患，若有伺求法师短者，令不得便。"即于佛前，而说咒曰：

"伊提履；伊提泯；伊提履；阿提履；伊得履；泥履，泥履，泥履，泥履，泥履；楼醯；楼醯；楼醯；多醯，多醯，多醯；兜醯；瓮醯。

"宁上我头上，莫恼于法师，若夜叉，若罗刹，若饿鬼，若富单那，若吉蔗，若毗陀罗，若犍驮，若乌摩勒伽，若阿跋摩罗，若夜叉吉蔗，若人吉蔗，若热病，若一日，若二日，若三日，若四日，若至七日，若常热病；若男形，若女形，若童男形，若童女形，乃至梦中，亦复莫恼。"

即于佛前而说偈言：

> "若不顺我咒，恼乱说法者，
> 头破作七分，如阿梨树枝。
> 如杀父母罪，亦如压油殃，
> 斗秤欺诳人，调达破僧罪。
> 犯此法师者，当获如是殃。"

诸罗刹女说此偈已，白佛言："世尊！我等亦当身自拥护受持、读诵、修行是经者，令得安隐，离诸衰患，消众毒药。"

佛告诸罗刹女："善哉！善哉！汝等但能拥护受持《法华》名者，福不可量，何况拥护具足受持，供养经卷——华、香、璎珞、末香、涂香、烧香、幡盖、伎乐，然种种灯，酥灯、油灯、诸香油灯、苏摩那华油灯③、薝葡华油灯、婆师迦华油灯、优钵罗华油灯，如是等百千种供养者。皋帝④！汝等及眷属，应当拥护如是法师。"

说是《陀罗尼品》时，六万八千人得无生法忍。

---

①陀罗尼：义为总持，即总一切法，持无量义。陀罗尼可分四种：法陀罗尼、义陀罗尼、咒陀罗尼、忍陀罗尼。其中咒陀罗尼指对于具有不测之神验的佛陀密咒总持而不失，以保众生避灾除患。

②富单那、吉蔗：都是魔鬼名。下文罗刹女所举毗陀罗、犍駄、乌摩勒伽、阿跋摩罗都是。富单那是臭饿鬼，吉蔗意为所作，用咒法使死尸起而杀人，即起尸鬼。毗陀罗是赤色鬼。犍駄是黄色鬼。乌摩勒伽是乌色鬼。阿跋摩罗是青色鬼。

③苏摩那华灯：悦意花油灯。

④皋帝：意为何所。此鬼身穿青红衣，右手把袈，右手持股，如打物状。

妙庄严王本事品第二十七

尔时，佛告诸大众：

"乃往古世，过无量无边不可思议阿僧祇劫，有佛名云雷音宿王华智、多陀阿伽度、阿罗诃、三藐三佛陀，国名光明庄严，劫名喜见。彼佛法中，有王名妙庄严，其王夫人名曰净德，有二子，一名净藏，二名净眼。是二子有大神力，福德智慧，久修菩萨所行之道——所谓檀波罗蜜，尸罗波罗蜜，羼提波罗蜜、毗离耶波罗蜜、禅波罗蜜、般若波罗蜜，方便波罗蜜、慈悲喜舍，乃至三十七品助道法①，皆悉明了通达。又得菩萨净三昧、日星宿三昧、净光三昧、净色三昧、净照明三昧、长庄严三昧、大威德藏三昧，于此三昧，亦悉通达。

"尔时，彼佛欲引导妙庄严王，及悯念众生故，说是《法华经》。时净藏、净眼二子，到其母所，合十指爪，白言：'愿母往诣云雷音宿王华智佛所，我等亦当侍从，亲近、供养、礼拜。所以者何？此佛于一切天人众中，说《法华经》，宜应听受。'"

"母告子言：'汝父信受外道，深著婆罗门法，汝等应往白父，与共俱去。'净藏、净眼合十指爪掌，白母：'我等是法王子，而生此邪见家！'母告子言：'汝等当忧念汝父，为现神变，若得见者，心必清净，或听我等，往至佛所。'

"于是，二子念其父故，涌在虚空，高七多罗树，现种种神变。于虚空中，行住坐卧，身上出水，身下出火，身下出水，身上出火。或现大身满虚空中，而复现小，小复现大，于空中灭，忽然在地，入地如水，履水如地。现如是等种种神变，令其父王心净信解。

"时父见子神力如是，心大欢喜，得未曾有，合掌向子言：'汝等师为是谁，谁之弟子？'二子白言：'大王！彼云雷音宿王华智佛，今在七宝菩提树下，法座上坐，于一切世间天人众中，广说《法华经》，是我等师，我是弟子。'父语子言：'我今亦欲见汝等师，可共俱往！'于是二子从空中下，到其母所，合掌白母：'父王今已信解，堪任发阿耨多罗三藐三菩提心。我等为父已作佛事，愿母见听，于彼佛所，出家修道！'

"尔时，二子欲重宣其意，以偈白母：

"愿母放我等，出家作沙门，

诸佛甚难值，我等随佛学。

如优昙钵华，值佛复难是。

脱诸难亦难，愿听我出家。"

"母即告言：'听汝出家。所以者何？佛难值故。'"

"于是二子白父母言：'善哉！父母。愿时往诣云雷音宿王华智佛所，亲近供养，所以者何？佛难得值，如优昙钵罗华，又如一眼之龟，值浮木孔。而我等宿福深厚，生值佛法，是故父母当听我等，令得出家。所以者何？诸佛难值，时亦难遇。'

"彼时妙庄严王后宫八万四千人，皆悉堪任受持是《法华经》。净眼菩萨于法华三昧，久已通达，净藏菩萨已于无量百千万亿劫，通达离诸恶趣三昧，欲令一切众生离诸恶趣故。其王夫人得诸佛集三昧，能知诸佛秘密之藏。二子如是以方便力，善化其父，令心信解，好乐佛法。于如妙

"普贤！若有受持、读诵、正忆念、修习书写《法华经》者，当知是人则见释迦牟尼佛，如从佛口闻此经典，当知是人供养释迦牟尼佛，当知是人佛赞善哉，当知是人为释迦牟尼佛手摩其头，当知是人为释迦牟尼佛衣之所覆。如是之人，不复贪著是乐，不好外道经书、手笔，亦复不喜亲近其人及诸恶者，若屠儿，若畜猪羊鸡狗，若猎师，若炫卖女色。是人心意质直，有正忆念，有福德力。是人不为三毒所恼，亦复不为嫉妒、我慢、邪慢、增上慢所恼，是人少欲知足，能修普贤之行。

"普贤！若如来灭后，后五百岁，若有人见受持读诵《法华经》者，应作是念，：'此人不久当诣道场，破诸魔众，得阿耨多罗三藐三菩提，转法轮，击法鼓，吹法螺，雨法雨，当坐天人大众中，师子法座上！'

"普贤！若于后世，受持读诵是经典者，是人不复贪著衣、卧具、饮食、资生之物，所愿不虚，亦于现世得其福报。若有人轻毁之，言：'汝狂人耳！空作是行，终无所获。'如是罪报，当世世无眼。若有供养赞叹之者，当于今世得现果报。若复见受持是经者，出其过恶，若实若不实，此人现世得白癞病。若轻笑之者，当世世牙齿疏缺，丑唇平鼻，手脚缭戾[1]，眼目角睐[2]，身体臭秽，恶疮、脓血、水腹、短气，诸恶重病。

"是故，普贤！若见受持是经典者，当起远迎，当如敬佛。"

说是《普贤劝发品》时，恒河沙等无量无边菩萨，得百千万亿旋陀罗尼，三千大千世界微尘等诸菩萨，具普贤道。

佛说是经时，普贤等诸菩萨，舍利弗等诸声闻，及诸天、龙、人非人等，一切大会，皆大欢喜，受持佛语，作礼而去。

据通行本

---

①缭戾（liáo lì）：扭曲。
②睐：瞳仁不正。

宝积经

秦失　译

〔北魏〕菩提流支　辑

域，若有人问心中结使烦恼邪见疑悔病药，尚不能答，何况能治！菩萨于中应作是念：我终不以世药为足，我当求习出世智药，亦修一切善根福德。如是菩萨得智药已，遍到十方，毕竟疗治一切众生。

何谓菩萨出世智药？谓知诸法从缘合生；信一切法无我无人，亦无众生寿命知见无作无受；信解通达无我我所。于是空法无所得中，不惊不畏，勤加精进而求心相。

菩萨如是求心：何等是心？若贪欲耶？若瞋恚耶？若痴愚耶？若过去、未来、现在耶？若心过去，即是尽灭；若心未来，未生未至；若心现在，则无有住。是心非内、非外、亦非中间。是心无色、无形、无对、无识、无知、无住、无处。如是心者，十方三世一切诸佛，不已见、不今见、不当见。若一切佛过去来今而所不见，云何当有？但以颠倒想故，心生诸法种种差别。是心如幻，以忆想分别故，起种种业，受种种身。

又大迦叶！心去如风，不可捉故。心如流水，生灭不住故。心如灯焰，众缘有故㊾。是心如电，念念灭故。心如虚空，客尘污故。心如猕猴，贪六欲故㊿。心如画师，能起种种业因缘故。心不一定，随逐种种诸烦恼故。心如大王，一切诸法增上主故。心常独行，无二无伴，无有二心能一时故。心如怨家，能与一切诸苦恼故。心如狂象，蹈诸土舍，能坏一切诸善根故。心如吞钩，苦中生乐想故。是心如梦，于无我中生我想故。心如苍蝇，于不净中起净想故。心如恶贼，能与种种拷掠苦故。心如恶鬼，求人便故。心常高下，贪恚所坏故。心如盗贼，劫一切善根故。心常贪色，如蛾投火。心常贪声，如军久行，乐胜鼓音。心常含香，如猪喜乐不净中卧。心常贪味，如小女人乐著美味。心常含触，如蝇著油。

如是迦叶！求是心相而不可得，若不可得，则非过去未来现在。若非过去未来现在，则出三世。若出三世，非有非无。若非有非无，即是不起。若不起者，即是无性。若无性者，即是无生。若无生者，即是无灭。若无灭者，即无所离。若无所离者，则无来无去，无退无生。若无来无去无退无生，则无行业。若无行业，则是无为。

若无为者，则是一切诸圣根本。是中无有持戒，亦无破戒。若无持戒无破戒者，是则无行亦无非行。若无有行无非行者，是则无心无心数法。若无有心、心数法者，则无有业，亦无业报。若无有业、无业报者，则无苦乐。若无苦乐，即是圣性。是中无业无起业者，无有身业，亦无口业，亦无意业，是中无有上中下差别。

是性平等，如虚空故。是性无别，一切诸法等一性故。是性远离，离身心相故。是性离一切法，随顺涅槃故。是性清净，离一切烦恼垢故。是性无我，离我我所故。是性无高下，从平等生故。是性真谛，第一义谛故。是性无尽，毕竟不生故。是性常性，诸法常如故。是性安乐，涅槃为第一故。是性清净，离一切相故。是性无我，求我不可得故。是性真净，从本已来毕竟净故。

又大迦叶！汝等当自观内，莫外驰骋！

又大迦叶！当来比丘如犬逐块㊼。云何比丘如犬逐块？譬如有人以块掷犬，犬即舍人而往逐之。如是迦叶！有沙门、婆罗门㊽，怖畏好色、声、香、味、触故，住空闲处，独无等侣，离众愦闹㊾，身离五欲而心不舍。是人有时或念时好色、声、香、味、触，贪心乐著而不观内，不知云当得离色、声、味、触。以不知故，有时来入城邑聚落，在人众中，还为好色、声、香、味、触五欲所缚。以空闲处持俗戒故，死得生天，又为天上五欲所缚。从天下没，亦不得脱于四恶道——地狱、饿鬼、畜生、阿修罗道。是名比丘如犬逐块。

又大迦叶！云何比丘不如犬逐块？若有比丘为人所骂，而不报骂，打、害、瞋，毁亦不报毁，但自内观，求伏其心。作如是念：骂者为谁？受者为谁？打者、毁者、瞋者，亦复为谁？是为比丘不如犬逐块。

迦叶！譬如善调马师，随马㤥悷⑤，即时能伏。行者亦尔，随心所向，即时能摄，不令放逸。

迦叶！譬如咽塞病，即能断命。如是迦叶！一切见中唯有我见，即时能断于智慧命。譬如有人随所缚处而求解脱。如是迦叶！随心所著，应当求解。

又大迦叶！出家之人，有二不净心。何谓为二？一者读诵路伽耶等外道经书；二者多畜诸好衣钵。又出家人有二坚缚。何谓为二？一者见缚，二者利养缚。又出家人有二障法。何谓为二？一者亲近白衣㊱，二者憎恶善人。又出家人有二种垢。何谓为二？一者忍受烦恼，二者贪诸檀越。

又出家人有二雨暴，坏诸善根。何谓为二？一者败逆正法，二者破戒受人信施。又出家人有二痈疮。何谓为二？一者求见他过，二者自复其罪。又出家人有二烧法。何谓为二？一者垢心受著法衣，二者受他持戒善人供养。又出家人有二种病。何谓为二？一者怀憎上慢而不伏心㊲，二者坏他发大乘心。

又大迦叶！谓沙门者，有四种沙门。何谓为四？一者形服沙门，二者威仪欺诳沙门，三者贪求名闻沙门，四者实行沙门。

何谓形服沙门？有一沙门，形服具足，被僧伽梨㊳，剃除须发，执持应器而便成就不净身业、不净口业、不净意业㊴；不善护身，悭嫉、懈怠，破戒为恶：是名形服沙门。

何谓威仪欺诳沙门？有一沙门，具足沙门身四威仪，行立坐卧，一心安祥；断诸美味，修四圣种㊵；远离众会——出家愦闹之众；语言柔软，行如是法，皆为欺诳，不为善净，而于空法有所见得，于无得法生恐畏心，如临深想；于空论比丘生怨贼想：是名威仪欺诳沙门。

何谓名闻沙门？有一沙门，以现因缘而行持戒，欲令人知；自力读诵，欲令他人知为多闻；自力独处，在于闲静，欲令人知为阿练若㊶；少欲知足，行远离行。但为人知，不以厌离。不为善寂，不为得道，不为沙门婆罗门果，不为涅槃：是为名闻沙门。

复次，迦叶！何谓实行沙门？有一沙门不贪身命，何况利养？闻诸善法空无相无愿，心达随顺，如所说行。不为涅槃而修梵行，何况三界！尚不乐起空无我见，何况我见众生人见！离依止法，而求解脱一切烦恼；见一切诸法本来无垢，毕竟清净，而自依止亦不依他。以正法身，尚不见佛，何况形色！以空远离，尚不见法，何况贪著音声言说！以无为法，尚不见僧，何况当见有和合众！而于诸法无所断除，无所修行，不住生死，不著涅槃。知一切法本来寂灭，不见有缚，不求解脱：是名实行沙门。

如是迦叶！汝等当习实行沙门法，莫为名字所坏。迦叶！譬如贫穷贱人，假富贵名，于意云何？称此名不？

不也！世尊！

如是迦叶！但名沙门婆罗门，而无沙门婆罗门实功德行，亦如贫人为名所坏。

譬如有人漂没大水，渴乏而死。如是迦叶！有诸沙门，多读诵经而不能止贪恚痴渴，法水漂没，烦恼渴死，堕诸恶道。譬如药师，持药囊行，而自身病不能疗治。多闻之人有烦恼病，亦复如是，虽有多闻，不止烦恼，不能自利。譬如有人服王贵药，不能将适，为药所害。多闻之人，有烦恼病，亦复如是。得好法药，不能修善，自害慧根。迦叶！譬如摩尼宝珠堕不净中，不可复著。如是多闻，贪著利养，便不能得益天人。譬如死人著金缨络。多闻破戒比丘，被服法衣，受他供养，亦复如是。如长者子剪除爪甲，净自洗沐，涂赤栴檀，著亲白衣，头著华鬘，中外相称。如是迦叶！多闻持戒，被服法衣，受他供养，亦复如是。

又问：汝等烦恼尽耶？

答耶：一切诸法毕竟无尽相故。

又问：汝等破魔耶？

答耶：阴魔不可得故。

又问：汝等奉如来耶？

答言：不以身心故。

又问：汝等住福田耶？

答言：无有住故。

又问：汝等断于生命往来耶？

答言：无常无断故。

又问：汝等随法行耶？

答言：无碍解脱故。

又问：汝等究竟当至何所？

答言：随于如来化人所至。

须菩提问诸比丘时，有五百比丘不受诸法，心得解脱。三万二千人，远尘离垢，得法眼净。

尔时，会中有普明菩萨白佛言：世尊！菩萨欲学是宝积经者，当云何住？当云何学？

佛言：菩萨学是经，所以皆无定相而不可取，亦不可著。随是行者，有大利益。

普明！譬如有乘坏船，欲渡恒河，以何精进乘此船渡？

答言：世尊！以大精进乃可得渡。所以者何？恐中坏故。

佛告：普明！菩萨亦尔。欲修佛法，当勤精进，倍复过是。所以者何？是身无常，无有决定，坏败之相，不得久住，终归磨灭；未得法利，恐中坏故。

我在大流，为渡众生断于四流故⑥，当习法船；乘此法船，往来生死度脱众生。

云何菩萨所习法船？谓平等心，一切众生为船因缘；习无量福，以为牢厚清净戒板；行施及果以为庄严；净心佛道为诸材木；一切福德以为具足坚固系缚；忍辱柔软忆念为钉；诸菩提分坚强精进，最上妙善法林中出；不可思议无量禅定，福德业成，善寂调心，以为师匠；毕竟不坏大悲所摄，以四摄法广度致远；以智慧力防诸怨贼；善方便力，种种合集四大梵行以为端严⑥，四正念处为金楼观⑥，四正勤行、四如意足以为疾风；五根善察，离诸曲恶；五力强浮；七觉觉悟，能破魔贼；入八真正道⑥，随意到岸，离外道济；止为调御；观为利益；不著二边，有因缘法以为安稳。大乘广博，无尽辩才，广布名闻，能济十方一切众生，而自唱言：

"来上法船，从安稳道，至于涅槃，

度身见岸，至佛道岸，离一切见。

如是普明！菩萨摩诃萨应当修习如是法船，以是法船，无量百千阿僧祇劫，在生死中度脱漂没长流众生。

又告普明：复有法行，能令菩萨疾得成佛。谓诸所行真实不虚，厚习善法，深心清净，不舍精进。乐欲近明，修习一切诸善根故。常正忆念，乐善法故。多闻无厌，具足慧故。破坏憍慢，增益智故。除灭戏论，具福德故。乐往独处，身心离故。不处愦闹，离恶人故。深求于法，依第一义故。求于智慧，通达实相故。求于真理，得不坏法故。求于空法，所行正；求于远离，得寂灭故。如是普明！是为菩萨疾成佛道。

说是经时，普明菩萨、大迦叶等，诸天、阿修罗及世间人，皆大欢喜，顶戴奉行。

据《高丽大藏经》

百 喻 经

僧伽斯那撰

〔南朝·齐〕求那毗地译

引　言

闻如是：一时，佛住王舍城①，在鹊封竹园，与诸大比丘②、菩萨摩诃萨及诸八部三万六千人俱③。

是时，会中有异学梵志五百人④，俱从座而起，白佛言："吾闻佛道洪深，无能及者，故来归问，唯愿说之。"

佛曰："善哉！"

问曰："天下为有为无？"

答曰："亦有亦无。"

梵志曰："如今有者，云何言无？如今无者，云何言有？"

答曰："生者言有，死者言无，故说'或有或无'。"

问曰："人从何生？"

答曰："人从谷而生。"

问曰："五谷从何而生？"

答曰："五谷从四大火风而生⑤。"

问曰："四大火风从何而生？"

答曰："四大火风从空而生。"

问曰："空从何生？"

答曰："从无所有生。"

问曰："无所有从何而生？"

答曰："从自然生。"

问曰："自然从何而生？"

答曰："从泥洹而生⑥。"

问曰："泥洹从何而生？"

佛曰："汝今问事何以尔深？泥洹者是不生不死法。"

问曰："佛泥洹未？"

答曰："我未泥洹。"

问曰："若未泥洹，云何得知泥洹常乐？"

佛言："我今问汝：天下众生为苦为乐？"

答曰："众生甚苦。"

佛言："云何名苦？"

子死欲停置家中喻

昔有愚人，养育七子，一子先死。时，此愚人见子既死，便欲停置于家中，自欲弃去。

旁人见已，而语之言："生死道异，当速庄严，致于远处而殡葬之，云何得留，自欲弃去？"

尔时，愚人闻此语已，即自思念："若不得留，要当葬者，须更杀一子，停担两头，乃可胜致。"于是便更杀其一子而担负之，远葬林野。

时人见之，深生嗤笑，怪未曾有。

譬如比丘私犯一戒，情惮改悔，默然覆藏，自说清净。或有智者即语之言："出家之人，守此禁戒如护明珠，不使缺落，汝今云何违犯所受，欲不忏悔？"犯戒者言："苟须忏者，更就犯之，然后当出。"遂便破戒，多作不善，尔乃顿出。如彼愚人，一子既死，又杀一子，今此比丘亦复如是。

认人为兄喻

昔有一人，形容端正，智慧具足，复多钱财，举世人间无不称叹。

时，有愚人见其如此，便言我兄。所以尔者，彼有钱财，须者则用之，是故为兄。见其还债，言非我兄。

旁人语言："汝是愚人，云何须财名他为兄，及其债时，复言非兄？"

愚人答言："我以欲得彼之钱财，认之为兄，实非是兄。若其债时，则称非兄。"

人闻此语，无不笑之。

犹彼外道，闻佛善语，盗窃而用，以为己有，乃至旁人教使修行，不肯修行，而作是言："为利养故，取彼佛语化导众生，而无实事，云何修行？"犹向愚人，为得财故，言是我兄，及其债时，复言非兄。此亦如是。

山羌偷官库衣喻

过去之世，有一山羌偷王库物而远逃走。尔时，国王遣人四出推寻，捕得将至王边，王即责其所得衣处。山羌答言："我衣乃是祖父之物。"。

王遣著衣[①]，实非山羌本所有故，不知著之，应在手者著于脚上，应在腰者返著头上。

王见贼已，集诸臣等共详其事，而语之言："若是汝之祖父已来所有衣者，应当解著[②]，云何颠倒，用上为下？以不解故，定知汝衣必是偷得，非汝旧物。"

借以为譬：王者如佛，宝藏如法，愚痴羌者犹如外道，窃听佛法，著己法中，以为自有。然不解故，布置佛法，迷乱上下，不知法相。如彼山羌，得王宝衣，不识次第，颠倒而著，亦复如是。

---

①遣：令。

②解著：知道如何穿戴。

叹父德行喻

昔时，有人于众人中叹己父德，而作是言："我父仁慈，不害不盗，直做实语，兼行布施。"

时，有愚人闻其此语，便作是念，言："我父德行复过汝父。"

诸人问言："有何德行？请道其事。"

愚人答曰："我父小来断绝淫欲，初无染污。"

众人语言："若断淫欲，云何生汝？"深为时人之所怪笑。

犹如世间无智之徒，欲赞人德，不识其实，反致毁訾①。如彼愚者，意好叹父，言成过失，此亦如是。

---

①訾：(zǐ 紫) 诋毁，说别人的坏话。

三 重 楼 喻

往昔之事，有富愚人，痴无所知。到余富家，见三重楼，高广严丽，轩敞疏朗，心生渴仰，即作是念："我有财钱，不减于彼，云何顷来而不造作如是之楼？"即唤木匠而问言曰："解作彼家端正舍不①？"

木匠答言："是我所作。"

即便语言："今可为我造楼如彼。"

是时，木匠即便经地垒墼作楼②。

愚人见其垒墼作舍，犹怀疑惑，不能了知，而问之言："欲作何等？"

木匠答言："作三重屋。"

愚人复言："我不欲作下二重之屋，先可为我作最上屋。"

木匠答言："无有是事。何有不作最下重屋，而得造彼第二之屋？不造第二，云何得造第三重屋？"

愚人固言："我今不用下二重屋，必可为我作最上者。"

时人闻已，便生怪笑，咸作此言："何有不造下第一屋而得上者！"

譬如世尊四辈弟子③，不能精勤修敬三宝④，懒惰懈怠，欲求道果，而作是言："我今不用余下三果，唯求得阿罗汉果⑤。"亦为时人之所嗤笑，如彼愚者等无有异。

---

①解：懂得。

②墼 (jī 音机) 尚未烧过的土坯。

③四辈弟子：指在家二众 (优婆塞、优婆夷) 与出家二众 (比丘、比丘尼)。

④三宝：佛、法、僧。

⑤阿罗汉果：声闻乘修行果位中的最高果位之名。

婆罗门杀子喻

昔有婆罗门①，自谓多知，于诸星术种种技艺无不明达，恃己如此，欲显其德，遂至他国，抱儿而哭。

有人问婆罗门言："汝何故哭？"

婆罗门言："今此小儿，七日当死，愍其夭殇②，是以哭耳。"

时人语言："人命难知，计算喜错，设七日头或能不死，何为预哭？"

婆罗门言："日月可暗，星宿可落，我之所记，终无违失。"

为名利故，至七日头，自杀其子以证己说。

时诸世人，却后七日，闻其子死，咸皆叹言："真是智者，所言不错！"心生信服，悉来致敬。

犹如佛之四辈弟子，为利养故，自称得道，有愚人法，杀善男子，诈现慈德，故使将来受苦无穷。如婆罗门为验己言，杀子惑世。

----

①婆罗门：古代印度种姓制度四种种姓中的最高种姓，相当于僧侣阶层。

②愍：（mǐn 悯）怜惜。

煮黑石蜜浆喻

昔，有愚人煮黑石蜜，有一富人来至其家。时，此愚人便作是想："我今当取黑石蜜与此富人。"即着少水置火中，即于火上，以扇扇之，望得使冷。

旁人语言："下不止火，扇之不已，云何得冷？"

尔时，众人悉皆嗤笑。

其犹外道，不减烦恼炽然之火，少作苦行，卧棘刺上，五热炙身，而望清凉寂静之道，终无是处，徒为智者之所怪笑。受苦现在，殃流来劫。

说人喜瞋喻

过去有人，共多人众坐于屋中，叹一外人德行极好，唯有二过：一者喜瞋，二者作事仓卒。

尔时，此人过在门外，闻作是语，更生瞋恚，即入其屋，擒彼道己过恶之人，以手打扑。

旁人问言："何故打也？"

其人答言："我曾何时喜瞋、仓卒？而此人者，道我恒喜瞋恚，作事仓卒，是故打之。"

旁人语言："汝今喜瞋、仓卒之相即时现验，云何讳之？"

人说过恶而起怨责，深为众人怪其愚惑。

譬如世间饮酒之夫，耽荒酗酒，作诸放逸，见人诃责，返生尤嫉，苦引证佐，用自明白。若此愚人，讳闻己过，见他道说，返欲扑打之。

杀商主祀天喻

昔，有贾客欲入大海。入大海之法，要须导师，然后可去。即共求觅，得一导师。

既得之已，相将发引，至旷野中，有一天祠，当须人祀然后得过。于是众贾共思量言："我等伴党，尽是亲属，如何可杀？唯此道师，中用祀天。"

即杀导师，以用祭祀。

祀天已竟，迷失道路，不知所趣，穷困死尽。

一切世人亦复如是：欲入法海，取其珍宝，当修善法以为导师。毁破善行，生死旷路，永无出期。经历三涂①，受苦长远。如彼商贾将入大海，杀其导者，迷失津济，终致困死。

---

①三涂：血涂、刀涂、火涂。

医与王女药令卒长大喻

昔有国王，产生一女，唤医语言："为我与药，立使长大。"

医师答言："我与良药，能使即大，但今卒无，方须求索。比得药顷，王要莫看，待与药已，然后示王。"

于是即便远方取药。经十二年，得药来还，与女令服，将示於王。王见欢喜，即自念言："实是良医！与我女药，能令卒长。"便勅左右①，赐以珍宝。

时，诸人等笑王无智，不晓筹量生来年月，见其长大，谓是药力。

世人亦尔。诣善知识②，而启之言："我欲求道，愿见教授，使我立得。"善知识师以方便故，教令坐禅，观十二缘起③，渐积众德，获阿罗汉，倍踊跃欢喜，而作是言："快哉！大师速能令我证最妙法。"

---

①勅：（chì音刺）皇帝的诏令。

②诣：到。特指到尊长那里去。

③十二缘起：又叫十二有支或十二因缘，是说明有情生死流转的过程，包括无明、行、识、名色、六入、触、受、爱、取、有、生、老死。

灌甘蔗喻

昔，有二人共种甘蔗，而作誓言："种好者赏，其不好者，当重罚之。"

时，二人中一者念言："甘蔗极甜，若压取汁还灌甘蔗树，甘美必甚，得胜于彼。"

即压甘蔗，取汁用溉，冀望滋味。返败种子，所有甘蔗，一切都失。

世人亦尔。欲求善福，恃己豪贵，专形挟势，迫胁下民，陵夺财物，以用作福，本期善果，不知将来反获其殃。如压甘蔗，彼此都失。

债半钱喻

往有商人，贷他半钱，久不得偿，即便往债。

前有大河，雇他两钱，然后得渡。到彼往债，竟不得见。来还渡河，复雇两钱。

为半钱债而失四钱，兼有道路疲劳乏困，所债甚少，所失极多，果被众人之所怪笑。

世人亦尔，要少名利，致毁大行。苟容己身，不顾礼义，现受恶名，后得苦报。

就楼磨刀喻

昔，有一人贫穷困苦，为王作事，日月经久，身体羸瘦①。王见怜愍，赐一死驼。

贫人得已，即便剥皮。嫌刀钝故，求石欲磨。乃于楼上得一磨石，磨刀令利，来下而剥。

如是数数往来磨刀，后转劳苦，惮不能数上，悬驼上楼，就石磨刀，深为众人之所嗤笑。

犹如愚人毁破禁戒，多取钱财，以用修福，望得生天。如悬驼上楼磨刀，用功甚多，所得甚少。

①羸（léi音雷）：瘦。

乘船失釪喻

昔，有人乘船渡海，失一银釪①，堕于水中，即便思念："我今画水作记，舍之而去，后当取之。"

行经二月，到师子诸国，见一河水，便入其中，觅本失釪。

诸人问言："欲何所作？"

答言："我先失釪，今欲觅取。"

问言："于何处失？"

答言："初入海失。"

又复问言："失经几时？"

言："失来二月。"

问言："失来二月，云何此觅？"

答言："我失釪时，画水作记。本所画水，与此无异，是故觅之。"

又复问言："水则不别。汝昔失时，乃在于彼，今在此觅，何由可得？"

尔时，众人无不大笑。

亦如外道，不修正行，相似善中，横计苦因以求解脱。状如愚人，失釪于彼而于此觅。

①釪：（yú音迂）金属器皿。

人说王纵暴喻

昔，有一人说王过罪，而作是言："王甚暴虐，治政无理。"

王闻是语，即大瞋恚，竟不究悉谁作此语，信旁佞人①，捉一贤臣，仰使剥脊，取百两肉。

有人证明此无是语，王心便悔，索千两肉，用为补脊。

夜中呻唤，甚大苦恼，王闻其声，问言："何以苦恼？取汝百两，十倍与汝，意不足耶？何故苦恼？"

旁人答言："大王！如截子头，虽得千头，不免于死。虽十倍得肉，不免苦痛。"

愚人亦尔，不畏后世，贪得现乐，苦切众生，调发百姓，多得财物，望得灭罪，而得福报。譬如彼王，剥人之脊，取人之肉，以余肉补，望使不痛，无有是处。

①佞：（nìng 音泞）巧言谄媚。

妇人欲更求子喻

往昔世时，有妇女子，始有一子，更欲求子。问余妇女：“谁有能使我重有子？”

有一老母语此妇言：“我能使尔求子可得，当须祀天。”

问老母言：“祀须何物？”

老母语言：“杀汝之子，取血祀天，必得多子。”

时，此妇女便随彼语，欲杀其子。

旁有智人嗤笑骂詈①：“愚痴无智，乃到如此！未生子者，竟可得不？而杀现子。”

愚人亦尔，为未生乐，自投火坑，种种害身，为得生天。

①詈：（lì 音立）骂。

入海取沉水喻

昔，有长者子入海取沉水①，积有年载，方得一车，持来归家，诣市卖之②。以其贵故，卒无买者。

经历多日，不能得售，心甚疲厌，以为苦恼。见人卖炭，时得速售，便生念言：“不如烧之作炭，可得速售。”

即烧为炭，诣市卖之，不得半车炭之价值。

世间愚人，亦复如是。无量方便，勤行精进，仰求佛果，以其难得，便生退心，不如发心，求声闻果，速断生死，作阿罗汉。

①沉水：木心。
②买：卖。

贼偷锦绣用裹氀褐喻

昔，有贼人入富家舍，偷得锦绣，即持用裹故弊氀褐种种财物，为智人所笑。

世间愚人，亦复如是。既有信心入佛法中修行善法及诸功德，以贪利故，破于清净戒及诸功德，为世所笑，亦复如是。

①氀：毛织成的粗布。

种熬胡麻子喻

昔，有愚人生食胡麻子，以为不美，熬而食之为美。便生念言："不如熬而种之后得美者。"便熬而种之，永无生理。

世人亦尔。以菩萨旷劫修行，因难行苦行，以为不乐，便作念言："不如作阿罗汉，速断生死，其功其易。"后欲求佛果，终不可得，如彼焦种，无复生理。世间愚人，亦复如是。

水　火　喻

昔，有一人事须火用，及以冷水。即使宿火，以澡盥盛水，置于火上。后欲取火，而火都灭；欲取冷水，而水复热。火及冷水，二事俱失。

世间之人，亦复如是。入佛法中，出家求道，既得出家，还复念其妻子眷属世间之事，五欲之乐。由是之故，失其功德之火，持戒之水，念欲之人，亦复如是。

人效王眼瞤喻

昔，有一人欲得王意，问余人言："云何得之？"

有人语言："若欲得王意者，王之形相，汝当效之。"

此人即便往至王所，见王眼瞤①，便效王瞤。王问之言："汝为病耶？为着风耶？何以眼瞤？"

其人答王："我不病眼，亦不著风，欲得王意，见王眼瞤，故效王也。"

王闻是话，即大瞋恚，即便使人种种加害，摈令出国。

世人亦尔。于佛法王欲得亲近，求其善法，以自增长。既得亲近，不解如来法王为众生故，种种方便，现其阙短。或闻其法，见有字名不正，便生讥毁，效其不是。由是之故，于佛法中永失其善，堕于三恶②。如彼愚人，亦复如是。

---

①瞤：同眴（shùn 音顺）眼皮跳动。

②三恶：地狱、恶鬼、畜生。

治鞭疮喻

昔，有一人为王所鞭。既被鞭已，以马屎傅之，欲令速差①。

有愚人见之，心生欢喜，便作是言："我快得是治疮方法。"

即便归家，语其儿言："汝鞭我背，我得好法，今欲试之。"

儿为鞭背，以马屎傅之，以为善巧。

世人亦尔。闻有人言"修不净观②，即得除去五阴身疮③。"便作是言："我欲观于女色，及以五欲。"

未见不净，返为女色之所惑乱，流转生死，堕入地狱。世界愚人，亦复如是。

①差：(chài 音蛮) 病好了。
②不净观：五停心观之一，即观察自己和他人的身体皆污秽不净，可治贪欲。
③五阴：色、受、想、行、识。

为妇贸鼻喻

昔，有一人，其妇端正，唯有鼻丑。

其人外出，见他妇面貌端正，其鼻甚好，便作是言："我今宁可截取鼻著我妇面上，不亦好乎？"

即截他妇鼻，持来归家，急唤其妇："汝速出来，与汝好鼻。"

其妇出来，即割其鼻，寻以他鼻著妇面上，既不相著，复失其鼻，唐使其妇受大苦痛①。

世间愚人，亦复如是。闻他宿旧沙门、婆罗门有大名德②，而为世人之所恭敬，得大利养，便作是念言："我今与彼便为不异。"虚自假称，妄言有德，既失其利，复伤其行，如截他鼻，徒自伤损。世间愚人，亦复如是。

①唐：空。
②沙门：出家修道者的总称。

贪人烧粗褐衣喻

昔，有一人贫穷困乏，与他客作，得粗褐衣，而被著之。

有人见之，而语之言："汝种姓端正，贵人之子，云何著此粗弊衣褐？我今教汝，当使汝得上妙衣服。当随我语，终不欺汝。"

贫人欢喜，敬从其言。

其人便在前然火，语贫人言："今可脱汝粗褐衣著于火中，于此烧处，当使汝得上妙钦服。"

贫人即便脱著火中。

既烧之后，于此火处求觅钦服，都无所得。

世间之人，亦复如是。从过去身修诸善法得此人身，应当保护，进德修业，乃为外道邪恶妖女之所欺诳："汝今当信我语，修诸苦行，投岩赴火，舍得身已，当生梵天①，长受快乐。"

便用其语，即舍身命，身死之后，堕于地狱，备受诸苦，既失人身，空无所获。如彼贫人，亦复如是。

①梵天：色界之初禅天。

牧羊人喻

昔，有一人巧于牧羊，其羊滋多，乃有千万，极大悭贪，不肯外用。

时，有一人善于巧诈，便作方便，往共亲友，而语之言："我今共汝极成亲爱，便为一体，更无有异。我知彼家有一好女，当为汝求，可用为妇。"

牧羊之人闻之欢喜，便大与羊及诸财物。

其人复言："汝妇今日已生一子。"

牧羊之人未见于妇，闻其已生，心大欢喜，重与彼物。

其人后复而与之言："汝儿已生，今死矣！"

牧羊之人闻此人语，便大啼泣，嘘欷不已。

世间之人，亦复如是。既修多闻，为其名利，秘惜其法，不肯为人教化演说，为此漏身之所诳惑^①，妄欺世乐，如己妻息，为其所欺，丧失善法，后失身命，并及财物，便大悲泣，生其忧苦。如彼牧羊之人，亦复如是。

---

①漏：烦恼的别名

雇请瓦师喻

昔，有婆罗门师欲作大会，语弟子言："我欲瓦器，以供会用。汝可为我雇请瓦师。诣市觅之。"

时，彼弟子往瓦师家。时，有一人驴负瓦器至市欲卖，须臾之间，驴尽破之，还来家中，啼哭懊恼。

弟子见已，而问之言："何以悲叹懊恼如是？"

其人答言："我为方便，勤苦积年，始得成器，诣市欲卖，此弊恶驴，须臾之顷，尽破我器，是故懊恼。"

尔时，弟子见闻是已，欢喜念言："此驴乃是佳物！久时所作，须臾能破，我今当买此驴。"

瓦师欢喜，即便卖与，乘来归家，师问之言："汝何以不得瓦师将来？用是驴为？"

弟子答言："此驴胜于瓦师，瓦师久时所作瓦器，少时能破。"

时师语言："汝大愚痴，无有智慧。此驴今者适可能破，假使百年，不能成一。"

世间之人，亦复如是。虽千百年受人供养，都无报偿，常为损害，终不为益。背恩之人，亦复如是。

估客偷金喻

昔，有二估客共行商贾：一卖真金，其第二者卖兜罗绵。

有他买真金者，烧而试之。第二估客即便偷他被烧之金，用兜罗绵裹。时金热故，烧绵都尽。

情事既露，二事俱失。

如彼外道偷取佛法，著己法中，妄称己有，非是佛法。由是之故，烧灭外典^①，不行于世。如彼偷金，事情都现，亦复如是。

---

①外典：这里指佛教典籍之外的典籍。

斫树取果喻

昔，有国王有一好树，高广极大，常有好果，香而甜美。

时，有一人来至王所，王与之言："此之树上将生美果，汝能食不？"

即答王言："此树高广，虽欲食之，何由能得？"

即便断树，望得其果，既无所获，徒自劳苦，后还欲竖，树已枯死，都无生理。

世间之人，亦复如是。如来法王有持戒树，能生胜果，心生愿乐，欲得果食，应当持戒，修诸功德，不解方便，返毁其禁，如彼伐树，复欲还活，都不可得。破戒之人，亦复如是。

送美水喻

昔，有一聚落去王城五由旬①，村中有好美水。王敕村人，常使日日送其美水。村人疲苦，悉欲移避，远此村去。

时，彼村主语诸人言："汝等莫去，我当为汝白王，改五由旬作三由旬，使汝得近，往来不疲。"

即往白王，王为改之，作三由旬。

众人闻已，便大欢喜。

有人语言："此故是本五由旬，更无有异。"

虽闻此语，信王语故，终不肯去。

世间之人，亦复如是。修行正法，度于五道②，向涅槃城，心生厌倦，便欲舍离，顿驾生死，不能复进。如来法王有大方便，于一乘，法分别说三③。小乘之人闻人欢喜④，以为易行，修善进德，求度生死。后闻人说无有三乘⑤，故是一道，以信佛语，终不肯舍。如彼村人，亦复如是。

①由旬：印度的古代路程计量单位。

②五道：地狱道、饿鬼道、畜生道、人道、天道。

③一乘：唯一能使人成佛的教法。

④小乘：声闻缘觉的法门。

⑤三乘：声闻乘、缘觉乘、菩萨乘，即大乘、中乘、小乘。

宝箧镜喻

昔，有一人贫穷困乏，多负人债，无以可偿，即便逃避。

至空旷处，值箧，满中珍宝。有一明镜，著珍宝上，以盖覆之。

贫人见已，心大欢喜，即便发之，见镜中人，便生惊怖，叉手语言："我谓空箧，都无所有，不知有君在此箧中，莫见瞋也。"

凡夫之人，亦复如是。为无量烦恼之所穷困，而为生死、魔王、债主之所缠著，欲避生死，入佛法中修行善法，作诸功德。如值宝箧，为身见镜之所惑乱，妄见有我，即便封著，谓是真宝，于是堕落，失诸功德，禅定道品、无漏诸善、三乘道果一切都失。如彼愚人，弃于宝箧，著我见者，亦复如是。

破五通仙眼喻

昔，有一人入山学道，得五通仙①，天眼彻视，能见地中一切伏藏，种种珍宝。

国王闻之，心大欢喜，便语臣言："云何得使此人常在我国，不余处去，使我藏中得多珍宝？"

有一愚臣，辄便往至，挑仙人双眼，持来白王："臣以挑眼，更不得去，常住是国。"

王语臣言："所以贪得仙人住者，能见地中一切伏藏，汝今毁眼，何所复任？"

世间之人，亦复如是。见他头陀苦行②，山林旷野，冢间树下，修四意止及不净观③，便强将来于其家中，种种供养，毁他善法，便道果不成，丧其道眼，已失其利，空无所获。如彼愚臣，唐毁他目也。

①五通：天眼通、天耳通、他心通、宿命通、如意通。
②头陀：比丘修头陀行者之称，译义为抖擞，即抖擞衣服、饮食、住处等三种贪心。
③四意止：已生恶令断灭、未生恶令不生、未生善令生起、已生善令增长。

杀群牛喻

昔，有一人有二百五十头牛，常驱逐水草，随时喂食。

时，有一虎唊食一牛。

尔时，牛主即作念言："已失一牛，俱不全足，用是牛为。"即便驱至深坑高岸，排著坑底，尽皆杀之。

凡夫愚人，亦复如是。受持如来具足之戒①，若犯一戒，不生惭愧，清净忏悔，便作念言："我已破一戒，既不足具，何用持为？"一切都破，无一在者。如彼愚人，尽杀群牛，无一在者。

①具足之戒：即具足戒，指具足圆满之戒，如比丘的二百五十戒，及比丘尼的三百四十八戒。

饮木筒水喻

昔，有一人行来渴乏，见木筒中有清净流水，就而饮之。

饮水已足，即便举水语木筒言："我已饮竟，水莫复来。"

虽作是语，水流如故，便瞋恚言："我已饮竟，语汝莫来，何以故来？"

有人见之言："汝大愚痴，无有智慧。汝何以不去，语言莫来？"即为挽却，牵余处去。

世间之人，亦复如是。为生死渴爱，饮五欲咸水。既为五欲之所疾厌，如彼饮足，便作是言："汝色、声、香、味，莫复更来使我见也。"然此五欲相续不断，既见之已，便复瞋恚："语汝速灭，莫复更生，何时故来，使我见之？"时有智人而语之言："汝欲得离者，当摄汝六情①，闭其心意，妄想不生，便得解脱，何必不见欲使不生？"如彼饮水愚人，等无有异。

①六情：即眼、耳、鼻、舌、身、意六根。

见他人涂舍喻

昔，有一人往至他舍，见他屋舍墙壁涂治，其地平正，清净甚好，便问之言："用何和涂得如是好？"

主人答言："用稻谷麹①，水浸令熟，和泥涂壁，故得如是。"

愚人即便而作念言："若纯以稻麹，不如合稻而用作之，壁可白净，泥治平好。"

便用稻谷和泥，用涂其壁，望得平正，返更高下，壁都坼裂②，虚弃稻谷，都无利益，不如惠施，可得功德。

凡夫之人，亦复如是。闻圣人说法，修行诸善，舍此身已，可得生天，及以解脱，便自杀身，望得生天及以解脱，徒自虚丧，空无所获，如彼愚人。

---

①麹：(yì 音义) 碎稻壳或碎麦壳。
②坼：裂开。

治 秃 喻

昔，有一人头上无毛，冬则大寒，夏则患热，兼为蚊虻之所唼食①，昼夜受恼，甚以为苦。有一医师，多诸方术。

时，彼秃人往至其所，语其医言："唯愿大师为我治之。"

时，彼医师亦复头秃，即便脱帽示人，而语之言："我亦患之，以为痛苦。若令我治能得差者，应先自治以除其患。"

世间之人，亦复如是。为生、老、病、死之所侵扰，欲求长生不死之处，闻有沙门、婆罗门等，世之良医，善疗众患，便往其所而与之言："唯愿为我除此无常生死之患②，常处安乐，长存不变。"时，婆罗门等即便报言："我亦患此无常生、老、病、死，种种求觅长存之处，终不能得。今我若能使汝得者，我亦应先自得，令汝亦得。"如彼患秃之人，徒自疲劳，不能得差③。

---

①唼：(shà 音刹) 叮咬。
②无常：无有常住。
③差：(chài 音虿) 病愈。

毗舍阇鬼喻

昔有二毗舍阇鬼①，共有一箧、一杖、一屐。二鬼共诤，各各欲得。二鬼纷纭，竟月不能使平。

时，有一人来见之已，而问之言："此箧、杖、屐有何奇异？汝等共诤，瞋恚乃尔？"

二鬼答言："我此箧者，能出一切衣服、饮食、床褥、卧具资生之物，尽从中出。执此杖者，怨敌归服，无敢与诤。著此屐者，能令人飞行无罣碍②。"

此人闻已，即语鬼言："汝等小远，我当为尔平等分之。"

鬼闻其语，寻即远避。此人即时抱箧捉杖蹑屐而飞。

二鬼愕然，竟无所得。

人语鬼言："尔等所诤，我已得去，今使尔等更无所诤。"

毗舍阇者，喻于众魔及以外道。布施如箧，人天五道资用之具，皆从中出。禅定如杖，消伏魔怨烦恼之贼。持戒如屐，必升人、天。诸魔外道诤箧者，喻于有漏中强求果报，空无所得。若能修行善行，及以布施、持戒、禅定，便得离苦，获得道果。

---

①毗舍阇：鬼名、指颠狂鬼。阇：（ché 音舌）梵语高僧的意思。

②罣：（guà 音挂）同"挂"。

估客驼死喻

譬如估客，游行商贾，会于路中而驼卒死。驼上所载，多有珍宝、细软、上氎种种杂物[①]。

驼既死已，即剥其皮。

商主舍行坐二弟子而语之言："好看驼皮，莫使湿烂。"

其后天雨，二人顽痴，尽以好氎覆此皮上，氎尽烂烂。

皮、氎之价，理自悬殊，以愚痴故，以氎覆皮。

世间之人，亦复如是。其不杀者喻于白氎，其驼皮者即喻财货，天雨湿烂喻于放逸、财坏善行。不杀戒者，即佛法身最上妙因，然不能修，但以财货造诸塔庙，供养诸僧，舍根取末，漂浪五道，莫能自出。是故行者应当精心，持不杀戒。

---

①氎：（dié 音迭）细棉布。

磨大石喻

譬如有人，磨一大石，勤加功力，经历日月，作小戏牛[①]。

用功既重，所期甚轻。

世间之人，亦复如是。磨大石者，喻于学问，精勤劳苦。作小牛者，喻于名闻，互相是非。夫为学者，研思精微，博通多识，宜应履行，远求胜果。方求名誉，㤭慢贡高[②]，增长过患。

---

①作小戏牛：做成了一个供人玩耍的小石牛。

②㤭：通骄。

欲食半饼喻

譬如有人，因其饥故，食七枚煎饼。食六枚半已，便得饱满。

其人患悔，以手自打，而作是言："我今饱足，由此半饼，然前六饼，唐自捐弃，设知半饼能充足者，应先食之。"

世间之人，亦复如是。从本以来，常无有乐，然其痴倒，横生乐想。如彼痴人，于半番饼，生于饱想。世人无知，以富贵为乐。夫富贵者，求时甚苦；既获得已，守护亦苦；后还失之，忧念复苦。于三时中①，都无有乐。犹如衣食，遮故名乐，于辛苦中，横生乐想。诸佛说言："三界无安②，皆是大苦。凡夫倒惑，横生乐想。"

---

①三时：早、中、晚。
②三界：欲界、色界、无色界。

奴守门喻

譬如有人，将欲远行，敕其奴言："尔好守门，并看驴索。"

其主行后，时，邻里家有作乐者，此奴欲听，不能自安。寻以索系门，置于驴上，负至戏处，听其作乐。

奴去之后，舍中财物，贼尽持去。

大家行还，问其奴言："财物所在？"

奴便答言："大家先付门、驴及索，自是以外，非奴所知。"

大家复言："留尔守门，正为财物，财物既失，用以门为？"

生死愚人为爱奴仆，亦复如是。如来教诫，常护根门①，莫著六尘②，守无明驴③，看于爱索。而诸比丘不奉佛教，贪求利养，诈现清白，静处而坐，心意流驰，贪著五欲④，为色、声、香、味之所惑乱，无明覆心，爱索缠缚，正念、觉、意、道品财宝，悉皆散失。

---

①根门：指眼、耳、鼻、舌、身、意。
②六尘：色、声、香、味、触、法。
③无明：愚痴。
④五欲：色、声、香、味、触。

偷犛牛喻

譬如一村，共偷犛牛①，而共食之。

其失牛者逐迹至村，唤此村人，问其由状，而语之言："在尔此村不？"

偷者对曰："我实无村。"

又问："尔村中有池，在此池边共食牛不？"

答言："无池。"

又问："池傍有树不？"

对言："无树。"

又问："偷牛之时，在尔村东不？"

对曰："无东。"

又问："当尔偷牛，非日中时耶？"

对曰："无中。"

又问："纵可无村，及以无树，何有天下无东、无时？知尔妄语，都不可信。尔偷牛食不？"

对曰："实食。"

破戒之人，亦复如是。覆藏罪过，不肯发露，死入地狱。诸天善神以天眼观，不得覆藏，如彼食牛，不得欺拒。

---

①犛：（lí 音历）耗牛。

贫人能作鸳鸯鸣喻

昔，外国节法庆之日，一切妇女尽持优钵罗花以为鬘饰。

有一贫人，其妇语言："尔若能得优钵罗花来用与我，为尔作妻；若不能得，我舍尔去。"

其夫先来常善作鸳鸯之鸣，即入王池，作鸳鸯鸣，偷优钵罗花。

时守池者而作是问："池中者谁？"

而此贫人失口，答言："我是鸳鸯。"

守者捉得，将诣王所，而于中道复更和声，作鸳鸯鸣。

守池者言："尔先不作，今作何益？"

世间愚人，亦复如是。终身残害，作众恶业，不习心行，使令调善，临命终时，方言："今我欲得修善。"狱卒将去付阎罗王，虽欲修善，亦无所及已。如彼愚人，欲到王所作鸳鸯鸣。

野干为折树枝所打喻

譬如野干①，在于树上，风吹枝折，堕其脊上，即便闭目，不欲看树。舍弃而走，到于露地，乃至日暮，亦不肯来。遥见风吹大树，枝柯动摇上下，便言"唤我"，寻来树下。

愚痴弟子，亦复如是。已得出家，得近师长，以小呵责，即便逃走。复于后时遇恶知识，恼乱不已，方还师所。如是去来，是为愚惑。

---

①野干：狐狸的一种

小儿争分别毛喻

譬如，昔日有二小儿，入河遨戏，于此水底得一把毛。

一小儿言："此是仙须。"

一小儿言："此是罴毛①。"

尔时，河边有一仙人，此二小儿诤之不已，诣彼仙所，决其所疑。而彼仙人寻取米及胡麻子，口中含嚼，吐著掌中，语小儿言："我掌中者，似孔雀屎。"而此仙人不答他问，人皆知之。

世间愚人，亦复如是。说法之时，戏论诸法，不答正理，如彼仙人不答所问，为一切人之所嗤笑。浮漫虚说，亦复如是。

---

①罴：熊。

医治脊偻喻

譬如，有人卒患脊偻，请医疗治。

医以酥涂，上下著板，用力痛压，不觉双目一时并出。

世间愚人，亦复如是。为修福故，治生估贩，作诸非法，其事虽成，利不补害，将来之世，入于地狱，喻双目出。

五人买婢共使作喻

譬如，五人共买一婢，其中一人语此婢言："与我浣衣。"又有一人复语浣衣。婢语次者："先与其浣。"后者恚曰："我与前人同买于汝，云何独尔？"即鞭十下。如是五人各打十下。

五阴亦尔。烦恼因缘合成此身，而此五阴恒以生、老、病、死、无量苦恼搒笞众生①。

---

①搒：（péng 音朋）笞击。

伎八作乐喻

譬如，伎儿王前作乐，王许千钱，后从王索，王不与之。

王语之言："汝向作乐，空乐我耳，我与汝钱，亦乐汝耳。"

世间果报，亦复如是。人中天上虽受少乐，亦无有实。无常败灭，不得久住，如彼空乐。

师患脚付二弟子喻

譬如一师有二弟子。其师患脚，遣二弟子人当一脚，随时按摩。其二弟子，常相憎嫉。一弟子行，其一弟子捉其所当按摩之脚，以石打折。彼既来已，忿其如是，复捉其人所按之脚，寻复打折。

佛法学徒，亦复如是。方等学者①，非斥小乘，小乘学者，复非方等，故使大圣法典二途兼亡。

---

①方等：大乘之经典。

蛇头尾共争在前喻

譬如，有蛇尾与头言："我应在前。"

头语尾言："我恒在前，何以卒尔？"

头果在前，其尾缠树，不能得去。

放尾在前，即堕火坑，烧烂而死。

师徒弟子，亦复如是。言师耆老，每恒在前；我诸年少，应为导首。如是，年少不闲戒律[1]，多有所犯，因即相牵，入于地狱。

---

①闲：熟悉。

愿为王剃须喻

昔者，有王有一亲信，于军阵中殁命救王，使得安全。王大欢喜，与其所愿，即便问言："汝何所求？恣汝所欲。"

臣便答言："王剃须时，愿听我剃。"

王言："此事若适汝意，听汝所愿。"

如此愚人，世人所笑。半国之治，大臣辅相，悉皆可得，乃求贱业。

愚人亦尔。诸佛于无量劫难行苦行自致成佛，若得遇佛，及值遗法，人身难得。譬如盲龟浮木孔，此二难值，今已遭遇，然其意劣，奉持少戒，便以为足，不求涅槃胜妙法也。无心进求，自行邪事，便以为足。

索无物喻

昔，有二人道中共行，见一人将胡麻车在崄路中不得前[1]。时将车者语彼二人："佐我推车出此险路。"

二人答言："与我何物？"

将车者言："无物与汝。"

时，此二人即佐推车，至于平地，语将车人言："与我物来。"

答曰："无物。"

又复语言："与我'无物'"。

二人之中，其一人者含笑而言："彼不肯与，何足为愁。"

其人答言："与我无物，必应有'无物'。"

其一人言："'无物'者，二字共合，是为假名。"

世俗凡夫著无物者，使生无所有处。第二人言"无物"者，即是无相、无愿、无作[2]。

---

①崄：（xiān 音险）险阻、高峻。
②无相：于一切相、离一切相。无愿：无所愿、无所求。无作：无因缘之造作。

蹋长者口喻

昔有大富长者，左右之人欲取其意，皆尽恭敬。

长者唾时，左右侍人以脚蹋脚。

有一愚者不及得蹋，而作是言："若唾地者，诸人蹋却，欲唾之时，我当先蹋。"

于是长者正欲咳唾，时值愚人即便举脚蹋长者口，破唇折齿。

长者语愚人言："汝何以故，蹋我唇口？"

愚人答言："若长者唾出落地，左右谄者已得蹋去，我虽欲蹋，每常不及，以此之故，唾欲出口，举脚先蹋，望得汝意。"

凡物须时，时未及到，强设功力，返得苦恼。以是之故，世人当知时与非时。

二子分财喻

昔，摩罗国有一刹利，得病极重，必知定死，诫敕二人："我死之后，善分财物。"

二子随教，于其死后分作二分，兄言弟分不平。

尔时，有一愚老人言："教汝分物，使得平等，现所有物，破作二分，云何破之？所谓衣裳中割作二分，槃、瓶亦复中破作二分，所有瓮、缸亦破作二分，钱亦破作二分。如是一切所有财物尽皆破之，而作二分。"

如是分物，人所嗤笑。

如诸外道，偏修分别论。论门有四种：有"决定答论门"，譬如人一切有皆死，此是决定答论门。死者必有生，是应分别答，爱尽者无生，有爱必有生，是名"分别答论门"。有问人为最胜不？应反问言。汝问三恶道，为问诸天。若问三恶道，人实为最胜。若问于诸天，人必为不如。如是等名义"反问答论门"。若问十四难①，若问世界及众生有边、无边，有终始、无终始，如是等义名"置答论门"。诸外道愚痴，自以为智慧，破于四种论②，作一分别论，喻如愚人分钱物，破钱分两段。

---

①十四难：非佛教徒向佛提出的十四个难题。

②四种论：对别人所提问题作的四种回答。

观作瓶喻

譬如，二人至陶师所，观其蹋轮而作瓦瓶，看无厌足。

一人舍去，往至大会，极得美膳，又获珍宝。

一人观瓶，而作是言："待我看讫。"如是渐冉，及至日没，观瓶不已，失于衣食。

愚人亦尔。修理家务，不觉非常。

今日营此事，明日造彼业。

诸佛大龙出，雷音遍世间。

法雨无障碍，缘事故不闻。

不知死卒至，失此诸佛会。

不得法珍宝，常处恶道穷。

背弃于正法。

彼观缘事瓶，终常无竟已。

是故失法利，永无解脱时。

见水底金影喻

昔，有痴人往大池所，见水底影有真金像，谓呼"有金"，即入水中挠泥求觅，疲极不得。还出复坐，须臾水清，又现金色，复更入里，挠泥以求，亦复不得。

其父觅子，得来见子，而问子言："汝何所作，疲困如是？"

子白父言："水底有真金，我时投水，欲挠泥取，疲极不得。"

父看水底真金之影，而知此金悉在树上，所以知之，影现水底。其父言曰："必飞鸟衔金，著于树上。"

即随父语，上树求得。

凡夫愚痴人，无智亦如是。于无我阴中，横生有我想。如彼见金影，勤苦而求觅，徒劳无所得。

梵天弟子造物因喻

婆罗门众皆言："大梵天王是世间父，能造万物，造万物主者。"

有弟子言："我亦能造万物。"

实是愚痴。自谓有智，语梵天言："我欲造万物。"

梵天王语言："莫作此意，汝不能造。"

不用天语，便欲造物。

梵天见其弟子所造之物，即语之言："汝作头太太，作项极小，作手太大，作臂极小，作脚极小，作踵极大，如似毗舍阇鬼。"

以此义当知各各自业所造，非梵天能造。

诸佛说法，不著二边[1]，亦不著断，亦不著常，如似八正道说法[2]，诸外道见是断常事已，便生执著，欺诳世间，作法形像，所说实是非法。

---

[1]二边：即断见和常见。

[2]八正道：指正见、正思惟、正语、正业、正命、正精进、正念、正定。

病人食雉肉喻

昔，有一人病患委笃，良医占之曰："须恒食一种雉肉，可得愈病。"

而此病者市得一雉，食之已尽，更不复食。

医于后时，见便问之："汝病愈未？"

病者答言："医先教我恒食雉肉，是故今者食一雉已尽，更不敢食。"

医复语言："若前雉已尽，何不更食？汝今云何止食一雉，望得愈病？"

一切外道，亦复如此。闻佛、菩萨无上良医说言，当解心识。外道等执于常见，便谓过去、未来、现在唯是一识，无有迁谢，犹食一雉，是故不能疗其愚惑烦恼之病。大智诸佛教诸外道、除其常见，一切诸法念念生灭，何有一识常恒不变？如彼世医，教更食雉，而得病愈。佛亦如是，教诸众生，令得解诸法坏故不常、续故不断、即得刬除常见之病①。

---

①：刬：（chǎn 音产）铲除、消灭。

伎儿著戏罗刹服共相惊怖喻

昔乾陀卫国有诸伎儿，因时饥俭，逐食他土。经婆罗新山，而此山中素饶恶鬼、食人罗刹①。

时，诸伎儿会宿山中，山中风寒，然火而卧。

伎人之中有患寒者，著彼戏衣罗刹之服，向火而座。

时，行伴中从睡寤者②，卒见火边有一罗刹，意不谛观，舍之而走，遂相惊动，一切伴侣悉皆逃奔。

时，彼伴中著罗刹衣者亦复寻逐，奔驰绝走。

诸同行者见其有后，谓欲加害，倍增惶怖，越度山河，投赴沟壑，身体伤破，疲极委顿，乃至天明，方知非鬼。

一切凡夫，亦复如是。处于烦恼饥俭善法，而欲远求常乐我净无上法食，便于五阴之中横计于我，以我见故，流驰生死，

烦恼所逐，不得自在，坠堕三途恶趣沟壑，至天明者，喻生死夜尽，智慧明晓，方知五阴无有真我。

---

①罗刹：印度古代传说中的一种恶鬼。
②寤：（wù 音悟）睡醒。

人谓故屋中有恶鬼喻

昔，有故屋。人谓此室常有恶鬼，皆悉怖畏，不敢寝息。

时，有一人自谓大胆，而作是言："我欲入此室中寄卧一宿。"即入宿止。

后有一人自谓胆勇胜于前人，复闻傍人言此室中恒有恶鬼，即欲入中，排门将前。时，先入者谓其是鬼，即复推门，遮不听前。在后来者复谓有鬼。二人斗争，遂至天明，既相觌已①，方知非鬼。

一切世人，亦复如此。因缘暂会，无有宰主，一一推析，谁是我者？然诸众生横计是非，强生诤讼，如彼二人等无差别。

---

①觌：（dǔ 音睹）同睹。

五百欢喜丸喻

昔，有一妇荒淫无度，欲情既盛，嫉恶其夫，每思方策，频欲残害，种种设计，不得其便。

会值其夫聘使邻国。妇密为计，造毒药丸，欲用害夫。诈语夫言："尔今远使，虑有乏短，今我作五百欢喜丸，用为资粮，以送与尔。尔若出国至他境界，饥困之时，乃可取食。"

夫用其言，至他界已，未及食之。于夜暗中，止宿林间，畏惧恶兽，上树避之。

其欢喜丸忘置树下，即以其夜值五百偷贼，盗彼国王五百匹马，并及宝物，来止树下。由其逃突，尽皆饥渴，于其树下见欢喜丸，诸贼取已，各食一丸，药毒气盛，五百群贼一时俱死。

时，树上人至天明已，见此群贼死在树下，诈以刀箭斫射死尸，收其鞍马，驱向彼国。

时，彼国王多将人众，案迹来逐，会于中路，值于彼王。

彼王问言："尔是何人？何处得马？"

其人答言："我是某国人，而于道路值此群贼，共相斫射。五百群贼今皆一处死在树下。由是之故，我得此马。及以珍宝，来投王国，若不见信，可遣往看贼之疮瘢杀害处所。"王时即遣亲信往看，果如其言。王时欣然，叹未曾有。既还国已，厚加爵赏，大赐珍宝，封以聚落。

彼王旧臣咸生嫉妒，而白王言："彼是远人，未可服信，如何卒尔宠遇过厚，至于爵赏，逾越旧臣？"

远人闻已，而作是言："谁有勇健，能共我试？请于平原校其伎能。"旧人愕然，无敢敌者。

后时，彼国大旷野中有恶师子截道杀人，断绝王路。时，彼旧臣详共议之："彼远人者，自谓勇健，无能敌者，今复若能杀彼师子，为国除害，真为奇特。"

作是议已，便白于王。

王闻是已，给赐刀杖，寻即遣之。

尔时，远人既受敕已，坚强其意，向师子所。师子见之，奋激鸣吼，腾跃而前。远人惊怖，即便上树。师子张口、仰头向树，其人怖急，失所捉刀，值师子口，师子寻死。

尔时，远人欢喜踊跃，来白于王，王倍宠遇。

时，彼国人卒尔敬服，咸皆赞叹。

其妇人欢喜丸者，喻不敬施。王遣使者，喻善知识[1]。至他国者，喻于诸天。杀群贼者，喻得须陀洹[2]，强断五欲，并诸烦恼。遇彼国王者，喻遭致贤圣。国旧人等生嫉妒者，喻诸外道见有智者能断烦恼、及以五欲，便生诽谤，言无此事。远人激厉而言旧臣无能与我共为敌者，喻于外道无敢抗衡。杀师子者，喻破恶魔。既断烦恼，又伏恶魔，便得无著道果封赏。每常怖怯者，喻能以弱而制于强，其于初时虽无净心，然彼其施遇善知识便获胜报。不净之施，犹尚如此，况复善心欢喜布施。是故应当于福田所勤心修施。

---

①善知识：信解佛法而又学问渊博的人。
②须陀洹：声闻乘中的初果名。

口诵乘船法而不解用喻

昔，有大长者子共诸商人入海采宝。

此长者子善诵入海捉船方法，若入海水漩洑洄流矶激之处①，当如是捉、如是正、如是住。语众人言："入海方法，我悉知之。"

众人闻已，深信其语。

　　既至海中，未经几时，船师遇病，忽然便死。时，长者子即便代处。

　　至洄洑駛流之中，唱言当如是捉、如是正。船盘回旋转，不能前进，至于宝所，举船商人没水而死。

　　凡夫之人，亦复如是。少习禅法、安般数息及不净观②。虽诵其文，不解其义。种种方法，实无所晓。自言善解，妄授禅法，使前人迷乱失心，倒错法相，终年累岁空无所获。如彼愚人使他没海。

___

①洑：（fú 音浮）漩涡。
②安般数息：坐禅时专心计数呼吸（出息、入息）的次数，使分散浮躁的精神专注。

夫妇食饼共为要喻

　　昔，有夫妇有三番饼，夫妇共分，各食一饼，余一番在，共作要言①："若有语者，要不与饼。"

　　既作要已，为一饼故，各不敢言。

　　须臾有贼，入家偷盗，取其财物，一切所有尽毕贼手。夫妇二人以先要故，眼看不语。贼见不语，即其夫前侵略其妇，其夫眼见，亦复不语。妇便唤贼，语其夫言："云何痴人，为一饼故，见贼不唤？"其夫拍手笑言："咄！婢，我定得饼，不复与尔。"

　　世人闻之，无不嗤笑。

　　凡夫之人，亦复如是。为小名利故，诈现静默，为虚假烦恼种种恶贼之所侵略，丧其善法，坠堕三途，都不怖畏。求出世道，方于五欲耽著嬉戏，虽遭大苦，不以为患。如彼愚人等无有异。

___

①要：（yāo 音妖）约定。

共相怨害喻

　　昔，有一人共他相嗔，愁忧不乐。

　　有人问言："汝今何故愁悴如是？"

　　即答之言："有人毁我，力不能报，不知何方可得报之？是以愁耳。"

　　有人语言："唯有《毗陀罗咒》可以害彼①，但有一患，未及害彼，返自害己。"

　　其人闻已，便大欢喜："愿但教我。虽当自害，要望伤彼。"

　　世间之人，亦复如是。为嗔恚故，欲求《毗陀罗咒》用恼于彼，竟未害他，先为嗔恚，反自恼害，堕于地狱、畜生、饿鬼。如彼愚人等无差别。

___

①毗陀罗：起尸鬼。

效其祖先急速食喻

昔，有一人从北天竺至南天竺。住止既久，即聘其女共为夫妇。

时，妇为夫造设饮食，夫得急吞，不避其热。

妇时怪之，语其夫言："此中无贼劫夺人者，有何急事，匆匆乃尔，不安徐食？"

夫答妇言："有好密事，不得语汝。"

妇闻其言，谓有异法，殷勤问之。

良久乃答："我祖父已来，法常速食，我今效之，是故疾耳。"

世间凡夫，亦复如是。不达正理，不知善恶，作诸邪行，不以为耻，而云我祖父已来，作如是法，至死受行，终不舍离。如彼愚人，习其速食，以为好法。

尝庵婆罗果喻

昔，有一长者遣人持钱至他园中买庵婆罗而欲食之[①]，而敕之言："好甜美者，汝当买来。"

即便持钱往买其果，果主言："我此树果，悉皆美好，无一恶者，汝尝一果，足以知之。"

买果者言："我今当一一尝之，然后当取。若但尝一，何以可知？"寻即取果，一一皆尝。

持来归家，长者见已，恶而不食，便一切都弃。

世间之人，亦复如是。闻持戒施得大富贵，身常安隐，无有诸患，不肯信之，便作是言："布施得福，我自得时然后可信。"目睹现世贵贱贫穷，皆是先业所获果报，不知推一以求因果，方怀不信，须己自经，一旦命终，财物丧失，如彼尝果，一切都弃。

---

① 庵婆罗：庵（ān 音安），庵婆罗即波罗。

为二妇丧其两目喻

昔，有一人聘取二妇，若近其一，为一所瞋，不能裁断，便在二妇中间，正身仰卧。

值天大雨，屋舍淋漏，水土俱下，堕其眼中，以先有要，不敢起避，遂令二目俱失其明。

世间凡夫，亦复如是。亲近邪友，习行非法，造作结业，堕三恶道，长处生死，丧智慧眼。如彼愚夫，为其二妇故，二眼俱失。

唵米决口喻

昔，有一人至妇家舍，见其持米，便往其所，偷米唵之[①]。

妇来见夫，欲共其语，满口中米，都不应和。羞其妇故，不肯弃之，是以不语。

妇怪不语，以手摸看，谓其口肿，语其父言："我夫始来，卒得口肿，都不能语。"

其父即便唤医治之。时，医言曰："此痛最重，以刀决之，可得差耳[②]。"

即便以刀决破其口，米从口出，其事彰露。

世间之人，亦复如是。作诸恶行，犯于净戒，覆藏其过，不肯发露，堕于地狱、畜生、饿鬼。如彼愚人，以小羞故，不肯吐米，以刀决口，乃显其过。

---

①唵：（ān音俺）以手进食。
②差：治愈。

诗言马死喻

昔，有一人骑一黑马入阵击贼，以其怖故，不能战斗，便以血污涂其面目，诈现死相，卧死人中，其所乘马为他所夺。

军众既去，便欲还家，即截他人白马尾来。既到舍已，有人问言："汝所乘马今为所在？何以不乘？"答言："我马已死，遂持尾来。"旁人语言："汝马本黑，尾何以白？"默然无对，为人所笑。

世间之人，亦复如是。自言善好，修行慈心，不食酒肉，然杀害众生，加诸楚毒，妄自称善，无恶不作，如彼愚人诈言马死。

出家凡夫贪利养喻

昔有国王，设于教法：诸有婆罗门等，在我国内，制抑洗净。不洗净者，驱令策使种种苦役。

有婆罗门空捉澡罐，诈言洗净。人为著水，即便泻弃，便作是言："我不洗净，王自洗之。"

为王意故，用避王役，妄言洗净，实不洗之。

出家凡夫，亦复如是。剃头染衣，内实毁禁，诈现持戒，望求利养，复避王役，外似沙门，内实虚欺，如捉空瓶，但有外相。

驼瓮俱失喻

昔，有一人先瓮中盛谷。

骆驼入头瓮中食谷，复不得出。既不得出，以为忧恼。有一老人来，语之言："汝莫愁也，我教汝出。汝用我语，必得速出。汝当斩头，自得出之。"

即用其语，以刀斩头，既复杀驼，而复破瓮。如此痴人，世间所笑。

凡夫愚人，亦复如是。希心菩提，志求三乘，宜持禁戒，防护诸恶。然为五欲毁破净戒。既犯禁已，舍离三乘，纵心极意，无恶不造，乘及净戒二俱捐舍。如彼愚人，驼瓮俱失。

田夫思王女喻

昔，有田夫游行城邑，见国王女颜貌端正，世所希有，昼夜想念，情不能已。思与交通①，无由可遂，颜色痿黄，即成重病。

诸所亲见，便问其人："何故如是？"

答亲里言："我昨见王女，颜貌端正，思与交通，不能得故，是以病耳。我若不得，必死无疑。"

诸亲语言："我当为汝作好方便，使汝得之，勿得愁也。"

后日见之，便语之言："我等为汝，便为是得，唯王女不欲。"

田夫闻之，欣然而笑，谓呼必得。

世间愚人，亦复如是。不别时节春、秋、冬、夏，便于冬时掷种土中，望得果实，徒丧其功，空无所获，芽、茎、枝、叶一切都失。世间愚人，修习少福，谓为具足，便谓菩提已可证得。如彼田夫希望王女。

————————

①交通：交往。

搆 驴 乳 喻

昔，边国人不识于驴，闻他说言驴乳甚美，都无识者。

尔时，诸人得一父驴，欲搆其乳①，争共捉之。其中有捉头者，有捉耳者，有捉尾者，有捉脚者，复有捉器者，各欲先得，于前饮之。

中捉驴根，谓呼是乳，即便搆之，望得其乳。

众人疲厌，都无所得，徒自劳苦，空无所获，为一切世人之所嗤笑。

外道凡夫，亦复如是。闻说于道不应求处，妄生想念，起种种邪见，裸形自饿，投岩赴火，以是邪见，堕于恶道。如彼愚人妄求于乳。

————————

①搆：（goù 音购）挤取牲畜之乳。

与 儿 期 早 行 喻

昔，有一人夜语儿言："明当共汝至彼聚落，有所取索。"

儿闻语已，至明清旦，竟不问父，独往诣彼。

既至彼已，身体疲极，空无所获，又不得食，饥渴欲死，寻复回还，求见其父。

父见子来，深责之言："汝大愚痴，无有智慧，何不待我，空自往来，徒受其苦，为一切世人之所嗤笑？"

凡夫之人，亦复如是。设得出家，即剃须发，服三法衣①，不求明师谘受道法，失诸禅定道品功德，沙门妙果一切都失。如彼愚人，虚作往返，徒自劳苦，形似沙门，实无所得。

————————

①三法衣：指佛教僧侣所穿的袈裟。

为 王 负 机 喻

昔，有一王欲入无忧园中，欢娱受乐，敕一臣言："汝捉一机①，持至彼园，我用坐息。"

时，彼使人羞不肯捉，而白王言："我不能捉，我愿担之。"

时，王便以三十六机置其背上，驱使担之，至于园中。

如是愚人，为世所笑。

凡夫之人，亦复如是。若见女人一发在地，自言持戒，不肯捉之。后为烦恼所惑，三十六物：发、毛、爪、齿、屎、尿不净，不以为丑。三十六物一时都捉，不生惭愧，至死不舍。如彼愚人担负于机。

①机：同"几"，矮小的桌子。

倒　灌　喻

昔，有一人患下部病，医言："当须倒灌，乃可瘥耳①。"便集灌具，欲以灌之。

医未至顷，便取服之，腹胀欲死，不能自胜。

医既来至，怪其所以，即便问之："何故如是？"

即答医言："向时灌药，我取服之，是故欲死。"

医闻是语，深责之言："汝大愚人，不解方便。"即便以余药服之，方得吐下，尔乃得瘥。

如此愚人，为世所说。

凡夫之人，亦复如是。欲修学禅观种种方法，应观不净，反观数息，应数息者，反观六界②。颠倒上下，无有根本，徒丧身命，为其所困。不谘良师，颠倒禅法，如彼愚人饮服不净。

①瘥：病愈。
②六界：地、水、火、风、空、识。

为熊所啮喻

昔，有父子与伴同行，其子入林，为熊所啮，爪坏身体。困急出林，还至伴边。

父见其子身体伤坏，怪问之言："汝今何故被此疮害？"

子报父言："有一种物，身毛耽毵①，来毁害我。"

父执弓箭，往到林间，见一仙人，毛发深长，便欲射之。

旁人语言："何故射之？此人无害，常治有过。"

世间愚人，亦复如是。为彼虽著法服无道行者之所骂辱，而滥害良善有德之人，喻如彼父，熊伤其子而枉加神仙。

①耽毵："耽，耳朵大而下垂；毵：毛发披散的样子。

比　种　田　喻

昔，有田野人来至田里①，见好麦苗生长郁茂，问麦主言："云何能令是麦好？"

其主答言："平治其地，兼加粪水，故得如是。"

彼人即便依法用之，即以水粪调和其田。

下种于地，畏其自脚蹋地令坚，其麦不生："我当坐一床上，使人舁之②，于上散种，尔乃好耳。"

即使四人，人擎一脚，至田散种，地坚逾甚，为人嗤笑。恐已二足，更增八足。

凡夫之人，亦复如是。既修戒田，善芽将生，应当师咨，受行教诫，令法芽生，而返违犯，多作诸恶，便使戒芽不生。喻如彼人，畏其二足，倒加其八。

---

①野人：粗野的农民。
②舁：（yú 音于）抬。

月蚀打狗喻

昔，阿修罗王见日月明净①，以手障之。

无智常人，狗无罪咎，横加于恶。

凡夫亦尔。贪瞋愚痴，横苦其身，卧棘刺上，五热炙身，如彼月蚀，枉横打狗。

---

①阿修罗：六道之一，意为非天。

猕　猴　喻

昔，有一猕猴为大人所打，不能奈何，反怨小儿。

凡夫之人，亦复如是。先所瞋人，代谢不停，灭在过去，乃于相续后生之法，谓是前者，妄生瞋忿，毒恚弥深。如彼痴猴，为大人所打，反瞋小儿。

妇女患眼痛喻

昔，有一女人极患眼痛。

有知识女人问言："汝眼痛耶？"

答言："眼痛。"

彼女复言："有眼必痛。我虽未痛，并欲挑眼，恐其后痛。"

傍人语言："眼若在者，或痛不痛。眼若无者，终身长痛。"

凡愚之人，亦复如是。闻富贵者衰患之本，畏不布施，恐后得报，财物殷溢，重受苦恼。有人语言："汝若施者，或苦或乐；若不施者，贫穷大苦。"如彼女人，不忍近痛，便欲去眼，乃为长痛。

父取儿耳珰喻

昔，有父子二人缘事共行，路贼卒起，欲来剥之。

其儿耳中有真金珰^①，其父见贼卒发，畏失耳珰，即便以手挽之，耳不时决，为耳珰故，便斩儿头。

须臾之间，贼便弃去，还以儿头著于肩上，不可平复。

如是愚人，为世所笑。

凡夫之人，亦复如是。为名利故，造作戏论，言无二世，有世；无中阴^②，有中阴；无心数法^③，有心数法；无种种妄想，不得法宝。他人以如法论破其所论，便言我论中都无是说。如是愚人，为人名利，便故妄语，丧沙门道果，身坏命终，堕三恶道。如彼愚人为小利故斩其儿头。

①珰：(dāng音当) 戴在耳朵上的装饰品。
②中阴：又称中有，指人死后尚未投胎之前，由微细物质形成化生身维持生命的时期。
③心数法：心所。

劫盗分财喻

昔，有群盗共行劫盗，多取财物，即共分之。等以为分，唯有鹿野钦婆罗色不纯好^①，以为下分，为最劣者。

下劣者得之恚恨，谓呼大失，至城卖之，诸贵长者多与其价，一人所得倍于众伴，方乃欢喜，踊悦无量。

犹如世人不知布施有报无报，而行少施，得生天上，受无量乐，方更悔恨，悔不广施。如钦婆罗后得大价，乃生欢喜，施亦如是，少作多得，尔乃自庆，恨不益焉。

①钦婆罗：一种衣物。

猕猴把豆喻

昔，有一猕猴持一把豆，误落一豆在地，便舍手中豆，欲觅其一。未得一豆，先所舍者鸡鸭食尽。

凡夫出家，亦复如是。初毁一戒，而不能悔，以不悔故，放逸滋蔓，一切都舍。如彼猕猴，失其一豆，一切都弃。

得金属狼喻

昔，有一人在路而行，道中得一金鼠狼，心中喜踊，持置怀中，涉路而进。至水欲渡，脱衣置地，寻时金鼠变为毒蛇。

此人深思："宁为毒蛇螫杀，要当怀去。"心至冥感，还化为金。

傍边愚人见其毒蛇变为真宝，谓为恒尔，复取毒蛇内著怀里，即为毒蛇之所蜇螫，丧身殒命。

世间愚人，亦复如是。见善获利，内无真心，但为利养，来附于法，命终之后，堕于恶处，如捉毒蛇被螫而死。

地得金钱喻

昔，有贫人在路而行，道中偶得一囊金钱，心中大喜跃，即便数之。数未能周，金主忽至，尽还夺钱。其人当时悔不急去，懊恼之情，甚为极苦。

遇佛法者，亦复如是。虽得值遇三宝福田，不勤方便，修行善业，忽尔命终，堕三恶道。如彼愚人，还为其主夺钱而去。如偈所说：

"今日营此事，明日造彼事。

乐著不观苦，不觉死贼至。

匆匆营众务，凡人无不尔。

如彼数钱者，其事亦如是。"

贫人欲与富者等财物喻

昔，有一贫人有少财物，见大富者，意欲共等。不能等故，虽有少财，欲弃水中。

傍人语言："此物虽尠①，可得延君性命数日，何故舍弃掷著水中？"

世间愚人，亦复如是。虽复出家，少得利养，心有希望，常怀不足，不能得与高德者等获其利养，见他宿旧有德之人，素有多闻，多众供养，意欲等之。不能等故，心怀忧苦，便欲罢道。如彼愚人，欲等富贵者，自弃己财。

————

①尠：（xiǎn 音险）通"鲜"，意思是少。

小儿得欢喜丸喻

昔，有一乳母抱儿涉路，行道疲极，睡眠不觉。

时，有一人持欢喜丸授与小儿。小儿得已，贪其美味，不顾身物，此人即时解其钳锁、璎珞、衣物，都尽持去。

比丘亦尔。乐在众务愦闹之处，贪少利养，为烦恼贼夺其功德、戒宝、璎珞，如彼小儿贪少味故，一切所有，贼尽持去。

老母捉熊喻

昔，有一老母在树下卧，熊欲来搏。尔时，老母绕树走避，熊寻后逐，一手抱树，欲捉老母。老母得急，即时合树，搚熊两手，熊不能动。

更有异人来至其所，老母语言："汝共我捉，杀分其肉。"

时，彼人者信老母语，即时共捉。既捉之已，老母即便舍熊而走，其人后为熊所困。

如是，愚人为世所笑。

凡夫之人，亦复如是。作诸异论，既不善好，文辞繁重，多有诸病，竟不能讫，便舍终亡。

后人捉之，欲为解释，不达其意，反为其困。如彼愚人代他捉熊，反自被害。

摩尼水窦喻

　　昔，有一人与他妇通，交通未竟，夫从外来，即便觉之。住于门外，伺其出时，便欲杀害。

　　妇语人言："我夫已觉，更无出处，唯有摩尼可以得出①。"胡以水窦名为"摩尼"，欲令其人从水窦出②。

　　其人错解，谓"摩尼珠"，所在求觅，而不知处，即作是言："不见摩尼珠，我终不去。"须臾之间，为其所杀。

　　凡夫之人，亦复如是。有人语言："生死之中，无常、苦、空、无我，离断、常二边，处于中道，于此中过，可得解脱。"凡夫错解，便求世界有边、无边，及以众生有我、无我，竟不能观中道之理，忽然命终，为于无常之所杀害，堕三恶道。如彼愚人推求摩尼，为他所害。

①摩尼：珠。
②窦：洞。

二　鸽　喻

　　昔，有雄雌二鸽共同一巢。秋果熟时，取果满巢。于其后时，果干减少，唯半巢在。

　　雄鸽嗔言："取果勤苦，汝独食之，唯有半在。"

　　雌鸽答言："我不独食，果自减少。"

　　雄鸽不信，瞋恚而言："非汝独食，何由减少？"即便以嘴啄雌鸽杀①。

　　未经几日，天降大雨，果得湿润，还复如故。

　　雄鸽见已，方生悔恨："彼实不食，我妄杀他。"即悲鸣命唤雌鸽："汝何处去？"

　　凡夫之人，亦复如是。颠倒在怀，妄取欲乐，不观无常，犯于重禁，悔之于后，竟何所及。后唯悲叹，如彼愚鸽。

①嘴：(zuǐ音嘴)鸟喙。

诈称眼盲喻

　　昔，有工匠师为王作务，不堪其苦，诈言眼盲，便得脱苦。

　　有余作师闻之，便欲自坏其目，用避苦役。有人语言："汝何以自毁，徒受其苦？"

　　如是愚人为世所笑。

　　凡夫之人，亦复如是。为少名誉及以利养，便故妄言，毁坏净戒，身死命终，堕三恶道。如彼愚人，为少利故，自坏其目。

为恶贼所劫失氎喻

昔，有二人为伴，共行旷野。一人被一领氎，中路为贼所剥，一人逃避，走入草中。

其失氎者先于氎头裹一金钱，便语贼言："此衣适可直一枚金钱，我今求以一枚金钱而用赎之。"

贼言："金钱今在何处？"

即便氎头解取示之，而语贼言："此是真金，若不信我语，今此草中有好金师，可往问之。"

贼既见之，后取其衣。

如是，愚人氎与金钱一切都失，自失其利，复使彼失。

凡夫之人，亦复如是。修行道品，作诸功德，为烦恼贼之所劫掠，失其善法，丧诸功德，不但自失其利，复使余人失其道业，身坏命终，堕三恶道。如彼愚人，彼此俱失。

小儿得大龟喻

昔，有一小儿陆地游戏，得一大龟，意欲杀之，不知方便，而问人言："云何得杀？"

有人语言："汝但掷置水中，即时可杀。"

尔时，小儿信其语故，即掷水中。龟得水已，即便走去。

凡夫之人，亦复如是。欲守护六根，修诸功能，不解方便，而问人言："作何因缘而得解脱？"邪见外道、天魔波旬①及乃恶知识而语之言②："汝但极意六尘，恣精五欲，如我语者，必得解脱。"如是愚人，不谛思维，便用其语，身坏命终，堕三恶道，如彼小儿掷龟水中。

---

①波旬：欲界第六天的魔王。
②恶知识：教人做坏事之人。

偈　颂

此论我所造，和合喜笑语，
多损正实说，观义应不应。
如似苦毒药，和合于石蜜，
药为破坏病，此论亦如是。
正法中戏笑，譬如彼狂药。
佛正法寂定，明照于世间，
如服吐下药，以酥润体中。
我今以此义，显发于寂定。
如阿伽陀药①，树叶而裹之，
取药涂毒竟，树叶还弃之。
戏笑如叶裹，实义在其中，
智者取正义，戏笑便应弃。

尊者僧伽斯那，造作痴花鬘竟②。

---

①阿伽陀药：普去、无价或不死药。
②花鬘：花环。

维摩诘所说经

〔后秦〕鸠摩罗什 译

卷　上

佛国品第一

如是我闻：

一时，佛在毗耶离菴罗树园，与大比丘众八千人俱，菩萨三万二千，众所知识，大智本行，皆悉成就。诸佛威神之所建立，为护法城，受持正法，能师子吼①，名闻十方，众人不请，友而安之，绍隆三宝②，能使不绝，降服魔怨，制诸外道，悉已清静，永离盖缠③。心常安住，无碍解脱，念、定、总持、辩才不断④，布施、持戒、忍辱、精进、禅定、智慧及方便力无不具足。逮无所得，不起法忍⑤，已能随顺，转不退轮⑥，善解法相，知众生根。盖诸大众，得无所畏，功德智慧，以修其心，相好严身，色像第一，舍诸世间，所有饰好，名称高远，逾于须弥，深信坚固，犹若金刚，法宝普照，而雨甘露。于众言音，微妙第一，深入缘起⑦，断诸邪见，有无二边，无复余习。演法无畏，犹师子吼，其所讲说，乃如雷震。无有量，已过量⑧。集众法宝，如海导师，了达诸法深妙之义。善知众生往来所趣及心所行，近无等等⑨佛自在慧、十力、无畏、十八不共⑩。关闭一切诸恶趣门，而生五道以现其身。为大医王，善疗众病，应病与药，令得服行。无量功德皆成就，无量佛土皆严净，其见闻者无不蒙益，诸有所作亦不唐捐。如是一切功德皆悉具足。其名曰：等观菩萨、不等观菩萨、等不等观菩萨、定自在王菩萨、法自在王菩萨、法相菩萨、光相菩萨、光严菩萨、大严菩萨、宝积菩萨、辩积菩萨、宝手菩萨、宝印手菩萨、常举手菩萨、常下手菩萨、常惨菩萨、喜根菩萨、喜王菩萨、辩音菩萨、虚空藏菩萨、执宝炬菩萨、宝勇菩萨、宝见菩萨、帝网菩萨、明网菩萨、无缘观菩萨、慧积菩萨、宝胜菩萨、天王菩萨、坏魔菩萨、电德菩萨、自在菩萨、功德相严菩萨、师子吼菩萨、雷音菩萨、山相击音菩萨、香象菩萨、白香象菩萨、进精菩萨、不休息菩萨、妙生菩萨、华严菩萨、观世音菩萨、得大势菩萨、梵网菩萨、宝杖菩萨、无胜菩萨、严土菩萨、金髻菩萨、珠髻菩萨、弥勒菩萨、文殊师利法王子菩萨，如是等三万二千人。复有万梵天王尸弃等，从余四天下来诣佛所而听法，复有万二千天帝亦从余四天下来在会坐，并余大威力诸天、龙、神、夜叉、乾闼婆、阿修罗、迦楼罗、紧那罗、摩睺罗伽等悉来会坐，诸比丘、比丘尼、优婆塞、优婆夷俱来会坐。彼时，佛与无量百千之众恭敬围绕而为说法，譬如须弥山王显于大海，安处众宝师子之座，蔽于一切诸来大众。

尔时，毗耶离城有长者子名曰宝积，与五百长者子俱持七宝盖来诣佛所，头面礼足，各以其盖，共供养佛。佛之威神，令诸宝盖合成一盖，遍覆三千大千世界，而此世界广长之相悉于中现；又此三千大千世界诸须弥山、雪山、目真邻陀山、摩诃目真邻陀山、香山、黑山、铁围山、大铁围山、大海江河、川流泉源及日月星辰、天宫龙宫、诸尊神宫悉现于宝盖中；又十方诸佛、诸佛说法亦现于宝盖中。

尔时，一切大众，睹佛神力，叹未曾有，合掌礼佛，瞻仰尊颜，目不暂舍。长者子宝积即于佛前以偈颂曰：

目净修广如青莲，心净已度诸禅定；

久积净业⑪称无量，导众以寂故稽首⑫。

既见大圣以神变，普现十方无量土；

其中诸佛演说法，于是一切悉见闻。

法王法力超群生，常以法财施一切，

能善分别诸法相，于第一义⑬而不动。

已于诸法得自在，是故稽首此法王，

说法不有亦不无，以因缘故诸法生。

无我无造无寿者，善恶之业亦不亡，

始在佛树力降摩，得甘露灭觉道成⑭。

已无心意无受行⑮，而悉摧伏诸外道，

三转法轮于大千，其轮本来常清净。

天人得道此为证，三宝于是现世间，

以斯妙法济群生，一受不退常寂然。

度老病死大医王，当礼法海德无边，

毁誉不动如须弥，于善不善等以慈。

心行平等如虚空，孰闻人宝不敬承。

今奉世尊此微盖，于中现我三千界。

诸天龙神所居宫，乾闼⑯婆等及夜叉，

悉见世间诸所有，十力衰现是化变。

众睹希有皆叹佛，今我稽首三界尊⑰。

大圣法王众所归，净心观佛靡不欣。

各见世尊在其前，斯则神力不共法。

佛以一音⑱演说法，众生随类各得解。

皆谓世尊同其语，斯则神力不共法。

佛以一音演说法，众生各各随所解。

普得受行获其利，斯则神力不共法。

佛以一音演说法，或有恐畏或欢喜。

或生厌离或断疑，斯则神力不共法。

稽首十力大精进，稽首已得无所畏。

稽首住于不共法，稽首一切大导师。

稽首能断众结缚⑲，稽首已到于彼岸。

稽首能度诸世间，稽首永离生死道。

悉知众生来去相，善于诸法得解脱。

不著世间如莲华，常善入于空寂行。

达诸法相无罣碍，稽首如空无所依。

尔时，长者子宝积说此偈已，白佛言："世尊，是五百长者子皆已发阿耨多罗三藐三菩提心，愿闻得佛国土清净，唯愿世尊说诸菩萨净土之行。"

佛言："善哉，宝积，乃能为诸菩萨问于如来净土之行，谛听，谛听。善思念之，当为汝说。"于是宝积及五百长者子，受教而听。

佛言："宝积，众生之类是菩萨佛土⑳，所以者何？菩萨随所化众生而取佛土，随所调伏㉑众生而取佛土，随诸众生，应以何国入佛智慧而取佛土；随诸众生，应以何国起菩萨根而取佛土。所以者何？菩萨取于净国，皆为饶益众生故。譬如有人，欲于空地造立宫室，随意无碍，苦于虚空，终不能成。菩萨如是，为成就众生故，愿取佛国。愿取佛国，非于空也。"

"宝积当知，直心是菩萨净土，菩萨成佛时，不谄，众生来生其国；深心是菩萨净土，菩萨成佛时，具足功德，众生来生其国；菩提心是菩萨净土，菩萨成佛时，大乘②，众生来生其土；布施是菩萨净土，菩萨成佛时，一切能舍，众生来生其国；持戒是菩萨净土，菩萨成佛时，行十善道满愿，众生来生其国；忍辱是菩萨净土，菩萨成佛时，三十二相庄严，众生来生其国；精进是菩萨净土，菩萨成佛时，勤修一切功德，众生来生其国；禅定是菩萨净土，菩萨成佛时，摄心不乱，众生来其国；智慧是菩萨净土，菩萨成佛时，正定，众生来生其国；四无量心③是菩萨净土，菩萨成佛时，成就慈、悲、喜、舍，众生来生其国；四摄法是菩萨净土，菩萨成佛时，解脱所摄，众生来生其国；方便是菩萨净土，菩萨成佛时，于一切法方便无碍，众生来生其国；三十七道品是菩萨净土，菩萨成佛时，念处、正勤、神足根力觉道，众生来生其国；回向心④是菩萨净土，菩萨成佛时，得一切具足功德国土；说除八难是菩萨净土，菩萨成佛时，国土无有三恶八难；自守戒行、不讥彼阙是菩萨净土，菩萨成佛时，命不中夭，大富梵行⑤，所言诚谛，常以软语，眷属不离，善和诤讼，言必饶益，不嫉不恚，正见众生来生其国。"

"如是，宝积。菩萨随其直心，则能发行，随其发行，则得深心；随其深心，则意调伏；随其调伏，则如说行；随如说行，则能迴向；随其迴向，则有方便；随其方便，则成就众生；随成就众生，则佛土净；随佛土净，则说法静；随说法静，则智慧净；随智慧净，则其心净；随其心静，则一切功德净。是故，宝积，若菩萨欲得净土，当净其心，随其心净，则佛土净。"

尔时，舍利弗承佛威神作是念："若菩萨心净，则佛土净者，我世尊本为菩萨时，意岂不净？而是佛土不净若此。"

佛知其念，即告之言："于意云何？日月岂不净耶？而盲者不见。"

对曰："不也，世尊。是盲者过，非日月咎。

"舍利弗，众生罪故，不见如来国土严净，非如来咎。舍利弗，我此净土，而汝不见。"

尔时，螺髻梵王 语舍利弗："勿作是念，谓此佛土以为不净，所以者何？我见释迦牟尼佛土清净，譬如自在天宫。"

舍利弗言："我见此土邱陵坑坎、荆棘沙砾、土石诸山，秽恶充满。"

螺髻梵王言："仁者心有高下，不依佛慧，故见此土为不净耳。"

"舍利弗，菩萨于一切众生悉皆平等，深心清净，依佛智慧，则能见此佛土清净。"

于是佛以足指按地，即时三千大千世界，若干百千珍宝严饰，譬如宝庄严佛，无量功德宝庄严土。一切大众，叹未曾有，而皆自见坐宝莲华。

佛告舍利弗："汝且观是佛土严净。"

舍利弗言："唯然，世尊。本所不见，本所不闻，今佛国土严净悉现。"

佛告舍利弗："我佛国土常净若此，为欲度斯下劣人故，示是众恶不净土耳！譬如诸天共宝器食，随其福德，饭色有异。如是，舍利弗，若人心净，便见此土功德庄严。"

当佛现此国土严净时，宝积所将五百长者子皆得无生法忍⑥，八万四千人皆发阿耨多罗三藐三菩提心㉗。佛摄神足，于是世界还复如故。求声闻乘者㉘三万二千天及人，知有为法皆悉无常，远离尘垢，得法眼净㉙。八千比丘不受诸法，漏尽意解㉚。

①师子吼："师"即"狮"；"师子吼"比喻佛言如狮子之吼声，能唤醒一切众生。

②绍隆：意为"继续"、"发扬"；三宝：指佛、法、僧三宝。

③盖缠：盖指烦恼。盖缠为制造恶业的根本原因。

④总持：指"持善不失，持恶不生，无所漏忘"；念、定、总持、辩才四者是菩萨所用，故常久不断。

⑤不起法忍：指内心安定不动，不随逐外部世界，故无惊无怖。

⑥已能随顺转不退轮："不退"指既入无生之道，便无得而复失之憾；"轮"指菩萨掌握无生之道，不拘泥执着，圆通自如。整句意为已能圆通无生之道，无有缺憾。

⑦缘起：指宇宙间一切事物、现象都依相互关系或条件而产生变化。

⑧"量"指衡量、标准、尺度，引申为"被认识"之义。"无有量，已过量"指"不可认识，已超出认识范畴。"

⑨"无等"：无人可与佛相等；"等佛"指相等于佛。

⑩十力：指佛及菩萨的十种智力；十八不共：指佛的十八种与其他圣者不同的功德。

⑪净业：即善业，指善德与善行。

⑫稽首：即顶礼，佛教礼节，两肘、两膝和头着地，然后用头顶礼尊者之足。

⑬第一义：指一切法之根本、依据。

⑭得甘露灭觉道成：得寂灭甘露（即"实相法"或"涅槃"、"真如"）而获大觉之道。

⑮无心意无受行："心"为意识之本体，"意"为意识活动；"受"指心对外界感受；"行"即意志作用。

⑯闼：tà，音踏。

⑰三界：即指世俗世界中众生存在的三种境界：欲界、色界、无色界；三界尊即指超脱生死轮回之佛。

⑱一音：唯佛才有的、使众生受解的声音。

⑲结缚：即指世俗之烦恼。

⑳众生之类是菩萨佛土：众生世界即是菩萨所修行的佛土（又称"净土"）。

㉑调伏：指调教而使之驯服。

㉒大乘：指运载无量众生从生死大河此岸达到菩提涅槃彼岸。"乘"意为"乘载"、"道路"。

㉓四无量心：指佛或菩萨为普渡众生而具有的四种精神，即下文所说慈、悲、喜、舍四种无量心。

㉔回向：亦称"转向"、"施向"，指将自己所修功德转施于别处。

㉕梵：意为"清静"、"离欲"；"梵行"指断除淫贪之欲的清静道行。

㉖无生法忍：即前文所说"不起法忍"，意指内心安定，不随逐外物，故无惊惧。

㉗发阿耨多罗三藐三菩提心："阿耨多罗三藐三菩提"意为"无上正等正觉"，是唯佛才有的最高智慧、能力。"发阿耨多罗三藐三菩提心"意为发求佛智之心，意即发愿成佛。

㉘声闻：与"菩萨""缘觉"合称"三乘"。"声闻乘者"指听闻佛的言教，修行四谛而达到解脱的觉悟者。

㉙法眼：指能观察事物、认识真理的眼力、智慧。"得法眼净"指学道之人始悟佛道。

㉚漏：烦恼；意：心念。漏尽意解；烦恼除尽，内心得到解脱。

方便品第二

尔时，毗耶离大城中有长者名维摩诘，已曾供养无量诸佛，深殖善本，得无生忍，辩才无碍、游戏神通，逮诸总持，获无所畏①，降魔劳怨，入深法门，善于智度，通达方便，大愿成就。明了众生心之所趣，又能分别诸根利钝，久于佛道，心已纯淑，决定大乘，诸有所作，能善思量，住佛威仪，心如大海，诸佛咨嗟，弟子、释、梵、世主所敬。欲度人故，以善方便居毗耶离。资财无量，摄诸贫民；奉戒清净，摄诸禁毁；以忍调行，摄诸恚怒；以大精进，摄诸懈怠；一心禅寂，摄诸乱意；以决定慧，摄诸无智。虽为白衣，奉持沙门清净律行；虽处居家，不著三界。示有妻子，常修梵行；现有眷属，常乐远离。虽服宝饰，而以相好严身；虽复饮食，而以禅悦为味。若至博奕戏处，辄以度人。受诸异道，不毁正信；虽明世典，常乐佛法。一切见敬②，为供养中最。执持正法，摄诸长幼。一切治生谐偶③虽获俗利，不以喜悦。游诸四衢，饶益④众生。入治政法，救护一切；入讲论处，导以大乘；入诸学堂，诱开童蒙；入诸淫舍，示欲之过；

入诸酒肆，能立其志。若在长者，长者中尊，为说胜法；若在居士，居士中尊，断其贪著；若在刹利，刹利中尊，教以忍辱；若在婆罗门，婆罗门中尊，除其我慢⑤，若在大臣，大臣中尊，教以正法；若在王子，王子中尊，示以忠孝；若在内官，内官中尊，化政宫女；若在庶民，庶民中尊，令兴福力；若在梵天，梵天中尊，诲以胜慧；若在帝释，帝释中尊，示现无常；若在护世，护世中尊，护诸众生。

长者维摩诘以如是等无量方便饶益众生，其以方便，现身有疾。以其疾故，国王、大臣、长者、居士、婆罗门等，及诸王子，并余官属无数千人皆往问疾。其往者，维摩诘因以身疾广为说法：

"诸仁者，是身无常，无强、无力、无坚，速朽之法不可信也。为苦为恼，众病所集。诸仁者，如此身，明智者所不怙⑥，是身如聚沫，不可撮摩⑦；是身如沧，不得久立；是身如焰，从渴爱生。是身如芭蕉，中无有坚；是身如幻，从颠倒起；是身如梦，为虚妄见；是身如影，从业缘⑧现；是身如响，属诸因缘；是身如浮云，须臾变灭；是身如电，念念不住。是身无主，为如地；是身无我，为如火；是身无寿，为如风；是身无人，为如水。是身不实，四大⑨为家；是身为空，离我我所⑩；是身无知，为草木瓦砾；是身无作⑪，风力所转；是身不净，秽恶充满；是身为虚伪，虽假以澡浴衣食，必归磨灭；是身为灾，百一病恼；是身如邱井，如老所逼；是身无定，为要当死；是身如毒蛇，如怨贼，如空聚，阴界诸人⑫所共合成。诸仁者，此可患厌，当乐佛身，所以者何？佛身者，即法身也，从无量功德智慧生，从戒、定、慧、解脱、解脱知见生，从慈、悲、喜、舍生，从布施、持戒、忍辱、柔和、勤行精进、禅定、解脱三昧、多闻智慧诸波罗蜜生，从方便生，从六通生，从三明生，从三十七道品生，从止观⑬生，从十力、四无所畏、十八不共法生，从断一切不善法、集一切善法生，从真实生，从不放逸生，从如是无量清静法生如来身。诸仁者，欲得佛身，断一切众生病者，当发阿耨多罗三藐三菩提心。"

如是，长者维摩诘为诸问病者如应说法，令无数千人皆发阿耨多罗三藐三菩提心。

---

①逮诸总持，得无所谓：意即"对于菩萨的不同总持在无分别的情况下完全把握"，也即"随意而得诸总持"。"总持"指持善不忘、持恶不起的种种功夫。

②一切见敬：尊重一切有情众生。

③治生偕偶：谋生求利。

④饶益：大有利于、造福于。

⑤我慢：自以为是，目空一切，自傲而轻慢他人。

⑥怙：hù，音户。意为"依靠、仗恃。"

⑦撮（音 zǒ）摩：触摸，把握。

⑧业缘：业意为造作，指由于身（行为）、口（语言）、意（思想）三方面的活动而具有的或善或恶、非善非恶的潜在势力。业缘指以此势力为原因或条件所决定的人执著迷妄的倾向，这种倾向导致自我肯定。

⑨四大：指地、火、水、风四种元素。

⑩我所：指一切法。无我我所：意即无我也无一切法，即我空法空。

⑪无作：指没有能作之主。

⑫阴界诸人：指五蕴、十八界、十二入。

⑬止观：止指使所观察对象住心于内，不分散注意力；观指集中精力、思维，自然生出对佛理的慧解。

弟子品第三

尔时，长者维摩诘自念："寝疾于床，世尊大慈，宁不垂悯？"佛知其意，即告舍利弗："汝行诣维摩诘问疾！"

舍利弗白佛言："世尊，我不堪诣彼问疾，所以者何？忆念我昔曾于林中宴坐①树下，时维摩诘来谓我言：'唯！舍利弗，不必是坐为宴坐也。夫宴坐者，不于三界现身意，是为宴坐；不起灭定而现诸威仪，是为宴坐；不舍道法而现凡夫事，是为宴坐；心不住②内，亦不在外，是为宴坐；于诸见不动，而修行三十七道品，是为宴坐；不断烦恼而入涅槃，是为宴坐。若能如是坐者，佛所印可③。'时我，世尊，闻说是语，默然而止，不能加报，故我不任诣彼问疾。"

佛告大目犍连："汝行诣维摩诘问疾。"

目连白佛言："世尊，我不堪任诣彼问疾。所以者何？忆念我昔入毗耶离大城，于里巷中为诸居士说法，时维摩诘来谓我言："唯！大目连，为白衣居士说法，不当如仁者所说。夫说法者，当如法说。法无众生，离众生垢故；法无有我，离我垢故；法无寿命，离生死故；法无有人，前后际断故；法常寂然，灭诸 相故；法离于相，无所缘故；法无名字，言语断故；法无有说，离觉观故；法无形相，如虚空故；法无戏论，毕竟空故；法无我所，离我所故；法无分别，离诸识故；法无有比④，无相待故；法不属因，不在缘故⑤；法同法性，入诸法故；法无动摇，不依六尘故；法无去来，常不住故；法顺空、随无相、应无作⑥，法离好丑，法无增损，法无生灭，法无所归，法过眼、耳、鼻、舌、身、心，法无高下，法常住不动，法离一切观行。唯，大目连，法相如是，岂可说乎？夫说法者，无说无示；其听法者，无闻无得。譬如幻士为人说法，当建是意而为说法，当了众生根有利钝，善于知见，无所罣碍，以大悲心赞于大乘，念报佛恩，不断三宝，然后说法。'维摩诘说是法时，八百居士皆发阿耨多罗三藐三菩提心。我无此辩，是故不任诣彼问疾。"

佛告大迦叶："汝行诣维摩诘问疾。"

迦叶白佛言："世尊，我不堪任诣彼问疾。所以者何？忆念我昔于贫里而行乞，时维摩诘来谓我言：'唯，大迦叶，有慈悲心而不能普，舍豪富从贫乞。迦叶，住平等法，应次行乞食。为不食故，应行乞食；为坏和合相故，应取抟食⑦；为不受故，应受彼食；以空聚想，入于聚落。所见色与盲等，所闻声与响等，所嗅香与风等，所食味不分别，受诸触⑧如智证，知诸法如幻相。无自性，无他性，本自不然，今则无灭。迦叶，若能不舍八邪，入八解脱，以邪相入正法，以一食施一切，供养诸佛及众贤圣，然后可食。如是食者，非有烦恼，非离烦恼，非入定意，非起定意，非住世间，非住涅槃。其有施者，无大福无小福，不为益不为损，是为正入佛道，不依声闻。迦叶，若如是食，为不空食人之施也。'时我，世尊，闻说是语，得未曾有，即于一切菩萨深起敬心，复作是念：斯有家名，辩才智慧乃能如是，其谁不发阿耨多罗三藐三菩提心？我从是来，不复劝人以声闻辟支佛⑨行，是故不任诣彼问疾。"

佛告须菩提："汝行诣维摩诘问疾。"

须菩提白佛言："世尊，我不堪任诣彼问疾。所以者何？忆念我昔入其舍从乞食，时维摩诘取我钵盛满饭，谓我言：'唯，须菩提，若能于食等者，诸法亦等；诸法等者，于食亦等⑩。如是行乞，乃可取食。若须菩提不断淫怒痴，亦不与俱⑪，不坏于身，而随一相，不灭痴爱，起于解脱⑫，以五逆相而得解脱，亦不解不缚，不见四谛非不见谛；非得果，非不得果；非凡夫，非离凡夫法；非圣人，非不圣人；虽成就一切法，而离诸法相，乃可取食。若须菩提不见佛，不闻法，彼外道六师富兰那迦叶、末迦黎拘赊黎子、删阇夜毗罗胝子、阿耆多翅舍钦婆罗、迦罗鸠驮迦旃延、尼犍陀若提子等是汝师。因⑬其出家，彼师所堕，汝亦随堕，乃可取食。若须菩提入诸邪见，不到彼岸，住于八难，不得无难。同于烦恼，离清静法，汝得无诤三昧，一切众生亦得是定。其施汝者不得福田，供养汝者堕三恶道，为与众魔共一手，作诸劳侣⑭。汝与众魔及诸尘劳⑮等无有异，于一切众生而有怨心，谤诸佛，毁于法，不入众数，终不得灭度，汝若如是，乃可取食。'时我，世尊，闻此茫然不识是何言，不知以何答，便置钵欲出其舍。维摩诘言：'唯，须菩提，取钵勿惧。于意云何？如来所作化人，若以是事诘，宁有惧不？'我言：'不也。'维摩诘言：'一切诸法如幻化相，汝今不应有所惧也！所以者何？一切言说不离是相。至于智者，不著文字，故无所惧。何以故？文字性离，无有文字，是则解脱，解脱相者，则诸法也。'维摩诘说是法时，二百天子得法眼净⑯，故我不任诣彼问疾。"

佛告富楼那弥多罗尼子："汝行诣维摩诘问疾。"

富楼那白佛言："世尊，我不堪任诣彼问疾。所以者何？忆念我昔于大林中，在一树下为诸新学比丘说法，时维摩诘来谓我言：'唯，富楼那，先当入定观此人心，然后说法，无以秽食置于宝器，当知是比丘心之所念，无以琉璃同彼水精。汝不能知众生根源，无得发起以小乘法，彼自无疮，勿伤之也。欲行大道，莫示小径，无以大海内以牛迹⑰，无以日光等彼萤火⑱。富楼那，此比丘久发大乘心，中忘此意，如何以小乘法而教导之？我观小乘智慧微浅，犹如盲人，不能分别一切众生根之利钝。'时维摩诘即入三昧，令此比丘自识宿命，曾于五百佛所殖众德本，回向阿耨多罗三藐三菩提，即时豁然，还得本心，于是诸比丘稽首礼维摩诘足。时维摩诘因为说法，于阿耨多罗三藐三菩提不复退转。我念声闻不观人根，不应说法。是故不任诣彼问疾。"

佛告摩诃迦旃延："汝行诣维摩诘问疾。"

迦旃延白佛言："世尊，我不堪任诣彼问疾。所以者何？忆念昔者佛为诸比丘略说法要，我即于后敷演⑲其义，谓无常义、苦义、空义、无我义、寂灭义。时维摩诘来谓我言：'唯，迦旃延，无以生灭心行⑳说实相法，迦旃延，诸法毕竟不生不灭，是无常义；五受阴洞达空无所起㉑，是苦义；诸法究竟无所有，是空义；于我无我而不二，是无我义；法本不然，今则无灭，是寂灭义。'说是法时，彼诸比丘心得解脱，故我不任诣彼问疾。"

佛告阿那律："汝行诣维摩诘问疾。"

阿那律白佛言："世尊，我不堪任诣彼问疾。所以者何？忆念我昔于一处经行，时有梵王名曰严净，与万梵俱㉒放净光明，来诣我所，稽首作礼问我言：'几何阿那律天眼所见㉓？'我即答言：'仁者，吾见此释迦牟尼佛土三千大千世界，如观掌中庵摩勒果。'时维摩诘来谓我言：'唯，阿那律，天眼所见，为作相㉔耶？假使作相，与外道五通等，若无作相，即是无为，不应有见。'世尊，我时默然，彼诸梵闻其言，得未曾有，即为作礼而问曰：'世孰有真天眼者？'维摩诘言：'有佛世尊得真天眼，常有三昧，悉见诸佛国，不以二相。'于是严净梵王及其眷属五百梵天皆发阿耨多罗三藐三菩提心，礼维摩诘足已，忽然不现。故我不任诣彼问疾。"

佛告优波离："汝行诣维摩诘问疾。"

优波离白佛言："世尊，我不堪任诣彼问疾。所以者何？忆念昔者有二比丘犯律行，以为耻不敢问佛，来问我言：'唯，优波离，我等犯律，诚以为耻，不敢问佛，愿解疑悔得免斯咎㉕。'我即为其如法解说，时维摩诘来谓我言：'唯，优波离，无重㉖增此二比丘罪，当直除灭，勿扰其心。所以者何？彼罪性不在内、不在外、不在中间，如佛所说，心垢故众生垢，心净故众生净。心亦不在内、不在外、不在中间，如其心然，罪垢亦然，诸法亦然，不出于如如㉗。优波离，以心相得解脱时，宁有垢不？"我言：'不也。'维摩诘言：'一切众生心相无垢，亦复如是。唯，优波离，妄想是垢，无妄想是净；颠倒是垢，无颠倒是净；取我是垢，不取我是净。优波离，一切法生灭不住，如幻如电，诸法不相待，乃至一念不住，诸法皆妄见，如梦、如焰、如水中月、如镜中像，以妄想生。其知此者，是名奉律㉘；其知此者，是名善解。'于是二比丘言：'上智哉！是优波离所不能及，持律之上而不能说。'我答言：'自舍如来，未有声闻及菩萨能制其乐说之辩㉔，其智慧明达为若此也。"时二比丘疑悔即除，发阿耨多罗三藐三菩提心，作是愿言：'令一切众生，皆得是辩。'故我不任诣彼问疾。"

佛告罗睺罗："汝行诣维摩诘问疾。"

罗睺罗白佛言："世尊，我不堪任诣彼问疾。所以者何？忆念昔时，毗耶离诸长者子来诣我所，稽首作礼，问我言：'唯，罗睺罗，汝佛之子，舍转轮王位，出家为道，其出家者有何等利？'我即如法为说出家功德之利。时维摩诘来谓我言：'唯，罗睺罗，不应说出家功德之利。所以者何？无利无功德，是为出家，有为法者，可说有利有功德。夫出家者，为无为法，无为法中无利无功德。罗睺罗，夫出家者，无彼无此，亦无中间，离六十二见㉚，处于涅槃。智者所受，圣所行处，降伏众魔，度五道㉛，净五眼㉜，得五力，立五根㉝，不恼于彼，离众杂恶，摧诸外道，超越假名，出淤泥，无系著，无我所，无所受，无扰乱，内怀喜，护彼意，随禅定，离众过，若能如是，是真出家。'于是维摩诘语诸长者子：'汝等于正法中宜共出家。所以者何？佛世难值㉞。'诸长者子言：'居士，我闻佛言：父母不听，不得出家。'维摩诘言：'然！汝等便发阿耨多罗三藐三菩提心，是即出家，是即具足。'尔时，三十二长者子皆发阿耨多罗三藐三菩提心。故我不任诣彼问疾。"

佛告阿难："汝行诣维摩诘问疾。"

阿难白佛言："世尊，我不堪任诣彼问疾。所以者何？忆念昔时，世尊身有小疾，当用牛乳，我即持钵诣大婆罗门家门下立，时维摩诘来谓我言：'唯，阿难，何为晨朝持钵住此？'我言：'居士，世尊身有小疾，当用牛乳，故来至此。'维摩诘言：'止止，阿难，莫作是语。如来身者，金刚之体，诸恶已断，众善普会，当有何疾？当有何恼？默往，阿难。勿谤如来，莫使异人闻此粗言，无令在威德诸天及他方净土诸来菩萨得闻斯语。阿难，转轮圣王以少福故，尚得无病，岂况如来无量福会普胜者哉？行矣，阿难，勿使我等受斯耻也。外道梵志若闻此语，当作是念：何名为师？自疾不能救，而能救诸疾人？可密速去，勿使人闻。当知，阿难，诸如来身即是法身，非思欲身。佛为世尊，过于三界，佛身无漏，诸漏已尽。佛身无为，不堕诸数㉟，如此之身，当有何疾？'时我，世尊，实怀惭愧，得无近佛而谬听耶？即闻空中声曰：'阿难，如居士言：但为佛出五浊恶世，现行斯法，度脱众生。行矣，阿难，取乳勿惭。'世尊，维摩诘智慧辩才为若此也。是故不任诣彼问疾。"

如是五百大弟子，各各向佛说其本缘，称述维摩诘所言，皆曰不任诣彼问疾。

---

①宴坐：静坐修行。"宴"意为"安"。

②住：执着。"心不住内"指不执着于自我。

③印可：印证认可，意即赞同并承认其合法性。

④比：比较，"法无有比"指诸法实相具有唯一无二之特殊性，不可能相等或相似。

⑤这句话意为法不受因缘之支配。

⑥法顺空、随无相、应无作：指诸法实相与空一致，离言绝象，无因缘，亦无为。

⑦和合相：指僧伽团体的融合气氛；抟（tuán）食：指吃施舍的饭团。

⑧诸触：指一切与身体触受有关的事物。

⑨辟支佛：又称缘觉，与声闻、菩萨合称三乘，指凭前世业因，自观十二因缘而悟道。

⑩若能于食等者，诸法亦等；诸法等者，于食亦等：如果能对乞食作平等想，那一切诸法万物就没有什么差别；如果能对一切诸法万物作平等想，那么行乞寻食也就没什么不同于他事之处。

⑪淫怒痴：即贪、瞋、痴三毒；亦不与俱：但又不与之相伴而行。

⑫不坏于身，而随一相，不灭痴爱，起于解脱：意思是"不必等到身体损害极大时，就可以追求得到万法同一之相，不必

等到愚智贪爱灭尽就可以得到菩提解脱。

⑬因：跟从，追随。

⑭为与众魔共一手，作诸劳侣：如果与众魔联手，作他们的同伴和帮手。

⑮尘劳：指与生俱来的，由前世贪瞋痴所造恶业引起的痛苦烦忧。

⑯法眼净：谓"清静无碍的智慧法眼"，它能察识世间一切诸法假相。

⑰内：音 nà，作动词用，意为"使……贮于"；牛迹：牛在泥中踩出的足印。

⑱日光：喻大乘法；荧火：喻小乘法。

⑲生灭心行：指心心所法的生起，转瞬即灭，意识和心理现象处于极短暂的迁流中。

⑳敷演：意为引申、发挥、阐扬。

㉑五受阴：亦称"五蕴"，即色、受、想、行、识；五受阴洞达空无所起：意为"洞悉明达生死中五蕴原本就没有生起"。

㉒梵：色界诸天（神）。"与万梵俱"意为"同成千上万的梵天神一同"

㉓几何阿那律天眼所见：意为"阿那律，你的天眼能看得见多远呢？"

㉔作相：造作之相，意谓心中执著，对外界之物有先入为主之成见或追求。与"无作相"相对。

㉕疑悔：疑惑与悔恨；咎：过失，罪过。

㉖无重：不要再。

㉗如如：即指真如本相。

㉘奉律：奉持戒律。

㉙能制其乐说之辩：制，克服；乐说之辩，善于并喜欢议论的辩才。

㉚六十二见：指各种外道邪见。

㉛五道：指天、人、地狱、饿鬼、畜生五种有情众生转生的状态。

㉜五眼：肉眼、天眼、慧眼、法眼、佛眼，分别为人、天、阿罗汉、菩萨、佛所具有。

㉝五力：指信力、精进力、念力、定力、慧力；五根：与"五力"相应，指信根、精进根、念根、定根及慧根。五力、五根均为三十七道品的一部分。

㉞佛世难值：佛祖居行和教化的这个世道难得一遇。

㉟不堕诸数：不会再堕入众生所生活的五浊世间。

菩萨品第四

　　于是，佛告弥勒菩萨："汝行诣维摩诘问疾。"弥勒白佛言："世尊，我不堪任诣彼问疾。所以者何？忆念我昔为兜率天王及其眷属说不退转地之行①，时维摩诘来谓我言：'弥勒，世尊授仁者记，一生当得阿耨多罗三藐三菩提，为用何生得受记②乎？过去耶？未来耶？现在耶？若过去生，过去生已灭；若未来生，未来生未至；若现在生，现在生无住。如佛所说，比丘，汝今即时亦生亦老亦灭，若以无生得受记者，无生即是正位，于正位中亦无受记，亦无得阿耨多罗三藐三菩提。云何弥勒受一生记乎？为从如③生得受记耶？为从如灭得受记耶？若以如生得受记者，如无有生；若以如灭得受记者，如无有灭。一切众生皆如也，一切法亦如也，众圣贤亦如也，至于弥勒亦如也。若弥勒得受记者，一切众生亦应受记。所以者何？夫如者，不二不异，若弥勒得阿耨多罗三藐三菩提者，一切众生皆亦应得。所以者何？一切众生，即菩提相。若弥勒得灭度者，一切众生亦当灭度。所以者何？诸佛知一切众生，毕竟寂灭，即涅槃相，不复更灭。是故，弥勒，无以此法诱诸天子④，实无发阿耨多罗三藐三菩提心者，亦无退者。弥勒，当令此诸天子舍于分别菩提⑤之见。所以者何？菩提者，不可以身得，不可以心得。寂灭是菩提，灭诸相故；不观是菩提，离诸缘故；不行是菩提，无忆念故；断是菩提，舍诸见故；离是菩提，离诸妄想故；障是菩提，障诸愿故；不入是菩提，无贪著故；顺是菩提，顺于如故；住是菩提，住法性⑥故；至是菩提，至实际故；不二是菩提，离意法故；等是菩提，等虚空故；无为是菩提，无生住灭故；知是菩提，了众生心行⑦故；不会是菩提，诸入不会故；不合是菩提，离烦恼习故；无处是菩提，无形色故；假名是菩提，名字空故；如化是菩提，无取舍故；无乱是菩提，常自静故；善寂是菩提，性清净故；无取是菩提，离攀缘故；无异是菩提，诸法等故；无比是菩提，无可喻故；微妙是菩提，诸法难知故。'世尊，维摩诘说是法时，二百天子得无生法忍。故我不任诣彼问疾。"

佛告光严童子："汝行诣维摩诘问疾。"光严白佛言："世尊，我不堪诣彼问疾。所以者何？忆念我昔出毗耶离大城，时维摩诘方入城，我即为作礼而问言：'居士从何所来？'答我言：'吾从道场⑧来。'我问道场者何所是，答曰：'直心是道场，无虚假故；发行⑨是道场，能办事故；深心是道场，不望报故；持戒是道场，得愿具故；忍辱是道场，于诸众生心无碍故；精进是道场，不懈怠故；禅定是道场，心调柔故；智慧是道场，现见诸法故；慈是道场，等众生故；悲是道场，忍疲苦故；喜是道场，悦乐法故；舍是道场，憎爱断故；神通是道场，成就六通故；解脱是道场，能背舍故；方便是道场，教化众生故；四摄是道场，摄众生故；多闻是道场，如闻行故；伏心⑩是道场，正观⑪诸法故；三十七品是道场，舍有为法故；四谛是道场，不诳世间故；缘起⑫是道场，无明乃至老死皆无尽故；诸烦恼是道场，知如实故；众生是道场，知无我故；一切法是道场，知诸法空故；降魔是道场，不倾动故；三界是道场，无所趣⑬故；师子吼是道场，无所畏故；力无畏不共法是道场，无诸过故；三明是道场，无余碍故；一念知一切法是道场，成就一切智故。如是，善男子，菩萨若应诸波罗蜜教化众生，诸有所作，举足下足，当知皆从道场来，住于佛法矣。'说是法时，五百天子皆发阿耨多罗三藐三菩提心。故我不任诣彼问疾。"

佛告持世菩萨："汝行诣维摩诘问疾。"持世白佛言："世尊，我不堪诣彼问疾。所以者何？忆念我昔住于静室，时魔波旬从万二千天女，状如帝释，鼓乐弦歌，来诣我所，与其眷属稽首我足，合掌恭敬，于一面立。我意谓是帝释而语之言：'善来，憍尸迦，虽福应有，不当自恣。当观五欲无常，以求善本，于身命财而修坚法⑭。'即语我言：'正士，受是万二千天女，可供扫洒。'我言：'憍尸迦，无以此非法之物，要我沙门释子，此非我宜。'所言未讫，时维摩诘来谓我言：'非帝释也，是为魔来，娆固⑮汝耳。'即语魔言：'是诸女等可以与我，如我应受。'魔即惊惧，念：'维摩诘，将无恼我。'欲隐形去而不能隐，尽其神力亦不得去。即闻空中声曰：'波旬，以女与之，乃可得去。'魔以畏故，俯仰而与。尔时，维摩诘语诸女言：'魔以汝等与我，今汝皆当发阿耨多罗三藐三菩提心。'即随所应而为说法，令发道意⑯，复言：'汝等已发道意，有法乐可以自娱，不应复乐五欲乐也。'天女即问：'何为法乐？'答言：'乐常信佛，乐欲听法，乐供养众，乐离五欲，乐观五阴如恶贼，乐观四大如毒蛇，乐观内入⑰如空聚，乐随护道意，乐饶益众生，乐敬养师，乐广行施，乐坚持戒，乐忍辱柔和，乐勤集善根，乐禅定不乱，乐离垢明慧，乐广菩提心，乐降伏众魔，乐断诸烦恼，乐净佛国土，乐成就相好故，修诸功德，乐庄严道场，乐闻深法不畏，乐三脱门⑱，不乐非时，乐近同学⑲，乐于非同学中心无恚碍，乐将护恶知识，乐亲近善知识，乐心喜清静，乐修无量道品⑳之法，是为菩萨法乐。'于是波旬告诸女言：'我欲与汝俱还天宫。'诸女言：'以我等与此居士有法乐，我等甚乐，不复乐五欲乐也。'魔言：'居士，可舍此女，一切所有施于彼者，是为菩萨。'维摩诘言：'我已舍矣，汝便将去，令一切众生得法愿具足。'于是诸女问维摩诘：'我等云何止于魔宫？'维摩诘言：'诸姊，有法门名无尽灯㉑，汝等当学。无尽灯者，譬如一灯燃百千灯，冥者皆明，明终不尽。如是，诸姊，夫一菩萨开导百千众生，令发阿耨多罗三藐三菩提心，于其道意亦不灭尽，随所说法而自增益一切善法，是名无尽灯也。汝等虽住魔宫，以是无尽灯，令无数天子天女发阿耨多罗三藐三菩提心者，为报佛恩，亦大饶益一切众生。'尔时，天女头面礼维摩诘足，随魔还宫，忽然不现。世尊，维摩诘有如是自在神力、智慧辩才，故我不任诣彼问疾。"

　　佛告长者子善德："汝行诣维摩诘问疾。"善德白佛言："世尊，我不堪任诣彼问疾。所以者何？忆念我昔自于父舍设大施会，供养一切沙门婆罗门及诸外道贫穷下贱孤独乞人，期满七日，时维摩诘来入会中，谓我言：'长者子，大人施会不当如汝所设。当为法施②之会，何用是财施会为？'我言：'居士，何谓法施之会？''法施会者，无前无后，一时供养一切众生，是名法施之会。'曰：'何谓也？'谓：'以菩提起于慈心，以救众生起大悲心，以持正法起于喜心，以摄智慧行于舍心，以摄悭贪㉓起檀波罗蜜，以化犯戒起尸罗波罗蜜，以无我法起羼提波罗蜜，以离身心相起毗梨耶波罗蜜，以菩提相起禅波罗蜜，以一切智起般若波罗蜜。教化众生而起身于空，不舍有为法而起无相，示现受生而起无作㉔，护持正法起方便力，以度众生起四摄法㉕，以敬事一切起除慢法，于身命财起三坚法，于六念中起思念法，于六和敬起质直心㉖，正行善法起于净命，心净欢喜起近贤圣，不憎恶人起调伏心，以出家法起于深心，以如说行起于多闻，以无诤法起空闲处㉗，趣向佛会起于宴坐，解众生缚起修行地，以具相好及净佛土起福德业。知一切众生心念如应说法起于智业。知一切法不取不舍入一相门起于慧业，断一切烦恼、一切障碍、一切不善法起一切善业㉘，以得一切智慧、一切善法起于一切助佛道法。如是，善男子，是为法施之会。若菩萨住是法施会者，为大施主，亦为一切世间福田。'世尊，维摩诘说是法时，婆罗门众中二百人皆发阿耨多罗三藐三菩提心，我时心得清净，叹未曾有，稽首礼维摩诘足，即解璎珞值百千以上之。不肯取，我言：'居士，愿必纳受，随意所与。'维摩诘乃受璎珞，分作二分，持一分施此会中一最下乞人，持一分奉彼难胜如来。一切众会皆见光明国土难胜如来，又见珠璎在彼佛上变成四柱宝台，四面严饰，不相障蔽。时维摩诘现神变已，又作是言：'若施主等心施一最下乞人，犹如如来福田之相，无所分别，等于大悲，不求果报，是则名曰具足法施。'城中一最下乞人见是神力，闻其所说，皆发阿耨多罗三藐三菩提心。故我不任诣彼问疾。"

　　如是，诸菩萨各各向佛说其本缘，称述维摩诘所言，皆曰不任诣彼问疾。

①不退转地之行：即无生之智，亦即不执着于自我与万物的智慧。

②受记：从佛陀得到未来成佛的预言。

③如：即真如、本相，指一切存在的本体实相。

④天子：天上的男性之神，是为六道之一。

⑤舍于分别菩提：放弃对菩提的执着见解。

⑥法性：即诸法之实性，亦即存在的本体，意义与涅槃、菩提等同。下文"实际"也是此意。

⑦了众生心行：心行，心中的意识活动。菩提为最高觉悟，以之观察众生心理活动，无不了然。

⑧道场：原义为"成佛成道成正觉处"。

⑨发行：发心立誓要努力修行证悟的行动。

⑩伏心：调伏内心。指修定以制御思想，防止其攀缘外事，妄生意念。

⑪正观：以佛所教导的原则去思考、观照诸法之本质。

⑫缘起：又称缘生。佛教认为一切事物均处于因果联系中，依一定条件生起变化，并以此解释世间一切现象。

⑬趣：同"趋"，趋向。

⑭坚法：指佛教徒修习戒、定、慧三学而得的功德果报。

⑮娆：rǎo，音扰。意为烦扰，扰乱。

⑯发道意：许下求道成菩萨的愿心。

⑰内入：即内六入，指眼耳鼻舌身意六种感觉、思维的器官、依据。

⑱三脱门：即三解脱门。"门"意为途径、方法；三解脱门意为三个离生死、入涅槃的途径。

⑲同学：指共同学佛、参道的伴侣。

⑳无量道品：无量，数量极多；道品，修道的种种方法。

㉑无尽灯：此处以佛之教法喻灯，每一悟道者为一所点燃之灯，法传千万人，传百千世，犹如灯灯相燃，无穷无尽，故称无尽灯，喻指佛法的除暗照明的功能。

㉒法施：以宣讲佛法广结善缘，以自己修法证道的功德转施一切众生。

㉓摄：抑制之意。悭：吝啬；贪：贪婪。

㉔四摄法：指布施、爱语、利行、同事四种造福众生、团结众生的方法。

㉕起质直心：立心正直。

㉖无作：即指观生死可厌，无愿求，与前句的"空"（观我法两空）、"无相"（观诸法无相，本无差别）并称"三解脱门"。

㉗以无诤法空闲处：意谓无争之心、清静之法只在清静处（如寺庙、林间）才会有。

㉘智业：世间一切与概念判断相关的认识活动；慧业：于事物不执著，知一切法皆空的认识；善业：凭修习身、口、意诸善，凭戒、定、慧三学，凭六波罗蜜所得的功德。

维摩诘所说经卷中

文殊师利问疾品第五

尔时，佛告文殊师利："汝行诣维摩诘问疾。"文殊师利白佛言："世尊，彼上人者难为酬对①，深达法相，善说法要②，辩才无滞，智慧无碍，一切菩萨法式悉知，诸佛秘藏无不得入，降伏众魔，游戏神通，其慧方便，皆已得度。虽然，当承佛圣旨，诣彼问疾。"

于是，众中诸菩萨、大弟子、释梵、四天王，咸作是念："今二大士文殊师利与维摩诘共谈，必说妙法。"即时八千菩萨、五百声闻、百千天人，皆欲随往。于是，文殊师利与诸菩萨、大弟子众及诸天人，恭敬围绕，入毗耶离大城。

尔时，长者维摩诘心念："今文殊师利与大众俱来。"即以神力空其室内，除去所有及诸侍者，唯置一床，以疾而卧。文殊师利既入其舍，见其室空无诸所有，独寝一床。时维摩诘言："善来，文殊师利，不来相而来，不见相而见③。"文殊师利言："如是，居士，若来已更不来，若去已更不去。所以者何？来者无所从来，去者无所至。所可见者，更不可见。且置是事④，居士之疾，宁可忍不？疗治有损，不至增乎⑤？世尊殷勤，致问无量⑥。居士是疾，何所因起？其生久如，当云何灭？"

维摩诘言："从痴有爱，则我病生，以一切众生病，是故我病，若一切众生得不病者，则我病灭。所以者何？菩萨为众生故，入生死，有生死，则有病。若众生得离病者，则菩萨无复病。譬如长者，唯有一子，其子得病，父母亦病；若子病愈，父母亦愈。菩萨如是，于诸众生爱之若子，众生病，则菩萨病；众生病愈，菩萨亦愈。又言是疾何所因起？若菩萨者，以大悲起。"

文殊师利言："居士此室，何以空无侍者？"

维摩诘言："诸佛国土，亦复皆空。"

又问："以何为空"？

答曰："以空空⑦。"

又问："空何用空？"

答曰："以无分别空故空⑧。"

又问："空可分别耶?"

答曰："分别亦空"。

又问："空当于何求?"

答曰："当于六十二见中求。"

又问："六十二见当于何求?"

答曰："当于诸佛解脱中求。"

又问："诸佛解脱当于何求?"

答曰："当于一切众生心中求。又仁所问何无侍者，一切众魔及诸外道皆吾侍也。所以者何?众魔者乐生死，菩萨于生死而不舍;外道者乐诸见，菩萨于诸见而不动。"

文殊师利言："居士所疾为何等相?"

维摩诘言："我病无形不可见。"

又问："此病身合耶? 心合耶⑨?"

答曰："非身合，身相离故;亦非心合，心如幻故。"

又问："地大、水大、火大、风大，于此四大，何大之病?"

答曰："是病非地大，亦不离地大。水火风大，亦复如是。而众生病从四大起，以其有病，是故我病。"

尔时，文殊师利问维摩诘言："菩萨应云何慰喻有疾菩萨?"

维摩诘言："说身无常，不说厌离于身;说身有苦，不说乐于涅槃;说身无我，而说教导众生;说身空寂，不说毕竟寂灭;说悔先罪，而不说入于过去。以己之疾悯于彼疾，当识宿世⑩无数劫苦，当念饶益一切众生。忆所修福，念于净命，勿生忧恼，常起精进，当作医王，疗治众病。菩萨应如是慰喻有疾菩萨，令其欢喜。"

文殊师利言："居士，有疾菩萨云何调伏其心?"

维摩诘言："有疾菩萨应作是念:'今我此病皆从前世妄想颠倒诸烦恼生，无有实法，谁受病者?'所以者何? 四大合故。假名为身，四大无主，身亦无我。又此病起，皆由著我，是故于我不应生著⑪。既知病本，即除我想及众生想，当起法想⑫，应作是念:'但以众法合成此身，起唯法起，灭唯法灭'。又此法者，各不相知，起时不言我起，灭时不言我灭。彼有疾菩萨，为灭法想，当作是念: '此法想者，亦是颠倒，颠倒者，即是大患，我应离之'。云何为离? 离我我所⑬。云何离我我所? 谓离二法。云何离二法? 谓不念内外诸法，行于平等。云何平等? 谓我等涅槃等。所以者何? 我及涅槃，此二者空。以何为空? 但以名字故空。如此二法，无决定性，得是平等，无有余病，唯有空病⑭，空病亦空。是有疾菩萨以无所受而受诸受，未具佛法，亦不灭受而取证也。设身有苦，念恶趣众生，起大悲心，我即调伏，亦当调伏一切众生。但除其病而不除法，为断病本而教导之。何谓病本? 谓有攀缘⑮。从有攀缘，则为病本。何所攀缘? 谓之三界。云何断攀缘? 以无所得。若无所得，则无攀缘。何谓无所得? 谓离二见。何谓二见? 谓内见外见，是无所得。"

"文殊师利，是为有疾菩萨调伏其心，为断老、病、死苦，是菩萨菩提。若不如是，己所修治，为无慧利⑯。譬如胜怨⑰，乃可为勇。如是兼除老、病、死者，菩萨之谓也。"

"彼有疾菩萨应复作是念:'如我此病非真非有，众生病亦非真非有。'作是观时，于诸众生若起爱见大悲，即应舍离。所以者何? 菩萨断除客尘烦恼⑱而起大悲。爱见悲者，则于生死有疲厌心，若能离此，无有疲厌，在在⑲所生不为爱见之所覆⑳也。所生无缚㉑，能为众生说法解缚。如佛所说，若自有缚，能解彼缚，无有是处;若自无缚，能解彼缚，斯有是处。是故菩萨不应起缚。”

　　“何谓缚？何谓解？贪著禅味，是菩萨缚；以方便生，是菩萨解。又无方便慧②缚，有方便慧解。无慧方便缚，有慧方便解。”

　　“何谓无方便慧缚？谓菩萨以爱见心庄严佛土、成就众生，于空、无相、无作法中而自调伏，是名无方便慧缚。”

　　“何谓有方便慧解？谓不以爱见心庄严佛土、成就众生，于空、无相、无作法中以自调伏而不疲厌，是名有方便慧解。”

　　“何谓无慧方便缚？谓菩萨住贪欲、瞋恚、邪见等诸烦恼，而殖众德本，是名无慧方便缚。”

　　“何谓有慧方便解？谓离诸贪欲、瞋恚、邪见等诸烦恼，而殖众德本，回向阿耨多罗三藐三菩提，是名有慧方便解。”

　　“文殊师利，彼有疾菩萨应如是观诸法，又复观身无常、苦、空、非我，是名为慧。虽身有疾，常在生死饶益一切而不厌倦，是名方便。又复观身；身不离病，病不离身，是病是身，非新非故，是名为慧。设身有疾而不永灭，是名方便。”

　　“文殊师利，有疾菩萨应如是调伏其心，不住其中，亦复不住不调复心。所以者何？若住不调伏心，是愚人法；若住调伏心，是声闻法。是故菩萨不当住于调伏不调伏心。离此二法，是菩萨行㉓；在于生死，不为汙行，住于涅槃，不灭永度，是菩萨行；非凡夫行，非圣贤行，是菩萨行；非垢行，非净行，是菩萨行；虽过魔行，而现降伏众魔，是菩萨行；求一切智，无非时求㉔，是菩萨行；虽观诸法不生，而不入正位，是菩萨行；虽观十二缘起而入诸邪见，是菩萨行；虽摄一切众生而不爱著，是菩萨行；虽乐远离而不依身心尽，是菩萨行；虽行三界而不坏法性，是菩萨行；虽行于空而殖众德本，是菩萨行；虽行无相㉕而度众生，是菩萨行；虽行无作而现受身，是菩萨行；虽行无起而起一切善行，是菩萨行。虽行六波罗蜜而遍知众生心心数法㉖，是菩萨行；虽行六通而不尽漏，是菩萨行；虽行四无量心而不贪著生于梵世，是菩萨行；虽行禅定解脱三昧而不随禅生，是菩萨行；虽行四念处，不毕竟永离身心精进，是菩萨行；虽行四正勤而不舍身心精进，是菩萨行；虽行四如意足而得自在神通，是菩萨行；虽行五根而分别众生诸根利钝，是菩萨行；虽行五力而乐求佛十力，是菩萨行；虽行七觉分而分别佛之智慧，是菩萨行；虽行八正道而乐行无量佛道，是菩萨行；虽行止观助道之法而不毕竟堕于寂灭，是菩萨行；虽行诸法不生不灭而以相好庄严其身，是菩萨行；虽现声闻辟支佛威仪而不舍佛法，是菩萨行；虽随诸法究竟净相而随所应为现其身，是菩萨行；虽观诸佛国土永寂如空而现种种清净佛土，是菩萨行；虽得佛道转于法轮㉗、入于涅槃而不舍于菩萨之道，是菩萨行。”

　　说是语时，文殊师利所将大众，其中八千天子皆发阿耨多罗三藐三菩提心。

---

　　①酬对：对答、应答之意。

　　②法要：一切诸法的本质。亦指佛法的精髓、要旨。

　　③不来相而来，不见相而见：意为“虽来而无来相，虽见而无见相。”只有菩萨才能做到虽住世间，而无世间相。“相”即相状、现象。

　　④且置是事：先撇开这个问题不谈。

　　⑤损：减损，缓轻；增，增加，严重化。整句意为“治疗得好些了吧？不至于更严重了吧？”

　　⑥致问无量：无数次致意问候。

　　⑦以空空：以空为空。

　　⑧以无分别空故空：因为空相本无分别、差别，所以为空。

⑨此病身合耶？心合耶：此病与身体相关？还是与心识相关？

⑩宿世：往世，前世。

⑪生著：生执着之心。

⑫想：通"相"。法想为即法相，指诸法之本相、特征、差别，亦指对这种差别的认识。

⑬离我我所：前一"我"指作为主体的我，后一"我"指主体所在、所认识之客观世界。

⑭空病：指执着于空见，便是以空为累，以空为病。

⑮攀缘：攀，抓、牵扯之意；缘，接触。攀缘在此处意指人因为内心妄作分别，执意外求，以无明贪著为动力的倾向。

⑯慧利：由般若智慧所带来的利益。

⑰胜怨：战胜瞋怨之心。

⑱客尘烦恼：外来的具有污染性质的烦恼。

⑲在在：处处，随处。

⑳覆：覆障、扰乱、障碍等义，亦通缠缚。

㉑缚：缠缚，烦恼。

㉒方便：善巧权便，意指依据具体情况度化众生；慧：智慧。"方便"与"慧"二行具备，即得解脱。

㉓菩萨行：即菩萨的行德。

㉔非时求：指功行不足、时机未到而追求至足之佛果。

㉕无相：指不能以经验、语言、概念等表述指称的诸法存在之本体、真相。

㉖心心数法：亦称心王，心所法。心法（心王）是精神作用的主体；心所乃心之所识之境，依于心法而起，与心相应，系属于心。

㉗法轮：佛法的象征。

不思议品第六

尔时，舍利弗见此室中无有床座，作是念："斯诸菩萨大弟子众，当于何坐？"

长者维摩诘知其意，与舍利弗言："云何？仁者为法来耶？为床座耶？"

舍利弗言："我为法来，非为床座。"

维摩诘言："唯，舍利弗，夫求法者不贪躯命，何况床座？夫求法者非有色、受、想、行、识之求，非有界入①之求，非有欲色无色之求。"

"唯，舍利弗，夫求法者不著佛求，不著法求，不著众求；夫求法者无见苦求，无断集求，无造尽证修道之求。所以者何？法无戏论。若言我当见苦、断集、证灭、修道②，是则戏论，非求法也。"

"唯，舍利弗，法名寂灭，若行生灭，是求生灭，非求法也；法名无染，若染于法，乃至涅槃，是则染著，非求法也；法无行处，若行于法，是则行处，非求法也；法无取舍，若取舍法，是则取舍，非求法也；法无处所，若著处所，是则著处，非求法也；法名无相，若随相识，是则求相，非求法也；法不可住，若住于法，是则住法，非求法也；法不可见闻觉知，若行见闻觉知，是则见闻觉知，非求法也；法名无为，若行有为，是求有为，非求法也；是故，舍利弗，若求法者，于一切法应无所求。"说是语时，五百天子于诸法中得法眼净。

尔时长者维摩诘问文殊师利："仁者游于无量千万亿阿僧祇国，何等佛土有好上妙功德，成就师子之座？"

文殊师利言："居士，东方度三十六恒河沙③国，有世界名须弥相，其佛号须弥灯王，今现在。彼佛身长八万四千由旬，其师子座高八万四千由旬，严饰④第一。"

于是，长者维摩诘现神通力，即时彼佛遣三万二千师子座，高广严净，来入维摩诘室，诸菩萨、大弟子、释梵四天王等，昔所未见，其室广博，悉皆包容三万二千师子座，无所妨碍，于毗耶离城及阎浮提四天下，亦不迫迮⑤，悉见如故。

　　尔时，维摩诘语文殊师利："就师子座"。与诸菩萨上人俱坐，当自立身，如彼座像。其得神通菩萨，即自变形为四万二千由旬，坐师子座，诸新发意菩萨及大弟子，皆不能昇。尔时，维摩诘语舍利弗："就师子座"。

　　舍利弗言："居士，此座高广，吾不能昇。"

　　维摩诘言："唯，舍利弗，为须弥灯王如来作礼，乃可得坐"。于是新发意菩萨及大弟子即为须弥灯王如来作礼，便得坐师子座。

　　舍利弗言："居士，未曾有也，如是小室，乃容受此高广之座，于毗耶离城无所妨碍，又于阎浮提聚落城邑及四天下诸天龙王鬼神宫殿亦不迫迮。"

　　维摩诘言："唯，舍利弗，诸佛菩萨有解脱，名不可思议。若菩萨住是解脱者，以须弥之高广内芥子中无所增减⑥。须弥山王本相如故，而四天王、忉利诸天⑦不觉不知己之所入，唯应度者乃见须弥入芥子中，是名不可思议解脱法门。又，以四大海水入一毛孔，不娆鱼鳖鼋鼍⑧水性之属，而彼大海本性如故，诸龙鬼神阿修罗等不觉不知己之所入，于此众生亦无所娆。"

　　"又，舍利弗，往不可思议解脱⑨菩萨，断取三千大千世界如陶家轮，著右掌中掷过恒河沙世界之外，其中众生不觉不知己之所往，又复还本处，都不使人有往来想，而此世界本相如故。"

　　"又，舍利弗，或有众生乐久住世而可度者，菩萨即演七日以为一劫，令彼众生谓之一劫；或有众生不乐久住而可度者，菩萨即促一劫以为七日，令彼众生谓之七日。"

　　"又，舍利弗，住不可思议解脱菩萨，以一切佛土严饰之事集在一国示于众生。又，菩萨以一佛土众生置于右掌，飞到十方，遍示一切，而不动本处。"

　　"又，舍利弗，十方众生供养诸佛之具，菩萨于一毛孔皆令得见。又十方国土、所有日月星辰宿于一毛孔普使见之。"

　　"又，舍利弗，十方世界所有诸风菩萨悉能吸著口中而身无损，外诸树木亦不摧折。又十方世界劫尽烧时，以一切火内于腹中，火事如故而不为害。又于下方过恒河沙等诸佛世界，取一佛土举著上方，过恒河沙无数世界，如持针锋举一枣叶而无所娆。"

　　"又，舍利弗，住不可思议解脱菩萨，能以神通现作佛身，或现辟支佛身，或现声闻身，或现帝释身，或现梵王身，或现世主身，或现转轮圣王身。又十方世界所有众声上中下音，皆能变之令作佛声，演出无常、苦、空、无我之音，及十方诸佛所说种种诸法皆于其中普令得闻。舍利弗，我今略说菩萨不可思议解脱之力，若广说者穷劫不尽。"

　　是时，大迦叶闻说菩萨不可思议解脱法门，叹未曾有，谓舍利弗："譬如有人于盲者前现众色像，非彼所见，一切声闻⑩闻是不可思议解脱法门，不能解了，为若此也。智者闻是，其谁不发阿耨多罗三藐三菩提心，我等何为永绝其根？于此大乘已如败种⑪。一切声闻闻是不可思议解脱法门，皆应号泣声震三千大千世界，一切菩萨应大欣庆，顶受此法。若有菩萨信解不可思议解脱法门者，一切众魔无如之何。"大迦叶说此语时，三万二千天子皆发阿耨多罗三藐三菩提心。

　　尔时，维摩诘语大迦叶："仁者，十方无量阿僧祇世界中作魔王者，多是住不可思议解脱菩萨，以方便力教化众生，现作魔王。又，迦叶，十方无量菩萨，或有人从乞手足、耳鼻、头目、髓脑、血肉、皮骨、聚落、城邑、妻子、奴婢、象马、车乘、金银、琉璃、砗磲、玛瑙、珊瑚、琥珀、真珠、珂贝、衣服、饮食，如此乞者，多是住不可思议解脱菩萨，以方便力而往试之，令其坚固。所以者何？住不可思议解脱菩萨，有威德力，现行逼迫，示诸众生如是难事。凡夫下劣，无有力势，不能如是逼迫菩萨。譬如龙象蹴踏，非驴所堪，是名住不可思议解脱菩萨智慧方便之门。"

①界入：界，指十八界；入：指十二入。

②苦、集、灭、道：佛教之四谛道理。

③恒河沙：有时亦作"恒河沙数"，言其数目无限多。

④严饰：犹言"庄严"，即"装饰，打扮而使其神圣化"的意思。

⑤迫迮：局促、窄小。迮（zé），音泽。

⑥以须弥之高广内芥子中无所增减：意为，"即使把高大广阔的须弥山容纳于细微的芥子中，芥子也无所增，须弥山也无所减。"

⑦忉利天：六欲天之一。忉音dāo。

⑧鳖：音biē；鼋，音yuán；鼍，音tuó。

⑨不可思议：意即"无所不照而实无照，无所不为而实无为"。解脱：指自在心法。

⑩声闻：指修行声闻乘的人。

⑪于此大乘已如败种：如同败坏的种子，对于大乘佛法已不能生出信解、了悟之心。

观众生品第七

尔时，文殊师利问维摩诘言："菩萨云何观于众生？"

维摩诘言："譬如幻师所见幻人，菩萨观众生为若此。如智者见水中月，如镜中见其面像，如热时焰，如呼声响，如空中云，如水聚沫，如水上泡，如芭蕉坚，如电久住，如第五大，如第六阴，如第七情，如十三入，如十九界①，菩萨观众生为若此。如无色界色，如焦谷芽，如须陀洹身见，如阿那含入胎，如阿罗汉三毒，如得忍菩萨贪恚毁禁，如佛烦恼习，如盲者见色，如入灭尽定出入息②，如空中鸟迹，如石女儿，如化人烦恼③，如梦所见已寤，如灭度者受身，如无烟之火，菩萨观众生为若此。"

文殊师利言："若菩萨作是观者，云何行慈？"

维摩诘言："菩萨作是观已，自念：'我当为众生说如斯法，是即真实慈也。'行寂灭慈，无所生故；行不热慈，无烦恼故；行等之慈，等三世④故；行无诤慈，无所起故；行不二慈，内外不合故；行不坏慈，毕竟尽故；行坚固慈，心无毁故；行清净慈，诸法性净故；行无边慈，如虚空故；行阿罗汉慈，破结贼⑤故；行菩萨慈，安众生故；行如来慈，得如相故；行佛之慈，觉众生故；行自然慈，无因得故；行菩提慈，等一味⑥故；行无等慈，断诸爱故；行大悲慈，导以大乘故；行无厌慈，观空无我故；行法施慈，无遗惜故；行持戒慈，化毁禁故；行忍辱慈，护彼我故；行精进慈，荷负众生故；行禅定慈，不受味故；行智慧慈，无不知时故；行方便慈，一切示现故；行无隐慈，直心清净故；行深心慈，无杂行⑦故；行无诳慈，不虚假故；行安乐慈，令得佛乐故。菩萨之慈，为若此也。

文殊师利又问："何谓为悲？"

答曰："菩萨所作功德，皆与一切众生共之。"

"何谓为喜？"

答曰："有所饶益，欢喜无悔。"

"何谓为舍？"

答曰："所作福祐，无所希望。"

文殊师利又问："生死有畏，菩萨当何所依？"

维摩诘言："菩萨于生死畏中，当依如来功德之力。"

文殊师利又问："菩萨欲依如来功德之力，当于何住？"

答曰："菩萨欲依如来功德力者，当住度脱一切众生。"

又问："欲度众生，当何所除？"

答曰："欲度众生，除其烦恼。"

又问："欲除烦恼，当何所行？"

答曰："当行正念"。

又问："云何行于正念？"

答曰："当行不生不灭。"

又问："何法不生？何法不灭？"

答曰："不善不生，善法不灭。"

又问："善不善孰为本？"

答曰："身为本。"

又问："身孰为本？"

答曰："欲贪为本。"

又问："欲贪孰为本？"

答曰："虚妄分别为本。"

又问："虚妄分别孰为本？"

答曰："颠倒想为本。"

又问："颠倒想孰为本？"

答曰："无住为本。"

又问："无住孰为本？"

答曰："无住则无本。文殊师利，从无住本立一切法。"

时，维摩诘室有一天女，见诸天人闻所说法，便现其身，即以天华⑧散诸菩萨大弟子上，华至诸菩萨即皆堕落，至大弟子便著不堕，一切弟子神力去华，不能令去。

尔时，天问舍利弗："何故去华？"

答曰："此华不如法，是以去之。"

天曰："勿谓此华为不如法，所以者何？是华无所分别，仁者自生分别想耳。若于佛法出家，有所分别，为不如法，若无所分别，是则如法。观诸菩萨华不著者，已断一切分别想故。譬如人畏时，非人得其便。如是，弟子畏生死，故色、声、香、味、触得其便也。已离畏者，一切五欲无能为也。结习未尽，华著身耳；结习尽者，华不著也。"

舍利弗言："天止此室，其已久如。"

答曰："我止此室，如耆年⑨解脱。"

舍利弗言："止此久耶？"

天曰："耆年解脱，亦何如久？"

舍利弗默然不答。

天曰："如何耆旧⑩大智而默？"

答曰："解脱者无所言说，故吾于是不知所云。"

天曰："言说文字皆解脱相，所以者何？解脱者不内不外，不在两间；文字亦不内不外，不在两间。是故，舍利弗，无离文字说解脱也。所以者何？一切诸法是解脱相。"

舍利弗言："不复以离淫、怒、痴为解脱乎？"

天曰："佛为增上慢⑪人说离淫怒痴为解脱耳，若无增上慢者，佛说淫怒痴性即是解脱。"

舍利弗言："善哉！善哉！天女，汝何所得？以何为证，辩乃如是？"

天曰："我无得无证，故辩如是。所以者何？若有得有证者，则于佛法为增上慢。"

舍利弗问天："汝于三乘为何志求？"

天曰："以声闻法化众生故，成为声闻；以因缘法化众生故，我为辟支佛；以大悲法化众生故，我为大乘。舍利弗，如人入瞻卜林，唯嗅瞻卜，不齅⑫余香，如是若入此室，但闻佛功德之香，不乐闻声闻辟支佛功德香也。舍利弗，其有释、梵、四天王、诸天、龙鬼神等入此室者，闻斯上人讲说正法，皆乐佛功德之香，发心而出。"

"舍利弗，吾止此室十有二年，初不闻说声闻辟支佛法，但闻菩萨大慈大悲不可思议诸佛之法。舍利弗，此室常现八未曾有难得之法；何等为八？此室常以金色光照，昼夜无异，不以日月所照为明，是为一未曾有难得之法；此室入者不为诸垢之所恼也，是为二未曾有难得之法；此室常有释梵四天王他方菩萨来会不绝，是为三未曾有难得之法；此室常说六波罗蜜不退转法，是为四未曾有难得之法；此室常作天下第一之乐弦，出无量法化之声，是为五未曾有难得之法；此室有四大藏，众宝积满，周穷济乏，求得无尽，是为六未曾有难得之法；此室释迦牟尼佛、阿弥陀佛、阿閦佛、宝得、宝炎、宝月、宝严、难胜、师子响，一切利成，如是等十方无量诸佛，是上人⑬念时，即皆为来广说佛秘要法藏，说已还去，是为七未曾有难得之法；此室一切诸天严饰宫殿，诸佛净土皆于中现，是为八未曾有难得之法。舍利弗，此室常现八未曾有难得之法，谁有见斯不思议事而复乐于声闻法乎？"

舍利弗言："汝何以不转女身？"

天曰："我从十二年来，求女人相了不可得，当何所转？譬如幻师化作幻女，若有人问何以不转女身，是人为正问不？"

舍利弗言："不也。幻无定相⑭，当何所转？"

天曰："一切诸法亦复如是，无有定相，云何乃问不转女身？"即时，天女以神通力变舍利弗，令如天女。天自化身如舍利弗而问言："何以不转女身？"

舍利弗以天女像而答言："我今不知何转而变为女身。"

天曰："舍利弗，若能转此女身，则一切女人亦当能转。如舍利弗，非女而现女身，一切女人亦复如是，虽现女身而非女也。是故，佛说一切诸法非男非女。"

即时，天女还摄神力，舍利弗身还复如故。

天问舍利弗："女身色相⑮，今何所在？"

舍利弗言："女身色相，无在无不在。"

天曰："一切诸法亦复如是，无在无不在。夫无在无不在者，佛所说也。"

舍利弗问天："汝于此没，当生何所？"

天曰："佛化所生，吾如彼生。"

曰："佛化所生，非没生也⑯。"

天曰："众生犹然，无没生也。"

舍利弗问天曰："汝久如当得阿耨多罗三藐三菩提⑰？"

天曰："如舍利弗还为凡夫，我乃当为阿耨多罗三藐三菩提。"

舍利弗言："我作凡夫，无有是处。"

天曰："我得阿耨多罗三藐三菩提，亦无是处，所以者何？菩提无住处，是故无有得者。"

舍利弗言："今诸佛得阿耨多罗三藐三菩提，已得当得如恒河沙，皆谓何乎？"

天曰："皆以世俗文字数，故说有三世，非谓菩提有去来今。"

天曰："舍利弗，汝得阿罗汉道耶？"

曰："无所得故而得。"

天曰："诸佛菩萨亦复如是，无所得故而得。"

尔时，维摩诘语舍利弗："是天女已曾供养九十二亿佛，已能游戏菩萨神通，所愿具足，得无生忍，住不退转，以本原故，随意能现，教化众生。

---

①按佛教说法，世间有四大、五阴（即五蕴）、六情、十二入、十八界，因此所谓第五大、第六阴、第七情、十三入、十九界等皆是观念产物，是虚幻的存在。

②灭尽定：灭尽一切意识心理活动之禅定，入此定则无出入息（呼吸）之事。

③化人：有二解。一为菩萨为化度众生而有的变化身，一为幻师所变幻出来的假人。二者均不能有烦恼。

④等三世：指无过去、现在、未来的三世区别。

⑤结：意谓烦恼。破结贼意即破烦恼贼。

⑥一味：平等无二，毫无区别。

⑦无杂行：指没有夹杂着别的心理活动。

⑧华：通花。

⑨耆年：老年人。耆：qí，音奇，六十岁方称"耆"。

⑩耆旧：本意耆年故旧，此处引申为有德有智的老年人。是一种略带讽刺的称呼。

⑪增上慢：慢，目空一切，自高自大；增上：本来没有德性、能力，自己却一力抬高。

⑫齅：同"嗅"。

⑬上人：内有德智，外有胜行的上德之人。

⑭定相：一定的、不变的本相。

⑮色相：色身相貌显于外而可见者。

⑯没生：没，灭，死。没生意为死而后生。

⑰久如：指何时、什么时候。

佛道品第八

尔时，文殊师利问维摩诘言："菩萨云何通达佛道？"

维摩诘言："若菩萨行于非道，是为通达佛道。"

又问："云何菩萨行于非道？"

答曰："若菩萨行五无间①而无恼恚；至于地狱无诸罪垢；至于畜生无有无明、憍慢等过；至于饿鬼而具足功德；行色无色界道不以为胜；示行贪欲离诸染著；示行瞋恚②于诸众生无有恚碍；示行愚痴而以智慧调伏其心；示行悭贪而舍内外所有，不惜身命；示行毁禁而安住净戒，乃至小罪犹怀大惧；示行瞋恚而常慈忍；示行懈怠而勤修功德；示行乱意而常念定；示行愚痴而通达世间出世间慧；示行谄伪而善方便随诸经义；示行憍慢而于众生犹如桥梁；示行诸烦恼而心常清净。示入于魔而顺佛智慧，不随他教；示入声闻而为众生说未闻法；示入辟支佛而成就大悲，教化众生；示入贫穷而有宝手功德无尽；示入形残而具诸相好以自庄严；示入下贱而生佛种性中，具诸功德；示入羸劣丑陋而得那罗延身，一切众生之所乐见；示入老病而永断病根，超越死畏。示有资生而恒观无常，实无所贪；示有妻妾采女而常远离五欲③淤泥；现于讷钝而成就辩才，总持④无失；示入邪济⑤而以正济度诸众生；现遍入诸道而断其因缘，现于涅槃而不断生死。文殊师利，菩萨能如是行于非道⑥，是为通达佛道。"

于是，维摩诘问文殊师利："何等为如来种？"

文殊师利言："有身为种，无明有爱为种。贪恚痴为种，四颠倒为种，五盖⑦为种，六入为种，七识处为种，八邪法为种、九恼处为种，十不善道为种。以要言之，六十二见及一切烦恼皆是佛种。"

曰："何谓也？"

答曰："若见无为入正位者，不能复发阿耨多罗三藐三菩提心，譬如高原陆地不生莲华，卑湿于泥，乃生此华。如是，见无为法入正位者终不复能生于佛法，烦恼泥中乃有众生起佛法耳。又如植种于空，终不得生，粪壤之地，乃能滋茂。如是，入无为正位者不生佛法，起于我见如须弥山，犹能发于阿耨多罗三藐三菩提心，生佛法矣。是故，当知一切烦恼为如来种。譬如不下巨海不能得无价宝珠，如是，不入烦恼大海则不能得一切智宝。"

尔时大迦叶叹言："善哉善哉！文殊师利快说此语，诚如所言：尘劳之俦为如来种。我等今者不复堪任发阿耨多罗三藐三菩提心，乃至五无间罪犹能发意生于佛法，而今我等永不能发。譬如根败之士，其于五欲不能复利，如是声闻诸结⑧断者，于佛法中无所复益，永不志愿。是故，文殊师利，凡夫于佛法有反复，而声闻无也。所以者何？凡夫闻佛法能起无上道心，不断三宝，正使声闻终身闻佛法、力、无畏等，永不能发无上道意。"

尔时，会中有菩萨名普色身，问维摩诘言："居士，父母妻子、亲戚眷属、吏民知识，悉为是谁？奴婢僮仆，象马车乘，皆何所在？"

于是维摩诘以偈答曰：

智度⑨菩萨母，方便以为父。
一切众导师，无不由是生。
法喜⑩以为妻，慈悲以为女，
善心诚实男，毕竟空寂舍。
弟子从尘劳，随意之所转，
道品善知识，由是成正觉。
诸度法等侣⑪，四摄无妓女⑫，
歌咏诵法言，以此为音乐。
总持之园苑，无漏法林树，
觉意净妙华，解脱智慧果。
八解之浴池，定水湛然满，
布以七净华，浴此无垢人。
象马五通驰，大乘以为车，
调御于一心，游于八正路。
相具以严容⑬，众好饰其姿，
惭愧之上服，深心为华鬘⑭。
富有七财宝，教授以滋息，
如所说修行，回向⑮为大利。
四禅为床座，从于净命⑯生，
多闻增智慧，以为自觉音。
甘露法⑰之食，解脱味为浆，
净心以澡浴，戒品为涂香。
摧灭烦恼贼，勇健无能逾，
降伏四种魔⑱，胜幡建道场。

虽知无起灭，示彼故有生，
悉现诸国土，如日无不见。
供养于十方，无量亿如来，
诸佛及己身，无有分别想。
虽知诸佛国，及与众生空，
而常修净土，教化于群生。
诸有众声类，形声及威仪，
无畏力菩萨，一时能尽现。
觉知众魔事，而示随其行，
以善方便智⑲，随意皆能现。
或示老病死，成就诸群生，
了知如幻化，通达无有碍。
或现劫尽烧，天地皆洞然，
众人有常想，照令知无常。
无数忆众生，俱来请菩萨，
一时到其舍，化令向佛道。
经书禁咒术⑳，工巧诸技艺㉑，
尽现行此事，饶益诸群生。
世间众道法，悉于中出家，
因以解人惑，而不堕邪见。
或作日月天，梵王世界主，
或时作地水，或复作风火。
劫中有疾疫，现作诸药草，
若有服之者，除病消众毒。
劫中有饥馑，现身作饮食，
先救彼饥渴，却以法语人。
劫中有刀兵，为之起慈悲，
化彼诸众生，令住无诤㉒地。
若有大战阵，立之以等力，
菩萨现威势，降伏使和安。
一切国土中，诸有地狱处，
辄往到于彼，勉济其苦恼。
一切国土中，畜生相食啖，
皆现生于彼，为之作利益。
示受于五欲，亦复现行禅，
令魔心愦乱，不能得其便。
火中生莲华，是可谓希有。
在欲而行禅，希有亦如是。
或现作淫女，引诸好色者，
先以欲钩㉓牵，后令入佛智。

或为邑中主，或作商人导，

国师及大臣，以佑利众生。

诸有贫穷者，现作无尽藏，

因以劝导之，令发菩提心。

我心憍慢㉔者，为现大力士，

消伏诸贡高㉕，令住无上道。

其有恐惧众，居前而慰安，

先施以无畏，后令发道心。

或现离淫欲，为五通仙人，

开导诸群生，令住戒忍慈㉖。

见须供事者，现为作僮仆，

既悦可其意，乃发以道心。

随彼之所须，得入于佛道，

以善方便力㉗，皆能给足之。

如是道无量，所行无有涯，

智慧无边际，度脱无数众。

假令一切佛，于无数亿劫，

赞叹其功德，犹尚不能尽。

谁闻如是法，不发菩提心？

除彼不肖人，痴冥无智者。

①五无间：指八大地狱之第八，即阿鼻地狱。有：一趣果无间（造业与受果之间无时间间隔）；二受苦无间；三时无间；四命无间；五形无间。

②恚碍：因瞋恚而障碍修行。

③五欲：五根（眼耳鼻舌身）对五境（色声香味触）的贪求、向往。

④总持：保持，维持。

⑤邪济：以不正当、不合法的方式救助。

⑥非道：不正确的方式方法。

⑦五盖：盖意为"遮蔽"，"障碍"。五盖指五种妨碍修道的表现，即贪欲、瞋恚、睡眠、掉悔、疑惑。

⑧结：集结、缠缚之义，又名烦恼。

⑨智度：即般若波罗蜜多，六度之首。

⑩法喜：由听闻佛法或依法修道而产生的喜悦。

⑪诸度法等侣：意即"六度法门是朋友"。

⑫妓：通"伎"。"妓女"指歌舞女子。

⑬相具以严容：以三十二种妙相扮饰起来。

⑭鬘：mán，音瞒，形容头发华美。华鬘：花环等的装饰。

⑮回向：亦作"转向"，将自己所修功德转施于他人、他处。

⑯净命：清静的修道生活。

⑰甘露法：喻佛法如甘露，如能起死回生之妙药。

⑱四种魔：妨碍修道的四种魔障，包括：一烦恼魔（贪瞋痴"三毒"）、二阴魔（色受想行识"五蕴"），三死魔，四天魔（自在天等）。

⑲善方便智：善于因大随缘度化的智慧。

⑳经书：指人世间学问；梵咒：秘法咒语。

㉑工巧诸技艺：指"五明"，即声明（语言、语音、语法等）、工巧明（历算、建筑等）、医方明（医药学等）、因明（逻辑）、内明（宗教学说）。

㉒无诤：即指无争执，无斗争。

㉓钩：同"钩"，（音 gōu）钩牵意为"引诱"。

㉔侨慢：傲慢，骄傲。

㉕贡高：自以为是，自视甚高。

㉖戒忍慈：持戒、忍辱、慈悲。

㉗善方便力：善巧方便的救度众生之力。

不二法门品第九

尔时，维摩诘谓众菩萨言："诸仁者，云何菩萨入不二法门①，各随所乐说之。"

会中有菩萨名法自在说言："诸仁者，生灭为二，法本不生，今则无灭，得此无生法忍，是为入不二法门。"

德守菩萨曰："我我所为二，因有我故，便有我所，若无有我，则无我所，是为入不二法门。"

不眴②菩萨曰："受不受为二，若法不受，则不可得，以不可得故，无取无舍，无作无行，是为入不二法门。"

德顶菩萨曰："垢净为二，见垢实性，则无净相，顺于灭相，是为入不二法门。"

善宿菩萨曰："是动是念③为二，不动则无念，无念即无分别，通达此者，是为入不二法门。"

善眼菩萨曰："一相无相为二，若知一相即是无相，亦不取无相，入于平等，是为入不二法门。"

妙臂菩萨曰："菩萨心声闻心为二，观心相空如幻化者，无菩萨心无声闻心，是为入不二法门。"

弗沙菩萨曰："善不善为二，若不起善不善，入无相际而通达者，是为入不二法门。"

师子菩萨曰："罪福为二，若达罪性，则与福无异，以金刚慧决了此相，无缚无解者，是为入不二法门。"

师子意菩萨曰："有漏无漏④为二，若得诸法等，则不起漏不漏想，不著于相，亦不住无相，是为入不二法门。"

净解菩萨曰："有为无为为二，若离一切数，则心如虚空，以清净慧无所碍者，是为入不二法门。"

那罗延菩萨曰："世间出世间为二，世间性空，即是出世间，于其中不入不出，不溢不散，是为入不二法门。"

善意菩萨曰："生死涅槃为二，若见生死性，则无生死，无缚无解，不燃不灭，如是解者，是为入不二法门。"

现见菩萨曰："尽不尽⑤为二，法若究竟，尽若不尽，皆是无尽相，无尽相即空，空则无有尽不尽相，如是入者，是为入不二法门。"

普守菩萨曰："我无我为二，我尚不可得，非我何可得？见我实性者，不复起二，是为入不二法门。"

电天菩萨曰："明无明为二，无明实性即是明，明亦不可取，离一切数，于其中平等无二者，是为入不二法门。"

喜见菩萨曰："色色空为二，色即是空，非色无空，色性自空，如是受想行识，识空为二，识即是空，非识灭空，识性自空，于其中而通达者，是为入不二法门。"

明相菩萨曰："四种异空种异⑥为二，四种性即是空种性，如前际后际空，故中祭亦空，若能如是知诸种性者，是为入不二法门。"

妙意菩萨曰："眼色为二，若知眼性于色，不贪不恚不痴，是名寂灭，如是耳声鼻香舌味身触意法为二，若知意性于法，不贪不恚不痴，是名寂灭，安住其中，是为入不二法门。"

无尽意菩萨曰："布施回向一切智为二⑦，布施性即是回向一切智性，如是持戒、忍辱、精进、禅定、智慧、回向一切智为二，智慧性即是回向一切智性，于其中入一相者，是为入不二法门。"

深慧菩萨曰："是空，是无相，是无作为二，空即无相，无相即无作，若空无相无作，则无心意识，于一解脱门即是三解脱门者，是为入不二法门。"

寂根菩萨曰："佛法众为二，佛即是法，法即是众，是三宝皆无为相，与虚空等，一切法亦尔，能随此行者，是为入不二法门。"

心无碍菩萨曰："身身灭⑧为二，身即是身灭，所以者何？见身实相者，不起见身及见灭身，身与灭身无二无分别，于其中不惊不惧者，是为入不二法门。"

上善菩萨曰："身口意善为二，是三业皆无作相，身无作相即口无作相，口无作相即意无作相，是三业无作相，即一切法无作相，能如是随无作慧者，是为入不二法门。"

福田菩萨曰："福行、罪行、不动行为二⑨，三行实性即是空，空则无福行、无罪行、无不动行，于此三行而不起者，是为入不二法门。"

华严菩萨曰："从我起二为二⑩，见我实相者不起二法，若不住二法，则无有识、无所识者，是为入不二法门。"

德藏菩萨曰："有所得相为二，若无所得，则无取舍，无取舍者，是为入不二法门。"

月上菩萨曰："闇⑪与明为二，无闇无明，则无有二，所以者何？如入灭受想定⑫无闇无明，一切法相亦复如是，于其中平等入者，是为入不二法门。"

宝印手菩萨曰："乐涅槃不乐世间为二，若不乐涅槃不厌世间，则无有二，所以者何？若有缚则有解，若本无缚，其谁求解？无缚无解，则无乐厌，是为入不二法门。"

珠顶王菩萨曰："正道邪道为二，住正道者则不分别是邪是正，离此二者，是为入不二法门。"

乐实菩萨曰："实不实为二，实见者尚不见实，何况非实，所以者何？非肉眼所见，慧眼乃能见，而此慧眼无见无不见，是为入不二法门。"

如是诸菩萨各各说已，问文殊师初何等是菩萨入不二法门。

文殊师利曰："如我意者，于一切法无言无说，无示无识，离诸问答，是为入不二法门。"

于是，文殊师利问维摩诘："我等各自说已，仁者当说何等是菩萨入不二法门？"

时维摩诘默然无言。文殊师制叹曰："善哉善哉！乃至无有文字言语，是真入不二法门。"

说是"入不二法门品"时，于此众中五千菩萨皆入不二法门，得无生法忍。

---

①不二：本意为"唯一无二的"，此指终极的，至高无上的。法门：指超脱凡俗、证悟圣道的方法、途径。"不二法门"指

超凡入圣的最高方法、终极依据，亦即前文所说的"不可思议解脱法门"。

②不眴：眴，xún，音旬，意为"目眩"、"昏而不明。"不眴指眼目清明。

③念：此指心意之发动，谓于前境不忘或沉思某事。心若有意念活动，则说明心中有分别；心意不动，则无从分别。

④有漏：指不离生死轮回之道的经验的一切，亦即有为法。"无漏"：与有漏相对，指解脱生死轮回的、超言绝象的、彻悟的、清净的一切，亦即无为法。

⑤尽：指灭尽了生死烦恼；不尽：则指尚不能摆脱世间生死烦恼的缠缚。

⑥四种异：指四大（地火水风）各有其特性；空种异：指有别于四大的空的特质。此处"空"指对四大之间聚合分解之变易性的否定。"四大"是指一切物质、现象存在，"空种"正与之反。

⑦布施："六度"之一，即解脱生死，证悟佛智的一个手段、途径；回向一切智：指将已证得佛果的功德施向别处，施向一切众生的智慧，是最高的、唯佛才有的智慧，它是六度所要达到的终极目的和归宿。

⑧身身灭为二：身，指五蕴（色、想、受、行、识）聚合，亦即一切物质存在；身灭，即寂灭、涅槃。

⑨福行：指善行；罪行：指恶行；不动行：无善无恶之行。此三行与"空"相对待，空则无三行之分别。是为入不二法门。

⑩从我起二为二：指由有"我"而产生与"我"相对的"他"，由此对立便分出相对待、分别的二者。

⑪闇，àn，即暗。

⑫灭受想定：即灭尽定。入此定则受想二蕴俱无。

维摩诘所说经卷下

香积佛品第十

于是，舍利弗心念："日时①欲至，此诸菩萨当于何食？"

时维摩诘知其意而语言："佛说八解脱，仁者受行②，岂杂欲食而闻法乎？若欲食者，且待须臾，当令汝得未曾有食。"

时维摩诘即入三昧，以神通力，示诸大众上方界分③，过四十二恒河沙佛土，有国名众香，佛号香积，今现在。其国香气比于十方诸佛世界人天之香，最为第一。彼土无有声闻辟支佛名，唯有清净大菩萨众，佛为说法。其界一切皆以香作楼阁，经行香地，苑园皆香，其食香气周流十方无量世界。时彼佛与诸菩萨方共坐食，有诸天子皆号香严，悉发阿耨多罗三藐三菩提心，供养彼佛及诸菩萨，此诸大众莫不目见。

时维摩诘问众菩萨："诸仁者，谁能致彼佛饭？"以文殊师利威神力故，咸皆默然。

维摩诘言："仁此大众，无乃可耻④。"

文殊师利曰："如佛所言，勿轻未学⑤。"

于是，维摩诘不起于座，居众会⑥前，化作菩萨，相好光明，威德殊胜，蔽于众会，而告之曰："汝往上方界分度如四十二恒河沙佛土，有国名众香，佛号香积，与诸菩萨方共坐食。汝往到彼，如我词曰：'维摩诘稽首世尊足下，致敬无量，问讯起居，少病少恼，气力安不？愿得世尊所食之余，当于娑婆世界⑦施作佛事，令此乐小法者得弘大道，亦使如来名声普闻。'"

时，化菩萨⑧即此会前升于上方，举众皆见其去，到众香界礼彼佛足，又闻其言："维摩诘稽首世尊足下，致敬无量，问讯起居，少病少恼，气力安不？愿得世尊所食之余，欲于娑婆世界施作佛事，使此乐小法者得弘大道，亦使如来名声普闻。"

彼诸大士见化菩萨，叹未曾有。"今此上人从何所来？娑婆世界为在何许？云何名为乐小法者？"即以问佛。佛告之曰："下方度如四十二恒河沙佛土，有世界名娑婆，佛号释迦牟尼，今现在，于五浊恶世⑨为乐小法众生敷演道教⑩。彼有菩萨名维摩诘，住不可思议解脱，为诸菩萨说法，故遣化来称扬我名，并赞此土，令彼菩萨增益功德。"

彼菩萨言："其人何如乃作是化，德力无畏，神足若斯？"

佛言："甚大"。一切十方，皆遣化往，施作佛事，饶益众生。于是，香积如来以众香钵盛满香饭与化菩萨。

时彼九百万菩萨俱发声言："我欲诣娑婆世界供养释迦牟尼佛，并欲见维摩诘等诸菩萨众。"

佛言："可往。摄汝身香，无令彼诸众生起惑著⑪心。又当舍汝本形，勿使彼国求菩萨者而自鄙耻。又汝于彼莫怀轻贱，而作碍想⑫。所认者何？十方国土皆如虚空。又诸佛为欲化诸乐小法者，不尽现其清净土耳。"

时化菩萨既受钵饭，与彼九百万菩萨俱，承佛威神及维摩诘力于彼世界忽然不现，须臾之间至维摩诘舍。时维摩诘即化作九百万师子之座，严好如前，诸菩萨皆坐其上。时化菩萨以满钵香饭与维摩诘，饭香普熏毗耶离城及三千大千世界。时毗耶离婆罗门居士等闻是香气，身意快然，叹未曾有。于是长者主月盖从八万四千人来入维摩诘舍，见其室中菩萨甚多，诸师子座高广严好，皆大欢喜，礼众菩萨及大弟子，却住一面。诸地神、虚空神及欲色界诸天闻此香气，亦皆来入维摩诘舍。

时维摩诘语舍利弗等诸大声闻："仁者，可食。如来甘露味饭，大悲所熏，无以限意⑬食之，使不消也。"有异声闻念是饭少，而此大众人人当食。化菩萨曰："勿以声闻小德小智称量如来无量福慧，四海有竭，此饭无尽，使一切人食抟⑭若须弥，乃至一劫，犹不能尽。所以者何？无尽戒定智慧解脱，解脱知见、功德具足者，所食之余终不可尽。"于是，钵饭悉饱众会，犹故不儩⑮。其诸菩萨、声闻、天、人食此饭者，身安快乐，譬如一切乐庄严国诸菩萨也。又诸毛孔皆出妙香，亦如众香国土诸树之香。

尔时维摩诘问众香菩萨："香积如来以何说法？"彼菩萨曰："我土如来无文字说，但以众香令诸天人得入律行，菩萨各各坐香树下，闻斯妙香即获一切功德藏三昧⑯，得是三昧者，菩萨所有功德皆悉具足。"彼诸菩萨问维摩诘："今世尊释迦牟尼以何说法？"

维摩诘言："此土众生刚强难化，故佛为说刚强之语以调伏之。言：是地狱、是畜生、是饿鬼、是诸难处、是愚人生处⑰，是身邪行、是身邪行报、是口邪行、是口邪行报、是意邪行、是意邪行报、是杀生、是杀生报、是不与取、是不与取报、是邪淫、是邪淫报、是妄语、是妄语报、是两舌、是两舌报、是恶口、是恶口报、是无义语、是无义语报、是贪嫉、是贪嫉报，是瞋恼、是瞋恼报，是邪见、是邪见报，是悭吝、是悭吝报，是毁戒、是毁戒报，是瞋恚、是瞋恚报，是懈怠、是懈怠报，是乱意、是乱意报，是愚痴、是愚痴报，是结戒、是持戒、是犯戒，是应作、是不应作，是障碍、是不障碍，是得罪、是离罪⑱，是净、是垢，是有漏、是无漏，是邪道、是正道，是有为、是无为，是世间、是涅槃。以难化之人心如猿猴，故以若干种法制御其心，乃可调伏。譬如象马㤭悷不调⑲，加诸楚毒⑳，乃至彻骨，然后调伏。如是刚强难化众生，故以一切苦切之言乃可入律。"

彼诸菩萨闻说是已，皆曰："未曾有也。如世尊释迦牟尼佛隐其无量自在之力，乃以贫所乐法度脱众生，斯诸菩萨亦能劳谦㉑，以无量大悲生是佛土。"

维摩诘言："此土菩萨于诸众生大悲坚固，诚如所言，然其一世饶益众生，多于彼国百千劫行。所认者何？此婆婆世界有十事善法，诸余净土之所无有。何等为十？以布施摄②贫穷，以净戒摄毁禁，以忍辱摄瞋恚，以精进摄懈怠，以禅定摄乱意，以智慧摄愚痴，说除难法度八难者、以大乘法度乐小乘者、以诸善根济无德者，常以四摄成就众生，是为十。"

彼菩萨曰："菩萨成就几法，于此世界行无疮疣②，生于净土？"

维摩诘曰："菩萨成就八法，于此世界行无疮疣，生于净土。何等为八？饶益众生而不望报；代一切众生受诸苦恼，所得功德尽以施之等心众生；谦下无碍，于诸菩萨视之如佛；所未闻经闻之不疑；不与声闻而相违背；不嫉彼供②，不高己利，而于其中调伏其心；常省己过，不讼彼短；恒以一心求诸功德，是为八法。"

维摩诘、文殊师利于大众中说是法时，百千天人皆发阿耨多罗三藐三菩提心，十千菩萨得无生法忍。

---

①日时：指正午时分。

②受行：领受佛法而付诸实行。

③上方界分：即上方世界。

④仁此大众，无乃可耻：意为"在座的这么多仁者大士，竟无人应诺，难道不是很可耻的事吗？"

⑤未学：没有深学。指初入圣道的菩萨。

⑥众会：指集会的各位菩萨。

⑦婆婆世界：意译为"堪忍世界"。指教化众生忍受劳苦惫倦的凡间世界。

⑧化菩萨：指维摩诘。

⑨五浊恶世：指众生生活的世界，其浊有五，为劫浊、见浊、烦恼浊、众生浊、命浊。

⑩道教：正道教法，此指佛教。

⑪惑著心：疑惑执著之心，指顽固的怀疑见解。

⑫碍想：妨碍觉悟的观念、看法。

⑬限意：指有限度的、小器量的心思意念。与如来无限广大之悲心相反。

⑭抟：tuán，音团，团弄，用两手搓捏。

⑮偒：cì，音赐，意"尽"。不偒，不尽，不完。

⑯德藏三昧：三昧，愿意为"定"，注意力高度集中的境界，后转指某一方面修养、功夫达到极高极深境界。"德藏三昧"即言菩萨修行众多功德达到极高境界。

⑰愚人生处：指外道异学，他们也修行，但达不到佛道觉悟。

⑱得罪、离罪：犯诸戒律为罪，罪而不悔为得罪，罪恶加深；罪而能悔则可除罪，是名离罪。

⑲恅悷：long lì，音龙丽，"凶狠顽固"之意。

⑳加诸楚毒：鞭杖挞伐，简言之谓"毒打"。

㉑劳谦：不辞劳苦，度化不倦。

㉒摄：摄持之意，引伸为对付、克服。

㉓行无疮疣：疮，溃败；疣：yóu，赘肉。"疮疣"在此处意为过错、缺陷。行：指菩萨所作所为。

㉔供：指声闻阿罗汉所得世间供养。

菩萨行品第十一

是时佛说法于庵罗树园，其地忽然广博严事，一切众会皆作金色。阿难白佛言："世尊，以何因缘有此瑞应①，是处忽然广博严事，一切众会皆作金色。"

佛告阿难："是维摩诘、文殊师利与诸大众恭敬围绕，发意欲来，故先为此瑞应。"

于是维摩诘语文殊师利："可共见佛，与诸菩萨礼事供养。"文殊师利言："善哉，行矣！今正是时。”

维摩诘即以神力持诸大众并师子座，置于右掌，往诣佛所。到已著地，稽首佛足，右绕七匝，一心合掌，在一面立。

其诸菩萨即皆避座，稽首佛足，亦绕七匝，于一面立。诸大弟子、释梵、四天王等亦皆避座，稽首佛足，在一面立。于是，世尊如法慰问诸菩萨已，各令复坐，即皆受教。

众坐已定，佛语舍利弗：“汝见菩萨大士自在神力之所为乎？”

“唯然，已见。”

“汝意云何？”

“世尊，我睹其为不可思议，非意所图，非度所测。”

尔时，阿难白佛言：“今所闻香，自昔未有，是为何香？”

佛告阿难：“是彼菩萨毛孔之香。”

于是，舍利弗语阿难言：“我等毛孔亦出是香。”

阿难言：“此所从来？”

曰：“是长者维摩诘从众香国取佛余饭，于舍食者，一切毛孔皆香若此。”

阿难问维摩诘：“是香气住当久如？”

维摩诘言：“至此饭消。”

曰：“此饭久如当消？”

曰：“此饭势力七日，然后乃消。”又阿难，若声闻人未入正位②，食此饭者得入正位，然后乃消；已入正位，食此饭者得心解脱，然后乃消。若未发大乘意③，食此饭者，至发意乃消；已发意，食此饭者，得无生忍④，然后乃消。已得无生忍，食此饭者，至一生补处，然后乃消。譬如有药，名曰上味，其有服得者，身诸毒灭，然后乃消。此饭如是，灭除一切烦恼毒，然后乃消。”

阿难白佛言：“未曾有也。世尊，如此香饭，能作佛事？”

佛言：“如是，如是。阿难，或有佛土以佛光明而作佛事，有以诸菩萨而作佛事，有以佛所化人而作佛事，有以菩提树而作佛事，有以佛衣服卧具而作佛事，有以饭食而作佛事，有以园林台观而作佛事，有以三十二相、八十随形好而作佛事，有以佛身而作佛事，有以虚空而作佛事，众生应以此缘得入肆行，有以梦、幻、影、响、镜中像、水中月、热时焰如是等喻而作佛事，有以音声、语言、文字而作佛事，或有以清净佛土寂寞无言、无说、无示、无识、无作、无为而作佛事。如是，阿难，诸佛威仪进止，诸所施为，无非佛事。阿难，有此四魔⑤、八万四千诸烦恼门，而诸众生为之疲劳，诸佛即以此法而作佛事，是名入一切诸佛法门。菩萨入此门者，若见一切净好佛土，不以为喜，不贪不高；若见一切不净佛土，不以为忧，不碍不没⑥。但于诸佛生清净心，欢喜恭敬，未曾有也。诸佛如来，功德平等，为教化众生故，而现佛土不同。阿难，汝见诸佛国土地有若干，而虚空无若干也。如是，见诸佛色身有若干耳，其无碍慧无若干也。阿难，诸佛色身、威相、种性、戒、定、智慧、解脱、解脱知见、力、无所畏、不共之法，大慈大悲，威仪所行、及其寿命，说法教化，成就众生，净佛国土，具诸佛法，悉皆等同，是故名为三藐三佛陀⑦，名为多陀阿伽度，名为佛陀。阿难，若我广说此三句义，汝以劫寿不能尽受，正使三千大千世界满中众生，皆如阿难多闻第一，得念总持⑧。此诸人等以劫之寿亦不能受。如是，阿难，诸佛阿耨多罗三藐三菩提无有限量，智慧辩才不可思议”。

阿难白佛言：“我从今已往不敢自谓以为多闻。”

佛告阿难：“勿起退意，所以者何？我说汝于声闻中为最多闻，非谓菩萨。且止，阿难。其有智者，不应限度诸菩萨也。一切海渊尚可测量，菩萨禅定智慧、总持辩才、一切功德，不可量也。阿难，汝等舍置菩萨所行，是维摩诘一时所现神通之力，一切声闻辟支佛于百千劫，尽力变化所不能作。"

尔时，众香世界菩萨来者合掌白佛言："世尊，我等初见此土，生下劣想⑨，今自悔责，舍离是心。所以者何？诸佛方便不可思议，为度众生故，随其所应现佛国异。唯然，世尊，愿赐少法⑩还于彼土，当念如来。"

佛告诸菩萨："有尽无尽⑪解脱法门，汝等当学。何谓为尽？谓有为法；何谓无尽，谓无为法。如菩萨者，不尽有为，不住无为。何谓不尽有为？谓不离大慈，不舍大悲，深发一切智心而不忽忘⑫，教化众生终不厌倦，于四摄法常念顺行，护持正法，不惜身命，种诸善根无有疲厌，志常安住，方便回向，求法不懈，说法不吝，勤供诸佛，故入生死而无所畏，于诸荣辱，心无忧喜，不轻未学，敬学如佛。堕烦恼者，令发正念，永远离乐，不以为贵，不著己乐，庆于彼乐。在诸禅定如地狱想，于生死中如园观想⑬，见来求者为善师想⑭。舍诸所有，具一切智想，见毁戒人起救护想，诸波罗蜜为父母想，道品之法为眷属想。发行善根，无有齐限⑮，以诸净国严饰之事成己佛土。行无限施具足相好，除一切恶，净身、口、意，生死无数劫；意而有勇，闻佛无量德志而不倦，以智慧剑破烦恼贼，出阴界入荷负众生，永使解脱，以大精进摧伏魔军，常求无念实相智慧。行少欲知足而不舍世法，不坏威仪而能随俗，起神通慧引导众生，得念总持，所闻不忘。善别诸根，断众生疑，以乐说辩演法无碍，净十善道受天人福，修四无量开梵天道⑯，劝请说法，随喜⑰赞善，得佛音声，身口意善，得佛威仪，深修善法，所行转胜。以大乘教成菩萨僧，心无放逸，不失众善。行如此法，是名菩萨不尽有为。"

"何谓菩萨不住无为？谓修学空，不以空为证；修学无相无作，不以无相无作为证；修学无起⑱，不以无起为证。观于无常，而不厌善本；观世间苦、而不恶生死；观于无我，而诲人不倦；观于寂灭，而不永寂灭；观于远离，而身心修善；观无所归，而归趣善法；观于无生，而以生法荷负一切；观于无漏，而不断诸漏；观无所行⑲，而以行法教化众生；观于空无，而不舍大悲。观正法位，而不随小乘；观诸法虚妄，无牢无人⑳；无主无相㉑；本愿未满，而不虚福德禅定智慧。修如此法，是名菩萨不住无为。"

"又具福德故，不住无为；具智慧故，不尽有为；大慈悲故，不住无为；满本愿故，不尽有为；集法药㉒故，不住无为；随授药故，不尽有为；知众生病故，不住无为；灭众生病故，不尽有为。诸正士菩萨已修此法，不尽有为，不住无为，是名尽无尽解脱法门，汝等当学。"

尔时，彼诸菩萨闻说是法，皆大欢喜，以众妙华若干种色、若干种香，散遍三千大千世界，供养于佛及此经法并诸萨菩已，稽首佛足，叹未曾有，言："释迦牟尼佛乃能于此善行方便。"言已，忽然不现，还到彼国。

---

①瑞应：吉瑞盛应，吉祥如意的象征。

②正位：此指声闻乘的初果，得入无漏境。

③发大乘意：立下成菩萨的誓愿。

④一生补处：菩萨修行位的一种，至此阶段，修行菩萨功德圆满，只须再有一生（一世）的时间便可成佛。"补"，候补，等入佛位之意。

⑤四魔：天魔、欲魔、死魔、烦恼魔。

⑥不碍不没：不以为障碍，不消极回避。

⑦三藐三佛陀：指正遍知、正等觉，为最高智慧、觉悟，唯佛具有。

⑧念总持：始终把握自身意念，持善不失，持恶不起。

⑨生下劣想：生出鄙视、卑劣的想法。

⑩少法：一点办法。

⑪无尽：无为，无生、住、异、灭四相。

⑫忽忘：忽视、遗忘。

⑬园观想：于生死境界中能寻求清静的修道园林。

⑭善师想：象好老师那样思考问题。

⑮齐限：边际，界限。

⑯梵天道：通往梵天清静界的道路。

⑰随喜：因他人闻法进德而感到欢喜。

⑱无起：即不生起，观因缘聚合生灭而归于寂静，这是正观因缘法的结果。

⑲无所行：即指无所造作。

⑳无牢无人：一切诸法因缘而有，缘散即无，自无坚牢可言；世俗中所谓人我，也是五蕴聚合缘会，因而没有恒常之我，故人我之相不存。

㉑无主无相：即无主宰相。若无人、我，也就无我之所有。因此我与我所都虚妄不实。

㉒法药：谓佛法如良药，为一切众生驱除世间烦恼。

见阿閦佛品第十二①

尔时，世尊问维摩诘："汝欲见如来，为以何等观如来乎？"

维摩诘言："如自观身实相，观佛亦然。我观如来，前际不来，后际不去，今则不住。不观色，不观色如②，不观色性，不观受想行识，不观识如③，不观识性。非四大起，同于虚空，六入无积，眼、耳、鼻、舌、身、心已过，不在三界，三垢④已离，顺三脱门⑤，具足三明⑥，与无明等，不一相，不异相；不自相，不他相；非无相，非取相；不此岸，不彼岸，不中流，而化众生，观于寂灭，亦不永灭，不此不彼，不以此不以彼，不可以智知，不可以识识⑦，无晦无明，无名无相，无强无弱，非净非秽，不在方⑧，不离方；非有为，非无为；无示无说，不施不悭，不戒不犯，不忍不恚，不进不怠，不定不乱，不智不愚，不诚不欺，不来不去，不出不入，一切言语道断⑨。非福田⑩，非不福田；非应供养，非不应供养；非取非舍，非有相非无相；同真际，等法性；不可称，不可量，过诸称量⑪；非大非小，非见非闻，非觉非知，离众结缚。等诸智，同众生，于诸法无分别。一切无失，无浊无恼，无作无起，无生无灭，无畏无忧，无喜无厌。无已有，无当有，无今有。不可以一切言说分别显示。世尊，如来身为若此，作如是观，以斯观⑫者，名为正观。若他观者，名为邪观。"

尔时，舍利弗问维摩诘："汝于何没而来生此⑬？"

维摩诘言："汝所得法，有没生⑭乎？"

舍利弗言："无没生也。"

"若诸法无没生相，云何问言：'汝于何没而来生此？'于意云何？譬如幻师幻作男女，宁没生耶？"

"舍利弗言："无没生也。"

"汝岂不闻佛说诸法如幻相乎？"

答曰："如是。"

"若一切法如幻相者，云何问言：'汝于何没而来生此？'舍利弗，没者为虚诳法坏败之相，生者为虚诳法相续之相。菩萨虽没，不尽善本，虽生，不长诸恶。"

是时，佛告舍利弗："有国名妙喜，佛号无动，是维摩诘于彼国没而来生此。"

舍利弗言："未曾有也，世尊。是人乃能舍清净土而来乐此多怒害处⑮？"

维摩诘语舍利弗："于意云何？日光出时与冥⑯合乎？"

答曰："不也。日光出时则无众冥。"

维摩诘言："夫日何故行阎浮提？"

答曰："欲以明照为之除冥。"

维摩诘言："菩萨如是，虽生不净佛土，为化众生，不与愚暗而共合也，但灭众生烦恼暗耳。"

是时，大众渴仰，欲见妙喜世界、无动如来及其菩萨声闻之众。佛知一切众会所念，告维摩诘言："善男子，为此众会现妙喜国无动如来及诸菩萨声闻之众，众皆欲见。"

于是，维摩诘心念："吾当不起于座，接妙喜国铁围山川、溪谷江河、大海泉源、须弥诸山及日月星宿、天龙鬼神、梵天等宫并诸菩萨声闻之众，城邑聚落、男女大小，乃至无动如来及菩提树诸莲华，能于十力作佛事者，三道宝阶；从阎浮提至忉利天，以此宝阶诸天来下⑰，悉为礼敬无动如来，听受经法，阎浮提人亦登其阶，上升忉利，见彼诸天妙喜世界成就如是无量功德。上至阿迦尼吒天，下至水际，以右手断取如陶家轮⑱，入此世界，犹持华鬘示一切众。"作是念已，入于三昧，现神通力，以其右手断取妙喜世界，置于此土。彼得神通菩萨及声闻众并余天人，俱发声言："唯然，世尊，谁取我去？愿见救护。"

无动佛言："非我所为，是维摩诘神力所作。"其余未得神通者，不觉不知己之所往。妙喜世界虽入此土而不增减，于是世界亦不迫隘⑲，如本无异。

尔时，释迦牟尼佛告诸大众："汝等且观妙喜世界无动如来，其国严饰，菩萨行净，弟子清白。"皆曰："唯然，已见。"

佛言："若菩萨欲得如是清净佛土，当学无动如来所行之道。"现此妙喜国时，娑婆世界十四那由他人⑳发阿耨多罗三藐三菩提心，皆愿生于妙喜佛土。释迦牟尼佛即记之曰："当生彼国。"时妙喜世界于此国所应饶益，其事讫已，还复本处，举众皆见。

佛告舍利弗："汝见此妙喜世界及无动佛不？"

"唯然，已见，世尊。愿使一切众生得清净土如无动佛，获神通力如维摩诘。世尊，我等快得善利，得见是人，亲近供养，其诸众生，若今现在，若佛灭后，闻此经者，亦得善利。况复闻已，信解受持，诵读解说，如法修行。若有手得是经典者，便为已得法宝之藏，若有读诵解释其义，如说修行，则为诸佛之所护念㉑。其有供养如是人者；当知则为供养于佛。其有书持此经卷者，当知其室即有如来；若闻是经能随喜者，斯人则为趣一切智；若能信解此经，乃至一四句偈，为他说者，当知此人即是受阿耨多罗三藐三菩提记㉒。"

---

①阿閦佛：意为"不动"、"不瞋恚"、住东方妙喜世界。

②色如：如，如其实，如其本来之样。色如亦即色之本相。

③识如：识之本相。

④三垢：即指欲界贪、瞋、痴三毒。

⑤三明：指宿命明、天眼明、漏尽明。

⑥三脱门：即指三解脱法门。

⑦识识：前一"识"意为"分别识"、"分别心"；后一"识"意为认识、了解、体悟。

⑧方：方所，指空间位置；不在方：不在空间之中。

⑨言语道断：以文字语言表达的方式、方法。断：断离，断绝。

⑩福田：佛教认为，积德行善可得福报，犹如播种田地，秋获其实，因名之曰"福田"。

⑪过诸称量：称量方法所不可企及。称量，"衡量"，"测度"，引申为"认识"。

⑫斯观：如是观想，这样看待。斯：这样，那样。观：观想，看待。

⑬于何没而来生此？从哪里死灭而转生此处？没：死亡，消灭。

⑭没生：即指"生死"。

⑮怨害处：指多瞋害的国度。此指阎浮提。

⑯冥：黑暗，黑夜。

⑰以此宝阶诸天来下：使各位天神通过此宝物镶嵌的阶梯下到凡间。

⑱陶家轮：制陶工匠的旋转轮，作器皿泥胎用。

⑲迫隘：拥挤，狭隘。

⑳那由他：梵名 nayuta 的音译，意指"十千万"，即亿。此处概言人数极多。

㉑护念：护持，忆念。

㉒受记：得到成佛的预言；阿耨多罗三藐三菩提：意为"无上正等正觉"，是只有佛才能有的最高智慧与能力。

法供养品第十三

尔时，释提桓因①于大众中白佛言："世尊，我虽从佛及文殊师利闻百千经，未曾闻此不可思议自在神通决定实相②经典。如我解佛所说义趣③，若有众生闻此经法，信解、受持、读诵之者，必得是法不疑，何况如说修行？斯人则为闭众恶趣，开诸善门，常为诸佛之所护念，降伏外学，摧灭魔怨，修治菩提，安处道场，履践如来所行之迹。世尊，若有受持读诵，如说修行者，我当与诸眷属供养给事，所在聚落城邑、山林旷野，有是经处，我亦与诸眷属听受法故，共到其所。其未信者当令生信，其已信者当作护。"

佛言："善哉！善哉！天帝，如汝所说，吾助尔喜。此经广说过去、未来、现在诸佛不可思议阿耨多罗三藐三菩提，是故，天帝，若善男子善女人受持、读诵、供养是经者，则为供养去来今佛④。天帝，正使三千大千世界如来满中⑤，譬如甘蔗竹苇、稻麻丛林。若有善男子善女人或以一劫或减一劫⑥恭敬尊重，赞叹供养，奉诸所安，至诸佛灭后，以一一全身舍利起七宝塔，纵广一四天下，高至梵天，表刹庄严，以一切华香璎珞、幢幡妓乐，微妙第一，若一劫若减一劫而供养之。天帝，于意云何？其人植福宁为多不？"

释提桓因言："甚多，世尊。彼之福德若以百千亿劫，说不能尽。"

佛告天帝："当知是善男子善女人，闻是不可思议解脱经典，信解受持读诵修行，福多于彼。所以者何？诸佛菩提，皆从此生，菩提之相，不可限量。以是因缘，福不可量。"

佛告天帝："过去无量阿僧祇劫，时世有佛号曰药王如来、应供、正遍知、明行足、善逝、世间解、无上士、调御丈夫、天人师、佛、世尊⑦，世界名大庄严，劫名庄严，佛寿二十小劫，其声闻僧，三十六亿那由他，菩萨僧，有十二亿。天帝，是时有转轮圣王，名曰宝盖，七宝具足，主四天下，王有千子，端正勇健，能伏怨敌。尔时宝盖，与其眷属，供养药王如来，施诸所安，至满五劫，过五劫已，告其千子：'汝等亦当如我，以深心供养于佛。'于是千子受父王命，供养药王如来，复满五劫，一切施安。其王一子，名曰月盖，独坐思维，宁有供养殊过此者，以佛神力、空中有天曰：'善男子！法之供养，胜诸供养。'即问何谓法之供养。天曰：'汝可往问药王如来，稽首佛足，却住一面，'白佛言：'世尊！诸供养中，法供养胜。云何名为法之供养？'佛言：'善男子！法供养者，诸佛所说深经，一切世间难信难受，微妙难见，清净无染，非但分别思维之所能得。菩萨法藏所摄，陀罗尼印印之⑧，至不退转；成就六度，善分别义；顺菩提法⑨，众经之上；入大慈悲，离众魔事，及诸邪见；顺因缘法，无我无人无众生无寿命；空无相无作无起，能令众生坐于道场而转法轮，诸天龙神乾闼婆⑩等，所共叹誉，能令众生入佛法藏，摄诸贤圣一切智慧，说众菩萨所行之道，依于诸法实相之父，明宣无常苦空无我寂灭之法，能救一切毁禁众生。诸魔外道及贪著者，能使怖畏；诸佛贤圣，所共称叹。背生死苦，亦涅槃乐，十方三世诸佛所说，若闻如是等经，信解受持读诵，以方便力，为诸众生分别解说，显示分明。守护法故，是名法之供养；

'又于诸法如说修行，随顺十二因缘，离诸邪见，得无生忍，决定无我，无有众生，而于因缘果报无违无诤，离诸我所。依于义，不依语；依于智，不依识；依了义经，不依不了义经；依于法，不依人⑪；随顺法相，无所入，无所归，无明⑫毕竟灭故，诸行亦毕竟灭，乃至生毕竟灭故，老死亦毕竟灭。作如是观，十二因缘无有尽相，不复起相，是名最上法之供养。'"

佛告天帝："天子月盖、从药王佛闻如是法，得柔顺忍，即解宝衣严身之具⑬，以供养佛，白佛言：'世尊，如来灭后，我当行法供养，守护正法，愿以威神加哀建立⑭，令我得降伏魔怨，修菩萨行。'佛深知其深心所念，而记之曰：'汝于末后守护法城。'天帝，时王子月盖见法清净，闻佛受记，以信出家，修习善法。精进不久，得五神通，具菩萨道，得陀罗尼，无断辩才。于佛灭后，以其所得神通总持辩才之力，满十小劫，勤行精进，即于比身，化百万亿人，于阿耨多罗三藐三菩提立不退转⑮，十四那乎？今现得佛，号宝焰如来，其王千子，即贤劫⑰中千佛是也。从迦罗鸠孙驮为始得佛，最后如来号曰楼至。月盖比丘，则我身是，如是天帝，当知此要，以法供养，于诸供养为上为最，第一无比。是故，天帝，当以法之供养，供养于佛。"

---

①释提恒因：即帝释天，为三十三天主宰。

②决定：确定、究竟、根本；实相：本体、本相，亦即"真如"、"真际"、"涅槃"。

③义趣：意义、内涵。"趣"同"趋"，方向。

④去来今佛：指过去、现在、未来三世诸佛。

⑤如来满中：指三千大千世界中全是诸佛如来。

⑥劫：一个相当长的时间单位。"或以一劫或减一劫"意即持续不断、一直。

⑦以上为药师佛（即药王如来）的十大名号。

⑧陀罗尼：总持之意；印：印契，手印。陀罗尼印印之：意为"以总持手印对之加以印证。

⑨菩提法：觉悟之法，亦即佛法。

⑩闼：tà。

⑪依于义，不依语……依于法，不依人：是为佛教中的"法四依"，即四原则。了义：指明了、分别、说示究竟实义；不了义：则反之。"了义经"即指明了、说示究竟实义的经典。大乘自称是了义经。

⑫无明：痴愚暗昧之意，佛教中指人世之烦恼。

⑬严身之具：装饰身体的器物用品。

⑭加哀建立：加哀，深沉的哀悯之心；建立，树立（佛法、正法）。

⑮不退转：指在轮回中不倒退，继续向更高一级生命转生，直到成佛。

⑯发声闻辟支佛心：发愿成为声闻成辟支佛。

⑰贤劫：即我们现时居住的这个世界。

嘱累品第十四

于是，佛告弥勒菩萨言："弥勒，我今以无量阿僧祇劫所集阿耨多罗三藐三菩提法付嘱于汝，如是辈经于佛灭后末世之中，汝等当以神力广宣流布于阎浮提，无令断绝，所以者何？未来世中当有善男子善女人及天、龙、鬼神、乾闼婆、罗刹等发阿耨多罗三藐三菩提心，乐于大法，若使不闻如是等经，则失善利，如此辈人闻是等经，必多信乐，发希有心，当以顶受，随诸众生所应得利而为广说。弥勒当知：菩萨有二相，何谓为二？一者好于杂句文饰①之事；二者不畏深义，如实能入②。若好杂句文饰事者，当知是为新学菩萨；若于如是无染无著，甚深经典，无有恐畏，能入其中，闻已心净，受持读诵，如说修行，当知是为久修道行。弥勒，复有二法，名新学者不能决定于甚深法，何等为二？一者所未闻深经，闻之惊怖生疑，不能随顺③，毁谤不信，而作是言：我初不闻，从何所来？二者若有护持解说如是深经者，不肯亲近供养恭敬，或时于中说其过恶④。有此二法，当知是新学菩萨，为自毁伤，不能于深法中调伏其心。弥勒，复有二法，菩萨虽信解深法，犹自毁伤，而不能得无生法忍，何等为二？一者轻慢新学菩萨而不教诲；二者虽信解深法，而取相分别⑤，是为二法。"

　　弥勒菩萨闻说是已，白佛言："世尊，未曾有也。如佛所说，我当远离如斯之恶，奉持如来无数阿僧祇劫所集阿耨多罗三藐三菩提法。若未来世善男子善女子求大乘者，当令手得如是等经，与其念力⑥，使受持读诵，为他广说。世尊，若后末世有能受持读诵为他说者，当知是弥勒神力之所建立。"

　　佛言："善哉！善哉！弥勒，如汝所说，佛助尔喜⑦。"于是一切菩萨合掌白佛："我等亦于如来灭后，十方国土广宣流布阿耨多罗三藐三菩提法，复当开导诸说法者，令得是经。"

　　尔时，四天王白佛言："世尊，在在处处、城邑聚落、山林旷野有是经卷读诵解说者，我当率诸官属，为听法故，往诣其所，面百由旬⑧，令无伺求得其便者。"

　　是时佛告阿难："受持是经，广宣流布。"

　　阿难言："唯，我已受持要者。世尊，当何名斯经？"

　　佛言："阿难，是经名为'维摩诘所说'，亦名'不可思议解脱法门'，如是受持⑨。"

　　佛说是经已，长者维摩诘、文殊师利、舍利弗、阿难等及诸天、人、阿修罗、一切大众，闻佛所说，皆大欢喜，信受奉行。

---

①杂句文饰：指各种不同的语言文字形式，文学形式。

②如实能入：能深入佛法实相，与之契合为一，理解无丝毫偏差。

③随顺：信仰并追随实行（佛法）。

④说其过恶：指责其有过失，妄加批评。

⑤取相分别：指执著于某种见解，妄生人我分别、名言分别等。

⑥念力：指能使忆念集中、绝不忘失的精神力量。

⑦佛助尔喜：助，帮助，扶持；喜，闻法修行的喜悦。

⑧面百由旬：指四面或方圆一百由旬的范围内。一由旬约30—40里地。

⑨受持：信受持行。

佛说阿弥陀经

〔后秦〕鸠摩罗什　译

佛说阿弥陀经

〔后秦〕三藏法师鸠摩罗什译

如是我闻：

一时佛在舍卫国祇树给孤独园，与大比丘僧千二百五十人俱，皆是大阿罗汉，众所知识：长老舍利弗、摩诃目犍连、摩诃伽叶、摩诃伽旃①延、摩诃俱絺罗、离婆多、周利槃陀伽、难陀、阿难陀、罗睺罗②、憍梵波提、宾头卢颇罗堕、迦③留陀夷、摩诃劫宾那、薄拘罗、阿㝹④楼驮如是等诸大弟子，并诸菩萨摩诃萨⑤：文殊师利法王子、阿逸多菩萨、乾陀诃提菩萨、常精进菩萨，与如是等诸大菩萨及释提桓因等无量⑥诸天大众俱。

尔时，佛告长老舍利弗："从是西方，过十万亿佛土⑦，有世界名曰'极乐'，其土有佛，号'阿弥陀'，今现在说法。舍利弗，彼土何故名为'极乐'？其国众生无有众苦⑧，但受诸乐，故名'极乐'。"

又，"舍利弗，极乐国土，七重栏楯⑨，七重罗网，七重行树，皆是四宝周匝围绕，是故彼国名为'极乐'。"

又，"舍利佛，极乐国土有七宝池、八功德水充满其中。池底纯以金沙布地，四边阶道金、银、琉璃、玻璃合成。上有楼阁，亦以金、银、琉璃、玻璃、砗磲⑩、赤珠、玛瑙而严饰之。池中莲华⑪，大如车轮，青色青光，黄色黄光，赤色赤光，白色白光，微妙香洁。舍利弗，极乐国土成就如是功德庄严。"

又，"舍利弗，彼佛国土常作天乐，黄金为地，昼夜六时，雨天曼陀罗华。其土众生，常以清旦，各以衣祴⑫盛众妙华，供养他方十万亿佛，即以食时还到本国，饭食经行。舍利弗，极乐国土成就如是功德庄严。"

复次，"舍利弗，彼国常有种种奇妙杂色之鸟：白鹤、孔雀、鹦鹉、舍利、迦陵频伽、共命之鸟。是诸众鸟，昼夜六时出雅和音。其音演唱五根、五力、七菩提分、八圣道分⑬如是等法。其土众生闻是音已，皆悉念佛，念法，念僧。舍利弗，汝勿谓此鸟实是罪报所生⑭。所以者何？彼佛国土无三恶道⑮。舍利弗，其佛国土尚无恶道之名，何况有实。是诸众鸟，皆是阿弥陀佛欲令法音宣流变化所作。舍利弗，彼佛国土，微风吹动，诸宝行树及宝罗网出微妙音，譬如百千种乐同时俱作。闻是音者，自然皆生念佛、念法、念僧之心。舍利佛，其佛国土成就如是功德庄严。"

"舍利弗，于汝意云何？彼佛何故号阿弥陀？舍利弗，彼佛光明无量，照十方国无所障碍，是故号为阿弥陀。"

又，"舍利弗，彼佛寿命及其人民无量无边阿僧祇劫，故名阿弥陀。舍利弗，阿弥陀佛成佛以来，于今十劫。"

又，"舍利弗，彼佛有无量无边声闻弟子，皆阿罗汉，非是算数之所能知，诸菩萨众亦复如是。舍利弗，彼佛国土成就如是功德庄严。"

又，"舍利弗，极乐国土众生生者，皆是阿鞞跋致⑯。其中多有一生补处⑰，其数甚多，非是算数所能知之，但可以无量无边阿僧祇说。舍利弗，众生闻者应当发愿，愿生彼国。所以者何？得与如是诸上善人俱会一处。"

"舍利弗，不可以少善根福德⑱因缘，得生彼国。舍利弗，若有善男子、善女人闻说阿弥陀佛，执持名号，若一日、若二日、若三日、若四日、若五日、若六日、若七日，一心不乱，其人临命终时，阿弥陀佛与诸圣众现在其前。是人终时，心不颠倒，即得往生阿弥陀佛极乐国土。舍利弗，我见是利，故说此言。若有众生闻是说者，应当发愿，生彼国土。"

"舍利弗，如我今者，赞叹阿弥陀佛不可思议功德之利。东方亦有阿閦⑲鞞佛、须弥相佛、大须弥佛、须弥光佛、妙音佛，如是等恒河沙数诸佛⑳，各于其国出广长舌相，遍覆三千大千世界，说诚实言。汝等众生，当信是《称赞不可思议功德一切诸法所护念经》。"

"舍利弗，南方世界有日月灯佛，名闻光佛、大焰肩佛、须弥灯佛、无量精进佛，如是等恒河沙数诸佛，各于其国出广长舌相㉑，遍覆三千大千世界㉒，说诚实言。汝等众生，当信是《称赞不可思议功德一切诸佛所护念经》。"

"舍利弗，西方世界有无量寿佛、无量相佛、无量幢佛、大光佛、大明佛、宝相佛、净光佛，如是等恒河沙数诸佛，各于其国出广长舌相，遍覆三千大千世界，说诚实言。汝等众生当信是《称赞不可思议功德一切诸佛所护念经》。"

"舍利弗，北方世界有焰肩佛、最胜音佛、难沮佛、日生佛、网明佛，如是等恒河沙数诸佛，各于其国土广长舌相，遍覆三千大千世界，说诚实言，汝等众生当信是《称赞不可思议功德一切诸佛所护念经》。"

"舍利弗，下方世界有师子佛、名闻佛、名光佛、达磨佛、法幢佛、持法佛，如是等恒河沙数诸佛，各于其国出广长舌相，遍覆三千大千世界，说诚实言。汝等众生，当信是《称赞不可思议功德一切诸佛所护念经》。"

"舍利弗，上方世界，有梵音佛、宿王佛、香上佛、香光佛、大焰肩佛、杂色宝华严身佛、娑罗树王佛、宝华德佛、见一切义佛、如须弥山佛，如是等恒河沙数诸佛，各于其国出广长舌相，遍覆三千大千世界，说诚实言。汝等众生，当信是《称赞不可思议功德一切诸佛所护念经》。"

"舍利弗，于汝意云何？何故名为《一切诸佛所护念经》？舍利弗，若有善男子、善女人闻是经受持者，及闻诸佛名者，是诸善男子、善女人皆为一切诸佛之所护念，皆不退转于阿耨多罗三藐三菩提。是故，舍利弗，汝等皆当信受我语及诸佛所说。"

"舍利佛，若有人已发愿、今发愿、当发愿，欲生阿弥陀佛国者，是诸人等皆得不退转于阿耨多罗三藐三菩提。于彼国土若已生，若今生，若当生。是故，舍利弗，诸善男子、善女人若有信者，应当发愿生彼国土。"

"舍利弗，如我今者称赞诸佛不可思议功德，彼诸佛等亦称赞我不可思议功德，而作是言：'释伽牟尼佛能为甚难希有之事，能于娑婆国土㉓五浊恶世——劫浊、见浊、烦恼浊、众生浊、命浊——中，得阿耨多罗三藐三菩提，为诸众生说是一切世间难信之法。'舍利弗，当知我于五浊恶世行此难事，得阿耨多罗三藐三菩提，为一切世间说此难信之法，是为甚难。"

佛教此经已，舍利弗及诸比丘，一切世间天、人、阿修罗㉔等，闻佛所说，欢喜信受，作礼而去。

佛说阿弥陀经

拔一切业障，根本得生净土陀罗尼㉕：

"南无阿弥多婆夜，哆他伽多夜，哆地夜他，阿弥利都婆毗，阿弥利哆，悉躭婆毗，阿弥口利哆，毗迦兰帝，阿弥唎哆，毗迦兰多，伽弥腻、伽伽那，枳多迦利娑婆诃。

---

①旃（zhān）；同'毡'。

②睺（hóu）：音侯。

③迦（jiā）：音加。

④瓯（nōu）

⑤菩萨摩诃萨：意为大菩萨。

⑥无量：意为无数。

⑦十万亿：约数，言极多。佛土：又称佛国、佛刹，指佛所居行、所教化的世界。

⑧众苦：各种各样的苦。佛教认为人世生活充满痛苦，苦有八种：生苦、老苦、病苦、死苦、怨憎会苦、爱别离苦、求不得苦、五盛阴苦。

⑨栏楯（shǔn）：即指栏杆。楯为竖栏。

⑩砗磲（chē qú）：音车渠，即海生软体动物车渠的壳。

⑪华：通"花"。

⑫清旦：清晨；衣裓（gé）：衣的前襟。

⑬五根：五种根本之法，分别为：信、念、定、慧、精进；五力：由五根生出的力，即信力、念力、定力、慧力、精进力；七菩提分：指择法、精进、喜觉、除、舍、定、念七种觉悟；八圣道：又名八正道，即正见、正思维、正语、正业、正命、正精进、正念、正定。

⑭罪报所生：佛教轮回说认为，前世作恶，后世要遭转世为畜生之报应。

⑮三恶道：指佛教六道轮回中的畜生、饿鬼、地狱三道。道意为趋向、可能。

⑯阿鞞（bǐng）跋（bá）致：意为"不退转"，指在轮回中不倒退，继续向更高一级生命转生，直到成佛。阿鞞跋致是在修行成佛过程中达到的第一个菩萨阶位。

⑰一生补处：指在一生一世中就修成正果，补到佛位上去的人。

⑱善根：又称善本、德本，意为产生诸善法的根本、原因。福德：施戒参禅等善行，是成佛之条件。善根为因，福德为缘（即条件）。

⑲閦：（chù）音处。意为"幼"。

⑳如是等恒河沙数诸佛：意为"这样一些象恒河之沙一样多的佛"。

㉑广长舌相：佛所具备的三十二相之一：舌头阔大而柔薄。有此相者出言真实无妄。《华严离世问品》云："广长舌相记小事则覆门面，证大事则覆大千。"

㉒三千大千世界：泛指宇宙万物。

㉓娑婆国土：即指现实世界。

㉔阿修罗：对天上一切恶神的泛称。

㉕陀罗尼：梵语，意为"总持咒"。

佛说无量寿经

夏莲居会　辑

大乘无量寿庄严清净平等觉经①

菩萨戒弟子郓城夏莲居会集各译敬分章次

法会圣众第一

如是我闻：一时佛在王舍城耆阇崛山中，与大比丘众万二千人俱，一切大圣，神通已达，其名曰：尊者憍陈如、尊者舍利弗、尊者大目犍连、尊者迦叶、尊者阿难等，而为上首；又有普贤菩萨、文殊师利菩萨、弥勒菩萨，及贤劫中一切菩萨，皆来集会。

德遵普贤第二

又贤护等十六正士，所谓善思惟菩萨、慧辩才菩萨、观无住菩萨、神通华菩萨、光英菩萨、宝幢菩萨、智上菩萨、寂根菩萨、信慧菩萨、愿慧菩萨、香象菩萨、宝英菩萨、中住菩萨、制行菩萨、解脱菩萨，而为上首。

咸共遵修普贤大士之德，具足无量行愿，安住一切功德法中。游步十方，行权方便，入佛法藏，究竟彼岸。

愿于无量世界成等正觉②。舍兜率③，降王宫，弃位出家，苦行学道，作斯示现，顺世间故。以定慧力，降伏魔怨。得微妙法，成最正觉。天人归仰，请转法轮。常以法音觉诸世间，破烦恼城，坏诸欲堑，洗濯垢污，显明清白。调众生，宣妙理，贮功德，示福田；以诸法药，救疗三苦；升灌顶阶④，授菩提记；为教菩萨，作阿阇黎⑤，常习相应无边诸行；成熟菩萨无边善根。无量诸佛咸共护念。

诸佛刹中，皆能示观。譬善幻师，现众异相，于彼相中，实无可得。此诸菩萨，亦复如是。通诸法性，达众生相；供养诸佛，开导群生；化现其身，犹如电光；裂魔见网，解诸缠缚。远超声闻辟支佛地，入空、无相、无愿法门。善立方便，显示三乘。于此中下，而现灭度。得无生、无灭诸三摩地⑥，及得一切陀罗尼门，随时悟入华严三昧，具足总持百千三昧。住深禅定，悉睹无量诸佛。于一念顷，遍游一切佛土。得佛辩才，住普贤行。善能分别众生语言，开化显示真实之际，超过世间诸所有法。心常谛住度世之道，于一切万物随意自在。为诸庶类，作不请之友。受持如来甚深法藏，护佛种性，常使不绝。兴大悲，悯有情，演慈辩，授法眼，杜恶趣，开善门。于诸众生，视若自己，拯济负荷，皆度彼岸，悉获诸佛无量功德。智慧圣明，不可思议。

如是等诸大菩萨，无量无边，一时来集。又有比丘尼五百人，清信士七千人，清信女五百人，欲界天、色界天，诸大梵众，悉共大会。

大教缘起第三

尔时世尊，威光赫奕。如融金聚，又如明镜，影畅表里，现大光明，数千百变。尊者阿难，即自思惟：今日世尊色身诸根，悦豫清净，光颜巍巍，宝刹庄严。从昔以来，所未曾见，喜得瞻仰，生希有心。即从座起，偏袒右肩，长跪合掌而白佛言："世尊今日入大寂定，住奇特法，住诸佛所，住导师之行，最胜之道。去来现在佛佛相念，为念过去未来诸佛耶？为念现在他方诸佛耶？何故威神显耀、光瑞殊妙乃尔？愿为宣说。"

于是世尊告阿难言："善哉！善哉！汝为哀愍利乐诸众生故，能问如是微妙之义，汝今斯问，胜于供养一天下阿罗汉、辟支佛，布施累劫诸天人民、蜎飞蠕动之类功德百千万倍[⑦]。何以故？当来诸天人民、一切含灵皆因汝问而得度脱故。"

"阿难！如来以无尽大悲，矜哀三界[⑧]，所以出兴于世，光阐道教，欲拯群萌，惠以真实之利，难值难见，如优昙花，希有出现，汝今所问，多所饶益。"

"阿难当知，如来正觉，其智难量，无有障碍。能于念顷，住无量亿劫，身及诸根，无有增减。所以者何？如来定慧，究畅无极，于一切法，而得最胜自在故。阿难谛听，善思念之。吾当为汝，分别解说。"

法藏因地第四

佛告阿难："过去无量不可思议无央数劫，有佛出世，名世间自在王如来、应供、等正觉、明行足、善逝、世间解、无上士、调御丈夫、天人师、佛、世尊。在世教授四十二劫，时为诸天及世人民，说经讲道。"

有大国主名世饶王，闻佛说法，欢喜开解，寻发无上真正道意，弃国捐王，行作沙门，号曰法藏。修菩萨道，高才勇哲，与世超异，信解明记，悉皆第一。又有殊胜行愿，及念慧力，增上其心，坚固不动，修行精进，无能逾者。往诣佛所，顶礼长跪，向佛合掌，即以伽他赞佛[⑨]，发广大愿，颂曰：

"'如来微妙色端严，一切世间无有等。

光明无量照十方，日月火珠皆匿曜。

世尊能演一音声，有情各各随类解。

又能现一妙色身，普使众生随类见。

愿我得佛清净声，法音普及无边界。

宣扬戒定精进门，通达甚深微妙法。

智慧广大深如海，内心清净绝尘劳。

超过无边恶趣门，速到菩提究竟岸。

无明贪瞋皆永无，惑尽过亡三昧力。

亦如过去无量佛，为彼群生大导师。

能救一切诸世间，生老病死众苦恼。

常行布施及戒忍，精进定慧六波罗。

未度有情令得度，已度之者使成佛。

假令供养恒沙圣，不如坚勇求正觉。

愿当安住三摩地，恒放光明照一切。

感得广大清净居，殊胜庄严无等伦。

轮回诸趣众生类，速生我刹受安乐。

常运慈心拔有情，度尽无边苦众生。

我行决定坚固力，唯佛圣智能证知。

纵使身止诸苦中，如是愿心永不退。'"

至心精进第五

"法藏比丘说此偈已，而白佛言：'我今为菩萨道，已发无上正觉之心，取愿作佛，悉令如佛。愿佛为我广宣经法，我当奉持，如法修行。拔诸勤苦生死根本，速成无上正等正觉。欲令我作佛时，智慧光明。所居国土，教授名字，皆闻十方。诸天人民及蜎蠕类，来生我国，悉作菩萨。我立是愿，都胜无数诸佛国者，宁可得否？'

"世间自在王佛即为法藏而说经言：'譬如大海一人斗量，经历劫数，尚可穷底。人有至心求道，精进不止，会当克果，何愿不得？汝自思维，修何方便，而能成就佛刹庄严。如所修所，汝自当知。清净佛国，汝应自摄。'

"法藏白言：'斯义宏深，非我境界。惟愿如来应正遍知，广演诸佛无量妙刹。若我得闻如是等法，思维修习，誓满所愿。'

"世间自在王佛知其高明，志愿深广，即为宣说二百一十亿诸佛刹土。功德严净、广大圆满之相，应其心愿，悉现与之。说是法时，经千亿岁。

"尔时法藏闻佛所说，皆悉睹见，起发无上殊胜之愿。于彼天人善恶，国土粗妙，思维究竟，便一其心，选择所欲，结得大愿，精勤求索，恭慎保持。修习功德满足五劫，于彼二十一俱胝佛土⑩，功德庄严之事，明了通达，如一佛刹。所摄佛国，超过于彼。

"既摄受已，复诣世自在王如来所，稽首礼足，绕佛三匝，合掌而住。白言：'世尊！我已成就庄严佛土清净之行。'

"佛言：'善哉！今正是时，汝应具说，令众欢喜。亦令大众闻是法已，得大善利，能于佛刹修习摄受，满足无量大愿。'"

发大誓愿第六

"法藏白言：'唯愿世尊大慈听察。

"'我若证得无上菩提，成正觉已，所居佛刹，具足无量不可思议功德庄严，无有地狱、饿鬼、禽兽、蜎飞蠕动之类。所有一切众生，以及焰摩罗界⑪，三恶道中，来生我刹，受我法化，悉成阿耨多罗三藐三菩提，不复更堕恶趣。得是愿，乃作佛；不得是愿，不取无上正觉。

"'我作佛时，十方世界所有众生，令生我刹，皆具紫磨真金色身；三十二种大丈夫相；端正净洁，悉同一类。若形貌差别，有好丑者，不取正觉。

"'我作佛时，所有众生生我国者，自知无量劫时宿命。所作善恶，皆能洞视、彻听，知十方去来现在之事。不得是愿，不取正觉。

"'我作佛时，所有众生生我国者，皆得他心智通。若不悉知亿那由他百千佛刹众生心念者，不取正觉。

"'我作佛时，所有众生生我国者，皆得神通自在波罗密多。于一念顷，不能超过亿那由他百千佛刹，周遍巡历，供养诸佛者，不取正觉。

"'我作佛时，所有众生生我国者，远离分别，诸根寂静。若不决定成等正觉，证大涅槃者，不取正觉。

"'我作佛时，光明无量，普照十方，绝胜诸佛，胜于日月之明千万亿倍。若有众生见我光明，照触其身，莫不安乐，慈心作善，来生我国。若不尔者，不取正觉。

"'我作佛时，寿命无量，国中声闻天人无数，寿命亦皆无量。假令三千大千世界众生，悉成缘觉，于百千劫悉共计校，若能知其量数者，不取正觉。

"'我作佛时，十方世界无量刹中无数诸佛，若不共称叹我名，说我功德国土之善者，不取正觉。

"'我作佛时，十方众生闻我名号，至心信乐。所有善根，心心回向，愿生我国。乃至十念，若不生者，不取正觉。唯除五逆，诽谤正法。

"'我作佛时，十方众生闻我名号，发菩提心，修诸功德，奉行六波罗密，坚固不退。复以善根回向，愿生我国。一心念我，昼夜不断。临寿终时，我与诸菩萨众迎现其前，经须臾间，即生我刹，作阿惟越致菩萨。不得是愿，不取正觉。

"'我作佛时，十方众生闻我名号，系念我国，发菩提心，坚固不退。植众德本，至心回向，欲生极乐，无不遂者。若有宿恶，闻我名字，即自悔过，为道作善，便持经戒，愿生我刹，命终不复更三恶道，即生我国。若不尔者，不取正觉。

"'我作佛时，国无妇女。若有女人，闻我名字，得清净信，发菩提心，厌患女身，愿生我国，命终即化男子，来我刹土。十方世界诸众生类，生我国者，皆于七宝池莲华中化生。若不尔者，不取正觉。

"'我作佛时，十方众生闻我名字，欢喜信乐，礼拜归命。以清净心，修菩萨行。诸天世人，莫不致敬。若闻我名，寿终之后，生尊贵家，诸根无缺，常修殊胜梵行。若不尔者，不取正觉。

"'我作佛时，国中无不善名，所有众生生我国者，皆同一心，住于定聚，永离热恼，心得清凉。所受快乐，犹如漏尽比丘。若起想念，贪计身者，不取正觉。

"'我作佛时，生我国者，善根无量，皆得金刚那罗延身，坚固之力。身顶皆有光明照耀，成就一切智慧，获得无边辩才，善谈诸法秘要，说经行道，语如钟声。若不尔者，不取正觉。

"'我作佛时，所有众生生我国者，究竟必至一生补处。除其本愿为众生故，被弘誓铠，教化一切有情，皆发信心，修菩提行，行普贤道。虽生他方世界，永离恶趣。或乐说法，或乐听法，或现神足，随意修习，无不圆满。若不尔者，不取正觉。

"'我作佛时，生我国者，所须饮食、衣服、种种供具，随意即至，无不满愿。十方诸佛，应念受其供养。若不尔者，不取正觉。

"'我作佛时，国中万物，严净光丽，形色特殊，穷微极妙，无能称量。其诸众生，虽具天眼，有能辨其形色、光相、名数及总宣说者，不取正觉。

"'我作佛时，国中无量色树，高或百千由旬。道场树高四百万里。诸菩萨中，虽有善根劣者，亦能了知。欲见诸佛净国庄严，悉于宝树间见，犹如明镜，睹者面像。若不尔者，不取正觉。

"'我作佛时，所居佛刹，广博严净，光莹如镜，彻照十方无量无数、不可思议诸佛世界。众生睹者，生希有心。若不尔者，不取正觉。

"'我作佛时，下从地际，上至虚空，宫殿楼观，池流华树，国土所有一切万物，皆以无量宝香合成。其香普熏十方世界，众生闻者，皆修佛行。若不尔者，不取正觉。

"'我作佛时，十方佛刹诸菩萨众，闻我名已，皆悉速得清净、解脱、普等三昧，诸深总持，住三摩地，至于成佛。定中常供无量无边一切诸佛，不失定意。若不尔者，不取正觉。

"'我作佛时，他方世界诸菩萨众，闻我名者，证离生法，获陀罗尼。清净欢喜，得平等住。

修菩萨行，具足德本。应时不获一二三忍，于诸佛法，不能现证不退转者，不取正觉。'"

必成正觉第七

佛告阿难："尔时法藏比丘说此愿已，以偈颂曰：

"'我建超世志，必至无上道。

斯愿不满足，誓不成等觉。

复为大施主，普济诸穷苦。

令彼诸群生，长夜无忧恼。

出生众善根，成就菩提果。

我若成正觉，立名无量寿。

众生闻此号，俱来我刹中。

如佛金色身，妙相悉圆满。

亦以大悲心，利益诸群品。

离欲深正念，净慧修梵行。

愿我智慧光，普照十方刹。

消除三垢冥，明济众厄难。

悉舍三途苦，灭诸烦恼暗。

开彼智慧眼，获得光明身。

闭塞诸恶道，通达善趣门。

为众开法藏，广施功德宝。

如佛无碍智，所以慈悯行。

常作天人师，得为三界雄。

说法师子吼，广度诸有情。

圆满昔所愿，一切皆成佛。

斯愿若克果，大千应感动。

虚空诸天神，当雨珍妙华。'"

佛告阿难："法藏比丘说此颂已，应时普地六种震动，天雨妙华，以散其上。自然音乐空中赞言：'决定必成无上正觉。'"

积功累德第八

"阿难，法藏比丘于世自在王如来前，及诸天人大众之中，发斯弘誓愿已，住真实慧，勇猛精进，一向专志庄妙土。所修佛国，开廓广大，超胜独妙。建立常然，无衰无变。

"于无量劫，积植德行，不起贪瞋痴欲诸想，不著色声香味触法⑫。但乐忆念过去诸佛所修善根。行寂静行，远离虚妄，依真谛门，植众德本。不计众苦，少欲知足，专求白法，惠利群生。志愿无倦，忍力成就。于诸有情，常怀慈忍，和颜爱语，劝谕策进。恭敬三宝，奉事师长，无有虚伪谄曲之心。庄严众行，轨范具足。观法如化，三昧常寂。善护口业，不讥他过；善护身业，不失律仪；善护意业，清净无染。所有国城、聚落、眷属、珍宝，都无所著。恒以布施、持戒、忍辱、精进、禅定、智慧六度之行，教化安立众生，住于无上真正之道。

"由成如是诸善根故，所生之处，无量宝藏自然发应。或为长者居士、豪姓尊贵；或为刹利国王、转轮圣帝；或为六欲天主，乃至梵王，于诸佛所，尊重供养，未曾间断。如是功德，说不能尽。身口常出无量妙香，犹如栴檀、优钵罗华，其香普熏无量世界。随所生处，色相端严。三十二相，八十种好，悉皆具足。手中常出无尽之宝，庄严之具，一切所须，最上之物，利乐有情。由是因缘，能令无量众生皆发阿耨多罗三藐三菩提心。"

圆满成就第九

佛告阿难："法藏比丘修菩萨行，积功累德，无量无边。于一切法而得自在，非是语言分别之所能知。所发誓愿，圆满成就，如实安住，具足庄严，威德广大，清净佛土。"

阿难闻佛所说，白世尊言："法藏菩萨成菩提者，是为过去佛耶？未来佛耶？为今现在他方世界耶？"

世尊告言："彼佛如来，来无所来，去无所去。无生无灭，非过现未来。但以酬愿度生，现在西方，去阎浮提百千俱胝那由他佛刹，有世界名曰极乐。法藏成佛，号阿弥陀。成佛以来，于今十劫。今现在说法，有无量无数菩萨、声闻之众恭敬围绕。"

皆愿作佛第十

佛说阿弥陀佛为菩萨求得是愿时，阿阇王子与五百大长者闻之，皆大欢喜，各持一金华盖，俱到佛前作礼。以华盖上佛已，却坐一面听经。心中愿言："令我等作佛时，皆如阿弥陀佛。"佛即知之，告诸比丘："是王子等，后当作佛。彼于前世住菩萨道，无数劫来，供养四百亿佛。迦叶佛时，彼等为我弟子。今供养我，复相值也。"时诸比丘闻佛言者，莫不代之欢喜。

国界严净第十一

佛语阿难："彼极乐界，无量功德，具足庄严，永无众苦、诸难、恶趣、魔恼之名，亦无四时、寒暑、雨冥之异，复无大小江海、丘陵坑坎、荆棘沙砾、铁围、须弥、土石等山。唯以自然七宝、黄金为地，宽广平正，不可限极。微妙奇丽，清静庄严，超逾十方一切世界。"

阿难闻已，白世尊言："若彼国土无须弥山，其四天王天及忉利天依何而住？"

佛告阿难："夜摩兜率，乃至色、无色界，一切诸天，依何而住？"

阿难白言："不可思议业力所致。"

佛语阿难："不思议业，汝可知耶？汝身果报，不可思议；众生业报，亦不可思议。众生善根，不可思议；诸佛圣力、诸佛世界，亦不可思议。其国众生，功德善力，住行业地，及佛神力，故能尔耳。"

阿难白言："业因果报，不可思议。我于此法，实无所惑，但为将来众生破除疑网，故发斯问。"

光明遍照第十二

佛告阿难："阿弥陀佛威神光明，最尊第一，十方诸佛所不能及，遍照东方恒沙佛刹。南、西、北方，四维上下，亦复如是。若化顶上圆光，或一二三四由旬，或百千万亿由旬。诸佛光明，或照一二佛刹，或照百千佛刹。惟阿弥陀佛，光明普照无量无边无数佛刹。诸佛光明所照远近，本其前世求道所愿功德大小不同。至作佛时，各自得之。自在所作，不为预计。阿弥陀佛光明善好，胜于日月之明千亿万倍。光中极尊，佛中之王。是故无量寿佛亦号无量光佛，亦号无边光佛、无碍光佛、无等光佛，亦号智慧光、常照光、清净光、欢喜光、解脱光、安隐光⑬、超日月光、不思议光。如是光明，普照十方一切世界。其有众生遇斯光者，垢灭善生，身意柔软。若在三途极苦之处见此光明，皆得休息。命终皆得解脱。若有众生闻其光明威神功德，日夜称说，至心不断，随意所愿，得生其国。"

寿众无量第十三

佛语阿难："无量寿佛，寿命长久，不可称计。又有无数声闻之众，神智洞达，威力自在，能于掌中持一切世界。我弟子中大目犍连神通第一。三千大千世界所有一切星宿、众生，于一昼夜，悉知其数。假使十方众生悉成缘觉，一一缘觉，寿万亿岁，神通皆如大目犍连，尽其寿命，竭其智力，悉共推算彼佛会中声闻之数，千万分中不及一分。譬如大海，深广无边。设取一毛析为百分，碎如微尘。以一毛尘沾海一滴，此毛尘水比海孰多？阿难，彼目犍连等所知数者，如毛尘水，所未知者，如大海水。彼佛寿量，及诸菩萨、声闻、天人，寿量亦尔，非以算计譬喻之所能知。"

宝树遍国第十四

"彼如来国多诸宝树。或纯金树、纯白银树、琉璃树、水晶树、琥珀树、美玉树、玛瑙树，唯一宝成，不杂余宝。或有二宝、三宝乃至七宝，转共合成。根茎枝干此宝所成，华叶果实他宝化作。或有宝树，黄金为根，白银为身，琉璃为枝，水晶为梢，琥珀为叶，美玉为华，玛瑙为果。其余诸树，复有七宝，互为根干枝叶华果，种种共成。各自异行，行行相值，茎茎相望，枝叶相向，华实相当。荣色光曜，不可胜视。清风时发，出五音声。微妙宫商，自然相和。是诸宝树，周遍其国。"

菩提道场第十五

"又其道场有菩提树，高四百万里。其本周围五千由旬，枝叶四布二十万里。一切众宝，自然合成。华果敷荣，光辉遍照。复有红、绿、青、白诸摩尼宝，众宝之王，以为璎珞。云聚宝锁，饰诸宝柱；金珠铃铎，周匝条间；珍妙宝网，罗覆其上；百千万色，互相映饰；无量光炎，照耀无极；一切庄严，随应而现。微风徐动。吹诸枝叶，演出无量妙法音声。其声流布，遍诸佛国，清畅哀亮，微妙和雅，十方世界音声之中，最为第一。若有众生，睹菩提树，闻声嗅香，尝其果味，触其光影，念树功德，皆得六根清彻，无诸恼患，住不退转，至成佛道。复由见彼树故，获三种忍。一音响忍，二柔顺忍，三者无生法忍。"

佛告阿难："如是佛刹，华果树木，与诸众生，而作佛事。此皆无量寿佛威神力故，本愿力故，满足愿故，明了、坚固、究竟愿故。"

堂舍楼观第十六

"又无量寿佛讲堂精舍，楼观栏楯，亦皆七宝自然化成。复有白珠摩尼以为交络，明妙无比。诸菩萨众所居宫殿亦复如是。中有在地讲经、诵经者；有在地受经、听经者；有在地经行者、思道及坐禅者；有在虚空讲诵受听者、经行、思道及坐禅者。或得须陀洹；或得斯陀含；或得阿那含、阿罗汉。未得阿惟越致者，则得阿惟越致。各自念道、说道、行道，莫不欢喜。"

泉池功德第十七

"又其讲堂左右，泉池交流，纵广深浅，皆各一等。或十由旬、二十由旬，乃至百千由旬。湛然香洁，具八功德。岸边无数栴檀香树、吉祥果树⑭，华果恒芳，光明照耀。修条密叶，交覆于池。出种种香，世无能喻。随风散馥，沿水流芬。又复池饰七宝，地布金沙，优钵罗华、钵昙摩华、拘牟头华、芬陀利华⑮，杂色光茂，弥覆水上。若彼众生过浴此水，欲至足者，欲至膝者，欲至腰腋，欲至颈者，或欲灌身，或欲冷者、温者，急流者、缓流者，其水一一随众生意。开神悦体，净若无形。宝沙映澈，无深不照。微澜徐回，转相灌注，波扬无量微妙音声，或闻佛法僧声，波罗密声，止息寂静声，无生无灭声，十力无畏声；或闻无性无作无我声，大慈大悲喜舍声，甘露灌顶受位声。得闻如是种种声已，其心清净，无诸分别，正直平等，成熟善根。随其所闻，与法相应。其愿闻者，辄独闻之；所不欲闻，了无所闻。永不退于阿耨多罗三藐三菩提心。十方世界诸往生者，皆于七宝池莲华中自然化生，悉受清虚之身，无极之体。不闻三途恶恼苦难之名，尚无假设，何况实苦。但有自然快乐之音。是故彼国名为极乐。"

超世希有第十八

"彼极乐国所有众生，容色微妙，超世希有。咸同一类，无差别相。但因顺余方俗，故有天人之名。"

佛告阿难："譬如世间贫苦乞人，在帝王边，面貌形状，宁可类乎？帝王若比转轮圣王，则为鄙陋。犹彼乞人在帝王边也。转轮圣王威相第一，比之切利天王，又复丑劣。假令帝释比第六天，虽百千倍不相类也。第六天王若比极乐国中菩萨、声闻，光颜容色，虽万亿倍不相及逮。所处宫殿、衣服、饮食，犹如他化自在天王。至于威德、阶位、神通变化，一切天人不可为比。百千万亿不可计倍。阿难应知，无量寿佛极乐国土，如是功德庄严，不可思议。"

受用具足第十九

"复次，极乐世界所有众生，或已生，或现生，或当生，皆得知是诸妙色身。形貌端严，福德无量，智慧明了，神通自在。受用种种，一切丰足。宫殿、服饰、香花、幡盖，庄严之具，随意所须，悉皆如念。若欲食时，七宝钵器自然在前，百味饮食自然盈满。虽有此食，实无食者。但见色闻香，以意为食，色力增长而无便秽，身心柔软，无所味着。事已化去，时至复现。复有众宝妙衣、冠带、璎珞，无量光明，百千妙色，悉皆具足，自然在身。所居舍宅，称其形色，宝网弥覆，悬诸宝铃，奇妙珍异，周遍校饰。光色晃曜，尽极严丽。楼观栏楯，堂宇房阁，广狭方圆，或大或小，或在虚空，或在平地，清净安隐，微妙快乐。应念现前，无不具足。"

德风华雨第二十

"其佛国土，每于食时，自然德风徐起，吹诸罗网及众宝树，出微妙音，演说苦、空、无常、无我诸波罗密。流布万种温雅德香。其有闻者，尘劳垢习自然不起。风触其身，安和调适，犹如比丘得灭尽定。复吹七宝林树，飘华成聚，种种色光，遍满佛土。随色次第，而不杂乱，柔软光洁，如兜罗绵⑯。足履其上，没深四指，随足举已，还复如初。过食时后，其华自没。大地清净，更雨新华。随其时节，还复周遍，与前无异，如是六反。"

宝莲佛光第二十一

"又众宝莲华周满世界。一一宝华百千亿叶。其华光明，无量种色。青色青光，白色白光，玄黄朱紫，光色亦然。复有无量妙宝，百千摩尼，映饰珍奇，明曜日月。彼莲华量，或半由旬，或一二三四，乃至百千由旬。一一华中，出三十六百千亿光；一一光中，出三十六百千亿佛，身色紫金，相好殊特。一一诸佛，又放百千光明，普为十方说微妙法。如是诸佛，各各安立无量众生于佛正道。"

决证极果第二十二

"复次，阿难，彼佛国土，无有昏暗、火光、日月、星曜、昼夜之象，亦无岁月劫数之名，复无住著家室。于一切处，既无标式名号，亦无取舍分别，唯受清净最上快乐。若有善男子、善女人，若已生、若当生，皆悉住于正定之聚⑰，决定证于阿耨多罗三藐三菩提。何以故？若邪定聚及不定聚⑱，不能了知建立彼因故。"

十方佛赞第二十三

"复次，阿难，东方恒河沙数世界，一一界中如恒沙佛，各出广长舌相，放无量光，说诚实言，称赞无量寿佛不可思议功德。南、西、北方恒沙世界，诸佛称赞亦复如是。四维上下恒沙世界，诸佛称赞亦复如是。何以故？欲令他方所有众生闻彼佛名，发清净心，忆念受持，归依供养，乃至能发一念净信，所有善根，至心回向，愿生彼国。随愿皆生，得不退转，乃至无上正等菩提。"

三辈往生第二十四

佛告阿难："十方世界诸天人民，其有至心愿生彼国，凡有三辈。其上辈者，舍家弃欲，而作沙门，发菩提心，一向专念阿弥陀佛，修诸功德，愿生彼国。此等众生，临寿终时，阿弥陀佛与诸圣众现在其前，经须臾间，即随彼佛往生其国。便于七宝华中自然化生。智慧勇猛，神通自在。是故，阿难！其有众生欲于今世见阿弥陀佛者，应发无上菩提之心；复当专念极乐国土。积集善根，应持回向，由此见佛，生彼国中，得不退转，乃至无上菩提。

"佛所行处，国邑丘聚，靡不蒙化。天下和顺，日月清明。风雨以时，灾厉不起。国丰民安，兵戈无用。崇德兴仁，务修礼让。国无盗贼，无有怨枉。强不凌弱，各得其所。

"我哀汝等，甚于父母念子。我于此世作佛，以善攻恶，拔生死之苦，令获五德，升无为之安。吾般泥洹，经道渐灭。人民谄伪，复为众恶，五烧五痛，久后转剧。汝等转相教诫，如佛经法，无得犯也。"

弥勒菩萨合掌白言："世人恶苦，如是如是。佛皆慈哀，悉度脱之。受佛重诲，不敢违失。"

礼佛现光第三十八

佛告阿难："若曹欲见无量清净平等觉，及诸菩萨阿罗汉等所居国土，应起西向，当日没处恭敬顶礼，称念南无阿弥陀佛。"

阿难即众座起，面西合掌，顶礼白言："我今愿见极乐世界阿弥陀佛，供养奉事，种诸善根。"

顶礼之间，忽见阿弥陀佛，容颜广大，色相端严，如黄金山，高出一切诸世界上。又闻十方世界诸佛如来，称扬赞叹阿弥陀佛种种功德，无碍无断。

阿难白言："彼佛净刹，得未曾有，我亦愿乐生于彼土。"

世尊告言："其中生者，已曾亲近无量诸佛，植众德本。汝欲生彼，应当一心归依瞻仰。"

作是语时，阿弥陀佛即于掌中放无量光，普照一切诸佛世界。时诸佛国皆悉明现，如处一寻。以阿弥陀佛殊胜光明，极清净故，于此世界所有黑山、雪山、金刚、铁围，大小诸山，江河、丛林、天人宫殿，一切境界，无不照见。譬如日出，明照世间。乃至泥犁、溪谷、幽冥之处，悉大开辟，皆同一色。犹如劫水，弥满世界，其中万物沉没不现，晃瀁浩汗㊱，唯见大水。彼佛光明，亦复如是。声闻、菩萨、一切光明悉皆隐蔽，唯见佛光，明耀显赫。

此会四众，天龙八部，人非人等，皆见极乐世界种种庄严。阿弥陀佛于彼高座，威德巍巍，相好光明。声闻菩萨围绕恭敬。譬如须弥山王，出于海面，明现照耀，清净平正，无有杂秽及异形类。唯是众宝庄严，圣贤共住。

阿难及诸菩萨众等，皆大欢喜，踊跃作礼，以头著地，称念南无阿弥陀三藐三佛陀。诸天人民，以至蜎飞蠕动，睹斯光者，所有疾苦，莫不休止。一切忧恼，莫不解脱，悉皆慈心作善，欢喜快乐。钟磬、琴瑟、箜篌乐器，不鼓自然皆作五音。诸佛国中诸天人民，各持花、香，来于虚空，散作供养。

尔时，极乐世界过于西方百千俱胝那由他国，以佛威力，如对目前。如净天眼，观一寻地。彼见此土，亦复如是，悉睹娑婆世界释迦如来及比丘众围绕说法。

慈氏述见第三十九㊲

尔时佛告阿难及慈氏菩萨："汝见极乐世界宫殿、楼阁、泉池、林树，具足微妙，清净庄严不？汝见欲界诸天，上致色究竟天，雨诸香华，遍佛刹不？"

阿难对曰："唯然已见。"

"汝闻阿弥陀佛大音宣布一切世界化众生不？"

阿难对曰："唯然已闻。"

佛言："汝见彼国净行之众，游处虚空，宫殿随身，无所障碍，遍至十方供养诸佛不？及见彼等念佛相续不？复有众鸟，住虚空界，出种种音，皆是化作，汝悉见不？"

慈氏白言："如佛所说，一一皆见。"

佛告弥勒："彼国人民有胎生者，汝复见不？"

弥勒白言："世尊！我见极乐世界人住胎者，如夜摩天处于宫殿。又见众生于莲华内结跏趺坐，自然华生。何因缘故彼国人民有胎生者，有化生者？"

边地疑城第四十

佛告慈氏："若有众生，以疑惑心修诸功德，愿生彼国。不了佛智、不思议智、不可称智、大乘广智、无等无伦最上胜智，于此诸智疑惑不信。犹信罪福，修习善本，愿生其国。复有众生，积集善根，希求佛智、普遍智、无等智、威德广大不思议智。于自善根，不能生信。故于往生清净佛国，意志犹豫，无所专据，然犹续念不绝，结其善愿为本，续得往生。是诸人等以此因缘，虽生彼国，不能前至无量寿所，道止佛国界边七宝城中。佛不使尔，身行所作，心自趣向。亦有宝池莲华自然受身，饮食快乐如忉利天。于其城中，不能得出。所居舍宅在地，不能随意高大。于五百岁，常不见佛。不闻经法，不见菩萨、声闻圣众。其人智慧不明，知经复少，心不开解，意不欢乐，是故于彼谓之胎生。

"若有众生明信佛智，及致胜智，断除疑惑，信己善根，作诸功德，至心回向，皆于七宝华中自然华生，跏趺而坐。须臾之顷，身相光明，智慧功德，如诸菩萨，具足成就。

"弥勒当知：彼化生者，智慧胜故。其胎生者，五百岁中不见三宝，不如菩萨法式，不得修习功德，无因奉事无量寿佛。当知此人宿世之时，无有智慧，疑惑所致。"

惑尽见佛第四十一

"譬如转轮圣王有七宝狱，王子得罪，禁闭其中。层楼绮殿，宝帐金床，栏窗榻座，妙饰奇珍，饮食衣服，如转轮王，而以金锁系其两足。诸小王子宁乐此不？"

慈氏白言："不也，世尊！彼幽系时，心不自在，但以种种方便，欲求出离，求诸近臣，终不从心。轮王欢喜，方得解脱。"

佛告弥勒："此诸众生亦复如是。若有堕于疑悔，希求佛智，至广大智。于自善根，不能生信。由闻佛名，起信心故，虽生彼国，于莲华中，不得出现。彼处华胎，犹如园苑宫殿之想。何以故？彼中清净，无诸秽恶。然于五百岁中不见三宝，不得供养奉事诸佛，远离一切殊胜善根。以此为苦，不生欣乐。

"若此众生，识其罪本，深自悔责，求离彼处，往昔世中过失尽已，然后乃出。即得往诣无量寿所，听闻经法，久久亦当开解欢喜，亦得遍供无数无量诸佛，修诸功德。汝阿逸多，当知疑惑于诸菩萨为大损害，为失大利。是故应当明信诸佛无上智慧。"

慈氏白言："云何此界一类众生，虽亦修善，而不求生？"

佛告慈氏："此等众生，智慧微浅，分别西方，不及天界，是以非乐，不求生彼。"

慈氏白言："此等众生，虚妄分别，不求佛刹，何免轮回？"

佛言："彼等所种善根，不能离相，不求佛慧，深著世乐，人间福报。虽复修福，求人天果。得报之时，一切丰足。而未能出三界狱中，假使父母、妻子、男女、眷属欲相救免，邪见业王，未能舍离，常处轮回，而不自在。汝见愚痴之人不种善根，但以世智聪辩，增益邪心，云何出离种诸善根，愿生极乐，见阿弥陀佛，皆当往生彼如来土，各于异方，次第成佛，同名妙音如来。复有十方佛刹，若现在生及未来生见阿弥陀佛者，各有八万俱胝那由他人，得授记法忍，成无上菩提。彼诸有情，皆是阿弥陀佛宿愿因缘，俱得往生极乐世界。

尔时三千大千世界六种震动，并现种种希有神变，放大光明，普照十方。复有诸天于虚空中作妙音乐，出随喜声，乃至色界诸天，悉皆得闻，叹未曾有。无量妙华，纷纷而降。

尊者阿难、弥勒菩萨及诸菩萨、声闻、天龙八部、一切大众，闻佛所说，皆大欢喜，信受奉行。

①本经简称《无量寿经》、《大无量寿经》。无量寿即无量寿佛，是阿弥陀佛的别名。此经由释迦牟尼佛向众人叙述阿弥陀佛的出现及其所创建的净土，并讲解如何往生净土的方法。此经注译本很多，今人夏莲居所作会集本较为精当。

②等正觉：即无上正等正觉，是究极的完全的觉悟之意，是菩萨修行最后获得的最高觉悟。

③兜率：欲界六天中的第四天，是妙足、知足的意思。

④灌顶位：即灌顶位。等觉菩萨的阶位。等觉是菩萨的极位，在十地以上，其觉悟与佛齐等。

⑤阿阇黎：义为老师。在小乘佛教中则是教团的师尊，本身要有崇高的德行。

⑥三摩地：即三昧。

⑦蜎飞蠕动：指能飞行、蠕动的小虫。蜎音xuān。

⑧三界：众生所居的世界。这是三个迷执的界域，众生在其中轮回流转，不能出离。依高下之别，分别是欲界、色界、无色界。

⑨伽他：偈颂。

⑩俱胝：极大之数，相当于亿，万亿。

⑪焰摩罗界：十二天之一。乘水牛，右手持人头幢，专修延寿、消灾的焰摩天法

⑫色声香味触法：此即佛教所论"六境"，是人的认识对象。

⑬安隐：安乐、安静平和。安隐被视为无上的福祉。

⑭吉祥果树：产于印度，果实类似石榴的一种树。

⑮钵昙摩华：红莲花。拘牟头花：黄莲花。芬陀利华：白莲花。

⑯兜罗绵：佛经中称草木的花絮，即杨花。

⑰正定聚：能成就佛的阶位。安住于这阶位，称为住正定聚。在此阶位必定能得未来的善果报，而决定获阶四向四果，最后成佛。

⑱邪定聚：最邪恶的行为，死后必直接堕至无间地狱。不定聚：其自身的邪、正无法决定的人。这些人不能安住觉悟的世界中。

⑲十念：念想十种不同对象。即念佛、念法、念僧、念戒、念施、念天、念休息、念安般、念身、念死。或者是念十声佛。

⑳豫：同"预"。

㉑一生补处：修行达到最高的阶位，到下一生就可以成佛了。即过了这一生后，下一生便补上佛的位置。是仅次于佛位的菩萨位，而且是菩萨位中的最高阶位。

㉒擐（huàn）：穿。

㉓泥洹道：即涅槃道。

㉔三垢：即贪、瞋、痴这三毒。它们污染身心，有如尘垢。

㉕郁单：即俱卢，四大部洲之一。

㉖诏（náo）：诏诏，形容争辨的声音。

㉗违反了不杀生、不偷盗、不邪淫、不妄语、不饮酒之五戒就叫五恶，死后堕入恶道，称为五痛，此痛极为难受，犹如猛火烧身，故称五烧。

㉘尫（wāng）：骨骼弯曲。

㉙泥梨：地狱之意。

㉚两舌：搬弄是非。绮语：花言巧语。

㉛镬（huò）：锅。

㉜悔：思。

㉝燋（jiāo）：通"焦"。

㉞纠：同"纠"。

㉟茕茕忪忪：孤单、惶恐。

㊱瀁（yàng）：水波荡漾。

㊲慈氏：即弥勒菩萨。

㊳小行菩萨：只修少量功德的菩萨。在退转位中的菩萨。

㊴无上菩提：菩萨觉悟的五个阶位。由浅而深分别是：发心菩萨、伏心菩提、明心菩提、出到菩提、无上菩提。菩提：正觉之义。

佛说观无量寿佛经①

刘宋西域三藏法师畺良耶舍译

如是我闻：一时佛在王舍城耆阇崛山中，与大比丘众千二百五十人俱。菩萨三万二千，文殊师利法王子而为上首。

尔时王舍大城有一太子，名阿阇世②，随顺调达恶友之教③，收执父王频婆娑罗，幽闭置于七重室内。制诸群臣，一不得往。国太夫人名韦提希，恭敬大王，澡浴清净，以酥密和麨④，用涂其身，诸璎珞中，盛蒲萄浆，密以上王。尔时大王食麨饮浆，求水漱口。漱口毕已，合掌恭敬，向耆阇崛山遥礼世尊，而作是言："大目犍连，是吾亲友，愿兴慈悲，授我八戒⑤。"时目犍连如鹰隼飞，疾至王所，日日如是，授王八戒。世尊亦遣尊者富楼那为王说法。如是时间经三七日，王食麨密，得闻法故，颜色和悦。

时阿阇世问守门者："父王今者犹存在耶？"时守门人白言："大王，国太夫人身涂麨密，璎珞盛浆，持用上王。沙门目连及富楼那从空而来，为王说法，不可禁制。"时阿阇世闻此语已，怒其母曰："我母是贼，与贼为伴。沙门恶人，幻惑咒术，令此恶王多日不死。"即执利剑，欲害其母。

时有一臣，名曰月光，聪明多智。及与耆婆，为王作礼，白言："大王，臣闻《毗陀论经》说：劫初以来，有诸恶王，贪国位故，杀害其父一万八千，未曾闻有无道害母。王今为此杀逆之事，污刹利种⑥，臣不忍闻。是旃陀罗⑦，我等不宜复住于此。"时二大臣说此语竟，以手按剑，却行而退。时阿阇世惊怖惶惧，告耆婆言："汝不为我耶？"耆婆白言："大王，慎莫害母！"王闻此语，忏悔求救，即便舍剑，止不害母。敕语内官："闭置深宫，不令复出。"

时韦提希被幽闭已，愁忧憔悴，遥向耆阇崛山，为佛作礼，而作是言："如来世尊，在昔之时，恒遣阿难来慰问我。我今愁忧，世尊威重，无由得见。愿遣目连、尊者阿难与我相见。"作是语已，悲泣雨泪，遥向佛礼。

未举头顷，尔时世尊在耆阇崛山，知韦提希心之所念，即敕大目犍连及以阿难从空而来。佛从耆阇崛山没，于王宫出。时韦提希礼已举头，见世尊释迦牟尼佛身紫金色，坐百宝莲华。目连侍左，阿难侍右，释梵护世诸天在虚空中，普雨天华，持用供养。

时韦提希见佛世尊，自绝璎珞，举身投地，号泣向佛，白言："世尊，我宿何罪，生此恶子？世尊复有何等因缘，与提婆达多共为眷属？唯愿世尊为我广说无忧恼处，我当往生，不乐阎浮提浊恶世也！此浊恶处，地狱、饿鬼、畜生盈满，多不善聚。愿我未来不闻恶声，不见恶人。今向世尊五体投地，求哀忏悔，唯愿佛日教我观于清净业处。"

尔时世尊放眉间光，其光金色，遍照十方无量世界，还住佛顶，化为金台，如须弥山。十方诸佛净妙国土皆于中现。或有国土，七宝合成；复有国土，纯是莲华；复有国土，如自在天宫；复有国土，如玻璃镜。十方国土，皆于中现。有如是等无量诸佛国土，严显可观，令韦提希见。

时韦提希白佛言："世尊，是诸佛土，虽复清净，皆有光明，我今乐生极乐世界阿弥陀佛所。唯愿世尊教我思惟，教我正受。"

　　尔时世尊即便微笑，有五色光从佛口出。一一光照频婆娑罗王顶。尔时大王虽在幽闭，心眼无障，遥见世尊，头面作礼，自然增进，成阿那含。

　　尔时世尊告韦提希："汝今知不？阿弥陀佛去此不远，汝当系念，谛观彼国净业成者。我今为汝广说众譬，亦令未来世一切凡夫欲修净业者，得生西方极乐国土。

　　"欲生彼国者，当修三福。一者，孝养父母，奉事师长，慈心不杀，修十善业⑧；二者，受持三归⑨，具足众戒，不犯威仪；三者，发菩提心，深信因果，读诵大乘，劝进行者。如此三事，名为净业。"

　　佛告韦提希："汝今知不？此三种业乃是过去、未来、现在三世诸佛净业正因。"

　　佛告阿难及韦提希："谛听！谛听！善思念之。如来今者为未来世一切众生，为烦恼贼之所害者，说清净业。善哉，韦提希，快问此事。

　　"阿难，汝当受持，广为多众宣说佛语。如来今者教韦提希及未来世一切众生，观于西方极乐世界。以佛力故，当得见彼清净国土，如执明镜自见面像。见彼国土极妙乐事，心欢喜故，应时即得无生法忍。"

　　佛告韦提希："汝是凡夫，心想羸劣，未得天眼，不能远观，诸佛如来，有异方便，令汝得见。"

　　时韦提希白佛言："世尊！如我今者，以佛力故，见彼国土；若佛灭后，诸众生等，浊恶不善，五苦所逼⑩，云何当见阿弥陀佛极乐世界？"

　　佛告韦提希："汝及众生，应当专心系念一处，想于西方。云何作想？凡作想者，一切众生，自非生盲，有目之徒，皆见日没。当起想念，正坐西向，谛观于日欲没之处，令心坚住，专想不移。见日欲没，状如悬鼓。即见日已，闭目开目，皆令明了，是为'日想'，名曰'初观'。

　　"次作水想。见水澄清，亦令明了，无分散意。既见水已，当起冰想。见冰映彻，作琉璃想。此想成已，见琉璃地，内外映彻。下有金刚七宝金幢，擎琉璃地，其幢八方、八楞具足，一一方面，百宝所成。一一宝珠，有千光明。一一光明，八万四千色，映琉璃地，如亿千日，不可具见。琉璃地上，以黄金绳，杂次间错，以七宝界，分齐分明。一一宝中，有五百色光，其光如华，又似星月，悬处虚空，成光明台，楼阁千万，百宝合成。于台两边，各有百亿华幢、无量乐器，以为庄严。八种清风从光明出，鼓此乐器，演说苦、空、无常、无我之音，是为'水想'，名'第二观'。

　　"此想成时，一一观之，极令了了。闭目开目，不令散失。唯除食时，恒忆此事。如此想者，名为粗见极乐国地。若得三昧，见彼国地，了了分明，不可具说，是为'地想'，名'第三观'。"

　　佛告阿难："汝持佛语，为未来世一切大众欲脱苦者，说是观地法。若观是地者，除八十亿劫生死之罪。舍身他世，必生净国，心得无疑。作是观者，名为正观。若他观者，名为邪观。"

　　佛告阿难及韦提希："地想成已，次观宝树。观宝树者，一一观之，作七重行树想。一一树高八千由旬，其诸宝树，七宝华叶，无不具足。一一华叶，作异宝色：琉璃色中出金色光，玻璃色中出红色光，玛瑙色中出砗磲光，砗磲色中出绿真珠光。珊瑚琥珀，一切众宝，以为映饰。妙真珠网，弥覆树上。一一树上，有七重网，一一网间，有五百亿妙华宫殿，如梵王宫。诸天童子，自然在中。一一童子，五百亿释迦毗楞伽摩尼⑪，以为璎珞。其摩尼光照百由旬，犹如和合百亿日月，不可具名。众宝间错，色中上者。此诸宝树，行行相当，叶叶相次。于众叶间，生诸妙华，华上自然有七宝果。一一树叶，纵广正等二十五由旬。其叶千色，有百种画，如天璎珞。有众妙华，作阎浮檀金色。如旋火轮，宛转叶间。涌生诸果，如帝释瓶。有大光明，化成幢幡，无量宝盖。是宝盖中，映现三千大千世界一切佛事。十方佛国亦于中现。见此树已，亦当次第一一观之，观见树茎枝叶华果，皆令分明。是为'树想'，名'第四观'。

"次当想水。欲想水者，极乐国土有八池水。一一池水，七宝所成，其宝柔软，从如意珠王生，分为十四支。一一支作七宝妙色，黄金为渠，渠下皆以杂色金刚以为底沙。一一水中，有六十亿七宝莲华。一一莲华，团圆正等二十由旬。其摩尼水，流注华间，寻树上下。其声微妙，演说苦、空、无常、无我诸波罗密。复有赞叹诸佛相好者，如意珠王涌出金色微妙光明。其光化为百宝色鸟，和鸣哀雅，常赞念佛、念法、念僧。是为'八功德水想'，名'第五观'。

"众宝国土，一一界上，有五百亿宝楼。其楼阁中，有无量诸天，作天伎乐。又有乐器，悬处虚空，如天宝幢，不鼓自鸣。此众音中皆说念佛、念法、念比丘僧。此想成已，名为粗见极乐世界宝树宝地宝池，是为'总观想'，名'第六观'。若见此者，除无量亿劫极重恶业，命终之后，必生彼国。作是观者，名为正观，若他观者，名为邪观。"

佛告阿难及韦提希："谛听！谛听！善思念之。吾当为汝分别解说除苦恼法。汝等忆持，广为大众分别解说。"

说是语时，无量寿佛住立空中，观世音、大势至，是二大士，侍立左右，光明炽盛，不可具见。百千阎浮檀金色，不得为比。

时韦提希见无量寿佛已，接足作礼。白佛言："世尊，我今因佛力故，得见无量寿佛及二菩萨，未来众生，当云何观无量寿佛及二菩萨？"

佛告韦提希："欲观彼佛者，当起想念，于七宝地上作莲华想。令其莲华，一一叶上作百宝色，有八万四千脉，犹如天画。脉有八万四千光，了了分明，皆令得见。华叶小者，纵广二百五十由旬。如是莲华，具有八万四千叶；一一叶间，有百亿摩尼珠王，以为映饰。一一摩尼珠，放千光明，其光如盖，七宝合成，遍覆地上。释迦毗楞伽宝，以为其台。此莲华台，八万金刚甄叔迦宝、梵摩尼宝、妙真珠网以为校饰。于其台上，自然而有四柱宝幢。一一宝幢，如百千万亿须弥山；幢上宝幔如夜摩天宫，复有五百亿微妙宝珠，以为映饰。一一宝珠，有八万四千光；一一光作八万四千异种金色；一一金色遍其宝土，处处变化，各作异相。或为金刚台，或作真珠网，或作杂华云；于十方面，随意变现，施作佛事。是为'华座想'，名'第七观'"。

佛告阿难："如此妙华，是本法藏比丘愿力所成。若欲念彼佛者，当先作此华座想。作此想时，不得杂观。皆应一一观之，一一叶、一一珠、一一光、一一台、一一幢，皆令分明，如于镜中，自见面像。此想成者，灭除五万亿劫生死之罪，必定当生极乐世界。作是观者，名为正观，若他观者，名为邪观。"

佛告阿难及韦提希："见此事已，次当想佛。所以者何？诸佛如来是法界身，遍入一切众生心想中。是故汝等心想佛时，是心即是三十二相、八十随形好。是心作佛，是心是佛，诸佛正遍知海从心想生。是故应当一心系念，谛观彼佛多陀阿伽度、阿罗诃、三藐三佛陀。想彼佛者，先当想像，闭目开目，见一宝像，如阎浮檀金色，坐彼华上。见像坐已，心眼得开，了了分明。见极乐国七宝庄严，宝地宝池，宝树行列。诸天宝幔，弥覆其上，众宝罗网，满虚空中。见如此事，极令明了，如观掌中。

"见此事已，复当更作一大莲华，在佛左边，如前莲华，等无有异。复作一大莲华，在佛右边。想一观世音菩萨像，坐左华座，亦作金色，如前无异。想一大势至菩萨像，坐右华座。此想成时，佛菩萨像皆放光明。其光金色，照诸宝树。一一树下，亦有三莲华。诸莲华上各有一佛二菩萨像，遍满彼国。

"此想成时，行者当闻水流光明，及诸宝树、凫雁鸳鸯，皆说妙法。出定入定，恒闻妙法。行者所闻，出定之时，忆持不舍，令与修多罗合⑫。若不合者，名为妄想；若与合者，名为'粗想见极乐世界。'是为'像想',名'第八观'。作是观者,除无量亿劫生死之罪,于现身中得念佛三昧。"

佛告阿难及韦提希:"此想成已,次当更观无量寿佛身相光明。阿难当知,无量寿佛身如百千万亿夜摩天阎浮檀金色。佛身高六十万亿那由他恒河沙由旬。眉间白毫,右旋宛转,如五须弥山。佛眼如四大海水,青白分明。身诸毛孔演出光明,如须弥山。彼佛圆光,如百亿三千大千世界;于圆光中,有百万亿那由他恒河沙化佛;一一化佛,亦有众多无数化菩萨以为侍者,无量寿佛有八万四千相,一一相中,各有八万四千随形好;一一好中,复有八万四千光明;一一光明,遍照十方世界念佛众生,摄取不舍。其光相好及与化佛不可具说。

"但当忆想,令心眼见。见此事者,即见十方一切诸佛。以见诸佛故,名'念佛三昧'。作是观者,名'观一切佛身'。以观佛身故,亦见佛心。佛心者,大慈悲是。以无缘慈,摄诸众生。作此观者,舍身他世,生诸佛前,得无生忍。是故智者应当系心,谛观无量寿佛。观无量寿佛者,从一相好入。但观眉间白毫,极令明了。见眉间白毫相者,八万四千相好自然当现。见无量寿佛者,即见十方无量诸佛。得见无量诸佛故,诸佛现前授记。是为'遍观一切色身相',名'第九观'。作是观者,名为正观,若他观者,名为邪观"。

佛告阿难及韦提希:"见无量寿佛了了分明已,次亦应观观世音菩萨。此菩萨身长八十万亿那由他由旬,身紫金色。顶有肉髻,顶有圆光,面各百千由旬。有圆光中有五百化佛,如释迦牟尼。一一化佛,有五百化菩萨、无量诸天以为侍者。举身光中,五道众生,一切色相,皆于中现。顶上毗楞伽摩尼宝,以为天冠。其天冠中,有一立化佛,高二十五由旬。观世音菩萨面如阎浮檀金色,眉间毫相备七宝色,流出八万四千种光明,一一光明有无量无数百千化佛,一一化佛,无数化菩萨以为侍者,变现自在,满十方世界。譬如红莲华色,有八十亿微妙光明以为璎珞,其璎珞中,普现一切诸庄严事。手掌作五百亿杂莲华色。手十指端,一一指端有八万四千画,犹如印文。一一画,有八万四千色;一一色,有八万四千光,其光柔软,普照一切。以此宝手接引众生。举足时,足下有千辐轮相,自然化成五百亿光明台。下足时,有金刚摩尼华,布散一切,莫不弥满。其余身相,众好具足,如佛无异。唯顶上肉髻及无见顶相不及世尊。是为'观观世音菩萨真实色身想',名'第十观'。"

佛告阿难:"若欲观观世音菩萨者,当作是观。作是观者,不遇诸祸,净除业障,除无数劫生死之罪。如此菩萨,但闻其名,获无量福,何况谛观?若有欲观观世音菩萨者,先观顶上肉髻,次观天冠。其余众相,亦次第观之。悉令明了,如观掌中。作是观者,名为正观,若他观者,名为邪观。

"次观大势至菩萨。此菩萨身量大小亦如观世音。圆光、面各百二十五由旬,照二百五十由旬。举身光明,照十方国,作紫金色。有缘众生,皆悉得见。但见此菩萨一毛孔光,即见十方无量诸佛净妙光明,是故号此菩萨名'无边光'。以智慧光普照一切,令离三途,得无上力,是故号此菩萨名'大势至'。此菩萨天冠有五百宝华,一一宝华有五百宝台。一一台中,十方诸佛净妙国土广长之相,皆于中现。顶上肉髻如钵头摩华。于肉髻上有一宝瓶,盛诸光明,普现佛事。余诸身相,如观世音,等无有异。此菩萨行时,十方世界一切震动。当地动处,有五百亿宝华。一一宝华,庄严高显,如极乐世界。此菩萨坐时,七宝国土一时动摇。从下方金光佛刹,乃至上方光明王佛刹,于其中间无量尘数分身无量寿佛,分身观世音、大势至,皆悉云集极乐国土。罥塞空中[13],坐莲华座,演说妙法,度苦众生。作此观者,名为'观见大势至菩萨',是为观大势至色身相,名'第十一观'。观此菩萨者,除无数劫阿僧祇生死之罪。作是观者,不处胞胎,常游诸佛净妙国土。此观成已,名为'具足观观世音大势至'。

　　"见此事时，当起自心，生于西方极乐世界，于莲华中结跏趺坐⑭，作莲华合想，作莲华开想。莲华开时，有五百色光来照身想。眼目开想，见佛菩萨满虚空中。水鸟树林，及与诸佛所出音声，皆演妙法，与十二部经合。若出定之时，忆持不失。见此事已，名'见无量寿佛极乐世界，'是为'普观想'，名'第十二观'。无量寿佛，化身无数，与观世音及大势至，常来至此行人之所。"

　　佛告阿难及韦提希："若欲至心生西方者，先当观于一丈六像在池水上。如先所说无量寿佛，身量无边，非是凡夫心力所及。然彼如来宿愿力故，有忆想者，必得成就。但想佛像得无量福，况复观佛具足身相？阿弥陀佛神通如意，于十方国，变现自在。或现大身满虚空中，或现小身丈六八尺。所现之形皆真金色，圆光化佛及宝莲华，如上所说。观世音菩萨及大势至于一切处，身同众生，但观首相，知是观世音，知是大势至。此二菩萨助阿弥陀佛普化一切，是为'杂想观'，名'第十三观'。"

　　佛告阿难及韦提希："上品上生者，若有众生愿生彼国者，发三种心，即便往生。何等为三？一者至诚心，二者深心，三者回向发愿心。⑮具三心者，必生彼国。复有三种众生，当得往生。何等为三？一者，慈心不杀，具诸戒行；二者，读诵大乘方等经典⑯；三者，修行六念⑰，回向发愿，愿生彼国。具此功德，一日乃至七日，即得往生。生彼国时，此人精进勇猛故，阿弥陀如来与观世音、大势至、无数化佛、百千比丘、声闻大众、无量诸天、七宝宫殿，观世音菩萨执金刚台，与大势至菩萨至行者前。阿弥陀佛放大光明，照行者身，与诸菩萨授手迎接。观世音、大势至与无数菩萨赞叹行者，劝进其心。行者见已，欢喜踊跃。自见其身乘金刚台，随从佛后，如弹指顷，往生彼国。生彼国已，见佛色身众相具足，见诸菩萨色相具足，光明宝林，演说妙法。闻已即悟无生法忍。经须臾间，历事诸佛，遍十方界。于诸佛前，次第受记，还至本国，得无量百千陀罗尼门。是名'上品上生者'。

　　"上品中生者，不必受持读诵方等经典，善解义趣。于第一义，心不惊动，深信因果，不谤大乘。以此功德回向，愿求生极乐国。行此行者，命欲终时，阿弥陀佛与观世音、大势至，无量大众眷属围绕，持紫金台至行者前，赞言：'法子，汝行大乘，解第一义，是故我今来迎接汝。'与千化佛一时授手，行者自见坐紫金台，合掌叉手，赞叹诸佛。如一念顷，即生彼国七宝池中。此紫金台如大宝华，经宿则开。行者身作紫磨金色，足下亦有七宝莲华。佛及菩萨，俱时放光，照行者身，目即开明。因前宿习，普闻众声，纯说甚深第一义谛。即下金台，礼佛合掌，赞叹世尊。经于七日，应时即于阿耨多罗三藐三菩提，得不退转。应时即能飞行，遍至十方，历事诸佛。于诸佛所，修诸三昧。经一小劫，得无生忍，现前受记，是名'上品中生者'。

　　"上品下生者，亦信因果，不谤大乘。但发无上道心，以此功德回向，愿求生极乐国。行者命欲终时，阿弥陀佛及观世音、大势至，与诸菩萨持金莲华，化作五百佛，来迎此人。五百化佛一时授手，赞言：'法子，汝今清净，发无上道心，我来迎汝。'见此事时，即自见身坐金莲华。坐已华合，随世尊后，即得往生七宝池中。一日一夜，莲华乃开。七日之中，乃得见佛。虽见佛身，于众相好，心不明了，于三七日后，乃了了见。闻众音声，皆演妙法，游历十方，供养诸佛。于诸佛前，闻甚深法，经三小劫，得百法明门，住欢喜地。是名'上品下生者'。是名'上辈生想'，名'第十四观'。"

　　佛告阿难及韦提希："中品上生者：若有众生，受持五戒，持八戒斋，修行诸戒，不造五逆⑱，无众过患。以此善根回向，愿求生于西方极乐世界。临命终时，阿弥陀佛与诸比丘眷属围绕，放金色光，至其人所，演说苦、空、无常、无我，赞叹出家，得离众苦。行者见已，心大欢喜，自见已身坐莲华台，长跪合掌，为佛作礼。未举头顷，即得往生极乐世界。莲华寻开，当华敷时，闻众音声，赞叹四谛，应时即得阿罗汉道，三明六通[19]，具八解脱。是名'中品上生者'。

"中品中生者，若有众生，若一日一夜持八戒斋，若一日一夜持沙弥戒[20]，若一日一夜持具足戒[21]，威仪无缺，以此功德回向，愿求生极乐国。戒香熏修，如此行者，命欲终时，见阿弥陀佛与诸眷属放金色光，持七宝莲华至行者前。行者自闻空中有声赞言：'善男子，如汝善人，随顺三世诸佛教故，我来迎汝。'行者自见坐莲华上，莲华即合，生于西方极乐世界。在宝池中经于七日，莲华乃敷。华既敷已，开目合掌，赞叹世尊，闻法欢喜，得须陀洹。经半劫已，成阿罗汉。是名'中品中生者'。

"中品下生者，若有善男子、善女人，孝养父母，行世仁慈。此人命欲终时，遇善知识，为其广说阿弥陀佛国土乐事，亦说法藏比丘四十八愿。闻此事已，寻即命终。譬如壮士屈伸臂顷，即生西方极乐世界。经七日已，遇观世音及大势至，闻法欢喜，得须陀洹。过一小劫，成阿罗汉。是名'中品下生者'。是名'中辈生想'，名'第十五观'。

佛告阿难及韦提希："下品上生者，或有众生，作众恶业，虽不诽谤方等经典。如此愚人多造恶法，无有惭愧。命欲终时，遇善知识，为说大乘十二部经首题名字。以闻如是诸经名故，除却千劫极重恶业。智者复教合掌叉手，称南无阿弥陀佛。称佛名故，除五十亿劫生死之罪。尔时彼佛，即遣化佛、化观世音、化大势至至行者前，赞言：'善男子，以汝称佛名故，诸罪消灭，我来迎汝。'作是语已，行者即见化佛光明遍满其室。见已欢喜，即便命终。乘宝莲华随化佛后，生宝池中。经七七日，莲华乃敷。当华敷时，大悲观世音菩萨及大势至菩萨放大光明，住其人前，为说甚深十二部经。闻已信解，发无上道心。经十小劫，具百法明门，得入初地，是名'下品上生者'。"

佛告阿难及韦提希："下品中生者，或有众生，毁犯五戒、八戒及具足戒。如此愚人，偷僧祇物，盗现前僧物，不净说法，无有惭愧，以诸恶业而自庄严。如此罪人，以恶业故，应堕地狱。命欲终时，地狱众火，一时俱至。遇善知识，以大慈悲，即为赞说阿弥陀佛十力威德，广赞彼佛光明神力，亦赞戒、定、慧、解脱、解脱知见。此人闻已，除八十亿劫生死之罪，地狱猛火，化为清凉风，吹诸天华。华上皆有化佛菩萨，迎接此人。如一念顷，即得往生七宝池中莲华之内。经于六劫，莲华乃敷。观世音、大势至以梵音声安慰彼人，为说大乘甚深经典。闻此法已，应时即发无上道心，是名'下品中生者'。"

佛告阿难及韦提希："下品下生者，或有众生作不善业，五逆十恶，具诸不善。如此愚人以恶业故，应堕恶道，经历多劫，受苦无穷。如此愚人，临命终时，遇善知识，种种安慰，为说妙法，教令念佛。彼人苦逼，不遑念佛，善友告言：'汝若不能念彼佛者，应称无量寿佛。'如是至心，令声不绝，具足十念，称南无阿弥陀佛。称佛名故，于念念中，除八十亿劫生死之罪。命终之时，见金莲华，犹如日轮，住其人前。如一念顷，即得往生极乐世界。于莲华中满十二大劫，莲华方开。观世音、大势至以大悲音声，为其广说诸法实相，除灭罪法。闻已欢喜，应时即发菩提之心。是名'下品下生者'，是名'下辈生想'，名'第十六观。'"

说是语时，韦提希与五百侍女，闻佛所说，应时即见极乐世界广长之相，得见佛身及二菩萨。心生欢喜，叹未曾有。豁然大悟，得无生忍。五百侍女发阿耨多罗三藐三菩提心，愿生彼国。世尊悉记，皆当往生。生彼国已，获得诸佛现前三昧。无量诸天，发无上道心。

尔时阿难即从座起，白佛言："世尊，当何名此经？此法之要，当云何受持？"

佛告阿难："此经名《观极乐国土无量寿佛观世音菩萨大势至菩萨》，亦名《净除业障生诸佛前》。汝当受持，无令忘失。行此三昧者，现身得见无量寿佛及二大士。若善男子及善女人，但闻佛名、二菩萨名，除无量劫生死之罪，何况忆念。若念佛者，当知此人则是人中芬陀利华。观世音菩萨、大势至菩萨为其胜友，当坐道场，生诸佛家。"

佛告阿难："汝好持是语，持是语者，即是持无量寿佛名。"佛说此语时，尊者目犍连、尊者阿难，及韦提希等闻佛所说，皆大欢喜。

尔时世尊，足步虚空，还耆阇崛山。尔时阿难，广为大人说如上事。无量诸天、龙、夜叉，闻佛所说，皆大欢喜，礼佛而退。

据近人夏莲居会辑本

①本经是净土宗的三部根本经典之一。它叙述释加牟尼应韦提希夫人之请，在王宫中为信众讲解观想阿弥陀佛的身相和极乐净土庄严的十六种方法（十六观）。本经为南朝刘宋元嘉年间（424—442年）畺（jiāng）良耶舍所译。

②阿阇世：佛陀住世时摩揭陀国的国王，住王舍城。他听信调达之言，幽禁父母，篡夺王位，即位后并吞诸小国，威震邻邦。后生重病，在耆婆指点下，向佛忏悔方愈，于是皈依佛教为护法王，曾召集五百比丘进行了第一次佛经结集。

③调达：又作"提婆达多"，是释迦牟尼佛的堂弟，先随佛出家，后又反过释迦。

④麨（chǎo）：米面等炒熟后磨成粉的干粮。

⑤八戒：八关斋戒的简称。即不杀生、不偷盗、不邪淫、不妄语、不饮酒、不坐高广大床、不著华鬘璎珞、不习歌舞伎乐。这是在家者所守的出家戒律。

⑥刹利：即刹帝利，印度四种姓之一。

⑦旃陀罗：印度四种姓之外的贱民。

⑧十善：不杀生、不偷盗、不邪淫、不妄语、不两舌、不恶口、不绮语、不贪欲、不瞋恚、不邪见。

⑨三归：归向佛、法、僧。

⑩五苦：生苦、病苦、老苦、死苦、爱别离苦。

⑪释迦毗楞伽摩尼：这是能变现种种东西的如意宝珠。

⑫修多罗：意指佛经。

⑬晏（cè）：快。

⑭结跏趺坐：盘腿而坐，脚背投在股上。

⑮回向：把自己修行所积善根、功德，拖之于他人或其他的众生，作为将来往生极乐的资具。

⑯方等经：宣说平等真理的大乘经典的总称。方等是逐渐展开，以达于平等一如之意。

⑰六念：净土宗的六种念想：念佛、念法、念僧、念戒、念施、念天。

⑱五逆：五种重大罪过。即杀父、杀母、杀阿罗汉、伤佛身体使流血、破坏僧团的团结。犯此罪过，要堕至无间地狱。

⑲三明六通：阿罗汉具有的六种不可思议的力量。a神足通：能自由自在地随意欲的处所而显现能力。b天眼通：能透见自他未来的事故的能力。c天耳通：能听闻人所不能闻的音声的能力。d他心通：能透视他人的心意思想的能力。e宿命通：能知自他的过去世的情况的能力。f漏尽通：能断除烦恼的能力。其中天眼通、宿命通与漏尽通称为三明。

⑳沙弥戒：即要戒绝杀生、偷盗、淫欲、妄语、饮酒、涂饰香鬘、歌舞观听、眠坐高广严丽床坐、食非时食、受蓄金银等宝。

㉑具足戒：出家的比丘、比丘尼所要遵守的戒条。一般来说，比丘有二百五十戒，比丘尼则有三百四十八戒。

大毗卢遮那成佛神变加持经

〔唐〕善无畏 一行　译

大毗卢遮那成佛神变加持经（即大日经）卷第一

大日如来讲述
龙猛菩萨诵
〔唐〕善无畏与一行译

入真言①门住心②品第一

如是我闻：

一时，薄伽梵③住如来加持广大金刚④法界⑤宫，一切持金刚者，皆悉集会。如来信解游戏神变，生大楼阁宝王⑥，高无中边，诸大妙宝王，种种间饰菩萨之身，为师子座⑦。其金刚名曰：虚空无垢执金刚，虚空游步执金刚，虚空生执金刚，被杂色衣执金刚，善行步执金刚，住一切法平等执金刚，哀愍无量众生界执金刚，那罗延力执金刚，大那罗延力执金刚，妙执金刚，胜迅执金刚，无垢执金刚，刃迅执金刚，如来甲执金刚，如来句生执金刚，住无戏论执金刚，如来十力生执金刚，无垢眼执金刚，金刚手秘密主⑧。如是，上首十佛刹微尘数等持金刚众俱。及普贤菩萨，慈氏菩萨，妙吉祥菩萨，除一切盖障菩萨等诸大菩萨，前后围绕，而演说法。所谓越三时如来之日加持故⑨，身、语、意平等句法门。时彼菩萨，普贤为上首；诸执金刚，秘密主为上首。毗卢遮那如来加持故⑩，奋迅示现身无尽庄严藏⑪。如是，奋迅示现语、意平等无尽庄严藏，非从毗卢遮那佛身、或语、或意生，一切处起灭边际不可得。而毗卢遮那一切身业、一切语业、一切意业、一切处、一切时，于有情界，宣说真言道句法。又现执金刚、普贤、莲华手菩萨等像貌，普于十方⑫，宣说真言道清净句法。所谓初发心⑬，乃至十地次第⑭，此生满足，缘业生，增长有情类业寿种除，复有芽种生起。

尔时，执金刚秘密主，于彼众会中坐，白佛言⑮："世尊！云何如来、应供⑯、正遍知⑰得一切智智⑱？彼得一切智智，为无量众生广演分布，随种种趣、种种性欲、种种方便道宣说一切智智，或声闻乘道⑲，或缘觉乘道⑳，或大乘道㉑，或五通智道㉒，或愿生天，或生人中，及龙、夜叉㉓、乾闼婆㉔，乃至说生摩睺罗伽法㉕。若有众生应佛度者，即现佛身，或现声闻身，或现缘觉身，或菩萨身，或梵天身㉖，或那罗延毗沙门身㉗，乃至摩睺罗伽、人非人等身，各各同彼言音，住种种威仪，而此一切智智道一味，所谓如来解脱味㉘。世尊！譬如虚空界，离一切分别，无分别，无无分别。如是一切智智，离一切分别，无分别，无无分别，世尊，譬如大地，一切众生依，如是一切智智，天、人、阿修罗依㉙。世尊！譬如火界，烧一切薪无厌足，如是一切智智，烧一切无智薪无厌足。世尊，譬如风界，除一切尘，如是一切智智，除去一切诸烦恼尘。世尊，喻如水界，一切众生依之欢乐，如是一切智智，为诸天世人利乐。世尊！如是智慧，以何为因？云何为根？云何究竟？

如是说已，毗卢遮那佛告持金刚秘密主言："善哉，善哉，执金刚！善哉，金刚手！汝问吾如是义，汝当谛听，极善作意㉚，吾今说之。"

金刚手言："如是，世尊！愿乐欲闻！"

　　佛言："菩提心为因③，悲为根本，方便为究竟㉜。秘密主！云何菩提？谓如实知自心。秘密主！是阿耨多罗三藐三菩提㉝，乃至彼法少分，无有可得。何以故？虚空相是菩提，无知解者亦无开晓。何以故？菩提无相故。秘密主！诸法无相，谓虚空相。"

　　尔时，金刚手复白佛言："世尊！谁寻求一切智㉞？谁为菩提成正觉者㉟？谁发起彼一切智智？"

　　佛言："秘密主！自心寻求菩提及一切智，何以故？本性清净故。心不在内，不在外，及两中间，心不可得。秘密主！如来应正等觉，非青非黄，非赤非白，非红紫，非水精色，非长非短，非圆非方㊱，非明非暗，非男非女，非不男女。秘密主！心非欲界同性，非色界同性，非无色界同性，非天龙、夜叉、乾闼婆、阿修罗、迦楼罗㊲、紧那罗㊳、摩睺罗伽、人、非人趣同性。秘密主！心不住眼界，不住耳、鼻、舌、身、意界，非见非显现。何以故？虚空相心，离诸分别，无分别。所以者何？性同虚空，即同于心。性同于心，即同菩提。如是，秘密主！心、虚空界、菩提，三种无二。此等悲为根本，方便波罗蜜满足㊴。是故秘密主！我说诸法如是，令彼诸菩萨众，菩提心清净，知识其心。

　　秘密主！若族姓男、族姓女，欲识知菩提，当如是识知自心。秘密主！云何自知心？谓若分段，或显色，或形色，或境界，若色，若受、想、行、识，若我，若我所㊵，若能执，若所执，若清净，若界，若处，乃至一切分段中，求不可得。秘密主！此菩萨净菩提心门，名初法明道。菩萨住此修学不久勤苦，便得除一切盖障三昧㊶。若得此者，则与诸佛菩萨同等住，当发五神通㊷，获无量语言音陀罗尼㊸，知众生心行，诸佛护持。虽处生死，而无染著㊹，为法界众生，不辞劳倦，成就住无为戒，离于邪见，通达正见。复次，秘密主！住此除一切盖障菩萨，信解力故，不久勤修，满足一切佛法。秘密主！以要言之，是善男子、善女人㊺，无量功德，皆得成就。"

　　尔时，执金刚秘密主复以偈问佛：

　　　　　　"云何世尊说，此心菩提生？

　　　　　　复以云何相，知发菩提心？

　　　　　　愿识心心胜，自然智生说。

　　　　　　大勤勇几何，次第心续生？

　　　　　　心诸相与时，愿佛广开演，

　　　　　　功德聚亦然，及彼行修行，

　　　　　　心心有殊异，惟大牟尼说㊻。"

　　如是说已，摩诃㊼毗卢遮那㊽世尊告金刚手言：

　　　　　　"善哉佛真子㊾，广大心利益，

　　　　　　胜上大乘句，心续生之相。

　　　　　　诸佛大秘密，外道不能识㊿，

　　　　　　我今悉开示，一心应谛听。

　　　　　　越百六十心，生广大功德，

　　　　　　其性常坚固，知彼菩提生。

　　　　　　无量如虚空，不染污常住，

　　　　　　诸法不能动，本来寂无相。

　　　　　　无量智成就，正等觉显现，

　　　　　　供养修行行，从是初发心。

秘密主！无始生死愚童凡夫，执著我名、我有，分别无量我分。秘密主！若彼不观我之自性，则我我所生，余复计有。时地等变化瑜伽我[51]，建立净，不建立无净。若自在天[52]，若流出及时，若尊贵，若自然，若内我，若人量，若遍严，若寿者，若补特伽罗[53]，若识，若阿赖耶[54]，知者、见者，能执、所执，内知、外知，社怛梵意生，儒童常定生，声非声。秘密主！如是等我分，自昔以来，分别相应，希求顺理解脱。

秘密主！愚童凡夫类，犹如羝羊，或时有一法想生，所谓持斋，彼思惟此，少分发起欢喜[55]，数数修习。秘密主！是初种子善业发生。复以此为因，于六斋日，施与父母、男女、亲戚，是第二芽种。复以此施授与非亲识者，是第三疱种。复以此施与器量高德者，是第四叶种。复以此施欢喜授与妓乐人等，及献尊宿，是第五敷华。复以此施发亲爱心而供养之，是第六成果。复次，秘密主！彼护戒生天，是第七受用种子。

复次，秘密主！以此心生死流转，于善友所闻如是言：'此是天、大天与一切乐者，若虔诚供养，一切所愿皆满。所谓自在天，梵天，那罗延天，商羯罗天[56]，黑天[57]，自在子天，日天，月天，龙尊等，及俱吠滥，毗沙门，释迦毗楼博叉，毗首羯磨天[58]；阎魔，阎魔后；梵天，梵天后；世所宗奉火天，迦楼罗子天，自在天后，波头摩，德叉迦龙，和修吉，商佉羯，句啅剑，大莲俱里剑，摩诃泮尼，阿地提婆，萨陀难陀等龙，或天仙，火仙，大围陀论师，各各应善供养。'彼闻如是，心怀庆悦，殷重恭敬，随顺修行。秘密主！是名愚童异生，生死流转无畏依，第八婴童心。

秘密主！复次，殊胜行[59]，随彼所说中殊胜住，求解脱慧生，所谓常、无常、空，随顺如是说。秘密主！非彼知解空、非空，常、断，非有、非无，俱彼分别、无分别。云何分别空？不知诸空，非彼能知涅槃[60]，是故应了知空，离于断、常。"

尔时，金刚手复请佛言："惟愿世尊说彼心。"

如是说已，佛告金刚手秘密主言："秘密主！谛听心相。谓贪心、无贪心，瞋心、慈心，痴心、智心，决定心、疑心，暗心、明心，积聚心，斗心，诤心、无诤心，天心，阿修罗心，龙心，人心，女心，自在心，商人心，农夫心，河心，陂池心，井心，守护心，悭心，狗心，狸心，迦楼罗心，鼠心，歌咏心，舞心，击鼓心，室宅心，师子心，鸺鹠心，乌心，罗刹心，刺心，窟心，风心，水心，火心，泥心，显色心，板心，迷心，毒药心，羂索心，械心，云心，田心，盐心，剃刀心，须弥等心，海等心，穴等心，受生心。

秘密主！彼云何贪心？谓随顺[61]染法[62]。云何无贪心？谓随顺无染法。云何瞋心？谓随顺怒法。云何慈心？谓随顺修行慈法。云何痴心？谓随顺修不观法。云何智心？谓顺修殊胜增上法。云何决定心？谓尊教命，如说奉行。云何疑心？谓常收持不定等事。云何暗心？谓于无疑虑法，生疑虑解。云何明心？谓于不疑虑法，无疑虑修行。云何积聚心？谓无量为一为性。云何斗心？谓互相是非为性。云何诤心？谓于自己而生是非。云何无诤心？谓是非俱舍。云何天心？谓心思随念成就。云何阿修罗心？谓乐处生死。云何龙心？谓思念广大资财。云何人心？谓思念利他。云何女心？谓随顺欲法。云何自在心？谓思惟欲我一切如意。云何商人心？谓顺修初收聚，后分析法。云何农夫心？谓随顺初广闻，而后求法。云何河心？谓顺修依因二边法[63]。云何陂池心？谓随顺渴无厌足法。云何井心？谓如是思惟，深复甚深。云何守护心？谓唯此心实，余心不实。云何悭心？谓随顺为己，不与他法。云何狸心？谓顺修徐进法。云何狗心？谓得少分，以为喜足。云何迦楼罗心？谓随顺朋党羽翼法。云何鼠心？谓思惟断诸系缚。云何歌咏心？云何舞心？谓修行如是法，我当上升，种种神变。云何击鼓心？谓修顺是法，我当击法鼓。云何室宅心？谓顺修自护身法。云何师子心？谓修行一切无怯弱法。云何鸺鹠心？谓常暗夜思念。云何乌心？谓一切处惊怖思念。云何罗刹心㉞？谓于善中发起不善。云何刺心？谓一切处修发起恶作为性。云何窟心？谓顺修为入窟法。云何风心？谓遍一切处发起为性。云何水心？谓顺修洗濯一切不善法。云何火心？谓炽盛炎热为性。云何泥心？云何显色心？谓类彼为性。云何板心？谓顺修随量法，舍弃余善故。云何迷心？谓所执异，所思异。云何毒药心？谓顺修无生分法。云何羂索心？谓一切处住于我缚为性。云何械心？谓二足止住为性㉟。云何云心？谓常作降雨思念。云何田心？谓常如是修事自身。云何盐心？谓所思念，彼复增加思念。云何剃刀心？谓唯如是依止剃除法。云何须弥等心？谓常思惟心高举为性。云何海等心？谓常如是受用自身而住。云何穴等心？谓先决定，后复变改为性。云何受生心？谓诸有修习行业，彼生心如是同性。

秘密主！一二三四五再数，凡百六十心，越世间三妄执㉟，出世间心生。谓如是解，唯蕴无我㉟，根境界淹留，修行拔业烦恼株杌，无明种子，生十二因缘，离建立宗等。如是湛寂，一切外道所不能知，先佛宣说，离一切过。秘密主！彼出世间心㉟，住蕴中，有如是慧随生。若于蕴等，发起离著，当观察聚沫、浮泡、芭蕉、阳焰、幻等，而得解脱。谓蕴处界，能执、所执皆离，法性如是，证寂然界，是名出世间心。秘密主！彼离违顺八心相续业烦恼网，是超越一劫瑜祇行㉟。

复次，秘密主！大乘行发无缘乘心，法无我性。何以故？如彼往昔，如是修行者，观察蕴阿赖耶，知自性如幻、阳焰、影、响、旋火轮、乾闼婆城㉠。秘密主！彼如是舍无我心，主自在觉，自心本不生。何以故？秘密主！心前后际不可得故，如是知自心性，是超越一劫瑜祇行。

复次，秘密主！真言门修行菩萨行诸菩萨，无量无数百千俱胝那庾多劫，积集无量功德智慧，具修诸行，无量智慧方便，皆悉成就，天人世间之所归依，出过一切声闻、辟支佛地㉡，释提桓因㉢等，亲近敬礼。所谓空性，离于根境、无相无境界，越诸戏论，等虚空无边，一切佛法依此相续生。离有为无为界，离诸造作，离眼、耳、鼻、舌、身、意，极无自性心生。秘密主！如是初心，佛说成佛因故，于业烦恼解脱，而业烦恼具依世间宗奉，常应供养。

复次，秘密主！信解行地㉣，观察三心㉤，无量波罗蜜多，慧观，四摄法㉥，信解地㉦，无对无量不思议，逮十心无边智生㉧，我一切诸有所说，皆依此而得。是故智者当思惟此一切智信解地，复越一劫升住此地，此四分之一，度于信解。"

尔时，执金刚秘密主白佛言："世尊！愿救世者，演说心相，菩萨有几种得无畏处㉨？"

如是说已，摩诃毗卢遮那世尊告金刚手言："谛听，极善思念！秘密主，彼愚童凡夫，修诸善业，害不善业，当得善无畏。若如实知我，当得身无畏。若于取蕴所集我身，舍白色像观，当得无我无畏。若害蕴，住法攀缘，当得法无畏。若害法，住无缘，当得法无我无畏。若复一切蕴界处，能执、所执、我、寿命等，及法无缘空，自性、无性，此空智生，当得一切法自性平等无畏。

秘密主！若真言门修菩萨行诸菩萨，深修观察十缘生句，当于真言行通达作证。云何为十？谓如幻、阳焰、梦、影、乾闼婆城、响、水月、浮泡、虚空华、旋火轮。秘密主！彼真言门修菩萨行诸菩萨，当如是观察。云何为幻？谓如咒术、药力，能造、所造，种种色像，或自眼故见希有事，展转相生，往来十方，然后非去非不去。何以故？本性净故。如是真言幻，持诵成就，能生一切。

复次，秘密主！阳焰性空，彼依世人妄想成立，有所谈议，如是真言想，唯是假名。

复次，秘密主！如梦中所见昼日、牟呼栗多、刹那、岁时等住，种种异类，受诸苦乐，觉已都无所见，如是梦真言行，应知亦尔。

复次，秘密主！以影喻，解了真言能发悉地㉩，如面缘于镜而现面像。彼真言悉地，当如是知。

复次，秘密主！以乾闼婆城譬，解了成就悉地宫。

复次，秘密主！以响喻，解了真言声，如缘声有响。彼真言者，当如是解。

复次，秘密主！如因月出故，照于净水而现月影像，如是真言水月，喻彼持明者，当如是说。

复次，秘密主！如天降雨生泡，彼真言悉地，种种变化，当知亦尔。

复次，秘密主！如空中无众生，无寿命，彼作者不可得，以心迷乱故，而生如是种种妄见^㉝。

复次，秘密主！譬如火烬，若人执持在手，而以旋转空中，有轮像生。

秘密主！应如是了知大乘句、心句、无等等句、必定句、正等觉句、渐次大乘生句，当得具足法财，出生种种工巧大智，如实遍知一切心想。"

---

①真言：真实、神圣的言语。

②住心：安住于道之心。

③薄伽梵：即世尊。

④加持：以佛力护佑众生。金刚：金中最刚的意思，比喻牢固、锐利、无坚不摧的意思。

⑤法界：真如理性。

⑥宝王：佛陀的尊称。

⑦师子座：也叫狮子座。原指释迦牟尼的坐席，后泛指寺院中佛、菩萨的台座以及佛界高僧讲经说法的坐席。

⑧金刚手：手持金刚杖或金刚杵的菩萨。

⑨三时：释迦牟尼逝世后佛法日益衰微的三个阶段，即正、像、末三个时期。

⑩毗卢遮那：佛名，意思是"大日"、"光明遍照"、"遍一切处"。

⑪庄严藏：壮美庄严的内蕴。

⑫十方：东、西、南、北、东南、西南、东北、西北、上、下等十个方位。

⑬初发心：初发求取菩提之心。

⑭十地：指佛教修行的十个阶位。

⑮白：表白，说，询问。

⑯应供：阿罗汉的义译，也是如来的十个称号之一，指应受人天供养的人。

⑰正遍知：如来的十个称号之一，意思是真正普遍知道一切之法。

⑱一切智智：指佛智为智中之智。

⑲声闻乘：凡是闻佛音声与修四谛法门而悟道之人。

⑳缘觉乘：凡依十二因缘之理而起修和悟道之人。

㉑大乘：即大乘佛教，佛教派别，因自称能度载无量众生从生死大河之此岸到达菩提涅槃之彼岸，成就佛果而得名。

㉒五通智：大日如来的五种智慧。

㉓夜叉：捷疾鬼。

㉔乾闼婆：婆罗门教崇拜的群神。

㉕摩睺罗伽：指大蟒神或大腹行地龙。

㉖梵天：色界之初禅天，因为此天无欲界的淫欲，寂静清净而得名。

㉗毗沙门：即多闻天王。

㉘解脱味：涅槃的妙味。

㉙阿修罗：六道之一，意思是非天、不端正等。

㉚作意：集中注意，令心警觉。

㉛菩提心：求取正觉成佛之心。

㉜方便：随方因便，以利导人。

㉝阿耨多罗三藐三菩提：佛智名，即是无上正等正觉。

㉞一切智：指无所不知的佛智。

㉟正觉：这里指得道成佛。

㊱天龙：诸天与龙。

㊲迦楼罗：金翅鸟。

㊳紧那罗：非人。

㊴波罗蜜：指从生死迷界的此岸到达涅槃解脱的彼岸。

㊵我所：为我所有的东西。

㊶三昧：正定，即精神集中而不散乱。

㊷五神通：即天眼道、天耳通、他心通、宿命通、如意通。

㊸陀罗尼：即总持。

㊹染著：对一切境界生起分别执着之心。

㊺善男子、善女人：指信佛的男女。

㊻大牟尼：大寂寞。

㊼摩诃：大、多、胜。

㊽毗卢遮那：大日、光明遍照等。

㊾佛真子：即诸菩萨。

㊿外道：佛教之外的思想派别。

51瑜伽：意思是相应，指通过现观思悟佛教真理的修行方法。

52大自在天：色界十八天中之最高天。

53补特伽罗：耆那教名词，指物质。佛教用以指我、人。

54阿赖耶：即藏识，是八识中的第八识。

55欢喜：环境顺意时心生喜悦之情。

56商羯罗：人的骨架。

57黑天：印度教崇拜的大神之一。

58毗首羯磨：造一切者。

59殊胜行：波罗蜜多的行法。

60涅槃：佛教修行的最终理想，指断灭生死轮回后获得的精神境界。

61随顺：随之顺之。

62染法：三界内的一切事物。

63二边：指常见和断见。

64罗刹：印度神话中的恶魔。

65二足：福足与慧足。

66妄持：执着虚妄的法。

67蕴：积集。

68出世间心：无烦恼的无漏之心。

69劫：极久远的时间。

70乾闼婆城：香神的居所。

71辟支佛地：辟支佛的地位、阶段。辟支佛的意思是缘觉或独觉。

72释提桓因：忉利天之主，简称释帝或帝释。

73解行地：由知解而修行的地位，即尚未证得真如之地之前的三贤菩萨的阶位。

74三心：入心、住心、出心。

75四摄法：指布施摄、爱语摄、利行摄、同事摄。

76信解地：由信至解的阶位。

77十心：一指顺流十心，即无明昏暗、外加恶友、善不随从、三业造恶、恶心遍布、恶心相续、覆讳过失、不畏恶道、无惭无愧、拨无因果。二指逆流十心，即深信因果、生重惭愧、生大怖畏、发露忏悔、断相续心、发菩提心、断恶修善、守护正法、念十方佛、观罪性空。

⑦无畏：心无所畏惧。

⑦悉地：成就。

⑧妄见：虚妄的见解。

入曼荼罗具缘真言品第二①

尔时，执金刚秘密主白佛言："希有，世尊！说此诸佛自证三菩提不思议法界②，超越心地，以种种方便道，为众生类，如本性信解，而演说法。惟愿世尊次说修真言行，大悲胎藏生大曼荼罗王③，为满足彼诸未来世无量众生，为救护安乐故。"

尔时，薄伽梵毗卢遮那于大众会中遍观察已，告执金刚秘密主言："谛听，金刚手！今说修行曼荼罗行，满足一切智智法门。"

尔时，毗卢遮那世尊本昔誓愿成就无尽法界，度脱无余众生界故④，一切如来，同共集会，渐次证入大悲藏，发生三摩地⑤。世尊一切支分，皆悉出现如来之身，为彼从初发心，乃至十地，诸众生故，遍至十方，还来佛身本位⑥。本位中住，而复还入。

时，薄伽梵复告执金刚秘密主言："谛听，金刚手！曼荼罗位，初阿阇梨应发菩提心⑦，妙慧慈悲，兼综众艺，善巧修行般若波罗密，通达三乘⑧，善解真言实义，知众生心，信诸佛菩萨，得传教灌顶等，妙解曼荼罗尽。其性调柔，离于我执⑨，于真言行，善得决定，究习瑜伽，住勇健菩提心。秘密主！如是法则阿阇梨、诸佛菩萨之所称赞。

复次，秘密主！彼阿阇梨若见众生堪为法器⑩，远离诸垢⑪，有大信解，勤勇深信，常念利他。若弟子具如是相貌者，阿阇梨应自往劝发。如是告言：

> 佛子此大乘，真言行道法，
> 我今正开演，为彼大乘器。
> 过去等正觉，及与未来世，
> 现在诸世尊，住饶益众生。
> 如是诸贤者，解真言妙法，
> 勤勇获种智，坐无相菩提。
> 真言势无比，能摧伏大力，
> 极忿怒魔军，释师子救世⑫。
> 是故汝佛子，应以如是慧，
> 方便作成就，当获萨婆若⑬。
> 行者悲念心，发起令增广，
> 彼坚住受教，当为择平地。
> 山林多华果，悦意诸清泉，
> 诸佛所称叹，应作圆坛事。
> 或在河流处，鹅雁等庄严，
> 彼应作慧解，悲生曼荼罗。
> 正觉缘导师，圣者声闻众，
> 曾游此地分，佛常所称誉。
> 及余诸方所，僧坊阿练若⑭，
> 华房高楼阁，胜妙诸池苑，

制底火神祠，牛栏河潬中，

诸天庙空室，仙人得道处。

如上之所说，或所意乐处，

利益弟子故，当画曼荼罗。

秘密主！彼拣择地，除去砾石、碎瓦、破器、髑髅、毛发、糠糟、灰炭、刺骨、朽木等，及虫蚁、蜙蜋、毒螫之类，离如是诸过。遇良日晨，定日时分，宿直诸执，皆悉相应。于食前时，值吉祥相，先当为一切如来作礼，以如是偈警发地神：

汝天亲护者，于诸佛导师，

修行殊胜行，净地波罗蜜。

如破魔军众，释师子救世，

我亦降伏魔，我画曼荼罗。

彼应长跪，舒手按地，频诵此偈，以涂香、华等供养。供养已，真言者，复应归命一切如来⑮，然后治地，如其次第，当具众德。”

尔时，执金刚秘密主头面礼世尊足，而说偈言：

佛法离诸相，法住于法位，

所说无譬类，无相无为作。

何故大精进⑯，而说此有相，

及与真言行，不顺法然道？”

尔时薄伽梵，毗卢遮那佛，

告执金刚手，善听法之相。

法离于分别，及一切妄想，

若净除妄想，心思诸起作。

我成最正觉，究净如虚空。

凡愚所不知，邪妄执境界，

时方相貌等，乐欲无明覆。

度脱彼等故，随顺方便说，

而实无时方，无作无造者，

彼一切诸法，唯住于实相。

复次秘密主，于当来世时，

劣慧诸众生，以痴爱自蔽，

唯依于有相，恒乐诸断常，

时方所造业，善不善诸相，

盲冥乐求果，不知解此道，

为度彼等故，随顺说是法。

秘密主！如是所说处所，随在一地，治令坚固，取未至地瞿摩夷，及瞿摸怛罗，和合涂之，次以香水真言洒净，即说真言曰：

南么三曼多勃驮喃（一。凡真言中有平声字皆稍上声呼之，以下字准此）阿钵啰（二合）底（丁以切，下同）三迷（二）伽伽那三迷（三）三么多奴揭帝（四）钵啰（二合）吃嘌（二合）底微输（上）睇（五）达摩驮睹微戍达你（六）莎诃（七）

行者次于中，定意观大日，

处白莲华座，发髻以为冠，
放种种色光，通身悉周遍。
复当于正受，次想四方佛，
东方号宝幢，身色如日晖；
南方大勤勇，遍觉华开敷，
金色放光明，三昧离诸垢；
北方不动佛，离恼清凉定；
西方仁胜者，是名无量寿。
持诵者思惟，而住于佛室，
当受持是地，以不动大名，
或用降三世，一切利成就。
白檀以涂画，圆妙曼荼罗，
中第一我身，第二诸救世，
第三同彼等，佛母虚空眼，
第四莲华手，第五执金刚，
第六不动尊，想念置其下，
奉涂香华等，思念诸如来。
至诚发殷重，演说如是偈：
诸佛慈悲者，存念我等故，
明日受持地，并佛子当降。

如是说已，复当诵此真言曰：

南么三曼多勃驮喃（一）萨婆怛他蘖多（引。二）地瑟姹（二合）那（引）地瑟祉（二合）帝（三）阿者丽（四）微么丽（五）娑么（二合）啰奶（平声。六）钵啰（二合）吃㘑（二合）底钵囕输（上声）睇（七）莎诃（八）

持真言行者，次发悲念心，
依于彼四方，系念以安寝，
思惟菩提心，清净中无我。
或于梦中见，菩萨大名称，
诸佛无有量，现作众事业。
或以安慰心，劝嘱于行者，
汝念众生故，造作曼荼罗，
善哉摩诃萨，所画甚微妙。
复次于余日，摄受应度人，
若弟子信心，生种姓清净，
恭敬于三宝⑰，深慧以严身，
堪忍无懈倦，尸罗净无缺⑱，
忍辱不悭吝，勇健坚行愿，
如是应摄取，余则无所观。
或十或八七，或五二一四，
当作于灌顶，若复数过此。"

　　尔时，金刚手秘密主复白佛言："世尊！当云何名此曼荼罗？曼荼罗者，其义云何？"

　　佛言："此名发生诸佛曼荼罗，极无比味、无上味，是故说为曼荼罗。又，秘密主！哀愍无边众生界故，是大悲胎藏生曼荼罗广义。秘密主！如来于无量劫，积集阿耨多罗三藐三菩提之所加持，是故具无量德，当如是知。秘密主！非为一众生故，如来成正等觉；亦非二非多，为怜愍无余记及有余记诸众生界故，如来成正等觉，以大悲愿力，于无量众生界，如其本性，而演说法。秘密主！无大乘宿习⑲，未曾思惟真言乘行，彼不能少分见闻，欢喜信受。又，金刚萨埵⑳！若彼有情，昔于大乘真言乘道，无量门进趣，已曾修行，为彼等故，限此造立名数。彼阿阇梨，亦当以大悲心，立如是誓愿，为度无余众生界故，应当摄受无量众生，作菩提种子因缘。

持真言行者，如是摄受已，
命彼三自归，令说悔先罪。
奉涂香华等，供养诸圣尊，
应授彼三世㉑，无障碍智戒。
次当授齿木，若优昙钵罗㉒，
或阿说他等，结护而作净。
香华以庄严，端直顺本末，
东面或北面，嚼已而掷之，
当知彼众生，成器非器相。
三结修多罗，次系等持臂，
如是授弟子，远离诸尘垢。
增发信心故，当随顺说法，
慰喻坚其意，告如是偈言：
汝获无等利，位同于大我，
一切诸如来，此教菩萨众，
皆已摄受汝，成办于大事，
汝等于明日，当得大乘生。
如是教授已，或于梦寐中，
睹见僧住处，园林悉严好，
堂宇相殊特，显敞诸楼观。
幢盖㉓摩尼珠㉔，宝刀悦意华。
女人鲜白衣，端正色姝丽。
密亲或善友，男子如天身。
群牛丰牸乳㉕，经卷净无垢。
遍知因缘觉，并佛声闻众，
大我诸菩萨，现前授诸果。
度大海河池，及闻所乐声，
空中言吉祥，当与意乐果。
如是等好相，宜应谛分别，
与此相违者，当知非善梦。
善住于戒者，晨起白师已，
师说此句法，劝发诸行人：

此殊胜愿道，大心摩诃衍，
汝今能志求，当成就如来。
自然智大龙，世间敬如塔，
有无悉超越，无垢同虚空。
诸法甚深奥，难了无含藏，
离一切妄想，戏论本无故。
作业妙无比，常依于二谛㉖，
是乘殊捧愿，汝当住斯道。"

尔时，住无戏论执金刚白佛言："世尊！愿说三世无碍智戒㉗。若菩萨住此者，令诸佛菩萨皆欢喜故。"

如是说已，佛告住无戏论执金刚等言："佛子，谛听！若族姓子，住是戒者，以身、语、意合为一，不作一切诸法。云何为戒？所谓观察舍于自身，奉献诸佛菩萨。何以故？若舍自身，则为舍彼三事，云何为三？谓身、语、意。是故族姓子，以受身、语、意戒，得名菩萨。所以者何？离彼身、语、意故。菩萨摩诃萨应如是学㉘。次于明日，以金刚萨埵加持自身㉙，为世尊毗卢遮那作礼，应取净瓶盛满香水，持诵降三世真言而用加之，置初门外，用洒是诸人等，彼阿阇梨以净香水授与令饮，彼心清净故。"

尔时，执金刚秘密主以偈问佛：

"种智说中尊，愿说彼时分，
大众于何时，普集现灵瑞，
曼荼罗阇梨，殷勤持真言。"

尔时，薄伽梵告持金刚慧：

"常当于此夜，而作曼荼罗，
传法阿阇梨，如是应次取。
五色修多罗，稽首一切佛，
大毗卢遮那，亲自作加持。
东方以为首，对持修多罗，
至脐而在空，渐次右旋转，
如是南及西，终竟于北方。
第二安立界，亦从初方起，
忆念诸如来，所行如上说。
右方及后方，复周于胜方。
阿阇梨次回，依于涅哩底，
授学对持者，渐次以南行。
从此右旋绕，转依于风方，
师位移本处，而居于火方。
持真言行者，复修如是法，
弟子在西南，师居伊舍尼。
学者复旋绕，转依于火方，
师位移本处，而住于风方。
如是真言者，普作四方相，

渐次入其中，三位以分之。
已表三分位，地相普周遍，
复于一一分，差别以为三。
是中最初分，作业所行道，
其余中后分，圣天之住处。
方等有四门，应知其分剂，
诚心以殷重，运布诸圣尊。
如是造众相，均调善分别，
内心妙白莲，胎藏正均等，
藏中造一切，悲生曼荼罗。
十六央俱梨，过此是其量，
八叶正圆满，须蕊皆严好，
金刚之智印，遍出诸叶间。
从此华台中，大日胜尊现，
金色甚晖曜，首持发髻冠，
救世圆满光，离热住三昧。
彼东应画作，一切遍知印，
三角莲华上，其色皆鲜白，
光焰遍围绕，皓洁普周遍。
次于其北维，导师诸佛母，
晃曜真金色，缟素以为衣，
遍照犹日光，正受住三昧。
复于彼南方，救世佛菩萨，
大德圣尊印，号名满众愿，
真陀摩尼珠，住于白莲上。
北方大精进，观世自在者，
光色如皓月，商佉军那华，
微笑坐白莲，髻现无量寿，
彼有大名称，圣者多罗尊，
青白色相杂，中年女人状，
合掌持青莲，圆光靡不遍，
晖发犹净金，微笑鲜白衣。
右边毗俱胝③，手垂数珠鬘③，
三目持发髻，尊形犹皓素，
圆光色无比，黄赤白相入。
次近毗俱胝，画得大势尊，
彼服商佉色，大悲莲华手，
滋荣而未敷，围绕以圆光。
明妃住其侧，号持名称者，
一切妙璎珞，庄严金色身，

执鲜妙华枝，左持钵胤遇。
近圣者多罗，住于白处尊，
发冠袭纯帛，钵昙摩华手。
于圣者前作，大力持明王，
晨朝日晖色，白莲以严身，
赫奕成焰鬘，吼怒牙出现，
利爪兽王发，阿耶揭利婆。
如是三摩地，观音诸眷属。
复次华台表，大日之右方，
能满一切愿，持金刚慧者。
钵孕遇华色，或复如绿宝，
首戴众宝冠，璎珞庄严身，
间错互严饰，广多数无量，
左执拔折罗，周环起光焰。
金刚藏之右，所谓忙莽鸡，
亦持坚慧杵，严身以璎珞。
彼右次应置，大力金刚针，
使者众围绕，微笑同瞻仰。
圣者之左方，金刚商羯罗，
执持金刚锁，自部诸使俱，
其身浅黄色，智杵为标帜。
于执金刚下，忿怒降三世，
摧伏大障者，号名月黶尊㉒。
三目四牙现，夏时雨云色，
阿吒吒笑声，金刚宝璎珞，
摄护众生故，无量众围绕，
乃至百千手，操持众器械，
如是忿怒等，皆住莲华中。
次往西方画，无量持金刚，
种种金刚印，形色各差别，
普放圆满光，为诸众生故。
真言主之下，依涅哩底方，
不动如来使，持慧刀羂索，
顶发垂左肩，一目而谛观，
威怒身猛焰，安住在盘石，
面门水波相，充满童子形，
如是具慧者，次应往风方。
复画忿怒尊，所谓胜三世，
威猛焰围绕，宝冠持金刚，
不顾自身命，专请而受教。

已说初界域，诸尊方位等，
持真言行人，次往第二院。
东方初门中，画释迦牟尼，
围绕紫金色，具三十二相，
被服袈裟衣，坐白莲华台，
为令教流布，住彼而说法。
次于世尊右，显示遍知眼，
熙怡相微笑，遍体圆净光，
喜见无比身，是名能寂母。
复于彼尊右，图写毫相明，
住钵头摩华，圆照商佉色，
执持如意宝，满足众希愿，
晖光大精进，救世释师子。
圣尊之左方，如来之五顶。
最初名白伞，胜顶最胜顶，
众德火光聚，及与舍除顶，
是名五大顶。大我之释种，
应当依是处，精心造众相。
次于其北方，布列净居众，
自在与普华，光鬘及意生，
名称远闻等，各如其次等。
于毫相之右，复画三佛顶。
初名广大顶，次名极广大，
及无边音声，皆应善安立。
五种如来顶，白黄真金色。
复次三佛顶，白黄赤兼备，
其光普深广，众璎珞庄严，
所发弘誓力，一切愿皆满。
行者于东隅，而作火仙像，
住于炽焰中，三点灰为标，
身色皆深赤，心置三角印，
而在圆焰中，持珠及澡瓶。
右方阎摩王，手秉坛拿印，
水牛以为座，震电玄云色，
七母并黑夜，妃后等围绕。
涅哩底鬼王，执刀恐怖形。
缚噜拿龙王，羂索以为印⑧。
初方释天王，安住妙高山，
宝冠被璎珞，持跋折罗印。
及余诸眷属，慧者善分布。

左置日天众，在于舆辂中。
胜无胜妃等，翼从而侍卫。
大梵在其右，四面持发冠，
唵字相为印，执莲在鹅上。
西方诸地神，辩才及毗纽，
塞建那风神，商羯罗月天，
是等依龙方，画之勿遗谬。
持真言行者，以不迷惑心，
佛子次应作，持明大忿怒。
右号无能胜，左无能胜妃，
持地神奉瓶，虔敬而长跪。
及二大龙王，难陀跋难陀，
对处厢曲中，通门之大护。
所余释种尊，真言与印坛，
所说一切法，师应具开示。
持真言行者，次至第三院，
先图妙吉祥，其身郁金色，
五髻冠其顶，犹如童子形，
左持青莲华，上表金刚印，
慈颜遍微笑，坐于白莲台，
妙相圆普光，周匝互晖映。
右边应次画，网光童子身，
执持众宝网，种种妙璎珞，
住宝莲华座，而观佛长子。
左边画五种，与愿金刚使，
所谓髻设尼，优婆髻设尼，
及与质多罗，地慧并请召。
如是五使者，五种奉教者，
二众共围绕，侍卫无胜智。
行者于右方，次作大名称，
除一切盖障，执持如意宝。
舍于三分位，当画八菩萨。
所谓除疑怪，施一切无畏，
除一切恶趣，救意慧菩萨，
悲念具慧者，慈起大众生，
除一切热恼，不可思议慧。
次复舍斯位，至于北胜方，
行者以一心，忆持布众彩，
而造具善忍，地藏摩诃萨。
其座极巧丽，身处于焰胎，

　　　　　　杂宝庄严地，绮错互相间。
　　　　　　四宝为莲华，圣者所安住，
　　　　　　及与大名称，无量诸菩萨。
　　　　　　谓宝掌宝手，及与持地等，
　　　　　　宝印手坚意，上首诸圣尊，
　　　　　　各与无数众，前后共围绕。
　　　　　　次复于龙方，当画虚空藏，
　　　　　　勤勇被白衣，持刀生焰光，
　　　　　　及与诸眷属，正觉所生子，
　　　　　　各随其次第，列坐正莲上。
　　　　　　今说彼眷属，大我菩萨众，
　　　　　　应善图藻缋③，谛诚勿迷忘。
　　　　　　谓虚空无垢，次名虚空慧，
　　　　　　及清净慧等，行慧安慧等。
　　　　　　如是诸菩萨，常勤精进者，
　　　　　　各如其次第，而画庄严身。
　　　　　　略说大悲藏，曼荼罗位竟。"

　　尔时，执金刚秘密主于一切众会中，谛观大日世尊，目不暂瞬，而说偈言：
　　　　　　"一切智慧者，出现于世间，
　　　　　　如彼优昙华⑤，时时乃一现，
　　　　　　真言所行道，倍复甚难遇。
　　　　　　无量俱胝劫，所作众罪业，
　　　　　　见此曼荼罗，消灭尽无余。
　　　　　　何况无量称，住真言行法，
　　　　　　行此无上句，真言救世者。
　　　　　　止断诸恶趣，一切苦不生，
　　　　　　若修如是行，妙慧深不动。"

　　时，普集会一切大众及诸持金刚者，以一音声赞叹金刚手言：
　　　　　　"善哉善哉大勤勇，汝已修行真言行，
　　　　　　能问一切真言义，我等咸有意思惟。
　　　　　　一切现为汝证验，依住真言之行力，
　　　　　　及余菩提大心众，当得通达真言法。"

　　尔时，执金刚秘密主复白世尊，而说偈言：
　　　　　　"云何彩色义？复当以何色？
　　　　　　云何而运布？是色谁为初？
　　　　　　门标旗量等，厢卫亦如是。
　　　　　　云何建诸门？愿尊说其量，
　　　　　　奉食华香等，及与众宝瓶。
　　　　　　云何引弟子？云何令灌顶？
　　　　　　云何供养师？愿说护摩处。

云何真言相？云何住三昧？"

如是发问已，牟尼诸法王，

告持金刚慧："一心应谛听，

最胜真言道，出生大乘果。

汝今请问我，为大有情说。

染彼众生界，以法界之味，

古佛所宣说，是名为色义。

先安布内色，非安布外色。

洁白最为初，赤色为第二，

如是黄及青，渐次而彰著，

一切内深玄，是谓色先后。

建立门标帜，量同中胎藏。

厢卫亦如是，华台十六节，

应知彼初门，与内坛齐等。

智者于外院，渐次而增加。

于彼厢卫中，当建大护者。

略说三摩地，一心住于缘，

广义复殊异，大众生谛听，

佛说一切空，正觉之等持，

三昧证知心，非从异缘得。

彼如是境界，一切如来定，

故说为大空，圆满萨婆若⑬。"

①曼荼罗：圆形或方形的修法地方或坛场。

②三菩提：无上正等正觉。

③大悲胎藏：大悲心所摄持含藏的功德。

④无余：没有剩余。

⑤三摩地：即三昧。

⑥本位：本来的位子，本来之身。

⑦阿阇梨：矫正佛门弟子行为的比丘。

⑧三乘：一指声闻乘、缘觉乘、菩萨乘；二指大乘、中乘、小乘。二者意思相同。

⑨我执：即我见，意思是对我的执着。

⑩法器：具有修证佛法的根器。

⑪垢：烦恼。

⑫释师子：世尊的德号。

⑬萨婆若：即一切种智。

⑭阿练若：寂静的处所。

⑮归命：把身心性命奉献出来。

⑯精进：努力向善向上。

⑰三宝：佛、法、僧。

⑱尸罗：清凉。

⑲宿习：过去世的善恶习气。

⑳金刚萨埵：菩萨名，又名金刚手菩萨。

㉑三世：现世、过去世、未来世。

㉒优昙钵罗：佛教用具之一。

㉓幢盖：佛教用物，在佛像前立竹竿为柱，顶安宝珠，上面用丝帛装饰。

㉔摩尼珠：佛的宝珠。

㉕牸：(zì 音自)，雌性牲畜。

㉖二谛：两种真理，即俗谛与真谛。

㉗无碍智：佛的智慧。

㉘摩诃萨：摩诃萨埵的简称，即大菩萨。

㉙加持：加工持育，工夫增上。

㉚胝：(zhī 音支)。

㉛鬘：(mán 音馒) 形容头发美。

㉜黡：(yan 音眼) 皮肤上的黑色斑点。

㉝羂：(juàn 音眷) 用绳索系住野兽。

㉞缋：(huì 音会) 通"绘"。

㉟优昙华：昙花。

㊱萨婆若：即一切种智，指诸佛究竟圆满果位的大智慧。

大毗卢遮那成佛神变加持经卷第二

入曼荼罗具缘真言品第二之余

　　尔时，毗卢遮那世尊与一切诸佛同共集会，各各宣说一切声闻、缘觉、菩萨三昧道。时，佛入于一切如来一体速疾力三昧，于是世尊复告执金刚菩萨言：

　　　　我昔坐道场①，降伏于四魔②，

　　　　以大勤勇声，除众生怖畏。

　　　　是时梵天等，心喜共称说，

　　　　由此诸世间，号名大勤勇。

　　　　我觉本不生，出过语言道，

　　　　诸过得解脱，远离于因缘。

　　　　知空等虚空，如实相智生③，

　　　　已离一切暗，第一实无垢。

　　　　诸趣唯想名，佛相亦复然，

　　　　此第一实际，以加持力故，

　　　　为度于世间，而以文字说。"

　　尔时，执金刚具德者得未曾有开敷眼，顶礼一切智，而说偈言：

　　　　诸佛甚希有，权智不思议，

　　　　离一切戏论，法佛自然智。

　　　　而为世间说，满足众希愿，

真言相如是，常依于二谛。

若有诸众生，知此法教者，

世人应供养，犹如敬制底。"

时，执金刚说此偈已，谛观毗卢遮那，目不暂瞬，默然而住。于是世尊复告执金刚秘密主言："复次，秘密主！一生补处菩萨，住佛地三昧道，离于造作，知世间相住于业地，坚住佛地。复次，秘密主！八地自在菩萨三昧道，不得一切诸法，离于有生，知一切幻化，是故世称观自在者④。复次，秘密主！声闻众住有缘地，识生灭，除二边，极观察智，得不随顺修行因，是名声闻三昧道。秘密主！缘觉观察因果，住无言说法，不转无言说，于一切法证极灭语言三昧，是名缘觉三昧道。秘密主！世间因果及业，若生若灭，系属他主空、三昧生，是名世间三昧道。"

尔时，世尊而说偈言：

秘密主当知，此等三昧道，

若在佛世尊，菩萨救世者，

缘觉声闻说，摧害于诸过。

若诸天世间，真言法教道，

如是勤勇者，为利众生故。"

复次，世尊告执金刚秘密主言："秘密主，汝当谛听！诸真言相。"金刚手言："唯然世尊，愿乐欲闻。"

尔时，世尊复说颂曰：

等正觉真言⑤，言名成立相，

如因陀罗宗，诸义利成就，

有增加法句，本名行相应。

若唵字吽字⑥，及与登⑦磔迦⑧，

或颉唎媲等⑨，是佛顶名号。

若揭㗚㖿拿，佉陀耶畔阇，

诃那摩啰也，钵吒也等类，

是奉教使者，诸忿怒真言。

若是纳么字，及莎缚诃等，

是修三摩地，寂⑩行者标相⑪。

若有扇多字，微戍陀字等，

当知能满足，一切所希愿。

此正觉佛子，救世者真言，

若声闻所说，一一句安布。

是中辟支佛，复有少差别，

谓三昧分异，净除于业生。

复次，秘密主！此真言相非一切诸佛所作，不令他作，亦不随喜，何以故？以是诸法，法如是故。若诸如来出现，若诸如来不生，诸法法尔如是住。谓诸真言，真言法尔故。秘密主！成等正觉，一切知者⑫、一切见者出兴于世⑬，而自此法说种种道，随种种乐欲、种种诸众生心，以种种句、种种文、种种随方语言、种种诸趣音声而以加持，说真言道。

秘密主！云何如来真言道？谓加持此书写文字。秘密主！如来无量百千俱胝那庾多劫，积集修行真实谛语、四圣谛⑭、四念处⑮、四神足⑯、十如来力⑰、六波罗蜜⑱、七菩提分⑲、四梵住⑳、十八佛不共法㉑。秘密主！以要言之，诸如来一切智智，一切如来自福智力，自愿智力，一切法界加持力，随顺众生，如其种类，开示真言教法㉒。

云何真言教法？谓阿字门，一切诸法本不生故；迦字门，一切诸法离作业故；佉字门，一切诸法等虚空不可得故；哦字门，一切诸法、一切行不可得故；伽（重声呼）字门，一切诸法、一合相不可得故；遮字门，一切诸法离一切迁变故；车字门，一切诸法影像不可得故；若字门，一切诸法生不可得故；社字门，一切诸法战敌不可得故；吒字门，一切诸法慢不可得故；咤字门，一切诸法长养不可得故；拿字门，一切诸法怨对不可得故；荼（重声呼）字门，一切诸法执持不可得故；多字门，一切诸法如如不可得故；他字门，一切诸法住处不可得故；娜字门，一切诸法施不可得故；驮（重声呼）字门，一切诸法法界不可得故；波字门，一切诸法第一义谛不可得故；颇字门，一切诸法不坚如聚沫故；么字门，一切诸法缚不可得故；婆字门，一切诸法、一切有不可得故；野字门，一切诸法、一切乘不可得故；啰字门，一切诸法离一切诸尘染故；逻字门，一切诸法，一切相不可得故；缚字门，一切诸法语言道断故；奢字门，一切诸法本性寂故；沙字门，一切诸法性纯故；娑字门，一切诸法、一切谛不可得故；诃字门，一切诸法因不可得故。秘密主！仰若拿那么，于一切三昧自在，速能成办诸事，所为义利皆悉成就。”

尔时，世尊而说偈言：

真言三昧门，圆满一切愿，
所谓诸如来，不可思议果，
具足众胜愿，真言决定义，
超越于三世，无垢同虚空。
住不思议心，起作诸事业，
到修行地者，授不思议果，
是第一真实，诸佛所开示，
若知此法教，当得诸悉地。
最胜真实声，真言真言相，
行者谛思惟，当得不坏句。

尔时，执金刚秘密主白佛言：“希有，世尊！佛说不思议真言相道法，不共一切声闻、缘觉，亦非世尊普为一切众生。若信此真言道者，诸功德法，皆当满足。唯愿世尊次说曼荼罗所须次第。”

如是说已，世尊复告金刚手而说偈言：

持真言行者，供养诸圣尊，
当奉悦意华，洁白黄朱色，
钵头摩青莲，龙华奔那伽，
计萨啰末利，得蘗蓝瞻蔔，
无忧底罗剑，钵吒罗婆罗，
是等鲜妙华，吉祥众所乐，
采集以为鬘，敬心而供养。
茢檀及青木，苜蓿香郁金，
及余妙涂香，尽持以奉献。

沈水及松香，□嚩蓝与龙脑，
白檀胶香等，失利婆塞迦，
及余焚香类，芬馥世称美，
应当随法教，而奉于圣尊。
复次大众生，依教献诸食，
奉乳糜酪饭，欢喜曼荼迦，
百叶甘美饼，净妙沙糖饼，
布利迦间究，及末涂失□罗，
媲诺迦无忧，播钵吒食等。
如是诸肴膳，种种珍妙果，
蹇茶与石蜜，糖蜜生熟酥，
种种诸浆饮，乳酪净牛味。
又奉诸灯烛，异类新净器，
盛满妙香油，布列为照明。
四方缯幡盖，种种色相间，
门标异形类，并悬以铃铎。
或以心供养，一切皆作之，
持真言行者，存意勿遗忘。
次具迦罗奢，或六或十八，
备足诸宝药，盛满众香水。
枝条上垂布，间插华果实，
涂香等严饰，结护而作净，
系颈以妙衣，瓶数或增广。
上首诸尊等，各各奉兼服。
诸余大有情，一一皆献之。
如上修供养，次引应度者，
洒之以净水，授与涂香华，
令发菩提心，忆念诸如来，
一切皆当得，生于净佛家。
结法界生印，及与法轮印，
金刚有情等，而用作加护。
次应当自结，诸佛三昧耶，
三转加净衣，如真言法教，
而用覆其首，深起悲念心。
三诵三昧耶，项戴以啰字，
严以大空点，周匝开焰鬘，
字门生白光，流出如满月。
现对诸救世，而散于净华，
随其所至处，行人而尊奉。
曼荼罗初门，大龙厢卫处，

于二门中间，安立于学人，
住彼随法教，而作众事业。
如是令弟子，远离于诸过，
作寂然护摩，护摩依法住。
初自中胎藏，至第二之外，
于曼茶罗中，作无疑虑心。
如其自肘量，陷作光明坛，
四节为周界，中表金刚印。
师位之右方，护摩具支分，
学人住其左，蹲踞增敬心，
自敷吉祥草，藉地以安坐。
或布众彩色，彤辉极严丽，
一切缋事成，是略护摩处。
周匝布祥茅，端末互相加，
右旋皆广厚，遍洒以香水。
思惟火光尊，哀愍一切故，
应当持满器，而以供养之。
尔时善住者，当说是真语：

南么三曼多勃驮喃（一）噁揭娜（二合）曳（平声。二）莎诃（三）

复以三昧手，次持诸弟子，
慧手大空指，略奉持护摩，
每献辄诚诵，各别至三七，
当住慈愍心，依法真实言。

南么三曼多勃驮喃（一）阿（去声，急呼）摩诃（引）扇底（丁以切，下同）曩多（二）扇底羯啰（三）钵啰（二合）睒摩达磨你⊗（入声）惹多（四）阿婆（去声）嚩萨嚩（三合）婆嚩（五）达么娑么多钵啰（二合）钵多（二合。六）莎诃（七）

行者护摩竟，应教令亲施，
金银众珍宝，象马及车乘，
牛羊上衣服，或复余资财，
弟子当至诚，恭敬起殷重，
深心自欣庆，而奉于所尊，
以修行净舍，令彼欢喜故。
已为作加护，应召而告言，
今此胜福田，一切佛所说，
为欲广饶益，一切诸有情，
奉施一切僧，当获于大果，
无尽大资财，世说常随生，
以供养僧者，施具德之人。
是故世尊说，应当发欢喜，
随力办肴膳，而施现前僧。

尔时，毗卢遮那世尊复告执金刚秘密主，而说偈言：

汝摩诃萨埵，一心应谛听，

当广说灌顶，古佛所开示，

师作第二坛，对中曼荼罗，

图画于外界，相距二肘量，

四方正均等，内向开一门，

安四执金刚，居其四维外。

谓住无戏论，及虚空无垢，

无垢眼金刚，被杂色衣等。

内心大莲华，八叶及须蕊，

于四方叶中，四伴侣菩萨，

由彼大有情，往昔愿力故。

云何名为四？谓总持自在，

念持利益心，悲者菩萨等。

所余诸四叶，作四奉教者，

杂色衣满愿，无碍及解脱。

中央示法界，不可思议色，

四宝所成瓶，盛满众药宝。

普贤慈氏尊㉔，及与除盖障，

除一切恶趣㉕，而以作加持。

彼于灌顶时，当置妙莲上，

献以涂香华，灯明及阏伽，

上荫幢幡盖，奉摄意音乐，

吉庆伽陀等，广多美妙言。

如是而供养，令得欢喜已，

亲对诸如来，而自灌其顶。

复当供养彼，妙善诸香华，

次应执金箆，在于彼前住。

慰喻令欢喜，说如是伽他：

佛子佛为汝，决除无智膜，

犹如世医王，善用于金箆。

持真言行者，复当执明镜，

为显无相法，说是妙伽他：

诸法无形像，清澄无垢浊，

无执离言说，但从因业起。

如是知此法，自性无染污，

为世无比利，汝从佛心生。

次当授法轮㉖，置于二足间，

慧手传法螺㉗，复说如是偈：

汝自于今日，转于救世轮，

其声普周遍，吹无上法螺。

勿生于异意，当离疑悔心，

开示于世间，胜行真言道。

常作如是愿，宣唱佛恩德，

一切持金刚，皆当护念汝。

次当于弟子，而起悲念心，

行者应入中，示三昧耶偈：

佛子汝从今，不惜身命故，

常不应舍法，舍离菩提心，

悭吝一切法，不利众生行。

佛说三昧耶，汝善住戒者，

如护自身命，护戒亦如是。

应至诚恭敬，稽首圣尊足，

所作随教行，勿生疑虑心。

　　尔时，金刚手白佛言："世尊！若有诸善男子、善女人入此大悲藏生大曼荼罗王三昧耶者，彼获几所福德聚？"

　　如是说已，佛告金刚手言："秘密主！从初发心乃至成如来，所有福德聚，是善男子、善女人福德聚，与彼正等。秘密主！以此法门⑳，当如是知彼善男子、善女人，从如来口生，佛心之子。若是善男子、善女人所在方所，即为有佛施作佛事。是故秘密主，若乐欲供养佛者，当供养此善男子、善女人。若乐欲见佛，即当观彼。"

　　时，金刚手等上首执金刚及普贤等上首诸菩萨同声说言："世尊！我等从今已后，应当恭敬供养是善男子、善女人。何以故？"世尊："见彼善男子、善女人，同见佛世尊故。"

　　尔时，毗卢遮那世尊复观一切众会，告执金刚秘密主等诸持金刚者及大众言："善男子！有如来出世，无量广长语轮相，如巧色摩尼，能满一切愿，积集无量福德，住不可害行，三世无比力真言句。"如是言已，金刚手秘密主等诸执金刚及大会众同声说言："世尊，今正是时！善逝㉑，今正是时！"

　　尔时，毗卢遮那世尊，住于满一切愿、出广长舌相、遍覆一切佛刹、清净法幢高峰观三昧。时，佛从定起，尔时发遍一切如来法界、哀愍无余众生界声，说此大力大护明妃曰：

　　"南么萨婆怛他（引）蘖帝弊（毗也切，下同。一）萨婆佩野微蘖帝弊（二）微湿嚩（二合）目契弊（三）萨婆他（引）唅（四）欠罗吃沙（二合）摩诃（引）沫丽（五）萨婆怛他（引）蘖多（六）奔昵也（二合）你（入声）阇（引）帝（七）龄龄（八）怛啰（二合）磔怛啰（二合）磔（九）阿钵啰（二合）底（丁以切）诃谛（十）莎诃。"

　　时，一切如来及佛子众说此明已，即时普遍佛刹，六种震动㉒，一切菩萨得未曾有开敷眼，于诸佛前，以悦意言音而说偈言：

诸佛甚奇特，说此大力护，

一切佛护持，城池皆固密。

由彼护心住，所有为障者，

毗那夜迦等，恶形诸罗刹，

一切皆退散，念真言力故。

时，薄伽梵广大法界加持，即于是时住法界胎藏三昧，从此定起说入佛三昧耶持明曰：

"南么三曼多勃驮喃（一）阿三迷（二）咀嚩（二合）三迷（三）三么曳（四）莎诃"

即于尔时，于一切佛刹、一切菩萨众会之中，说此入三昧耶明已，诸佛子等同闻是者，于一切法而不违越。

时，薄伽梵复说法界生真言曰：

"南么三曼多勃驮喃（一）达摩驮睹（二）萨嚩（二合）婆嚩句痕（三）"

金刚萨埵加持真言曰：

"南么三曼多伐折罗（二合）被（一）伐折罗（二合）咀么（二）句痕（二）"

金刚铠真言曰：

"南么三曼多伐折罗（二合）被（一）伐折罗（二合）迦嚩遮咩（二）"

如来眼又观真言曰：

"南么三曼多勃驮喃（一）怛他（引）揭多斫吃刍（二合。二）尾也（二合）嚩路迦也（三）莎诃"

涂香真言曰：

"南么三曼多勃驮喃（一）微输（上声）健杜（引）纳婆（二合）嚩（二）莎诃"

华真言曰：

"南么三曼多勃驮喃（一）摩诃（引）妹咀嚩也（二合。二）毗庚（二合）蘖帝（三）莎诃"

烧香真言曰：

"南么三曼多勃驮喃（一）达摩睹弩蘖帝（二）莎诃"

饮食真言曰：

"南么三曼多勃驮喃（一）阿啰啰（二）迦罗罗沫邻捺娜弭沫邻捺泥（三）摩诃（引）沫履（四）莎诃"

灯真言曰：

"南么三曼多勃驮喃（一）怛他（引）揭多喇旨（二合）萨叵（二合。二）啰伶③嚩婆（去声）娑娜（三）伽伽猱陀哩耶（二合。四）莎诃"

阏伽真言曰：

"南么三曼多勃驮喃（一）伽伽那三摩（引）三摩（二）莎诃"

如来顶相真言曰：

"南么三曼多勃驮喃（一）伽伽那难多萨嫛（二合）啰伶（上声。二）微输（上声）达摩你（入声）阇（引）多（三）莎诃"

如来甲真言曰：

"南么三曼多勃驮喃（一）伐折啰（二合）入嚩（二合）罗（二）微萨普（二合）啰斜（三）莎诃"

如来圆光真言曰：

"南么三曼多勃驮喃（一）入嚩（二合引）罗（引）摩履你（二）怛他（引）蘖多（引）㗚旨（二合。三）莎诃"

如来舌相真言曰：

"南么三曼多勃驮喃（一）摩诃摩诃（二）怛他蘖多尔诃嚩（二合。三）萨底也（二合）达摩钵啰（二合）底（丁以切）瑟耻（二合）多（四）莎诃"

①道场：成道的地方。

②四魔：烦恼魔、五阴魔、死魔、天魔。

③实相：又叫佛性、真如、法性等。

④观自在者：观音菩萨。

⑤等正觉：佛的别称。

⑥吽：（hōng 音烘）。

⑦癹：（bá 音拔）。

⑧磔：（zhé 音哲）。

⑨媲：（pì 音僻）。

⑩寂：涅槃。

⑪行者：修行佛法的人。

⑫一切知者：佛的别称。

⑬一切见者：佛的别称。

⑭四圣谛：即苦、集、灭、道。

⑮四念处：身念处、受念处、心念处、法念处。

⑯四神足：又叫四如意足。包括欲神足、勤神足、心神足、观神足。

⑰十如来力：如来具有的十种力用，包括知觉处非处智力、知三世业报智力、知诸禅解脱三昧智力、知诸根胜劣智力、知种种解智力、知种种界智力、知一切至所道智力、知天眼无碍智力、知宿命无漏智力、知永断习气智力。

⑱六波罗蜜：又称六度，即布施、持戒、忍辱、精进、禅定、智慧。

⑲七菩提分：五根五力显发的七种觉悟，即择菩提分、精进菩提分、喜菩提分、轻安菩提分、念菩提分、定菩提分、舍菩提分。

⑳四梵住：又叫四梵行，即慈、悲、喜、舍四无量心。

㉑十八佛不共法：佛的十八种功德，包括身无失、口无失、念无失、无异想、无不定心、无不知己舍、欲无减、精进无减、念无减、慧无减、解脱无减、解脱知见无减、一切身业随智慧行、一切口业随智慧行、一切意业随智慧行、智慧知过去世无碍、智慧知未来世无碍、智慧知现在世无碍。

㉒教法：佛所说的十二部经典。

㉓睒（shǎn 音陕）

㉔普贤：佛教四大菩萨之一，以大行著称。

㉕恶趣：众生种恶因得恶果所趣向之处。

㉖法轮：佛的教法。因为它象车轮旋转，能转凡成圣，转碎众生的一切烦恼而叫做法轮。

㉗法螺：宣扬佛法，形容其声音远播，广被众生。

㉘法门：佛所说的法，因为它是众生超凡入圣的门户而得名。

㉙善逝：如来的十号之一。

㉚六种震动：大地震动。

㉛伫：（zhù 音住）。

息障品第三

尔时，金刚手又复请问毗卢遮那世尊，而说偈言：

云何道场时，净除诸障者，
修真言行人，无能为恼害？
云何持真言？云何彼成果？”
如是发问已，大日尊叹言：
“善哉摩诃萨，快说如是语，
随汝心所问，今当悉开示。

障者自心生，随顺昔悭吝，
为除彼因故，念此菩提心。
善除妄分别，从心思所生，
忆念菩提心，行者离诸过。
常当意思惟，不动摩诃萨，
而结彼密印①，能除诸障碍。
秘密主复听，系除散乱风，
阿字为我体，心持诃字门。
犍陀以涂地，而作七空点，
依于嚩臾方，阃以舍啰梵。
思念于彼器，大心弥卢山，
时时在其上，阿字大空点，
先佛所宣说，能缚于大风。
大有情谛听，行者防驶雨，
思惟啰字门，大力火光色，
威猛炽焰鬘，忿怒持遏伽，
随所起方分，治地兴阴云，
断以慧刀印，昏蔽寻消散。
行者无畏心，或作蓟罗剑，
以是金刚橛，一切同金刚。
复次今当说，息一切诸障，
念真言大猛，不动大力者，
住本曼荼罗，行者或居中，
而观彼形像，顶戴三昧足，
彼障当净除，息灭而不生。
或以罗尔迦，微妙共和合，
行者造形像，而以涂其身。
彼诸执著者，由斯对治故，
彼诸根炽然，勿生疑惑心。
乃至释梵尊，不顺我教故，
尚当为所焚，况复余众生。

尔时，金刚手白佛言："世尊！如我解佛所说义，我亦如是知诸圣尊住本曼荼罗位，今有威神，由彼如是住故，如来教敕无能隐蔽。何以故？世尊即一切诸真言三昧耶，所谓住于自种性故。是故真言门修菩萨行诸菩萨亦当住于本位，作诸事业。"

"又，秘密主！若说诸色彼诸圣尊曼荼罗位，诸尊形相，当知亦尔，是则先佛所说。秘密主！于未来世，劣慧无信众生，闻如是说，不能信受，以无慧故，而增疑惑。彼唯如闻坚住，而不修行，自损损他，作如是言：'彼诸外道，有如是法，非佛所说。'彼无智人，当作如是信解。"

尔时，世尊而说偈言：

一切智世尊，诸法得自在，
如其所通达，方便度众生。

是诸先佛说，利益求法者，

彼愚夫不知，诸佛之法相。

我说一切法，所有相皆空，

常当住真言，善决定作业②。"

---

①密印：密，意思是内蕴深奥。印：诸佛菩萨为了标志他们的本愿和弘誓而以两手十指所作的种种形象。

②作业：身、口、意所作的善恶业。

普通真言藏品第四

尔时，诸执金刚，秘密主为上首；诸菩萨众，普贤为上首，稽首毗卢遮那佛，各各言音请白世尊，乐欲于此大悲藏生大曼荼罗王，如所通达法界清净门①，演说真言法句。尔时，世尊无坏法尔加持而告诸执金刚及菩萨言："善男子！当说如所通达法界，净除众生界真实语句。"

时，普贤菩萨即时住于佛境界庄严三昧，说无碍力真言曰：

"南么三曼多勃驮喃（一）三么多（引）奴揭多（二）嚩啰阇达摩喠（入声）阇多（三）摩诃（引）摩诃（引。四）莎诃"

时，弥勒菩萨住发生普遍大慈三昧，说自心真言曰：

"南么三曼多勃驮喃（一）阿尔单若耶（二）萨婆萨埵（引）舍耶弩蘖多（三）莎诃"

尔时，虚空藏菩萨入清净境界三昧，说自心真言曰：

"南么三曼多勃驮喃（一）阿（去声）迦奢三么多弩蘖多（二）微质怛啰（引）嚩啰达啰（三）莎诃"

尔时，除一切盖障菩萨入悲力三昧，说真言曰：

"南么三曼多勃驮喃（一）阿（去声）萨埵系多（引）毗庚（二合）蘖多（二）怛嗑（二合）嗑嗑（三）莎诃"

尔时，观世自在菩萨入于普观三昧，说自心及眷属真言曰：

"南么三曼多勃驮喃（一）萨婆嚩怛他（引）蘖多嚩卢吉多（上声。二）羯噜伫么也（三）啰啰舛若（短声。四）莎诃"

得大势真言曰：

"南么三曼多勃驮喃（一）髯髯索（二）莎诃"

多罗尊真言曰：

"南么三曼多勃驮喃（一）羯噜奴温婆（上声。二合）吠（平声。二）多唎哆嘘扼（三）莎诃"

大毗俱胝真言曰：

"南么三曼多勃驮喃（一）萨婆陪也（二）怛啰（二合）散你（平声）舛萨破（二合）吒也（三）莎诃"

白处尊真言曰：

"南么三曼多勃驮喃（一）怛他（引）蘖多微洒也（二）三婆（去声）吠（平声。三）钵昙摩（二合）摩履你（平声。四）莎诃"

何耶揭唎嚩真言曰：

"南么三曼多勃驮喃（一）怖伕（引）陀畔阇（二）萨破（二合）吒也（三）莎诃"

时，地藏菩萨住金刚不可坏行境界三昧，说真言曰：

"南么三曼多勃驮喃（一）诃诃诃（二）素（上声）怛弩（三）莎诃"

时，文殊师利童子住佛加持神力三昧，说自心真言曰：

"南么三曼多勃驮喃（一）系系俱摩啰迦（二）微目吃底（丁以切。二合）钵他悉体（他以切，下同）多（三）萨么（二合）啰萨么（二合）啰（四）钵啰（二合）底（丁以切）然（五）莎诃"

尔时，金刚手住大金刚无胜三昧，说自心及眷属真言曰：

"南么三曼多伐折啰披（一）战拿么诃路瑟披（平声。二）吽"

忙莽计真言：

"南么三曼多伐折啰披（一）怛嚩（二合）吒（轻呼）怛嚩（二合）吒（二）若衍底（丁以切。三）莎诃"

金刚锁真言曰：

"南么三曼多伐折啰披（一）满陀满陀也（二）慕吒慕吒也（三）伐折路（二合）温婆（去声。二合）吠（四）萨嚩怛啰（引）钵啰（引）底（丁以切）诃谛（五）莎诃"

金刚月黡真言曰：

"南么三曼多伐折啰披（一）颉唎（二合）怖癹吒（轻呼。二）莎诃"

金刚针真言曰：

"南么三曼多伐折啰披（一）萨婆达么你（入声）唎吠（二合）达你（平声。二）伐折啰（二合）素旨嚩（入声）啰泥（三）莎诃"

一切持金刚真言曰：

"南么三曼多伐折啰披（一）怖怖怖（二）癹吒（轻）吒（轻）癹吒（轻）觲觲（三）莎诃"

一切诸奉教者真言曰：

"南么三曼多伐折啰披（一）系系紧质啰（引）也徙（二）仡②嘌（二合）很③佇（二合。三）钐嘌很佇佉那佉那（四）钵履布啰也（五）萨嚩（二合）钵啰（二合）底（丁以切）然（六）莎诃"

时，释迦牟尼世尊入于宝处三昧，说自心及眷属真言曰：

"南么三曼多勃驮喃（一）萨婆吃丽（二合）奢你（入声）素捺那（二）萨婆达摩嚩始多钵啰（二合）钵多（三）伽伽那三摩（引）三么（四）莎诃"

毫相真言曰：

"南么三曼多勃驮喃（一）嚩啰泥（去声。二）嚩啰钵啰（二合）钵帝吽（三）莎诃"

一切诸佛顶真言曰：

"南么三曼多勃驮喃（一）鑁鑁鑁（二）怖怖（三）癹吒癹吒（四）莎诃"

无能胜真言曰：

"南么三曼多勃驮喃（一）地（入声）哩（二合）地（入声）哩（二合。二）哩哩（三）马哩（二合）马哩（二合。四）莎诃④"

无能胜妃真言曰：

"南么三曼多勃驮喃（一）阿钵啰（二合）尔帝（二）若衍底（丁以切）怛扭帝（三）莎诃"

地神真言曰：

"南么三曼多勃驮喃（一）钵嘌（二合）体（他以切）悔（无盖切）曳（平声。二合。二）

莎诃"

　　毗纽天真言曰：

　　"南么三曼多勃驮喃（一）微瑟伫（二合）吠（二）莎诃"

　　噜捺啰真言曰：

　　"南么三曼多勃驮喃（一）噜捺啰（二合）也（二）莎诃"

　　风神真言曰：

　　"南么三曼多勃驮喃（一）嚩也吠（平声。二）莎诃"

　　美音天真言曰：

　　"南么三曼多勃驮喃（一）萨啰婆嚩（二合）底（丁以切）曳（二）莎诃"

　　祢哩底真言曰：

　　"南么三曼多勃驮喃（一）啰吃洒（二）娑（去声）地钵多曳（三）莎诃"

　　阎魔真言曰：

　　"南么三曼多勃驮喃（一）梅（无盖切）嚩婆嚩（二合）哆也（二）莎诃"

　　死王真言曰：

　　"南么三曼多勃驮喃（一）没㗚（二合）怛也（二合）吠（平声。二）莎诃"

　　黑夜神真言曰：

　　"南么三曼多勃驮喃（一）迦啰啰怛唎（二合）曳（平声。二）莎诃"

　　七母等真言曰：

　　"南么三曼多勃驮喃（一）忙怛啰（二合）弊（毗也切。二）莎诃"

　　释提桓因真言曰：

　　"南么三曼多勃驮喃（一）铄吃啰（二合）也（二）莎诃"

　　嚩噜拿龙王真言曰：

　　"南么三曼多勃驮喃（一）阿（去声）半钵多曳（平声。二）莎诃"

　　梵天真言曰：

　　"南么三曼多勃驮喃（一）钵啰（二合）阇钵多曳（平声。二）莎诃"

　　日天真言曰：

　　"南么三曼多勃驮喃（一）阿（去声）你怛夜（二合）耶（二）莎诃"

　　月天真言曰：

　　"南么三曼多勃驮喃（一）战捺啰（二合）也（二）莎诃"

　　诸龙真言曰：

　　"南么三曼多勃驮喃（一）谜伽（引）设泞曳（平声。二）莎诃"

　　难陀、跋难陀真言曰：

　　"南么三曼多勃驮喃（一）难徒钵难捺瑜（二）莎诃"

　　时，毗卢遮那世尊乐欲说自教迹不空悉地，一切佛菩萨母虚空眼明妃真言曰：

　　"南么三曼多勃驮喃（一）伽伽（上声）那嚩啰落吃洒（二合）祢（平声。二）伽伽哪糁⑤迷（三）萨婆睹温蘖（二合）多（四）避婆（去声）啰婆吠（平声。五）入嚩（二合）罗（去声）那谟阿目伽难（去声。六）莎诃"

　　复次，薄伽梵为息一切障故，住于火生三昧，说此大摧障圣者不动主真言曰：

　　"南么三曼多伐折啰被（一）战拿摩诃路洒伫（二）萨破吒也（三）铪怛啰（二合）迦（四）悍漫（引）"

"南么三曼多勃驮喃（一）蘖啰蓝蘖啰蓝（二）"

诸紧那罗真言曰：

"南么三曼多勃驮喃（一）诃（上声）散难微诃（上声）散难"

诸人真言曰：

"南么三曼多勃驮喃（一）壹车（去声）钵嚁（二）么弩（轻呼）么曳迷（三）莎诃"

"秘密主！是等一切真言，我已宣说。是中一切真言之心，汝当谛听。所有阿字门，念此一切诸真言心最为无上，是一切真言所住，于此真言而得决定。"

---

①清净：不做恶劣的行为，不受烦恼的束缚。

②伣：（gē 音哥）。

③佷：（hěn 音很）。

④羽：（rì 音日）

⑤糁：（sǎn　音散）。

大毗卢遮那成佛神变加持经卷第三

世间成就品第五

尔时，世尊复告执金刚秘密主，而说偈言：

> 如真言教法，成就于彼果，
> 当字字相应，句句亦如是。
> 作心想念诵，善住一落叉，
> 初字菩提心，第二名为声。
> 句想为本尊，而于自处作，
> 第二句当知，即诸佛胜句。
> 行者观住彼，极圆净月轮，
> 于中谛诚想，诸字如次第。
> 中置字句等，而想净其命，
> 命者所谓风，念随出入息。
> 彼等净除已，作先持诵法，
> 善住真言者，次一月念诵。
> 行者前方便，一一句通达，
> 诸佛大名称，说此先受持①。
> 次当随所有，奉涂香华等，
> 为成正觉故，回向自菩提②，

　　如是于两月，真言当无畏。

　　次满此月已，行者入持诵，

　　山峰或牛栏，及诸河禅等，

　　四衢道一室③，神室大天室，

　　彼曼荼罗处，悉如金刚宫，

　　是处而结护，行者作成就。

　　即以中夜分，或于日出时，

　　智者应当知，有如是相现，

　　吽声或鼓音，若复地震动，

　　及闻虚空中，有悦意言辞，

　　应知如是相，悉地总如意。

　　诸佛两足尊，宣说于彼果，

　　住是真言行，必定当成佛。

　　应一切种类，常念持真言，

　　古佛大仙说，故应当忆念。

①受持：领受忆持。

②回向：回转自己所修的功德以趣向于其他。

③衢：（qú　音渠）大路。

悉地出现品第六

　　尔时，世尊复观诸大众会，为欲满足一切愿故，复说三世无量门决定智圆满法句：

　　虚空无垢无自性，能授种种诸巧智，

　　由本自性常空故，缘起甚深难可见。

　　于长恒时殊胜进，随念施与无上果，

　　譬如一切趣空虚，虽依虚空无著行。

　　此清净法亦如是，三有无余清净生，

　　昔胜生严修此故，得有一切如来行。

　　非他句有难可得，作世遍明如世尊，

　　说极清净修行法，深广无尽离分别。

　　尔时，毗卢遮那世尊说是偈已，观察金刚手等诸大众会，告执金刚言："善男子！各各当现法界神力悉地流出句。若诸众生见如是法，欢喜踊跃，得安乐住。"如是说已，诸执金刚为毗卢遮那世尊作礼："如是，法主！依所教敕。"复请佛言："唯愿世尊哀愍我等，示现悉地流出句。何以故？于尊者薄伽梵前而自宣示所通达法，非是所宜。善哉，世尊！唯愿利益安乐未来众故。"

　　时，薄伽梵毗卢遮那告一切诸执金刚言："善哉，善哉！善男子！如来所说法毗奈耶，称赞一法，所谓有羞。若有羞，善男子、善女人见如是法，速生二事，谓不作所不应作，众所称赞。复有二事，谓所未至今至，得与佛菩萨同处。复有二事，谓住尸罗①，生于人天。善哉，善哉！谛听，善思念之，我当宣说真言成就流出相应句。诸流出相应句，真言门修菩提诸菩萨，速于是中，当得真言悉地。若行者见曼荼罗尊所印可成就真言，发菩提心，深信慈悲，无有悭吝，住于调伏，能善分别，从缘所生，受持禁戒，善住众学，具巧方便、勇健，知时非好，好行惠舍，心无怖畏，勤修真言行法，通达真言实义，常乐坐禅，乐作成就。

秘密主！譬如欲界，有自在悦满意明，乃至一切欲处天子，于此迷醉，出众妙杂类戏笑，及现种种杂类受用、遍受用，授与自所变化、他化自在天等，而亦自受用之。又善男子！如摩醯首罗天②，有胜意生明，能作三千大千世界众生利益，化一切受用、遍受用，授与净居诸天③，亦复自受用之。又如幻术真言，能现种种园林、人物。如阿修罗真言现幻化事。如世咒术，摄毒及寒热等。摩怛哩神真言，能作众生疾疫灾疠及世间咒术④！摄除众毒及寒热等，能变炽火而生清凉。是故，善男子！当信如是流出句真言威德。此真言威德非从真言中出，亦不入众生，不于持诵者处而有可得。善男子！真言加持力故，法尔而生，无所过越，以三昧不越故，甚深不思议缘生理故。是故，善男子！当随顺通达不思议法性，常不断绝真言道。"

尔时，世尊复住三世无碍力，依如来加持不思议力，依庄严清净藏三昧，即时世尊，从三摩钵底中出无尽界、无尽语，表依法界力、无等力、正等觉信解，以一音声，四处流出，普遍一切法界，与虚空等，无所不至。真言曰：

"南么萨婆怛他（引）蘗帝骠（毗庾切。一）微湿嚩（二合）目契弊（毗也切。二）萨婆他（三）阿阿（引）暗噁（四）"

正等觉心，从是普遍即时一切法界诸声闻，从正等觉标帜之音而互出声。诸菩萨闻是已，得未曾有开敷眼，发微妙言音，于一切智离热者前，而说颂曰：

奇哉真言行，能具广大智，
若遍布此者，成佛两足尊。
是故勤精进，于诸佛语心，
常作无间修，净心离于我。"
尔时薄伽梵，复说此法句：
"于正等觉心，而作成就者，
于园苑僧房，若在岩窟中。
或意所乐处，观彼菩提心，
乃至初安住，不生疑虑意。
随取彼一心，以心置于心，
证于极净句，无垢安不动。
不分别如镜，现前甚微细，
若彼常观察，修习而相应，
乃至本所尊，自身像皆现。
第二正觉句，于镜曼荼罗，
大莲华王座，深邃住三昧，
总持发髻冠，围绕无量光，
离妄执分别，本寂如虚空。
于彼中思惟，作摄意念诵，
一月修等引，持满一落叉，
是为最初月，持真言法则。
次于第二月，奉涂香华等，

而以作饶益，种种众生类。
又复于他月，舍弃诸利养，
时彼于瑜伽，思惟而自在。
愿一切无障，安乐诸群生，
乐欲成如来，所称赞圆果，
或满足一切，有情众希愿。
应理无障盖，而生是攀缘⑤，
傍生相啖食，所有苦永除。
常令诸鬼界，饮食皆充满，
地狱中受苦，种种诸楚毒，
当愿速除灭，以我功德故。
及余无量门，数数心思惟，
发广大悲愍，三种加持句，
想念于一切，心诵持真言。
以我功德力，如来加持力，
及与法界力，周遍众生界。
诸念求义利，悉皆饶益之，
彼一切如理，所念皆成就。

于是，薄伽梵即于尔时说虚空等力、虚空藏转明妃曰：

"南么萨婆怛他（引）蘖帝骠（毗庾切。一）微湿嚩（二合）日契弊（毗也切。二）萨婆他（三）欠（四）嗢弩蘖帝萨叵（二合）啰系门（五）伽伽娜剑（六）莎诃"

持此三转，随彼所生善愿皆亦成就。

行人于满月，次入作持诵，
山峰牛栏中，寒林或河洲，
四衢独树下，忙怛哩天室，
一切金刚色，严净同金刚。
彼中诸障者，摄伏心迷乱。
四方相周匝，一门及通道，
金刚互连属，金刚结相应。
门门二守护，不可越相向，
拟手而上指，朱目奋怒形。
殷勤画隅角，输罗焰光印，
中妙金刚座，方位正相直，
其上大莲华，八叶须蕊敷。
当结金刚手，金刚之慧印，
稽首一切佛，数数坚誓愿。
应护持是处，及净诸药物，
于此夜持诵，清净无障碍。
或于中夜分，或于日出时，
彼药物当转，圆光普晖焰。

真言者自取，游步于大空，

住寿大威德，于生死自在。

行于世界顶，现种种色身，

具德吉祥者，展转而供养。

真言所成物，是名为悉地，

以分别药物，成就无分别。

秘密主！一切世界，诸现在等如来应正等觉，通达方便波罗蜜。彼如来知一切分别本性空，以方便波罗蜜力故，而于无为以有为为表，展转相应，而为众生示现，遍于法界，令得见法安乐住，发欢喜心，或得长寿，五欲嬉戏而自娱乐⑥，为佛世尊而作供养，证如是句，一切世人，所不能信。如来见此义利故，以欢喜心说此菩萨真言行道、行第法则。何以故？于无量劫勤求，修诸苦行所不能得，而真言门行道诸菩萨，即于此生而获得之。

复次，秘密主！真言门修菩萨行菩萨，如是计都揭伽伞盖、履屣、真陀摩尼、安膳那药、卢遮那等，持三落叉而作成就，亦得悉地。秘密主！若具方便，善男子、善女人随所乐求而有所作，彼唯心自在，而得成就。秘密主！诸乐欲因果者，秘密主！非彼愚夫能知真言、诸真言相。何以故？

说因非作者，彼果则不生，

此因因尚空，云何而有果？

当知真言果，悉离于因业，

乃至身证触，无相三摩地，

真言者当得，悉地从心生。

尔时，金刚手白佛言："世尊！唯愿复说此正等觉句、悉地成就句。诸见此法善男子、善女人等，心得欢喜，受安乐住，不害法界。何以故？世尊！法界者，一切如来应正等觉，说名即不思议界。是故世尊！真言门修菩萨行诸菩萨得是通达法界，不可分析破坏。"

如是说已，世尊告执金刚秘密主言："善哉！善哉！秘密主，汝复善哉！能问如来如是义。汝当谛听，善思念之，吾今演说。"秘密主言："如是世尊，愿乐欲闻！"

佛告秘密主："以阿字门而作成就。若在僧所住处，若山窟中，或于净室，以阿字遍布一切支分，持三落叉，次于满月，尽其所有，而以供养。乃至普贤菩萨、文殊师利、执金刚等⑦，或余圣天，现前摩顶，唱言：'善哉，行者！'应当稽首作礼，奉阏伽水，即时得不忘菩提心三昧。又以如是身心轻安而诵习之，当得随生心清净、身清净。置于耳上持之，当得耳根清净。以阿字门作出入息，三时思惟。行者尔时能持寿命长劫住世，愿啰阇等之所爱敬，即以诃字门，作所应度者，授与钵头摩华，自持商佉而互相观，即生欢喜。"

尔时，毗卢遮那世尊复观一切大会，告执金刚秘密主言："金刚手！有诸如来意生作业戏行舞，广演品类，摄持四界⑧，安住心王，等同虚空，成就广大见非见果，出生一切声闻及辟支佛、诸菩萨位⑨，令真言门修行诸菩萨一切希愿皆悉满足，具种种业，利益无量众生。汝当谛听，善思念之，吾今演说。秘密主！云何行舞，而作一切广大成坏果，持真言者一切亲证耶？"

尔时，世尊而说颂曰：

行者如次第，先作自真实，

如前依法住，正思念如来。

阿字为自体，并置大空点，

端严遍金色，四角金刚标。

> 于彼中思念，一切处尊佛，
> 是诸正等觉，说自真实相。
> 修行不疑虑，自真实相生，
> 当得为世间，一切众利乐。
> 具广大希有，住于如幻句，
> 无始时宿植，无智诸有迫，
> 行者成等引，一切皆消除。
> 若观于彼心，无上菩提心，
> 持真言业故，于净非净果。
> 应理常无染，如莲出淤泥，
> 何况于自体，得成人中尊？

尔时，毗卢遮那世尊又复住于降伏四魔金刚戏三昧⑩，说降伏四魔、解脱六趣、满足一切智智金刚字句⑪：

"南么三曼多勃驮喃（一）阿（去声。急呼）眛罗饣欠（带欠字声呼之）"

时，金刚手秘密主等诸执金刚、普贤等诸菩萨及一切大众，得未曾有开敷眼，稽首一切萨婆若，而说偈言：

> 此诸佛菩萨，救世诸库藏，
> 由是一切佛，菩萨救世者，
> 及与因缘觉，声闻害烦恼，
> 能遍所行地，起种种神通。
> 彼得无上智，正觉无上智，
> 是故愿广说，此教诸方便，
> 及与布想等，种种众事业。
> 诸志求大众，无上真言行，
> 见法安住者，当得欢喜住。"

说如是偈已，大日世尊言：

> "普皆应谛听，一心住等引，
> 大金刚地际，时加持下身，
> 为说此法故，而现菩提座。
> 最胜阿字句，大因陀罗轮⑫，
> 当知内外等，金刚曼荼罗，
> 中思惟一切，说名瑜伽座。
> 阿字第一命，是为引摄句，
> 常安大空点，能摄授诸果。
> 行者于一月，结金刚慧印，
> 三时作持诵，摧毁无智城。
> 得不动坚固，天修罗莫坏。
> 乃至随自意，增益事成就。
> 行者一切常，曼荼罗中作，
> 金色光明身，上持发髻冠，

正觉住三昧，名大金刚句。
金刚莲华刀，素鹅及金地，
真陀末尼宝，是等众器物，
观大因陀罗，而作诸悉地。
今说摄持法，一切一心听：
行者一缘想，八峰弥卢山，
上观妙莲华，立金刚智印。
瑜伽者于上，字门威焰光，
而用置其顶，安住不倾动。
百转所持药，行者应服之，
先世业生疾，是等悉除愈。
佛子应复听，第一嚩字门，
雪乳商佉色，而自脐中起，
鲜白莲华台，而于彼中住。
甚深寂然定，秋夕素月光，
如是曼荼罗，诸佛说希有。
思惟以纯白，轮圆成九重，
住于霏雾中，除一切热恼⑬。
净乳犹珠鬘，水精与月光，
普遍而流注，一切处充满。
行者心思惟，出离诸障毒，
如是于圆坛，等引作成就。
乳酪生熟酥，颇胝迦珠鬘，
藕水等众物，次第成悉地。
当得无量寿，应现殊特身，
一切患除息，天人咸恭敬。
多闻成总持，善惠净无垢，
由斯作成就，速登悉地果，
是名寂灾者，吉祥曼荼罗。
第一摄持相，安以大空点，
啰字胜真实，佛说火中上，
所有众罪业，应受无择报，
瑜祇善修者，等引皆消除。
所住三角形，悦意遍彤赤，
寂然周焰鬘，三角在其心。
相应观彼中，啰字大空点，
智者如瑜伽，以此成众者。
日曜诸眷属，及作一切火，
摄取发怨对，消枯众支分，
是等所应作，皆如智火轮.

　　　　　诃字第一实，风轮之所生，
　　　　　及与因业果，诸种子增长，
　　　　　彼一切摧坏，并以大空点。
　　　　　今说彼色像，深玄大威德，
　　　　　示现暴怒形，焰鬘普周遍，
　　　　　住曼荼罗位，智者观眉间，
　　　　　深青半月轮，次动幢幡相，
　　　　　而于彼中想，最胜诃字门，
　　　　　住彼曼荼罗，成就所应事。
　　　　　作一切义利，应现诸众生，
　　　　　不舍于此身，速得神境通。
　　　　　游步大空位，而成身秘密，
　　　　　天耳眼根净，能开深密处，
　　　　　住此一心坛，而成众事业。
　　　　　菩萨大名称，初坐菩提场，
　　　　　降伏魔军众，诸因不可得。
　　　　　因无性无果，如是业不生，
　　　　　彼三无性故，而得空智慧。
　　　　　大德正遍知，宣说于彼色，
　　　　　佉字及空点，尊胜虚空空，
　　　　　兼持慧刀印，所作速成就。
　　　　　法轮及羂索，羯伽那刺遮⑭，
　　　　　并目竭岚等，不久成斯句。”
　　尔时，毗卢遮那世尊观大众会，告执金刚秘密主，而说偈言：
　　　　　若于真言门，修行诸菩萨，
　　　　　阿字为自身，内外悉同等，
　　　　　诸义利皆舍，等砾石金宝，
　　　　　远离众罪业，及与贪瞋等，
　　　　　当得俱清净，同诸佛牟尼，
　　　　　能作诸利益，离一切诸过。
　　　　　复次于嚩字，行者依瑜伽，
　　　　　解作业仪式，利益众生故，
　　　　　内身救世者，一切皆如是。
　　　　　心水湛盈满，洁白犹雪乳，
　　　　　当生决定意，出于一切身，
　　　　　悉遍诸毛孔，流注极清净，
　　　　　从此内充溢，遍满于大地。
　　　　　以是悲愍水，观世苦众生，
　　　　　诸有饮用者，或复身所触，
　　　　　一切皆决定，得成就菩提。

> 思惟在等引，一切啰字门，
> 周轮生焰光，寂然而普照。
> 瑜祇光外转，而遍一切处，
> 利世随乐欲，行者起神通。
> 上身啰字门，嚩字脐轮中，
> 出火而降雨，俱时而应现。
> 地狱极寒苦，啰字能消除，
> 嚩字蠋炽然，住真言法故。
> 啰字为下身，诃字为标帜，
> 作定速成就，救重罪众生。
> 住大因陀罗，作水龙事业，
> 一切摄除等，真言者勿疑。
> 风遍一切处，一切悉开坏，
> 此种种杂类，各各众事业，
> 色曼荼罗中，依法而作之。
> 触心而念持，逮得意根净，
> 轻举习经行，中诵获神足。
> 宴坐观阿字，想在于耳根，
> 念持满一月，当得耳清净。

秘密主！如是等意，生悉地句。秘密主！观此无有形色，种种杂类，众行众生，于思念顷，才转诵之，能作如是一切善业种子。复次，秘密主！如来无所不作，于真言门修行诸菩萨，同于影像，随顺一切处，随顺一切众生心，悉住其前，令诸有情咸得欢喜，皆由如来无分别意，离诸境界故。"而说偈言：

> 无时方造作，离于法非法，
> 能授悉地句，真言得发生。
> 是故一切智，如来悉地果，
> 最为尊胜句，应当作成就。

---

①尸罗：清凉。

②摩醯首罗天：即大自在天。

③净居诸天：指无烦天，无热天、善现天、善见天、色究竟天。

④疠：(ｌ 音利) 瘟疫。

⑤攀缘：心随外境而转移。

⑥五欲：色、声、香、味、触。

⑦文殊师利：中国佛教四大菩萨之一，意译为"妙德"、"妙吉祥"。

⑧四界：地、火、风、水四大。

⑨辟支佛：缘觉、独觉。

⑩四魔：烦恼魔、五阴魔、死魔、天魔。

⑪六趣：地狱趣、饿鬼趣、畜生趣、阿修罗趣、人趣、天趣。

⑫因陀罗：天帝。

⑬热恼：因痛苦而身热心恼。

⑭朅：(qiè 音怯) 离去或勇武。

成就悉地品第七

　　　　　时吉祥金刚，奇特开敷眼，
　　　　　手转金刚印，流散如火光，
　　　　　其明普遍照，一切诸佛刹。
　　　　　微妙音称叹："法自在牟尼①，
　　　　　说诸真言行，彼行不可得。
　　　　　真言从何来？所去至何所？
　　　　　诸佛说如是，更无过上句，
　　　　　一切法归趣，如众流赴海。

如是说已，世尊告执金刚秘密主言：

　　　　　摩诃萨意处②，说名曼荼罗，
　　　　　诸真言心位，了知得成果。
　　　　　诸有所分别，悉皆从意生，
　　　　　分辨白黄赤，是等从心起。
　　　　　决定心欢喜，说名内心处，
　　　　　真言住斯位，能授广大果。
　　　　　念彼莲华处，八叶须蕊敷，
　　　　　华台阿字门，焰鬘皆妙好，
　　　　　光晖普周遍，照明众生故。
　　　　　如合会千电，持佛巧色形，
　　　　　深居圆镜中，应现诸方所。
　　　　　犹如净水月，普现众生前，
　　　　　知心性如是，得住真言行。
　　　　　次于其首上，顶会交际中，
　　　　　标以大空点，而思惟暗字。
　　　　　妙好净无垢，如水精月电，
　　　　　说寂静法身，一切所依持。
　　　　　诸真言悉地，能现殊类形，
　　　　　得天乐解脱，逮见如来句。
　　　　　啰字为眼界，辉烛犹明灯。
　　　　　俯颈小低头，舌近于腭间，
　　　　　而以观心处，当心现等引。
　　　　　无垢妙清净，圆镜常现前。
　　　　　如是真实心，古佛所宣说。
　　　　　照了心明道，诸色皆发光，
　　　　　真言者当见，正觉两足尊。

若见成悉地，第一常恒体，

从此次思惟，转此㘓字门。

逻字大空点，置之于眼位，

见一切空句，得成不死句。

若欲广大智，或起五神通③，

长寿童子身，成就持明等。

真言者未得，由不随顺之，

真言发起智，是最胜实知。

一切佛菩萨，救世之库藏，

由是诸正觉，菩萨救世者，

及诸声闻等，游涉他方所，

一切佛刹中，皆作如是说，

故得无上智，佛无过上智。

①牟尼：寂默。

②摩诃萨：意思是大心或大有情，即大菩萨。

③五神通：即天眼通、天耳通、地心通、宿命通、如意通。

转字轮曼荼罗行品第八

尔时，毗卢遮那世尊观察一切大会，以修习大慈悲眼观察众生界，住甘露王三昧①。时，佛由是定故，复说一切三世无碍力明妃曰：

"怛侄他（一）伽伽娜三迷（二）阿钵啰（二合）底（丁以切）三迷（三）萨婆怛他（引）萨多三么哆弩蘗帝（四）伽伽那三摩（五）嚩啰落吃洒（二合）奶（平声。六）莎诃

善男子！以此明妃，如来身无二境界。"而说偈言：

由是佛加持，菩萨大名称，

于法无挂碍，能灭除众苦。

时，毗卢遮那世尊寻念，诸佛本初不生，加持自身及与持金刚者，告金刚手等上首执金刚言："善男子！谛听转字轮曼荼罗行品，真言门修行诸菩萨，能作佛事，普现其身。"

尔时，执金刚从金刚莲华座旋转而下，顶礼世尊，而赞叹言：

归命菩提心，归命发菩提，

稽首于行体，地波罗蜜等，

敬礼无造作，归命证空者。

秘密主如是叹已，而白佛言："唯愿法王哀愍护念我等，而演说之，为利益众生故，如所说真言，修圆满故。"如是说已，毗卢遮那世尊告执金刚秘密主言：

我一切本初，号名世所依，

说法无等比，本寂无有上。

时，佛说此伽他，如是而作加持。以加持故，执金刚者及诸菩萨能见胜愿佛菩提座。世尊犹如虚空，无戏论，无二行瑜伽相②，是业成熟。即时世尊身诸支分皆悉出现是字，于一切世间、

出世间、声闻、缘觉静虑思惟，勤修成就悉地，皆同寿命、同种子、同依处、同救世者。

"南么三曼多勃驮喃（一）阿

善男子！此阿字，一切如来之所加持，真言门修菩萨行诸菩萨能作佛事，普现色身，于阿字门，一切法转。是故，秘密主！真言门修菩萨行诸菩萨，若欲见佛，若欲供养，欲证发菩提心，欲与诸菩萨同会，欲利益众生，欲求悉地，欲求一切智智者，于此一切佛心，当勤修习。"

尔时，毗卢遮那世尊复决定说大悲藏生曼荼罗王，敷置圣天之位，三昧神通，真言行不思议法。彼阿阇梨，先住阿字一切智门，持修多罗，稽首一切诸佛。东方申之旋转，而南方，以及西方，周于北方。次作金刚萨埵，以执金刚加持自身，或以彼印，或以噷字，入于内心，置曼荼罗。如是第二曼荼罗亦本寂，加持自身故，无二瑜伽形、如来形、空性形。次舍所行道，二分圣天处，远离三分，住如来位。东方申修多罗，周匝旋转，所余二曼荼罗，亦当以是方便作诸事业。复以大日加持自身，念广法界而布众色，真言行者，应以洁白为先。而说伽陀曰：

> 以此净法界，净除诸众生，
> 自体如如来，远离一切过。
> 如是而观想，思惟啰字门，
> 寂然光焰鬘，净月商佉色。
> 第二布赤色，行者当忆持，
> 思惟字明照，本无大空点，
> 焕炳初日辉，最胜无能坏。
> 第三真言者，次运布黄色，
> 定意迦字门，当随于法教。
> 身相犹真金，正受害诸毒，
> 光明遍一切，金色同牟尼。
> 次当布青色，超度于生死，
> 思惟么字门，大寂菩提座，
> 身色如虹霓，除一切怖畏。
> 最后布黑色，其彩甚玄妙，
> 思惟诃字门，周遍生圆光。
> 如劫灾猛焰，宝冠举手印，
> 能怖一切恶，降伏诸魔军。

尔时，世尊毗卢遮那从三昧起，住于无量胜三昧，于定中显示遍一切无能害力明妃于一切如来境界中生。其明曰：

"南么萨婆怛他（引）蘖帝弊（略也切。一）萨婆目契弊（同上。二）阿娑迷（三）钵啰迷（四）阿者丽（五）伽伽泥萨么（二合）啰奶（平声。六）萨婆怛啰（引。二合）弩蘖帝（七）莎诃"

次调彩色，顶礼世尊，及般若波罗蜜，特此明妃八遍，从座而起，旋绕曼荼罗，入于内心，以大慈大悲力，念诸第子。阿阇梨复以羯磨金刚萨噷③，加持自身，以噷字门，及施愿金刚已，当画大悲藏生大曼荼罗，彼安详在于内心，而造大日世尊，坐白莲华，首戴发髻，钵吒为裙，上披绡縠身相金色，周身焰鬘，或以如来顶印，或以字句，谓阿字门，东方一切诸佛，以阿字门，及大空点。伊舍尼方，一切如来母，虚空眼，应书伽字。火天方，一切诸菩萨，画真陀摩尼宝，或置迦字。夜叉方，观世自在莲华印，并画一生补处菩萨眷属，或作娑字。焰摩方，越三分位置金刚慧印，持金刚秘密主并眷属，或书嚩字。彼复弃三分位，画一切诸执金刚印，或书字句，所谓吽字。次涅哩底方，于大日如来下，作不动尊，坐于石上，手持羂索慧刀，周匝焰鬘，拟作障者，或置彼印，或书字句，所谓唅字。风天方，降三世尊，摧大障者，上有光焰，大势威怒，犹如焰摩，其形黑色，于可怖中，极令怖畏，手转金刚，或作彼印，或书字句，所谓诃字（长声）。次于四方，画四大护。帝释方，名无畏结护者，金色，白衣，面现少忿怒相，手持檀茶，或作彼印，或置字句，所谓作嚩字。夜叉方，名坏诸怖结护者，白色素衣，手持揭伽，并有光焰，能坏诸怖，或画彼印，或置字句，所谓博字。龙方，名难降伏结护者，赤如无忧华色，披朱衣，面像微笑，在光焰中，而观一切众会，或置彼印，或置字句，所谓索字。焰摩方，名金刚无胜结护者，黑色，玄衣，毗俱胝形，眉间浪文，上戴发冠，自身威光，照众生界，手持檀茶，能坏大为障者，或作彼印，或置字句，所谓吃识（二合）字，及一切眷属使者，皆坐白莲华上。真言者，如是敷置已，次当出外，于第二分画释迦种牟尼王，被袈裟衣，三十二导师相，为说最胜教，施一切众生无畏故，或袈裟钵印，或以字句，所谓婆字。次于外曼茶罗，以法界性加持自身，发菩提心，彼舍三分位，当三作礼，以念大日世尊，如前调色。于第三分，帝释方，作施愿金刚童子形，三昧手，持青莲华，上置金刚慧杵，以诸璎珞而自庄严，上妙绡縠为裙，极轻细者，用为上服，身郁金色，顶有五髻，或置密印，或置字句，真言曰：

南么三曼多勃驮喃（一）鑁

于其右边，光网童子，一切身分皆悉圆满，三昧手执持宝网，慧手持钩，或置彼印，或书字句，所谓染字。依焰摩方，除一切盖障菩萨，金色发冠，持如意宝，或画彼印，或置字句，所谓噁字（长声）。夜叉方，地藏菩萨，色如钵孕遇华，手持莲华，以诸璎珞庄严，或置彼印，或置字句，所谓伊字。龙方，虚空藏，白色白衣，身有光焰，以诸璎珞庄严，手持揭伽，或置彼印，或置字句，所谓伊字（长声）。

真言者宴坐，安住于法界，
我即法界性，而住菩提心，
向于帝释方，结金刚慧印。
次作金刚事，殷勤修供养，
现诸佛救世，三昧耶印等，
念一切方所，三转持真言。
依法召弟子，向坛而作净，
授彼三自归，住胜菩提心，
当为诸弟子，结法界性印。
次结法轮印，一心同彼体，
缯帛覆面门，而起悲愍心，
令作不空手，圆满菩提故，
耳语而告彼，无上正等戒。
次当为彼结，正等三昧印，
授彼开敷华，令发菩提意，
随其所至处，而教于学人，
作如是要誓，一切应传授。”

具德持金刚，又请白世尊：

“唯愿人中胜，演说灌顶法。”

尔时，薄伽梵安住于法界，而告金刚手："一心应谛听：

我说诸法教，胜自在摄持。

师以如来性，加持于自体，

或复以密印，次应召弟子，

令住法界性，大莲华王中。

以四大菩萨，所加持宝瓶，

结支分生印，而用灌其顶。

髻中应授与，大空暗字门，

心置无生句，胸表无垢字。

或一切阿字，发髻金色光，

住白莲华台，等同于仁者。"

①甘露王：阿弥陀佛的别名。

②二行：见行与爱行。

③羯磨：指僧团按照戒律的规定，处理僧侣个人或僧团事务的活动。

大毗卢遮那成佛神变加持经卷第四

密印品第九

尔时，薄伽梵毗卢遮那观察诸大众会，告执金刚秘密主言："秘密主！有同如来庄严，具同法界趣标帜菩萨，由是严身故，处生死中，巡历诸趣，于一切如来大会，以此大菩提幢而标帜之。诸天、龙、夜叉、犍达婆①、阿苏啰②、揭噜茶③、紧那啰④、摩睺罗伽、人非人等⑤，敬而远之，受教而行。汝今谛听，极善思念，吾当演说。"如是说已，金刚手白言："世尊，今正是时！世尊，今正是时！"

尔时，薄伽梵即便住于身无害力三昧，住斯定故，说一切如来入三昧耶，遍一切无能障碍力，无等三昧力明妃曰：

"南么三曼多勃驮喃（一）阿三迷（二）咀㘑（二合）三迷（三）三么曳（四）莎诃

秘密主！如是明妃，示现一切如来地，不越三法道界，圆满地波罗蜜。是密印相，当用定慧手作空心合掌，以定慧二虚空轮并合而建立之。颂曰：

'此一切诸佛，救世之大印，

正觉三昧耶，于此印而住。'

又以定慧手为拳，虚空轮入于掌中，而舒风轮，是为净法界印。真言曰：

'南么三曼多勃驮喃（一）达摩驮睹（二）萨嚩（二合）婆缚句痕（三）'

复以定慧手五轮皆等迭翻相钩，二虚空轮首俱相向。颂曰：

'是名为胜愿，吉祥法轮印，

世依救世者，悉皆转此轮。'

真言曰：

'南么三曼多勃驮喃（一）伐折啰（二合）咀么（二合）句痕'

复舒定慧二手作归命合掌，风轮相捻，以二空轮加于上，形如羯伽。颂曰：

'此大慧刀印，一切佛所说，

能断于诸见，谓俱生身见。'

真言曰：

'南么三曼多勃驮喃（一）摩诃羯伽微啰阇（二）达磨珊捺啰奢（二合）迦娑诃阇（三）萨迦耶捺㗚（二合）瑟致（二合）掣（叱曳切）诺（入声）迦（四）怛他（引）蘖多地目吃底（丁以切。二合）你（上声）社多（五）微啰（引）伽达摩尔（入声）社多吽（六）'

复以定慧二手作虚心合掌，屈二风轮，以二空轮绞之，形如商佉。颂曰：

'此名为胜愿，吉祥法螺印，

诸佛世之师，菩萨救世者，

皆说无垢法，至寂静涅槃。'

真言曰：

'南么三曼多勃驮喃（一）暗'

复以定慧手相合，普舒散之，犹如健吒。二地轮、二空轮相持，令火风轮和合。颂曰：

'吉祥愿莲华，诸佛救世者，

不坏金刚座，觉悟名为佛，

菩提与佛子，悉皆从是生。'

真言曰：

'南么三曼多勃驮喃（一）阿（去声急呼）'

复以定慧手五轮外向为拳，建立火轮，舒二风轮，屈为钩形，在傍持之，虚空地轮，并而直上，水轮交合，如跋折啰。颂曰：

'金刚大慧印，能坏无智城，

晓瘡睡眠者，天人不能坏。'

真言曰：

'南么三曼多伐折啰被（一）吽'

复以定慧手五轮向内为拳，建立火轮，以二风轮置傍，屈二虚空相并。颂曰：

'此即摩诃印，所谓如来顶，

适才结作之，即同于世尊。'

真言曰：

'南么三曼多勃驮喃（一）吽吽'

复次，以智慧手为拳，置于眉间。颂曰：

'此名毫相藏，佛常满愿印，

以才作此故，即同人中胜。'

真言曰：

'南么三曼多勃驮喃（一）阿（去声。急呼）痕惹（急呼。下同）'

住瑜伽座，持钵相应，以定慧手俱在脐间，是名释迦牟尼大钵印。

真言曰：

'南么三曼多勃驮喃（一）婆（上声。急呼）'

复次，以智慧手上向而作持无畏形。颂曰：

'能施与一切，众生类无畏，

若结此大印，名施无畏者。'

真言曰：

'南么三曼多勃驮喃（一）萨婆他（二）尔娜尔娜（三）佩也那奢那（四）莎诃'

复次，以智慧手下垂，作施愿形。颂曰：

'如是与愿印，世依之所说，

适才结此者，诸佛满其愿。'

真言曰：

'南么三曼多勃驮喃（一）嚩啰娜伐折啰（二合。引）怛么（二合）迦（二）莎诃'

复次，以智慧手为拳，而舒风轮，以毗俱胝形，住于等引。颂曰：

'以如是大印，诸佛救世尊，

恐怖诸障者，随意成悉地。

由结是印故，大恶魔军众，

及余诸障者，驰散无所疑。'

真言曰：

'南么三曼多勃驮喃（一）摩诃沫罗嚩底（丁以切。二）捺奢嚩路嗢婆（二合）吠摩诃昧怛唎也（二合。三）毗庾（二合）嗢蘖（二合）底（丁以切。四）莎诃'

复次，以智慧手为拳，而舒火轮、水轮，以虚空轮而在其下。颂曰：

'此名一切佛，世依悲生眼，

想置于眼界，智者成佛眼。'

真言曰：

'南么三曼多勃驮喃（一）伽伽那缚罗落吃洒（二合）伫（上声。二）迦噜伫么那（三）怛他蘖多斫吃刍（二合。四）莎诃'

复次，以定慧手五轮内向为拳，而舒风轮，圆屈相合。颂曰：

'此胜愿索印，坏诸造恶者，

真言者结之，能缚诸不善。'

真言曰：

'南么三曼多勃驮喃（一）系系摩诃播奢（二）钵啰（二合）娑唠那履也（二合。三）萨埵驮睹（四）微模诃迦（五）怛他蘖多地目吃底（丁以切。二合）你（入声）社多（六）莎诃'

复次，以定慧手一合为拳，舒智慧手风轮，屈第三节，犹如环相。颂曰：

'如是名钩印，诸佛救世者，

招集于一切，住于十地位，

菩萨大心者，及恶慧众生。'

真言曰：

'南么三曼多勃驮喃（一）阿（去声）萨婆怛啰钵啰底诃谛（二）怛他蘖党矩奢（三）菩提浙唎耶（二合）钵履布啰迦（四）莎诃'

即此钩印舒其火轮，而少屈之，是谓如来心印。彼真言曰：

'南么三曼多勃驮喃（一）壤怒嗢婆（二合）嚩（二）莎诃'

复以此印舒其水轮而竖立之，名如来脐印。彼真言曰：

'南么三曼多勃驮喃（一）阿没㗚（二合）睹嗢婆（二合）嚩（二）莎诃'

即以此印直舒水轮，余亦竖之，名如来腰印。彼真言曰：

'南么三曼多勃驮南（一）怛他（引）蘖多三婆嚩（二）莎诃'

复以定慧手作空心合掌，以二风轮屈入于内，二水轮亦然，其二地轮令少屈，而伸火轮，此是如来藏印。彼真言曰：

'南么萨婆怛他蘖帝弊（毗也切，下同。一）嗞嗞嗠嗠（二）莎诃'

即以此印散其水轮，向上置之，名大界印。彼真言曰：

'南么三曼多勃驮喃（一）丽鲁补履微矩丽（二）莎诃'

即以此印，其二火轮，钩屈相合，散舒风轮，名无堪忍大护印。彼真言曰：

'南么萨婆怛他蘖帝弊（一）萨婆佩也微蘖帝弊（二）微湿嚩目契弊（三）萨婆他（四）唅欠（五）啰吃洒（二合）摩诃沫丽（六）萨婆怛他（引）蘖多本扼也（二合）你（入声）社帝（七）帣帣（八）怛啰（二合）吒怛啰吒（九）阿钵啰（二合）底（丁以切）诃谛（十）莎诃'

复以风轮而散舒之，空轮并入于其中，名普光印。彼真言曰：

'南么三曼多勃驮喃（一）入嚩（二合）罗摩履你（平声。二）怛他蘖哆㗚旨（二合。三）莎诃'

又以定慧手作空心合掌，以二风轮持火轮侧，名如来甲印。屈二水轮、二空轮合入掌中，压二水轮甲上，是如来舌相印。真言曰：

'南么三曼多勃驮喃（一）怛他蘖多尔诃嚩（二合）萨底也（二合。二）达摩钵啰（二合）瑟耻多（三）莎诃'

以此印令风、水轮屈而相捻，空轮向上，而少屈之，火轮正直相合，地轮亦如是，名如来语门印。彼真言曰：

'南么三曼多勃驮喃（一）怛他蘖多摩诃嚩吃怛啰（二合。二）微湿嚩（二合）壤曩摩诃那也（二合。三）莎诃'

如前印，以二风轮屈入掌中，向上，名如来牙印。彼真言曰：

'南么三曼多勃驮喃（一）怛他蘖多能（去声）瑟吒（二合）啰（二）啰婆啰娑仡啰（二合。三）参钵啰（二合）博迦（四）萨婆怛他蘖多（五）微洒也参婆（上声）嚩（六）莎诃'

又如前印相，以二风轮，向上置之，屈第三节，名如来辨说印。彼真言曰：

'南么三曼多勃驮喃（一）阿振底夜（二）那部（二合）多路波缚三么哆（上声。三）钵啰（二合）钵多（二合）微输（引）驮娑嚩（二合）啰（四）莎诃'

复次，以定慧手和合一相，作空心合掌，二地轮、空轮屈入相合，此是如来持十力印。彼真言曰：

'南么三曼多勃驮喃（一）捺奢么浪伽（轻呼）达啰（二）帣参（去声）髯（三）莎诃'

又如前印，以二空轮、风轮屈上节相合，是如来念处印。彼真言曰：

'南么三曼多勃驮喃（一）怛他（引）蘖多娑么㗚（二合）底（二）萨埵系哆弊（毗夜切）蘖多（三）伽伽那参忙参么（四）莎诃'

又如前印，以二空轮在水轮上，名一切法平等开悟印。彼真言曰：

'南么三曼多勃驮喃（一）萨婆达么三么哆钵啰（二合）钵多（二合。二）怛他蘖哆弩蘖多（三）莎诃'

复以定慧手合为一，以二风轮加上火轮上，余如前，是普贤如意珠印。彼真言曰：

'南么三曼多勃驮喃（一）参么哆弩蘗多（二）微啰惹达摩尔（入声）社多（三）摩诃摩诃（四）莎诃'

即此虚心合掌，以二风轮屈在二火轮下，余如前，是慈氏印。彼真言曰：

'南么三曼多勃驮喃（一）阿尔单惹也（二）萨婆萨埵奢夜弩蘗多（三）莎诃'

又如前印，以二虚空轮入中，名虚空藏印。真言曰：

'南么三曼多勃驮喃（一）阿（去声）迦奢参么哆弩蘗多（二）微质怛囕（二合）嚩啰达啰（三）莎诃'

又如前印，以二水轮、二地轮屈入掌中，二风轮、火轮相合，是除一切盖障印。彼真言曰：

'南么三曼多勃驮喃（一）阿（去声）萨埵系多弊（毗夜切。二）嗢蘗多（三）怛囕囕囕囕（四）莎诃'

如前，以定慧手相合，散舒五轮，犹如铃铎，如虚空地轮，和合相持，作莲华形，是观自在印。真言曰：

'南么三曼多勃驮喃（一）萨婆怛他蘗哆嚩路吉多（二）羯噜仇么也（三）啰啰啰斜若（四）莎诃'

如前，以定慧手作空心合掌，犹如未开敷莲，是得大势印。彼真言曰：

南么三曼多勃驮南（一）髯髯娑（急呼。二）莎诃

如前，以定慧手五轮内向为拳，举二风轮，犹如针锋，二虚空轮加之，是多罗尊印。彼真言曰：

'南么三曼多勃驮喃（一）哆唎哆嚩抳（二）羯噜拿嗢婆吠（平声，二合。三）莎诃'

如前印，举二风轮，参差相压，是毗俱胝印。彼真言曰：

'南么三曼多勃驮喃（一）萨婆佩也怛啰（二合）散你（入声。二）斜娑破（二合）吒也（三）莎诃'

如前，以定慧手空心合掌，水轮空轮皆入于中，是白处尊印。彼真言曰：

'南么三曼多勃驮喃（一）怛他蘗多微洒也三婆（上声）吠钵昙摩（二合）忙履你（入声二）莎诃'

如前印，屈二风轮置虚空轮下，相去犹如积麦，是阿耶揭哩嚩印。彼真言曰：

'南么三曼多勃驮喃（一）佉那也畔惹娑破（二合）吒也（二合。二）莎诃'

同前印，伸二水轮、风轮，余如拳，是地藏菩萨印。彼真言曰：

'南么三曼多勃驮喃（一）诃诃诃（二）苏（上声）怛弩（三）莎诃'

复以定慧手作空中合掌，火轮、水轮交结相持，以二风轮置二虚空轮上，犹如钩形，余如前，是圣者文殊师利印。彼真言曰：

'南么三曼多勃驮喃（一）系系矩忙啰（二）微目吃底（二合）钵他悉体（二合）多（三）娑么（二合）啰娑么啰（四）钵啰（二合）底然（五）莎诃'

以三昧手为拳，而举风轮，犹如钩形，是光网钩印。彼真言曰：

'南么三曼多勃驮喃（一）系系矩忙啰（二）忙耶蘗多娑嚩（二合）婆（去声）缚悉体（他以切二合）多（三）莎诃'

即如前印，一切轮相皆少屈之，是无垢光印。彼真言曰：

'南么三曼多勃驮喃（一）系矩忙啰（二）微质怛啰（二合）蘗底矩忙啰（三）么弩娑么（二合）啰（四）莎诃'

如前，以智慧手为拳，其风、火轮相合为一，舒之，是继室尼刀印。彼真言曰：

'南么三曼多勃驮喃（一）系系矩忙履计（二）娜耶壤难娑么（二合）啰（三）钵啰（二合）底然（四）莎诃'

如前，以智慧手为拳，而伸火轮，犹如戟形，是优婆髻室尼戟印。彼真言曰：

'南么三曼多勃驮喃（一）频（去声）娜夜壤难（二）系矩忙（引）履计（三）莎诃'

如前，以三昧手为拳，而舒水轮、地轮，是地轮慧幢印。彼真言曰：

'南么三曼多勃驮喃（一）系娑么（二合）啰壤那计睹（二）莎诃'

以慧手为拳，而舒风轮，犹如钩形，是请召童子印。彼真言曰：

'南么三曼多勃驮喃（一）阿（去声）羯啰洒（二合）也（二）萨皖矩鲁阿（去声）然（三）矩忙啰写（四）莎诃'

如前，以定慧手为拳，舒二风轮，屈节相合，是诸奉教者印。彼真言曰：

'南么三曼多勃驮喃（一）阿（去声，急呼）微娑么（二合）也泞曳（平声。二）莎诃'

如前，以定慧手为拳，而舒火轮，屈第三节，是除疑怪金刚印。彼真言曰：

'南么三曼多勃驮喃（一）微么底掣（鸥曳切）诺迦（二）莎诃'

举毗钵舍那臂，作施无畏手，是施无畏者印。彼真言曰：

'南么三曼多勃驮喃（一）阿佩延娜娜（二）莎诃'

如前，舒智手而上举之，是除恶趣印。彼真言曰：

'南么三曼多勃驮南（一）阿弊（毗夜切）达啰伫（二）萨埵驮敦（三）莎诃'

如前，以慧手掩心，是救护慧印。彼真言曰：

'南么三曼多勃驮喃（一）系摩诃摩诃（二）娑么（二合）啰钵啰（二合）底然（三）莎诃'

如前，以慧手作持华状，是大慈生印。彼真言曰：

'南么三曼多勃驮喃（一）娑嚩（二合）制炉嗢蘖（二合）多（二）莎诃'

如前，以慧手覆心，稍屈火轮，是悲念者印。彼真言曰：

'南么三曼多勃驮喃（一）羯噜伫没洒（二合）昵多（二）莎诃'

如前，以慧手作施愿相，是除一切热恼印。彼真言曰：

'南么三曼多勃驮喃（一）系嚩啰娜嚩啰（二）钵啰（二合）钵多（二合。三）莎诃'

如前，以智慧手如执持真多摩尼宝形，是不思议慧印。彼真言曰：

'南么三曼多勃驮喃（一）萨磨舍钵履布啰（二）莎诃'

如前，以定慧手为拳，令二火轮开敷，是地藏旗印。彼真言曰：

'南么三曼多勃驮喃（一）诃诃诃微娑底（二合）曳（平声。二）莎诃'

慧手为拳，而舒三轮，是宝处印。彼真言曰：

'南么三曼多勃驮喃（一）系摩诃摩诃（二）莎诃'

以此慧手舒其水轮，是宝手菩萨印。彼真言曰：

'南么三曼多勃驮喃（一）啰怛怒（二合）嗢婆（上声）嚩（二）莎诃'

以定慧手作反相叉合掌，定手空轮，慧手地轮相交。设若于三昧，亦复如是，余如跋折罗状，是持地印。彼真言曰：

'南么三曼多勃驮喃（一）达啰尼（尼仁切）达啰（二）莎诃'

如前，作五股金刚戟形，是宝印手印。彼真言曰：

'南么三曼多勃驮喃（一）罗怛娜（二合）你（入声）喇尔（二合）多（二）莎诃'

即以此印令一切轮相合，是发坚固意印。彼真言曰：

南么三曼多勃驮喃（一）伐折啰（二合）三婆嚩（二）莎诃

如前，以定慧二手作刀，是虚空无垢菩萨印。彼真言曰：

'南么三曼多勃驮喃（一）伽伽娜难多愚者啰（二）莎诃'

如前轮印，是虚空慧印。彼真言曰：

南么三曼多勃驮喃（一）斫吃啰（二合）嚩（入声）喇底（丁以切。二）莎诃

如前商佉印，是清净慧印。彼真言曰：

'南么三曼多勃驮喃（一）达磨三婆婆嚩（二）莎诃'

如前莲华印，是行慧印。彼真言曰：

'南么三曼多勃驮喃（一）钵昙摩（二合）罗（上声）耶（二）莎诃'

同前青莲华印，而稍开敷，是安住慧印。彼真言曰：

'南么三曼多勃驮喃（一）壤弩嗢婆（二合）嚩（二）莎诃'

如前，以二手相合，而屈水轮，相交入于掌中，二火轮、地轮向上相持，而舒风轮，屈第三节，令不相著，犹如秜麦，是执金刚印。彼真言曰：

'南么三曼多伐折啰披（一）战拿么诃路洒拿觕（二）'

如前印，以二空轮、地轮屈入掌中，是忙莽鸡印。彼真言曰：

'南么三曼多伐折啰披（一）怛㗚（二合）吒（轻呼）怛㗚吒若衍底（丁以切。二）莎诃'

如前，以定慧手诸轮反叉相纠，向于自体，而旋转之，般若空轮加三昧虚空轮，是金刚锁印。彼真言曰：

'南么三曼多伐折啰披（一）吽满驮满驮（二）慕吒耶慕吒耶（三）伐折路嗢婆（二合）吠（平声。四）萨婆怛啰钵啰（二合）底（丁以切）诃帝（五）莎诃'

以此金刚锁印，少屈虚空轮，以持风轮，而不相至，是忿怒月黡印。彼真言曰：

'南么三曼多伐折啰披（一）曷喇（二合）觕娑吒（轻呼。二）莎诃'

如前，以定慧手为拳，建立二风轮，而以相持，是金刚针印。彼真言曰：

'南么三曼多伐折啰披（一）萨婆达磨你（入声）吠达你（二）伐折啰（二合）索旨嚩啰泥（三）莎诃'

如前，以定慧手为拳，而置于心，是金刚拳印。彼真言曰：

'南么三曼多伐折啰披（一）萨破（二合）吒也伐折啰（二合）三婆吠（平声。二）莎诃'

以三昧手为拳，举翼开敷，智慧手亦作拳，而舒风轮，犹如忿怒相拟形，是无能胜印。彼真言曰：

'南么三曼多伐折啰披（一）讷达哩沙（二合）摩诃卢洒拿（二）佉捺耶萨皖萨他蘗单然矩噜（三）莎诃'

以慧手为拳，作相击势持之，是阿毗目佉印。彼真言曰：

'南么三曼多伐折啰披（一）系阿毗目佉摩诃钵啰（二合）战拿（二）佉（引）那也紧旨罗也徙（三）三么耶么弩萨么（二合）啰（四）莎诃'

如前持钵相，是释迦钵印。彼真言曰：

'南么三曼多勃驮喃（一）萨嚩吃丽（二合）奢你（入声）素捺耶（二）萨婆达摩罗始多钵啰（二合。三）钵多伽伽那三迷（四）莎诃'

释迦毫相印，如上，又以慧手指峰聚置顶上，是一切佛顶印。彼真言曰：

'南么三曼多勃驮喃（一）鑁鑁（二）觕觕觕（三）嬜吒（轻呼。四）莎诃'

以三昧手为拳，舒火风轮，而以虚空加地水轮上，其智慧手伸风、火轮入三昧掌中，亦以虚空加地、水轮上，如在刀鞘，是不动尊印。

如前金刚慧印，是降三世印。如前，以定慧手合为一相，其地、水轮皆向下而伸，火轮二峰相连，屈二风轮置于第三节上，并虚空轮，如三目形，是如来顶印，佛菩萨母。复以三昧手覆而舒之，慧手为拳，而举风轮，犹如盖形，是白伞佛顶印。如前刀印，是胜佛顶印。如前轮印，是最胜佛顶印。如前钩印，慧手为拳，举其风轮，而少屈之，是除业佛顶印。如前佛顶印，是火聚佛顶印。如前莲华印，是发生佛顶印。如前商佉印，是无量音声佛顶印。以智慧手为拳，置在眉间，是真多摩尼毫相印。如前佛顶印，是佛眼印。复有少异，所谓金刚标相，智慧手在心，如执莲华像，直伸奢摩他臂，五轮上舒而外向，距之，是无能胜印。定慧手向内为拳，二虚空轮上向，屈之如口，是无能胜明妃印。以智慧手承颊，是自在天印。即以此印令风火轮差戾伸之，是普华天子印。同前印，以虚空轮在于掌中，是光鬘天子印。同前印，以虚空风轮作持华相，是满意天子印。以智慧手虚空水轮相加，其风火轮、地轮皆散舒之，以掩其耳，是遍音声天印。定慧相合，二虚空轮圆屈，其余四轮亦如是，名地神印。如前以智慧手作施无畏相，以空轮在于掌中，是请召火天印。即以施无畏形，以虚空轮持水轮第二节，是一切诸仙印，随其次第，相应用之。如前，以定慧手相合，风轮、地轮入于掌中，余皆上向，是焰摩但茶印。慧手向下犹如健吒，是焰摩妃铎印。以三昧手为拳，舒风火轮，是暗夜天印。即以天印，又屈风轮，是噜达罗，如前印，作持莲华形，是梵天明妃印。如前印，屈其风轮，加火轮背第三节，是娇末离烁底印。即以此印令风轮加虚空上，是那罗延后轮印。三昧手为拳，令虚空轮直上，是焰魔七母锤印。仰其定手，如持劫钵罗相，是遮文茶印。如前揭伽印，是涅哩底刀印。如前轮印，以三昧手为之，是那罗延轮印。以转定慧手左右相加，是难徒跋难陀二云印。如前，伸三昧手，虚空地轮相加，是商羯罗三戟印戟印。如前，伸三昧手，虚空地轮相持，是商羯罗后。即以此印直舒三轮，是商羯罗妃印。以三昧手作莲华相，是梵天印。因作洁白观，是月天印。以定慧手显现合掌，屈虚空轮，置水轮侧，是日天举辂印。合般若三昧手，地轮风轮内向，其水火轮，相持如弓，是社耶毗社耶印。如前幢印，是风天印。仰三昧手在于脐轮，智慧手空风相持，向身运动，如奏音乐，是妙音天费拿印。如前羂索印，是诸龙印。如前妙音天印，而屈风轮交空轮上，是一切阿修罗印。真言曰：

'南么三曼多勃驮喃（一）冥啰逻延（二）莎河'

内向为拳，而舒水轮，是乾闼婆印。真言曰：

'南么三曼多勃驮喃（一）微输驮萨嚩（二合）啰嚩系系（平声。二）莎诃'

即以此印而屈风轮，是一切药叉印。真言曰：

'南么三曼多勃驮喃（一）药乞钗湿嚩（二合）啰（二）莎诃'

又以此印，虚空轮、地轮相持，而伸火风，是药叉女印。真言曰：

'南么三曼多勃驮喃（一）遮底药乞叉（二合）尾你耶（二合）达履（二）莎诃'

内向为拳，而舒火轮，是诸毗舍遮印。真言曰：

'南么三曼多勃驮喃（一）比舍比遮冥底（丁以切。二）莎诃'

改屈火轮，是诸毗舍支印。真言曰：

南么三曼多勃驮喃（一）比旨比旨（二）莎诃

如前，以定慧手相合，并虚空轮而建立之，是一切执曜印。真言曰：

'南么三曼多勃驮喃（一）冥啰（二合）醯湿嚩鞦（二合）履耶（二合。二）钵啰（二合）钵多（二合）孺底（丁以切）么耶（三）莎诃'

尔时，金刚手升于大日世尊身语意地，法平等观。念彼未来众生，为断一切疑故，说大真言王曰：

南么三曼多勃驮喃（一）阿三忙（引）钵多（二合）达摩驮睹（二）蘖登（疾孕切）蘖哆喃（三）萨婆他（引。四）暗欠暗噁（五）糁索（六）含鹤（七）噤嚟（八）鍐嗨（急呼。九）莎诃斜（十）噤嚟诃啰（二合）鹤（十一）莎诃噤嚟（十二）莎诃

持金刚秘密主，说此真言王已。时，一切如来住十方世界，各舒右手，摩执金刚顶，以善哉声，而称叹言："善哉！善哉！佛子，汝已超升毗卢遮那世尊身、语、意地，为欲照明一切方所，住平等真言道诸菩萨故，说此真言王。何以故？毗卢遮那世尊应正等觉，坐菩提座，观十二句法界，降伏四魔。此法界生，三处流出，破坏天魔军众，次得世尊，身、语、意平等，身量等同虚空，语意量亦如是。逮得无边智生，于一切法自在而演说法，所谓此十二句真言之王。佛子！汝今现证毗卢遮那世尊平等身、语、意故，众所知识，同于正遍知者。"而说偈言：

汝问一切智，大日正觉尊，
最胜真言行，当演说法教。
我往昔由是，发觉妙菩提，
开示一切法，今至于灭度，
现在十方界，诸佛咸证知。

尔时，具德金刚手心大欢喜，诸佛威神所加持故，而说偈言：

是法无有尽，无自性无住，
于业生解脱，同于正遍知。
诸救世方便，随于悲愿转，
开悟无生智，诸法如是相。

时，执金刚秘密主复说优陀那偈，请问毗卢遮那世尊，于此大悲藏生大曼荼罗，决断所疑，为未来诸众生故。

已断一切疑，种智离热恼，
我为众生故，请问于导师：
曼荼罗何先？唯大牟尼说。
阿阇梨有几？弟子复几种？
云何知地相？云何而择治？
云何当作净？云何彼坚住？
及净诸弟子，唯愿导师说。
云何已净相？以何而作护？
云何加持地？事业谁为初？
修多罗有几？云何作地分？
几种修供养？云何华香等？
此华当献谁？香亦复如是，
云何而奉献？应以何华香？
诸食与护摩，各以何轨仪？
及诸圣天座，愿说此教法。
身相显形色，唯次第开演，
所尊之密印，及与自敷座。

何故名为印？是印从何生？
灌顶复几种？三摩耶有几？
真言者几时，勤修真言行，
当具菩萨道？云何见真谛？
悉地有几种，及与成就时？
云何升大空？云何身秘密？
不舍于此身，而得成天身？
种种诸变化，彼复从何生？
日月火方等，曜宿星时分，
所现诸不祥，生死受众苦。
云何令不起，所起尽除灭，
而得常亲近，诸佛两足尊？
几种护摩火？几事而增威？
诸佛善别性，唯愿导师说，
无余诸世界，及与出世间，
彼果及数量，殊胜三摩地，
成熟在何所，未成熟云何？
复齐于几时，业生得解脱？”
正觉一切智，离热恼世尊，
告金刚手言：“善哉大勤勇！
秘密曼荼罗，决定圣天位，
大悲根本生，无上摩诃衍，
诸佛最秘密，如汝之所问。
大力持金刚，我今略宣说，
曼荼罗初业，佛子应谛听。
十二支句生，大力持明王，
所应最先作，住于本三昧，
解了瑜伽道，而作众事业。
阿阇梨有二，通达印真言，
彼相亦如是，深秘显略分，
能知深广义，可传者方授。
正觉之长子，远离于世乐，
第二求现法，深著痴攀缘，
世间曼荼罗，一切为斯作。
诸佛二足尊，灌顶传教者，
说四种弟子，时非时差别，
一者时念诵，非时俱非俱。
具有一切相，佛说亲弟子，
最初如地相，即所谓心地，
我已说作净，如前修事业。

若离于过患，心地无所畏，
当得成真净，离一切诸过，
坚住如是知，见自三菩提。
若异于此者，非能清净地。
若住妄分别，行者净其地，
秘密主非净，以离菩提心，
故应舍分别，净除一切地。
我广说法教，所有曼荼罗，
是中所先事，愚痴不知解。
非名世间觉，亦非一切智，
乃至不能舍，分别诸苦因。
应当为弟子，而净菩提心，
护以不动尊，或用降三世。
若弟子不为，妄执之所动，
当成最正觉，无垢喻虚空。
初加持是地，依于诸佛教，
第二心自在，唯此非余教，
四种苏多曼，谓白黄赤黑。
第五所应念，所谓虚空色，
空中而等持，印定曼荼罗。
第二持线经，置于道场地，
一切如来座，及诸佛智子，
悦意妙莲华，世间称吉祥。
缘觉诸声闻，所谓边智者，
当知所敷座，芰荷青莲叶。
世界诸天神，梵众以为初，
赤色钵昙华，彼称为座王。
降此如所应，念居其地分。
供养有四种，谓作礼合掌，
并及慈悲等，世间众华香，
从手发生华，奉诸救世者。
结支分生印，而观菩提心，
各各诸如来，彼所生子等，
以是无过华，芬妙复光显，
法界为树王，供养人中尊。
真语以加持，三昧自在转，
胜妙广大云，法界中出生。
从彼雨众华，常遍诸佛前，
其余世天等，亦当散此华。
奉献随相应，本真言性类，

如是涂香等，亦随其所应。
空水轮相持，是谓吉祥印，
彼所奉华等，当自心献之。
若诸世天神，应知在齐位，
或金刚拳印，若复莲华鬘，
而在空中献，导师救世者，
乃至诸世天，各如其次第。
护摩有二种，所谓内及外。
业生得解脱，复有芽种生，
以能烧业故，说为内护摩。
外用有三位，三位三中住，
成就三业道，世间胜护摩。
若异此作者，不解护摩业，
彼痴不得果，舍离真言智。
如来部真言，及诸正觉说，
当知白与黄，金刚具众色。
观自在真言，纯素随事迁，
四方相重普，轮圆如次第，
三隅半月轮，而说形亦然。
初应知色像，所谓男女身，
或复一切处，随其类形色。
不断议智生，是故不思议，
应物有殊异，智智证常一，
乃至心广博，当知是其量。
座印亦如是，以及诸天神，
如诸佛所生，印等同彼生，
以此法生印，印持诸弟子。
故略说法界，用是为标帜，
灌顶有三种，佛子至心听。
若秘印方便，则离于作业，
是名初胜法，如来所灌顶。
所谓第二者，令起作众事。
第三以心授，悉离于时方，
令尊欢喜故，如所说应作，
现前佛灌顶，是则最殊胜。
正等觉略说，五种三昧耶，
初见曼荼罗，具足三昧耶，
未传真实语，不授彼密印。
第二三昧耶，入睹圣天会。
第三具坛印，随教修妙业。

净境界之行，所谓净居天，
置彼诸印相，佛子应谛听。
所谓思惟手，善手及笑手，
华手虚空手，画之如法则。
地神迦罗奢，圆白金刚围，
请召火天印，当以大仙手。
迦摄骄答摩，末建拏竭伽，
婆私倪刺娑，各如其次第。
应画韦陀手，而居火坛内，
阎摩怛荼印，常处风轮中，
没栗底铃印，黑夜计都印。
涝达罗输罗，大梵妃莲华，
俱摩利铄底，毗瑟女轮印。
当知焰摩后，以没揭罗印。
娇吠离耶后，周劫跋罗印。
如是等皆在，风曼荼罗中。
乌鹫及婆迁，野干等围绕，
若欲成悉地，依法以图之。
涅哩底大力，毗纽胜妙轮，
鸠摩罗烁底，难徒跋难陀，
密云与电俱，皆具清潭色，
夹辅门厢卫，在释师子坛。
商羯罗三戟，妃作钵眠印。
月天迦罗奢，净白莲华敷。
日天金刚轮，表以舆辂像。
社耶毗社耶，当知大力者，
俱以大弓印，在因陀罗轮。
风方风幢印，妙音乐器印，
嚩噜拿羂索，而在圆坛中。
汝大我应知，种子字环绕，
如是等标志，如次曼荼罗。
释师子眷属，今已略宣说。
佛子次谛听，施愿金刚坛，
四方相均普，卫以金刚印。
当于彼中作，火生曼荼罗，
内心复安置，妙善青莲印。
智者曼殊音，本真言围之，
如法布种子，而以为种子。
复于其四傍，严饰以青莲，
图作勤勇众，各如其次第。

光网以钩印，宝冠持宝印，

无垢光童子，青莲而未敷。

妙音具大慧，所说诸使者，

当知彼密印，各如其所应。

髻设尼刀印，优波输罗印，

质但罗仗印，地慧以幢印。

彼招召使者，以鹙俱尸印。

一切如是作，围以青莲华，

所有诸奉教，皆差揭梨印。

复次南方印，除一切盖障。

大精进种子，谓真陀摩尼，

住于大轮中，翼从端严众。

当知彼眷属，秘密之标志，

次第应图画，我今广宣说。

除疑以宝瓶，置一股金刚。

圣者施无畏，作施无畏手。

除一切恶趣，发起手为相，

救意慧菩萨，悲手常在心。

大慈生菩萨，应以执华手。

悲念在心上，垂屈火轮手。

除一切热恼，作施诸愿手，

甘露水流注，遍在诸指端。

具不思议慧，持如意珠手，

皆住莲华上，在曼荼罗中。

北方地藏尊，密印次当说，

先作庄严座，在因陀罗坛，

大莲发光焰，间错备众色，

于彼建大幢，大宝在其端，

是名为最胜，密印之形像。

复当殷勤作，上首诸眷属，

无量无数众，彼诸慕达罗。

宝作于宝上，三股金刚印；

宝掌于宝上，一股金刚印；

持地于宝上，二首金刚印；

宝印手宝上，五股金刚印；

坚意于宝上，羯磨金刚印，

一切皆应住，彼曼荼罗中。

西方虚空藏，圆白悦意坛，

大白莲华座，置大慧刀印。

如是坚利刃，锋锐犹冰霜，

白种子为种，智者当安布。

及画诸眷属，印形如法教。

虚空无垢尊，应当以轮印，

轮像自围绕，具足在风坛。

虚空慧商佉，在风曼茶罗。

清净慧白莲，在风曼茶罗。

行慧之印相，当以砗磲宝④，

上插青莲华，在风曼茶罗。

安慧金刚莲，在风曼茶罗。

略说佛秘藏，诸尊密印竟。

---

①本愿：根本的誓愿。

②云爱云逮：（ài dài　音爱带）云彩浓厚的样子。

③鬒：（zhěn　音枕）头发稠密而黑。

④砗磲：（chē qú 音车渠）壳可用做装饰品的软体动物。

入秘密曼茶罗法品第十二

尔时，世尊又复宣说入秘密曼茶罗法优陀那曰：

真言遍学者，通达秘密坛，

如法为弟子，烧尽一切罪。

寿命悉焚灭，令彼不复生，

同于灰烬已，彼寿命还复。

谓以字烧字，因字而更生，

一切寿及生，清净遍无垢。

以十二支句，而作于彼器，

如是三昧耶，一切诸如来，

菩萨救世者，及佛声闻众，

乃至诸世间，平等不违逆。

解此平等誓，秘密曼茶罗，

入一切法教，诸坛得自在。

我身等同彼，真言者亦然，

以不相异故，说名三昧耶。

入秘密曼茶罗位品第十三

尔时，大日世尊入于等至三昧，观未来世诸众生故，住于定中。即时诸佛国土，地平如掌，五宝间错，悬大宝盖，庄严门标，众色旒苏①，其相长广，宝铃白拂，名衣幡佩，绮绚垂布，而校饰之。于八方隅，建摩尼幢。八功德水，芬馥盈满。无量众鸟、鸳鸯、鹅、鹤出和雅音。种种浴池，时华杂树，敷荣间列，芳茂严好。八方合系，五宝璎绳。其地柔软，犹如绵纩，触践之者，皆受快乐。无量乐器，自然谐韵，其声微妙，人所乐闻。无量菩萨，随福所感，宫室殿堂，意生之座。如来信解愿力所生，法界标帜大莲华王，出现如来，法界性身，安住其中，随诸众生种种性欲，令得欢喜。时彼如来一切支分，无障碍力，从十智力，信解所生无量形色庄严之相，无数百千俱胝那由他劫，布施、持戒、忍辱、精进、禅定、智慧诸度功德，所资长身，即时出现。彼出现已，于诸世界大众会中，发大音声而说偈言：

<blockquote>
诸佛甚奇特，权智不思议[②]，
无阿赖耶慧，含藏说诸法。
若解无所得，诸法之法相，
彼无得而得，得诸佛导师。
</blockquote>

说如是音声已，还入如来不思议法身。尔时，世尊复告执金刚秘密主言："善男子！谛听内心曼荼罗。秘密主！彼身地即是法界自性真言密印加持，而加持之，以本性清净故，羯磨金刚所护持故，净除一切尘垢，我、人、众生、寿者、意生、儒童、造立者等，株杌过患。方坛四门，四向通达，周旋界道，内现意生八叶大莲华王，抽茎敷蕊，彩绚端妙。其中如来，一切世间最尊特身，超越身、语、意地，至于心地，速得殊胜悦意之果。于彼东方宝幢如来，南方开敷华王如来，北方鼓音如来，四方无量寿如来，东南方普贤菩萨，东北方观自在菩萨，西南方妙吉祥童子，西北方慈氏菩萨，一切蕊中佛菩萨母，六波罗蜜，三昧眷属，而自庄严。下列持明诸忿怒众持金刚主菩萨以为其茎，处于无尽大海，一切地居天等，其数无量而环绕之。尔时，行者为成三昧耶故，应以意生，香华、灯明、涂香、种种肴膳，一切皆以献之。优陀那曰：

<blockquote>
真言者诚谛，图画曼荼罗，
自身为大我，啰字净诸垢。
安住瑜伽座，寻念诸如来，
顶授诸弟子，阿字大空点。
智者传妙华，令散于自身，
为说内所见，行人宗奉处。
此最上坛故，应与三昧耶。
</blockquote>

---

①旒：(liú　流) 飘带。
②权智：相机说法的方便智。

秘密八印品第十四

　　尔时，毗卢遮那世尊复观诸大众会，告执金刚秘密主言："佛子！有秘密八印，最为秘密。圣天之位，威神所同，自真言道，以为标帜。图具曼荼罗，如本尊相应。若依法教，于真言门修菩萨行诸菩萨，应如是知。自身住本尊形，坚固不动。知本尊已，如本尊住，而得悉地。云何八印？谓以智慧三昧手作空心合掌，而散风轮地轮，如放光焰，是世尊本威德生印，其曼荼罗三角而具光明。彼真言曰：

'南么三曼多勃驮喃（一）嚂噁（二）莎河'

即以此印而屈风轮，在虚空轮上，如嚩字形，是世尊金刚不坏印。其曼荼罗如嚩字相，有金刚光。彼真言曰：

'南么三曼多勃驮喃（一）鍐嚩（急呼。二）莎诃'

复以初印而散水轮火轮，是名莲华藏印。其曼荼罗如月轮相，以波头摩华而围绕之。彼真言曰：

'南么三曼多勃驮喃（一）糁索（二）莎诃'

即以此印屈二地轮，入于掌中，是如来万德庄严印，其曼荼罗犹如半月形，以大空点围之。彼真言曰：

'南么三曼多勃驮南（一）颌鹤（二）莎诃'

复以定慧手作未开敷华合掌，建立二虚空轮，而稍屈之，是如来一切支分生印。其曼荼罗如迦罗舍满月之形，金刚围之。彼真言曰：

'南么三曼多勃驮喃（一）暗噁（二）莎诃'

即以此印屈其火轮，余相如前，是世尊陀罗尼印。其曼荼罗犹如彩虹，而遍围之，垂金刚幡。彼真言曰：

'南么三曼多勃驮喃（一）勃驮陀罗尼（二。上声）娑没㗚（二合）底沫罗驮那羯嚩（三）驮啰也萨鍐（四）薄伽（轻呼）嚩底（五）阿（去声）迦（引）啰嚩底（六）三么曳（七）莎诃'

复以虚心合掌，开散火轮，其地轮空轮，和合相持，是谓如来法住印。其曼荼罗犹如虚空，以杂色围之，有二空点。彼真言曰：

'南么三曼多勃驮喃（一）阿（去声）吠娜尾泥（二）莎诃'

同前虚心合掌，以智慧三昧手互相加持，而自旋转，是谓世尊迅疾持印。其曼荼罗亦如虚空，而用青点严之。彼真言曰：

'南么三曼多勃驮喃（一）摩诃（引）瑜伽（轻呼）瑜拟（宜以切）宁（二。上声）瑜诣说口履（三）欠若喇计（四）莎诃'

秘密主！是名如来秘密印，最胜秘密，不应辄授与人，除已灌顶，其性调柔，精勤坚固，发殊胜愿，恭敬师长，念恩德者，内外清净，舍自身命，而求法者。"

持明禁戒品第十五

尔时，金刚手复以偈颂，请问大日世尊持明禁戒，为真言门修菩萨行诸菩萨故。

云何成禁戒？云何住尸罗？

云何随所住，修行离诸著？

修行几时月，禁戒得终竟？

住于何法教，而知彼威德？

离时方作业，及法非法等，

云何而速成？愿佛说其量。

先佛所宣说，令得于悉地。

我问一切智，正觉两足尊，

为未来众生，人中尊证知。

是时，薄伽梵毗卢遮那哀愍众生故，而说偈言：

善哉勤勇士，大德持金刚，

所说殊胜戒，古佛所开演。
缘明所起戒，住戒如正觉，
令得成悉地，为利世间故。
等起自真实，不生疑虑心，
常住于等引，修行戒当竟。
菩提心及法，及修学业果，
和合为一相，远离诸造作。
具戒如佛智，异此非具戒，
得诸法自在，通达利众生。
常修无著行，等砾石众宝，
乃至满落叉，所说真言教，
毕于时月等，禁戒量终竟。
最初金轮观，住大因陀罗，
当结金刚印，饮乳以资身，
行者一月满，能调出入息。
次于第二月，严整水轮中，
应以莲华印，而服醇净水。
次于第三月，胜妙火轮观，
啖不求之食，即以大慧刀，
烧灭一切罪，而生身意语。
第四月风轮，行者常服风，
结转法轮印，摄心以持诵。
金刚水轮观，依住于瑜伽，
是为第五月，远离得非得。
行者无所著，等同三菩提，
和合风火轮，出过众过患。
复一月持诵，亦舍利非利。
梵释等天众，摩睺毗舍遮，
远住而敬礼，一切为守护，
皆悉奉教命，彼常得如是。
人天药叉神，持明诸灵仙，
翊侍其左右，随所命当作。
不善为障者，罗刹七母等，
见持真言者，恭敬而远之。
见是处光明，弛散如猛火，
随所住法教，皆依明禁故。
等正觉真子，一切得自在，
调伏难降者，如大执金刚，
饶益诸群生，同于观世音。
经逾六月已，随所愿成果，

常当于自他，悲愍而救护。

阿阇梨真实智品第十六

尔时，持金刚者次复请问大日世尊诸曼荼罗真言之心，而说偈言：

　　　　"云何为一切，真言实语心？

　　　　云何而解了，说名阿阇梨？"

尔时，薄伽梵大毗卢遮那慰喻金刚手："善哉，摩诃萨！"令彼心欢喜，复告如是言：

　　　　解秘中最秘，真言智大心，

　　　　今为汝宣说，一心应谛听。

　　　　所谓阿字者，一切真言心，

　　　　从此遍流出，无量诸真言，

　　　　一切戏论息，能生巧智慧。

　　　　秘密主何等，一切真语心？

　　　　佛两足尊说，阿字名种子。

　　　　故一切如是，安住诸支分，

　　　　如相应布已，依法皆遍授。

　　　　由彼本初字，遍在增加字，

　　　　众字以成音，支体由是生。

　　　　故此遍一切，身生种种德，

　　　　今说所分布，佛子一心听。

　　　　以心而作心，余以布支分，

　　　　一切如是作，即同于我体，

　　　　安住瑜伽座，寻念诸如来。

　　　　若于此法教，解斯广大智，

　　　　正觉大功德，说为阿阇梨。

　　　　是即为如来，亦即名为佛，

　　　　菩萨及梵天，毗纽摩醯罗①，

　　　　日月天水天，帝释世间主，

　　　　黑夜焰摩等，地神与妙音，

　　　　梵志及常俗②，亦名梵行者③。

　　　　漏尽比丘众，吉祥持秘密，

　　　　一切智见者，法自在财富。

　　　　若住菩提心，及与声智性，

　　　　不著一切法，说名遍一切。

　　　　即是真语者，持吉祥真言，

　　　　真实语之王，持执金刚印。

　　　　所有诸字轮，若在于支分，

　　　　当知住眉间，牸字金刚句，

　　　　娑字在膺下，是谓莲华句。

> 我即同心位，一切处自在，
> 普遍于种种，有情及非情。
> 阿字第一命，嚩字名为水，
> 啰字名为火，𪘚字名忿怒，
> 佉字同虚空，所谓极空点，
> 知此最真实，说名阿阇梨。
> 故应具方便，了知佛所说，
> 常作精勤修，当得不死句。"

①醯：（xī　音锡）。

②梵志：志求生于梵天的人；在家的婆罗门；一切外道出家人。

③梵行：清净的行为。

布字品第十七

尔时，世尊复告金刚手言：

> 复次秘密主，诸佛所宣说，
> 安布诸字门，佛子一心听。
> 迦字在咽下，佉字在腭上，
> 哦字以为头，伽字在喉中，
> 遮字为舌根，车字在舌中，
> 若字为舌端，社字舌生处，
> 吒字以为胫，咤字应知髀，
> 拿字说为腰，荼字以安生，
> 多字最后分，他字应知腹，
> 娜字为二手，驮字名为胁，
> 波字以为背，颇字应知胸，
> 么字为二肘，婆字为臂下，
> 莽字住于心，耶字阴藏相，
> 啰字名为眼，逻字为广额，
> 缢伊在二眦，坞乌为二唇，
> 翳蔼为二耳，污奥为二颊，
> 暗字菩提句，噁字般涅槃
> 知是一切法，行者成正觉。
> 一切智资财，常在于其心，
> 世号一切智，是谓萨婆若。

大毗卢遮那成佛神变加持经卷第六

受方便学处品第十八

尔时，执金刚秘密主白佛言："世尊！愿说诸菩萨摩诃萨等，其智慧方便，所修学句，令归依者于诸菩萨摩诃萨无有二意，离疑惑心，于生死流转中常不可坏。"如是说已，毗卢遮那世尊以如来眼观一切法界，告执金刚秘密主言："谛听，金刚手！今说善巧修行道，若菩萨摩诃萨住于此者，当于大乘而得通达。"

"秘密主！菩萨持不夺生命戒，所不应为，持不与取，及欲邪行，虚诳语、粗恶语、两舌语、无义语戒，贪欲、瞋恚、邪见等，皆不应作。秘密主！如是所修学句，菩萨随所修学，则与正觉世尊及诸菩萨同行，应如是学。"

尔时，执金刚秘密主白佛言："世尊！薄伽梵于声闻乘，亦说如是十善业道①，世间人民及诸外道亦于十善业道常愿修行。世尊！彼有何差别？云何种种殊异？"如是说已，佛告执金刚秘密主言："善哉，善哉，秘密主！汝复善哉，能问如来如是义！秘密主！应当谛听，吾今演说差别道、一道法门。秘密主！若声闻乘学处，我说离慧方便，教令成就，开发边智，非等行十善业道。彼诸世间，复离执著我故，他因所转，菩萨修行大乘，入一切法平等摄受，智慧方便，自他俱故，诸所作转。是故，秘密主！菩萨于此摄智方便，入一切法平等，当勤修学。"

尔时，世尊复以大慈悲眼观察诸众生界，告金刚手菩萨言："秘密主！彼诸菩萨，尽形寿持不夺生命戒，应舍刀杖，离杀害意，护他寿命，犹如己身。有余方便，于诸众生类中，随其事业，为解脱彼恶业报故，有所施作，非怨害心。"

"复次，秘密主！菩萨持不与取戒，若他所摄诸受用物，不起触取之心，况复余物，不与而取？有余方便，见诸众生，悭吝积聚，不修施福，随其像类，害彼悭故，离于自他，为彼行施。因赞时施，获妙色等。秘密主！若菩萨发起贪心而触取之，是菩萨退菩提分，越无为毗奈耶法②"。

"复次，秘密主！菩萨持不邪淫戒，若他所摄，自妻，自种族，标相所护，不发贪心，况复非通二身交会？有余方便，随所应度，摄护众生。"

"复次，秘密主！菩萨尽形寿，持不妄语戒，设为活命因缘，不应妄语，即为欺诳诸佛菩提。秘密主！是名菩萨住于最上大乘。若妄语者，越失佛菩提法。是故，秘密主！此法门应如是知，舍离不真实语。"

"复次，秘密主！菩萨受持不粗恶骂戒，应当以柔软心，语随类言辞，摄受诸众生等。何以故？秘密主！菩提萨埵，初行利乐众生，或余菩萨，见住恶趣因者，为折伏之而现粗语。"

"复次，秘密主！菩萨受持不两舌语戒，离间隙语，离恼害语，犯者非名菩萨。不于众生起离坼之心，有异方便，若彼众生随所见处生著，如是像类，说离间言，谓令住于一道，所谓一切智智道。"

"复次，秘密主！菩萨持不绮语戒，以随类言辞，时方和合，出生义利，令一切众生发欢喜心，净耳根道。何以故？菩萨有差别语故，或余菩萨，以戏笑为先，发起众生欲乐，令住佛法，虽具出无义利语，如是菩萨不著生死流转。"

"复次，秘密主！菩萨应当持不贪戒，于彼受用他物中，不起染思。何以故？无有菩萨生著心故。若菩萨心有染思，彼于一切智门无力而堕一边。又，秘密主！菩萨应发起欢喜，生如是心：我所应作，令彼自然而生，极为善哉。数自庆慰勿令彼诸众生损失资财故。"

"复次，秘密主！菩萨应当持不瞋戒，遍一切处，常修安忍，不著瞋喜。于怨及亲，其心平等而转。何以故？非菩提萨埵而怀恶意。所以者何？以菩萨本性清净故。是故，秘密主！菩萨应持不瞋恚戒。"

"复次，秘密主！菩萨应当舍离邪见，行于正见，怖畏他世，无害、无曲、无谄，其心端直，于佛、法、僧，心得决定。是故，秘密主！邪见最为极大过失，能断菩萨一切善根，是为一切诸不善法之母。是故，秘密主！下至戏笑，亦当不起邪见因缘。"

尔时，执金刚秘密主白佛言："世尊！愿说十善道戒，断极根断，云何菩萨王位自在，处于宫殿，父母妻子，眷属围绕，受天妙乐而不生过？"

如是说已，佛告执金刚言："善哉，善哉，秘密主！汝当谛听，善思念之，吾今演说，菩萨毗尼决定善巧。秘密主！应知菩萨有二种，云何为二？所谓在家、出家。秘密主！彼在家菩萨，受持五戒[3]句，势位自在，以种种方便道随顺时方自在摄受，求一切智。所谓具足方便，示现舞伎、天祠主等，种种艺处，随彼彼方便，以四摄法[4]摄取众生，皆使志求阿耨多罗三藐三菩提，谓持不夺生命戒，及不与取、虚妄语、欲邪行、邪见等，是名在家五戒句。菩萨受持如所说善戒，应具谛信，当勤修学，随顺往昔诸如来学处，住有为戒，具足智慧方便，得至如来无上吉祥无为戒蕴。有四种根本罪，乃至活命因缘，亦不应犯，云何为四？谓谤诸法、舍离菩提心、悭吝、恼害众生。所以者何？此性是染，非持菩萨戒。何以故？

过去诸正觉，及与未来世，

现在人中尊，具足智方便，

修行无上觉，得无漏悉地。

亦说余学处，离于方便智，

当知大勤勇，诱进诸声闻。

---

①十善业道：十种善良的行为是通向善处的道路。

②毗奈耶：佛教经、律、论三藏中的律藏。

③五戒：不杀生、不偷盗、不妄语、不邪淫、不饮酒。

④四摄法：布施摄、爱语摄、利行摄、同事摄。

说百字生品第十九

尔时，毗卢遮那世尊观察诸大会众，说不空教，随乐欲成就一切真言自在、真言之王、真言导师、大威德者，安住三三昧耶，圆满三法故，以妙音声，告大力金刚手言："勤勇士，一心谛听！"诸真言，真言导师，即时住于智生三三昧，而说出生种种巧智，百光遍照真言曰：

南么三曼多勃驮喃暗"

佛告金刚手："此一切真言，

　　　　真王救世者，成就大威德，
　　　　即是正等觉，法自在牟尼，
　　　　破诸无智暗，如日轮普现。
　　　　是我之自体，大牟尼加持，
　　　　利益众生故，应化作神变，
　　　　乃至令一切，随思愿生起，
　　　　悉能为施作，神变无上句。
　　　　故当一切种，净身离诸垢，
　　　　应理常勤修，志愿佛菩提。

百字果相应品第二十

　　尔时，毗卢遮那世尊告执金刚秘密主言："秘密主！若入大觉世尊大智灌顶地，自见住于三三昧耶句。稀秘密主！入薄伽梵大智灌顶，即以陀罗尼形示现佛事。"尔时，大觉世尊随往一切诸众生前，施作佛事，演说三三昧耶句。佛言："秘密主！观我语轮境界广长，遍至无量世界清净门，如其本性，表示随类法界门，令一切众生皆得欢喜，亦如今者释迦牟尼世尊，流遍无尽虚空界，于诸刹土勤作佛事。秘密主！非诸有情能知世尊，是语轮相流出正觉妙音、庄严璎珞，从胎藏生佛之影像，随众生性欲，令发欢喜。"

　　尔时，世尊于无量世界海门，遍法界殷勤劝发，成就菩提，出生普贤菩萨行愿，于此妙华布地，胎藏庄严世界，种性海中受生，以种种性清净门，净除佛刹，现菩提场，而住佛事。次复志求三藐三菩提句，以知心无量故，知身无量；知身无量故，知智无量；知智无量故，即知众生无量；知众生无量故，即知虚空界无量。秘密主！由心无量故，得四种无量。得己，成最正觉，具十智力，降伏四魔，以无所畏而师子吼①。"佛说偈言：

　　　　勤勇此一切，无上觉者句，
　　　　于百门学处，诸佛所说心。

------

①师子吼：师通狮，比喻佛在众生中演说佛法，心中毫无畏惧，犹如狮子作吼。

百字位成品第二十一

　　尔时，执金刚秘密主得未曾有，而说偈言：
　　　　佛说真言救世者，能生一切诸真言。
　　　　摩诃牟尼云何知？谁能知此从何处？
　　　　谁生如是诸真言？生者为谁唯演说？
　　　　大勤勇士说中上，如此一切愿开示。"
　　　　尔时薄伽梵，法自在牟尼，
　　　　圆满普周遍，悉遍诸世界。
　　　　一切智慧者，大日尊告言：
　　　　"善哉摩诃萨，大德金刚手！

　　吾当一切说，微密最希有，

　　诸佛之秘要，外道不能知。

　　若悲生曼荼，得大乘灌顶，

　　调柔具善行，常悲利他者。

　　有缘观菩提，常所不能见，

　　彼能有知此，内心之大我。

　　随其自心位，导师所住处，

　　八叶从意生，莲华极严丽。

　　圆满月轮中，无垢犹净镜，

　　于彼常安住，真言救世尊，

　　金色具光焰，住三昧害毒，

　　如日难可观，诸众生亦然。

　　常恒于内外，普周遍加持，

　　以如是慧眼，了知意明镜。

　　真言者慧眼，观是圆镜故，

　　当见自形色，寂然正觉相。

　　身生身影像，意从意所生，

　　常出生清净，种种自作业。

　　次放彼光现，圆照如电焰，

　　真言者能作，一切诸佛事。

　　若见成清净，闻等亦复然，

　　如意所思念，能作诸事业。

　　复次，秘密主！真言门修菩萨行诸菩萨，如是自身影像生起，无有殊胜过三菩提，如眼、耳、鼻、舌、身、意等，四大种摄持集聚，彼如是自性空，唯有名字，所执犹如虚空，无所执著，等于影像。彼如来成正觉，互相缘起，无有间绝。若从缘生，彼即如影像生，是故诸本尊即我，我即本尊，互相发起，身所生身，尊形像生。

　　秘密主！观是法缘通达慧，通达慧缘法，彼等递为作业，无住性空。秘密主！云何从意生意，能生影像？秘密主！譬如若白、若黄、若赤，作意者，作时染著意生，彼同类如是身转。秘密主！又如内观意中曼荼罗疗治热病，彼众生热病即时除愈，无有疑惑。非曼荼罗异意，非意异曼荼罗。何以故？彼曼荼罗一相故。秘密主！又如幻者，幻作男子，而彼男子又复化。秘密主！于意云何，彼何者为胜?"时金刚手白佛言："世尊！此二人者，无相异也。何以故？世尊！非实生故。是二男子本性空故，等同于幻。""如是，秘密主！意生众事，及意所生，如是俱空，无二无别。"

百字成就持诵品第二十二

　　尔时，世尊告执金刚秘密主言："谛听，秘密主！真言救世者，身身无有异，分意从意生，令善净除，普皆有光，彼处流出，相应而起，遍诸支分，彼愚夫类，常所不知，不达此道，乃至身所生分无量种故。如是真言救世者，分说亦无量。譬如吉祥真陀摩尼，随诸乐欲而作饶益，如是世间照世者身，一切义利无所不成。

秘密主！云何无分别法界，一切作业随转？秘密主！亦如虚空界，非众生、非寿者、非摩奴阇、非摩纳婆、非作者、非吠陀、非能执、非所执①，离一切分别及无分别。而彼无尽众生界，一切去来，诸有所作，不生疑心。如是无分别一切智智，等同虚空，于一切众生内外而转。”

尔时，世尊又复宣说净除无尽众生界句、流出三昧句、不思议句、转他门句：

　　　　若本无所有，随顺世间生，
　　　　云何了知空，生此瑜伽者？
　　　　若自性如是，觉名不可得，
　　　　当等空心生，所谓菩提心。
　　　　应发起慈悲，随顺诸世间，
　　　　住于唯想行，是即名诸佛。
　　　　当知想造立，观此为空空，
　　　　如下数法转，增一而分异。
　　　　勤勇空亦然，增长随次第，
　　　　即此阿字等，自然智加持。

阿嚩　迦佉哦伽　遮车若社　吒咤拿茶　多他那驮　波颇么婆　野啰逻缚　奢沙婆诃　仰壤拿曩莽

秘密主！观此空中流散，假立阿字之所加持，成就三昧道。秘密主！如是阿字，住于种种庄严，布列图位。以一切法本不生故，显示自然形。或以不可得义，现嚩字形。或诸法远离造作故，现迦字形。或一切法等虚空故，现佉字形。或行不可得故，现哦字形。或诸法一合相不可得故，现伽字形。或一切法离生灭故，现遮字形。或一切法法无影像故，现车字形。或一切法生不可得故，现若字形。或一切法离战敌故，现社字形。或一切法离我慢故，现吒字形。或一切法离养育故，现咤字形。或一切法离怨对故，现拿字形。或一切法离灾变故，现茶字形。或一切法离如如故，现多字形。或一切法离住处故，现他字形。或一切法离施故，现那字形。或一切法界不可得故，现驮字形。或一切法胜义谛不可得故，现波字形。或诸法不坚，如聚沫故，现颇字形。或一切法离系缚故，现么字形。或一切法诸观不可得故，现婆字形。或一切法诸乘不可得故，现野字形。或一切法离一切尘故，现啰字形。或一切法离一切尘故，现奢字形。或一切法本性钝故，现沙字形。或一切法谛不可得故，现婆字形。或一切法离因故，现诃字形。秘密主！随入此等一一三昧门。秘密主！观是乃至三十二大人相等，皆从此中出、仰、壤、拿、曩、莽等于一切法，自在而转，此等随现，成就三藐三佛陀随形好。”

①吠陀：婆罗门教、印度教最古老的经典。

百字真言法品第二十三

“复次，秘密主！于此三昧门，以空加持，于一切法自在成就最正觉，是故此字即为本尊。”而说偈言：

　　　　秘密主当知，阿字第一句，
　　　　明法普周遍，字轮以围绕。

彼尊无有相，远离诸见相，

无相众圣尊，而现相中来。

声从于字出，字生于真言，

真言成立果，诸救世尊说。

当知声性空，即空所造作，

一切众生类，如言而妄执。

非空亦非声，为修行者说，

入于声解脱，即证三摩地。

依法布相应，以字为照明，

故阿字等类，无量真言想。

说菩提性品第二十四

譬如十方虚空相，常遍一切无所依，

如是真言救世者，于一切法无所依。

又如空中诸色像，虽可现见无依处，

真言救世者亦然，非彼诸法所依处。

世间成立虚空量，远离去来现在世，

若见真言救世者，亦复出过三世法。

唯住于名趣，远离作者等，

虚空众假名，导师所宣说。

名字无所依，亦复如虚空，

真言自在然，现见离言说。

非火水风等，非地非日光，

非月等众曜，非昼亦非夜，

非生非老病，非死非损伤，

非刹那时分，亦非年岁等。

亦非有成坏，劫数不可得，

非净染受生，或果亦不生。

若无如是等，种种世分别，

于彼常勤修，求一切智句。

三三昧耶品第二十五

尔时，执金刚秘密主白佛言：“世尊！所说三三昧耶，云何说此法为三三昧耶？”如是言已，世尊告执金刚秘密主言：“善哉！善哉！秘密主，汝问吾如是义！秘密主！汝当谛听，善思念之，吾今演说。”金刚手言：“如是，世尊，愿乐欲闻！”

佛言：“有三种法相续除障相应生，名三三昧耶。云何彼法相续生？所谓初心不观自性，从此发慧，如实智生，离无尽分别网，是名第二心菩提相，无分别正等觉句。秘密主！彼如实见已，观察无尽众生界，悲自在转无缘观菩提心生，所谓离一切戏论，安置众生，皆令住于无相菩

　　　我复成菩提，演说十二火。

　　　智火最为初，名大因陀罗，
　　　端严净金相，增益施威力，
　　　焰鬘住三昧，当知智圆满。
　　　第二名行满，普光秋月华，
　　　吉祥圆轮中，珠鬘鲜白衣。
　　　第三摩噜多，黑色风燥形。
　　　第四卢醯多，色如朝日晖。
　　　第五没嘌拿，多髭浅黄色①，
　　　修颈大威光，遍一切哀愍。
　　　第六名忿怒，眇目霏烟色，
　　　耸发而震吼，大力现四牙。
　　　第七阇吒罗，迅疾备众彩。
　　　第八迄洒耶，犹如电光聚。
　　　第九名意生，大势巧色身。
　　　第十羯捋微，赤黑唵字印。
　　　第十一火神，（梵本阙名）。
　　　十二谟贺那，众生所迷惑。
　　　秘密主此等，火色之所持，
　　　随其自形色，药物等同彼，
　　　而作外护摩，随意成悉地。
　　　复次于内心，一性而具三，
　　　三处合为一，瑜祇内护摩。
　　　大慈大悲心，是谓息灾法。
　　　彼兼具于喜，是为增益法。
　　　忿怒从胎藏，而造众事业。
　　　又彼秘密主，如其所说处，
　　　随相应事业，随信解焚烧。”

　　尔时，金刚手白佛言：“世尊！云何火炉三摩地？云何而用散洒？云何顺敷吉祥草？云何具缘众物？”如是说已。尔时，金刚手白佛言：“世尊：

　　　云何 火炉定？云何用散洒？
　　　顺敷吉祥草？云何具众物？”
　　　佛告秘密主，持金刚者言：
　　　“火炉如肘量，四方相均等，
　　　四节为缘界，周匝金刚印，
　　　藉之以生茅，绕炉而右旋，
　　　不以末加本，应以本加末。
　　　次持吉祥草，依法而右洒，
　　　以涂香华灯，次献于火天。
　　　行人以一华，供养没栗荼，

安置于坐位，复当用灌洒，

应当作满施，持以本真言。

次息灾护摩，或以增益法。

如是世护摩，说名为外事。

复次内护摩，灭除于业生，

了知自末那，远离色声等。

眼耳鼻舌身，及与语意业，

皆悉从心起，依止于心王。

眼等分别生，及色等境界，

智慧未生障，风燥火能灭。

烧除妄分别，成净菩提心，

此名内护摩，为诸菩萨说。

---

①髭：（zī 音兹）嘴上边的胡子。

说本尊三昧品第二十八

尔时，执金刚秘密主白佛言："世尊！愿说诸尊色像威验现前，令真言门修菩萨行诸菩萨，观缘本尊形故，即本尊身以为自身，无有疑惑，而得悉地。"如是说已，佛告执金刚秘密主言："善哉！善哉！秘密主，汝能问吾如是义！善哉！善哉！谛听，极善作意，吾今演说。"金刚手言："如是，世尊！愿乐欲闻。"

佛言："秘密主！诸尊有三种身，所谓字、印、形像。彼字有二种，谓声及菩提心；印有二种，所谓有形、无形；本尊之身亦有二种，所谓清净、非清净。彼证净身，离一切相。非净有想之身，则有显形众色。彼二种尊形成就二种事：有想故，成就有相悉地；无想故，随生无相悉地。"而说偈言：

"佛说有想故，乐欲成有相，以住无想故，获无相悉地，是故一切种，当住于非想。"

说无相三昧品第二十九

复次，薄伽梵毗卢遮那告执金刚秘密主言："秘密主！彼真言门修菩萨行诸菩萨，乐欲成就无相三昧，当如是思惟：想从何生，为自身耶？自心意耶？若从身生，身如草木、瓦石。自性如是，离于造作，无所识知，因业所生，应当等观同于外事。又如造立形像，非火、非水，非刃、非毒，非金刚等之所伤坏，或忿恚粗语，而能少分令其动作。若以饮食、衣服、涂香、华鬘，或以涂香、旃檀、龙脑，如是等类①，种种殊胜受用之具，诸天世人，奉事供给，亦不生喜。何以故？愚童凡夫，于自性空形像，自我分生，颠倒不实，起诸分别，或复供养，或加毁害。秘密主！当如是住，循身念观察性空。

复次，秘密主！心无自性，离一切想故，当思惟性空。秘密主！心于三时，求不可得，以过随其力分相应事，悉皆承奉而供养。
佛声闻众及缘觉，说彼教门尽苦道，
授学处师同梵行，一切勿怀毁慢心。
善观时宜所当作，和敬相应而给侍，
不造愚童心行法，不于诸尊起嫌恨。
如世导师契经说，能损大利莫过瞋，
一念因缘悉焚灭，俱胝旷劫所修善。
是故殷勤常舍离，此无义利之根本。
净菩提心如意宝，满世出世胜希有。
除疑究竟获三昧，自利利他因是生。
故应守护倍身命，观具广大功德藏。
若身口意娆众生，下至少分皆远离。
除异方便多所济，内住悲心而现瞋。
于背恩德有情类，常行忍辱不观过。
又常具足大慈悲，及与喜舍无量心，
随方所能法食施，以兹利行化众生。
或由大利相应心，为俟时故而弃舍。
若无势力广饶益，住法但观菩提心。
佛说此中具万行，满足清白淳净法。
以布施等诸度门，摄受众生于大乘。
令住受持读诵等，及与思惟正修习。
智者制止六情根，常当寂意修等引。
毁坏事业由诸酒，一切不善法之根，
如毒火刀霜雹等，故当远离勿亲近。
又由佛说增我慢，不应坐卧高妙床，
取要言之具慧者，悉舍自损损他事。
我依正三昧耶道，今已次第略宣说。
显明佛说修多罗，令广知解生决定。
依此正住平等戒，复当离于毁犯因，
谓习恶心及懈惰，妄念恐怖谈话等。
妙真言门觉心者，如是正住三昧耶，
当令障盖渐消尽，以诸福德增益故。
欲于此生入悉地，随其所应思念之，
亲于尊所受明法，观察相应作成就。
当自安住真言行，如所说明次第仪，
先礼灌顶传教尊，请白真言所修业。
智者蒙师许可已，依于地分所宜处，
妙山辅峰半崖间，种种龛窟两山中。
于一切时得安隐，芰荷青莲遍严池，
大河泾川洲岩侧，远离人物众愦闹。

条叶扶疏悦意树，多饶乳木及祥草，
无有蚊虻苦寒热，恶兽毒虫众妨难。
或诸如来圣弟子，尝于往昔所游居，
寺塔练若古仙室，当依自心意乐处。
舍离在家绝喧务，勤转五欲诸盖缠，
一向深乐于法味，长养其心求悉地。
又常具足堪忍慧，能安饥渴诸疲苦，
净命善伴或无伴，常与妙法经卷俱。
若顺诸佛菩萨行，于正真言坚信解，
具净慧力能堪忍，精进不求诸世间，
常乐坚固无怯弱，自他现法作成就，
不随余天无畏依，具此名为良助伴。

①作"供养次第法中真言行学处品第一"

增益守护清净行品第二

彼作成就处所已，每日先住于念慧，
依法寝息初起时，除诸无尽为障者。
是夜放逸所生罪，殷勤还净皆悔除，
寂根具悲利益心，誓度无尽众生界，
如法澡浴或不浴，应令身口意清净。
次于斋室空静处，散妙华等以庄严，
随置形像胜妙典，诚心思念十方佛。
心目现观谛明了，当依本尊所在方，
至诚恭敬一心住，五轮投地而作礼。
归命十方正等觉，三世一切具三身，
归命一切大乘法，归命不退菩提众，
归命诸明真实言，归命一切诸密印，
以身口意清净业，殷勤无量恭敬礼。

作礼方便真言曰：

"唵（一）南么萨婆怛他（引）蘖多（二）迦（引）耶嚩（引）吃质（二合）多（三）播娜
鑁（无犯切）娜难迦噜弭（四）"

由此作礼真实言，即能遍礼十方佛。
右膝著地合爪掌，思惟说悔先罪业，
我由无明所积集，身口意业造众罪，
贪欲恚痴覆心故，于佛正法贤圣僧，
父母二师善知识，以及无量众生所，
无始生死流转中，具造极重无尽罪，

　　　　　　　　　亲对十方现在佛，悉皆忏悔不复作。

　出罪方便真言曰：

"唵（一）萨婆播波萨怖（二合）吒（二）娜诃曩伐折啰（二合。引）也（三）莎嚩诃"

　　　　　　　　　南无十方三世佛，三种常身正法藏，
　　　　　　　　　胜愿菩提大心众，我今皆悉正归依。

　归依方便真言曰：

"唵（一）萨婆勃驮菩提萨怛鑁（二合。引。二）设啰赦（平声）橐车弭（三）伐折啰（二合）达磨（四）颉唎（二合。五）"

　　　　　　　　　我净此身离诸垢，及与三世身口意，
　　　　　　　　　过于大海刹尘数，奉献一切诸如来。

　施身方便真言曰：

"唵（一）萨婆怛他（引）橐多（二）布阇钵啰（二合）跋（无渴切）嘌多（二合）曩夜怛忙（去声。二合）难（三）涅嚩夜（二合）哆夜弭（四）萨婆怛他（引）橐多室柘（二合）地嘫瑟咤哆（引。五）萨婆怛他（六）橐多若难谜阿（引）味设睹（七）"

　　　　　　　　　净菩提心胜愿宝，我今起发济群生，
　　　　　　　　　生苦等集所缠绕，及与无知所害身，
　　　　　　　　　救摄归依令解脱，常当利益诸含识。

　发菩提心方便真言曰：

"唵（一）菩提质多（二）母多播（引。三合）娜夜弭（三）"

　是中增加句言："菩提心离一切物，谓蕴界处能执、所执舍故，法无有我，自心平等，本来不生，如大空自性。如佛、世尊及诸菩萨，发菩提心，乃至菩提道场，我亦如是发菩提心。（此增加句亦同真言，当诵梵本）"

　　　　　　　　　十方无量世界中，诸正遍知大海众，
　　　　　　　　　种种善巧方便力，及诸佛子为群生，
　　　　　　　　　诸有所修福业等，我今一切尽随喜。

　随喜方便真言曰：

"唵（一）萨婆怛他（引）橐多（二）本（去声）喏（尼也切）若囊（三）努暮捺那布阇迷伽参暮捺啰（二合。四）萨叵（二合）啰拿三么曳（五）斛"

　　　　　　　　　我今劝请诸如来，菩提大心救世者，
　　　　　　　　　唯愿普于十方界，恒以大云降法雨。

　劝请方便真言曰：

"唵（一）萨婆怛他（引）橐多（引。二）睇洒伫布阇迷伽娑慕捺啰（二合。三）萨叵（二合）啰宁三么曳（四）斛"

　　　　　　　　　愿令凡夫所住处，速舍众苦所集身，
　　　　　　　　　当得至于无垢处，安住清净法界身。

　奉请法身方便真言曰：

"唵（一）萨婆怛他（引）橐多（二）捺睇洒夜弥（三）萨婆萨怛嚩（二合）系多（引）嘌他（去声。二合）耶（四）达么驮睹萨咻（他以切。二合）嘫嘌婆（二合。五）靺睹①"

　　　　　　　　　所修一切众善业，利益一切众生故，
　　　　　　　　　我今尽皆正回向，除生死苦至菩提。

回向方便真言曰：

"唵（一）萨婆怛他（引）蘖多（二）湿哩也（二合）怛曩布阇迷伽参慕捺啰（二合。三）萨叵（二合）啰佇三么曳（四）斛"

复造所余诸福事，读诵经行宴坐等，

为令身心遍清净，哀愍救摄于自他。

心性如是离诸垢，身随所应以安坐，

次复结三昧耶印，所谓净除三业道。

应知密印相，诸正遍知说，

当合定慧手，并建二空轮，

遍触诸支分，诵持真实语。

入佛三昧耶明曰：

"南么萨婆怛他（引）蘖帝嘌（一）微湿嚩（二合）目契弊（二）唵阿三（三）迷呾囄（二合）三迷三么曳（平声。四）莎诃"

才结此密印，能净如来地，

地波罗密满，成三法道界。

所余诸印等，次第如经说，

真言者当知，所作得成就。

次结法界生，密慧之标帜，

净身口意故，遍转于其身。

般若三昧手，皆作金刚拳，

二空在其掌，风轮皆正直。

如是名法界，清净之秘印。

法界生真言曰：

"南么三曼多驮喃（一）达摩骑睹（二）萨嚩（二合）婆嚩句痕（三）"

如法界自性，而观于自身，

或以真实言，三转而宣说。

当见住法体，无垢如虚空，

真言印威力，加持行人故。

为令彼坚固，观自金刚身，

结金刚智印，止观手相背，

地水火风轮，左右互相持，

二空各施转，合于慧掌中，

是名为法轮，最胜吉祥印。

是人当不久，同于救世者，

真言印威力，成就者当见，

常如宝轮转，而转大法轮。

金刚萨埵真言曰：

"南么三曼多伐折罗赦（一）伐折啰（二合。引）呾么（二合）句痕（二合）"

诵此真言已，当住于等引，

谛观我此身，即是执金刚，

　　　　　　　　　无量天魔等，诸有见之者，

　　　　　　　　　如金刚萨埵，勿生疑惑心。

　　　　　　　　　次以真言印，而擐金刚甲，

　　　　　　　　　当观所被服，遍体生焰光，

　　　　　　　　　用是严身故，诸魔为障者，

　　　　　　　　　及余恶心类，睹之咸四散。

　　　　　　　　　是中密相印，先作三补吒，

　　　　　　　　　止观二风轮，纠持火轮上，

　　　　　　　　　二空自相并，而在于掌中，

　　　　　　　　　诵彼真言已，当观无垢字。

金刚甲胄真言曰：

"南么三曼多伐折啰赦（一）唵（二）伐折啰（二合）迦嚩遮（三）吽"

　　　　　　　　　啰字色鲜白，空点以严之，

　　　　　　　　　如彼髻明珠，置之于项上。

　　　　　　　　　设于百劫中，所积众罪垢，

　　　　　　　　　由是悉除灭，福慧皆圆满。

彼真言曰：

"南么三曼多勃驮喃（一）唬"

　　　　　　　　　真言同法界，无量众罪除，

　　　　　　　　　不久当成就，住于不退地。

　　　　　　　　　一切触秽处，当加此字门，

　　　　　　　　　赤色具威光，焰鬘遍围绕。

　　　　　　　　　次为降伏魔，制诸大障故，

　　　　　　　　　当念大护者，无能堪忍明。

无堪忍大护明曰：

"南么萨婆怛他（引）蘖帝弊（一）萨婆佩也微蘖帝弊（二）微湿嚩目契弊萨婆他（引。三）唅欠（四）啰吃洒（二合）摩诃（引）沫丽（五）萨婆怛他（引）蘖多奔抳也（二合）涅社帝（六）吽吽哩啰（二合。引。七）吒哩啰吒（上声。引。八）阿钵啰（二合）底诃谛（九）莎嚩诃"

　　　　　　　　　由才忆念故，诸毗那也迦，

　　　　　　　　　恶形罗刹等，彼一切驰散。

供养仪式品第三

　　　　　　　　　如是正业净其身，住定观本真言主，

　　　　　　　　　以真言印而召请，先当示现三昧耶。

　　　　　　　　　真言相应除障者，兼以不动慧刀印，

　　　　　　　　　稽首奉献阏伽水，行者复献真言座。

　　　　　　　　　次应供养花香等，去垢亦以无动尊。

　　　　　　　　　辟除作净皆如是，加持以本真言主，

　　　　　　或观诸佛胜生子，无量无数众围绕。

（右摄颂竟，下当次第分别说）

　　　　　　现前观𗀁字，具点广严饰，
　　　　　　谓净光焰鬘，赫如朝日晖，
　　　　　　念声真实义，能除一切障，
　　　　　　解脱三毒垢，诸法亦复然。
　　　　　　先自净心地，复净道场地，
　　　　　　悉除众过患，其相如虚空，
　　　　　　如金刚所持，此地亦如是。
　　　　　　最初于下位，思惟彼风轮，
　　　　　　诃字所安住，黑光焰流布。

彼真言曰：

"南么三曼多勃驮喃（一）唅"

　　　　　　次上安水轮，其色如雪乳，
　　　　　　嚩字所安住，颇胝月电光。

彼真言曰：

"南么三曼多勃驮喃（一）鑁"

　　　　　　复于水轮上，观作金刚轮，
　　　　　　想置本初字，四方遍黄色。

彼真言曰：

"南么三曼多勃驮喃（一）阿"

　　　　　　是轮如金刚，名大因陀罗，
　　　　　　光焰净金色，普皆遍流出，
　　　　　　于彼中思惟，导师诸佛子，
　　　　　　水中观白莲，妙色金刚茎，
　　　　　　八叶具须蕊，众宝自庄严，
　　　　　　常出无量光，百千众莲绕。
　　　　　　其上复观想，大觉师子座，
　　　　　　宝王以校饰，在大宫殿中，
　　　　　　宝树皆行列，遍有诸幢盖，
　　　　　　珠鬘等交络，垂悬妙宝衣，
　　　　　　周布香华云，及与众宝云，
　　　　　　普雨杂华等，缤纷以严地。
　　　　　　诸韵所爱声，而奏诸音乐，
　　　　　　宫中想净妙，贤瓶与阏伽，
　　　　　　宝树王开敷，照以摩尼灯。
　　　　　　三昧总持地，自在之彩女，
　　　　　　佛波罗蜜等，菩提妙严华，
　　　　　　方便作众伎，歌咏妙法音。
　　　　　　以我功德力，如来加持力，

及以法界力，普供养而住。

虚空藏转明妃曰：

"南么萨婆怛他（引）蘗帝嘌（一）微湿嚩（二合）目契弊（二）萨婆他（三）欠（四）嗢蘗帝萨叵（二合）啰系门（五）伽伽娜剑（六）莎诃（七。法应多诵）"

由此持一切，真实无有异，
作金刚合掌，是则加持印。
一切法不生，自性本寂故，
想念此真实，阿字置其中。
次当转阿字，成大日牟尼，
无尽刹尘众，普现圆光内。
千界为增数，流出光焰轮，
遍至众生界，随性令开悟。
身语遍一切，佛心亦复然，
阎浮净金色，为应世间故。
加趺坐莲上[②]，正受离诸毒。
身被绡縠衣，自然发髻冠，
若释迦牟尼，彼中想婆字。
复转如是字，而成能仁尊，
勤勇袈裟衣，四八大人相。

释迦种子心曰：

"南么三曼多勃驮喃（一）婆"

字门转成佛，亦利诸众生，
犹如大日尊，瑜伽者观察。
一身与二身，及至无量身，
同入于本体，流出亦如是。
于佛右莲上，当观本所尊，
左置执金刚，勤勇诸眷属。
前后华台中，广大菩萨众，
一生补处等，饶益众生者。
右边华座下，真言者所居，
若持妙吉祥，中置无我字，
是字转成身，如前之所观。

文殊种子心曰：

"南么三曼多勃驮喃（一）瞒"

若观世自在，或金刚萨埵，
慈氏及普贤，地藏除盖障，
佛眼并白处，多利毗俱知，
忙莽商羯罗，金轮与马头，
持明男女使，忿怒诸奉教，
随其所乐欲，依前法而转，

为令心喜故，奉献外香华，

灯明阏伽水，皆如本教说。

不动以去垢，辟除使光显，

本法自相加，及护持我身，

结诸方界等，或以降三世，

召请如本教，所用印真言，

及此普通印，真言王相应。

圣者不动尊真言曰：

"南么三曼多伐折罗赦（一）战拿摩诃嚕洒伫（上声。二）萨破吒也（三）𤚥怛啰（二合）迦（四）悍（引）漫（五）［当诵三遍］"

当以定慧手，皆作金刚拳，

正直舒火风，虚空持地水。

三昧手为鞘，般若以为刀，

慧刀入住出，皆在三昧鞘。

是则无动尊，密印之威仪，

定手住其心，慧手普旋转。

应知所触物，即名为去垢，

以此而左旋，因是成辟除。

若结方隅界，皆令随右转，

所余众事业，灭恶净诸障，

亦当如是作，随类而相应。

次以真言印，而请召众圣，

诸佛菩萨说，依本誓而来。

召请方便真言曰：

"南么三曼多勃驮喃（一）阿（上声。急呼）萨婆怛罗（二合。引）钵啰（二合）嘱诃谛（二）怛他（上声）蘖党矩奢（三）菩提浙嚩耶钵嚩布啰迦（四）莎诃［应诵七遍］"

以归命合掌，固结金刚缚，

当令智慧手，直舒彼风轮，

俯屈其上节，故号为钩印，

诸佛救世者，以兹召一切。

安住十地等，大力诸菩萨，

及余难调伏，不善心众生。

次奉三昧耶，具以真言印，

印相如前说，诸三昧耶教。

三昧耶真言曰：

"南么三曼多勃驮喃（一）阿三迷（二）怛嚩三迷（三）三么曳（四）莎诃［应诵三遍］"

以如是方便，正示三昧耶，

则能普增益，一切众生类，

当得成悉地，速满无上愿，

令本真言主，诸明欢喜故。

$$所献阏伽水，先已具严备，$$
$$用本真言印，如法以加持，$$
$$奉诸善逝者，用浴无垢身，$$
$$次当净一切，佛口所生子。$$

阏伽真言曰：

"南么三曼多勃驮喃（一）伽伽娜三摩（引）三摩（二）莎诃［当诵二十五遍，以不动尊印示之］"

$$次奉所敷座，具密印真言，$$
$$结作莲华台，遍置一切处。$$
$$觉者所安坐，证最胜菩提，$$
$$为得如是处，故持以奉献。$$

如来座真言曰：

"南么三曼多勃驮喃（一）阿（引声。急呼）"

$$其中密印相，定慧手相合，$$
$$而普舒散之，犹如铃铎形。$$
$$二空与地轮，聚合以为台，$$
$$水轮稍相远，是即莲华印。$$
$$复次当辟除，自身所生障，$$
$$以大慧刀印，圣不动真言。$$
$$当见同于彼，最胜金刚焰，$$
$$焚烧一切障，令尽无有余。$$
$$智者当转作，金刚萨埵身，$$
$$真言印相应，遍布诸支分。$$

金刚种子心曰：

"南么三曼多勃驮喃（一）鑁"

$$念此真实义，诸法离言说，$$
$$以具印等故，即同执金刚。$$
$$当知彼印相，先以三补吒，$$
$$火轮为中铧，端锐自相合，$$
$$风轮以为钩，舒屈置其傍，$$
$$水轮互相交，而在于掌内。$$

金刚萨埵真言曰：

"南么三曼多伐折啰赦（一）战拿么诃（引）㗚洒赦（平声。二）狲"

$$或用三昧手，作半金刚印，$$
$$或以余契经，所说之轨仪。$$
$$次当周遍身，被服金刚铠，$$
$$身语之密印，前已依法说。$$
$$以佉字及点，而置于顶上，$$
$$思惟此真言，诸法如虚空。$$

彼真言曰：

"南么三曼多勃驮喃（一）欠"

应先住此字门，然后作金刚萨埵身。

> 次应一心作，摧伏诸魔印，
> 智者应普转，真语共相应。
> 能除极猛利，诸有恶心者，
> 当见遍此地，金刚炽焰光。

降伏魔真言曰：

"南么三曼多勃驮喃（一）摩诃（引）沫罗嚩嘛（二）振奢嚩路嗢婆（二合）吠（平声。三）摩诃（引）昧怛嚩也（二合）毗庚（二合）怛蘖（二合）底（四）莎诃"

> 当以智慧手，而作金刚拳，
> 正真舒风轮，加于白毫际，
> 如毗俱知形，是则彼标帜，
> 此印名大印，念之除众魔，
> 才结是法故，无量天魔军，
> 及余为障者，必定皆退散。
> 次用难堪忍，密印及真言，
> 而用结周界，威猛无能睹。

无能堪忍真言曰：

"南么三曼多勃驮喃（一）三莽多努蘖帝（二）满驮也徙瞒（引。三）摩诃三摩耶喱阇（去声）帝（四）娑么（二合）啰奶（五）阿钵啰（二合）嘛诃谛（六）驮迦驮迦（七）捺啰捺啰（八）满驮驮满驮（九）捺奢你躔（十）萨婆怛他（引）蘖多（引）弩壤帝（十一）钵啰（二合）嚩啰达摩腊孕驮微若曳（平声。啰十二）薄伽嚩嘛（十三）微矩丽微矩丽（十四）丽鲁补嚩微矩丽（十五）莎诃（当诵三遍）"

或以第二略说真言曰：

"南么三曼多勃驮喃（一）丽鲁补嚩微矩丽（二）莎诃（当诵七遍）"

> 先以三补吒，风轮在于掌，
> 二空及地轮，内屈犹如钩，
> 火轮合为峰，开散其水轮，
> 旋转指十方，是名结大界。
> 用持十方国，能令悉坚住，
> 是故三世事，悉能普护之，
> 或以不动尊，成办一切事，
> 护身处令净，结诸方界等。

不动尊种子心曰：

"南么三曼多伐折啰被悍"

> 次先恭敬礼，复献于阏伽，
> 如经说香等，依法修供养。
> 复以圣不动，加持此众物，
> 结彼慧刀印，普皆遍洒之。
> 是诸香华等，所办供养具，

数以密印洒，复频诵真言。
各说本真言，及自所持明，
应如是作已，称名而奉献。
一切先遍置，清净法界心，
所谓噉字门，如前所开示。

所称名中涂香真言曰：

"南么三曼多勃驮喃（一）微输（上声）驮健社（引）嗢婆（二合）嚩（二）莎诃（当诵三遍）"

次说华真言曰：

"南么三曼多勃驮喃（一）摩诃（引）妹咀囇也（二合。二）毗庚（二合）嗢蘖帝（三）莎诃"

次说焚香真言曰：

"南么三曼多勃驮喃（一）达摩驮睹弩蘖帝（二）莎诃（当诵三遍）"

次说然灯真言曰：

"南么三曼多勃驮喃唵（一）怛他（引）揭多（引）唎旨（二合。二）萨叵（二合）啰伫嚩婆（去声）娑娜（三）伽伽猱那哩耶（二合。四）莎诃（当诵三遍）"

次说诸食真言曰：

"南么三曼多勃驮喃（一）阿诃啰阿诃啰（二）沫怜捺泥（三）摩诃（引）沫履（四）莎诃（当诵三遍）"

及余供养具，所应奉献者，
依随此法则，念以无动尊。
当合定慧掌，五轮互相叉，
是则持众物，普通供养印。
真言具慧者，敬养众圣尊，
复作心仪式，清净极严丽。
所献皆充满，平等如法界，
此方及余刹，普入诸趣中。
依诸佛菩萨，福德而生起，
幢幡诸璎盖，广大妙楼阁，
及天宝树王，遍有诸资具，
众香华云等，无际犹虚空，
各雨诸供物，供养成佛事。
思惟奉一切，诸佛及菩萨，
以虚空藏明，普通供养印，
三转作加持，所愿皆成就。

持虚空藏明增加句云：

依我功德力，及与法界力，
一切时易获，广多复清净。
大供庄严云，依一切如来，
及诸菩萨众，海会而流出。

以一切诸佛，菩萨加持故，
如法所修事，积集诸功德。
回向成悉地，为利诸众生，
以如是心说，愿明行清净。
诸障得消除，功德自圆满，
随时修正行，是则无定期。
若诸真言人，此生求悉地，
先依法持诵，但作心供养。
所为既终竟，次经于一月，
具以外仪仇，而受持真言。
又以持金刚，殊胜之讽咏，
供养佛菩萨，当得速成就。

执金刚阿利沙偈曰：

无等无所动，平等坚固法，
悲愍流转者，攘夺众苦患。
普能授悉地，一切诸功德，
离垢不迁变，无比胜愿法，
等同于虚空，彼不可为喻，
隙尘千万分，尚不及其一。
恒于众生界，成就果愿中，
于悉地无尽，故离于譬喻。
常无垢翳悲，依于精进生，
随愿成悉地，法尔无能障，
作众生义利，所及普周遍，
照明恒不断，哀悯广大身。
离障无挂碍，行于悲行者，
周流三世中，施与成就愿，
于无量之量，令至究竟处。
奇哉此妙法，善逝之所到，
唯不越本誓，授我无上果。
若施斯愿者，恒至殊胜处，
广及于世间，能满胜希愿，
不染一切趣，三界无所依。（右此偈即同真言，当诵梵本）
诵持如是偈赞已，至诚归命世导师，
惟愿众圣授与我，慈济有情之悉地。
复次为欲利他故，亲佛化云遍一切，
我所修福佛加持，普贤自体法界力，
坐莲华台遍十方，随顺性欲导众生，
依诸如来本誓愿，净除一切内外障。
开现出世众资具，如其信解充满足，

　　　　　　　　当习意支法，无有定时分。

　　　　　　　　若乐求现法，上中下悉地，

　　　　　　　　应以斯方便，先作心受持。

　　　　　　　　正觉诸世尊，所说法如是，

　　　　　　　　或奉香华等，随力修供养。

　　是中先持诵法，略有二种：一者依时故，二者依相故。时，谓所期数满及定时日月限等；相，谓佛塔、图、像、出生光焰、音声等。当知是真言行者，罪障净除之相也。彼如经所说，先作意念诵已，复持满一落叉，从此经第二月，乃修具支方便，然后随其本愿，作成就法。若有障者，先依现相门，以心意持诵，然后于第二月，具支供养，应如是知。

　　　　　　　　复为乐修习，如来三密门，

　　　　　　　　经于一月者，次说彼方便。

　　　　　　　　行者若持诵，大毗卢遮那，

　　　　　　　　正觉真言印，当依如是法。

大日如来种子心曰：

"南么三曼多勃驮喃阿"

阿字门，所谓一切法本不生故，已如前说。

　　　　　　　　是中身密印，正觉白毫相，

　　　　　　　　慧手金刚拳，而在于眉间。

如来毫相真言曰：

"南么三曼多勃驮喃（一）阿（去声。急呼）痕若（急呼）"

　　　　　　　　如前转阿字，而成大日尊，

　　　　　　　　法力所持故，与自身无异。

　　　　　　　　住本尊瑜伽，加以五支字，

　　　　　　　　下体及脐上，心顶与眉间，

　　　　　　　　于三摩呬多，运想而安立，

　　　　　　　　以依是法住，即同牟尼尊。

　　　　　　　　阿字遍金色，用作金刚轮，

　　　　　　　　加持于下体，说明瑜伽座。

　　　　　　　　鑁字素月光，在于雾聚中，

　　　　　　　　加持自脐上，是名大悲水。

　　　　　　　　𡆡字初日辉，彤赤在三角，

　　　　　　　　加持本心位，是名智火光。

　　　　　　　　唅字劫灾焰，黑色在风轮，

　　　　　　　　加持白毫际，说名自在力。

　　　　　　　　佉字及空点，相成一切色，

　　　　　　　　加持在顶上，故名为大空。

此五种真言心，第二品中已说。（又，此五偈，传度者颇以经意足之，使文句周备也。）

　　　　　　　　五字以严身，威德具成就，

　　　　　　　　炽然大慧炬，灭除众罪业，

　　　　　　　　天魔军众等，及余为障者，

当见如是人，赫奕同金刚。

又于首中置，百光遍照王，

安立无垢眼，犹灯明显照，

如前住瑜伽，加持亦如是。

智者观自体，等同如来身，

心月圆明处，声鬘与相应，

字字无间断，犹如韵铃铎。

正等觉真言，随取而受持，

当以此方便，速得成悉地。

复次若观念，释迦牟尼尊，

所用明字门，我今次宣说。

释迦种子所谓婆字门，已于前品中说。

是中声实义，所谓离诸观，

彼佛身密印，以如来钵等，

当用智慧手，加于三昧掌，

正受之仪式，而在于脐轮。

释迦牟尼佛真言曰：

"南么三曼多勃驮喃（一）萨婆吃丽（二合）奢喱素捺那（二）萨婆达摩嚩始多（引）钵啰（引。二合）钵多（二合。三）伽伽娜三摩（引）三么（四）莎诃"

如是或余正等觉密印真言，各依本经所用，亦当如前方便，以字门观，转作本尊身，住瑜伽法，运布种子，然后持诵所受真言。若依此如来行者，当于大悲胎藏生曼荼罗王，得阿阇梨灌顶，乃应具足修行，非但得持明灌顶者之所堪也。其四支禅门方便次第，设余经中所说仪轨有所亏缺，若加此法修之，得离诸过。以本尊欢喜故，增其威势，功德随生。又持诵毕已，辄用本法而护持之。虽余经有不说者，亦当通用此意，令修行人速得成就。

复次本尊之所住，曼荼罗位之仪式，

如彼形色坛亦然，依此瑜伽疾成就。

当知悉地有三种，寂灾增益降伏心，

分别事业凡四分，随其物类所当用，

纯素黄赤深玄色，圆方三角莲华坛。

北面胜方住莲座，淡泊之心寂灾事。

东面初方吉祥座，悦乐之容增益事。

西面后方在贤座，喜怒与俱摄召事。

南面下方蹲踞等，忿怒之像降伏事。

若知秘密之标帜，性位形色及威仪，

奉华香等随所应，皆当如是广分别。

净障增福圆满等，舍处远游摧害事。

真言之初以唵字，复加莎诃寂灾用。

若真言初以唵字，后加吽登摄召用。

初后纳么增益用，初后吽登降伏用。

吽字登字通三处，增其名号在中间。

次说降三世真言曰：

"南么三曼多伐折啰赦（一）诃诃诃（二）微萨么三曳（平声）萨婆怛他（引）揭多微洒也（三）婆嚩（四）怛唎（二合）路枳也（二合）微若也（五）牿若（急呼。六）莎诃"

如是澡浴洒净已，具三昧耶护支分，

思惟无尽圣天众，三奉掬水而献之。

为净身心利他故，敬礼如来胜生子，

远离三毒分别等，寂调诸根诣精室。

或依水室异方便，心住如前所制仪，

自身三等为限量，为求上中下法故。

行者如是作持诵，所有罪流当永息，

必定成就摧诸障，一切智句集其身。

彼依世间成就品，或复余经之所说，

供养支分众方便，如其次第所修行，

未离有为诸相故，是谓世间之悉地。

次说无相最殊胜，具信解者所观察，

若真言乘深慧人，此生志求无上果。

随所信解修观照，如前心供养之仪，

及依悉地流出品，出世间品瑜珈法。

彼于真实缘生智，内心支分离攀缘，

依此方便而证修，常得出世间成就。

如所说优陀那偈言：

"甚深无相法，劣慧所不堪，

为应彼等故，兼存有相说。"

右，阿阇梨所集《大毗卢遮那成佛神变加持经》中供养仪式具足竟。传度者颇存会意，又欲省文，故删其重复真言，旋转用之。修行者当综括上下文义耳。

———————————————

①赦：（mò　音末）。

②跗：（fu 音肤）同："跗"，脚背。

③十力：指如来所具的十种力用，一知觉处非处智力。二知三世业极智力。三知诸禅解脱三昧智力。四知诸根胜劣智力。五知种种解智力。六知种种界智力。七知一切至所道智力。八知天眼无碍智力。九知宿命无漏智力。十知永断习气智力。

中　论

龙树　撰

〔后秦〕鸠摩罗什　译

中 论 序

释僧睿

  《中论》有五百偈[1]，龙树菩萨之所造也。以中为名者，昭其实也。以论为称者，尽其言也。实非名不悟，故寄中以宣之，言非释不尽，故假论以明之。其实既宣，其言既明，于菩萨之行道场之照，朗然悬解矣[2]。夫滞惑生于倒见，三界以之而沦溺。偏悟起于厌智，耿介以之而致乖。故知大觉在乎旷照，小智缠乎隘心。照之不旷，则不足以夷有无，一道俗。知之不尽，则未可以涉中途，泯二际[3]。道俗之不夷[4]，二际之不泯，菩萨之忧也。是以龙树大士，折之以中道，使惑趣之徒望玄指而一变，恬之以即化，令玄悟之宾丧咨询于朝彻，荡荡焉。真可谓理夷路于冲阶，敞玄门于宇内，扇慧风于陈槁，流甘露于枯悴者矣。夫百梁之构兴，则鄙茅茨之侧陋。睹斯论之宏旷[5]，则知偏悟之鄙倍。幸哉！此区区赤县，忽得移灵鹫以作镇[6]，险诐之边情[7]，乃蒙流光之余惠。而今而后，谈道之贤始可兴论实矣！云天竺诸国敢豫学者之流，无不玩味斯论以为喉衿[8]，其染翰申释者甚亦不少。所出者是天竺梵志，名宾罗伽，秦言青目之所释也。其人虽信解深法而辞不雅中，其中乖阙烦重者，法师皆裁而裨之，于经通之理尽矣。文或左右未尽善也。《百论》治外以闲邪，斯文祛内以流滞，《大智释论》之渊博，《十二门观》之情诣。寻斯四者，真若日月入怀，无不朗然鉴彻矣。予玩之味之，不能释手，遂复忘其鄙拙，托悟怀于一序，并目品义题之于首。岂期能释耶？盖是欣自同之怀耳。

---

  ①偈：佛教的一种文章体裁，通常是四句为一偈。

  ②悬解：悬而未决的问题得到解决，疑惑得以澄清。

  ③二际：涅槃际与生死际。

  ④道俗：出家人和在家的人。

  ⑤睹：即觌。

  ⑥灵鹫：即释迦修习和讲法多年的灵鹫山。

  ⑦诐：(bì，音必) 偏颇、邪僻。

  ⑧玩：即翫。

中论卷第一

龙树菩萨造
青目菩萨释
姚秦三藏法师鸠摩罗什译

破因缘品第一

不生亦不灭，不常亦不断，不一亦不异，

不来亦不出。能说是因缘，善灭诸戏论①，

我稽首礼佛，诸说中第一。

问曰："何故造此论？"答曰："有人言，万物从大自在天生，有言从韦纽天生，有言从和合生，有言从时生，有言从世性生，有言从变化生，有言从自然生，有言从微尘生。有如是谬，堕于无因、邪因、断、常等邪见，种种说我、我所②，不知正法。佛欲断如是等诸邪见，令知佛法故，先于声闻法中说十二因缘，又为已习行有大心堪受深法者，以大乘法说因缘相。所谓一切法不生、不灭、不一、不异等，毕竟空无所有。如《般若波罗蜜》中说③，佛告须菩提④，菩萨坐道场时，观十二因缘，如虚空不可尽。佛灭度后，后五百岁，像法中人根转钝⑤，深著诸法，求十二因缘、五阴、十二入、十八界等决定相，不知佛意，但著文字，闻大乘法中说毕竟空，不知何因缘故空，即生见疑。若都毕竟空，云何分别有罪福报应等？如是则无世谛第一义谛。取是空相而起贪著，于毕竟空中生种种过。龙树菩萨为是等故，造此《中论》。"

不生亦不灭，不常不亦断，不一亦不异，

不来亦不出。能说是因缘，善灭诸戏论，

我稽首礼佛，诸说中第一。

以此二偈赞佛已⑥，则已略说第一义。问曰："诸法无量，何故但以此八事破？"答曰："法虽无量，略说八事，则为总破一切法。不生者，谓论师种种说生相。或谓因果一，或谓因果异；或谓因中先有果，或谓因中先无果；或谓自体生⑦，或谓他生；或谓共生，或谓有生，或谓无生。如是等说生相皆不然，此事后当广说，生相决定不可得故。不生、不灭者，若无生何得有灭？以无生无灭故。余六事亦无。"问曰："不生不灭，已总破一切法，何故复说六事？"答曰："为成不生、不灭义故。有人不受不生、不灭，而信不常、不断。若深求不常、不断，即是不生、不灭。何以故？法若实有，则不应无。先有今无，是即为断。若先有性，是即为常。是故说不常、不断，即入不生、不灭义。有人虽闻四种破诸法，犹以四门成诸法，是亦不然。若一则无缘，若异则无相续，后当种种破，是故复说不一、不异。有人虽闻六种破诸法，犹以来出成诸法。来者，言诸法从自在天、世性、微尘等来⑧。出者，还去至本处。

复次，万物无生，何以故？世间现见故。世间眼见劫初谷不生，何以故⑨？离劫初谷，今谷不可得。若离劫初谷有今谷者，则应有生，而实不尔，是故不生。"问曰："若不生则应灭。"答曰："不灭，何以故？世间现见故。世间眼见劫初谷不灭。若灭今不应有谷，而实有谷，是故不灭。"问曰："若不灭则应常。"答曰："不常，何以故？世间现见故。世间眼见万物不常，如谷芽时，种则变坏，是故不常。"问曰："若不常则应断。"答曰："不断，何以故？世间现见故。世间眼见万物不断，如从谷有芽，是故不断。若断不应相续。"问曰："若尔者，万物是一。"答曰："不一，何以故？世间现见故。世间眼见万物不一，如谷不作芽，芽不作谷。若谷作芽，芽作谷者，应是一。而实不尔，是故不一。"问曰："若不一则应异。"答曰："不异，何以故？世间现见故。世间眼见万物不异。若异者，何故分别谷芽、谷茎、谷叶，不说树芽、树茎、树叶？是故不异。"问曰："若不异应有来。"答曰："无来，何以故？世间现见故。世间眼见万物不来，如谷子中芽无所从来。若来者，芽应从余处来，如鸟来栖树。而实不尔，是故不来。"问曰："若不来应有出。"答曰："不出，何以故？世间现见故。世间眼见万物不出。若有出，应见芽从谷出，如蛇从穴出。而实不尔，是故不出。"问曰："汝虽释不生不灭义[10]，我欲闻造论者所说。"

答曰："诸法不自生，亦不从他生，不共不无因，是故知无生。

不自生者，万物无有从自体生，必待众因缘。复次，若从自体生，则一法有二体：一谓生，二谓生者。若离余因从自体生者，则无因无缘。又生更有生，生则无穷。自无故他亦无，何以故？有自故他。若不从自生，亦不从他生。共生则有二过，自生他生故。若无因而有万物者，则为是常，是事不然。无因则无果，若无因有果者，布施[11]、持戒[12]等应堕地狱，十恶[13]、五逆[14]应当生天，以无因故。复次：

如诸法自性[15]，不在于缘中。以无自性故，他生亦复无。

诸法性不在众缘中，但众缘和合故得名字。自性即是自体，众缘中无自性。自性无故不自生，自性无故他性亦无，何以故？因自性有他性[16]，他性于他亦是自性。若破自性，即破他性，是故不应从他性生。若破自性他性，即破共义。无因则有大过，有因尚可破，何况无因？于四缘中生不可得，是故不生。"问曰："阿毗昙[17]人言，诸法从四缘生。云何言不生？何谓四缘？"

因缘次第缘，缘缘增上缘，四缘生诸法，更无第五缘。

一切所有缘，皆摄在四缘，以是四缘，万物得生。因缘名一切有为法。次第缘除过去、现在阿罗汉[18]最后心心数法[19]，余过去、现在心心数法。缘缘[20]、增上缘[21]，一切法答曰：

"果为从缘生，为从非缘生，是缘为有果，是缘为无果。

若谓有果，是果为从缘生，为从非缘生。若谓有缘，是缘为有果、为无果。二俱不然，何以故？

因是法生果，是法名为缘。若是果未生，何不名非缘？

诸缘无决定，何以故？若果未生，是时不名为缘。眼见从缘生果故，名之为缘。缘成由于果，以果后缘先故。若未有果，何得名为缘？如瓶以水、土和合，故有瓶生，见瓶故，知水土等是瓶缘。若瓶未生时，何以不名水、土等为非缘？是故果不从缘生。缘尚不生，何况非缘？复次：

果先于缘中，有无俱不可。先无为谁缘？先有何用缘？

缘中先非有果非无果。若先有果，不名为缘，果先有故。若先无果，亦不名为缘，不生余物故。"问曰："已总破一切因缘，今欲闻一一破诸缘。"答曰："若果非有生，亦复非无生，亦非有无生，何得言有缘？

若缘能生果，应有三种：若有、若无、若有无。如先偈中说，缘中若先有果，不应言生，以先有故。若先无果，不应言生，以先无故，亦缘与无缘同故。有无亦不生者，有无名为半有半无，二俱有过。又有与无相违，无与有相违，何得一法有二相？如是三种，求果生相不可得故，云何言有因缘，次第缘者？

果若未生时，则不应有灭。灭法何能缘？故无次第缘。

诸心心数法，于三世中次第生。现在心数法灭，与未来作次第缘。未来法未生，与谁作次第缘？若未来法已有，即是生，何用次第缘？现在心心数法无有住时，若不住，何能为次第缘？若有住，则非有为法[2]，何以故？一切有为法，常有灭相故。若灭已则不能与作次第缘。若言灭法犹有则是常。若常则无罪福等。若谓灭时能与作次第缘，灭时、半灭、半未灭，更无第三法名为灭时。又佛说一切有为法念念灭，无一念时住[23]，云何言现在法有欲灭、未欲灭？汝谓一念中无是欲灭。未欲灭，则破自法。汝阿毗昙说有灭法有不灭法，有欲灭法，有不欲灭法。欲灭法者，现在法，将欲灭。未欲灭者，除现在将欲灭法，余现在法，及过去未来无为法[24]，是名不欲灭法。是故无次第缘、缘缘者：

如诸佛所说，真实微妙法，于此无缘法，云何有缘缘？

佛说大乘诸法，若有色、无色，有形、无形，有漏、无漏，有为、无为等诸法相[25]，入于法性，一切皆空，无相无缘，譬如众流入海，同为一味。实法可信，随宜所说不可为实。是故无缘缘、增上缘者：

诸法无自性，故无有有相。说有是事故，是事有不然。

经说十二因缘，是事有故是事有，此则不然，何以故？诸法从众缘生故，自无定性[26]。自无定性故，无有有相。有相无故，何得言是事有故是事有？是故无增上缘。佛随凡夫分别有无故说缘。复次：

略广因缘中，求果不可得。因缘中若无，云何从缘出？

略者于和合因缘中无果。广者于一一缘中亦无果。若略、广因缘中无果，云何言果从因缘出？复次：

若谓缘无果，而从缘中出，是果何不从，非缘中而出？

若因缘中求果不可得，何故不从非缘出？如泥中无瓶，何故不从乳中出？复次：

若果从缘生，是缘无自性，从无自性生，何得从缘生？果不从缘生，不从非缘生，以果无有故，缘非缘亦无。

果从众缘生，是缘无自性。若无自性则无法[27]，无法何能生？是故果不从缘生，不从非缘生者：破缘故说非缘，实无非缘法，是故不从非缘生。若不从二生，是则无果。无果故，缘非缘亦无。”

---

①戏论：不严肃不切实际的言论。

②我所：为我所有的意思。

③般若波罗蜜：般若的意思是智慧，波罗蜜的意思是到彼岸，般若波罗蜜即是说般若能将众生从生死的此岸世界度到不生不灭的彼岸涅槃世界。这里是佛经名。

④须菩提：释迦牟尼十大弟子之一。

⑤像法：释迦牟尼去世后，佛法日衰，分为正、像、末三法时期，像法是是正法（五百年）之后的一千年。

⑥赞佛：赞叹佛的功德相好。

⑦体：本体。

⑧自在天：即大自在天，是色界十八天中的最高天。

⑨劫初：完成此世界的初期。

⑩释：解释。

⑪布施：把自己的东西施舍给别人。

⑫持戒：守持佛制定的戒律，不做不合佛法的事。

⑬十恶：杀生、偷盗、邪淫、妄语、恶口、两舌、贪欲、瞋恚、愚痴。

⑭五逆：杀父、杀母、杀阿罗汉、出佛身之血、破和合之僧。

⑮自性：一切现象的本体或一切心相的体性。

⑯因自性有他性：因为有自性才有他性，也就说自性与他性是相辅相成的。

⑰阿毗昙：指解说佛经、论证义理的一种体裁，成就佛教智慧的手段，或者佛教经、律、论三藏中的论藏。

⑱阿罗汉：小乘佛教修行的最高果位。

⑲心心数：心王与心所。

⑳缘缘：即所缘之缘。

㉑增上缘：于心心数法，增强其力用，使其得生。

㉒有为法：因缘和合而生的一切法理。

㉓一念时：形容时间极短。

㉔无为法：无生灭变化而寂然常住之法。

㉕漏：即烦恼。

㉖定性：指只具有声闻或缘觉或菩萨之一种种子的众生。

㉗自性：指一切现象的本体或一切心相的体性。

破去来品第二

问曰："世间眼见三时有作，已去、未去、去时。以有作故，当知有诸法？"答曰："已去无有去，未去亦无去，离已去未去，去时亦无去。

已去无有去，已去故。若离去有去业，是事不然。未去亦无去，未有去法故。去时名半去半未去，不离已去未去故。"问曰："动处则有去，此中有去时，非已去未去，是故去时去。

随有作业处①，是中应有去。眼见去时中有作业，已去中作业已灭，未去中未有作业，是故当知去时有去。"答曰：

"云何于去时，而当有去法？若离于去法，去时不可得。

去时有去，是事不然。何以故？离去法去时不可得。若离去法有去时者，应去时中有去，如器中有果。复次：

若言去时去，是人则有咎。离去有去时，去时独去故。

若谓已去、未去中无去，去时实有去者，是人则有咎。若离去法有去时，则不相因待，何以故？若说去时有去，是则为二，而实不尔，是故不得言离去有去时。复次：

若去时有去，则有二种去，一谓为去时，二谓去时去。

若谓去时有去，是则有过。所谓有二去，一者因去有去时，二者去时中有去。"问曰："若有二去有何咎？"答曰："若有二去法，则有二去者。以离于去者，去法不可得。

若有二去法，则有二去者，何以故？因去法有去者故。一人有二去、二去者，此则不然，是故去时亦无去。"问曰："离去者无去法可尔？令三时中定有去者。"答曰："若离于去者，去法不可得。以无去法故，何得有去者？

若离于去者，则去法不可得。今云于无去法中，言三时定有去者？复次：

去者则不去，不去者不去，离去不去者，无第三去者。

无有去者，何以故？若有去者，则有二种，若去者、若不去者，离是二无第三。"问曰："若去者去，有何咎？"答曰："若言去者去，云何有此义？若离于去法，去者不可得。

若谓定有去者用去法，是事不然。何以故？离去法，去者不可得故。若离去者定有去法，则去者能用去法，而实不尔。复次：

若去者有去，则有二种去，一谓去者去，二谓去法去。

若言去者用去法，则有二过。于一去者中而有二去，一以去法成去者，二以去者成去法。去者成已然后用去法，是事不然。是故先三时中，谓定有去者用去法，是事不然。复次：

若谓去者去，是人则有咎。离去有去者，说去者有去。

若人说去者能用去法，是人则有咎。离去法有去者，何以故？说去者用去法，是为先有去者，后有去法，是事不尔。复次，若决定有去、有去者，应有初发。而于三时求发不可得，何以故？

已去中无发，未去中无发，去时中无发，何处当有发？

何故三时中无发？

未发无去时，亦无有已去，是二应有发，未去何有发？无去无未去，亦复无去时。

一切无有发，何故而分别？

若人未发，则无去时，亦无已去。若有发，当在二处，去时已去中。二俱不然？未去时未有发故。未去中何有发？发无故无去，无去故无去者，何得有已去、未去、去时？"问曰："若无去、无去者，应有住、住者[②]。"答曰：

去者则不住，不去者不住。离去不去者，何有第三住？

若有住有住者，应去者住，若不去者住。若离此二，应有第三住，是皆不然。去者不住，去未息故。与去相违名为住，不去者亦不住，何以故？因去法灭故有住，无去则无住。离去者不去者，更无第三住者。若有第三住者，即在去者不去者中，以是故不得言去者住。复次：

去者若当住，云何有此义？若当离于去，去者不可得。

汝谓去者住，是事不然，何以故？离去法，去者不可得。若去者在去相，云何当有住？去住相违故。复次：

去未去无住，去时亦无住。所有行止法，皆同于去义。

若谓去者住，是人应在去时、已去、未去中住。三处皆无住，是故汝言去者有住，是则不然。如破去、住法，行、止亦如是。行者如从榖子相续至芽、茎、叶等，止者榖子灭。故芽、茎、叶灭。相续故名行，断故名止。又如无明缘诸行乃至老死[③]，是名行。无明灭故诸行等灭，是名止。"问曰："汝虽种种门破去、去者，住、住者，而眼见有去、住"。答曰："肉眼所见不可信。若实有去、去者，为以一法成为以二法成。二俱有过，何以故？

去法即去者，是事则不然；去法异去者，是事亦不然。

若去法去者一，是则不然，异亦不然。"问曰："一、异有何咎？"答曰：

"若谓于去法，即为是去者，作者及作业，是事则为一。若谓于去法，有异于去者，离去者有去，离去有去者。

如是二俱有过，何以故？若去法即是去者，是则错乱破于因缘。因去有去者，因去者有去。又去名为法，去者名人，人常去法无常。若一者，则二俱应常，二俱应无常。一中有如是等过。若异者，则相违，未有去法应有去者，未有去者应有去法，不相因待，一法灭应一法在，异中有如是等过。复次：

去去者是二，若一异法成。二门俱不成，云何当有成？

若去者、去法有，应以一法成[④]，应以异法成[⑤]，二俱不可得。先已说无第三法成，若谓有成，应说因缘无去、无去者。今当更说。

因去知去者，不能用是去。先无有去法，故无去者去。

随以何去法知去者？是去者，不能用是去法，何以故？是去、去法未有时，无有去者，亦无去时。已去、未去，如先有人有城邑，得有所趣。去法、去者则不然，去者因去法成，去法因去者成故。复次：

因去知去者，不能用异去，于一去者中，不得二去故。

随以何去法知去者是去者，不能用异去法，何以故？一去者中，二去法不可得故。复次：

决定有去者，不能用三去。不决定去者，亦不用三去。去法定不定，去者不用三。

是故去去者，所去处皆无。

决定者名实有，不因去法生。去法名身动，三名未去、已去、去时。若决定有去者，离去法应有去，不应有住。是故说决定有去者，不能用三去。若去者不决定，不决定名本实无。以因去法得名去者，以无去法故，不能用三去。因去法故有去者，若先无去法则无去者。云何言不决定去者用三去？如去者、去法亦如是。若先离去者决定有去法，则不因去者有去法，是故去者不能用三去法。若决定无去法，去者何所用？如是思惟观察，去法、去者所去处，是法皆相因待。因去法有去者，因去者有去法，因是二法则有可去处。不得言定有，不得言定无。是故决定知三法虚妄，空无所有，但有假名，如幻如化。"

<hr>

①作业：身口意所作的善恶业。
②住：事物形成后相对稳定的状态。
③无明：愚痴。
④一法：一事或一物。
⑤异法：与一法相对，指不同的事物。

破六情品第三

问曰："经中说有六情，所谓：

眼耳及鼻舌，身意等六情，此眼等六情，行色等六尘。

此中眼为内情，色为外尘，眼能见色。乃至意为内情，法为外尘，意能知法。"答曰："无也，何以故？

是眼则不能，自见其已体，若不能自见，云何见余物？

是眼不能见自体，何以故？如灯能自照，亦能照他，眼若是见相，亦应自见，亦应见他，而实不尔。是故偈中说，若眼不自见，何能见余物？"问曰："眼虽不能自见，而能见他，如火能烧他，不能自烧"。答曰：

"火喻则不能，成于眼见法①。去未去去时，已总答是事。

汝虽作火喻？不能成眼见法，是事《去来品》中已答。如已去中无去，未去中无去，去时中无去。如是已烧、未烧、烧时，俱无有烧。如是已见、未见、见时，俱无见相。复次：

见若未见时，则不名为见，而言见能见、是事则不然。

眼未对色，则不能见。尔时不名为见，因对色名为见。是故偈中说'未见时无见。'云何以见能见？复次，二处俱无见法。

见不能有见，非见亦不见，若已破于见，则为破见者。

见不能见，先已说过故。非见亦不见，无见相故。若无见相，云何能见？见法无故，见者亦无，何以故？若离见有见者，无目者亦应以余情见。若以见见，则见中有见相，见者无见相。是故偈中说'若已破于见，则为破见者。'复次：

离见不离见，见者不可得，以无见者故，何有见可见？

若有见，见者则不成；若无见，见者亦不成。见者无故，云何有见可见？若无见者，谁能用见法分别外色？是故偈中说'以无见者故，何有见可见？'复次：

见可见无故，识等四法无，四取等诸缘②，云何当得有？

见、可见法无故，识、触、受、爱四法皆无③。以无爱故，四取等十二因缘分亦无。复次：

耳鼻舌身意，声及闻者等，当知如是义，皆同于上说。

如见、可见法空，属众缘故无决定。余耳等五情，声等五尘④，当知亦同见、可见法，义同故不别说。"

---

①火喻则不能，成于眼见法：这句话的意思是说眼间能看到形形色色的事物，而不能看到自己，但是这不能证明你用火能燃烧别的物体，但不能烧自己这个比喻是成立的。

②四取：欲取、见取、戒取、我语取。

③识：心，明了分别之心。触：感触、感知。受：感官与外界接触所产生的感受。爱：喜欢。

④五尘：色、声、香、味、触。

破五阴品第四

问曰："经说有五阴，是事云何？"答曰：

"若离于色因①，色则不可得。若当离于色，色因不可得。"

色因者，如布因缕，除缕则无布，除布则无缕。布如色，缕如因。"问曰："若离色因有色，有何过？"答曰：

"离色因有色，是色则无因，无因而有色，是事则不然。

如离缕有布，布则无因。无因而有法，世间所无有。"问曰："佛法、外道法②、世间法中③，皆有无因法。佛法有三无为④，无为常故无因。外道法中，虚空时方识微尘、涅槃等。世间法，虚空时方等。是三法无处不有，故名为常，常故无因。汝何以说无因法世间所无？"答曰："此无因法但有言说，思惟分别则皆无。若法从因缘有，不应言无因。若无因缘，则如我说。"问曰："有二种因，一者作因，二者言说因。是无因法无作因，但有言说因，令人知故。"答曰："虽有言说因，是事不然。虚空如六种中破，余事后当破。复次，现事尚皆可破，何况微尘⑤等不可见法？是故说无因法，世间所无。"问曰："若离色有色因，有何过？"答曰：

"若离色有因，则是无果因。若言无果因，则无有是处。

若除色果，但有色因者，即是无果因⑥。"问曰："若无果有因，有何咎？"答曰："无果有因，世间所无，何以故？以果故名为因，若无果云何名因？复次，若因中无果者，物何以不从非因生？是事如《破因缘品》中说，是故无有无果因。复次：

若已有色者，则不用色因。若无有色者，亦不用色因。

二处有色因则不然。若先因中有色，不名为色因。若先因中无色，亦不名为色因。"问曰："若二处俱不然，但有无因色，有何咎？"答曰：

"无因而有色，是事终不然。是故有智者，不应分别色⑦。

若因中有果，因中无果，此事尚不可，何况无因有色？是故言无因而有色，是事终不然。是故有智者不应分别色。分别名凡夫，以无明、爱、染、贪著色，然后以邪见⑧，生分别戏论，说因中有果、无果等。今此中求色不可得，是故不应分别。复次：

若果似于因，是事则不然。果若不似因，是事亦不然。

若果与因相似，是事不然，因细果粗故。因果色力等各异，如布以缕则不名布，缕多布一故。不得言因果相似。若因果不相似，是亦不然，如麻缕不成绢，粗缕无细布。是故不得言因果不相似。二义不然，故无色无色因。

受阴及想阴⑨，行阴识阴等，其余一切法，皆同于色阴。

四阴及一切法，亦应如是思惟破。今造论者，欲赞美空义故，而说偈：

若人有问者，离空而欲答，是则不成答，俱同于彼疑。若人有难问⑩，离空说其过，是不成难问，俱同于彼疑。

若人论义时，各有所执⑪，离于空义而有问答者，皆不成问答，俱亦同疑。如人言瓶是无常，问者言‘何故无常，’答言‘从无常因生故。’此不名答，何以故？因缘中亦疑，不知为常为无常，是为同彼所疑。问者若欲说其过，不依于空而说诸法无常，则不名问难。何以故？汝因无常破我常，我亦因常破汝无常。若实无常，则无业报，眼、耳等诸法念念灭⑫，亦无有分别。有如是等过，皆不成问难，同彼所疑。若依空破常者，则无有过，何以故？此人不取空相故。是故若欲问答，常应依于空法，何况欲求离苦寂灭相者⑬？”

中论卷第一

①色因：产生色的原因和条件。

②外道：佛教之外的其他思想流派。

③世间法：凡夫众生一切生灭有漏之法。

④三无为：虚空无为、择灭无为和非择灭无为。

⑤微尘：极细微的尘埃。

⑥无果因：没有果报的业因。

⑦分别：思量、识别。

⑧邪见：不明因果、违反正理的见解。

⑨阴：烦恼产生的障碍。

⑩难问：也称问难，指因有疑惑不解而发问。

⑪执：执着而不舍。

⑫念念：连续不断。

⑬寂灭相：涅槃

中论卷第二

龙树菩萨造
青目菩萨释
姚秦三藏法师鸠摩罗什译

破六种品第五

问曰："六种各有定相①。有定相故，则有六种。"答曰："空相未有时②，则无虚空法，若先有虚空，即为是无相③。

若未有虚空相，先有虚空法者，虚空则无相。何以故？无色处名虚空相。色是作法无常，若色未生，未生则无灭，尔时无虚空相。因色故有无色处，无色处名虚空相？"问曰："若无相有虚空，有何咎？"答曰："是无相之法，一切处无有，于无相法中，相则无所相。

若于常、无常法中，求无相法不可得。如论者言，是有是无云何知？各有相故。生、住、灭是有为相，无生、住、灭是无为相。虚空若无相，则无虚空。若谓先无相，后相来相者，是亦不然。若先无相，则无法可相。何以故？

有相无相中，相则无所住。离有相无相，余处亦不住。

如有峰有角，尾端有毛，颈下垂壶，是名牛相，离是相则无牛。若无牛，是诸相无所住。是故说于无相法中相则无所相，有相中相亦不住，先有相故。如水相中火相不住，先有自相故。复次，若无相中相住者，则为无因。无因名为无法而有相，相可相常相因待故。离有相无相，更无第三处可相。是故偈中说'离有相无相，余处亦不住。'复次：

相法无有故，可相法亦无；可相法无故，相法亦复无。

相无所住故，则无可相法；可相法无故，相法亦无。何以故？因相有可相，因可相有相，共相因待故。

是故今无相，亦无有可相。离相可相已，更亦无有物。

于因缘中本末推求，相、可相决定不可得。是二不可得故，一切法皆无。一切法皆摄在相、可相二法中，或相为可相，或可相为相，如火以烟为相，烟亦复有相。"问曰："若无有有，应当有无。"答曰："若使无有有，云何当有无？有无既已无，知有无者谁？

凡物若自坏，若为他坏名为无。无不自在，从有而有。是故言'若使无有有，云何当有无。'眼耳见闻尚不可得，何况无物？"问曰："以无有故无亦无，应当有知有无者？"答曰："若有知者，应在有中，应在无中，有无既破，知亦同破。

是故知虚空，非有亦非无，非相非可相，余五同虚空。

如虚空种种求相不可得，余五种亦如是。"问曰："虚空不在初，不在后，何以先破？"答曰："地、水、火、风、众缘和合故易破，识以苦乐因缘故，知无常变异故易破。虚空无如是相，但凡夫希望为有，是故先破。复次，虚空能持四大，四大因缘有识，是故先破根本，余者自破。"问曰："世间人尽见诸法是有是无，汝何以独与世间相违，言无所见？"答曰："浅智见诸法，若有若无相，是则不能见，灭见安隐法^③。

若人未得道，不见诸法实相，爱见因缘故。种种戏论，见法生时谓之为有，取相言有。见法灭时谓之为断，取相言无。智者见诸法生，即灭无见；见诸法灭，即灭有见。是故于一切法，虽有所见，皆如幻如梦。乃至无漏道见尚灭^④，何况余见？是故若不见灭见、安隐法者，则见有见无。"

①定相：常住不变的相状。

②空相：诸法皆空的相状。

③无相：于一切相，离一切相，即无相。有时也指涅槃。

④无漏道：无烦恼及清净的道法。

破染染者品第六

· 问曰："经说贪欲、瞋恚、愚痴^①，是世间根本。贪欲有种种名，初名爱，次名著，次名染，次名淫欲，次名贪欲，有如是等名字。此是结使^②，依止众生^③。众生名染者，贪欲名染法。有染法染者故，则有贪欲。余二亦如是，有瞋则有瞋者，有痴则有痴者。以此三毒因缘起三业^④，三业因缘起三界^⑤，是故有一切法。"答曰："经虽说有三毒名字，求实不可得，何以故？

若离于染法，先自有染者，因是染欲者，应生于染法。若无有染法，云何当有染？

若有若无染，染者亦如是。

若先定有染者，则不更须染，染者先已染故。若先定无染者，亦复不应起染。要当先有染者，然后起染。若先无染者，则无受染者。染法亦如是，若先离人定有染法，此则无因，云何得起？似如无薪火。若先定无法，法则无染者，是故偈中说'若有若无染，染者亦如是。'"问曰："若染法、染者，先后相待生，是事不可者。若一时生，有何咎？"答曰："染者及染法，俱成则不然。染者染法俱，则无有相待。

若染法染者一时成，则不相待。不因染者有染法，不因染法有染者。是二应常，以无因成故。若常则多过，无有得解脱法。复次，今当以一、异法破染法、染者。

染者染法一^⑥，一法云何合？染者染法异，异法云何合？

染法、染者，若一法合，若以异法合。若一则无合，何以故？一法云何自合？如指端不能自触。若以异法合，是亦不可，何以故？以异成故。若各成竟不须复合，虽合犹异。复次，一、异俱不可，何以故？

若一有合者，离伴应有合；若异有合者，离伴亦应合。

若染^⑦、染者一，强名为合者，应离余因缘，而有染染者。复次，若一，亦不应有染、染者二名。染是法，染者是人。若人法为一，是则大乱。若染、染者各异，而言合者，则不须余因缘而有合。若异而有合者，虽远亦应合。"问曰："一不合可尔，眼见异法共合。"答曰："若异而有合，染染者何事？是二相先异，然后说合相。

若染染者，先有决定异相，而后合者，是则不合。何以故？是二相先已异，而后强说合。复次：

若染及染者，先各成异相，既已成异相，云何而言合？

若染、染者先各成别相，汝今何以强说合相？复次：异相无有成，是故汝欲合，合相竟无成，而复说异相。

汝以染、染者异相不成⑧，故复说合相⑨。合相中有过，染染者不成。汝为成合相，故复说异相。汝自以为定，而所说不定。何以故？

异相不成故，合相则不成。于何异相中，而欲说合相？

以此中染、染者异相不成故，合相亦不成。汝于何异相中，而欲说合相？复次：

如是染染者，非合不合成，诸法亦如是，非合不合成。

如染，恚、痴亦如是。如三毒，一切烦恼、一切法亦如是。非先、非后、非合、非散等，因缘所成。"

----

① 瞋恚：瞋（音 chēn）仇恨和损害他人的心理；恚（音 huì）：因怨恨、仇恨而发怒。

② 结使：即烦恼。

③ 依止：依赖止住。

④ 三业：身业、口业、意业。

⑤ 三界：欲界、色界、无色界。

⑥ 染法：指三界内所有的事物。

⑦ 染：不洁净。

⑧ 异相：不同事物各自持有的相状。

⑨ 合相：不同事物融合为一所成的相状。

观三相品第七

问曰："经说有为法有三相：生、住、灭。万物以生法生，以住法住，以灭法灭，是故有诸法。"答曰："不尔。何以故？三相无决定故。是三相为是有为①，能作有为相；为是无为②，能作有为相。二俱不然，何以故？

若生是有为，则应有三相；若生是无为，何名有为相？

若生是有为，应有三相：生、住、灭。是事不然，何以故？共相违故。相违者，生相应生法，住相应住法，灭相应灭法。若法生时？不应有住，灭相违法，一时则不然。如明暗不俱，以是故生不应是有为法，住、灭相亦应如是。"问曰："若生非有为，若是无为，有何咎？"答曰："若生是无为，云何能与有为法作相？何以故？无为法无性故。因灭有为名无为，是故说不生不灭，名无为相，更无自相。是故无法不能为法作相，如兔角龟毛等。不能为法作相，是故生非无为，住灭亦如是。复次：

三相若聚散，不能有所相，云何于一处，一时有三相？

是生、住、灭相，若一一能与有为法作相，若和合能与有为法作相，二俱不然。何以故？若谓一一者，于一处中或有有相，或无相，生时无住、灭，住时无生、灭，灭时无生、住。若和合者共相违法，云何一时俱，若谓三相，更有，三相者是亦不然。何以故？

若谓生住灭，更有有为相，是即为无穷，无即非有为。

若谓生、住、灭，更有有为相，生更有生、有住、有灭，如是三相复应更有相，若尔则无穷。若更无相，是三相则不名有为法，亦不能为有为法作相。"问曰："汝说三相为无穷，是事不然。生、住、灭虽是有为而非无穷，何以故？

生生之所生，生于彼本生，本生之所生，还生于生生。

　　法生时，通自体，七法共生：一法，二生，三住，四灭，五生生，六住住，七灭灭。是七法中本生除自体，能生六法。生生能生本生，本生能生生生，是故三相虽是有为而非无穷。"答曰："若谓是生生，能生于本生，生生从本生，何能生本生？

　　若是生生能生本生者，是生生则不名从本生生。何以故？是生生从本生生，云何能生本生？复次：

　　若谓是本生，能生于生生，本生从彼生，何能生生生？

　　若谓本生能生生生者，是本生不名从生生生。何以故？是本生从生生生，云何能生生生？生生法应生本生，而今生生不能生本生，生生未有自体，何能生本生？是故本生不能生生生。"问曰："是生生生时，非先非后，能生本生，但生生生时，能生本生。"答曰："不然。何以故？

　　若生生生时，能生于本生，生生尚未有，何能生本生？

　　若谓生生生时，能生本生可尔？而实未有。是故生生生时，不能生本生。复次：

　　若本生生时，能生于生生，本生尚未有，何能生生生？

　　若谓是本生生时，能生生生可尔？而实未有。是故本生生时，不能生生生。"问曰："如灯能自照，亦能照于彼。生法亦如是，自生亦生彼。

　　如灯入于暗室，等照诸物？亦能自照。生亦如是，能生于彼？亦能自生。"答曰："不然。何以故？

　　灯中自无暗，住处亦无暗，破暗乃名照，无暗则无照。

　　灯体自无暗，明所及处亦无暗，明暗相违故。破暗故名照，无暗则无照，何得言灯自照亦照彼？"问曰："是灯非未生有照，亦非已有照，但生时能自照亦照彼。"

　　答曰："云何灯生时，而能破于暗，此灯初生时，不能及于暗。

　　灯生时，名半生半未生，灯体未成就，云何能破暗？又灯不能及暗，如人得贼，乃名为破。若谓灯虽不到暗，而能破暗者，是亦不然。何以故？

　　灯若未及暗，而能破暗者，灯在于此间，则破一切暗。

　　若灯有力，不到暗而能破暗者，此处然灯，应破一切处暗，俱不及故。复次，灯不应自照照彼，何以故？

　　若灯能自照，亦能照于彼，暗亦应自暗，亦能暗于彼。

　　若灯与暗相违故，能自照亦照于彼。暗与灯相违故，亦应自蔽蔽彼。若暗与灯相违，不能自蔽蔽彼，灯与暗相违，亦不应自照亦照彼。是故灯喻非也，破生因缘未尽故。今当更说。

　　此生若未生，云何能自生？若生已自生，生已何用生？

　　是生自生时，为生已生，为未生生。若未生生，则是无法，无法何能自生？若谓生已生，则为已成，不须复生，如已作不应更作。若已生，若未生，是二俱不生故无生。汝先说生如灯，能自生亦生彼，是事不然。住、灭亦如是。复次：

　　生非生已生，亦非未生生，生时亦不生，去来中已答。

　　生名众缘和合有生。已生中无作故无生③。未生中无作故无生。生时亦不然，离生法生时不可得，离生时生法不可得，云何生生时？是事去来中已答。已生法不生，何以故？生已复生，如是展转④，则为无穷，如作已复作。复次，若生已更生者，以何生法生？若是生相未生，而言生已生者，则自违所说。何以故？生相未生而汝谓生，若未生谓生者，法或可生已而生，或可未生而生，汝先说生已生，是则不定。复次，如烧已不应复烧，去已不应复去。如是等因缘故，生已不应生，不生法亦不生。何以故？法若未生，则不与生缘和合。若不与生缘和合，则无法生。若法未与生缘和合而生者，应无作法而作，无去法而去，无染法而染，无恚法而恚，无痴法而痴，如是则破世间法。是故不生法不生。

复次，若不生法生者，世间未生法皆应生。一切凡夫未生菩提⑤，今应生菩提不坏法。阿罗汉无有烦恼⑥，今应生烦恼。兔等无角，今皆应生。但是事不然，是故不生法亦不生。”问曰：“不生法不生者，以未有缘无作。无作者，无时、无方等故不生。若有缘有作，有作者，有时有方等和合故不生法生。是故若说一切不生法皆不生，是事不尔。”答曰：“若法有缘、有时、有方等和合则生者，先有亦不生，先无亦不生，有无亦不生，三种先已破，是故生亦不生，不生亦不生，生时亦不生。何以故？已生分不生，未生分亦不生，如先答。复次，若离生有生时者，应生时生。但离生无生时，是故生时亦不生。复次，若言生时生者，则有二生过。一以生故名生时，二以生时中生，二皆不然。无有二法，云何有二生？是故生时亦不生。复次，生法未发，则无生时，生时无故，生何所依？是故不得言生时生。如是推求，生已无生，未生无生，生时无生，无生生故 生不成；生不成故，住、灭亦不成；生、住、灭不成故，有为法不成。是故偈中生说，去未去去时中已答。”问曰：“我不定言生已生、未生生、生时生，但众缘和合故有生。”答曰：“汝虽有是说，此则不然，何以故？

若谓生时生；是事已不成，云何众缘合，尔时而得生。

生时生，已种种因缘破。汝今何以更说众缘和合故有生？若众缘具足不具足，皆与和生同破。复次：

若法众缘生，即是寂灭性⑦。是故生生时，是二俱寂灭。

众缘所生法无自性故寂灭。寂灭名为无此、无彼、无相，断言语道，灭诸戏论。众缘名如因缕有布，因蒲有席。若缕自有定相，不应从麻出。若布自有定相，不应从缕出。而实从缕有布，从麻有缕。是故缕亦无定性，布亦无定性，如然可然。因缘和合成无有自性，可然无故然亦无，然无故可然亦无，一切法亦如是。是故从众缘生法无自性，无自性故空，如野马无实。是故偈中说，生与生时二俱寂灭，不应说生时生。汝虽种种因缘，欲成生相，皆是戏论，非寂灭相。”问曰：“定有三世别异，未来世法得生因缘即生，何故言无生？”答曰：“若有未生法，说言有生者，此法先已有，更复何用生？”

若未来世中有未生法而生，是法先已有，何用更生？有法不应更生。”问曰：“未来虽有，非如现在相，以现在相故说生。”答曰：“现在相未来中无，若无云何言未来生法生？若有不名未来，应名现在，现在不应更生。二俱无生故不生。复次，汝谓生时生亦能生彼，今当更说。

若言生时生，是能有所生，何得更有生，而能生是生？

若生生时能生彼，是谁复能生？

若谓更有生，生生则无穷，虽生生有生，法皆自能生。

若生更有生，生则无穷。若是生更无生，而自生者，一切法亦皆能自生。而实不尔。复次：

有法不应生，无亦不应生，有无亦不生，此义先已说。

凡所有生，为有法有生，为无法有生，为有无法有生。是皆不然，是事先已说。离此三事，更无有生，是故无生。复次：

若诸法灭时，是时不应生，法若不灭者，终无有是事。

若法灭相，是法不应生，何以故？二相相违故。一是灭相，知法是灭；二是生相，知法是生。二相相违法，一时则不然。是故灭相法不应生。”问曰：“若灭相法不应生，不灭相法应生。”答曰：“一切有为法⑧，念念灭故⑨，无不灭法。离有为无有决定无为法⑩，无为法但有名字。是故说不灭法，终无有是事。”问曰：“若法无生应有住。”答曰：“不住法不住，住法亦不住，住时亦不住，无生云何住？

住法亦不住，何以故？已有住故。因去故有住，若住法先有，不应更住。不住法亦不住，无住相故。住时亦不住，离住不住更无住时，是故住时亦不住。如是一切处求住不可得故，即是无生。若无生云何有住？复次：

若诸法灭时，是则不应住。法若不灭者，终无有是事。

若法灭相欲灭，是法无有住相，何以故？一法中有二相相违故。一是欲灭，二是住相。一时一处有住、灭相，是事不然。是故不得言灭相法有住。"问曰："若法不灭应有住。"答："无有不灭法，何以故？

所有一切法，皆是老死相，终不见有法，离老死有住。

一切法生时，无常常随逐。无常有二名：老及死。如是一切法，常有老死，故无住时。复次：

住不自相住①，亦不异相住，如生不自生，亦不异相生。

若有住法，为自相住，为他相住，二俱不然。若自相住，则为是常。一切有为法，从众缘生，若住法自住，则不名有为。住若自相住，法亦应自相住，如眼不能自见，住亦如是。若异相住，则住更有住，是则无穷。复次，见异法生异相，不得不因异法而有异相，异相不定故。因异相而住者，是事不然。"问曰："若无住应有灭。"答曰："无。何以故？

法已灭不灭，未灭亦不灭，灭时亦不灭，无生何有灭？

若法已灭则不灭，以先灭故。未灭亦不灭，离灭相故。灭时亦不灭，离二更无灭时。如是推求灭法，即是无生，无生何有灭？复次：

若法有住者，是则不应灭；法若不住者，是亦不应灭。

若法定住，则无有灭，何以故？犹有住相故。若住法灭，则有二相：住相、灭相。是故不得言住中有灭，如生死不得一时有。若法无住，亦无有灭，何以故？离住相故。若离住相则无法，无法云何灭？复次：

是法于是时，不于是时灭；是法于异时，不于异时灭。

若法有灭相，是法为自相灭，为异相灭，二俱不然，何以故？如乳不于乳时灭，随有乳时，乳相定住故。非乳时亦不灭，若非乳不得言乳灭。复次：

如一切诸法，生相不可得，以无生相故，即亦无灭相。

如先推求一切法生相不可得，尔时即无灭相。破生故无生，无生云何有灭？若汝意犹未已，今当更说破灭因缘。

若法是有者，是即无有灭，不应于一法，而有有无相。

诸法有时，推求灭相不可得，何以故？云何一法中亦有亦无相，如光影不同处。复次：

若法是无者，是则无有灭，譬如第二头，无故不可断。

法若无者则无灭相，如第二头、第三手，无故不可断。复次：

法不自相灭，他相亦不灭，如自相不生，他相亦不生。

如先说生相，生不自生，亦不从他生。若以自体生，是则不然。一切物皆从众缘生，如指端不能自触。如是生不能自生，从他生亦不然。何以故？生未有故。不应从他生，是生无生，故无自体。自体无故他亦无，是故从他生亦不然。灭法亦如是，不自相灭，不他相灭。复次：

生生灭不成，故无有有为，有为法无故，何得有无为？

汝先说有生、住、灭相，故有有为。以有有为，故有无为。今以理推求，三相不可得，云何得有有为？如先说无有无相法，有为法无故，何得有无为？无为相名不生、不住、不灭，止有为相，故名无为相。无为自无别相，因是三相有无为相，如火为热相，地为坚相，水为冷相。无为则不然。"问曰："若是生、住、灭毕竟无者，云何论中得说名字？"答曰："如幻亦如梦，如乾达婆城⑫，所说生住灭，其相亦如是。

生、住、灭相无有决定，凡人贪著谓有决定⑬，诸贤圣怜愍⑭，欲止其颠倒⑮，还以其所著名字为说，语言虽同，其心则异。如是说生、住、灭相，不应有难。如幻如化所作，不应责其所由，不应于中有忧喜想，但应眼见而已。如梦中所见，不应求实，如乾达婆城，日出时现而无有实，但假为名字，不久则灭。生、住、灭亦如是，由夫分别为有，智者推求则不可得。"

①有为：有因缘造作之法。

②无为：无因缘造作，即真理。

③无作：无因缘造作。

④展转：循环返复。

⑤菩提：对佛教义理的觉悟。

⑥阿罗汉：声闻乘中的最高果位名。

⑦寂灭：涅槃。

⑧有为法：因缘和合而生的一切理法。

⑨念念：连续不断。

⑩无为法：无生灭变化而寂然常住之法。

⑪自相：事物自身所独有的相。

⑫乾达婆：婆罗门教崇拜的群神。

⑬贪著：十分贪得无厌。

⑭愍：即悯。

⑮颠倒：倒见事理，如以有为无。

观破作作者品第八

问曰："现有作、有作者，有所用作法，三事和合，故有果报①，是故应有作者、作业。"答曰："《上来品》品中，破一切法，皆无有余。如破三相，三相无故，无有有为，有为无故，无无为；有为无为无故，一切法尽无。作、作者，若是有为，有为中已破。若是无为，无为中已破，不应复问。汝著心深故，而复更问，今当复说。

决定有作者，不作决定业；决定无作者，不作无定业。

若先定有作者，定有作业，则不应作。若先定无作者，定无作业，亦不应作。何以故？

决定业无作，是业无作者。定作者无作，作者亦无业。

若先决定有作业，不应更有作者。又离作者，应有作业，但是事不然。若先定有作者，不应更有作业。又离作业，应有作者，但是事不然。是故决定作者，决定作业，不应有作业，不决定作者。不决定作业，亦不应有作。何以故？本来无故。有作者，有作业，尚不能作，何况无作者，无作业？复次：

若定有作者，亦定有作业。作者及作业，即堕于无因。

若先定有作者，定有作业。汝谓作者有作，即为无因。离作业有作者，离作者有作业，则不从因缘有。"问曰："若不从因缘有作者、有作业，有何咎？"答曰：

"若堕于无因，则无因无果，无作无作者，无所用作法。若无作等法，则无有罪福。

罪福等无故，罪福报亦无②。若无罪福报，亦无大涅槃。诸可有所作，皆空无有果。

若堕于无因，一切法则无因无果。能生法名为因，所生法名为果，是二即无。是二无故，无作、无作者，亦无所用作法，亦无罪福。罪福无故，亦无罪福果报，及大涅槃道。是故不得从无因生。"问曰："若作者不定而作不定业，有何咎？"答曰："一事无，尚不能起作业，何况二事都无？譬如化人，以虚空为舍，但有言说而无作者、无作业。"问曰："若无作者、无作业，不能有所作。今有作者、有作业，应有作。"答曰："作者定不定，不能作二业，有无相违故，一处则无二。

作者定、不定，不能作定、不定业，何以故？有无相违故，一处不应有二。有是决定，无是不决定，一人一事，云何有有无？复次：

有不能作无，无不能作有，若有作作者，其过如先说。

若有作者而无业，何能有所作？若无作者而有业，亦不能有所作。何以故？如先说有中，若先有业，作者复何所作？若无业，云何可得作？如是则破罪福等因缘果报，是故偈中说'有不能作无，无不能作有。'若有作、作者，其过如先说。复次：

作者不作定，亦不作不定，及定不定业，其过先已说。

定业已破，不定业亦破，定不定业亦破，今欲一时总破，故说是偈。是故作者，不能作三种业，今三种作者，亦不能作业。何以故？

作者定不定，亦定亦不定，不能作于业，其过先已说。

作者定不定，亦定亦不定，不能作业，何以故？如先过三种过因缘，此中应说。如是一切处，求作者、作业皆不可得。"问曰："若言无作、无作者，则复堕无因。"答曰："是业从众缘生，假名为有，无有决定，如汝所说，何以故？

因业有作者，因作者有业，成业义如是，更无有余事。

业先无决定无因，人起业中业有作者，作者亦无决定因。有作业名为作者，二事和合故，得成作作者。若从和合生，则无自性，无自性故空，空则无所生，但随凡夫忆想分别故，说有作业有作者，第一义中无作业无作者。复次：

如破作作者，受受者亦尔，及一切诸法，亦应如是破。

如作、作者不得相离，不相离故不决定，无决定故无自性。受、受者亦如是，受名五阴身③，受者是人。如是离人无五阴，离五阴无人，但从众缘生，如受、受者。余一切法，亦应如是破。

中论卷第二

①果报：由过去的业因所造成的现在的结果，叫果，又因为这是业因所得的报酬，所以又叫做报。
②罪福报：罪报与福报，罪报是苦报，福报是乐果。
③五阴：即五蕴，指色蕴、受蕴、想蕴、行蕴、识蕴。

中论卷第三

龙树菩萨造
青目菩萨释
姚秦三藏法师鸠摩罗什译

破本住品第九

问曰："有人言'眼耳等诸根，苦乐等诸法，谁有如是事，是则名本住。若无有本住，谁有眼等法？以是故当知，先已有本住。'

眼、耳、鼻、舌、身、命等诸根，名为眼、耳等根。苦受、乐受、不苦、不乐、受、想、思、忆、念等心心数法①，名为苦、乐等法。有论师言：'先未有眼等法，应有本住。因是本住，眼等诸根得增长，若无本住，身及眼耳诸根，为因何生而得增长？'"答曰："若离眼等根，及苦乐等法，先有本住者，以何而可知？

若离眼、耳等根，苦、乐等法，先有本住者，以何可说？以何可知？如外法瓶衣等，以眼等根得知，内法以苦乐等根得知。如经中说'可坏是色相，能受是受相，能识是识相。'汝说离眼、耳、苦、乐等，先有本住者，以何可知说有是法？"问曰："有论师言，出入息②、视眴、寿命、思惟、苦乐、憎爱、动发等是神相③。若无有神，云何有出入息等相？是故当知离眼、耳等根，苦乐等法，先有本住。"答曰："是神若有，应在身内，如壁中有柱。若在身外，如人被铠，若在身内，身则不可破坏，神常在内故。是故言神在身内，但有言说，虚妄无实。若在身外，覆身如铠者，身应不可见，神细密覆故，亦应不可破坏。而今实见身坏。是故当知离苦、乐等先无余法。若谓断臂时，神缩在内不可断者；断头时，亦应缩在内不应死，而实有死，是故知离苦、乐等先有神者，但有言说，虚妄无实。复次，若言身大则神大，身小则神小，如灯大则明大，灯小则明小者，如是神则随身不应常。若随身者，身无则神亦无，如灯灭则明灭。若神无常，则与眼、耳、苦、乐等同。是故当知离眼、耳等先无别神。复次，如风狂病人④，不得自在，不应作而作。若有神是诸作主者，云何言不得自在？若风狂病不恼神者，应离神别有所作。如是种种推求，离眼、耳等根，苦、乐等法，先无本住。若必谓离眼、耳等根，苦、乐等法，先有本住者，无有是事。"何以故？若此是：

若离眼耳等，而有本住者，亦应离本住，而有眼耳等。

若本住离眼、耳等根，苦、乐等法先有者，今眼、耳等根，苦、乐等法，亦应离本住而有。"问曰："二事相离可尔，但使有本住。"答曰："以法知有人，以人知有法。离法何有人？离人何有法？

法者，眼、耳、苦、乐等。人者，是本住。汝谓以有法故知有人，以有人故知有法。今离眼、耳等法何有人？离人何有眼、耳等法？复次：一切眼等根，实无有本住。眼耳等诸根，异相而分别。

若眼、耳等诸根，苦、乐等诸法，实无有本住。因眼缘色生眼识，以和合因缘，知有眼耳等诸根，不以本住故知。是故偈中说'一切眼耳等根，实无有本住。眼、耳等诸根，各自能分别。'"问曰："若眼等诸根，无有本住者，眼等一一根，云何能知尘？

若一切眼、耳等诸根，苦、乐等诸法，无本住者，今一一根云何能知尘？⑤眼、耳等诸根无思惟，不应有知？而实知尘，当知离眼、耳等诸根，更有能知尘者。"答曰："若尔者，为一一根中各有知者，为一知者在诸根中，二俱有过，何以故？

见者即闻者，闻者即受者，如是等诸根，则应有本住。

若见者即是闻者，见闻者即是受者，则是一神。如是眼等诸根，应先有本住。色、声、香等无有定知者，或可以眼闻声，如人在六向，随意见闻。若闻者见者是一，于眼等根随意见闻，但是事不然。

若见闻各异，受者亦各异，见时亦应闻，如是则神多。

若见者、闻者、受者各异，若见者时亦应闻，何以故？离见者有闻者故。如是，鼻、舌、身中神应一时行。若尔者，人一而神多，以一切根一时知诸尘故，而实不尔。是故见者、闻者、受者不应俱用。复次：

眼耳等诸根，苦乐等诸法，所从生诸大，彼大亦无神。

若人言离眼、耳等诸根，苦、乐等诸法，别有本住，是事先已破。今于眼、耳等所因四大⑥，是大中亦无本住。"问曰："若眼、耳等诸根，苦、乐等诸法。无有本住可尔，眼、耳等诸根，苦、乐等诸法应有。"答曰："若眼耳等根，苦乐等诸法，无有本住者，眼等亦应无。

若眼、耳、苦、乐等诸法，无有本住者，谁有此眼、耳等？何缘而有？是故眼等亦无。复次：

眼等无本住，今后亦复无，以三世无故⑦，无有无分别。

思惟推求，本住于眼等，先无今后亦无。若三世无，即是无生寂灭，不应有离。若无本住，云何有眼、耳等？如是问答，戏论则灭。戏论灭故，诸法则空。"

---

①心心数：心王与心所。

②出入息：呼出、吸入的气息。

③眴（xuàn 音绚）转动眼珠。

④风狂：疯狂。

⑤尘：不洁净，能污染人们真性的一切事物。

⑥四大：指构成世界万物的地、水、风、火等四种基本元素。

⑦三世：过去世、现在世、未来世。

破然可然品第十

问曰："应有受、受者，如然、可然①。然是受者，可然是受，所谓五阴。"答曰："是事不尔，何以故？然可然俱不成故。然可然若以一法成，若以二法成，二俱不成。"问曰："且置一、异法，若言无然、可然，今云何以一、异相破？如兔角龟毛，无故不可破。世间眼见实有事，而后可思惟，如有金然后可烧可锻。若无然、可然，不应以一、异法思惟。若汝许有一、异法，当知有然、可然。若许有者，则为已有。"答曰："随世俗法言说，不应有过。然、可然若说一，若说异，不名为受。若离世俗言说，则无所论。若不说然、可然，云何能有所破？若无所说，则义不可明。如有论者，欲破有无，必应言有无。不以称有无故，而受有无，是以随世间言说无咎。

老、死而生，是亦不然。又因生有老、死，若先老、死后生，则老、死无因。生在后故，又不生何有老、死？若谓生、老、死先后不可得，一时成者，是亦有过。何以故？

生及于老死，不得一时共。生时则有死，是二俱无因。

若生、老、死一时则不然，何以故？生时即有死故。法应生时有，死时无。若生时有死，是事不然。若一时生，则无有相因，如牛角一时出则不相因。是故：

若使初后共，是皆不然者。何故而戏论，谓有生老死？思惟生、老、死，三皆有过故，即无生毕竟空，而今何故贪著戏论，生、老、死谓有决定相。复次：

诸所有因果，及相可相法，受及受者等，所有一切法，非但于生死，本际不可得。如是一切法，本际皆亦无。

一切法者，所谓因果相可相，受及受者等，皆无本际，非但生死无本际。以略开示故，说生死无本际。"

----

① 五神通：五种神通，包括天眼通、天耳通、他心通、宿命通、如意通。

② 神通：既能使人莫测他之所以，又能为所欲为，了无障碍。

破苦品第十二

有说曰："自作及他作，共作无因作，如是说诸苦，于果则不然。

有人言苦恼自作，或言他作，或言亦自作亦他作，或言无因作，于果皆不然。于果皆不然者，众生以众缘致苦，厌苦欲求灭①。不知苦恼实因缘，有四种谬，是故说于果皆不然。何以故？

若苦作者，则不从缘生。因有此阴故，而有彼阴生。

若苦自作，则不从众缘生，自名从自性生，是事不然，何以故？因前五阴，有后五阴生。是故苦不得自作。"问曰："若言此五阴作彼五阴者，则是他作。"答曰："是事不然，何以故？

若谓此五阴，异彼五阴者，如是则应言，从他而作苦。

若此五阴与彼五阴异，彼五阴与此五阴异者，应从他作。如缕与布异者，应离缕有布。若离缕无布者，则布不异缕。如是彼五阴异此五阴者，则应离此五阴有彼五阴。若离此五阴无彼五阴者，则此五阴不异彼五阴。是故不应言苦从他作。"问曰："自作者是人，人自作苦自受苦。"答曰：

"若人自作苦，离苦何有人，而谓于彼人，而能自作苦？

若谓人自作苦者，离五阴苦何处别有人，而能自作苦？应说是人，而不可说是故苦非人自作。若谓人不自作苦，他人作苦与此人者，是亦不然。何以故？

若苦他人作，而与此人者，若当离于苦，何有此人受？

若他人作苦与此人者，离五阴无有此人受。复次：

苦若彼人作，持与此人者，离苦何有人，而能授于此？

若谓彼人作苦授与此人者，离五阴苦，何有彼人作苦持与此人？若有应说其相。复次：

自作若不成，云何彼作苦？若彼人作苦，即亦名自作。

种种因缘彼自作苦不成，而言他作苦，是亦不然。何以故？此彼相待故②。若彼作苦，于彼亦名自作苦，自作苦先已破。汝受自作苦不成故，他作亦不成。复次：

苦不名自作，法不自作法。彼无有自体，何有彼作苦？

自作苦不然，何以故？如刀不能自割，如是法不能自作法。是故不能自作，他作亦不然。何以故？离苦无彼自性，若离苦有彼自性者，应言彼作苦，彼亦即是苦，云何苦自作苦？"问曰："若自作、他作不然，应有共作。"答曰："若彼此苦成，应有共作苦。此彼尚无作，何况无因作？

自作、他作犹尚有过，何况无因作？无因多过，如《破作作者品》中说。复次：

非但说于苦，四种义不成，一切外万物，四义亦不成。

佛法中虽说五受阴为苦，有外道人谓苦受为苦，是故说不但说于苦，四种义不成，外万物地、水、山、木等，一切法皆不成。"

①厌：即猒。
②相待：相对。

破行品第十三

问曰："如佛经所说虚诳妄取相，诸行妄取故，是名为虚诳。

佛经中说'虚诳者即是妄取相等'。一实者所谓涅槃，非妄取相。以是经说故，当知有诸行虚诳妄取相。"

答曰："虚诳妄取者，是中何所取？佛说如是事，欲以示空义。

若妄取相法，是即虚诳者。是诸行中为何所取？佛如是说，当知说空义。"问曰："云何知一切诸行皆是空义？"答曰："一切诸行虚妄相故空，诸行生灭不住无自性故空。诸行名五阴，从行生故，是五阴皆虚妄无有定相。何以故？如婴儿时色非匍匐时色，匍匐时色非行时色，行时色非童子时色，童子时色非壮年时色，壮年时色非老年时色。如色念念不住故，分别决定性不可得。婴儿色为即是匍匐色，乃至老年色，为异。二俱有过，何以故？若婴儿色即是匍匐色，乃至老年色者，如是则是一色，皆为婴儿，无有匍匐乃至老年。又如泥团常是泥团，终不作瓶。何以故？色常定故。若婴儿色异匍匐色者，则婴儿不作匍匐，匍匐不作婴儿。何以故？二色异故。

如是童子、少年、壮年、老年色不应相续，有失亲属法，无父无子。若尔者，唯有婴儿应得父，余则匍匐用乃至老年不应有分。是故二俱有过。"问曰："色虽不定，婴儿色灭已相续更生，乃至老年色，无有如上过。"答曰："婴儿色相续生者，为灭已相续生，为不灭相续生。若婴儿色灭，云何有相续？以无因故。如虽有薪可然，火灭故无有相续。若婴儿色不灭而相续者，则婴儿色不灭，常住本相，亦无相续。"问曰："我不说灭、不灭故相续生，但说不住相似生故，言相续生。"答曰："若尔者，则有定色而更生①，如是应有千万种色，但是事不然。如是亦无相续，如是一切处求色无有定相，但以世俗言说故有。如芭蕉树，求实不可得，但有皮叶。如是智者，求色阴念念灭，更无实色可得。不住色形、色相，相似次第生，难可分别。如灯焰分别定色不可得，从是定色更有色生不可得。是故色无性故空，但以世俗言说故有。受亦如是。智者种种观察，次第相似故，生灭难可别知，如水流相续但以觉故。说三受在身②，是故当知受同色说。想因名相生，若离名相则不生，是故佛说分别知名字相，故名为想。非决定先有，从众缘生，无定性。无定性故，如影随形，因形有影，无形则无影，影无决定。若定有者，离形应有影，而实不尔。是故从众缘生，无自性故不可得，想亦如是。

但因外名相，以世俗言说故有。识因色、声、香、味、触等，眼、耳、鼻、舌、身等生。以眼等诸根别异故，识有别异。是识为在色为在眼为在中间，无有决定，但生已识尘识此人，识彼人，知此人识，为即是知彼人识，为异。是二难可分别，如眼识、耳识亦难分别。以难分别故，或言一，或言异，无有决定。分别从众缘生故，眼等分别故，空无自性。如技人含一珠，出已复示人则生疑，为是本珠，为更有异。识亦如是，生已更生，为是本识，为是异识。是故当知识不住故无自性，虚诳如幻，诸行亦如是。诸行者，身、口、意行有二种：净、不净。何等为不净？恼众生贪著等名不净，不恼众生实语不贪著等名净，或增或减。净行者，在人中欲天、色天、无色天受果报已则减，还作故名增。不净行者亦如是，在地狱、畜生、饿鬼、阿修罗中受果报已则减，还作故名增。是故诸行有增有减，故不住。如人有病，随宜将适，病则除愈，若不将适，病则还集。诸行亦如是，有增有减故不决定，但以世谛俗言说故有③。因世谛故得见第一义谛④，所谓无明缘诸行，从诸行有识著，识著故有名色，从名色有六入⑤，从六入有触，从触有受，从受有爱，从爱有取，从取有有，从有有生，从生有老死，忧悲苦恼，恩爱别苦，怨憎会苦等。如是诸苦皆以行为本，佛以世谛故说。若得第一义谛，生真智慧者，则无明息。无明息故，诸行亦不集。诸行不集故，见谛所断，身见、疑、戒、取等断，及思惟所断，贪恚、色染、无色染、调戏、无明亦断。以是断故，一一分灭。所谓无明诸行识名色六入触，受、爱、取有生、老、死，忧、悲、苦、恼、恩、爱别苦、怨憎会苦等皆灭⑥⑦。以是灭故，五阴身毕竟灭，更无有余，唯但有空。是故佛欲示空义故，说诸行虚诳。复次，诸法无性故虚诳，虚诳故空，如偈说：

诸法有异故，知皆是无性。无性法亦无，一切法空故。

诸法无有性，何以故？诸法虽生不住自性，是故无性。如婴儿定住自性者，终不作匍匐乃至老年。而婴儿次第相续有异相现，匍匐乃至老年，是故说见诸法异相故知无性。”问曰："若诸法无性，即有无性法，有何咎？”答曰："若无性，云何有法？云何有相？何以故？无有根本故。但为破性故说无性。是故性法若有者，不名一切法空。若一切法空，云何有无性法？”问曰："诸法若无性，云何说婴儿，乃至于老年，而有种种异？

诸法若无性，则无有异相。而汝说有异相，是故有诸法性。若无诸法性，云何有异相？答曰："若诸法有性，云何而得异？若诸法无性，云何而有异？

若诸法决定有性，云何可得异？性名决定有不可变异，如真金不可变，又如暗性不变为明，明性不变为暗。复次：

是法则无异，异法亦无异，如壮不作老，老亦不作壮。

若法有异者，则应有异相。为即是法异，为异法异，是二不然。若是法异，则老应作老，而老实不作老。若异法异者，老与壮异，壮应作老，而壮实不作老。二俱有过。”问曰："若是法即异，有何咎？如今眼见年少，经日月岁数则老。”答曰："若是法即异，乳应即是酪。离乳有何法，而能作于酪。若是法即异者，乳应即是酪，更不须因缘。是事不然，何以故？乳与酪有种种异故。乳不即是酪，是故法不即异。若谓异法为异者，是亦不然，离乳更有何物为酪？如是思惟，是法不异，异法亦无异，是故不应偏有所执⑧。”问曰："破是破异，犹有空在，空即是法。”答曰："若有不空法，则应有空法。实无不空法，何得有空法？

若有不空法相因故，应有空法，而上来种种因缘破不空法。不空法无故，则无相待。无相待故，何有空法？”问曰："汝说不空法无故，空法亦无。若尔者，即是说空但无相待故不应有执。若有对应有相待，若无对则无相待。相待无故则无相，无相故则无执，如是即为说空。”答曰："大圣说空法，为离诸见故。若复见有空，诸佛所不化⑨。大圣为破六十二诸见，及无明、爱等诸烦恼故说空。若人于空复生见者，是人不可化。譬如有病须服药可治，若药复为病，则不可治。如火从薪出，以水可灭，若从水生，为用何灭？如空是水，能灭诸烦恼火。有人罪重，贪著心深，智慧浅故，于空生见，或谓有空，或谓无空，因有无还起烦恼。若以空化此人者，则言我久知是空，若离空则无涅槃道，如经说离空无相、无作门得解脱者，但有言说。"

---

①定色：常住不变的色。

②三受：苦受、乐受、不苦不乐受。

③世谛：世间的真理。

④第一义谛：又称真谛、圣谛、涅槃、真如、中道等，意思是深妙的真理。

⑤六入：眼入色、耳入声、鼻入香、身入触、意入法、舌入味。

⑥爱别苦：由于亲爱之人分别离而造成的苦。

⑦怨憎会苦：所怨所憎之人相会带来的苦。

⑧偏有所执：偏执于一端。

⑨化：教化。

中论卷第四

龙树菩萨造

青目菩萨释

姚秦三藏法师鸠摩罗什译

破合品第十四

说曰："上《破根品》中，说见、所见、见者皆不成，此三事无异法故，则无合，无合义今当说。"问曰："何故眼等三事无合？"答曰："见可见见者，是三各异方，如是三法异，终无有合时。

见是眼根，可见是色尘，见者是我，是三事各在异处，终无合时。异处者，眼在身内，色在外，我者，或言在身内，或言遍一切处，是故无合。复次，若谓有见法，为合而见，不合而见，二俱不然。何以故？若合而见者，随有尘处应有根有我，但是事不然，是故不合。若不合而见者，根、我、尘各在异处①，亦应有见而不见，何以故？如眼根在此，不见远处瓶。是故二俱不见？"问曰："我、意、根、尘，四事合故有知生，能知瓶衣等万物，是故有见、可见、见者。"答曰："是事《根品》中已破，今当更说。汝说四事合故知生，是知为见瓶衣等物已生，为未见而生。若见已生者，知则无用；若未见而生者，是则未合。云何有知生？若谓四事一时合而知生，是亦不然。若一时生则无相待，何以故？先有瓶，次见，后知生，一时则无先后。知无，故见、可见、见者亦无。如是诸法，如幻如梦，无有定相，何得有合？无合故空。复次：

染与于可染，染者亦复然，余入余烦恼②，皆亦复如是。

如是可见、见者无合，故染、可染、染者亦应无合。如说见、可见、见者三法，则说闻、可闻、闻者余入等。如说染、可染、染者，则说瞋、可瞋、瞋者、余烦恼等。复次：

异法当有合，见等无有异。异相不成故，见等云何合？

凡物皆以异故有合，而见等异相不可得，是故无合。复次：

非但可见等，异相不可得，所有一切法，皆亦无异相。

非但见、可见、见者等三事异相不可得，一切法皆无异相。"问曰："何故无有异相？"答曰："异因异有异，异离异无异。若法所因出，是法不异因。

汝所谓异，是异因、异法，故名为异。离异法不名为异，何以故？若法从众缘生，是法不异因，因坏异亦坏故。如因梁椽等有舍，舍不异梁椽，梁椽等坏，舍亦坏故。"问曰："若有定异，法有何咎？"答曰："若离从异异，应余异有异，离从异无异，是故无有异。

若离从异，有异法者，则应离异有异法。而实离从异无有异法，是故无余异。如离五指异有拳异者，拳异应于瓶等异物有异。今离五指异拳，异不可得。是故拳与于瓶衣等无异法。"问曰："我经说异相不从众缘生，分别总相③，故有异相，因异相故有异法。"答曰："异中无异相？不异中亦无，无有异相故，则无此彼异。

汝言分别总相故有异相，因异相故有异法。若尔者，异相从众缘生。如是即说众缘法是异相，离异法不可得故。异相因异法而有，不能独成。今异法中无异相，何以故？先有异法故，何用异相？不异法中亦无异相，何以故？若异相在不异法中，不名不异法。若二处俱无，即无异相。异相无故，此彼法亦无。复次，异法无故，亦无合。

是法不自合，异法亦不合。合者及合时，合法亦皆无。

是法自体不合，以一故。如一指不自合，异法亦不合，以异故。异事已成，不须合故。如是思惟，合法不可得。是故说合者、合时、合法皆不可得。"

---

①根：能生或增上的意思。

②入：悟了真理。

③分别总相：思量、识别无常无我，通于一切之相。

观有无品第十五

问曰："诸法各有性，以有力用故。如瓶有瓶性，布有布性，是性众缘合时则出。"答曰：

"众缘中有性，是事则不然。性从众缘出，即名为作法。

若诸法有性，不应从众缘出，何以故？若从众缘出，即是作法，无有定性。"问曰："若诸法性众缘作，有何咎？"答曰：

"性若是作者，云何有此义？性名为无作，不待异法成。

如金杂铜则非真金，如是若有性则不须众缘，若从众缘出，当知无真性①。又性若决定不应待他出，非如长短、彼此无定性故，待他而有。"问曰："诸法若无自性，应有他性。"答曰：

"法若无自性，云何有他性？自性于他性，亦名为他性。

诸法性众缘作故，亦因待成，故无自性。若尔者，他性于他，亦是自性，亦从众缘生。相待故亦无。无故，云何言诸法从他性生？他性亦是自性故。"问曰："若离自性、他性有诸法，有何咎？"答曰：

"离自性他性，何得更有法？若有自他性，诸法则得成。

汝说离自性、他性有法者，是事不然。若离自性、他性则无有法，何以故？有自性、他性，法则成，如瓶体是自性，衣物是他性。"问曰："若以自性、他性破有者，今应有无。"答曰：

"有若不成者，无云何可成？因有有法故，有坏名为无。

若汝已受有不成者，亦应受无亦无，何以故？有法坏败，故名无，是无有因坏而有。复次：

若人见有无，见自性他性，如是则不见，佛法真实义。

若人深著诸法，必求有见。若破自性，则见他性。若破他性，则见有。若破有，则见无。若破无，则迷惑。若利根著心薄者，知灭诸见安隐，故更不生四种戏论，是人则见佛法真实义。是故说上偈。复次：

佛能灭有无，于化迦旃延②经中之所说，离有亦离无。删陀迦旃延经中，佛为说正见③义，离有离无。若诸法中少决定有者，佛不应破有无。若破有则人谓为无。佛通达诸法相，故说二俱无。是故汝应舍有、无见。复次：

若法实有性，后则不应无。性若有异相，是事终不然。

若诸法决定有性，终不应变异，何以故？若定在自性，不应有异相，如上真金喻。今现见诸法有异相，故当知无有定相。复次：

若法实有性，云何而可异？若法实无性，云何而可异？

若法定有性，云何可变异？若无性，则无自体，云何可变异？复次：

定有则著常，定无则著断，是故有智者，不应著有无。

若法定有有相，则终无无相，是即为常。何以故？如说三世者，未来中有法相，是法来至现在，转入过去，不舍本相，是则为常。又说因中先有果，是亦为常。若说定有无，是无必先有今无，是则为断灭，断灭名无相续因。由是二见，即远离佛法。"问曰："何故因有生常见④，因无生断见⑤？"答曰：

"若法有定性，非无则是常。先有而今无，是则为断灭。

若法性定有，则是有相非无相，终不应无。若无则非有即为无，先已说过。故如是则堕常见。若法先有败坏而无者，是名断灭，何以故？有不应无故。汝谓有无各有定相故，若有断、常见者，则无罪福等破世间事，是故应舍。"

---

①真性：本来具有的清净心体。
②迦旃延：佛十大弟子之一；以论议第一著称。
③正见：正确的见解。
④常见：坚持身心常住不灭的邪见。
⑤断见：坚持人死后身心断灭、不复再生的邪见。

观缚解品第十六

问曰："生死非都无根本，于中应有众生往来。若诸行往来。汝以何因缘故，说众生及诸行尽空，无有往来？"答曰：

"诸行往来者，常不应往来，无常亦不应，众生亦复然。

诸行往来六道生死中者①，为常相往来，为无常相往来，二俱不然。若常相往来者，则无生死相续，以决定故，自性住故。若以无常往来者，亦无往来生死相续，以不决定故，无自性故。若众生故往来者，亦有如是过。复次：

若众生往来，阴界诸入中，五种求尽无，谁有往来者？

生死阴界入②，即是一义。若众生于此阴界入中往来者，是众生于《然可然品》中、《五种品》中五种求不可得，谁于阴界入中而有往来者？复次：

若从身至身，往来即无身；若其无有身，则无有往来。

若众生往来，为有身往来，为无身往来，二俱不然。何以故？若有身往来，从一身至一身，如是则往来者无身。又若先已有身，不应复从身至身。若先无身则无有，若无有云何有生死往来？”问曰：“经说有涅槃灭一切苦，是灭应诸行灭，若众生灭。”答曰：“二俱不然。何以故？

诸行若灭者，是事终不然。众生若灭者，是事亦不然。

汝说若诸行灭，若众生灭，是事先已答。诸行无有性，众生亦无。种种推求生死往来不可得。是故诸行不灭，众生亦无灭。”问曰：“若尔者，则无缚③无解④，根本不可得故。”答曰：

“诸行生灭相，不缚亦不解。众生如先说，不缚亦不解。

汝谓诸行及众生有缚解者，是事不然。诸行念念生灭故，不应有缚解。众生先说五种推求不可得，云何有缚解？复次：

若身名为缚，有身则不缚，无身亦不缚，于何而有缚？

若谓五阴身名为缚，若众生先有五阴，则不应缚。何以故？一人有二身故。无身亦不应缚。何以故？若无身则无五阴，无五阴则空，云何可缚？如是第三更无所缚。复次：

若可缚先缚，则应缚可缚，而先实无缚，余如去来答。

若谓可缚先有缚，则应缚可缚，而实离可缚先无缚。是故不得言众生有缚，或言众生是可缚；五阴是缚，或言五阴中诸烦恼是缚，余五阴是可缚，是事不然。何以故？若离五阴先有众生者，则应以五阴缚众生，而实离五阴无别众生。若离五阴别有烦恼者，则应以烦恼缚五阴，而实离五阴无别烦恼。复次，如《去来品》中说，已去不去，未去不去，去时不去。如是未缚不缚，缚已不缚，缚时不缚。复次，亦无有解。何以故？

缚者无有解，不缚亦无解。缚时有解者，缚解则一时。

缚者无有解，何以故？已缚故。无缚亦无解，何以故？无缚故。若谓缚时有解，则缚解一时，是事不然。又缚解相违故。”问曰：“有人修道，现入涅槃得解脱，云何言无？”答曰：

“若不受诸法，我当得涅槃。若人如是者，还为受所缚。

若人作是念，我离受得涅槃，是人即为受所缚。复次：

不离于生死，而别有涅槃，实相义如是⑤，云何有分别？

诸法实相第一义中，不说离生死别有涅槃，如经说‘涅槃即生死，生死即涅槃’。如是诸法实相中，云何言定是生死是涅槃？”

---

①六道：天、人、阿罗修、畜生、饿鬼、地狱。

②阴界入：五阴、十八界、十二入。五阴指色、受、想、行、识。十八界指六根、六尘与六识。十二入指六根与六尘。

③缚：烦恼的别名。

④解：解脱烦恼的束缚。

⑤实相：又叫做佛性、真如、法性、真谛等。

观业品第十七

问曰：“汝虽种种破诸法，而业决定有，能令一切众生受果报。如经说‘一切众生，皆随业而生。恶者入地狱，修福者生天，行道者得涅槃。’是故一切法不应空。所谓业者：

人能降伏心，利益于众生，是名为慈善，二世果报种①。

人有三毒，恼他故生，行善者先自灭恶。是故说降伏其心，利益他人。利益他者，行布施、持戒、忍辱等。不恼众生，是名利益他，亦名慈善福德，亦名今世后世乐果种子②。复次：

大圣说二业，思与从思生。是业别相中③，种种分别说。

大圣略说业有二种：一者思，二者从思生。是二业如阿毗昙中广说④：

佛所说思者，所谓意业是；所从思生者，即是身口业。

思是心数法，诸心数法中，能发起有所作，故名业。因是思故，起外身口业。虽因余心心数法有所作，但思为所作本故，说思为业，是业今当说相。

身业及口业，作与无作业，如是四事中，亦善亦不善。从用生福德，罪生亦如是，及思为七法，能了诸业相。

口业者，四种口业。身业者，三种身业。是七种业，有二种差别：有作有不作。作时名作业，作已常随逐生名无作业。是二种有善不善，不善名不止恶，善名止恶。复有从用生福德，如施主施受者，若受者受用，施主得二种福：一从施生，二从用生。如人以箭射人，若箭杀一人，有二种罪：一者从射生，二者从杀生。若射不杀，射者但得射罪，无杀罪。是故偈中说'罪福从用生'。如是名为六种业，第七名思，是七种即是分别业相。是业有今世、后世果报，是故决定有业、有果报故，诸法不应空。"答曰：

"业住至受报，是业即为常。若灭即无常，云何生果报？

业若住至受果报，即为是常。是事不然，何以故？业是生、灭相，一念尚不住，何况至果报？若谓业灭，灭则无，云何能生果报？"问曰：

如芽等相续，皆从种子生，从是而生果，离种无相续。从种有相续，从相续有果。先种后有果，不断亦不常。如是从初心，心法相续生。从是而有果，离心无相续。从心有相续，从相续有果。先业后有果，不断亦不常。

如从谷有芽，从芽有茎、叶等相续，从是相续而有果生，离种无相续生，是故从谷子有相续，从相续有果。先种后有果故，不断亦不常，如谷种喻，业果亦如是。初心起罪福犹如谷种，因是心余心心数法相续生，乃至果报。先业后果故，不断亦不常。若离业有果报则有断、常，是善业因缘果报者。所谓：

能成福业者，是十白业道⑤。二世五欲乐⑥，即是白业报。

白名善净，成福德因缘者。从是十白业道，生不杀、不盗、不邪淫、不妄语、不两舌、不恶口、不无益语、不嫉、不恚、不邪见，是名为善。从身、口、意生是果报者，得今世名利。后世天人中贵处生布施、恭敬等，虽有种种福德，略说则摄在十善道中。"答曰：

"若如汝分别，其过则甚多。是故汝所说，于义则不然。

若以业果报相续故，以谷子为喻者，其过甚多，但此中不广说。汝说谷子喻者，是喻不然，何以故？谷子有触、有形、可见、有相续。我思惟是事，尚未受此言，况心及业，无触、无形、不可见、生、灭、不住？欲以相续，是事不然。复次，从谷子有芽等相续者，为灭已相续，为不灭相续。若谷子灭已相续者，则为无因。若谷子不灭而相续者，从是谷子，常生诸谷。若如是者，一谷子则生一切世间谷，是事不然。是故业果报相续则不然。"

问曰："今当复更说，顺业果报义，诸佛辟支佛，贤圣所称叹。

所谓不失法如券，业如负财物。此性则无记，分别有四种。见谛所不断，但思惟所断。以是不失法，诸业有果报。若见谛所断，而业至相似，则得破业等，如是之过咎。一切诸行业，相似不相似。一界初受身，尔时报独生，如是二种业，现世受果报。或言受报已，而业犹故在。若度果已灭，若死已而灭，于是中分别，有漏及无漏。

不失法者，当知如券。业者如取物，是不失法。欲界系、色界系，无色界系亦不系。若分别善、不善、无记。无记中但是无记，是无记义，阿毗昙中广说。见谛所不断，从一果至一果，于中思惟所断，是以诸业以不失法故果生。若见谛所断者，业至相似则得破业过，是事阿毗昙中广说。复次，不失法者，于一界诸业相似不相似。初受身时，果报独生于现在身。从业更生业，是业有二种，随重而受报，或有言是业受报已业犹在，以不念念灭故。若度果已灭，若死已而灭者。须陀洹及阿罗汉等度果已而灭⑦，诸凡夫死已而灭。于此中分别有漏及无漏者，从须陀洹等诸贤圣，有漏、无漏等应分别。"答曰："是义俱不离断常过，是故亦不应受。"问曰："若尔者，则无业果报。"

答曰："虽空亦不断，虽有而不常，业果报不失，是名佛所说。

此论所说义，离于断、常，何以故？业毕竟空，寂灭相，自性离，有何法可断？何法可失？颠倒因缘故，往来生死亦不常。何以故？若法从颠倒起，则是虚妄无实，无实故非常。复次贪著颠倒，不知实相故，言业不失，此是佛所说。复次：

诸业本不生，以无定性故。诸业亦不灭，以其不生故。若业有性者，是即名为常。不作亦名业，常则不可作。若有不作业，不作而有罪。不断于梵行⑧，而有不净过。是则破一切，世间语言法。作罪及作福，亦无有差别。若言业决定，而自有性者，受于果报已，而应更复受。若诸世间业，从于烦恼出，是烦恼非实，业当何有实？

第一义中诸业不生，何以故？无性故。以不生因缘故，则不灭，非以常故不灭。若不尔者，业、性应决定有。若业决定有性，则为是常。若常则是不作业，何以故？常法不可作故。复次，若有不作业者，则他人作罪，此人受报。又他人断梵行，而此人有罪，则破世俗法。若先有者，冬不应思为春事，春不应思为夏事。有如是等过。

复次，作福及作罪者，则无有别异。起布施、持戒等业，名为作福。起杀、盗等业，名为作罪。若不作而有业，则无分别。复次，是业若决定有性，则一时受果报已，复应更受。是故汝说以不失法故有业报，则有如是等过。复次，若业从烦恼起，是烦恼无有决定，但从忆想分别有。若诸烦恼无实，业云何有实？何以故？因无性故，业亦无性。"问曰："若诸烦恼及业，无性不实，今果报身现有应是实。"答曰：

"诸烦恼及业，是说身因缘。烦恼诸业空，何况于诸身？

诸贤圣说烦恼及业，是身因缘。是中爱能生著，业能作上、中、下、好、丑、贵、贱等果报。今诸烦恼及业，种种推求无有决定，何况诸身有决定果随因缘故？"问曰："汝虽种种因缘，破业及果报，而经说有起业者。起业者有故，有业有果报。如说：

无明之所蔽，爱结之所缚⑨，而于本作者，不异亦不一。

《无始经》中说：'众生为无明所覆，爱结所缚，于无始生死中往来受种种苦乐。'今受者于先作者，不即是亦不异。若即是，人作罪受牛形，则人不作牛，牛不作人。若异，则失业果报，随于断灭。是故受者于先作者，不即是亦不异。"答曰：

"业不从缘生，不从非缘生，是故则无有，能起于业者。无业无作者，何有业生果？若其无有果，何有受果者？

若无业、无作业者，何有从业生果报。若无果报，云何有受果报者？业有三种。五阴中假名人是作者，是业于善恶处生名为果报。若起业者尚无，何况有业、有果报，及受果报者？"问曰："汝虽种种破业果报，及起业者，而今现见众生作业受果报，是事云何？"答曰：

"如世尊神通⑩，所化变化人。如是变化人，复变作化人，如初变化人，是名为作者。变化人所作，是则名为业。诸烦恼及业，作者及果报，皆如幻如梦，如焰亦如响。

　　如佛神通力所作化人，是化人复化作化人。如化人无有实事，但可眼见。又化人口业说法身业布施等，是业虽无实，而可眼见。如是生死身作者及业，亦应如是知。烦恼者名为三毒，分别有九十八使、九结、十缠、六垢等无量诸烦恼业①，名为身、口、意业。今世后世分别有善、不善、无记②，苦报、乐报、不苦不乐报、现报业生报业、后报业，如是等无量，作者名为能起诸烦恼业。能受果报者，果报名从善恶业生无记五阴。如是等诸业，皆空无性，如幻如梦，如响如焰。"

---

①二世：今世与来世。
②乐果：极乐之果，即涅槃。
③别相：万法有色心理事等差别，各各不同。
④阿毗昙：佛教经、律、论三藏中的论藏。
⑤白：善业和善果均称白。
⑥五欲：色、声、香、味、触。
⑦须陀洹：声闻乘四果名中的初果名。
⑧梵行：清净的行为，也就是断绝淫欲的行为。
⑨爱结：贪爱。
⑩世尊：佛的尊称。
⑪本句中的使、结、缠、垢都是烦恼的别名。
⑫无记：非善非恶，无可记别。

观法品第十八

　　问曰："若诸法尽毕竟空，无生无灭，是名诸法实相者，云何入？"答曰："灭我、我所著故，得一切法空无我慧，名为入。"问曰："云何知诸法无我？"答曰：

　　"若我是五阴，我即为生灭。若我异五阴，则非五阴相。若无有我者，何得有我所？灭我我所故，名得无我智。得无我智者，是则名实观①；得无我智者，是人为希有。内外我我所，尽灭无有故，诸受即为灭，受灭则身灭。业烦恼灭故，名之为解脱。业烦恼非实，入空戏论灭，诸佛或说我，或说于无我。诸法实相中，无我无非我。诸法实相者，心行言语断，无生亦无灭，寂灭如涅槃。一切实非实，亦实亦非实，非实非非实，是名诸佛法。自知不随他，寂灭无戏论，无异无分别，是则名实相。若法众缘生，不即不异因。是故名实相，不断亦不常，不一亦不异，不常亦不断。是名诸世尊，教化甘露味。若佛不出世，佛法已灭尽，诸辟支佛智，从于远离生。

　　有人说神应有二种：若五阴即是神，若离五阴有神。若五阴是神者，神则生灭相，如偈中说。若神是五阴，即是生、灭相。何以故？生已坏败故。以生、灭相故，五阴是无常。如五阴无常，生、灭二法亦是无常。何以故？生、灭亦生已坏败故无常。神若是五阴，五阴无常故，神亦应无常生、灭相，但是事不然。若离五阴有神，神即无五阴相，如偈中说。若神异五阴，则非五阴相。而离五阴，更无有法。若离五阴有法者，以何相何法而有？若谓神如虚空，离五阴而有者，是亦不然。何以故？《破六种品》中，已破虚空，无有法名为虚空。若谓以有信故有神，是事不然。何以故？信有四种：一现事可信；二名比知可信，如见烟知有火；三名譬喻可信，如国无输石，喻之如金；四名贤圣所说故可信，如说有地狱、有天、有郁单越②，无有见者，信圣人语故知。是神于一切信中不可得，现事中亦无，比知中亦无，何以故？比知名先见故，后比类而知，如人先见火有烟，后但见烟则知有火。神义不然。谁能先见神与五阴合，后见五阴知有神。

成；不因现在时，则过去未来时不成；不因未来时，则过去现在时不成。汝先说过去时中，虽无未来、现在时，而因过去时，成未来、现在时者，是事不然。"问曰："若不因过去时成未来、现在时，而有何咎？"答曰：

"不因过去时，则无未来时，亦无现在时，是故无二时。

不因过去时，则不成未来、现在时，何以故？若不因过去时有现在时者，于何处有现在时？未来亦如是。于何处有未来时？是故不因过去时，则无未来、现在时？如是相待有故，实无有时。

以如是义故，则知余二时，上中下一异，是等法皆无。

以如是义故，当知余未来、现在亦应无，及上中下一异等诸法亦皆无。如因上有中、下，离上则无中、下。若离上有中、下，则不应相因待。因一故有异，因异故有一。若一实有，不应因异而有。若异实有，不应因一而有。如是等诸法，亦应如是破。"问曰："如有岁、月、日、须臾等差别故，知有时。"答曰：

"时住不可得，时去亦叵得。时若不可得，云何说时相？因物故有时，离物何有时？物尚无所有，何况当有时？

时若不住，不应可得，时住亦无。若时不可得，云何说时相？若无时相则无时，因物生故则名时。若离物则无时，上来种种因缘破诸物无故，何有时？"

中论卷第五

龙树菩萨造

青目菩萨释

姚秦三藏法师鸠摩罗什译

观因果品第二十

问曰："众因缘和合①，现有果生，当知是果从众缘和合有。"答曰：

"若众缘和合，而有果生者。和合中已有，何须和合生？

若谓众因缘和合有果生者，是果则和合中已有，而从和合生者，是事不然。何以故？果若先有定体②，则不应从和合生。"问曰："众缘和合中虽无果，而果从众缘生者，有何咎？"答曰：

"若众缘和合，是中无果者，云何从众缘，和合而生果？

若从众缘和合则果生者，若和合中无果而从和合生，是事不然。何以故？若物无自性，是物终不生。复次：

若众缘和合，是中有果者，和合中应有，而实不可得。

若从众缘和合中有果者，若色应可眼见，若非色应可意知，而实和合中果不可得，是故和合中有果，是事不然。复次：

若众缘和合，是中无果者，是则众缘中，与非因缘同。

若众缘和合中无果者，则众因缘，即同非因缘。如乳是酪因缘，若乳中无酪，水中亦无酪。

若乳中无酪，则与水同，不应言但从乳出。是故众缘和合中无果者，是事不然。"问曰："因为果作因已灭，而有因果生，无如是咎。"答曰：

"若因与果因，作因已而灭，是因有二体，一与一则灭。

若因与果作因已而灭者，是因则有二体：一谓与因，二谓灭因。是事不然，一法有二体故。是故因与果作因已而灭，是事不然。"问曰："若谓因不与果作因已而灭，亦有果生，有何咎？"答曰：

"若因不与果，作因已而灭，因灭而果生，是果则无因。

若是因不与果作因已而灭者，则因灭已而果生，是果则无因。是事不然，何以故？现见一切果无有无因者，是故汝说因不与果作因已而灭亦有果生者，是事不然。"问曰："众缘合时而有果生者，有何咎？"答曰："若众缘合时，而有果生者，生者及可生，则为一时俱。

若众缘合时有果生者，则生者可生即一时俱。但是事不尔，何以故？如父子不得一时生，是故汝说众缘合时有果生者，是事不然。"问曰："若先有果生，而后众缘合，有何咎？"答曰：

"若先有果生，而后众缘合，此即离因缘，名为无因果。

若众缘未合，而先有果生者，是事不然。是果离因缘故，则名无因果。是故汝说众缘未合时先有果生者，是事则不然。"问曰："因灭变为果者，有何咎？"答曰：

"若因变为果，因即至于果，是则前生因，生已而复生。

因有二种：一者前生，二者共生。若因灭变为果，果是前生因，应还更生，但是事不然，何以故？已生物不应更生。若谓是因即变为果，是亦不然，何以故？若即是不名为变，若变不名即是。"问曰："因不尽灭，但名字灭，而因体变为果。如泥团变为瓶，失泥团名，而生瓶名。"答曰："泥团先灭而有瓶生，不名为变。又泥团体不独生瓶，瓮瓿③等皆从泥中出。若泥团但有名，不应变为瓶，变名如乳变为酪。是故汝说因名虽灭而变为果，是事不然。"问曰："因虽灭失，而能生果。是故有果，无如是咎？"答曰：

"云何因灭失，而能生于果？又若因在果，云何因生果？

若因灭失已，云何能生果？若因不灭而与果合，何能更生果？"问曰："是因遍有果而果生。"答曰："若因遍有果，更生何等果？因见不见果，是二俱不生。

是因若不见果，尚不应生果，何况见？若因自不见果，则不应生果，何以故？若不见果，果则不随因。又未有果，云何生果？若因先见果，不应复生果，已有故。复次：

若言过去因，而于过去果，未来现有果，是则终不合。若言未来因，而于未来果，现在过去果，是则终不合。若言现在因，而于现在果，未来过去果，是则终不合。

过去果不与过去、未来、现在因合，未来果不与未来、现在、过去因合，现在果不与现在、未来、过去因合。如是三种果，终不与过去、未来、现在因合。复次：

若不和合者，因何能生果？若有和合者，因何能生果？

若因果不和合，则无果。若无果，云何因能生果？若谓因果和合则因能生果者，是亦不然，何以故？若果在因中则因中已有果，云何而复生？复次：

若因空无果，因何能生果？若因不空无果，因何能生果？

若因无果者，以无果故因空，云何因生果？如人不怀妊，云何能生子？若因先有果，已有果故，不应复生。复次，今当说果。

果不空不生，果不空不灭。以果不空故，不生亦不灭。果空故不生，果空故不灭。以果是空故，不生亦不灭。

果若不空，不应生，不应灭，何以故？果若因中先决定有，更不须复生。生无故无灭。是故初有名今世有，后有名未来世有。若初有灭，次有后有，是即无因。是事不然，是故不得言初有灭有后有。若初有不灭，亦不应有后有，何以故？若初有未灭而有后有者，是则一时有二有。是事不然，是故初有不灭无有后有？"问曰："后有不以初有灭生，不以不灭生，但灭时生。"答曰：

若初有灭时，而后有生者。灭时是一有，生时是一有。

若初有灭时后有生者，即二有一时俱，一有是灭时，一有是生时。"问曰："灭时、生时二有俱在则不然，但现见初有灭后有生。"答曰：

"若言于生灭，而谓一时者，则于此阴死，即于此阴生。

若生时、灭时、一时无二有，而谓初有灭时后有生者，今应随在何阴中死？即于此阴生，不应余阴中生，何以故？死者即是生者故。如是死生相违法，不应一时一处。是故汝先说灭时、生时、一时无二有，但现见初有灭时后有生，是事不然。复次：

三世中求有，相续不可得。若三世中无，何有有相续？

三有名欲有、色有、无色有，无始生死中不得实智故④，常有三有相续。今于三世中谛求不可得。若三世中无有，当于何处有有相续？当知有有相续，皆从愚痴、颠倒故有，实中则无。"

---

①常边：即常见。所谓边，是指断见，常见等偏执之见解，执着于一端，不合中道。下句断边即是指断见。
②无量劫数：形容时间极其久远。
③三有：三界的生死。
④实智：为佛、菩萨亲证真如契于诸法实相的真智。

观如来品第二十二

问曰："一切世中尊，唯有如来①正遍知②，号为法王，一切智人③，是则应有。"答曰："今谛思惟，若有应取，若无何所取？何以故？如来

非阴非离阴，此彼不相在。如来不有阴，何处有如来？

若如来实有者，为五阴是如来，为离五阴有如来，为如来中有五阴，为五阴中有如来，为如来有五阴？是事皆不然。五阴非是如来，何以故？生灭相故。五阴生灭相，若如来是五阴，如来即是生、灭相。若生、灭相者，如来即有无常、断灭等过。又受者、受法则一，受者是如来，受法是五阴，是事不然。是故如来非是五阴，离五阴亦无如来。若离五阴有如来者，不应有生、灭相。若尔者，如来有常等过。又眼等诸根不能见知，但是事不然，是故离五阴亦无如来，如来中亦无五阴。何以故？若如来中有五阴，如器中有果，水中有鱼者，则为有异。若异者，即有如上常等过，是故如来中无五阴。又五阴中无如来，何以故？若五阴中有如来，如床上有人，器中有乳者，如是则有别异。如上说过。是故五阴中无如来，如来亦不有五阴。何以故？若如来有五阴，如人有子，如是则有别异。若尔者有如上过，是事不然，是故如来不有五阴。如是五种求不可得，何等是如来？"问曰："如是义求如来不可得，而五阴和合有如来。"答曰：

"阴合有如来，则无有自性。若无有自性，云何因他有？

若如来五阴和合故有，即无自性，何以故？因五阴和合有故。"问曰："如来不以自性故有，但应因他性故有。"答曰："若无自性，云何因他性有？何以故？他性亦无自性，又无相待因故，他性不可得。不可得故，不名为他。复次：

　　法若因他生，是即非有我。若法非我者，云何是如来？

　　若法因众缘生，即无有我，如因五指有拳，是拳无有自体。如是因五阴名我，是我即无自体。我有种种名，或名众生、天人、如来等。若如来因五阴有，即无自性，无自性故无我。若无我，云何说名如来？是故偈中说，法若因他生，是即非有我。若法非我者，云何是如来？复次：

　　若无有自性，云何有他性？离自性他性，何名为如来？

　　若无有自性，他性亦不应有。因自性故名他性，此无故彼亦无。是故自性、他性二俱无。若离自性、他性，谁为如来？复次：

　　若不因五阴，先有如来者，以今受阴故，则说为如来。今实不受阴，更无如来法，若以不受无，今当云何受？若其未有受，所受不名受，无有无受法，而名为如来。

　　若于一异中，如来不可得，五种求亦无，云何受中有？又所受五阴，不从自性有，若无自性者，云何有他性？

　　若未受五阴先有如来者，是如来今应受五阴已作如来。而实未受五阴时先无如来，今云何当受？又不受五阴者，五阴不名为受，无有无受而名为如来。又如来一、异中求不可得，五阴中五种求亦不可得，若尔者，云何于五阴中说有如来？又所受五阴，不从自性有。若谓从他性有，若不从自性有，云何从他性有？何以故？以无自性故，又他性亦无。复次：

　　以如是义故，受空受者空。云何当以空，而说空如来？

　　以是义思惟，受及受者皆空。若受空者，云何以空受，而说空如来？"问曰："汝谓受空者、受者空，则定有空耶？"答曰："不然。何以故？

　　空则不可说，非空不可得，共不共叵说，但以假名说？

　　诸法空则不应说，诸法不空亦不应说，诸法空不空亦不应说，非空非不空亦不应说，何以故？但破相违故，以假名说。如是正观思惟，诸法实相中，不应以诸难为难，何以故？

　　寂灭相中无，常无常等四；寂灭相中无，边无边等四。

　　诸法实相，如是微妙寂灭，但因过去世起四种邪见：世间有常，世间无常，世间常无常，世间非常非无常。寂灭中尽无，何以故？诸法实相，毕竟清净不可取。空尚不受，何况有四种见？四种见皆因受生，诸法实相无所因受。四种见皆以自见为贵，他见为贱，诸法实相无有此彼。是故说寂灭中无四种见。如因过去世有四种见，因未来世有四种见，亦如是。世间有边，世间无边，世间有边无边，世间非有边非无边。"问曰："若如是破如来者，则无如来耶？"答曰：

　　"邪见深厚者，则说无如来。如来寂灭相，分别有亦非。

　　邪见有二种：一者破世间乐，二者破涅槃道。破世间乐者，是粗邪见，言无罪福，无罪福报，无如来等贤圣。起是邪见，舍善④为恶，则破世间乐。破涅槃道者，贪著于我，分别有无，起善灭恶。起善故得世间乐。分别有无故，不得涅槃。是故若言无如来者，是深厚邪见，乃失世间乐，何况涅槃？若言有如来，亦是邪见，何以故？如来寂灭相，而种种分别故。是故寂灭相中，分别有如来亦为非。

　　如是性空中，思惟亦不可，如来灭度后，分别于有无。

　　诸法实相性空故，不应于如来灭后，思惟若有、若无、若有无。如来从本已来毕竟空，何况灭后？

　　如来过戏论，而人生戏论，戏论破慧眼，是皆不见佛。

　　戏论名忆念取相，分别此彼，言佛灭不灭等。是人为戏论覆慧眼故，不能见如来法身。此《如来品》中，初、中、后思惟如来定性不可得，是故偈说：

　　如来所有性，即是世间性；如来无有性，世间亦无性。

中论卷第六

龙树菩萨造
青目菩萨释
姚秦三藏法师鸠摩罗什译

观四谛品第二十四

问曰："破四颠倒，通达四谛①，得四沙门果②。

若一切皆空，无生亦无灭，如是则无有，四圣谛之法。以无四谛故，见苦与断集，证灭及修道，如是事皆无。以是事无故，则无有四果。无有四果故，得向者亦无。若无八贤圣，则无有僧宝。以无四谛故，亦无有法宝。以无法僧宝，亦无有佛宝。如是说空者，是则破三宝。

若一切世间皆空无所有者，即应无生无灭。以无生无灭故，则无四圣谛，何以故？从集谛③生苦谛④，集谛是因，苦谛是果，灭苦集谛，名为灭谛⑤。能至灭谛，名为道谛⑥，道谛是因，灭谛是果。如是四谛，有因有果。若无生无灭，则无四谛。四谛无故，则无见苦、断集、证灭、修道。见苦、断集、证灭、修道无故，则无四沙门果。四沙门果无故，则无四向四得者⑦。若无此八贤圣，则无僧宝。又四圣谛无故，法宝亦无。若无法宝、僧宝者，云何有佛，得法名为佛？无法何为佛？汝说诸法皆空，则坏三宝？复次：

空法坏因果，亦坏于罪福，亦复悉毁坏，一切世俗法。

若受空法者，则破罪福，及罪福果报，亦破世欲法。有如是等诸过故，诸法不应空。"答曰："汝今实不能，知空空因缘，及知于空义，是故自生恼。

汝不解云何是空相，以何因缘说空，亦不解空义，不能如实知故，生如是疑难。复次：

诸佛依二谛，为众生说法，一以世俗谛，二第一义谛。若人不能知，分别于二谛，则于深佛法，不知真实义。

世俗谛者，一切法性空，而世间颠倒故，生虚妄法，于世间是实。诸贤圣真知颠倒性故，知一切法皆空无生。于圣人是第一义谛名为实。诸佛依是二谛，而为众生说法。若人不能如实分别二谛，则于甚深佛法不知实义。若谓一切法不生，是第一义谛，不须第二俗谛者，是亦不然。何以故？

若不依俗谛，不得第一义，不得第一义，则不得涅槃。

第一义皆因言说，言说是世俗，是故若不依世俗第一义则不可说。若不得第一义，云何得至涅槃？是故诸法虽无生而有二谛？复次：

不能正观空，钝⑧根则自害，如不善咒术，不善捉毒蛇。

若人钝根不善解空法，于空有失而生邪见。如为利捉毒蛇，不能善捉反为所害。又如咒术欲有所作，不能善成，则还自害。钝根观空法，亦复如是。复次：

世尊知是法⑨，甚深微妙相，非钝根所及，是故不欲说。

世尊以法甚深微妙，非钝根所解，是故不欲说。复次：

汝谓我著空，而为我生过，汝今所说过，于空则无有。

汝谓我著空故，为我生过。我所说性空空亦空，无如是过。复次：

以有空义故，一切法得成。若无空义者，一切则不成。

以有空义故，一切世间、出世间法皆悉成就。若无空义，则皆不成就。复次：

汝今自有过，而以回向我⑩，如人乘马者，自忘于所乘。

汝于有法中有过，不能自觉，而于空中见过，如人乘马，而忘其所乘。何以故？

若汝见诸法，决定有性者，即为见诸法，无因亦无缘。

汝说诸法有定性，若尔者，则见诸法无因无缘，何以故？若法决定有性，则应不生不灭，如是法何用因缘？若诸法从因缘生，则无有性。是故诸法决定有性，则无因缘。若谓诸法决定住自性，是则不然，何以故？

即为破因果，作作者作法，亦复坏一切，万物之生灭。

诸法有定性，则无因果等诸事。如偈说：

众因缘生法，我说即是法，亦为是假名，亦是中道义。未曾有一法，不从因缘生，是故一切法，无不是空者。

众因缘生法，我说即是空，何以故？众缘具足和合而物生，是物属众因缘故无自性。无自性故空，空亦复空，但为引导众生故，以假名说。离有无二边故名为中道。是法无性故，不得言有；亦无空故，不得言无。若法有性相，则不待众缘而有。若不待众缘则无法，是故无有不空法。汝上所说，空法有过者，此过今还在汝，何以故？

若一切不空，则无有生灭，如是则无有，四圣谛之法。

若一切法各各有性不空者，则无有生、灭，无生、灭故则无四圣谛法⑪。何以故？

若不从缘生，云何当有苦？无常是苦义，定性无无常。

若不从缘生故，则无苦，何以故？经说无常是苦义，若苦有定性，云何有无常？以不舍自性故。复次：

若苦有定性，何故从集生？是故无有集，以破空义故。

若苦定有性者，则不应更生，先已有故。若尔者，则无集谛，以坏空义故。复次：

苦若有定性，则不应有灭。汝著定性故，即破于灭谛。

苦若有定性者，则不应灭，何以故？性则无失故。复次：苦若有定性，则无有修道，若道可修习，即无有定性。

法若定有则无有修道，何以故？若法实者则是常，常则不可增益。若道可修，道则无有定性。复次：

若无有苦谛，及无集灭谛，所可灭苦道，竟为何所至？

诸法若先定有性，则无苦集灭谛。今灭苦道，竟为至何灭苦处？复次：

若苦定有性，先来所不见，于今云何见？其性不异故。

若先凡夫时不能见苦性，今亦不应见，何以故？不见性定故。复次：

如见苦不然，断集及证灭，修道及四果，是亦皆不然。

如苦谛性，先不可见者后亦不应见，如是亦不应有断集灭证修道。何以故？是集性先来不断，今亦不应断，性不可断故。灭先来不证，今亦不应证，先来不证故。道先来不修，今亦不应修，先来不修故。是故四圣谛见、断、证、修四种行，皆不应有。四种行无故，四道果亦无，何以故？

是四道果性，先来不可得，诸法性若定，今云何可得？

诸法若有定性，四沙门果先来未得，今云何可得？若可得者，性则无定。复次：

若无有四果⑫，则无得向者。以无八圣故，则无有僧宝。

无四沙门果故，则无得果向果者。无八贤圣故，则无有僧宝，而经说八贤圣名为僧宝。复次：

无四圣谛故，亦无有法宝。无法宝僧宝，云何有佛宝？

行四圣谛，得涅槃法。若无四谛，则无法宝？若无二宝，云何当有佛宝？汝以如是因缘，说诸法定性，则坏三宝。"问曰："汝虽破诸法究竟道，阿耨多罗三藐三菩提应有⑬，因是道故，名为佛。"答曰：

"汝说则不应，菩提而有佛，亦复不因佛，而有于菩提。

汝说诸法有定性者，则不应因菩提有佛，因佛道有菩提，是二性常定故。复次：

虽复勤精进，修行菩提道，若先非佛性，不应得成佛。

以先无性故，如铁无金性，虽复种种锻炼，终不成金。复次：

若诸法不空，无作罪福者。不空何所作？以其性定故。

若诸法不空，终无有人作罪福者，何以故？罪福性先已有故，又无作者故。复次：

汝于罪福中，不生果报者，是则离罪福，而有诸果报。

汝于罪福因缘中，皆无果报者，则应离罪福因缘，而有果报。何以故？果报不待因出故。"问曰："离罪福可无善恶果报，但从罪福有善恶果报。"答曰：

"若谓从罪福，而生果报者，果从罪福生，云何言不空？

若离罪福无善恶，云何言果不空？若尔，离作作者则无罪福。汝先说诸法不空，是事不然。复次：

汝破一切法，诸因缘空义，则破于世俗，诸余所有法。

汝若破众因缘法第一空义者，则破一切世俗法，何以故？

若破于空义，即应无所作。无作而有作，不作名作者。

若破空义，则一切果皆无作无因。又不作而作，又一切作者不应有所作，又离作者应有业有果报有受者。但是事皆不然，是故不应破空。复次：

若有决定性，世间种种相，则不生不灭，常住而不坏。

若诸法有定性，则世间种种相，天人畜生万物，皆应不生不灭，常住不坏，何以故？有实性不可变异故。而现见万物各有变异相，生、灭、变、易，是故不应有定性。复次：

若无有空者，未得不应得，亦无断烦恼，亦无苦尽事。

若无有空法者，则世间⑭、出世间⑮所有功德⑯，未得者皆不应有得，亦不应有断、烦恼者，亦无苦尽。何以故？以性定故。

是故经中说，若见因缘法，则为能见佛，见苦集灭道。

若人见一切法从众缘生，是人则能见佛法身，增益智慧，能见四圣谛苦、集、灭、道。见四圣谛得四果，灭诸苦恼，是故不应破空义。若破空义，则破因缘法。破因缘法，则破三宝⑰。若破三宝，则为自破。"

---

①四谛：也叫四圣谛，指苦、集、灭、道四谛。

②沙门：出家修道者的通称。

③集谛：说明造成人生种种痛苦的真理。

④苦谛：说明人生多苦的真理。

⑤灭谛：说明断灭世俗诸苦得以产生的原因，是佛教一切修行所要达到的目的，也即是涅槃。

⑥道谛：说明通向涅槃境界的方法的真理。

⑦四向四得：向是正向其果位迈进的意思，得是得果位。四向指须陀洹向、斯陀含向、阿那含向、阿罗汉向。四得即须陀洹果、阿那含果、斯陀含果、阿罗汉果。

⑧钝根：悟性不高的人。

⑨世尊：对佛的尊称。

⑩回向：回转指向。

⑪四圣谛法：即苦谛、集谛、灭谛、道谛，是佛教的基本教义之一。

⑫四果：即四沙门果，指声闻乘的四种果位，即须陀洹果、斯陀含果、阿那含果、阿罗汉果。

⑬阿耨多罗三藐三菩提：真正平等觉知一切真理之无上智慧。

⑭世间：宇宙。

⑮出世间：涅槃。

⑯功德：拜佛、诵经、布施、供养等善行善心。

⑰三宝：佛宝、法宝、僧宝。

观涅槃品第二十五

问曰：

"若一切法空，无生、无灭者，何断何所灭，而称为涅槃？

若一切法空，则无生无灭，无生、无灭者，何所断，何所灭，名为涅槃？是故一切法不应空。以诸法不空故，断诸烦恼，灭五阴，名为涅槃。"答曰：

"若诸法不空，则无生无灭，何断何所灭，而称为涅槃？

若一切世间不空，则无生、无灭，何所断，何所灭，而名为涅槃？是故有、无二门非至涅槃，所名涅槃者。

无得亦无至，不断亦不常，不生亦不灭，是说名涅槃。无得者，于行于果无所得。无至者，无处可至。不断者，五阴先来毕竟空故，得道入无余涅槃时，亦无所断。不常者，若有法可得分别者，则名为常；涅槃寂灭，无法可分别故，不名为常，生灭亦尔。如是相者，名为涅槃。复次，经说涅槃非有非无，非有无，非非有，非非无。一切法不受内寂灭，名涅槃，何以故？

涅槃不名有，有则老死相，终无有有法，离于老死相。

眼见一切万物皆生灭故，是老、死相。涅槃若是有，则应有老、死相，但是事不然。是故涅槃不名有，又不见离生、灭、老、死，别有定法。若涅槃是有，即应有生、灭、老、死相，以离老死相故，名为涅槃。复次：

若涅槃是有，涅槃即有为，终无有一法，而是无为者。

涅槃非是有，何以故？一切万物从众缘生，皆是有为，无有一法名为无为者。虽常法假名无为，以理推之，无常法尚不有，何况常法，不可得见不可得者？复次：

若涅槃是有，云何名无受？无有不从受，而名为无法。

若谓涅槃是有法者，经则不应说无受是涅槃，何以故？无有法不受而有，是故涅槃非有。"

问曰："若有非涅槃者，无应是涅槃耶？"答曰：

"有尚非涅槃，何况于无耶？涅槃无有有，何处当有无？

若有非涅槃，无云何是涅槃？何以故？因有故有无，若无有云何有无？如经说，先有今无则名无。涅槃则不尔，何以故？非有法变为无故。是故无亦不作涅槃。复次：

依止过去世，常等四句不可得。有边无边等四句，依止未来世，是事不可得，今当说，何以故？

若世间有边，云何有后世？若世间无边，云何有后世？

若世间有边，不应有后世，而今实有后世，是故世间有边不然。若世间无边，亦不应有后世，而实有后世，是故世间无边亦不然。复次，是二边不可得，何以故？

五阴常相续，犹若如灯焰，以是故世间，不应边无边。

从五阴复生五阴，是五阴次第相续，如众缘和合有灯焰，若众缘不尽，灯则不灭，若尽则灭。是故不得说世间有边无边。复次：

若先五阴坏，不因是五阴，更生后五阴，世间则有边。若先阴不坏，亦不因是阴，而生后五阴，世间则无边。

若先五阴坏，不因是五阴更生后五阴，如是则世间有边。若先五阴灭已，更不生余五阴，是名为边，边名末后身。若先五阴不坏，不因是五阴而生后五阴，世间则无边，是则为常，而实不尔。是故世间无边，是事不然。世间有二种：国土世间⑪，众生世间⑫，此是众生世间。复次如《四百观》中说：

真法及说者⑬，听者难得故，如是则生死，非有边无边。

不得真法因缘故，生死往来无有边。或时得闻真法得道故，不得言无边。今当更破，亦有边亦无边。

若世半有边，世间半无边，是则亦有边，亦无边不然。

若世间半有边半无边，则应是亦有边亦无边。若尔者，则一法二相，是事不然，何以故？

彼受五阴者，云何一分破？一分而不破，是事则不然。受亦复如是，云何一分破？一分而不破，是事则不然。

受五阴者，云何一分破一分不破？是事不得亦常、亦无常。受亦如是，云何一分破一分不破？常无常二相过故。是故世间亦有边亦无边，是则不然，今当破非有边非无边见。

若亦有无边，是二得成者。非有非无边，是则亦应成。

与有边相违故有无边，如长相违有短，与有无相违则有亦有亦无。与亦有亦无相违故，则有非有非无。若亦有边亦无边定成者，应有非有边非无边，何以故？因相待故。上已破亦有边亦无边第三句，今云何当有非有边非无边？以无相待故。如是推求，依止未来世，有边无边等四见，皆不可得。复次：

一切法空故，世间常等见，何处于何时，谁起是诸见？

上已声闻法破诸见。今此大乘法中，说诸法从本已来，毕竟空性。如是空性法中无人无法，不应生邪见正见。处名土地，时名日月岁数，谁名为人？是名诸见体。若有常、无常等决定见者，应当有人出生此见。破我故无人，生是见应有处所。色法现见尚可破，何况时方？若有诸见者，应有定实，若定则不应破，上来已种种因缘破。是故当知见无定体。云何得生？如偈说何处何时谁起是见？

瞿昙大圣主⑭。怜愍说是法，悉断一切见，我今稽首礼。

一切见者，略说则有五见，广说则六十二见。为断是诸见故说法。大圣主瞿昙，是无量无边不可思议智慧者⑮，是故我稽首礼。"

---

① 旃陀罗：旃（zhān 音沾）：即首陀罗，是印度古代四大种姓之一，也就是奴隶阶级。

② 婆罗门：印度古代四大种姓中的第一种姓。

③舍卫国：古印度国名。

④三恶道：地狱、饿鬼、畜生。

⑤三善道：天、人、阿罗修。

⑥依止：依赖止住。

⑦墼（jī音机）：未烧的土坯。

⑧若有我是二应一：如果前世父、今世子的我是同一人。

⑨断边：即断见。

⑩常边：即常见。

⑪国土世间：又名器世间，即一切众生依之而住的山河大地，是众生的依报。

⑫众生世间：又名假名世间，即假五阴和今之名而有的众生，是众生的正报。

⑬真法：真如实相之法。

⑭瞿昙：乔达摩。

⑮不可思议：不可以心思，不可以言议。

唯识三十论颂

世亲 撰

〔唐〕玄奘 译

唯识三十论颂

世亲菩萨造
大唐三藏法师玄奘奉诏译

护法等菩萨①，约此三十颂造成唯识，今略标所以。谓此三十颂中，初二十四行颂明唯识相②，次一行颂明唯识性③，后五行颂明唯识行位④。就二十四行颂中，初一行半略辩唯识相，次二十二行半广辩唯识相。谓外问言："若唯有识⑤，云何世间及诸圣教说有我法？"颂曰：

　　　　由假说我法⑥，有种种相转⑦。
　　　　彼依识所变，此能变唯三，
　　　　谓异熟⑧、思量⑨，及了别境识⑩。

次二十二行半广辩唯识相者，由前颂文略标三能变，今广明三变相。且初能变其相云何？颂曰：

初阿赖耶识，异熟一切种⑪。
不可知执受⑫，处⑬了⑭常⑮与触。
作意、受、想、思⑯，
相应唯舍受⑰，是无覆无记⑱，触等亦如是⑲。
恒转如瀑流，阿罗汉位舍⑳。
已说初能变，第二能变其相云何？颂曰：
次第二能变，是识名末那㉑，
依彼转缘彼㉒，思量为性相㉓。
四烦恼常俱，谓我痴、我见，
并我慢、我爱，及余触等俱㉔。
有覆无记摄㉕，随所生所系㉖。
阿罗汉灭定㉗，出世道无有㉘。
如是已说第二能变。第三能变其相云何？颂曰：
次第三能变，差别有六种㉙。
了境为性相，善不善俱非㉚。
此心所㉛遍行㉜，别境㉝善㉞烦恼。
随烦恼不定㉟，皆三受相应㊱。
初遍行触等，次别境谓欲，
胜、解、念、定、慧，所缘事不同。
善谓信、惭愧，无念等三根㊲。
勤、安、不放逸，行舍、及不害。
烦恼谓贪、嗔、痴、慢、疑、恶见。
随烦恼谓忿，恨、覆、恼、嫉、悭，

诳、谄、与害、矫³⁸，无惭及无愧，

掉举³⁹与惛沈⁴⁰，不信并懈怠，

放逸及失念，散乱不正知。

不定谓悔、眠，寻、伺二各二⁴¹。

已说六识心所相应，云何应知现起分位？颂曰：

依止根本识⁴²，五识随缘现⁴³，

或俱或不俱，如涛波依水。

意识常现起，除生无想天⁴⁴，

及无心二定⁴⁵，睡眠与闷绝⁴⁶。

已广分别三能变相，为自所变二分所依，云何应知依识所变，假说我法，非别实有，由斯一切唯识耶？颂曰：

是诸识转变，分别⁴⁷所分别⁴⁸，

由此彼皆无，故一切唯识。

若唯有识，都无外缘，由何而生种种分别？颂曰：

由一切种识，如是如是变，

以展转力故⁴⁹，彼彼分别生。

虽有内识而无外缘，由何有情生死相续？颂曰：

由诸业⁵⁰习气⁵¹，二取习气俱⁵²，

前异熟既尽，复生余异熟。

若唯有识，何故世尊处处经中说有三性⁵³，应知三性亦不离识，所以者何？颂曰：

由彼彼⁵⁴遍计⁵⁵，遍计种种物，

此遍计所执，自性无所有。

依他起自性，分别缘所生。

圆成实于彼⁵⁶，常远离前性，

故此与依他，非异非不异，

如无常等性⁵⁷，非不见此彼⁵⁸。

若有三性，如何世尊说一切法皆自性？颂曰：

即依此三性，立彼三无性⁵⁹，

故佛密意说，一切法无性。

初即相无性⁶⁰，次无自然性⁶¹，

后⁶²由远离前⁶³，所执我法性。

此诸法胜义⁶⁴，亦即是真如，

常如其性故，即唯识实性。

后五行颂，明唯识行位者⁶⁵。论曰："如是所成唯识性相，谁依几位如何悟入？谓具大乘二种种性。一本性种性，谓无始来依附本识法尔，所得无漏法因⁶⁶。二谓习所成种性，谓闻法界等流法已⁶⁷，闻所成等熏习所成。具此二性，方能悟入。"何谓五位？一资粮位⁶⁸，谓修大乘顺解脱分，依识性相能深信解，其相云何？颂曰：

乃至未起识，求住唯识性⁶⁹；

于二取随眠⁷⁰，犹未能伏灭⁷¹。

二加行位⁷²，谓修大乘顺决择分，在加行位能渐伏除所取、能取，其相云何？

现前立少物⑦，谓是唯识性，

以有所得故，非实在唯识。

三通达位⑦，谓诸菩萨所住见道，在通达位必实通达，其相云何？

若时于所缘，智都无所得⑦，

尔时住唯识，离二取相故。

四修习位⑦，谓诸菩萨所住修道，修习位中如实见理数数修习，其相云何？

无得不思议⑦，是出世间智⑦，

舍二粗重故⑦，便证得转依⑧。

五究竟位⑧，谓住无上正等菩萨，出障圆明能心未来化有情类，其相云何？

此即无漏界⑧，不思议善常⑧，

安乐⑧解脱身⑧，大牟尼名法⑧。

唯识三十论颂。

---

①护法：约六世纪中叶，古印度大乘佛教瑜伽行派论师。

②相：事物的外在表现形状。

③性："法性"，指现象固有的、永恒不变的本质、本性和本源。

④行位：指一切精神现象和物质现象的生起和变化活动。

⑤识：指一切精神现象，与"心"、"意"相同。

⑥由假说我法：世间圣教所说的我或法，都是由假而说。

⑦有种种相转：于我上有种种的相状转变现起，于法上也有种种相状转变现起。

⑧异熟：指果异于因而成熟，指异于因而得的果报，也就是指第八识阿赖耶识。

⑨思量：思考比较，指第七识末那识。

⑩了别境：明辨其境，指眼识到意识的前六识。

⑪一切种：种是能生，这是阿赖耶识的功能，因为能恒持产生世界一切事物的种子，是万法的根本原因，所以称为一切种。

⑫执受：有意、摄、持、领、觉的意思。

⑬处：处所，指由识所变现的外境。

⑭了：明了，指能缘境的见照作用。

⑮常：持续不断。

⑯作意：集中注意，令心警觉。

⑰相应唯舍受：舍受指舍去报身，是死的别名。所谓相应唯舍受，也就是说阿赖耶识在五受（忧受、喜受、乐受、苦受、舍受）中只和舍受相应。

⑱无覆无记：无记（非善非恶，无可记别）的一种，与有覆无记相对，指无所谓染净的无记性。

⑲触等：阿赖耶识相应的五遍行心所：触、作意、受、想、思。

⑳阿罗汉：声闻乘中的最高果位名。

㉑末那：末那识，即八识中的第七识，三能变中的第二能变。

㉒依彼转：指末那识是依止于阿赖耶识相续转起的。

㉓性相：性指法性，即现象固有的永恒不变的本质、本体、本源；相指法相，即呈现在人面前，可以被人分别、认识的现象。

㉔及余触等俱：这识还和四烦恼之外的其他的心所（五遍行）相应者。

㉕有覆无记：无记的两个种类之一，与无覆无记相对。指有碍修习佛道的一种无记心。

㉖随所生所系：指末那心所随末那生，系于末那。

㉗灭定：指克制思想使之停止活动的一种禅定，修得此定也就灭心和灭心所。

㉘出世道无有：到达阿罗汉果位，入灭尽定时，末那识永断，出于世道，就没有此识了。

㉙差别有六种：了境能变有六种差别，即眼识、耳识、鼻识、舌识、身识、口识、意识六识。

㉚善不善俱非：即不是善也不是不善。

㉛心所：为心所有的各种思想现象。

㉜遍行：与别境相对，指任何认识发生时，都会产生的心理活动，因为是一种普遍的现象，所以叫作遍行，包括作意、受、思、想、触五种。

㉝别境：与遍行相对，指由特定情境引起的心理活动，包括胜、欲、念、定、慧五种。

㉞善：这里指信、惭、愧、无贪、无瞋、无痴、精进、轻安、不放逸、行舍、不害。

㉟随烦恼：与根本烦恼相对，指随从根本烦恼而起的烦恼。

㊱三受：指乐受、苦受、舍受。

㊲三根：贪、嗔、痴。

㊳矫：通骄。

㊴掉举：浮动不定的意思。

㊵惛沈：心思糊涂。

㊶不定谓悔眠，寻伺二各二：不定包括悔、眠和寻、伺共四种心所，他们的共同特点是善恶的性质不定，其性取决于同何种心理发生联系，相应而起，所以叫做不定。悔：后悔。眠：迷。寻：寻求。伺：观察。

㊷依止根本止：指前六识都是以根本识阿陀那识（末那识）为所依止而生起的。

㊸五识：指眼识、鼻识、耳识、身识、舌识。

㊹无想天：无想的众生所居住的天处，在色界的第四禅天。

㊺无心二定：即无想定和灭尽定，下一句的睡眠和闷绝也就是无心。

㊻睡眠与闷绝：使人的心灵暗昧的精神作用。

㊼分别：识，即能缘的见分。

㊽所分别：境，所缘的相分。

㊾展转力：现行诸法彼此相互资取、互相展转。

㊿业：一切身心活动。

(51)习气：由烦恼相续在心中形成的积习。

(52)二取：六根吸取六尘，根为能取，尘为所取，叫作二取，是末那识的活动。

(53)三性：也称为“三自性”，指遍计所执自性、依他起自性、圆成实自性等三性。

(54)彼彼：第三能变及五十一心所各各不一，所以称之为彼彼。

(55)遍计：普遍计度一切事物。

(56)圆成实：即在“依他起自性”之上，远离“遍计所执性”的谬误，认识到一切事物既无“人我”，又无“法我”，由此所显示之真如实性。

(57)如无常等性：即是遍计缘生性。

(58)非不见彼此：意思是不得在遍计所执自性之外寻求依他起自性和圆成实自性。

(59)三无性：与三自性相对，指相无性、生无性和胜义无性。

(60)相无性：是说一切遍所执的事物，其相皆假而非实有。

(61)无自然性：即生无性，是说一切法都是因缘和合而生的，因缘和合而生就没有实性。

(62)后：指圆成实自性。

(63)前：遍计所执我法。

(64)胜义：指微妙的义理。

(65)行：佛教的修习与践行。

(66)无漏法因：即无漏法和无漏因。无漏法，指清静无烦恼的法；无漏因，指清静无烦恼的业果的业因。

(67)闻法：所闻佛法。

(68)资粮位：指“修顺解脱分”，解决对唯识真如的信仰和理解问题。

(69)住：证。

(70)随眠：烦恼的种子随逐众生，眠伏于阿赖耶识中。

(71)伏灭：断除烦恼的种子，使它永远不能再生。

(72)加行位：指修“顺择决分”，制伏“能取”与“所取”的分别，引发对唯识义的真见，为进入见道的前导。包括修习四寻思观，得暖、顶、忍、世第一之四善根位。

⑬现前立少物：二取习气，伏而未灭，带相观心，所以称之为现前立少物。少物：指未见的能取心。

⑭通达位：指"诸菩萨所住见道"，能生起无分别智，消除能取、所取一切分别，通达唯识道理，是修习过程的一大飞跃。

⑮若时于所缘，智都无所得：这一句话的意思是说：到了这个时候，离却了所取相和能取相。

⑯修习位：即由获得的无分别智进一步修习以断除余障之位。

⑰不思议：不可以心思之，也不可以言议之的意思。

⑱出世间：与世间相对，指超出三界、六道生死轮回的世界。

⑲二粗重：烦恼、所知二障的种子及诸业习气。

⑳转依：彻底转变我执、法执二障，以证得涅槃、菩萨二果，是唯识宗一切修习的最终和最高目标。

㉑究竟位：究竟、断惑、证理之位，即无学道，是大乘的最高佛位。

㉒无漏界：清净无烦恼的世界，即涅槃。

㉓善：真。

㉔安乐：极乐。

㉕解脱：摆脱烦恼业障的束缚，自然自在。

㉖大牟尼名法：用大牟尼来称呼法。牟尼：寂默，即难言说相，不是一时难言，而是从来不藉言说，所以叫作大寂默，即大牟尼，因为它无时无处不显诸法真相，所以把它称之为法。

因明入正理论

商羯罗主　撰

〔唐〕玄奘　译

因明①入②正理论③

商羯罗主菩萨造④
唐三藏法师玄奘译

能立⑤与能破⑥，及似唯悟他⑦；

现量⑧与比量⑨，及似唯自悟⑩。

如是总摄诸论要义。此中宗等⑪多言⑫，名为能立，由宗、因、喻多言开示诸有问者未了义故。此中宗者，谓极成⑬有法⑭，极成能别差别性故⑮，随自乐为所成立性⑯，是名为宗。如有成立声是无常。因有三相，何等为三？谓遍是宗法性⑰，同品定有性⑱，异品遍无性⑲。云何名为同品、异品？谓所立法均等义品，说名同品。如立无常，瓶等无常，是名同品。异品者，谓于是处无其所立，若有是常，见非所作，如虚空等。此中所作性或勤勇无间所发性，遍是宗法，于同品定有，于异品遍无，是无常等因。喻有二种：一者同法，二者异法。同法者，若于是处显因同品决定有性，谓若所作，见彼无常，譬如瓶等。异法者，若于是处，说所立无，因遍非有，谓若是常，见非所作，如虚空等。此中常言表非无常，非所作言表无所作，如有非有说名非有。

已说宗等如是多言，开悟他时，说名能立。如说声无常，是立宗言⑳；所作性故者，是宗法言㉑。若是所作，见彼无常，如瓶等者，是随同品言。若是其常，见非所作，如虚空者，是远离言㉒。唯此三分说名能立㉓。虽乐成立㉔，由与现量等相违故，名似立宗。现量相违、比量相违、自教相违㉕、世间相违㉖、自语相违㉗、能别不极成㉘、所别不极成㉙、俱不极成㉚、相符极成㉛。此中现量相违者，如说声非所闻。比量相违者，如说瓶等是常。自教相违者，如胜论师立声为常。世间相违者，如说怀兔非月，有故。又如说，言人顶骨净，众生分故㉜犹如螺贝。自语相违者，如言我母是其石女㉝。能别不极成者，如佛弟子对数论师立声灭坏。所别不极成者，如数论师对佛弟子说我是思。俱不极成者，如胜论师对佛弟子立我以为和合因缘。相符极成者，如说声是所闻。如是多言是遣诸法自相门故㉞，不容成故，立无果故，名似立宗过。

已说似宗，当说似因。不成、不定及与相违，是名似因。不成有四：一两俱不成㉟，二随一不成㊱，三犹豫不成，四所依不成。如成立声为无常等，若言是眼所见性故，两俱不成。所作性故，对声显论㊲，随一不成。于雾等性起疑惑时，为成大种和合火有㊳，而有所说，犹豫不成㊴。虚空实有，德所依故，对无空论，所依不成。不定有六㊵：一共㊶，二不共㊷，三同品一分转、异品遍转㊸，四异品一分转、同品遍转㊹，五俱品一分转㊺，六相违决定㊻。此中共者，如言声常，所量性故㊼，常无常品皆共此因，是故不定。为如瓶等，所量性故，声是无常；为如空等，所量性故，声是其常。言不共者，如说声常，所闻性故，常无常品皆离此因。常无常外，余非有故，是犹豫因。此所闻性，其犹何等？同品一分转、异品偏转者，如说声非勤勇无间所发，无常性故。此中非勤勇无间所发宗，以电、空等为其同品。此无常性，于电等有，于空等无。非勤勇无间所发宗，以瓶等为异品，于彼遍有。此因以电、瓶等为同品，故亦是不定。

为如瓶等，无常性故，彼是勤勇无间所发。为如电等，无常性故，彼非勤勇无间所发。异品一分转、同品遍转者，如立宗言，声是勤勇无间所发，无常性故。勤勇无间所发宗，以瓶等为同品，其无常性，于此偏有。以电、空等为异品，于彼一分电等是有，空等是无。是故如前亦为不定。俱品一分转者，如说声常，无质碍故。此中常宗，以虚空、极微等为同品。无质碍性，于虚空等有，于极微等无，以瓶、乐等为异品，于乐等有，于瓶等无。是故此因以乐以空为同法故，亦名不定。相违决定者，如立宗言，声是无常，所作性故，譬如瓶等。有立声常，所闻性故，譬如声性。此二皆是犹豫因故，俱名不定。相违有四⑱：谓法自相相违因⑲，法差别相违因，有法自相相违因，有法差别相违因等。此中法自相相违因者，如说声常，所作性故，或勤勇无间所发性故，此因唯于异品中有，是故相违。法差别相违因者，如说眼等必为他用，积聚性故，如卧具等。此因如能成立眼等必为他用，如是亦能成立所立法差别相违积聚他用，诸卧具等为积聚他所受用故。有法自相相违因者，如说有性非实、非德、非业，有一实故，有德业故，如同异性。此因如能成遮实等，如是亦能成遮有性，俱决定故。有法差别相违因者，如即此因，即于前宗有法差别作有缘性，亦能成立与此相违作非有缘性，如遮实等，俱决定故。

已说似因，当说似喻。似同法喻有其五种：一能立法不成⑳，二所立法不成，三俱不成，四无合㉑，五倒合㉒。似异法喻亦有五种：一所立不遣㉝，二能立不遣，三俱不遣，四不离㉞，五倒离㉟。能立法不成者，如说声常，无质碍故。诸无质碍见彼是常，犹如极微。然彼极微所成立法常性是有，能成立法无质碍无，以诸极微质碍性故。所立法不成者，谓说如觉。然一切觉能成立法无质碍有，所成立法常住性无，以一切觉皆无常故。俱不成者，复有二种：有及非有。若言如瓶，有俱不成。若说如空，对无空论，无俱不成。无合者，谓于是处无有配合，但于瓶等双现能立所立二法，如言于瓶见所作性及无常性。倒合者，谓应说言诸所作者皆是无常，而倒说言诸无常者皆是所作，如是名似同法喻品。似异法中所立不遣者，且如有言，诸无常者见彼质碍，譬如极微。由于极微所成立法常性不遣，彼立极微是常住故，能成立法无质碍无。能立不遣者，谓说如业，但遣所立，不遣能立，彼说诸业无质碍故。俱不遣者，对彼有论，说如虚空，由彼虚空不遣常性无质碍故，以说虚空是常性故，无质碍故。不离者，谓说如瓶，见无常性，有质碍性。倒离者，谓如说言诸质碍者皆是无常。如是等似宗、因、喻言，非正能立。

复次为自开悟，当知唯有现比二量。此中现量谓无分别㊱，若有正智于色等义离名种等所有分别，现现别转㊲，故名现量。言比量者，谓籍众相而观于义，相有三种，如前已说。由彼为因，于所比义有正智生，了知有火或无常等㊳，是名比量。于二量中，即智名果㊴，是证相故。如有作用而显现故，亦名为量。有分别智于义㊵异转㊶，名似现量。谓诸有智了瓶、衣等分别而生，由彼于义不以自相为境界故，名似现量。若似因智㊷为先所起诸似义智㊸，名似比量。似因多种，如先已说。用彼为因，于似所比，诸有智生，不能正解，名似比量。复次，若正显示能立过失，说名能破。谓初能立缺减过性，立宗过性，不成因性，不定因性，相违因性及喻过性。显示此言，开晓问者，故名能破。若不实显能立过言，名似能破。谓于圆满能立显示缺减性言，于无过宗有过宗言，于成就因不成因言，于决定因不定因言，于不相违因相违因言，于无过喻有过喻言。如是言说名似能破，以不能显他宗过失，彼无过故。且止斯事。

已宣少句义㊹，为始立方隅㊺，其间理非理，妙辩于余处。

因明入正理论终

---

④商羯罗主：本文作者名梵语音译，意思是人的骨架。

⑤能立：推理证明。

⑥能破：驳论。

⑦似：这里指似是而非，即似能立、似能破，也就是假能立、假能破。

⑧现量：指感官直接感受事物的认识阶段。

⑨比量：以现量获得的认识为基础推论未知的思维、论证形式。

⑩似：指似现量与似比量，即假现量与假比量。

⑪宗等："宗"即论题。宗等指宗、因、喻。

⑫多言：宗、因、喻必须用语言才能使人明白，所以称为"言"，又因为宗、因、喻有三个，所以称为"多"。

⑬极成：至极的成就。

⑭有法：主语。

⑮能别：宾词。

⑯随自乐为所成立性：即凭自己的意愿想立什么样的论题就立什么样的论题。

⑰遍是宗法性：所有的声都必须具有"因所作"这一属性。

⑱同品定有性：在众多的同品中，必须有一部分同品有因（所作）。

⑲异品定无性：在异品中不能有因。

⑳立宗言：设立命题、论题。

㉑宗法言：证明命题、论题成立的理由、根据。

㉒远离言：即异品遍无，远离宗、因。

㉓三分：指宗法言、随同品言、远离言。

㉔乐：即前面说的"随自乐为"。

㉕自教：立论者的一贯主张。

㉖世间相违：立宗者立宗必须符合立宗时的具体时间、空间条件，不能与之互相矛盾。

㉗自语相违：自己设立的命题不能前后矛盾。

㉘能别不极成：意思是立论者所立的法（能别）必须获得论敌的认可才行。

㉙所别不极成：意思是立论者所立的宗（所别）也应得到论敌的认可才行。

㉚俱不极成：即能别与所别都不被辩论双方所同意。

㉛相符极成：指立论辩双方都承认、认可的立论等于不立。

㉜分：组成部分。

㉝石女：无生育能力的女子。

㉞遣诸法自相门：指前面所说的五种"相违"违背了通生敌证智。

㉟两俱不成：论辩双方都不同意的理由不能成立。

㊱随一：任意一方。

㊲对声显论：即对声生、声显这两个声论的派别来说，说声是因造作而生是不能成立的，因为他们认为声是常，无所谓生灭。

㊳大种：指地、水、火、风。

㊴犹豫不成：在不能确定所看到的是尘是雾还是烟等东西时，就说"这里有火"，即是犹豫不成。

㊵不定：不符合因的第二相或第三相，所以不能成为正因。

㊶共：即共不定，指在同品、异品中都有的"因"。

㊷不共：即不共不定，指在同品、异品中都不存在的"因"。

㊸同品一分转、异品遍转：在同品中有一部分有、有一部分无，而在异品中全都有的"因"。

㊹异品一分转、同品遍转：在异品中有一部分有、有一部分无，而在同品中全都有的"因"。

㊺俱品一分转：于同品、异品中都有一部分有，一部分无。

㊻相违决定：因各自成立相违之宗。

㊼所量：指认识的对象。

㊽相违：即相违因，指所列举的理由、根据恰好能证明相反的主张。

㊾法自相：法本身所具的相状，即法本身。

(50)能立法不成：正确的同喻必须具有能立与所立，喻依缺能立法，叫“能立法不成”，缺所立法叫“所立法不成”。如果既缺能立法，又缺所立法，叫“俱不成”。

(51)无合：喻体的目的是说明能立与所立之间的必然联系，如果喻体不能达到这个目的，不能使人明白宗义、心生智慧，就是“无合”。

(52)倒合：在喻体里，必须先说能立法，后说所立法，如果反过来，先说了所立法，再说能立法，就是“倒合”。

(53)所立不遣：异喻法必须离开宗与因，如果离不开所立法，叫“所立不遣”；离不开能立法，叫“能立不遣”；能立法与所立法都不离，叫“俱不遣”。

(54)不离：看不出异喻法与宗、因之间的相离关系、称“不离”。

(55)倒离：异喻法要先离所立，后离能立，如果先离了能立，再离能立，即是“倒离”。

(56)分别：思量识别事理。

(57)现现别转：眼、耳、鼻、舌、身等各自作用，毫不关联。

(58)了知：明了、知道。

(59)即：不离。

(60)义：境界。

(61)转：生起。

(62)似因智：以虚假理由为基础的智慧。

(63)似义智：错误感受境界的智慧。

(64)已宣少句义：上面已经简明的阐释了有关的学说。

(65)为始方立隅：虽然只是个开端，但是仍可由此举一反三。

大乘起信论

马鸣　撰

〔梁〕真谛　译

大乘起信论

马鸣菩萨造
梁天竺三藏法师真谛译

归命①尽十方②，最胜业遍知③，色无碍自在④，救世大悲者。及彼身⑤体相⑥，法性真如海⑦，无量功德藏。如实修行等⑧。为欲令众生，除疑舍邪执，起大乘正信，佛种不断故。

论曰："有法能起摩诃衍信根⑨，是故应说。说有五分⑩，云何为五？一者因缘分，二者立义分，三者解释分，四者修行信心分⑪，五者劝修利益分。"：

初说因缘分。问曰："有何因缘而造此论？"答曰："是因缘有八种，云何为八？一者因缘总相⑫，所谓为令众生离一切苦，得究竟乐⑬，非求世间名利恭敬故；二者为欲解释如来根本之义，令诸众生正解不谬故⑭；三者为令善根成熟众生⑮，于摩诃衍法堪任不退信故；四者为令善根微少众生修习信心故；五者为示方便⑯，消恶业障，善护其心，远离痴慢⑰，出邪纲故；六者为示修习止观⑱，对治⑲凡夫二乘心过故；七者为示专念方便，生于佛前⑳，必定不退信心故；八者为示利益劝修行故。有如是等因缘，所以造论。"

问曰："修多罗中具有此法㉑，何须重说？"答曰："修多罗中虽有此法，以众生根行不等，受解缘别㉒。所谓如来在世，众生利根，能说之人㉓色心业胜㉔，圆音一演，异类等解，则不须论。若如来灭后，或有众生能以自力广闻而取解者，或有众生亦以自力少闻而多解者，或有众生无自智力㉕，因于广论而得解者；亦有众生复以广论文多为烦，心乐总持少文而摄多义能取解者㉖。如是此论，为欲总摄如来广大深法无边义故，应说此论。

已说因缘分，次说立义分。摩诃衍者，总说有二种，云何为二？一者法，二者义㉗。所言法者，谓众生心㉘。是心则摄一切世间法出世间法，依于此心显示摩诃衍义，何以故？是心真如相，即示摩诃衍体故。是心生灭因缘相，能示摩诃衍自体相用故。所言义者，则有三种，云何为三？一者体大，谓一切法真如平等不增减故。二者相大，谓如来藏㉙具足无量性功德故㉚。三者用大，能生一切世间出世间善因果故，一切诸佛本所乘故㉛，一切菩萨皆乘此法到如来地故。

已说立义分，次说解释分。解释分有三种，云何为三？一者显示正义，二者对治邪执㉜，三者分别发趣道相㉝。

显示正义者，依一心法有二种门，云何为二？一者心真如门，二者心生灭门。是二种门皆各总摄一切法，此义云何？以是二门不相离故。

心真如者，即是一法界大总相法门体，所谓心性不生不灭。一切诸法唯依妄念而有差别，若离妄念，则无一切境界之相。是故一切法从本已来㉞，离言说相，离名字相，离心缘相㉟，毕竟平等，无有变异，不可破坏，唯是一心，故名真如。以一切言说，假名无实，但随妄念，不可得故。言真如者，亦无有相，谓言说之极，因言遣言㊱。此真如体无有可遣，以一切法悉皆真故；亦无可立，以一切法皆同如故。当知一切法不可说不可念，故名为真如。"

问曰："若如是义者，诸众生等云何随顺㊲而能得入㊳？"答曰："若知一切法虽说无有能说可说，虽念亦无能念可念，是名随顺。若离于念，名为得入。

复次，此真如者，依言说分别，有二种义，云何为二？一者如实空㊵，以能究竟显实故；二者如实不空，以有自体具足无漏性功德故㊶。所言空者，从本已来一切染法不相应故㊷，谓离一切法差别之相，以无虚妄心念故。当知真如自性，非有相，非无相，非非有相，非非无相，非有无俱相㊸；非一相，非异相，非非一相，非非异相，非一异俱相。乃至总说，依一切众生以有妄心，念念分别㊹，皆不相应，故说为空。若离妄心，实无可空故。所言不空者，已显法体空无妄故，即是真心，常恒不变，净法㊺满足㊻，则名不空。亦无有相可取，以离念境界，唯证相应故。

心生灭者，依如来藏故有生灭心。所谓不生不灭与生灭和合，非一非异，名为阿黎耶识㊼。此识有二种义，能摄一切法，生一切法，云何为二？一者觉义㊽，二者不觉义。

所言觉义者，谓心体离念。离念相者，等虚空界，无所不遍㊾，法界一相，即是如来平等法身。依此法身说名本觉，何以故？本觉义者，对始觉义说，以始觉者，即同本觉。始觉义者，依本觉故而有不觉，依不觉故说有始觉。又以觉心源故㊿，名究竟觉。不觉心源故，非究竟觉。

此义云何？如凡夫人觉知前念起恶，故能止后念令其不起，虽复名觉，即是不觉故。如二乘观智，初发意菩萨等㉗，觉与念异，念无异相，以舍粗㉘分别执著相故，名相似觉。如法身菩萨等，觉于念住，念无住相，以离分别粗念相故，名随分觉。如菩萨地尽㉙，满足方便，一念相应觉心初起，心无初相。以远离微细念故，得见心性，心即常住，名究竟觉，是故修多罗说：‘若有众生能观无念者，则为向佛智故㉚。’

又心起者，无有初相可知；而言知初相者，即谓无念㉛，是故一切众生不名为觉。以从本来念念相续，未曾离念，故说无始无明。若得无念者，则知心相生、住、异、灭。以无念等故㉜，而实无有始觉之异。以四相俱时而有，皆无自立，本来平等，同一觉故。

复次，本觉随染分别，生二种相，与彼本觉不相舍离。云何为二？一者智净相㉝，二者不思议业相㉞。智净相者，谓依法力熏习㉟，如实修行，满足方便故。破和合识相㊱，灭相续心相㊲，显现法身，智淳净故。此义云何？以一切心识之相，皆是无明。无明之相，不离觉性，非可坏，非不可坏。如大海水，因风波动，水相风相不相舍离。而水非动性，若风止灭，动相则灭。湿性不坏故㊳。如是众生自性清净心，因无明风动。心与无明俱无形相，不相舍离，而心非动性，若无明灭，相续则灭，智性不坏故。不思议业相者，以依智净，能作一切胜妙境界。所谓无量功德之相，常无断绝，随众生根，自然相应，种种而现，得利益故。

复次，觉体相者，有四种大义，与虚空等，犹如净镜。云何为四？一者如实空镜㊴，远离一切心境界相，无法可现，非觉照义故㊵。二者因熏习镜，谓如实不空，一切世间境界，悉于中现，不出不入，不失不坏，常住一心，以一切法即真实性故；又一切染法所不能染，智体不动，具足无漏，熏众生故。三者法出离镜，谓不空法㊶，出烦恼碍、智碍㊷，离和合相，淳净明故。四者缘熏习镜，谓依法出离故；遍照众生之心，令修善根，随念示现故㊸。

所言不觉义者，谓不如实知真如法一故。不觉心起而有其念，念无自相，不离本觉，犹如迷人，依方故迷㊹，若离于方则无有迷。众生亦尔，依觉故迷，若离觉性，则无不觉。以有不觉妄想心故，能知名义，为说真觉。若离不觉之心，则无真觉自相可说㊺。

复次，依不觉故生三种相，与彼不觉相应不离，云何为三？一者无明业相。以依不觉故心动，说名为业，觉则不动，动则有苦，果不离因故。二者能见相。以依动故能见，不动则无见。三者境界相。以依能见故境界妄现，离见则无境界。

以有境界缘故，复生六种相，云何为六？一者智相。依于境界，心起分别，爱与不爱故。二者相续相。依于智故，生其苦乐，觉心起念，相应不断故。三者执取相。依于相续，缘念境界，住持苦乐㊻，心起著故㊼。四者计名字相㊽。依于妄执，分别假名言相故。五者起业相。依于名字，寻名取著，造种种业故。六者业系苦相⑦。以依业受果，不自在故⑦。当知无明能生一切染法，以一切染法皆是不觉相故。

复次，觉与不觉有二种相，云何为二？一者同相，二者异相。言同相者，譬如种种瓦器，皆同微尘性相⑥。如是无漏无明种种业幻，皆同真如性相。是故修多罗中，依于此真如义故，说一切众生本来常住入于涅槃。菩提之法⑦，非可修相，非可作相，毕竟无得，亦无色相可见。而有见色相者，唯是随染业幻所作，非是智色不空之性，以智相无可见故。言异相者，如种种瓦器，各各不同。如是无漏无明，随染幻差别⑧，性染幻差别故⑦。

复次，生灭因缘者，所谓众生依心、意、意识转故⑧，此义云何？以依阿黎耶识说有无明。不觉而起、能见、能现、能取境界、起念相续，故说为意。此意复有五种名，云何为五？一者名为业识，谓无明力不觉心动故。二者名为转识，依于动心能见相故。三者名为现识⑧，所谓能现一切境界。犹如明镜现于色像，现识亦尔。随其五尘对至即现⑧，无有前后，以一切时任运而起常在前故。四者名为智识，谓分别染净法故。五者名为相续识，以念相应不断故。住持过去无量世等善恶之业令不失故，复能成熟现在未来苦乐等报无差违故。能令现在已经之事，忽然而念；未来之事，不觉妄虑⑧。是故三界虚伪，唯心所作，离心则无六尘境界⑧。

此义云何？以一切法皆从心起妄念而生。一切分别，即分别自心。心不见心，无相可得。当知世间一切境界，皆依众生无明妄心而得住持。是故一切法，如镜中像，无体可得，唯心虚妄⑧，以心生则种种法生，心灭则种种法灭故。复次，言意识者，即此相续识，依诸凡夫取著转深。计我、我所⑧，种种妄执，随事攀缘，分别六尘，名为意识，亦名分离识。又复说名分别事识，此识依见、爱烦恼增长义故。

依无明熏习所起识者，非凡夫能知，亦非二乘智慧所觉。谓依菩萨从初正信发心观察，若证法身，得少分知。乃至菩萨究竟地，不能尽知，唯佛穷了。何以故？是心从本已来，自性清净而有无明，为无明所染，有其染心，虽有染心，而常恒不变，是故此义唯佛能知。所谓心性常无念故，名为不变。以不达一法界故⑧，心不相应，忽然念起，名为无明。染心者有六种，云何为六？一者执相应染⑧，依二乘解脱及信相应地远离故⑧。二者不断相应染，依信相应地修学方便，渐渐能舍，得净心地究竟离故⑨。三者分别智相应染，依具戒地渐离⑨，乃至无相方便地究竟离故⑨。四者现色不相应染⑨，依色自在地能离故⑨。五者能见心不相应染，依心自在地能离故⑨。六者根本业不相应染，依菩萨尽地⑨，得入如来地能离故。

不了一法界义者，从信相应地观察学断⑨，入净心地随分得离，乃至如来地能究竟离故。言相应义者，谓心念法异，依染净差别，而知相缘相同故。不相应义者，谓即心不觉，常无别异，不同知相缘相故。又染心义者，名为烦恼碍，能障真如根本智故。无明义者，名为智碍，能障世间自然业智故。此义云何？以依染心，能见、能现，妄取境界，违平等性故；以一切法常静，无有起相，无明不觉，妄与法违，故不能得随顺世间一切境界种种知故⑧。

复次，分别生灭相者有二种，云何为二？一者粗⑧，与心相应故。二者细，与心不相应故。又粗中之粗，凡夫境界；粗中之细及细中之粗，菩萨境界；细中之细，是佛境界。此二种生灭，依于无明熏习而有，所谓依因依缘。依因者，不觉义故；依缘者，妄作境界义故，若因灭则缘灭。因灭故，不相应心灭；缘灭故，相应心灭。"问曰："若心灭者，云何相续？若相续者，云何说究竟灭？"答曰："所言灭者，唯心相灭，非心体灭。如风依水而有动相，若水灭者，则风相断绝，无所依止，以水不灭，风相相续。唯风灭故，动相随灭，非是水灭。无明亦尔，依心体而动，若心体灭，则众生断绝，无所依止。以体不灭，心得相续。唯痴灭故，心相随灭，非心智灭。

复次，有四种法，熏习义故，染法、净法起不断绝。云何为四？一者净法，名为真如。二者一切染因，名为无明。三者妄心，名为业识。四者妄境界，所谓六尘。熏习义者，如世间衣服，实无于香，若人以香而熏习故，则有香气。此亦如是，真如净法，实无于染，但以无明而熏习故，则有染相。无明染法，实无净业，但以真如而熏习故，则有净用。

云何熏习起染法不断？所谓以依真如法故，有于无明。以有无明染法因故，即熏习真如。以熏习故，则有妄心。以有妄心，即熏习无明。不了真如法故，不觉念起现妄境界。以有妄境界染法缘故，即熏习妄心，令其念著，造种种业，受于一切身心等苦。

此妄境界熏习义则有二种，云何为二？一者增长念熏习。二者增长取熏习^①。妄心熏习义有二种，云何为二？一者业识根本熏习，能受阿罗汉、辟支佛、一切菩萨生灭苦故。二者增长分别事识熏习^②，能受凡夫业系苦故^③。无明熏习义有两种，云何为二？一者根本熏习，以能成就业识义故。二者所起见爱熏习^④，以能成就分别事识义故。

云何熏习起净法不断？所谓以有真如法故，能熏习无明。以熏习因缘力故^⑤，则令妄心厌生死苦，乐求涅槃。以此妄心有厌求因缘故^⑥，即熏习真如，自信己性，知心妄动，无前境界，修远离法。以如实知无前境界故，种种方便，起随顺行^⑦，不取不念。乃至久远熏习力故，无明则灭。以无明灭故，心无有起；以无起故，境界随灭。以因缘俱灭故，心相皆尽，名得涅槃，成自然业。

妄心熏习义有二种，云何为二？一者分别事识熏习，依诸凡夫二乘人等，厌生死苦，随力所能，以渐趣向无上道故。二者意熏习，谓诸菩萨发心勇猛，速趣涅槃故。真如熏习义有二种，云何为二？一者自体相熏习，二者用熏习。自体相熏习者，从无始世来，具无漏法，备有不思议业，作境界之性，依此二义恒常熏习，以有力故，能令众生厌生死苦，乐求涅槃。自信己身有真如法，发心修行。”

问曰："若如是义者，一切众生悉有真如，等皆熏习^⑧。云何有信无信，无量前后差别？皆应一时自知有真如法，勤修方便，等入涅槃。"答曰："真如本一，而有无量无边无明，从本已来，自性差别，厚薄不同故。过恒沙等上烦恼^⑨，依无明起差别；我见、爱染烦恼，依无明起差别。如是一切烦恼，依于无明所起，前后无量差别，唯如来能知故。

又诸佛法有因有缘，因缘具足，乃得成办^⑩。如木中火性，是火正因，若无人知，不假方便，能自烧木，无有是处^⑪。众生亦尔，虽有正因熏习之力，若不遇诸佛菩萨、善知识等以之为缘，能自断烦恼入涅槃者，则无是处。若虽有外缘之力，而内净法未有熏习力者，亦不能究竟厌生死苦、乐求涅槃。若因缘具足者，所谓自有熏习之力，又为诸佛菩萨等慈悲愿护故^⑫，能起厌苦之心，信有涅槃，修习善根。以修善根成熟故，则值诸佛菩萨示教利喜^⑬，乃能进趣向涅槃道。

用熏习者，即是众生外缘之力，如是外缘有无量义，略说二种，云何为二？一者差别缘，二者平等缘。差别缘者，此人依于诸佛菩萨等，从初发意始求道时^⑭，乃至得佛，于中若见若念。或为眷属、父母、诸亲，或为给使^⑮，或为知友，或为怨家，或起四摄^⑯，乃至一切所作无量行缘，以起大悲熏习之力，能令众生增长善根，若见若闻得利益故。此缘有二种，云何为二？一者近缘，速得度故；二者远缘，久远得度故，是近远二缘，分别复有二种，云何为二？一者增长行缘，二者受道缘。平等缘者，一切诸佛菩萨，皆愿度脱一切众生，自然熏习，恒常不舍，以同体智力故^⑰，随应见闻而现作业^⑱，所谓众生依于三昧^⑲，乃得平等见诸佛故。

此体用熏习，分别复有二种，云何为二？一者未相应，谓凡夫、二乘、初发意菩萨等，以意、意识熏习，以信力故而能修行^⑳。未得无分别心，与体相应故；未得自在业修行，与用相应故。二者已相应，谓法身菩萨，得无分别心，与诸佛智用相应，唯依法力自然修行，熏习真如灭无明故。

复次，染法从无始已来，熏习不断，乃至得佛后则有断。净法熏习，则无有断，尽于未来㊷，此义云何？以真如法常熏习故，妄心则灭，法身显现，起用熏习，故无有断。

复次，真如自体相者，一切凡夫、声闻、缘觉、菩萨、诸佛，无有增减。非前际生㊸，非后际灭㊹，毕竟常恒。从本已来，性自满足一切功德。所谓自体有大智慧光明义故，遍照法界义故，真实识知义故，自性清净心义故，常、乐、我、净义故，清凉不变自在义故。具足如是过于恒沙，不离、不断、不异、不思议佛法，乃至满足无有所少义故，名为如来藏，亦名如来法身。”

问曰：“上说真如其体平等，离一切相，云何复说体有如是种种功德？”答曰：“虽实有此诸功德义，而无差别之相，等同一味，唯一真如。此义云何？以无分别，离分别相，是故无二。复以何义得说差别？以依业识生灭相示㊿。此云何示？以一切法本来唯心，实无于念，而有妄心，不觉起念，见诸境界，故说无明。心性不起，即是大智慧光明义故，若心起见，则有不见之相。心性离见，即是遍照法界义故。若心有动，非真识知，无有自性，非常、非乐、非我、非净，热恼、衰变㊿，则不自在，乃至具有过恒沙等妄染之义。对此义故，心性无动，则有过恒沙等诸净功德相义示现。若心有起，更见前法可念者，则有所少。如是净法无量功德，即是一心，更无所念，是故满足，名为法身、如来之藏。

复次，真如用者，所谓诸佛如来，本在因地㊿，发大慈悲，修诸波罗蜜㊿，摄化众生。立大誓愿，尽欲度脱等众生界，亦不限劫数㊿，尽于未来，以取一切众生如己身故，而亦不取众生相。此以何义？谓如实知一切众生及与己身，真如平等无别异故。以有如是大方便智，除灭无明，见本法身㊿，自然而有不思议业种种之用。即与真如等遍一切处，又亦无有用相可得，何以故？谓诸佛如来，唯是法身、智相之身。第一义谛㊿，无有世谛境界㊿，离于施作㊿，但随众生见闻得益，故说为用。

此用有二种，云何为二？一者依分别事识㊿。凡夫二乘心所见者，名为应身㊿。以不知转识现故，见从外来，取色分齐㊿，不能尽知故。二者依于业识，谓诸菩萨从初发意乃至菩萨究竟地心所见者，名为报身㊿。身有无量色，色有无量相，相有无量好，所住依果亦有无量。种种庄严，随所示现，即无有边，不可穷尽，相有相，随其所应，常能住持，不毁不失。如是功德，皆因诸波罗蜜等无漏行熏，及不思议熏之所成就，具足无量乐相，故说为报身。

又为凡夫所见者，是其粗色。随于六道各见不同㊿，种种异类，非受乐相，故说为应身。复次，初发意菩萨等所见者，以深信真如法故，少分而见㊿。知彼色相庄严等事，无来无去，离于分齐，唯依心现，不离真如。然此菩萨犹自分别，以未入法身位故。若得净心，所见微妙，其用转胜，乃至菩萨地尽，见之究竟。若离业识，则无见相，以诸佛法身，无有彼此色相迭相见故㊿。

问曰：“若诸佛法身离于色相者，云何能现色相？”答曰：“即此法身是色体故，能现于色，所谓从本已来，色心不二。以色性即智故，色体无形，说名智身㊿；以智性即色故，说名法身遍一切处。所现之色无有分齐，随心能示十方世界。无量菩萨，无量报身，无量庄严，各各差别，皆无分齐，而不相妨，此非心识分别能知，以真如自在用义故。

复次，显示从生灭门即入真如门。所谓推求㊿五阴㊿，色之与心，六尘境界，毕竟无念，以心无形相，十方求之终不可得。如人迷故，谓东为西，方实不转㊿。众生亦尔，无明迷故，谓心为念，心实不动。若能观察知心无念，即得随顺入真如门故。

对治邪执者，一切邪执，皆依我见㊿，若离于我，则无邪执。是我见有二种，云何为二？一者人我见㊿，二者法我见㊿。

人我见者，依诸凡夫说有五种，云何为五？一者闻修多罗说：‘如来法身，毕竟寂寞，犹如虚空。'以不知为破著故®，即谓虚空是如来性。云何对治？明虚空相是其妄法，体无、不实，以对色故有®。是可见相令心生灭，以一切色法，本来是心，实无外色®。若无外色者，则无虚空之相。所谓一切境界，唯心妄起故有。若心离于妄动，则一切境界灭，唯一真心无所不遍，此谓如来广大性智究竟之义，非如虚空相故。

二者闻修多罗说：'世间诸法毕竟体空，乃至涅槃真如之法亦毕竟空，从本已来自空，离一切相。'以不知为破著故，即谓真如涅槃之性唯是其空。云何对治？明真如法身自体不空，具足无量性功德故。三者闻修多罗说：'如来之藏无有增减，体备一切功德之法。以不解故，即谓如来之藏有色、心法自相差别。云何对治？以唯依真如义说故，因生灭染义示现说差别故。

四者闻修多罗说：'一切世间生死染法，皆依如来藏而有，一切诸法不离真如。'以不解故，谓如来藏自体具有一切世间生死等法。云何对治？以如来藏从本已来，唯有过恒沙等诸净功德，不离不断，不异真如故；以过恒沙等烦恼染法，唯是妄有，性自本无，从无始世来未曾与如来藏相应故。若如来藏体有妄法，而使证会永息妄者®，则无是处故。五者闻脩多罗说：'依如来藏故有生死，依如来藏故得涅槃'。以不解故，谓众生有始。以见始故，复谓如来所得涅槃有其终尽，还作众生。云何对治？以如来藏无前际故，无明之相亦无有始。若说三界外更有众生始起者，即是外道经说®。又如来藏无有后际，诸佛所得涅槃与之相应，则无后际故。

法我见者，依二乘钝根故，如来但为说人无我。以说不究竟，见有五阴生灭之法，怖畏生死，妄取涅槃。云何对治？以五阴法自性不生，则无有灭，本来涅槃故。

复次，究竟离妄执者，当知染法、净法皆悉相待，无有自相可说。是故一切法从本已来，非色、非心、非智、非识、非有、非无，毕竟不可说相。而有言说者，当知如来善巧方便，假以言说引导众生，其旨趣者，皆为离念归于真如，以念一切法令心生灭，不入实智故。

分别发趣道相者®，谓一切诸佛所证之道，一切菩萨发心修行趣向义故。略说发心有三种，云何为三？一者信成就发心，二者解行发心，三者证发心。

信成就发心者，依何等人，修何等行，得信成就，堪能发心。所谓依不定聚众生®，有熏习善根力故，信业果报，能起十善®，厌生死苦，欲求无上菩提。得值诸佛®，亲承供养，修行信心，经一万劫，信心成就故。诸佛菩萨教令发心；或以大悲故，能自发心；或因正法欲灭，以护法因缘，能自发心。如是信心成就得发心者，入正定聚®；毕竟不退，名住如来种中，正因相应®。若有众生善根微少，久远以来烦恼深厚，虽值于佛亦得供养，然起人天种子，或起二乘种子。设有求大乘者，根则不定，若进若退。或有供养诸佛未经一万劫，于中遇缘亦有发心，所谓见佛色相而发其心。或因供养众生而发其心，或因二乘之人教令发心，或学他发心。如是等发心，悉皆不定，遇恶因缘，或便退失堕二乘地。

复次，信成就发心者，发何等心？略说有三种。云何为三？一者直心®，正念真如法故。二者深心，乐集一切诸善行故。三者大悲心，欲拔一切众生苦故。"问曰："上说法界一相，佛体无二，何故不唯念真如，复假求学诸善之行？"答曰："譬如大摩尼宝®，体性明净，而有矿秽之垢。若人虽念宝性，不以方便种种磨治，终无得净。如是众生真如之法体性空净，而有无量烦恼染垢。若人虽念真如，不以方便种种熏修，亦无得净。以垢无量遍一切法故，修一切善行以为对治。若人修行一切善法，自然归顺真如法故。

略说方便有四种，云何为四？一者行根本方便，谓观一切法自性无生，离于妄见，不住生死；观一切法因缘和合，业果不失，起于大悲，修诸福德，摄化众生®，不住涅槃，以随顺法性无住故。二者能止方便，谓惭愧悔过，能止一切恶法不令增长，以随顺法性离诸过故。三者发起善根增长方便，谓勤供养礼拜三宝，赞叹随喜®，劝请诸佛，以爱敬三宝淳厚心故，信得增长，乃能志求无上之道。又因佛、法、僧力所护故，能消业障，善根不退，以随顺法性离痴障故。四者大愿平等方便，所谓发愿尽于未来，化度一切众生使无有余，皆令究竟无余涅槃，以随顺法性无断绝故。法性广大，遍一切众生，平等无二，不念彼此，究竟寂灭故。

菩萨发是心故，则得少分见于法身。以见法身故，随其愿力能现八种利益众生，所谓从兜率天退®，入胎、住胎、出胎、出家、成道、转法轮、入于涅槃®。然是菩萨未名法身，以其过去无量世来有漏之业未能决断，随其所生与微苦相应，亦非业系，以有大愿、自在力故。如修多罗中，或说有退堕恶趣者，非其实退®，但为初学菩萨未入正位而懈怠者恐怖，令彼勇猛故。又是菩萨一发心后，远离怯弱，毕竟不畏堕二乘地。若闻无量无边阿僧祇劫®，勤苦难行乃得涅槃，亦不怯弱，以信知一切法从本已来自涅槃故。

解行发心者，当知转胜®，以是菩萨从初正信已来，于第一阿僧祇劫将欲满故。于真如法中，深解现前®，所修离相。以知法性体无悭贪故，随顺修行檀波罗蜜®；以知法性无染，离五欲过故，随顺修行尸波罗蜜®；以知法性无苦，离瞋恼故，随顺修行羼提波罗蜜®；以知法性无身心相，离懈怠故，随顺修行毗梨耶波罗蜜®；以知法性常定，体无乱故，随顺修行禅波罗蜜®；以知法性体明，离无明故，随顺修行般若波罗蜜®。

证发心者，从净心地，乃至菩萨究竟地。证何境界？所谓真如，以依转识说为境界。而此证者无有境界，唯真如智，名为法身。是菩萨于一念顷®，能至十方无余世界，供养诸佛，请转法轮®。唯为开导利益众生，不依文字，或示超地速成正觉®，以为怯弱众生故。或说我于无量阿僧祇劫当成佛道，以为懈慢众生故。能示如是无数方便，不可思议，而实菩萨种性、根等，发心则等®，所证亦等，无有超过之法，以一切菩萨皆经三阿僧祇劫故。但随众生世界不同，所见、所闻、根、欲性异，故示所行亦有差别。

又是菩萨发心相者，有三种心微细之相，云何为三？一者真心，无分别故；二者方便心，自然遍行利益众生故；三者业识心，微细起灭故。又是菩萨功德成满，于色究竟处示一切世间最高大身，谓以一念相应慧，无明顿尽，名一切种智®。自然而有不思识业，能现十方利益众生。"

问曰："虚空无边故，世界无边；世界无边故，众生无边；众生无边故，心行差别亦复无边。如是境界，不可分齐，难知难解。若无明断，无有心想，云何能了名一切种智？"答曰："一切境界，本来一心，离于想念。以众生妄见境界，故心有分齐；以妄起想念，不称法性®，故不能决了。诸佛如来离于见相，无所不遍。心真实故，即是诸法之性，自体显照一切妄法。有大智用无量方便，随诸众生所应得解，皆能开示种种法义，是故得名一切种智。"

又问曰："若诸佛有自然业能现一切处利益众生者，一切众生，若见其身，若睹神变®，若闻其说，无不得利，云何世间多不能见？"答曰："诸佛如来法身平等，遍一切处，无有作意故，而说自然，但依众生心现。众生心者，犹如于镜，镜若有垢，色像不现。如是众生心若有垢，法身不现故。"

已说解释分，次说修行信心分。是中依未入正定聚众生，故说修行信心。何等信心？云何修行？略说信心有四种，云何为四？一者信根本®，所谓乐念真如法故。二者信佛有无量功德，常念亲近、供养、恭敬，发起善根，愿求一切智故。三者信法有大利益，常念修行诸波罗蜜故。四者信僧能正修行自利利他，常乐亲近诸菩萨众，求学如实行故。

修行有五门®，能成此信，云何为五？一者施门，二者戒门，三者忍门，四者进门，五者止观门。

云何修行施门？若见一切来求索者，所有财物随力施与，以自舍悭、贪，令彼欢喜。若见厄难、恐怖危逼，随己堪任®，施与无畏。若有众生来求法者，随己能解，方便为说。不应贪求名利恭敬，唯念自利利他，回向菩提故。云何修行戒门？所谓不杀、不盗、不淫、不两舌、不恶口、不妄言、不绮语，远离贪、嫉、欺诈、谄曲⑧、瞋恚、邪见。若出家者，为折伏烦恼故，亦应远离愦闹，常处寂静，修习少欲、知足、头陀等行。乃至小罪、心生怖畏，惭愧改悔，不得轻于如来所制禁戒，当护讥嫌⑱，不令众生妄起过罪故。云何修行忍门？所谓应忍他人之恼，心不怀报，亦当忍于利、衰、毁、誉、称、讥、苦、乐等法故。

云何修行进门？所谓遇诸善事，心不懈退，立志坚强，远离怯弱。当念过去久远已来，虚受一切身心大苦，无有利益，是故应勤修诸功德，自利利他，速离众苦。复次，若人虽修行信心，以从先世来，多有重罪恶业障故，为邪魔诸鬼之所恼乱，或为世间事务种种牵缠，或为病苦所恼，有如是等众多障碍，是故应当勇猛精勤，昼夜六时，礼拜诸佛，诚心忏悔，劝请随喜，回向菩提，常不休废，得免诸障，善根增长故。

云何修行止观门？所言止者，谓止一切境界相，随顺奢摩他观义故⑯；所言观者，谓分别因缘生灭相，随顺毗钵舍那观义故⑰。云何随顺？以此二义渐渐修习，不相舍离，双现前故。若修止者，住于静处，端坐正意，不依气息，不依形色，不依于空，不依地、水、火、风，乃至不依见、闻、觉、知。一切诸想，随念皆除，亦遣除想，以一切法本来无相，念念不生，念念不灭。亦不得随心外念境界，后以心除心。心若驰散，即当摄来住于正念。是正念者，当知唯心，无外境界，即复此心亦无自相，念念不可得。若从坐起⑱，去来进止，有所施作，于一切时，常念方便，随顺观察，久习淳熟，其心得住。以心住故，渐渐猛利，随顺得入真如三昧，深伏烦恼⑲，信心增长，速成不退。唯除疑惑、不信、诽谤、重罪业障、我慢、懈怠，如是等人所不能入。复次，依是三昧故，则知法界一相，谓一切诸佛法身与众生身平等无二，即名一行三昧。当知真如是三昧根本，若人修行，渐渐能生无量三昧。

或有众生无善根力，则为诸魔外道鬼神之所惑乱。若于坐中现形恐怖，或现端正男女等相，当念唯心，境界则灭，终不为恼。或现天像、菩萨像，亦作如来像，相好具足。或说陀罗尼⑳。或说布施、持戒、忍辱、精进、禅定、智慧。或说平等、空、无相、无愿，无怨、无亲，无因、无果，毕竟空寂，是真涅槃。或令人知宿命过去之事，亦知未来之事，得他心智㉑，辩才无碍。能令众生贪著世间名利之事，又令使人数瞋数喜，性无常准。或多慈爱，多睡多病，其心懈怠；或卒起精进，后便休废。生于不信，多疑多虑；或舍本胜行，更修杂业。若著世事种种牵缠，亦能使人得诸三昧少分相似，皆是外道所得，非真三昧。或复令人若一日、若二日、若三日乃至七日住于定中，得自然香美饮食，身心适悦，不饥不渴，使人爱著；或亦令人食无分齐，乍多乍少，颜色变易。以是义故，行者常应智慧观察，勿令此心堕于邪网。当勤正念，不取不著，则能远离是诸业障。

应知外道所有三昧，皆不离见、爱、我慢之心㉒，贪著世间名利恭敬故。真如三昧者，不住见相，不住得相，乃至出定，亦无懈慢，所有烦恼，渐渐微薄。若诸凡夫不习此三昧法，得入如来种性，无有是处。以修世间诸禅三昧，多起味著㉓，依于我见，系属三界，与外道共。若离善知识所护，则起外道见故。复次精勤专心修学此三昧者，现世当得十种利益，云何为十？一者常为十方诸佛菩萨之所护念；二者不为诸魔恶鬼所能恐怖；三者不为九十五种外道鬼神之所惑乱；四者远离诽谤甚深之法，重罪业障渐渐微薄；五者灭一切疑诸恶觉观㉔；六者于如来境界信得增长；七者远离忧悔，于生死中勇猛不怯；八者其心柔和，舍于憍慢㉕，不为他人所恼；九者虽未得定，于一切时一切境界处，则能灭损烦恼，不乐世间；十者若得三昧，不为外缘一切音声之所惊动。

复次，若人唯修于止，则心沉没，或起懈怠，不乐众善㉖，远离大悲，是故修观。修习观者，当观一切世间有为之法，无得久停，须臾变坏；一切心行，念念生灭，以是故苦。应观过去所念诸法，恍惚如梦；应观现在所念诸法，犹如电光；应观未来所念诸法，犹如于云忽尔而起；应观世间一切有身④，悉皆不净，种种秽污，无一可乐。如是当念一切众生，从无始世来；皆因无明所熏习故，令心生灭，已受一切身心大苦。现在即有无量逼迫，未来所苦亦无分齐，难舍难离，而不觉知。众生如是，甚为可愍㉘。作此思维，即应勇猛立大誓愿，愿令我心离分别故㉙，遍于十方修行一切愿故，于一切时、一切处，所有众善，随己堪能，不舍修学，心无懈怠，唯除坐时专念于止，若余一切，悉当观察应作不应作。若行若住，若卧若起，皆应止观俱行。所谓虽念诸法自性不生，而复即念因缘和合，善恶之业，苦乐等报，不失不坏。虽念因缘善恶业报，而亦即念性不可得。若修止者，对治凡夫住著世间，能舍二乘怯弱之见。若修观者，对治二乘不起大悲狭劣心过，远离凡夫不修善根。以此义故，是止观二门共相助成，不相舍离，若止观不具，则无能入菩提之道。

复次，众生初学是法，欲求正信，其心怯弱，以住于此娑婆世界⑪，自畏不能常值诸佛，亲承供养。惧谓信心难可成就⑫，意欲退者，当知如来有胜方便，摄护信心。谓以专意念佛因缘，随愿得生他方佛土，常见于佛，永离恶道。如修多罗说：'若人专念西方极乐世界阿弥陀佛，所修善根回向愿求生彼世界，即得往生㉚。'常见佛故，终无有退。若观彼佛真如法身，常勤修习，毕竟得生住正定故。

已说修行信心分，次说劝修利益分。如是摩诃衍诸佛秘藏，我已总说。若有众生欲于如来甚深境界得生正信，远离诽谤，入大乘道，当持此论，思量修习，究竟能至无上之道。若人闻是法已，不生怯弱，当知此人定绍佛种㉛，必为诸佛之所授记㉜。假使有人能化三千大千世界满中众生令行十善，不如有人于一食顷正思此法，过前功德不可为喻。复次，若人受持此论㉝，观察修行，若一日一夜，所有功德，无量无边，不可得说。假令十方一切诸佛，各于无量无边阿僧祇劫，欢其功德亦不能尽，何以故？谓法性功德无有尽故。此人功德亦复如是，无有边际。其有众生于此论中毁谤不信，所获罪报，经无量劫受大苦恼。是故众生但应仰信，不应诽谤。以深自害，亦害他人，断绝一切三宝之种。以一切如来皆依此法得涅槃故，一切菩萨因之修行入佛智故，当知过去菩萨已依此法得成净信㉞，现在菩萨今依此法得成净信，未来菩萨当依此法得成净信，是故众生应勤修学。

诸佛甚深广大义，我今随分总持说，回此功德如法性，普利一切众生界。

---

①归命：致敬的意思，梵文音译为"南无"。

②十方：佛教术语，指东、西、南、北、上、下、东南、西南、东北、西北等十个方位。

③最胜业：指佛的身、口、意三业。

④色：这里指佛的"色身"。

⑤彼身：指佛的"法身"。

⑥体相：本体与相状。

⑦法性：法性即真如，真如即法性，都是指法的本体。

⑧如实修行：按真理之法修行。

⑨摩诃衍：指大乘佛法。

⑩分：部分。

⑪信心：信仰大乘佛法的决心。

⑫总相：与别相相对，指无常无我，通于一切。

⑬究竟：无上至极。

⑭正解：正确认知佛法。

⑮善根：善良的根性。

⑯方便：指利益众生的方法和手段。

⑰慢：傲慢。

⑱止观：禅定与智慧。

⑲对治：对症治疗，指断除烦恼。

⑳二乘：声闻乘和缘觉乘。

㉑生于佛前：指往生于佛国净土之前。

㉒修多罗：佛经。

㉓受解缘别：接受、悟解佛法的因缘上有差异。

㉔能说之人：指佛。

㉕色心业：身、口、意三业。

㉖自智力：自己领悟、理解佛经的能力。

㉗总持：修习方法之一，这里指持受。

㉘义：义理。

㉙众生心：一切众生都有的心。

㉚如来藏；真如的别名，意思是一切众生藏有本来清净的如来法身。

㉛性功德：随真如所起的本来就有的功德。

㉜本所乘：以此众心为所乘，达到究竟果地。

㉝邪执：执持不正当的见解，这里指“人我执”与“法我执”。

㉞分别发趣道相：辨明菩萨发心趣向佛道之相。

㉟从本已来：从来。

㊱离心缘相：不是心缘思虑所能认识的。

㊲因言遣言：用真如极名遣除一切无实之名。

㊳随顺：随之顺之。

㊴得入：证得真如。

㊵实：实体。

㊶无漏：清净无烦恼。

㊷染法：三界内的一切事物。

㊸非有无俱相：即不是亦有亦无的相状。

㊹念念分别：时刻不忘思量识别。

㊺净法：与染法相对，指超出三界的一切事物。

㊻满足：圆满。

㊼阿黎耶识：即阿赖耶识。

㊽觉：菩提，即觉察、觉悟。

㊾遍：包含。

㊿觉心源：本觉妙心是一切万法的根源。

(51)初发意菩萨：开始发心修行的菩萨。

(52)粗：指贪、痴、瞋等烦恼。

(53)菩萨地尽：指修尽了菩萨十地，一切圆满具足了。

(54)向佛智：回向佛的智慧。

(55)初相：最初感知的相状。

(56)无念：没有妄念。

(57)无念等：意思是有念和无念本是相等的。

(58)智净：智慧清净无染。

(59)不思议：不可用心思，不可以言议。

(60)熏习：熏染产生的习气。

(61)和合识：即阿赖耶识。
(62)相续心：生灭相续之心。
(63)湿性不坏：大海的本性湿性是永远不会坏灭的。
(64)如实空：真如实相不染一尘，有如虚空。
(65)觉照：用觉悟心观照一切事物。
(66)不空法：本觉真如之法。
(67)礙：即碍。
(68)示现：显示、显现。
(69)方：方位、方向。
(70)真觉：真实究竟的觉悟，即佛的觉悟。
(71)住持：执持。
(72)著：执着。
(73)计名字相：妄立名字之相。
(74)业系苦：因受业的束缚而受苦。
(75)自在：通达无碍。
(76)皆同微尘性相：也就是说各种瓦器都以微尘（即泥土）为性，而微尘则以各种瓦器为相。
(77)菩提：断除烦恼，通达涅槃境界的智慧。
(78)随染幻差别：即无漏法本性相同，只是随顺染法幻相才有差别。
(79)性染幻差别：即无明法自性即有差别，不是随顺染法幻相才有差别。
(80)转：展转生起。
(81)现识：能够变化显现之识。
(82)五尘对至：即眼、耳、鼻、舌、身与色、声、香、味、触同时出现即有五识。
(83)不觉妄虑：不知不觉产生妄想。
(84)六尘：色、声、香、味、触、法。
(85)唯心虚妄：只是真如之心的虚妄显现。
(86)计我、我所："计我"指认识的主体，"我所"指认识的客体。
(87)一法界：真如的理体。
(88)相应：心王与所有法相互依存。
(89)信相应地：菩萨行的一种。
(90)净心地：十地中的初地。
(91)具戒地：十地中的第二地。
(92)无相方便地：十地中的第七地。
(93)现色：显现色相。
(94)色自在地：十地中的第八地。
(95)心自在地：十地中的第九地。
(96)菩萨尽地：十地中的第十地。
(97)学断：修习断惑。
(98)随顺：随之顺之。
(99)粗：即麤，（粗麤的简写）。
(100)了：明了、清楚。
(101)取：执取。
(102)分别事识：即意识。
(103)业系苦：善恶之业束缚众生而使其遭受的苦。
(104)见：错误的见解。
(105)因缘力：因缘的力量。
(106)厌求：厌离生死苦，欣求涅槃乐。
(107)行：行为。

㉛惧：担心。

㉜往生：往生极乐世界。

㉝绍：接续、继续。

㉞授记：指佛对发大心的众生预先记名，过了若干时代之后，在某处成什么佛。

㉟过前功德不可为喻：胜过前面所说的在三千大世界中教化众生行十善的功德，这两者根本不能相提并论。

㊱此论：即《大乘起信论》。

㊲净信：纯正的信仰。

肇　论

〔东晋〕僧肇　撰

肇　论①

一、宗　本　义

本无、实相、法性、性空、缘会②，一义耳。何则？一切诸法，缘会而生。缘会而生，则未生无有，缘离则灭。如其真有，有则无灭。以此而推，故知虽今现有，有而性常自空。性常自空，故谓之性空。性空故，故曰法性。法性如是，故曰实相。实相自无，非推之使无，故名本无。

言不有不无者，不如有见常见之有，邪见断见之无耳。若以有为有，则以无为无。有既不有，则无无也。夫不存无以观法者，可谓识法实相矣。是谓虽观有而无所取相。然则法相为无相之相，圣人之心为住无所住矣。三乘等观性空而得道也。

性空者，谓诸法实相也。见法实相，故云正观。若其异者，便为邪观。设二乘不见此理③，则颠倒也。是以三乘观法无异，但心有大小为差耳。

沤和般若者④，大慧之称也。诸法实相，谓之般若，能不形证，沤和功也。适化众生，谓之沤和；不染尘累，般若力也。然则般若之门观空，沤和之门涉有。涉有未始迷虚，故常处有而不染。不厌有而观空，故观空而不证。是谓一念之力，权慧具矣！一念之力，权慧具矣！好思，历然可解。泥洹尽谛者⑤，直结尽而已，则生死永灭，故谓尽耳。无复别有一尽处耳。

二、物不迁论第一

夫生死交谢，寒暑迭迁，有物流动，人之常情。余则谓之不然。何者？《放光》云：法无去来，无动转者。寻夫不动之作，岂释动以求静？必求静于诸动。必求静于诸动，故虽动而常静。不释动以求静，故虽静而不离动。然则动静未始异，而惑者不同。缘使真言滞于竞辩，宗途屈于好异，所以静躁之极，未易言也。何者？夫谈真则逆俗，顺俗则违真。违真故迷性而莫返，逆俗故言淡而无味。缘使中人未分于存亡，下士抚掌而弗顾。近而不可知者，其唯物性乎！然不能自己，聊复寄心于动静之际，岂曰必然！

试论之曰：《道行》云：诸法本无所从来，去亦无所至。《中观》云：观方知彼去，去者不至方。斯皆即动而求静，以知物不迁明矣。夫人之所谓动者，以昔物不至今，故曰动而非静。我之所谓静者，亦以昔物不至今，故曰静而非动。动而非静，以其不来；静而非动，以其不去。然则所造未尝异，所见未尝同。逆之所谓塞，顺之所谓通，苟得其道，复何滞哉？

伤夫人情之惑也久矣，目对真而莫觉！既知往物而不来，而谓今物而可往。往物既不来，今物何所往？何则？求向物于向⑥，于向未尝无；责向物于今，于今未尝有。于今未尝有，以明物不来；于向未尝无，故知物不去。覆而求今，今亦不往。是谓昔物自在昔，不从今以至昔；今物自在今，不从昔以至今。故仲尼曰：回也见新，交臂非故。如此，则物不相往来，明矣。既无往返之微联⑦，有何物而可动乎！然则，旋岚偃岳而常静，江河竞注而不流，野马飘鼓而不动⑧，日月历天而不周，复何怪哉？

　　噫！圣人有言曰：人命逝速，速于川流。是以声闻悟非常以成道，缘觉觉缘离以即真。苟万动而非化，岂寻化以阶道？覆寻圣言，微隐难测。若动而静，似去而留。可以神会，难以事求。是以言去不必去，闲人之常想；称住不必住，释人之所谓往耳。岂曰去而可遣，住而可留耶？故《成具》云：菩萨处计常之中，而演非常之教。《摩诃衍论》云：诸法不动，无去来处。斯皆导达群方，两言一会，岂曰文殊而乖其致哉？是以言常而不住，称去而不迁。不迁，故虽往而常静；不住，故虽静而常往。虽静而常往，故往而弗迁；虽往而常静，故静而弗留矣。然则庄生之所以藏山，仲尼之所以临川，斯皆感往者之难留，岂曰排今而可往？

　　是以观圣人心者，不同人之所见得也。何者？人则谓少壮同体，百龄一质，徒知年往，不觉形随。是以梵志出家，白首而归，邻人见之曰：昔人尚存乎？梵志曰：吾犹昔人，非昔人也。邻人皆愕然，非其言也。所谓有力者负之而趋，昧者不觉，其斯之谓欤？

　　是以如来因群情之所滞，则方言以辩惑⑨。乘莫二之真心，吐不一之殊教。乖而不可异者，其唯圣言乎！故谈真有不迁之称，导俗有流动之说，虽复千途异唱，会归同致矣。而征文者闻不迁，则谓昔物不至今；聆流动者，而谓今物可至昔。既曰古今，而欲迁之者，何也？是以言往不必往，古今常存，以其不动。称去不必去，谓不从今至古，以其不来。不来，故不驰骋于古今；不动，故各性住于一世。然则群籍殊文，百家异说，苟得其会，岂殊文之能惑哉？

　　是以人之所谓住，我则言其去；人之所谓去，我则言其住。然则去住虽殊，其致一也。故经云：正言似反，谁当信者？斯言有由矣！何者？人则求古于今，谓其不住；吾则求今于古，知其不去。今若至古，古应有今；古若至今，今应有古。今而无古，以知不来；古而无今，以知不去。若古不至今，今亦不至古，事各性住于一世，有何物而可去来？然则四象风驰⑩，璇玑电卷⑪，得意毫微，虽速而不转。

　　是以如来功流万世而常存，道通百劫而弥固。成山假就于始篑，修途托至于初步，果以功业不可朽故也。功业不可朽，故虽在昔而不化。不化故不迁，不迁故则湛然明矣。故经云：三灾弥纶⑫，而行业湛然。信其言也！何者？果不俱因，因因而果。因因而果，因不昔灭；果不俱因，因不来今。不灭不来，则不迁之致明矣。复何惑于去留，踟蹰于动静之间哉⑬？然则乾坤倒覆，无谓不静；洪流滔天，无谓其动。苟能契神于即物，斯不远而可知矣！

三、不真空论第二

　　夫至虚无生者，盖是般若玄鉴之妙趣，有物之宗极者也。自非圣明特达，何能契神于有无之间哉？是以至人通神心于无穷，穷所不能滞；极耳目于视听，声色所不能制者，岂不以其即万物之自虚，故物不能累其神明者也。是以圣人乘真心而理顺，则无滞而不通；审一气以观化，故所遇而顺适。无滞而不通，故能混杂致淳；所遇而顺适，故则触物而一。如此，则万象虽殊，而不能自异。不能自异，故知象非真象；象非真象，故则虽象而非象。然则物我同根，是非一气，潜微幽隐，殆非群情之所尽。故顷尔谈论，至于虚宗，每有不同。

　　夫以不同而适同，有何物而可同哉？故众论竞作，而性莫同焉。何则？心无者，无心于万物，万物未尝无。此得在于神静，失在于物虚。即色者⑭，明色不自色，故虽色而非色也。⑮夫言色者，但当色即色，岂待色色而后为色哉？此直语色不自色，未领色之非色也。本无者，情尚于无多，触言以宾无。故非有，有即无；非无，无亦无。寻夫立文之本旨者，直以非有非真有，非无非真无耳。何必非有无此有，非无无彼无？此直好无之谈，岂谓顺通事实，即物之情哉？夫以

不物于物，则物而即真。是以圣人不物于物，不非物于物。不物于物，物非有也；不非物于物，物非无也。非有所以不取，非无所以不舍。不舍故妙存即真，不取故名相靡因。名相靡因，非有知也；妙存即真，非无知也。故经云：般若于诸法，无取无舍，无知无不知。此攀缘之外，绝心之域，而欲以有无诘者，不亦远乎？请诘夫陈有无者。夫智之生也，极于相内。法本无相，圣智何知？世称无知者，谓等木石太虚无情之流。灵鉴幽烛，形于未兆，道无隐机，宁曰无知？且无知生于无知，无无知也，无有知也。无有知也，谓之非有；无无知也，谓之非无。所以虚不失照，照不失虚，怕然永寂，靡执靡拘。孰能动之令有，静之使无耶？故经云：真般若者，非有非无，无起无灭，不可说示于人。何则？言其非有者，言其非是有，非谓是非有。言其非无者，言其非是无，非谓是非无。非有非非有，非无非非无。是以须菩提终日说般若而云无所说。此绝言之道，知何以传？庶参玄君子有以会之耳。

又云：宜先定圣心所以应会之道，为当唯照无相耶？为当咸睹其变耶？谈者似谓无相与变，其旨不一，睹变则异乎无相，照无相则失于抚会。然则即真之义，惑有滞也。经云：色不异空，空不异色。色即是空，空即是色。若如来旨，观色空时，应一心见色，一心见空。若一心见色，则唯色非空；若一心见空，则唯空非色。然则空色两陈，莫定其本也。是以经云非色者，诚以非色于色，不非色于非色。若非色于非色，太虚则非色，非色何所明？若以非色于色，即非色不异色。非色不异色，色即为非色。故知变即无相，无相即变，群情不同，故教迹有异耳。考之玄籍，本之圣意，岂复真伪殊心，空有异照耶？是以照无相，不失抚会之功；睹变动，不乖无相之旨。造有不异无，造无不异有。未尝不有，未尝不无。故曰不动等觉而建立诸法。以此而推，寂用何妨？如之何谓睹变之知，异无相之照乎？恐谈者脱谓空有两心，静躁殊用，故言睹变之知，不可谓之不有耳。若能舍己心于封内，寻玄机于事外，齐万有于一虚，晓至虚之非无者，当言至人终日应会，与物推移，乘运抚化，未始为有也。圣心若此，何有可取，而曰未释不取之理？

又云：无是乃所以为真是，无当乃所以为至当，亦可如来言耳。若能无心于为是，而是于无是；无心于为当，而当于无当者，则终日是，不乖于无是；终日当，不乖于无当。但恐有是于无是，有当于无当，所以为患耳，何者？若真是可是，至当可当，则名相以形，美恶是生，生生奔竞，孰与止之？是以圣人空洞其怀，无识无知，然居动用之域，而止无为之境；处有名之内，而宅绝言之乡；寂寥虚旷，莫可以形名得，若斯而已矣。乃曰真是可是，至当可当，未喻雅旨也。恐是当之生，物谓之然，彼自不然，何足以然耳。夫言迹之兴，异途之所由生也。而言有所不言，迹有所不迹。是以善言言者，求言所不能言；善迹迹者，寻迹所不能迹。至理虚玄，拟心已差，况乃有言？恐所示转远，庶通心君子有以相期于文外耳。

〔附：刘遗民书问〕

遗民和南。顷餐徽闻⑪，有怀遥伫，岁末寒严，体中如何？音寄壅隔，增用抱蕴。弟子沈痾草泽⑫，常有弊瘵耳⑬。因慧明道人北游，裁通其情⑭。古人不以形疏致淡，悟涉则亲。是以虽复江山悠邈，不面当年，至于企怀风味，镜心象迹，伫悦之勤，良以深矣。缅然无因，瞻霞永叹，顺时爱敬，冀因行李，数有承问。伏愿彼大众康和，外国法师当休纳。上人以悟发之器而遭兹渊对，想开究之功，足以尽过半之思。故以每惟乖阔，愤愧何深。此山僧清常，道戒弥励，禅隐之余，则惟研惟讲，恂恂穆穆，故可乐矣。弟子既以遂宿心而睹兹上轨，感寄之诚，日月铭至。远法师顷恒履宜，思业精诣，乾乾宵夕。自非道用潜流，理为神御，孰以过顺之年，湛气若兹之勤。所以凭慰既深，仰谢逾绝。去年夏末，始见生上人示《无知论》，才运清俊⑮，旨中沈允，推涉圣文，婉而有归，披味殷勤，不能释手，真可谓浴心方等之渊，而悟怀绝冥之肆者矣！若令此辨遂通，则般若众流，殆不言而会，可不欣乎！可不欣乎！然夫理微者辞险，唱独者应希，苟非绝言象之表者，将以存象而致乖乎？意谓答以缘求智之章，婉转穷忌，极为精巧，无所间然矣。但暗者难以顿晓，犹有余疑一两。今辄题之如别，想从容之暇，复能粗为释之。

论序云：船若之体非有非无，虚不失照，照不失虚，故曰不动等觉而建立诸法。下章云：异乎人者神明，故不可以事相求之耳。又云：用即寂，寂即用，神弥静，应逾动。夫圣心冥寂，理极同无，不疾而疾，不徐而徐。是以知不废寂，寂不废知，未始不寂，未始不知。故其运物成功化世之道，虽处有名之中，而远与无名同。斯理之玄，固常所弥昧者矣。但今谈者所疑于高论之旨，欲求圣心之异，为谓穷灵极数，妙尽冥符耶？为将心体自然，灵怕独感耶？若穷灵极数，妙尽冥符，则寂照之名故是定慧之体耳。若心体自然，灵怕独感，则群数之应固以几乎息矣！夫心数既玄而孤运其照，神淳化表而慧明独存，当有深证。可试为辨之。疑者当以抚会应机睹变之知，不可谓之不有矣。而论旨云本无惑取之知，而未释所以不取之理。谓宜先定圣心所以应会之道，为当唯照无相耶？为当咸睹其变耶？若睹其变，则异乎无相；若唯照无相，则无会可抚。既无会可抚，而有抚会之功，意有未悟，幸复诲之。

论云：无当则物无不当，无是则物无不是。物无不是，故是而无是；物无不当，故当而无当。夫无当而物无不当，乃所以为至当；无是而物无不是，乃所以为真是。岂有真是而非是，至当而非当，而云当而无当，是而无是耶？若谓至当非常当，真是非常是，此盖悟惑之言本异耳。固论旨所以不明也，愿复重喻，以祛其惑矣。

论至日，即与远法师详省之，法师亦好相领得意，但标位似各有本，或当不必理尽同矣。顷兼以班诸有怀，屡有击其节者，而恨不得与斯人同时也。

六、涅槃无名论第四

奏秦王表

僧肇言，肇闻天得一以清，地得一以宁，君王得一以治天下。伏惟陛下睿哲钦明，道与神会，妙契环中，理无不统，游刃万机，弘道终日，威被苍生，垂文作则。所以域中有四大，而王居一焉。涅槃之道，盖是三乘之所归，方等之渊府。渺渺希夷，绝视听之域；幽致虚玄，殆非群情之所测。肇以人微，猥蒙国恩，得闲居学肆，在什公门下十有余载，虽众经殊致，胜趣非一，然涅槃一义，常以听习为先。肇才识暗短，虽屡蒙诲喻，犹怀疑漠漠，为竭愚不已，亦如似有解，然未经高胜先唱，不敢自决。不幸什公去世，谘参无所，以为永慨。而陛下圣德不孤，独与什公神契，目击道存，快尽其中方寸，故能振彼玄风，以启末俗。一日遇蒙答安城侯姚嵩书，问无为宗极，何者？夫众生所以久流转生死者，皆由著欲故也。若欲止于心，即无复于生死。既无生死，潜神玄默，与虚空合其德，是名涅槃矣。既曰涅槃，复何容有名于其间哉？斯乃穷微言之美，极象外之谈者也。自非道参文殊，德伴慈氏，孰能宣扬玄道，为法城堑㊻，使夫大教卷而复舒，幽旨沦而更显。寻玩殷勤，不能暂舍，欣悟交怀，手舞弗暇。岂直当时之胜轨，方乃累劫之津梁矣。然圣旨渊玄，理微言约，可以匠彼先进，拯拔高士。惧言题之流，或未尽上意，庶拟孔易十翼之作㊼，岂贪丰文，图以弘显幽旨。辄作涅槃无名论，论有九折十演。博采众经，托证成喻，以仰述陛下无名之致。岂曰关诣神心，穷究远当，聊以拟议玄门，班喻学徒耳。论末章云，诸家通第一义谛，皆云廓然空寂，无有圣人。吾常以为太甚径庭，不近人情。若无圣人，知无者谁？实如明诏！实如明诏！夫道恍惚窅冥，其中有精，若无圣人，谁与道游？顷诸学徒莫不踌躇道门，怏怏此旨，怀疑终日，莫之能正。幸遭高判，宗徒懹然㊽，扣关之俦，蔚登玄室，真可谓法轮再转于阎浮，道光重映于千载者矣。今演论之作旨，曲辨涅槃无名之体，寂彼廓然排方外之谈，条牒如左，谨以仰呈。若少参圣旨，愿敕存记，如其有差，伏承指授。僧肇言。

泥曰、泥洹、涅槃，此三名前后异出，盖是楚夏不同耳。云涅槃，音正也。

九折十演者

开宗第一

无名曰，经称有余涅槃，无余涅槃者，秦言无为，亦名灭度。无为者，取乎虚无寂寞，妙绝于有为。灭度者，言其大患永灭，超度四流。斯盖是镜像之所归，绝称之幽宅也。而曰有余无余者，良是出处之异号，应物之假名耳。余尝试言之，夫涅槃之为道也，寂寥虚旷，不可以形名得；微妙无相，不可以有心知。超群有以幽升，量太虚而永久。随之弗得其踪，迎之罔眺其首，六趣不能摄其生，力负无以化其体。潢漭惚恍，若存若往。五目不睹其容，二听不关其响，冥冥窅窅，谁见谁晓，弥纶靡所不在，而独曳于有无之表。然则言之者失其真，知之者反其愚，有之者乖其性，无之者伤其躯。所以释迦掩室于摩竭，净名杜口于毗耶，须菩提唱无说以显道，释梵绝听而雨华。斯皆理为神御，故口以之而默，岂曰无辩？辩所不能言也。经云：真解脱者离于言数，寂灭永安，无始无终，不晦不明，不寒不暑，湛若虚空，无名无说。论曰：涅槃非有亦复非无，言语道断，心行处灭。寻夫经论之作，岂虚构哉？果有其所以不有，故不可得而有；有其所以不无，故不可得而无耳。何者？本之有境，则五阴永灭；推之无乡，而幽灵不竭。幽灵不竭，则抱一湛然；五阴永灭，则万累都捐。万累都捐，故与道通洞；抱一湛然，故神耐无功。神而无功，故至功常存；与道通洞，故冲而不改。冲而不改，故不可为有；至功常存，故不可为无。然则有无绝于内，称谓沦于外，视听之所不暨，四空之所昏昧。恬焉而夷，怕焉而泰[49]，九流于是乎交归，众圣于是乎冥会。斯乃希夷之境，太玄之乡，而欲以有无题榜，标其方域，而语其神道者，不亦邈哉！

核体第二

有名曰，夫名号不虚生，称谓不自起，经称有余涅槃无余涅槃者，盖是返本之真名，神道之妙称者也。请试陈之：有余者，谓如来大觉始兴，法身初建，澡八解之清流[50]，憩七觉之茂林[51]，积万善于旷劫，荡无始之遗尘，三明镜于内[52]，神光照于外，结僧那于始心，终大悲以赴难，仰攀玄根，俯提弱丧，超迈三域[53]，独蹈大方，启八正之平路[54]，坦众庶之夷途，骋六通之神骥[55]，乘五衍之安车，至能出生入死，与物推移，道无不洽，德无不施，穷化母之始物，极玄枢之妙用，廓虚宇于无疆，耀萨云于幽烛，将绝朕于九止[56]，永沦太虚，而有余缘不尽，余迹不泯，业报犹魂，圣智尚存，此有余涅槃也。经云：陶冶尘滓，如炼真金，万累都尽而灵觉独存。无余者，谓至人教缘都讫，灵照永灭，廓尔无朕，故曰无余。何则？夫人患莫若于有身，故灭身以归无；劳勤莫先于有智，故绝智以沦虚。然则智以形倦，形以智劳，轮转修途，疲而弗已，经曰：智为杂毒，形为桎梏，渊默以之而辽，患难以之而起。所以至人灰身灭智，捐形绝虑，内无机照之勤，外息大患之本，超然与群有永分，浑尔与大虚同体，寂焉无闻，怕尔无兆，冥冥长往，莫知所之，其犹灯尽火灭，膏明俱竭，此无余涅槃也。经云：五阴永尽，譬如灯灭。然则有余可以有称，无余可以无名。无名立，则宗虚者欣尚于冲默；有称生，则怀德者弥仰于圣功。斯乃典诰之所垂文，先圣之所轨辙，而曰有无绝于内，称谓沦于外，视听之所不暨，四空之所昏昧。使夫怀德者自绝，宗虚者靡托，无异杜耳目于胎壳，掩玄象于霄外，而责宫商之异，辨玄素之殊者也。子徒知远推至人于有无之表，高韵绝唱于形名之外，而论旨竟莫知所归。幽途故自蕴而未显，静思幽寻，寄怀无所，岂所谓朗大明于冥室，奏玄响于无闻者哉？

位体第三

无名曰，有余无余者，盖是涅槃之外称，应物之假名耳。而存称谓者封名，志器象者耽形。名也，极于题目；形也，尽于方圆。方圆有所不写，题目有所不传，焉可以名于无名，而形于无形者哉？难序云：有余无余者，信是权寂致教之本意，亦是如来隐显之诚迹也。但未是玄寂绝言之幽致，又非至人环中之妙术耳。子独不闻正观之说欤？《维摩诘》言：我观如来无始无终，六入已过㊲，三界已出。不在方，不离方；非有为，非无为；不可以识识，不可以智知；无言无说，心行处灭。以此观者，乃名正观；以他观者，非见佛也。《放光》云：佛如虚空，无去无来，应缘而现，无有方所。然则圣人之在天下也，寂寞虚无，无执无竞，导而弗先，感而后应。譬犹幽谷之响，明镜之像，对之弗知其所以来，随之罔识其所以往。恍焉而有，惚焉而亡，动而逾寂，隐而弥彰，出幽入冥，变化无常。其为称也，因应而作，显迹为生，息迹为灭。生名有余，灭名无余。然则有无之称，本乎无名，无名之道，于何不名？是以至人居方而方，止圆而圆，在天而天，处人而人。原夫能天能人者，岂天人之所能哉？果以非天非人，故能天能人耳。其为治也，故应而不为，因而不施。因而不施，故施莫之广；应而不为，故为莫之大。为莫之大，故乃返于小成；施莫之广，故乃归乎无名。经曰：菩提之道，不可图度，高而无上，广不可极；渊而无下，深不可测。大包天地，细入无间，故谓之道。然则涅槃之道，不可以有无得之，明矣。而惑者睹神变，因谓之有；见灭度，便谓之无。有无之境，妄想之域，岂足以标榜玄道而语圣心者乎？意谓至人寂怕无兆，隐显同源，存不为有，亡不为无。何则？佛言：吾无生不生，虽生不生；无形不形，虽形不形。以知存不为有。经云：菩萨入无尽三昧，尽见过去灭度诸佛。又云：入于涅槃而不般涅槃，以知亡不为无。亡不为无，虽无而有；存不为有，虽有而无。虽有而无，故所谓非有；虽无而有，故所谓非无。然则涅槃之道，果出有无之域，绝言象之径，断矣！子乃云圣人患于有身，故灭身以归无；劳勤莫先于有智，故绝智以沦虚。无乃乖乎神极，伤于玄旨者也？经曰：法身无象，应物而形；般若无知，对缘而照。万机顿赴而不挠其神，千难殊对而不干其虑。动若行云，止犹谷神，岂有心于彼此，情系于动静者乎？既无心于动静，亦无象于去来。去来不以象，故无器而不形；动静不以心，故无感而不应。然则心生于有心，象出于有象。象非我出，故金石流而不燋㊳，心非我生，故日用而不动。纭纭自彼，于我何为？所以智周万物而不劳，形充八极而无患。益不可盈，损不可亏。宁复痾疠中逵㊴，寿极双树，灵竭天棺，体尽焚燎者哉？而惑者居见闻之境，寻殊应之迹，秉执规矩而拟大方，欲以智劳至人，形患大圣。谓舍有入无，因以名之，岂谓采微言于听表，拔玄根于虚壤者哉？

微出第四

有名曰，夫浑元剖判，万有参分。有既有矣，不得不无；无自不无，必因于有。所以高下相倾，有无相生，此乃自然之数，数极于是。以此而观，化母所育，理无幽显，恢恑憰怪，无非有也。有化而无，无非无也。然则有无之境，理无不统。经云：有无二法，摄一切法。又称三无为者，虚空、数缘尽、非数缘尽。数缘尽者，即涅槃也。而论云有无之表，别有妙道妙于有无，谓之涅槃。请核妙道之本，果若有也，虽妙非无。虽妙非无，即入有境。果若无也，无即无差。无而无差，即入无境。总而括之，即而究之，无有异有而非无，无有异无而非有者，明矣。而曰有无之外别有妙道，非有非无，谓之涅槃。吾闻其语，未即于心也。

超境第五

无名曰，有无之数，诚以法无不该，理无不统。然其所统，俗谛而已。经曰：真谛何耶？涅槃道是。俗谛何耶？有无法是。何则？有者有于无，无者无于有。有无所以称有，无有所以称无。然则有生于无，无生于有，离有无无，离无无有。有无相生，其犹高下相倾，有高必有下，有下必有高矣。然则有无虽殊，俱未免于有也。此乃言象之所以形，是非之所以生，岂是以统夫幽极，拟夫神道者乎？是以论称出有无者，良以有无之数，止乎六境之内，六境之内，非涅槃之宅，故借出以祛之。庶怖道之流⑥，仿佛幽途，托情绝域，得意忘言，体其非有非无，岂曰有无之外，别有一有而可称哉？经曰：三无为者，盖是群生纷绕，生乎笃患。笃患之尤，莫先于有；绝有之称，莫先于无。故借无以明其非有，明其非有，非谓无也。

搜玄第六

有名曰，论旨云涅槃既不出有无，又不在有无。不在有无，则不可于有无得之矣；不出有无，则不可离有无求之矣。求之无所，便应都无，然复不无其道。其道不无，则幽途可寻，所以千圣同辙，未尝虚返者也。其道既存，而曰不出不在，必有异旨，可得闻乎？

妙存第七

无名曰，夫言由名起，名以相生，相因可相，无相无名，无名无说，无说无闻。经曰：涅槃非法非非法，无闻无说，非心所知。吾何敢言之，而子欲闻之耶？虽然，善吉有言。众人若能以无心而受，无听而听者，吾当以无言言之。庶述其言，亦可以言。《净名》曰：不离烦恼，而得涅槃。天女曰：不出魔界，而入佛界。然则玄道在于妙悟，妙悟在于即真。即真则有无齐观，齐观则彼已莫二。所以天地与我同根，万物与我一体。同我则非复有无，异我则乖于会通，所以不出不在而道存乎其间矣。何则？夫至人虚心冥照，理无不统。怀六合于胸中而灵鉴有余，镜万有于方寸而其神常虚。至能拔玄根于未始，即群动以静心，恬淡渊默，妙契自然。所以处有不有，居无不无。居无不无，故不无于无；处有不有，故不有于有。故能不出有无，而不在有无者也。然则法无有无之相，圣无有无之知。圣无有无之知，则无心于内；法无有无之相，则无数于外。于外无数，于内无心，彼此寂灭，物我冥一，怕尔无朕，乃曰涅槃。涅槃若此，图度绝矣，岂容可责之于有无之内，又可徵之有无之外耶？

难差第八

有名曰，涅槃既绝图度之域，则超六境之外。不出不在而玄道独存，斯则穷理尽性，究竟之道，妙一无差，理其然矣。而《放光》云：三乘之道，皆因无为而有差别。佛言：我昔为菩萨时，名曰儒童，于然灯佛所，已入涅槃。儒童菩萨时于七住⑥，初获无生忍，进修三位。若涅槃一也，则不应有三。如其有三，则非究竟。究竟之道，而有升降之殊，众经异说，何以取中耶？

辨差第九

无名曰，然究竟之道，理无差也。《法华经》云：第一大道，无有两正。吾以方便，为怠慢者于一乘道，分别说三，三车出火宅，即其事也。以俱出生死，故同称无为；所乘不一，故有三名。统其会归，一而已矣。而难云三乘之道皆因无为而有差别，此以人三，三于无为，非无为有三也。故《放光》云：涅槃有差别耶？答曰：无差别。但如来结习都尽，声闻结习不尽耳。请以近喻，以况远旨。如人斩木，去尺无尺，去寸无寸，修短在于尺寸，不在无也。夫以群生万端，识根不一，智鉴有浅深，德行有厚薄，所以俱之彼岸而升降不同，彼岸岂异？异自我耳。然则众经殊辩，其致不乖。

责异第十

有名曰，俱出火宅，则无患一也；同出生死，则无为一也。而云彼岸无异，异自我耳。彼岸则无为岸也，我则体无为者也。请问我与无为，为一为异？若我即无为，无为亦即我，不得言无为无异，异自我也。若我异无为，我则非无为，无为自无为，我自常有为。冥会之致，又滞而不通。然我与无为，一亦无三，异亦无三。三乘之名，何由而生也？

会异第十一

⑧野马：云气。

⑨方言：方便之言。

⑩四象：金、木、水、火，它们各自主导一个季节。此处借指一年。

⑪璇玑：北斗魁第四星之名，借指北斗。

⑫三灾：佛教世界观。世界恒久地按照成立期（成劫）、存续期（住劫）、破坏期（坏劫）、空漠期（空劫）而循环。其中有大小三灾。小三灾在第二期中有刀兵、疾疫与饥馑三灾。大三灾在第三期中有火、水、风三灾。

⑬踟蹰（chíchú）：迟疑。

⑭色：专指那些具有形相、被生成的、变化的物质现象。也指颜色。

⑮色而非色：色指物性的东西，如五根（眼、耳、鼻、舌、身）、五境（色、声、香、味、触）与法处。这些都是可变坏的，互相质碍的。非色指不变坏的如心、心所等，也有质碍性。

⑯杜默：杜绝、沉默。　厝（cuò）：安排。

⑰三藏：经、律、论合称三藏。藏是一切佛教文书、教义的储藏之意。

⑱幻化人：变戏法魔术的人。

⑲指马之况：指鹿为马之义。

⑳希夷：无声曰希，无色曰夷，形容虚寂微妙。

㉑弘始：后秦高祖姚兴的年号。鸠摩罗什先讲学于西域诸国，前秦苻坚命吕光伐龟兹，取鸠摩罗什，在凉州居住十八年，又于弘始三年被后秦姚兴迎入长安，翻译众多佛经。

㉒季俗：不安定、不纯朴的社会。　天：信仰。

㉓方等：宣论平等真理的大乘经典的总称。方等是逐渐增广以达于平等之义。

㉔厕：参与。

㉕粗：大略、大概。

㉖二仪：阴阳。

㉗瞽（gǔ）：眼睛瞎，引申为遮蔽。

㉘三毒：阻碍善根发展的三种基本烦恼，贪、嗔、痴。　四倒：又做四颠倒。即常颠倒、乐颠倒、净颠倒、我颠倒。

㉙名教：以正名定分为中心的封建礼教。

㉚五阴：即五蕴。构成我们的存在以至于周围环境的五种要素的集合，即色、受、想、行、识。五蕴即是物质性、感觉、表象、意念与认识作用这五者的和合。

㉛五趣：五种存在的境地。即地狱、饿鬼、畜生、人、天。加上阿修罗就是六趣。

㉜披寻：披阅寻觅。

㉝缅：远。

㉞遁（dùn）：逃避，隐居。

㉟过顺之年：六十余岁。古语说：六十而耳顺。

㊱城堑三宝：保护佛、法，僧这三宝。

㊲毗婆沙：梵文音译。汉译为广解、广说、胜说、注解之意，特别指对律、论的注解。

㊳祇桓：即祇园。须达长者为释迦及其教团所建的僧坊。释迦曾在此开示佛法。

㊴惘悒（wǎng yì）：愁怅失意。

㊵酬（chóu）：同"酬"。答。

㊶徽闻：佳音。

㊷沈：通"沉"。　疴（ē）：病。

㊸瘵（zhài）：病。

㊹裁：通"才"。

㊺隽：同"俊"。

㊻堑（qiàn）：同"堑"。

㊼孔《易》十翼：今本《易》经有所谓十翼以解释《周易》本文，若系辞、文言、说卦、杂卦之类。

㊽㲋（huà）：裂帛声。引申为清晰明快之意。

㊾怕：通"泊"，淡泊。

㊿八解：舍弃色贪等心的八种定力。①修不净观，除去内在的色贪。②修外色不净观。③观外在色境的净相，而不生烦恼。

④灭除有对的色想，修空无边的行相。⑤修让无边之相。⑥修无所有之相。⑦远离明胜之想。⑧灭除一切心、心所之法。

�51七觉：能导致觉悟的七个项目。即择法觉支、精进觉支、喜觉支、轻安觉支、舍觉支、定觉支、念觉支。

�52三明：修行者所具有的三种超人的能力，即宿命通、天眼通、漏尽通，是通晓过去、现在、未来的力量。

�53三城：即三界。佛教认为众生所居的世界是欲界、色界、无色界。它们按等级划分成各种阶段。

�54八正：即八正道。要达到理想的境地的修行者所要具足的实践德目。包括正见、区思悔、正语、正业、正命、正精进、正念、正定。

�55六通：天眼通、宿命通、漏尽通这三明之外加上精足通、天耳通、他心通为六通。

�56九止：迷妄的世界，即九地：欲界五趣地、离生喜乐地、定生喜乐地、离喜妙乐地、舍念清净地、空无边处地、识无边处地、无所有处地、诽想诽非想处地。　朕：我，自我。

�57六人：六种感觉与认识机能：眼、耳、鼻、舌、身、意。

�58燋（jiāo）：通"焦"。

�59逵：大道。

�60悕：此处通"希"，追求之意。

�61七住：诸佛法身的七种果德：菩提、涅槃、真如、佛性、菴摩罗识、空如来藏、大圆镜智。

�62四谛：又叫四圣谛。彻底解决宇宙人生问题的四个真理条目，即苦谛、集谛、灭谛、道谛。

�63亭毒：化育，养育。

六祖法宝坛经

〔唐〕法海　集录

行由品第一

时，大师至宝林。韶州韦刺史与官僚入山，请师出。于城中大梵寺讲堂为众开缘说法①。师升座次，刺史官僚三十余人，儒宗学士三十余人，僧尼道俗一千余人，同时作礼，愿闻法要②。

大师告众曰："善知识③！菩提自性④，本来清净，但用此心，直了成佛。善知识！且听惠能行由得法事意⑤。"

惠能严父，本贯范阳，左降流于岭南⑥，作新州百姓。此身不幸，父又早亡，老母孤遗，移来南海，艰辛贫乏，于市卖柴。时，有一客买柴，使令送至客店，客收去，惠能得钱。却出门外，见一客诵经，惠能一闻经语，心即开悟。遂问客："诵何经？"客曰："《金刚经》。"复问："从何所来，持此经典？"客云："我从蕲州黄梅县东禅寺来。其寺是五祖忍大师在彼主化⑦，门人一千有余。我到彼中礼拜，听受此经。大师常劝僧俗，但持《金刚经》，即自见性，直了成佛。"惠能闻说，宿昔有缘⑧，乃蒙一客取银十两与惠能，令充老母衣粮，教便往黄梅参礼五祖。

惠能安置母毕，即便辞违。不经三十余日，便至黄梅，礼拜五祖。

祖问曰："汝何方人，欲求何物？"

惠能对曰："弟子是岭南新州百姓。远来礼师，惟求作佛，不求余物。"

祖言："汝是岭南人，又是獦獠⑨，若为堪作佛？"

惠能曰："人虽有南北，佛性本无南北。獦獠身与和尚不同，佛性有何差别？"

五祖更欲与语，且见徒众总在左右，乃令随众作务。

惠能曰："惠能启和尚，弟子自心常生智慧，不离自性，即是福田，未审和尚教作何务？"

祖云："这獦獠根性大利。汝更勿言，著槽厂去。"

惠能退至后院，有一行者差惠能破柴踏碓。经八月余，祖一日忽见惠能，曰："吾思汝之见可用⑩，恐有恶人害汝，遂不与汝言，汝知之否？"惠能曰："弟子亦知师意，不敢行至堂前，令人不觉。"

祖一日唤诸门人总来。吾向汝说："世人生死事大。汝等终日只求福田⑪，不求出离生死苦海。自性若迷，福何可救？汝等各去自看智慧，取自本心般若之性，各作一偈⑫，来呈吾看，若悟大意，付汝衣法，为第六代祖。火急速去，不得迟滞。思量即不中用，见性之人，言下须见。若如此者，轮刀上阵⑬，亦得见之。"

众得处分，退而递相谓曰："我等众人，不须澄心用意作偈将呈和尚，有何所益？神秀上座现为教授师，必是他得，我辈谩作偈颂，枉用心力"。诸人闻语，总皆息心，咸言："我等已后依止秀师，何烦作偈？"

神秀思惟："诸人不呈偈者，为我与他为教授师。我须作偈将呈和尚，若不呈偈，和尚如何知我心中见解深浅。我呈偈意，求法即善，觅祖即恶⑭，却同凡心夺其圣位奚别。若不呈偈，终不得法。大难，大难。"

五祖堂前，有步廊三间，拟请供奉⑮卢珍画《楞伽经》变相及五祖血脉图⑯，流传供养。

神秀作偈成已，数度欲呈，行至堂前，心中恍惚，遍身汗流，拟呈不得。前后经四日，一十三度呈偈不得。

秀乃思维："不如向廊下书著，从他和尚看见，忽若道好，即出礼拜，云是秀作。若道不堪[17]，枉向山中数年，受人礼拜，更修何道？"是夜三更，不使人知，自执灯，书偈于南廊壁间，呈心所见。

偈曰：

> 身是菩提树，
>
> 心如明镜台。
>
> 时时勤拂拭，
>
> 勿使惹尘埃。

秀书偈了，便却归房，人总不知。秀复思维："五祖明日见偈欢喜，即我与法有缘；若言不堪，自是我迷，宿业障重[18]，不合得法，圣意难测。"房中思想，坐卧不安，直至五更。

祖已知神秀入门未得，不见自性。天明，祖唤卢供奉来，向南廊壁间绘画图相，忽见其偈，报言："供奉却不用画，劳尔远来。经云：'凡所有相，皆是虚妄'。但留此偈，与人诵持。依此偈修，免堕恶道。依此偈修，有大利益。"令门人炷香礼敬，"尽诵此偈，即得见性。"门人诵偈，皆叹："善哉！"

祖三更唤秀入堂，问曰："偈是汝作否？"

秀言："实是秀作，不敢妄求祖位，望和尚慈悲，看弟子有少智慧否[19]？"

祖曰："汝作此偈，未见本性，只到门外，未入门内，如此见解，觅无上菩提，了不可得。无上菩提，须得言下识自本心，见自本性；不生不灭，于一切时中，念念自见；万法无滞，一真一切真[20]；万境自如如，如如之心[21]，即是真实。若如是见，即是无上菩提之自性也。汝且去一两日思维，更作一偈，将来吾看。汝偈若入得门，付汝衣法。"

神秀作礼而出。又经数日，作偈不成，心中恍惚，神思不安，犹如梦中，行坐不乐。

复两日，有一童子于碓坊过，唱诵其偈。惠能一闻，便知此偈未见本性，虽未蒙教授，早识大意。遂问童子曰："诵者何偈？"

童子曰："尔这獦獠不知，大师言'世人生死事大，欲得传付衣法，令门人作偈来看。若悟大意，即付衣法，为第六祖。'神秀上座，于南廊壁上书无相偈。大师令人皆诵，依此偈修，免堕恶道，依此偈修，有大利益。"

惠能曰："我亦要诵此，结来生缘。上人，我此踏碓八个余月，未曾行到堂前，望上人引至偈前礼拜。"

童子引至偈前礼拜。惠能曰："惠能不识字，请上人为读。"

时有江州别驾[22]，姓张，名日用，便高声读。惠能闻已，遂言："亦有一偈，望别驾为书。"别驾言："汝亦作偈，其事希有[23]。"

惠能向别驾言："欲学无上菩提，不可轻于初学。下下人有上上智，上上人有没意智[24]。若轻人，即有无量无边罪。"

别驾言："汝但诵偈，吾为汝书。汝若得法，先须度吾，勿忘此言。"

惠能偈曰：

> 菩提本无树，
>
> 明镜亦非台。
>
> 本来无一物，
>
> 何处惹尘埃。

书此偈已，徒众总惊，无不嗟讶，各相谓言："奇哉！不得以貌取人，何得多时使他肉身菩萨⑳。"

祖见众人惊怪，恐人损害，遂将鞋擦了偈，曰："亦未见性。"众以为然。

次日，祖潜至碓坊，见能腰石舂米，语曰："求道之人，为法忘躯，当如是乎？"乃问曰："米熟也未？"

惠能曰："米熟久矣，犹欠筛在。"

祖以杖击碓三下而去。惠能即会祖意，三鼓入室。

祖以袈裟遮围，不令人见，为说《金刚经》，至"应无所住而生其心，"惠能言下大悟：一切万法，不离自性⑳。遂启祖言："何期自性本自清净，何期自性本不生灭，何期自性本自具足，何期自性本无动摇，何期自性能生万法！"

祖知悟本性，谓惠能曰："不识本心，学法无益；若识自本心，见自本性，即名丈夫、天人师、佛㉗。"

三更受法，人尽不知，便传顿教及衣钵㉘，云："汝为第六代祖，善自护念，广度有情，流布将来，无令断绝㉙。听吾偈曰：

有情来下种，

因地果还生。

无情亦无种，

无性亦无生。"

祖复曰：昔达摩大师初来此土，人未之信，故传此衣，以为信体，代代相承，法则以心传心，皆令自悟自解。自古佛佛惟传本体，师师密付本心，衣为争端，止汝勿传，若传此衣，命如悬丝。汝须速去，恐人害汝。"

惠能启曰："向甚处去？"

祖云："逢怀则止㉚，遇会则藏㉛。"

惠能三更领得衣钵，云："能本是南中人，素不知此山路，如何出得江口？"

五祖言："汝不须忧，吾自送汝。"

祖相送，直至九江驿。祖令上船，五祖把橹自摇。惠能言："请和尚坐，弟子合摇橹。"祖云："合是吾渡汝。"惠能曰："迷时师度，悟了自度，度名虽一，用处不同。惠能生在边方，语音不正，蒙师传法，今已得悟，只合自性自度㉜。"祖云："如是如是。以后佛法，由汝大行，汝去三年，吾方逝世。汝今好去，努力向南，不宜速说，佛法难起㉝。"

惠能辞违祖已，发足南行。两月中间，至大庾岭。五祖归，数日不上堂，众疑，诣问曰㉞："和尚少病少恼否？"曰："病即无，衣法已南矣。"问："谁人传授㉟？"曰："能者得之。"众乃知焉。逐后数百人来，欲夺衣钵。

一僧俗姓陈，名惠明，先是四品将军，性行粗糙，极意参寻，为众人先，趁及惠能。惠能掷下衣钵于石上，曰："此衣表信，可力争耶？"能隐草莽中，惠明至，提掇不动，乃唤云："行者行者！我为法来，不为衣来。"

惠能遂出，盘坐石上。惠明作礼云："望行者为我说法。"惠能云："汝既为法而来，可屏息诸缘，勿生一念，吾为汝说。"明良久，惠能云："不思善，不思恶，正与么时㊱，那个是明上座本来面目㊲。"惠明言下大悟，复问云："上来密语、密意外，还更有密意否？"

惠能云："与汝说者，即非密也。汝若反照㊳，密在汝边。"明曰："惠明虽在黄梅，实未省自己面目，今蒙指示，如人饮水，冷暖自知，今行者即惠明师也。"惠能曰：汝若如是，吾与汝同师黄梅㊴，善自护持。"明又问："惠明今后向甚处去？"惠能曰："逢袁㊵则止，遇蒙则居㊶。"

明礼辞。明回至岭下，谓趁众曰："向陟崔嵬[42]，竟无踪迹，当别道寻之。"趁众咸以为然。惠明后改道明，避师上字。

惠能后至曹溪，又被恶人寻逐，乃于四会[43]，避难猎人队中，凡经一十五载，时与猎人随宜说法。猎人常令守网，每见生命，尽放之。每至饭时，以菜寄煮肉锅。或问，则对曰："但吃肉边菜。"

一日思惟："时当弘法，不可终遁。"遂出至广州法性寺。值印宗法师讲《涅槃经》。时有风吹幡动。一僧曰："风动。"一曰："幡动。"议论不已。惠能进曰："不是风动，不是幡动，仁者心动。"一众骇然。

印宗延至上席，征诘奥义。见惠能言简理当，不由文字。宗云："行者定非常人。久闻黄梅衣法南来，莫是行者否？"惠能曰："不敢。"宗于是作礼，告请传来衣钵，出示大众。

宗复问曰："黄梅付嘱，如何指授[44]？"惠能曰："指授即无，惟论见性，不论禅定解脱。"宗曰："何不论禅定解脱？"惠曰："为是二法[45]，不是佛法，佛法是不二之法。"宗又问："如何是佛法不二之法？"惠能曰："法师讲《涅槃经》，明佛性是佛法不二之法。如高贵德王菩萨白佛言：'犯四重禁[46]，作五逆罪[47]，及一阐提等[48]，当断善根佛性否？'佛言：'善根有二，一者常，二者无常，佛性非常非无常，是故不断，名为不二。一者善，二者不善，佛性非善非不善，是名不二。蕴[49]之与界[50]，凡夫见二，智者了达，其性无二。无二之性，即是佛性。'"

印宗闻说，欢喜合掌，言："某甲讲经，犹如瓦砾；仁者论义，犹如真金。"于是为惠能剃发，愿事为师。惠能遂于菩提树下，开东山法门。

惠能于东山得法，辛苦受尽，命似悬丝。今日得与使君官僚僧尼道俗同此一会，莫非累劫之缘[51]，亦是过去生中供养诸佛，同种善根，方始得闻如上顿教，得法之因。教是先圣所传，不是惠能自智，愿闻先圣教者，各令净心。闻了，各自除疑，如先代圣人无别。一众闻法，欢喜作礼而退。

---

①开缘说法：开启成佛因缘，讲述成佛方法。

②法要：佛法的要领。

③善知识：这里是指听讲佛法的人。

④菩提自性：指佛性的本质。

⑤行由得法意事：获得佛法的缘由和经过的大概情况。

⑥左降：被贬官职。

⑦主化：主持教化。

⑧宿昔有缘：过去所做的事情所种下的因缘。

⑨獦獠：为当时对少数民族侮辱性的称呼。

⑩见：见解。

⑪福田：获得福德果报的道路，也就是在佛、法、僧三宝前做的种种功德。

⑫偈：（jì，音际）佛经的一种体裁，由固定字数的四句组成。

⑬轮刀上阵：指在战场上战斗时。

⑭觅祖：谋取一代宗师的地位。

⑮供奉：唐朝时某些因有特殊技艺而被朝廷或皇室聘用的官员。

⑯变相：唐代一种流行的绘画形式。

⑰若道不堪：如果说不好。

⑱宿业：前世里的所作所为，也就是前世所做的一切善恶业因。

⑲少：小。

⑳一真：指佛性是唯一真实的存在；一切真，指世界万物的真实存在。一真一切真也就是说只有佛性真实，万物才是真实的。

㉑如如：绝对不变的永恒真理或本体。

㉒别驾：唐代的一种官职，是州刺史的属僚。

㉓希：同稀。

㉔意智：智慧。

㉕肉身菩萨：指凭借父母所生之身修行达到菩萨果位的人。

㉖自性：本来具有的佛性。

㉗天人师：佛的十称谓之一，意思是天和人的老师。

㉘顿教：禅宗顿悟的修行方法，与"渐教"相对。

㉙有情：众生。

㉚怀：地名，即怀集县，今广西梧州。

㉛会：地名，即四会县，今广东新会。

㉜自性自度：用自己本来就具有的佛性把自己脱度到彼岸世界。

㉝佛法难起：佛法是从艰难困苦中兴盛起来的。

㉞诣：(yì 音义) 前去，到。

㉟谁人传授：传授给了谁。

㊱么：否。正与么：佛教用语，指正念与邪念。

㊲上座：德高望众的僧人，这里指惠明。

㊳反照：反身观照自己。

㊴黄梅：本指黄梅山，这里指五祖弘忍大师。

㊵袁：袁州，今江西宜春。

㊶蒙：地名，蒙山。

㊷陟：(zhì 音至) 登上高处。

㊸四会：四岔路口。

㊹指授：指点传授。

㊺二法：禅定与解脱是两种修行方法。

㊻四重禁：指不杀、不盗、不淫、不妄语等四种禁戒；一说是舍正法、舍菩提心、恪吝胜法、恼害众生四种罪过。

㊼五逆罪：杀父、害母、杀阿罗汉、坏佛体、破坏僧众团结妨碍法事五种犯戒大罪。

㊽一阐提：不信佛法的恶人。

㊾蕴：五蕴，即色、受、想、行、识。

㊿界：指色界、无色界和欲界等三界。

51莫非累劫之缘：如果不是长久以来种下的业因。

般若品第二

次日，韦使君请益。师升座，告大众曰："总净心，念'摩诃般若波罗蜜多'。"复云："善知识！菩提般若之智，世人本自有之，只缘心迷，不能自悟。须假大善知识，示导见性。当知愚人智人佛性本无差别，只缘迷悟不同，所以有愚有智。吾今为说摩诃般若波罗蜜法，使汝等各得智慧。志心谛听，吾为汝说：

善知识！世人终日口念般若，不识自性般若，犹如说食不饱。口但说空，万劫不得见性，终无有益。

　　善知识！'摩诃般若波罗蜜'是梵语，此言'大智慧到彼岸'。此须心行，不在口念。口念心不行，如幻如化，如露如电。口念心行，则心口相应。本性是佛，离性无别佛①。

　　何名'摩诃'？'摩诃'是'大'，心量广大，犹如虚空，无有边畔，亦无方圆大小，亦非青黄赤白，亦无上下长短，亦无嗔无喜②，无是无非，无善无恶，无有头尾。诸佛刹土，尽同虚空。世人妙性本空，无有一法可得。自性真空，亦复如是。

　　善知识！莫闻吾说空，便即著空③。第一莫著空，若空心静坐，即著无记空。

　　善知识！世界虚空，能含万物色像，日月星宿，山河大地，泉源溪涧，草木丛林，恶人善人，恶法善法，天堂地狱，一切大海，须弥诸山，总在空中；世人性空，亦复如是。

　　善知识！自性能含万法是大。万法在诸人性中，若见一切人恶之与善，尽皆不取不舍，亦不染著，心如虚空，名之为大。故曰摩诃。

　　善知识！迷人口说，智者心行。又有迷人，空心静坐，百无所思，自称为大。此一辈人，不可与语，为邪见故。

　　善知识！心量广大，遍周法界。用即了了分明，应用便知一切。一切即一④，一即一切⑤，去来自由⑥，心体无滞，即是般若。

　　善知识！一切般若智⑦，皆从自性而生，不从外入，莫错用意，名为真性自用。一真一切真。心量大事，不行小道。口莫终日说空，心中不修此行。恰似凡人自称国王，终不可得，非吾弟子。

　　善知识！何名'般若'？'般若'者，唐言'智慧'也。一切处所，一切时中，念念不愚，常行智慧，即是般若行。一念愚即般若绝，一念智即般若生。世人愚迷，不见般若。口说般若，心中常愚，常自言'我修般若'，念念说空，不识真空。般若无形相，智慧心即是。若作如是解，即名般若智。

　　何名'波罗蜜'？此是西国语，唐言'到彼岸'，解义'离生灭'⑧。著境生灭起⑨，如水有波浪，即名为此岸。离境无生灭，如水常通流，即名为彼岸，故号波罗蜜。

　　善知识！迷人口念，当念之时，有妄有非；念念若行，是名真性，悟此法者，是般若法。修此行者，是般若行，不修即凡。

　　一念修行，自身等佛。

　　善知识！凡夫即佛，烦恼即菩提，前念迷即凡夫，后念悟即佛。前念著境即烦恼，后念离境即菩提。

　　善知识！摩诃般若波罗蜜最尊最上最第一，无住无往亦无来，三世诸佛从中出。当用大智慧打破五蕴烦恼尘劳，如此修行，定成佛道，变三毒为戒、定、慧⑩。

　　善知识！我此法门，从一般若生八万四千智慧。何以故？为世人有八万四千尘劳。若无尘劳，智慧常现，不离自性。悟此法者，即是无念。无忆无著，不起诳妄，用自真如性，以智慧观照，于一切法，不取不舍，即是见性成佛道。

　　善知识！若欲入甚深法界，及般若三昧者⑪，须修般若行，持诵《金刚般若经》，即得见性。

　　当知此经功德，无量无边。经中分明赞叹，莫能具说。此法门是最上乘，为大智人说，为上根人说，小根小智人闻，心生不信。

　　何以故？譬如天龙下雨于阎浮提，城邑聚落，悉皆漂流，如漂枣叶。若雨大海，不增不减。若大乘人，若最上乘人，闻说《金刚经》，心开悟解。故知本性自有般若之智，自用智，常观照，故不假文字。譬如雨水，不从天有，元是龙能兴致，令一切众生，一切草木，有情无情，悉皆蒙润，百川众流，却入大海，合为一体。众生本性般若之智，亦复如是。

善知识！小根之人，闻此顿教，犹如草木。根性小者，若被大雨，悉皆自倒，不能增长。小根之人，亦复如是，元有般若之智，与大智人，更无差别，因何闻法，不自开悟？缘邪见障重，烦恼根深，犹如大云覆盖于日，不得风吹，日光不现。般若之智，亦无大小，为一切众生，自心迷悟不同。迷心外见，修行觅佛，未悟自性，即是小根。若开悟顿教，不执外修，但于自心常起正见，烦恼尘劳，常不能染，即是见性。

善知识！内外不住，去来自由，能除执心，通达无碍，能修此行，与《般若经》本无差别。

善知识！一切修多罗及诸文字[12]，大小二乘，十二部经，皆因人置，因智慧性，方能建立。若无世人，一切万法，本身不有。故知'万法本自人兴'。一切经书，因人说有，缘其人中有愚有智，愚为小人，智为大人。愚者问于智人，智者与愚人说法，愚人忽然悟解心开，即与智人无别。

善知识！不悟即佛是众生。一念悟时，众生是佛。故知'万法尽在自心。'何不从自心中顿见真如本性[13]？

《菩萨戒经》云：'我本元自性清净，若识自心见性，皆成佛道。'《净名经》云：'即时豁然，还得本心。'

善知识！我于忍和尚处，一闻言下便悟，顿见真如本性。是以将此教法流行，令学道者，顿悟菩提，各自观心，自见本性。

若自不悟，须觅大善知识，解最上乘法者，直示正路。是善知识，有大因缘，所谓化导令得见性，一切善法，因善知识能发起故。三世诸佛，十二部经，在人性中，本自具有。不能自悟，须求善知识，指示方见。

若自悟者，不假外求。若一向执谓须他善知识，望得解脱者，无有是处。何以故？自心内有知识自悟。若起邪迷，妄念颠倒，外善知识虽有教授，救不可得。若起真正般若观照，一刹那间，妄念俱灭。若识自性，一悟即至佛地[14]。

善知识！智慧观照，内外明彻，识自本心。若识本心，即本解脱；若得解脱，即是般若三昧；般若三昧，即是无念。何名无念？知见一切法，心不染著，是为无念。用即遍一切处，亦不著一切处。但净本心，使六识[15]出六门[16]，于六尘中[17]，无染无杂，来去自由，通用无滞，即是般若三昧，自在解脱，名无念行。

善知识！悟无念法者，万法尽通；悟无念法者，见诸佛境界；悟无念法者，至佛地位。

善知识！后代得吾法者，将此顿教法门，于同见同行[18]，发愿受持[19]，如事佛故[20]，终身而不退者，定入圣位。然须传授，从上以来，默传分付，不得匿其正法。若不同见同行，在别法中，不得传付，损彼前人，究竟无益。恐愚人不解，谤此法门，百劫千生，断佛种性。

善知识！吾有一无相颂，各须诵取，在家出家，但依此修。若不自修，惟记吾言，亦无有益。听吾颂曰：

说通及心通[21]，如日处虚空，
唯传见性法，出世破邪宗。
法即无顿渐，迷悟有迟疾，
只此见性门，愚人不可悉。
说即虽万般，合理还归一，
烦恼暗宅中，常须生慧日。
邪来烦恼至，正来烦恼除，
邪正俱不用，清净至无余。

菩提本自性，起心即是妄，

净心在妄中，但正无三障。

世人若修道，一切尽不妨，

常自见己过，与道即相当。

色类自有道，各不相妨恼，

离道别觅道㉒，终身不见道。

波波度一生㉓，到头还自懊，

欲得见真道，行正即是道。

自若无道心，暗行不见道，

若真修道人，不见世间过。

若见他人非，自非却是左，

他非我不非，我非自有过。

但自却非心，打除烦恼破，

憎爱不关心，长伸两脚卧。

欲拟化他人，自须有方便，

勿令彼有疑，即是自性现。

佛法在世间，不离世间觉，

离世觅菩提，恰如求兔角。

正见名出世，邪见名世间，

邪正尽打却，菩提性宛然。

此颂是顿教，亦名大法船，

迷闻经累劫，悟则刹那间。

师复曰："今于大梵寺说此顿教，普愿法界众生，言下见性成佛。"时，韦使君与官僚道俗闻师所说，无不省悟，一时作礼，皆叹："善哉！何期岭南有佛出世。"

①离性无别佛：离开人的本性就没有什么其他的佛了。

②嗔：（chēn 音郴）：仇害和损害他人的心理。

③著：执着。

④一切即一：一切事物就是真心佛性。

⑤一即一切：真心佛性就是一切事物。

⑥去来自由：佛性贯穿于万物万事之中，不受阻碍。

⑦一真一切真：佛性真，一切都真。

⑧离生灭：抛开对生死的执着。

⑨著境生灭起：执着于世俗世界就会产生生与死的念头。

⑩三毒：贪、嗔、痴。

⑪三昧：即"定"，指专注于一境而不分散的精神状态。

⑫修多罗：佛教经典。

⑬真如：绝对不变的永恒真理或本体。

⑭佛地：达到成佛的地位。

⑮六识：眼识、耳识、鼻识、舌识、身识、意识。

⑯六门：眼门、耳门、鼻门、舌门、身门、意门。

⑰六尘：色尘、声尘、香尘、味尘、触尘、法尘。

⑱于同见同行：与具有相同见解、用同样的方法修行佛教的人一道。

⑲发愿：立下誓言。

⑳事：对待。

㉑说通及心通：教理通与心灵通。

㉒离道别觅道：离开自身的佛道去追求另外的道。

㉓波波：颠沛流离。

疑问品第三

一日，韦刺史为师设大会斋。斋讫，刺史请师升座，同官僚士庶肃容再拜，问曰："弟子闻和尚说法，实不可思议。今有少疑，愿大慈悲，特为解说。"

师曰："有疑即问，吾当为说。"

韦公曰："和尚所说，可不是达摩大师宗旨乎①？"

师曰："是。"

公曰："弟子闻达摩初化梁武帝，帝问云：'朕一生造寺度僧，布施设斋，有何功德？'达摩言：'实无功德。'弟子未达此理，愿和尚为说。"

师曰："实无功德。勿疑先圣之言。武帝心邪，不知正法，造寺度僧，布施设斋，名为求福，不可将福便为功德。功德在法身中，不在修福。"

师又曰："见性是功，平等是德。念念无滞②，常见本性，真实妙用③，名为功德。内心谦下是功，外行于礼是德；自性建立万法是功，心体离念是德；不离自性是功，应用无染是德。若觅功德法身，但依此作，是真功德。若修功德之人，心即不轻，常行普敬。心常轻人，吾我不断，即自无功。自性虚妄不实，即自无德，为吾我自大，常轻一切故。"

"善知识！念念无间是功，心行平直是德；自修性是功，自修身是德。

善知识！功德须自性内见，不是布施供养之所求也。是以福德与功德别，武帝不识真理，非我祖师有过。"

刺史又问曰："弟子常见僧俗念阿弥陀佛，愿生西方。请和尚说，得生彼否？愿为破疑。"

师言："使君善听，惠能与说。世尊在舍卫城中，说西方引化经文④，分明去此不远。若论相说里数，有十万八千，即身中十恶八邪⑤，便是说远。说远为其下根，说近为其上智。

人有两种，法无两般，迷悟有殊，见有迟疾。迷人念佛求生于彼，悟人自净其心。所以佛言：'随其心净，即佛土净。'

使君东方人，但心净即无罪；虽西方人，心不净亦有愆⑥。东方人造罪，念佛求生西方；西方人造罪，念佛求生何国？

凡愚不了自性，不识身中净土，愿东愿西，悟人在处一般。所以佛言'随所住处恒安乐'。使君心地但无不善，西方去此不遥。若怀不善之心，念佛往生难到。今劝善知识，先除十恶，即行十万，后除八邪，乃过八千。念念见性，常行平直，到如弹指，便睹弥陀⑦。

使君但行十善⑧，何须更愿往生？不断十恶之心，何佛即来迎请？若悟无生顿法，见西方只在刹那；不悟念佛求生，路遥如何得达？

惠能与诸人移西方于刹那间，目前便见，各愿见否？"众皆顶礼云："若此处见，何须更愿往生。愿和尚慈悲，便现西方，普令得见。"

师言："大众，世人自色身是城⑨，眼、耳、鼻、舌是门。外有五门，内有意门。心是地，性是王，王居心地上。性在王在，性去王无；性在身心存，性去身心坏。佛向性中作，莫向身外求。

自性迷即是众生，自性觉即是佛。慈悲即是观音，喜舍⑩名为势至⑪，能净即释迦⑫，平直即弥陀。

人我是须弥⑬，邪心是海水，烦恼是波浪，毒害是恶龙，虚妄是鬼神，尘劳是鱼鳖，贪瞋是地狱。

善知识！常行十善，天堂便至。除人我，须弥到。去邪心，海水竭。烦恼无，波浪灭。毒害忘，鱼龙绝。自心地上，觉性如来，放大光明，外照六门清净，能破六欲诸天⑭；自性内照，三毒即除⑮，地狱等罪，一时消灭。内外明彻，不异西方，不作此修，如何到彼？"

大众闻说，了然见性，悉皆礼拜，俱欢喜哉。唱言："普愿法界众生，闻者一时悟解。"

师言："善知识！若欲修行，在家亦得，不由在寺。在家能行，如东方人心善；在寺不修，如西方人心恶。但心清净，即是自性西方。"

韦公又问："在家如何修行？愿为教授。"师言："吾与大众说《无相颂》，但依此修，常与吾同处无别。若不作此修，剃发出家，于道何益？"

颂曰：

心平何劳持戒，行直何用修禅。

恩则孝养父母，义则上下相怜。

让则尊卑和睦，忍则众恶无喧。

若能钻木取火，淤泥定生红莲。

苦口的是良药，逆耳必是忠言。

改过必生智慧。护短心内非贤。

日用常行饶益，成道非由施钱。

菩提只向心觅，何劳向外求玄。

听说依此修行，天堂只在目前。

师复曰："善知识！总须依偈修行，见取自性，直成佛道。法不相待⑯。众人且散，吾归曹溪，众若有疑，却来相问。"时，刺史官僚，在会善男信女，各得开悟，信受奉行。

---

①可不是：是不是。

②念念：连续不断的意念。

③真实妙用：真实存在的佛性本身起了作用。

④说西方引化经文：讲述了引导教化众生生到西方极乐世界去的经文。

⑤十恶：杀生、偷盗、邪淫、贪欲、瞋怒、痴心、妄语、绮语、恶口、两舌。　八邪：邪见、邪思维、邪语、邪业、邪命、邪方便、邪念、邪定。

⑥愆（qiān，音千）：罪过。

⑦弥陀：阿弥陀佛。

⑧十善：与前述十恶相对的十种善业。

⑨色身：由地、水、风、火等色法组成的身体。

⑩喜舍：喜欢布施。

⑪势至：即大势至，是阿弥陀佛的左胁侍，"西方三圣"之一。

⑫能净：能够做到清净无染。

⑬人我：即人见和我见。

⑭六欲：色欲、形貌欲、威仪姿态欲、语言声音欲、细滑欲、人相欲。

⑮三毒：贪、瞋、痴。

⑯法不相待：佛法不能等待。

定慧品第四

师示众云："善知识！我此法门，以定慧为本①，大众勿迷，言定慧别。定慧一体，不是二。定是慧体，慧是定用。即慧之时定在慧，即定之时慧在定。若识此义，即是定慧等学。

诸学道人，莫言先定发慧，先慧发定，各别。作此见者，法有二相，口说善语，心中不善，空有定慧，定慧不等。若心口俱善，内外一如，定慧即等。自悟修行，不在于诤②，若诤先后，即同迷人，不断胜负，却增我法③，不离四相④。

善知识！定慧犹如何等？犹如灯光，有灯即光，无灯即暗，灯是光之体，光是灯之用，名虽有二，体本同一。此定慧法，亦复如是。"

师示众云："善知识！一行⑤三昧者⑥，于一切处行住坐卧，常行一直心是也。《净名经》云：'直心是道场，直心是净土。'莫心行谄曲，口但说直。口说一行三昧，不行直心。但行直心，于一切法勿有执著。迷人著法相，执一行三昧，直言常坐不动，妄不起心，即是一行三昧。作此解者，即同无情，却是障道因缘。

善知识！道须通流，何以却滞？心不住法，道即通流；心若住法，名为自缚。若言常坐不动是，只如舍利弗宴坐林中⑦，却被维摩诘诃。

善知识！又有人教坐，看心观静，不动不起，从此置功，迷人不会，便执成颠，如此者众。如是相教，故知大错。"

师示众云："善知识！本来，正教无有顿渐，人性自有利钝，迷人渐修，悟人顿契。自识本心，自见本性，即无差别，所以立顿渐之假名。

善知识！我此法门，从上以来⑧，先立无念为宗⑨，无相为体⑩，无住为本⑪。无相者，于相而离相；无念者，于念而无念；无住者，人之本性。于世间善恶好丑，乃至冤之与亲，言语触刺欺争之时，并将为空，不思酬害。念念之中，不思前境。若前念今念后念，念念相续不断，名为系缚；于诸法上，念念不住，即无缚也。此是以无住为本。

善知识！外离一切相，名为无相。能离于相，则法体清净。此是以无相为体。

善知识！于诸境上，心不染，曰无念。于自念上，常离诸境，不于境上生心。若只百物不思，念尽除却，一念绝即死，别处受生，是为大错。学道者思之。若不识法意，自错犹可，更劝他人；自迷不见，又谤佛经。所以立无念为宗。

善知识！云何立无念为宗？只缘口说见性迷人，于境上有念，念上便起邪见，一切尘劳妄想，从此而生。自性本无一法可得，若有所得，妄说祸福，即是尘劳邪见。故此法门立无念为宗。

善知识！无者无何事？念者念何物？无者无二相，无诸尘劳之心。念者念真如本性。真如即是念之体，念即是真如之用。真如自性起念，非眼耳鼻舌能念。真如有性，所以起念。真如若无，眼耳色声当时即坏。

善知识！真如自性起念，六根虽有见闻觉知，不染万境，而真性常自在。故经云："能善分别诸法相，于第一义而不动。'"

---

①定慧：禅定与智慧。

②诤：同争。

③我法：我执与法执。

④四相：生、住、异、灭。

⑤一行三昧：专心致志做一件事。

⑥三昧：正定。

⑦宴：静。

⑧从上以来：从过去以来。

⑨无念：正念，即无有妄念。

⑩无相：摆脱世俗的有相认识而得到的真如实相。

⑪无住：人的本性无所住着，随缘而生。

坐禅品第五

师示众云："此门坐禅，元不著心，亦不著净，亦不是不动。若言著心，心原是妄，知心如幻，故无所看也。若言著净，人性本净。由妄念故，盖覆真如，但无妄想，性自清净。起心著净，却生净妄。妄无处所，著者是妄。净无形相，却立净相，言是功夫。作此见者，障自本性①，却被净缚。

善知识！若修不动者，但见一切人时，不见人之是非善恶过患，即是自性不动。

善知识！迷人身虽不动，开口便说他人是非、长短、好恶，与道违背。若著心著净，即障道也。"

师示众云："善知识！何名坐禅？此法门中，无障无凝，外于一切善恶境界。心念不起，名为坐，内见自性不动，名为禅。

善知识！何名禅定？外离相为禅，内不乱为定。外若著相，内心即乱；外若离相，心即不乱。本性自净自定，只为见境，思境即乱；若见诸境心不乱者，是真定也。

善知识！外离相即禅，内不乱即定。外禅内定，是为禅定。《净名经》云：'即时豁然，还得本心，'《菩萨戒经》云：'我本性元自清净。'善知识！于念念中，自见本性清净，自修自行，自成佛道。"

---

①障自本性：阻碍了自己的本性。

忏悔品第六

时，大师见广韶洎四方士庶骈集山中听法①，于是升座，告众曰："来！诸善知识！此事须自性中起。于一切时，念念自净其心，自修其行，见自己法身，见自心佛，自度自戒，始得不假到此②。既从远来，一会于此，皆共有缘。今可各各胡跪③，先为传自性五分法身香，次授无相忏悔。"众胡跪。

师曰："一、戒香④，即自心中无非、无恶、无嫉妒、无贪瞋、无劫害，名戒香。

二、定香，即睹诸善恶境相，自心不乱，名定香。

三、慧香，自心无碍，常以智慧观照自性，不造诸恶，虽修众善，心不执著，敬上念下，矜恤孤贫，名慧香。

四、解脱香，即自心无所攀缘。不思善、不思恶、自在无碍，名解脱香。

五、解脱知见香，自心既无所攀缘善恶，不可耽空守寂，即须广学多闻，诚自本心，达诸佛理，和光接物，无我无人，直至菩提，真性不易，名解脱知见香。

善知识！此香各自内薰，莫向外觅。

今与汝等授无相忏悔，灭三世罪，令得三业清净⑤。

善知识！各随我语。"

一时道："弟子等，从前念、今念及后念，念念不被愚迷染，从前所有恶业愚迷等罪，悉皆忏悔，愿一时消灭，永不复起。

弟子等，从前念、今念及后念，念念不被骄诳染。从前所有恶业骄诳等罪，悉皆忏悔，愿一时消灭，永不复起。

弟子等，从前念、今念及后念，念念不被嫉妒染，从前所有恶业嫉妒等罪，悉皆忏悔，愿一时消灭，永不复起。"

"善知识！以上是为无相忏悔。"

"云何名忏？云何名悔？忏者，忏其前愆。从前所有恶业，愚迷、骄诳、嫉妒等罪，悉皆尽忏，永不复起，是名为忏。悔者，悔其后过，从今以后，所有恶业，愚迷、骄诳、嫉妒等罪，今已觉悟，悉皆永断，更不复作，是名为悔。故称忏悔。凡夫愚迷，只知忏其前愆，不知悔其后过。以不悔故，前罪不灭，后过又生；前罪既不灭，后过复又生，何名忏悔？

善知识！既忏悔已，与善知识发四弘誓愿⑥，各须用心正听：自心众生无边誓愿度，自心烦恼无边誓愿断，自性法门无尽誓愿学，自性无上佛道誓愿成。善知识！大家岂不道'众生无边誓愿度'，怎么道⑦，且不是惠能度。

善知识！心中众生，所谓邪迷心、诳妄心、不善心、嫉妒心、恶毒心，如是等心，尽是众生，各须自性自度，是名真度。

何名自性自度？即自心中邪见烦恼愚痴众生，将正见度。既有正见，使般若智打破愚痴迷妄众生，各各自度。邪来正度，愚来智度，恶来善度。如是度者，名为真度。

又，烦恼无边誓愿断，将自性般若智除却虚妄思想心是也。又，法门无尽誓愿学，须自见性，常行正法，是名真学。又，无上佛道誓愿成，即常能下心，行于真正，离迷离觉，常生般

尽，听吾偈曰：

> 即心名慧，即佛乃定。
>
> 定慧等持，意中清净。
>
> 悟此法门，由汝习性。
>
> 用本无生，双修是正。"

法海言下大悟，以偈赞曰：

> 即心元是佛，不悟而自屈。
>
> 我知定慧因，双修离诸物。"

僧法达，洪州人，七岁出家，常诵《法华经》，来礼祖师，头不至地。

祖诃曰："礼不投地，何如不礼？汝心中必有一物，蕴习何事耶③？"

曰："念《法华经》已及三千部。"

祖曰："汝若念至万部，得其经意，不以为胜，则与吾偕行，汝今负此事业，都不知过④。听吾偈曰：

> 礼本折慢幢，头奚不至地。
>
> 有我罪即生，亡功福无比。"

师又曰："汝名什么？"

曰："法达。"

师曰："汝名法达，何曾达法？"复说偈曰：

> "汝今名法达，勤诵未休歇。
>
> 空诵但循声，明心号菩萨。
>
> 汝今有缘故，吾今为汝说。
>
> 但信佛无言，莲花从口发。"

达闻偈，悔谢曰："而今而后，当谦恭一切。弟子诵《法华经》未解经义，心常有疑，和尚智慧广大，愿略说经中义理。"

师曰："法达！法即甚达，汝心不越⑤。经本无疑，汝心自疑。汝念此经，以何为宗？"

达曰："学人根性暗钝，从来但依文诵念，岂知宗趣？"

师曰："吾不识文字，汝试取经诵一遍，吾当为汝解说。"

法达即高声念经，至《譬喻品》，师曰："止！此经元来以因缘出世为宗，纵说多种譬喻，亦无越于此。何者因缘？经云：'诸佛世尊，唯以一大事因缘故出现于世。'一大事者，佛之知见也。

世人外迷著相，内迷著空。若能于相离相，于空离空，即是内外不迷。若悟此法，一念心开，是为开佛知见。

佛，犹觉也。分为四门，开觉知见，示觉知见，悟觉知见，入觉知见。若闻开示，便能悟入，即觉知见，本来真性而得出现。

汝慎勿错解经意，见他道开示悟人，自是佛之知见，我辈无分。若作此解，乃是谤经毁佛也。彼既是佛，已具知见，何用更开？汝今当信佛知见者，只汝自心，更无别佛。盖为一切众生，自蔽光明，贪爱尘境，外缘内扰，甘受驱驰，便劳他世尊，从三昧起，种种苦口，劝令寝息，莫向外求，与佛无二。故云开佛知见。

吾亦劝一切人，于自心中，常开佛之知见。世人心邪，愚迷造罪，口善心恶，贪瞋嫉妒，谄妄我慢，侵人害物，自开众生知见。若能正心，常生智慧，观照自身，止恶行善，是自开佛之知见。

汝须念念开佛知见，勿开众生知见。开佛知见，即是出世；开众生知见，即是世间。汝若但劳劳执念以为功课者⑥，何异牦牛爱尾？"

达曰："若然者，但得解义，不劳诵经耶？"

师曰："经有何过，岂障汝念？只为迷悟在人，损益由己。口诵心行，即是转经；口诵心不行，即是被经转。听吾偈曰：

心迷法华转，心悟转法华；

诵经久不明，与义作仇家。

无念念即正，有念念成邪；

有无俱不计，长御白牛车⑦。

达闻偈，不觉悲泣，言下大悟，而告师曰："法达从昔已来，实未曾转法华，乃被法华转。"再启曰："经云：'诸大声闻乃至菩萨，皆尽思共度量，不能测佛智'，今令凡夫但悟自心，便名佛之知见，自非上根，未免疑谤。又经说三车，羊鹿牛车，与白牛之车，如何区别？愿和尚再垂开示。"

师曰："经意分明，汝自迷背。诸三乘人，不能测佛智者，患在度量也。饶伊尽思共推，转加悬远。佛本为凡夫说，不为佛说。此理若不肯信者，从他退席。殊不知坐却白牛车，更于门外觅三车。况经文明向汝道，唯一佛乘，无有余乘，若二若三，乃至无数方便，种种因缘，譬喻言词，是法皆为一佛乘故。汝何不省，三车是假，为昔时故。一乘是实，为今时故，只教汝去假归实，归实之后，实亦无名。应知所有珍财，尽属于汝，由汝受用。更不作父想，亦不作子想，亦无用想。是名持《法华经》，从劫至劫，手不释卷，从昼至夜，无不念时也。"

达蒙启发，踊跃欢喜，以偈赞曰：

"经诵三千部，曹溪一句亡。

未明出世旨，宁歇累生狂。

羊鹿牛权设⑧，初中后善扬⑨。

谁知火宅内⑩，元是法中王⑪。"

师曰："汝今后方可名念经僧也。"达从此领玄旨，亦不辍诵经。

僧智通，寿州安丰人。初看《楞伽经》，约千余遍，而不会三身四智，礼师求解其义。

师曰："三身者，清净法身，汝之性也；圆满报身，汝之智也；千百亿化身，汝之行也。若离本性，别说三身，即名有身无智；若悟三身无有自性，即名四智⑫菩提。听吾偈曰：

自性具三身，发明成四智。

不离见闻缘，超然登佛地。

吾今为汝说，谛信永无迷。

莫学驰求者，终日说菩提。"

通再启曰："四智之义，可得闻乎？"

师曰："既会三身，便明四智，何更问耶？若离三身，别谈四智，此名有智无身，即此有智，还成无智。"复说偈曰：

"大圆镜智性清净，平等性智心无病。

妙观察智见非功，成所作智同圆镜。

五八六七果因转，但用名言无实性。

若于转处不留情，繁兴永处那伽定⑬。"

通顿悟性智，遂呈偈曰：

　　　　"三身元我体，四智本心明，

　　　　身智融无碍，应物任随形。

　　　　起修皆妄动，守住匪真精⑭，

　　　　妙旨因师晓，终亡染污名。"

僧智常，信州贵豁人，髫年出家，志求见性。一日参礼，师问曰："汝从何来，欲求何事？"

曰："学人近往洪州白峰山礼大通和尚，蒙示见性成佛之义，未决狐疑，远来投礼，伏望和尚慈悲指示。"

师曰："彼有何言句，汝试举看。"

曰："智常到彼，凡经三月，未蒙示诲。为法切故，一夕独入丈室，请问如何是某甲本心本性。

大通乃曰：'汝见虚空否？'

对曰：'见。'

彼曰：'汝见虚空有貌否？'

对曰：'虚空无形，有何相貌？'

彼曰：'汝之本性，犹如虚空，了无一物可见，是名正见。无一物可知，是名真知。无有青黄长短，但见本源清净，觉体圆明，即名见性成佛，亦名如来知见。'

学人虽闻此说，犹未决了，乞和尚开示。"

师曰：

"彼师所说，犹存见知，

故令汝未了，吾今示汝一偈：

　　　　不见一法存无见，大似浮云遮日面。

　　　　不知一法守空知，还如太虚生闪电。

　　　　此之知见瞥然兴，错认何曾解方便。

　　　　汝当一念自知非，自己灵光常显现。"

常闻偈已，心意豁然，乃述偈曰：

　　　　无端起知见，著相求菩提。

　　　　情存一念悟，宁越昔时迷。

　　　　自性觉源体，随照枉迁流。

　　　　不入祖师室，茫然趣两头。

智常一日问师曰："佛说三乘法，又言最上乘，弟子未解，愿为教授。"

师曰："汝观自本心，莫著外法相。法无四乘，人心自有等差。见闻转诵是小乘，悟法解义是中乘，依法修行是大乘。万法尽通，万法具备，一切不染，离诸法相，一无所得，名最上乘。乘是行义，不在口争。汝须自修，莫问吾也。一切时中，自性自如。"常礼谢执侍⑮，终师之世。

僧志道，广州南海人也，请益曰："学人自出家，览《涅槃经》十载有余，未明大意，愿和尚垂诲。"

师曰："汝何处未明？"

曰："'诸行无常，是生灭法。生灭灭已，寂灭为乐。'于此疑惑。"

师曰："汝作么疑？"

曰："一切众身皆有二身，谓色身、法身也。色身无常，有生有灭；法身有常，无知无觉。

经云：'生灭灭已，寂灭为乐者，'不审何身寂灭，何身受乐？若色身者，色身灭时，四大分散⑯，全然是苦。苦，不可言乐，若法身寂灭，即同草木瓦石，谁当受乐？又法性是生灭之体，五蕴是生灭之用。一体五用，生灭是常。生则从体起用，灭则摄用归体。若听更生，即有情之类，不断不灭；若不听更生，则永归寂灭，同于无情之物。如是，则一切诸法被涅槃之所禁伏，尚不得生，何乐之有？"

师曰："汝是释子，何习外道断常邪见，而议最上乘法？据汝所说，即色身外别有法身，离生灭求于寂灭，又推涅槃常乐，言有身受用，斯乃执吝生死，耽著世乐。汝今当知，佛为一切迷人，认五蕴和合为自体相，分别一切法为外尘相。好生恶死，念念迁流，不知梦幻虚假，枉受轮回，以常乐涅槃，翻为苦相，终日驰求。佛愍此故⑰，乃示涅槃真乐，刹那无有生相，刹那无有灭相，更无生灭可灭，是则寂灭现前。当现前时，亦无现前之量，乃谓常乐。此乐无有受者，亦无不受者，岂有一体五用之名？何况更言涅槃禁伏诸法，令永不生。斯乃谤佛毁法。

听吾偈曰：

无上大涅槃，圆明常寂照。

凡愚谓之死，外道执为断。

诸求二乘人，目以为无作。

尽属情所计，六十二见本⑱，

妄立虚假名，何为真实义？

惟有过量人，通达无取舍。

以知五蕴法，及以蕴中我。

外现众色像，一一音声相，

平等如梦幻。不起凡圣见，

不作涅槃解。二边⑲三际断⑳，

常听应根用，而不起用想。

分别一切法，不起分别想。

劫火烧海底，风鼓山相击。

真常寂灭乐，涅槃相如是。

吾今强言说，令汝舍邪见。

汝勿随言解，许汝知少分。"

志道闻偈大语，踊跃作礼而退。

行思禅师，生吉州安城刘氏，闻曹溪法席盛化，径来参礼。

遂问曰："当何所务㉑，即不落阶级㉒？"

师曰："汝曾作什么来？"

曰："圣谛亦不为。"

师曰："落何阶级？"

曰："圣谛尚不为，何阶级之有？"

师深器之，令思首众㉓。一日，师谓曰："汝当分化一方，无令断绝。"

思既得法，遂回吉州青原山，弘法绍化，谥弘济禅师。

怀让禅师，金州杜氏子也，初谒嵩山安国师，安发之曹溪参叩，让至礼拜。

师曰："什么来？"

曰："嵩山。"

师曰："什么物？怎么来？"

曰："说似一物即不中。"

师曰："还可修证否？"

曰："修证即不无，污染即不得。"

师曰："只此不污染，诸佛之所护念，汝即如是，吾亦如是，西天般若多罗谶：汝足下出一马驹踏杀天下人，应在汝心，不须速说。"

让豁然契会，遂执侍左右一十五载，日臻玄奥。后往南岳，大阐禅宗，敕谥大慧禅师。

永嘉玄觉禅师，温州戴氏子，少习经论，精天台止观法门㉔，因看《维摩经》，发明心地。偶师弟子玄策相访，与其剧谈㉖，出言暗合诸祖。

策云："仁者得法师谁？"

曰："我听方等经论，各有师承。后于《维摩经》，悟佛心宗，未有证明者。"

策云："威音王已前即得㉘，威音王已后，无师自悟，尽是天然外道。"

曰："愿仁者为我证据。"

策云："我言轻。曹溪有六祖大师，四方云集，并是受法者。若去，则与偕行。"

觉遂同策来参，绕师三匝，振锡而立㉗。

师曰："夫沙门者，具三千威仪，八万细行㉘，大德自何方而来，生大我慢㉙？"

觉曰："生死事大，无常迅速。"

师曰："何不体取无生，了无速乎？"

曰："体即无生，了本无速。"

师曰："如是如是。"

玄觉方具威仪礼拜，须臾告辞。

师曰："返太速乎？"

曰："本自非动，岂有速耶？"

师曰："谁知非动？"

曰："仁者自生分别㉚。"

师曰："汝甚得无生之意。"

曰："无生岂有意耶？"

师曰："无意谁当分别？"

曰："分别亦非意。"

师曰："善哉！"少留一宿，时谓一宿觉。后著《证道歌》盛行于世，谥曰无相大师，时称为真觉焉。

禅者智隍，初参五祖，自谓已得正受，庵居长坐，积二十年。师弟子玄策，游方至河朔，闻隍之名，造庵问云："汝在此作什么？"

隍曰："入定。"

策云："汝云入定，为有心入耶？无心入耶？若无心入者，一切无情草木瓦石，应合得定；若有心入者，一切有情含识之流，亦应得定。"

隍曰："我正入定时，不见有有无之心。"

策云："不见有有无之心，即是常定，何有出入？若有出入，即非大定。"隍无对。良久，问曰："师嗣谁耶？"

策云："我师曹溪六祖。"

隍云："六祖以何禅定？"

策云："我师所说，妙湛圆寂，体用如如，五阴本空③①，六尘非有③②，不出不入，不定不乱。禅性无住，离住禅寂；禅性无生，离生禅想。心如虚空，亦无虚空之量。"

隍闻是说，径来谒师。

师问云："仁者何来？"隍具述前缘。

师云："诚如所言，汝但心如虚空，不著空见，应用无碍，动静无心，凡圣情忘，能所具泯③③，性相如如，无不定时也。"

隍于是大悟，二十年所得心，都无影响。其夜，河北士庶闻空中有声云："隍禅师今日得道。"隍后礼辞，复归河北，开化四众。

一僧问师云："黄梅意旨，什么人得？"

师云："会佛法人得。"

僧云："和尚还得否？"

师云："我不会佛法。"

师一日欲濯所授之衣，而无美泉。因至寺后五里许，见山林郁茂，瑞气盘旋，师振锡卓地③④，泉应手而出，积以为池。乃膝跪浣衣石上。忽有一僧来礼拜，云："方辩是西蜀人。昨于南天竺国，见达摩大师，嘱方辩'速往唐土，吾传大迦叶、正法眼藏及僧伽梨③⑤，见传六代，于韶州曹溪，汝去赡礼。'方辩远来，愿见我师传来衣钵。"

师乃出示，次问上人攻何事业。曰："善塑。"师正色曰："汝试塑看，辩罔措。过数日，塑就真相，可高七寸，曲尽其妙。师笑曰："汝只解塑性，不解佛性。"师舒手摩方辩顶，曰："永为人天福田。"师仍以衣酬之，辩取衣分为三：一披塑像，一自留，一用棕裹瘞地中③⑥。誓曰："后得此衣，乃吾出世，住持于此，重建殿宇。"

有僧举卧轮禅师偈云：

卧轮有伎俩，能断百思想。

对境心不起，菩提日日长。

师闻之，曰："此偈未明心地，若依而行之，是加系缚。因示一偈曰：

惠能没伎俩，不断百思想。

对境心数起，菩提作么长？"

---

①字即不识，义即请问：字我是不认识的，如果是义理上不懂，您就问我吧。

②耆：(qí 音奇) 年长者。

③蕴习何事耶：修习些什么呢？

④都不知过：错在哪里都不知过。

⑤法即甚达，汝心不越：法本来是十分通达的，只不过因为你的心有障碍，才没有能够明白通达。

⑥劳劳：辛苦劳累的样子。

⑦白牛车：《法华经·譬喻品》把成佛的几种方法比喻为车乘，其中大白牛车是最好的车乘，是菩萨坐的。

⑧羊鹿牛：羊、鹿、牛三车。

⑨初中后：初、中、后三发心，求菩提心的三个层次，相当于羊、鹿、牛三车。

⑩火宅：比喻人世间的生来死往。

⑪法中王：佛性。

⑫四智：大圆镜智、平等性智、妙观察智、成所作智。

⑬那伽：不可思议的定。

师曰："《涅槃经》，吾昔听尼无尽藏诵读一遍，便为讲说，无一字一义不合经文，乃至为汝，终无二说。"

曰："学人识量浅昧，愿和尚委屈指示。"

师曰："汝知否？佛性若常，更说什么善恶诸法，乃至穷劫，无有一人发菩提心者，故吾说无常，正是佛说真常之道也。又一切诸法若无常者，即物物皆有自性，容受生死，而真常性有不遍之处，故吾说常者，是佛说真无常义。佛比为凡夫外道执于邪常⑩，诸二乘人于常计无常⑪，共成八倒⑫，故于涅槃了义教中，破彼偏见，而显说真常真乐真我真净。汝今依言背义，以断灭无常，及确定死常，而错解佛之圆妙最后微言，纵览千遍，有何所益？"

行昌忽然大悟。说偈曰：

因守无常心，佛说有常性，

不知方便者，犹春池拾砾。

我今不施功，佛性而现前，

非师相授与，我亦无所得。

师曰："汝今彻也，宜名志彻。"彻礼谢而退。

有一童子，名神会，襄阳高氏子，年十三，自玉泉来参礼。

师曰："知识远来艰辛，还将得本来否⑬？若有本则合识主⑭，试说看。"

会曰："以无住为本，见即是主。"

师曰："这沙弥争合取次语⑮。"

会乃问曰："和尚坐禅，还见不见⑯？"

师以拄杖打三下，云："吾打汝是痛不痛？"对曰："亦痛亦不痛。"

师曰："吾亦见亦不见。"

神会问："如何是亦见亦不见？"

师曰："吾之所见，常见自心过愆，不见他人是非好恶，是以亦见亦不见。汝言亦痛亦不痛如何？汝若不痛，同其木石；若痛，则同凡夫，即起恚恨⑰。汝向前见不见是二边，痛不痛是生灭，汝自性且不见，敢尔弄人。"

神会礼拜悔谢。

师又曰："汝若心迷不见，问善知识觅路。汝若心悟，即自见性，依法修行。汝自迷不见自心，却来问吾见与不见。吾见自知，岂代汝迷？汝若自见，亦不代吾迷，何不自知自见，乃问吾见与不见。"神会再礼百余拜，求谢过愆，服勤给侍，不离左右。

一日，师告众曰："吾有一物，无头无尾，无名无字，无背无面，诸人还识否？"神会出曰："是诸佛之本源，神会之佛性。"

师曰："汝道无名无字，汝便唤作本源佛性，汝向去有把茆盖头⑱，也只成个知解宗徒。"

祖师灭后，会入京洛，大弘曹溪顿教，著《显宗记》，盛行于世，是为荷泽禅师。

师见诸宗难问⑲，咸起恶心，多集座下，愍而谓曰："学道之人，一切善念恶念，应当尽除，无名可名，名于自性。无二之性，是名实性。于实性上建立一切教门，言下便须自见。"诸人闻说，总皆作礼，请事为师。

---

①参决：参见礼拜惠能，以解除心中的疑惑。

②汝师若为示何：您的导师是怎样开导训示众人的呢？

③吾若言有法与人：如果我说有什么佛法教给别人。

④但且随方解缚：估且根据你刚才说的情况，为你解除束缚。

⑤少任侠：少年时行侠仗义。

⑥摄受：接收。

⑦具戒：具尺戒，佛教比丘和比丘尼戒律。

⑧分别心：分辨善恶事物的心念。

⑨心印：禅宗心心相印的传授方法。

⑩佛比为凡夫外道执于邪常：佛考虑到凡夫俗子、外道之人把一切事物当作是真实常存的。

⑪二乘：声闻乘与缘觉乘。

⑫八倒：八种颠倒的见解。

⑬还将得本来否：还懂得自己的本来面目吗？

⑭合识主：应当识得佛性。

⑮争合取次语：怎么说别人已经说过的话。

⑯还见不见：见到了（佛性）还是没见到？

⑰恚：（hui 音惠）怨恨。

⑱有把茆盖头：茆（mao 音毛），通茅。有把茆盖头，比喻作了某寺庙的住持。

⑲难问：互相责难质问。

宣诏品第九

神龙元年上元日，则天中宗诏云："朕请安秀二师，宫中供养，万机之暇，每究一乘。二师推让云：'南方有能禅师，密授忍大师衣法，传佛心印，可请彼问'。今遣内侍薛简，驰诏迎请，愿师慈念，速赴上京。"

师上表辞疾，愿终林麓。薛简曰："京城禅德皆云：'欲得会道，必须坐禅习定，若不因禅定而得解脱者，未之有也。'未审师所说法如何？"

师曰："道由心悟，岂在坐也？经云：'若言如来若坐若卧，是行邪道。'何故？无所从来，亦无所去，无生无灭，是如来清净禅；诸法空寂，是如来清净坐。究竟无证，岂况坐耶？"

简曰："弟子回宫，主上必问，愿师慈悲，指示心要，传奏两宫及京城学道者。譬如一灯燃百千灯，冥者皆明，明明无尽。"

师云："道无明暗，明暗是代谢之义，明明无尽，亦是有尽。相待立名①，故《净名经》云：'法无有比'，无相待故。"

简曰："明喻智慧，暗喻烦恼。修道之人，倘不以智慧照彼烦恼，无始生死，凭何出离？"

师曰："烦恼即是菩提，无二无别。若以智慧照破烦恼者，此是二乘见解。羊鹿等机，上智大根，悉不如是。"

简曰："如何是大乘见解②？"

师曰："明与无明，凡夫见二，智者了达，其性无二。无二之性，即是实性。实性者，处凡愚而不灭，在贤圣而不增，住烦恼而不乱，居禅定而不寂，不断不常，不来不去，不在中间，及其内外，不生不灭，性相如如，常住不迁，名之曰道。"

简曰："师说不生不灭，何异外道？"

师曰："外道所说不生不灭者，将灭止生，以生显灭，灭犹不灭，生说不生。我说不生不灭者，本自无生，今亦不灭，所以不同外道。汝若欲知心要，但一切善恶，都莫思量，自然得入清净心体，湛然常寂，妙用恒沙。"

简蒙指教，豁然大悟，礼辞归阙，表奏师语。其年九月三日，有诏奖谕师曰："师辞老疾，为朕修道，国之福田。师若净名③，托疾毗耶④，阐扬大乘，传诸佛心，谈不二法。薛简传师指授如来知见。朕积善余庆，宿种善根，值师出世，顿悟上乘，感荷师恩，顶戴无已，并奉磨衲袈衣，及水晶钵，敕韶州刺史，修饰寺宇，赐师旧居为国恩寺焉。"

---

①相待：相对的意思。
②大乘：大乘佛教。
③净名：维摩诘。
④毗耶：维摩诘居住的毗耶离城。

付嘱品第十

师一日唤门人法海、志诚、法达、神会、智常、智通、志彻、志道、法珍、法如等，曰："汝等不同余人，吾灭度后，各为一方师，吾今教汝说法，不失本宗。"

先须学三科法门①，动用三十六对②，出没即菩提场，说一切法，莫离自性。忽有人问汝法，出语尽双，皆取对法，来去相因，究竟二法尽除，更无去处。

三科法门者，阴界入也。阴是五阴，色、受、想、行、识是也。入是十二入。外六尘：色、声、香、味、触、法，内六门：眼、耳、鼻、舌、身、意是也。界是十八界，六尘六门六识是也。自性能含万法，名含藏识，若起思量，即是义识。生六识，出六门，见六尘，如是一十八界，皆从自性起用。"

自性若邪，起十八邪；自性若正，起十八正。若恶用即众生用，善用即佛用，用由何等，由自性有，对法外境，无情五对：天与地对，日与月对，明与暗对，阴与阳对，水与火对，此是五对也。

法相语言十二对：语与法对、有与无对、有色与无色对、有相与无相对、有漏与无漏对、色与空对、动与静对、清与浊对、凡与圣对、僧与俗对、老与少对、大与小对，此是十二对也。"

师言："此三十六对法，若解用③，即道贯一切经法，出入即离两边。

自性动用，共人言语④，外于相离相，内于空离空。若全著相，即长邪见，若全离空，即长无明，执空之人有谤经，直言不用文字。既云不用文字，人亦不合语言，只此语言，便是文字之相。"又云："直道不立文字，即此不立两字，亦是文字。见人所说，便即谤他言著文字。汝等须知自迷犹可，又谤佛经。不要谤经。罪障无数。

若著相于外，而作法求真，或广立道场，说有无之过患，如是之人，累劫不可见性。但听依法修行，又莫百物不思，而于道性窒碍；若听说不修，令人反生邪念。但依法修行，无住相法施⑤。汝等若悟，依此说，依此用，依此行，依此作，即不失本宗。

若有人问汝义，问有将无对，问无将有对，问凡以圣对，问圣以凡对，二道相因，生中道义。"

如一问一对，余问一依此作，即不失理也。设有人问：'何名为暗？'答云：'明是因，暗是缘；明没则暗，以明显暗，以暗显明，来去相因，成中道义。余问悉皆如此。汝等于后传法，依此传相教授，勿失宗旨。"

师于太极元年壬子，延和七月，命门人往新州国恩寺建塔，仍令促工，次年夏末落成。七月一日，集徒众曰："吾至八月，欲离世间，汝等有疑，早须相问，为汝破疑，令汝迷尽。吾若去后，无人教汝。"法海等闻，悉皆涕泣，惟有神会，神情不动，亦无涕泣。

师云："神会小师，却得善不善等，毁誉不动，哀乐不生，余者不得。数年山中，竟修何道？汝今悲泣，为忧阿谁？若忧吾不知去处，吾自知去处。若吾不知去处，终不预报于汝。汝等悲泣，盖为不知吾去处。若知吾去处，即不合悲泣。法性本无生灭去来，汝等尽坐，吾与汝说一偈，名曰《真假动静偈》，汝等诵取此偈，与吾意同⑥，依此修行，不失宗旨。"众僧作礼，请师作偈，偈曰：

> 一切无有真，不以见于真，
> 若见于真者，是见尽非真。
> 若能自有真，离假即心真，
> 自心不离假，无真何处真。
> 有情即解动，无情即不动，
> 若修不动行，同无情不动。
> 若觅真不动，动上有不动，
> 不动是不动，无情无佛种。
> 能善分别相，第一义不动，
> 但作如是见，即是真如用。
> 报诸学道人，努力须用意，
> 莫于大乘门，却执生死智。
> 若言下相应，即共论佛义，
> 若实不相应，合掌令欢喜。
> 此宗本无诤，诤即失道意，
> 执逆诤法门，自性入生死。

时，徒众闻说偈已，普皆作礼，并体师意，各各摄心，依法修行，更不敢诤。乃知大师不久住世。法海上座，再拜问曰："和尚入灭之后，衣法当付何人？"

师曰："吾于大梵寺说法，以至于今，钞录流行，目曰《法宝坛经》，汝等守护，递相传授，度诸群生。但依此说，是名正法。今为汝等说法，不付其衣，盖为汝等信根淳熟，决定无疑，堪任大事。然据先祖达摩大师，付授偈意，衣不合传，偈曰：

> 吾本来兹土，传法救迷情。
> 一花开五叶，结果自然成。

师复曰："诸善知识！汝等各各净心，听吾说法。若欲成就种智，须达一相三昧，一行三昧。若于一切处而不住相，于彼相中不生憎爱，亦无取舍，不念利益成坏等事，安闲恬静，虚融淡泊，此名一相三昧。若于一切处，行住坐卧，纯一直心，不动道场，真成净土，此名一行三昧。若人具二三昧，如地有种，含藏长养，成熟其实，一相一行，亦复如是。

我今说法，犹如时雨，普润大地。汝等佛性，譬如种子，遇兹沾洽，悉皆发生。承吾旨者，决获菩提，依吾行者，定证妙果。听吾偈曰：

> 心地含诸种，普雨悉皆萌。
>
> 顿悟华情已，菩提果自成。"

师说偈已，曰："其法无二，其心亦然；其道清净，亦无诸相。汝等慎勿观静，及空其心。此心本净，无可取舍，各自努力，随缘好去。"尔时，徒众作礼而退。

大师七月八日，忽谓门人曰："吾欲归新州，汝等速理舟楫。"大众哀留甚坚。

师曰："诸佛出现，犹示涅槃，有来必去，理亦常然。吾此形骸，归必有所。"

众曰："师从此去，早晚可回⑦？"

师曰："叶落归根，来时无口。"

又问曰："正法眼藏⑧，传付何人？"

师曰："有道者得，无心者通。"

又问："后莫有难否？"

师曰："吾灭后五六年，当有一人来取吾首。听吾记曰：

> 头上养亲，口里须餐。
>
> 遇满之难，杨柳为官。"

又云："吾去七十年，有二菩萨，从东方来，一出家，一在家，同时兴化，建立吾宗，缔缉伽蓝⑨，昌隆法嗣。"

众复作礼，问曰："未知从上佛祖应现已来，传授几代？愿垂开示。"

师云："古佛应世，已无数量，不可计也。今以七佛为始，过去庄严劫⑩，毗婆尸佛、尸弃佛、毗舍浮佛；今贤劫，拘留孙佛、拘那含牟尼佛、迦叶佛、释迦文佛，是为七佛。

释迦文佛首传摩诃迦叶尊者、第二　阿难尊者、第三　商那和修尊者、第四　优婆毱多尊者、第五　提多迦尊者、第六　弥遮迦尊者、第七　婆须蜜多尊者、第八　佛驮难提尊者、第九　伏驮蜜多尊者、第十　胁尊者、十一　富那夜奢尊者、十二　马鸣大士、十三　迦毗摩罗尊者、十四　龙树大士、十五　迦那提婆尊者、十六　罗睺罗多尊者、十七　僧伽难提尊者、十八　伽耶舍多尊者、十九　鸠摩罗多尊者、二十　阇耶多尊者、二十一　婆修盘头尊者、二十二　摩拏罗尊者、二十三　勒那尊者、二十四　师子尊者、二十五　婆舍斯多尊者、二十六　不如蜜多尊者、二十七　般若多罗尊者、二十八　菩提达摩尊者、二十九　慧可大师、三十　僧璨大师、三十一　道信大师、三十二　弘忍大师，惠能是为三十三祖。从上诸祖，各有禀承，汝等向后，递代流传，毋令乖误。"众人信受，个别而退。

大师先天二年癸丑岁，八月初三日，于国恩寺斋罢，谓诸徒众曰："汝等各依位坐，吾与汝别。"

法海白言："和尚留何教法，令后代迷人得见佛性？"

师言："汝等谛听！后代迷人，若识众生，即是佛性；若不识众生，万劫觅佛难逢。吾今教汝识自心众生，见自心佛性。欲求见佛，但识众生。只为众生迷佛，非是佛迷众生。自性若悟，众生是佛；自性若迷，佛是众生；自性平等，众生是佛；自性邪险，佛是众生。汝等心若险曲，即佛在众生中；一念平直，即是众生成佛。我心自有佛，自佛是真佛。自若无佛心，何处求真佛？汝等自心是佛，更莫狐疑。外无一物而能建立，皆是本心生万种法，故经云：'心生种种法生，心灭种种法灭。'吾今留一偈，与汝等别，名《自性真佛偈》，后代之人识此偈意，自见本心，自成佛道。

偈曰：

真如自性是真佛，邪见三毒是魔王。

邪迷之时魔在舍，正见之时佛在堂。

性中邪见三毒生，即是魔王来住舍。

正见自除三毒心，魔变成佛真无假。

法身报身及化身，三身本来是一身。

若向性中能自见，即来成佛菩提因。

本从化身生净性，净性常在化身中。

性使化身行正道，当来圆满真无穷。

淫性本是净性因，除淫即是净性身。

性中各自离五欲，见性刹那即是真。

今生若遇顿教门，忽悟自性见世尊。

若欲修行觅作佛，不知何处拟求真。

若能心中自见真，有真即是成佛因。

不见自性外觅佛，起心总是大痴人。

顿教法门今已留，救度世人须自修。

报汝当来学道者，不作此见大悠悠。”

师说偈已，告曰：“汝等好住，吾灭度后，莫作世情悲泣雨泪，受人吊问，身著孝服，非吾弟子，亦非正法。但识自本心，见自本性，无动无静，无生无灭，无去无来，无是无非，无住无往。恐汝等心迷，不会吾意。今再嘱汝，令汝见性。吾灭度后，依此修行，如吾在日。若违吾教，纵吾在世，亦无有益。”复说偈曰：

“兀兀不修善⑪，腾腾不造恶⑫，

寂寂断见闻⑬，荡荡心无著⑭。”

师说偈已，端坐至三更，忽谓门人曰：“吾行矣！”奄然迁化。于时，异香满室，白虹属地，林木变白，禽兽哀鸣。

十一月，广韶新三郡官僚洎门人僧俗，争迎真身，莫诀所之。乃焚香祷曰：“香烟指处，师所归焉。”时香烟直贯曹溪。十一月十三日，迁神龛并所传衣钵而回。次年七月二十五日出龛。弟子方辩以香泥上之。

门人怀念取首之记，遂先以铁叶漆布，固护师颈入塔。忽于塔内白光出现，直上冲天，三日始散。

韶州奏闻，奉敕立碑，纪师道行。师春秋七十有六。年二十四传衣，三十九祝发，说法利生三十七载，得旨嗣法者四十三人，悟道超凡者，莫知其数。达摩所传信衣，中宗赐磨衲宝钵，及方辩塑师真相，并道具等，主塔侍者尸之，永镇宝林道场。流传《坛经》，以显宗旨。此皆兴隆三宝，普利群生者。

---

①三科：指五蕴、十二处、十八界、三门，是为破除凡夫之执而设的。

②三十六对：三十六对概念。

③若解用：如果理解了并且能用它来阐释经文。

④共人言语：和别人一起谈论。

⑤法施：以佛法为布施之物。

⑥与吾意同：和我的意思相同。

⑦早晚可回：是不是迟早要回来呢？

⑧正法眼藏：禅宗对教外别传的以心印心的传授方法。

⑨缔缉伽蓝：修建寺庙。

⑩庄严劫：在三世的三大劫中，过去的大劫称庄严劫。

⑪兀兀：静止的样子。

⑫腾腾：迅疾刚猛的样子。

⑬寂寂：冷清寂寥。

⑭荡荡：任其自然的样子。

禅源诸诠集都序

〔唐〕宗密 撰

禅源诸诠集都序①

〔唐〕宗密　撰

卷　一

《禅源诸诠集》者，写录诸家所述诠表禅门根源道理文字句偈，集为一藏，以贻后代，故都题此名也。禅是天竺之语，具云禅那，中华翻为思惟修，亦名静虑，皆定慧之通称也。源者，是一切众生本觉真性，亦名佛性，亦名心地。悟之名慧，修之名定，定慧通称为禅那。此性是禅之本源，故云禅源，亦名禅那。理行者，此之本源是禅理，忘情契之是禅行，故云理行。然今所集诸家述作，多谈禅理，少谈禅行，故且以禅源题之。今时有但目真性为禅者，是不达理行之旨，又不辨华竺之音也。然亦非离真性别有禅体。但众生迷真合尘，即名散乱；背尘合真，方名禅定。若直论本性，即非真非妄，无背无合，无定无乱，谁言禅乎？况此真性，非唯是禅门之本源，亦是万法之源，故名法性；亦是众生迷悟之源，故名如来藏藏识；《出楞伽经》。亦是诸佛万德之源，故名佛性；《涅槃》等经。亦是菩萨万行之源，故名心地。《梵纲经》心地法门品云：是诸佛之源，是菩萨道之根本，是大众诸佛子之根本。万行不出六波罗密，禅门但是六中之一，当其第五，岂可都目真性一禅行哉？然禅定一行，最为神妙，能发起性上无漏智慧，一切妙用，万德万行，乃至神通光明，皆从定发。故三乘学人，欲求圣道，必须修禅。离此无门，离此无路。至于念佛求生净土，亦须修十六观禅②，及念佛三昧③，般舟三昧④。又，真性则不垢不净，凡圣无差；禅则有浅有深，阶级殊等。谓带异计欣上厌下而修者，是外道禅；正信因果，亦以欣厌而修者，是凡夫禅；悟我空偏真之理而修者，是小乘禅；悟我法二空所显真理而修者，是大乘禅。上四类，皆有四色四空之异也。若顿悟自心，本来清净，元无烦恼，无漏智性本自具足，此心即佛，毕竟无异。依此而修者，是最上乘禅，亦名如来清净禅，亦名一行三昧⑤，亦名真如三昧。此是一切三昧根本，若能念念修习，自然渐得百千三昧。达摩门下，展转相传者，是此禅也。达摩未到，古来诸家所解，皆是前四禅八定⑥。诸高僧修之，皆得功用。南岳天台，令依三谛之理，修三止三观⑦，教义虽最圆妙，然其趣入门户次第，亦只是前之诸禅行相。唯达摩所传者，顿同佛体，迥异诸门，故宗习者难得其旨。得即成圣，疾证菩提；失即成邪，速入涂炭。先祖革昧防失，故且人传一人，后代已有所凭，故任千灯千照。暨乎法久成弊，错谬者多，故经论学人，疑谤亦众。原夫佛说顿教渐教，禅开顿门渐门，二教二门，各相符契。今讲者偏彰渐义，禅者偏播顿宗，禅讲相逢，胡越之隔。宗密不知宿生何作，熏得此心，自未解脱，欲解他缚，为法忘于驱命，愍人切于神情⑧。亦如《净名》云："若自有缚，能解他缚，无有是处。"然欲罢不能，验是宿世难改。每叹人与法差，法为人病，故别撰经律论疏，大开戒定慧门。显顿悟资于渐修，证师说符于佛意。意既本末而委示，文乃浩博而难寻，泛学虽多，秉志者少。况迹涉名相，谁辨金鍮⑨？徒自疲劳，未见机感。虽佛说悲增是行，而自虑爱见难防，遂舍众入山，习定均慧，前后息虑，相计十年。云前后者，中间被敕追入内，住城三年，方却表请归山也。微细习情，起灭彰于静慧；差别法义，罗列见于空心。虚隙日光，纤埃扰扰，清潭水底，影像昭昭，岂比夫空守默之痴禅，但寻文之狂慧者。然本因了自心而辨诸

经论义理，只是说心。心即是法，一切是义。故经云："无量义者，从一法生。"然无量义，统唯二种：一不变，二随缘。诸经只说此心随迷悟缘，成垢净、凡圣，烦恼菩提，有漏无漏等。亦只说此心垢净等时，元来不变，常自寂灭真实如如等。设有人问，说何法不变？何法随缘？只合答云，心也。不变是性，随缘是相，当知性相皆是一心上义。今性相二宗互相非者，良由不识真心。每闻心字，将谓只是八识⑫，不知八识但是真心上随缘之义。故马鸣菩萨以一心为法，以真如生灭二门为义。论云："依于此心，显示摩诃衍义。"心真如是体，心生灭是相用。只说此心不虚妄，故云真；不变易，故云如。是以，论中一一云心真如，心生灭。今时禅者多不识义，故但呼心为禅；讲者多不识法，故但约名说义，随名生执，难可会通。闻心为浅，闻性谓深，或却以性为法，以心为义，故须约三宗经论相对照之。法义即显，但归一心，自然无净。

八、心通性相名同义别者，诸经或毁心是贼，制令断除；或赞心是佛，劝令修习。或云善心恶心，净心垢心，贪心瞋心，慈心悲心；或云托境心生，或云心生于境，或云寂灭为心，或云缘虑为心，乃至种种相违。若不以诸宗相对显示，则看经者何以辨之？为当有多种心，为复只是一般心耶？今且略示名体。泛言心者，略有四种，梵语各别，翻译亦殊。一、纥利陀耶，此云肉团心，此是身中五藏心也。具如《黄庭经·五藏论》说也。二、缘虑心，此是八识，俱能缘虑自分境故。色是眼识境，乃至根身子种子器世界，是阿赖耶识之境。各缘一分，故云自分。此八各有心所善恶之殊。诸经之中，目诸心所，总名心也，谓善心恶心等。三、质多耶，此云集起心，唯第八识，积集种子生起现行故。《黄庭经·五藏论》目之为神，西国外道计之为我，皆是此识。四、乾栗陀耶，此云坚实心，亦云贞实心，此是真心也。然第八识无别自体，但是真心，以不觉故，与诸妄想有和合不和合义。和合义者，能含染净，目为藏识；不和合者，体常不变，目为真如，都是如来藏。故《楞伽》云："寂灭者名为一心，一心者即如来藏。"如来藏亦是在缠法身，如《胜鬘经》说："故知四种心，本同一体。"故《密严经》云："佛说如来藏，法身在缠之名。以为阿赖耶，藏识。恶慧不能知，藏即赖耶识。有执真如与赖耶体别者，是恶慧。如来清净藏，世间阿赖耶，如金与指镮，展转无差别。指镮等喻赖耶，金喻真如，都名如来藏。"然虽同体，真妄义别，本末亦殊。前三是相，后一是性，依性起相，盖有因由；会相归性，非无所以，性相无碍，都是一心。迷之即触面向墙，悟之即万法临镜，若空寻文句，或信胸襟，于此一心性相，如何了会？

九、悟修顿渐似反而符者，谓诸经论，及诸禅门，或云先因渐修功成，豁然顿悟；或云先须顿悟，方可渐修；或云由顿修故渐悟；或云悟修皆渐，或云皆顿；或云法无顿渐，顿渐在机。如上等说，各有意义，言似反者。谓既悟即成佛，本无烦恼，名为顿者，即不应修断，何得复云渐修？渐修即是烦恼未尽，因行未圆，果德未满，何名为顿？顿即非渐，渐即非顿，故云相反。如下对会，即顿渐非唯不相乖反，而乃互相资也。

十、师资传授须识药病者，谓承上传授方便，皆先开示本性，方令依性修禅。性不易悟，多由执相，故欲显性，先须破执，破执方便，须凡圣俱泯，功过齐祛。戒即无犯无持，禅即无定无乱，三十二相都是空花⑬，三十七品皆为梦幻⑭。意使心无所著，方可修禅。后学浅识，便但只执此言为究竟道，又以修习之门，入多放逸，故复广说所厌，毁责贪恚，赞叹勤俭，调身调息粗细次第。后人闻此，又迷本觉之用，便一向执相。唯根利志坚者，始终事师，方得悟修之旨。其有性浮浅者，才闻一意，即谓已足，仍恃小慧，便为人师，未穷本末，多成偏执。故顿渐门下，相见如仇雠，南北宗中，相敌如楚汉。洗足之诲，摸象之喻，验于此矣。今之所述，岂欲别为一本？集而会之，务在伊圆三点。三点各别，既不成伊，三宗若乖，焉能作佛？故知欲识传授药病，须见三宗不乖，须解三种佛教。前叙有人难云，禅师何得讲说？余今总以此十意答也。故初已叙西域祖师，皆弘经论耳也。

卷 二

上来十意，理例照然，但细对详，禅之三宗，教之三种，如经斗称，足定浅深。先叙禅门，后以教证。禅三宗者，一、息忘修心宗，二、泯绝无寄宗，三、直显心性宗。教三种者，一、密意依性说相教，二、密意破相显性教，三、显示真心即性教。右此三教，如次同前三宗相对，一一证之，然后总会为一味。

今且先叙禅宗。初、息妄修心宗者，说众生虽本有佛性，而无始无明覆之不见，故轮回生死。诸佛已断妄想，故见性了了，出离生死，神通自在。当知凡圣功用不同，外境内心各有分限，故须依师言教，背境观心，息灭妄念。念尽即觉悟，无所不知。如镜昏尘，须勤勤拂拭，尘尽明现，即无所不照。又须明解趣入禅境方便，远离愦闹，住闲静处，调身调息，跏趺宴默，舌拄上颚，心注一境。南侁、北秀、保唐、宣什等门下，皆此类也。牛头、天台、惠稠、求那等，进趣方便，迹即大同，见解即别。

二、泯绝无寄宗者，说凡圣等法，皆如梦幻，都无所有，本来空寂，非今始无。即此达无之智，亦不可得。平等法界，无佛无众生。法界亦是假名。心既不有，谁言法界？无修不修，无佛不佛。设有一法胜过涅槃，我说亦如梦幻。无法可拘，无佛可作，凡有所作，皆是迷妄。如此了达本来无事，心无所寄，方免颠倒，始名解脱。石头牛头，下至径山，皆示此理。便令心行与此相应，不令滞情于一法上，日久功至，尘习自亡，则于怨亲苦乐一切无碍。因此，便有一类道士儒生闲僧泛参禅理者，皆说此言便为臻极，不知此宗不但以此言为法。荷泽、江西、天台等门下，亦说此理，然非所宗。

三、直显心性宗者，说一切诸法，若有若空，皆唯真性。真性无相无为，体非一切，谓非凡非圣，非因非果，非善非恶等。然即体之用，而能造作种种，谓能凡能圣，现色现相等。于中指示心性，复有二类：一云，即今能语言动作，贪瞋慈忍，造善恶受苦乐等，即汝佛性；即此本来是佛，除此无别佛也。了此天真自然，故不可起心修道。道即是心，不可将心还修于心；恶亦是心，不可将心还断于心。不断不修，任运自在，方名解脱。性如虚空，不增不减，何假添补？但随时随处息业，养神圣胎，增长显发，自然神妙，此即是为真悟、真修、真证也。二云，诸法如梦，诸圣同说，故妄念本寂，尘境本空，空寂之心，灵知不昧。即此空寂之知，是汝真性。任迷任悟，心本自知，不藉缘生，不因境起。知之一字，众妙之门。由无始迷之，故妄执身心为我，起贪瞋等念，若得善友开示，顿悟空寂之知，知且无念无形，谁为我相人相？觉诸相空，心自无念，念起即觉，觉之即无，修行妙门，唯在此也。故虽备修万行，唯以无念为宗。但得无念知见，则爱恶自然淡泊，悲智自然增明，罪业自然断除，功行自然增进。既了诸相非相，自然无修之修，烦恼尽时，生死即绝。生灭灭已，寂照现前，应用无穷，名之为佛。然此两家，皆会相归性，故同一宗。

然上三宗中，复有遵教慢教，随相毁相，拒外难之门户，接外众之善巧，教弟子之仪轨，种种不同。皆是二利行门，各随其便，亦无所失。但所宗之理，即不合有二，故须约佛和会也。

次下判佛教总为三种者。一、密意依性说相教。佛见三界六道悉是真性之相，但是众生迷性而起，无别自体，故云依性。然根钝者卒难开悟，故且随他所见境相，说法渐度，故云说相。说未彰显，故云密意也。此一教中，自有三类：一、人天因果教。说善恶业报，令知因果不差，惧三途苦[15]，求人天乐，修施戒禅定等一切善行，得生人道天道，乃至色界无色界，此名人天教。二、说断惑灭苦乐教。说三界不安，皆如火宅之苦，令断业惑之集，修道证灭。以随机故，所说法数，一向差别，以拣邪正，以辨凡圣，以分欣厌，以明因果。说众生五蕴，都无我主，但是形骸之色，思虑之心，从无始来，因缘力故，念念生灭，相续无穷，如水涓涓，如灯焰焰，身心假合，似一似常，凡愚不觉，执之为我，宝此我故，即起贪、贪名利荣我。瞋、瞋违情境，恐侵损我。痴、触向错解，非理计校。等三毒。三毒击于意识，发动身口，造一切业。业成难逃，影随形，响应声。故受五道苦乐等身，此是别业所感。三界胜劣等处。所居处，此是共业所感。于所受身，还执为我，还起贪等，造业受报。身则生老病死，死而还生；界则成住坏空，空而复成。劫劫生生，轮回不绝，无始无终，始汲井轮。都由不了此身本不是我。此上皆是前人无教中世界因果也。前但令厌下欣上，未说三界皆可厌患，又未破我，今具说之，即苦集二谛也。下破我执，令修灭道二谛，明出世因果，故名四谛教。不是我者，此身本因色心和合为相，今推寻分析，色有地水火风之四类，心有受、领纳好恶之事。想、取像。行、造作一切。识、一一了别。之四类，此四与色，都名五蕴。若皆是我，即成八我。况色中复有三百六十段骨，段段各别，皮毛筋肉肝心肺肾，各不相是，皮不是毛等。诸心数等，亦各不同，见不是闻，喜不是怒，既有此众多之物，不知定取何者为我。若皆晃我，我即百千，一身之中，多主纷乱；离此之外，复无别法，翻覆推我，皆不可得。便悟此身心等，但是众缘，似和合相，元非一体；似我人相，元非我人。为谁贪瞋，为谁杀盗，谁修戒施，谁生人天？知苦集也。遂不滞心于三界有漏善恶，断集谛也。但修无我观智，道谛。以断贪等，止息诸业，证得我空真如，得须陀洹果。乃至灭尽患累，得阿罗汉果。灭谛。灰身灭智，永离诸苦。诸《阿含》第六百一十八卷经，《婆沙俱舍》等六百九十八卷论，皆唯说此小乘及前人天因果，部帙虽多，理不出此也。三、将识破境教。说前所说境相，若起若灭，非唯无我，亦无如上等法，但是情识虚妄变起，故云将识破境也。说上生灭等法，不关真如，但各是众生无始已来，法尔有八种识，于中第八藏识，是其根本，顿变根身器界种子，转生七识，各能变现自分所缘。眼缘色，乃至七缘八见，八缘根种器界。此八识外，都无实法。问：如何变耶？答：我法分别熏习力故，诸识生时变似我法，六七二识无明覆故，缘此执为实我、实法。如患病重心昏，见异色人物。梦梦相所见可知。者，患梦力故，心似种种外境相现，梦时执为实有外物，寤来方知唯梦所变。我此身相，及于外境，亦复如是，唯识所变。迷故执有我及诸境，既悟本无我法，唯有心识，遂依此二空之智，修唯识观，及六度四摄等行[16]。渐渐伏断烦恼所知二障，证二空所显真如，十地圆满[17]，转八识成四智菩提也[18]。真如障尽，成法性身大涅槃也。《解深密》等数十本经，《瑜伽唯识》数百卷论，所说之理不出此也。此上三类，都为第一密意依性说相教。然唯第三将识破境教，与禅门息妄修心宗而相扶会。以知外境皆空，故不修外境事相，唯息妄修心也。息妄者，息我法之妄；修心者，修唯识之心。故同唯识之教，既与佛同，如何毁他渐门？息妄看净，时时拂拭，凝心住心，专注一境，及跏趺调身调息等也。此等种种方便，悉是佛所劝赞。《净名》云："不必坐，不必不坐，坐与不坐，任逐机宜。凝心运心，各量习性。"当高宗大帝，乃至玄宗朝时，圆顿本宗，未行北地，唯神秀禅师，大扬渐教，为二京法主，三帝门师，全称达摩之宗，又不顾即佛之旨。曹溪荷泽，恐圆宗灭绝，遂呵毁住心伏心等事，但是除病，非除法也。况此之方便，本是五祖大师教授，各皆印可，为一方师。达摩以壁观教人安心，外止诸缘，内心无喘，心如墙壁，可以入道。岂不正是坐禅之法。又，庐山远公，与佛陀耶舍二梵僧，所译《达摩禅经》两卷，具明坐禅门户渐次方便，与天台及侁秀门下意趣无殊。故四祖数十年中，胁不至席。即知了与不了之宗，各由见解深浅，不以调与不调之行，而定法义偏圆。但自随病对治，不须赞此毁彼。此注通前叙，有人问难余云，何以劝坐禅者，余今以此答也。

二、密意破相显性教。据真实了义，即妄执本空，更无可破。无漏诸法，本是真性，随缘妙用，永不断绝，又不应破。但为一类众生，执著妄相，障真实性，难得玄悟，故佛且不拣善恶垢净性相，一切呵破，以真性及妙用不无，而且云无，故云密意。又，意在显性，语乃破相，意不形于言中，故云密也。说前教中所变之境既皆虚妄，能变之识岂独真实？心境互依，空而似有故也。且心不孤起，托境方生；境不自生，由心故现。心空即境谢，境灭即心空。未有无境之心，曾无无心之境。如梦见物，似能见所见之殊，其实同一虚妄，都无所有。诸识诸境，亦复如是。以皆假托众缘，无自性故，未曾有一法。不从因缘生，是故一切法，无不是空者。凡所有相，皆是虚妄，是故空中无色，无眼、耳、鼻、舌、身、意，无十八界，无十二因缘，无四谛，无智亦无得，无业无报，无修无证，生死涅槃，平等如幻。但以不住一切，无执无著，而为道行。诸部《般若》千余卷经，及《中》、《百》、《门》等三论，《广百论》等，皆说此也。《智度论》百卷亦说此理，但论主通达不执，故该收大小乘法相，滔同后一真性宗。此教与禅门泯绝无寄宗全同。既同世尊所说，菩萨所弘，云何渐门禅主？及讲习之徒，每闻此说，即谤云拨无因果。佛自云无业无报，岂邪见乎？若云佛说此言自有深意者，岂禅门此说无深意耶？若云我曾推征觉无深意者，自是汝遇不解之流，但可嫌人，岂可斥法？此上一教，据佛本意虽不相违，然后学所传，多执文迷旨。或各执一见，彼此相非，或二皆泛，浑沌不晓。故龙树提婆等菩萨，依破相教，广说空义，破其执有，令洞然解于真空。真空者，是不违有之空也。无著天亲等菩萨，依唯识教，广说名相，分析性相不同，染净各别，破共执空，令历然解于妙有。妙有者，是不违空之有也。虽各述一义，而举体圆具，故无违也。问：若尔，何故已后有清辨护法等诸论师互相破耶？答：此乃是相成，不是相破。何者？以末学人，根器渐钝，互执空有，故清辨等破定有之相令尽，彻至毕竟真空，方乃成彼缘起妙；护法等破断灭偏空，意存妙有，妙有存故，方乃是彼无性真空。文即相破，意即相成。叙前疑南北禅门相竞，今于此决也。由妙有真空有二义故。一、极相违义，谓互相害，全夺永尽；二、极相顺义，谓冥合一相，举体全摄。若不相夺全尽，无以举体全收，故极相违，方极顺也。龙树无著等，就极顺门，故相成；清辨护法等，据极违门，故相破。违顺自在，成破无碍，即于诸法无不和会耳。哀哉此方，两宗后学经论之者，相非相斥，不异仇雠，何时得证无生法忍？今顿渐禅者亦复如是，努力通鉴，勿偏局也。问：西域先贤相破既是相成，岂可此方相非便成嫉妒？答：如人饮水，冷暖自知，各各观心，各各察念。留药防病，不为健人，立法防奸，不为贤士。

三、显示真心即性教。直指自心即是真性，不约事相而示，亦不约心相而示，故云即性。不是方便隐密之意，故云显示也。此教说一切众生，皆有空寂真心，无始本来性自清净。不因断惑成净，故云性净。宝性论云："清净有二：一自性清净，二离垢清净。"《胜鬘》云："自性清净，难可了知；此心为烦恼所染，亦难可了知。"释云：此心超出前空有二宗之理，故难可了知也。明明不昧，了了常知，下引佛说。尽未来际常住不灭，名为佛性，亦名如来藏，亦名心地。达摩所传，是此心也。从无始际，妄想翳之，不自证得，耽著生死。大觉愍之，出现于世，为说生死等法一切皆空，开示此心全同诸佛。如《华严经·出现品》云："佛子！无一众生而不具有如来智慧，但以妄想执著而不证得。若离妄想，一切智、自然智、无碍智，即得现前。譬如有大经卷，喻佛智慧。量等三千大行世界，智体无边，廓彻法界。书写三千大千世界中事一切皆尽，喻体上有恒沙功德，恒沙妙用也。此大经卷，虽复量等大千世界，而全住在一微尘中。喻佛智全在众生身中，圆满具足也。如一微尘，举一众生为例。一切微尘皆亦如是。时有一人，智慧明达，喻世尊也。具足成就清净天眼，见此经卷在微尘内，天眼力隔障见色，喻佛眼力隔烦恼见佛智也。于诸众生无少利益，喻迷时都不得其用，与无不别。即起方便，破彼微尘，喻说法除障。出此大经卷，令诸众生普得饶益。云云乃至。如来智慧亦复如是，无量无碍，普能利益一切众生，合书写三千世界事。具足在于众生身中。合微尘中。但诸凡愚妄想执著，不知不觉不得利益。尔时如来，以无障碍清净智眼，普观法界一切众生，而作是言：奇哉奇哉！此诸众生，云何具有如来智慧？愚痴迷惑，不知不见，我当教以圣道，令其永离妄想执著，自于身中得见如来广大智慧，与佛无异。即教彼众生修习圣道，六波罗密，三十七道品等。令离妄想。离妄想已，证得如来无量智慧，利益安乐一切众生。"问：上既云性自了了常知，何须诸佛开示？答：此言知者，不是证知，意说真性不同虚空木石，故云知也。非如缘境分别之识，非如照体了达之智，真是一真如之性，自然常知。故马鸣菩萨云："真如者，自体真实识知。"《华严·回向品》亦云："真如照明为性。"又据问明品："说知与智异，智局于圣，不通于凡，知即凡圣皆有，通于理智。故觉首等九菩萨，问文殊师利言：云何佛境界智？证悟之智。云何佛境界知？本有真心。文殊答智云：诸佛智自在，三世无所碍。过去未来现在事，无不了达，故自在无碍。答知云：非识所能识，不可识者，以识属分别，分别即非真知，真知唯无念方见也。亦非心境界，不可以智知。谓若以智证之，即属所证之境。真知非境界，故不可以智证。瞥起照心，即非真知也。故经云："自心取自心，非幻成幻法。"论云："心不见心。"荷泽大师云："拟心即差"。故北宗看心是失真旨。心若可看，即是境界。故此云非心境界。

其性本清净，不待离垢惑方净，不待断疑浊方清，故云本清净也。就《宝性论》中，即拣非离垢之净，是彼性净，故云其性本清净。**开示诸群生**。既云本净，不待断障，即知群生本来皆有。但以惑翳而不自悟，故佛开示皆令悟入。即《法华》中开示悟入佛之知见。如上所引，佛出世，只为此事也。彼云使得清净者，即宝性中离垢清净也。此心虽自性清净，终须悟修，方得性相，圆净。故数十本经论，皆说二种清净，二种解脱。今时学浅之人，或只知离垢清净，离垢净解脱，故毁禅门即心即佛。或只知自性清净，性净解脱，故轻于教相，斥于持律坐禅调伏等行。不知必须顿悟自性清净，性自解脱；渐修令得离垢清净，离障解脱。成圆满清净，究竟解脱，若身若心，无所壅滞，同释迦佛也。《宝藏论》亦云："知有有坏，知无无败，此皆能知有无之智。真知之知，有无不计。既不计有无，即自性无分别之知。"如是开示灵知之心，即是真性，与佛无异，故显示真心即性教也。《华严》、《密严》、《圆觉》、《佛顶》、《胜鬘》、《如来藏》、《法华》、《涅槃》等四十余部经，《宝性》、《佛性》、《起信》、《十地》、《法界》、《涅槃》等十五部论，虽或顿或渐不同，据所显法体，皆属此教，全同禅门第三直显心性之宗。既马鸣标心为本源，文殊拣知为真体，如何破相之党，但云寂灭，不许真知？说相之家，执凡异圣，不许即佛？今约佛教判定，正为斯人。故前叙西域传心，多兼经论，无二途也。但以此方迷心执文，以名为体，故达摩善巧，拣文传心，标举其名，心是名也。默示其体，知是心也。喻以壁观，如上所叙。令绝诸缘。问：诸缘绝时，有断灭否？答：虽绝诸念，亦不断灭。问：以何证验，云不断灭？答：了了自知，言不可及。师即印云：只此是自性清净心，更勿疑也。若所答不契，即但遮诸非，更令观察，毕竟不与他先言知字。直待自悟，方验实是亲证其体，然后印之，令绝余疑，故云默传心印。所言默者，唯默知字，非总不言。六代相传，皆如此也。至荷泽时，他宗竞播，欲求默契，不遇机缘。又，思惟达摩悬丝之记，达摩："我法第六代后，命如悬丝。"恐宗旨灭绝，遂明言知之一字，众妙之门。任学者悟之浅深，且务图宗教不断，亦是此国大法运数所至，一类道俗合得普闻，故感应如是。其默传者，余人不知，故以袈裟为信；其显传者，学徒易辨，但以言说除疑。况既形言，足可引经论等为证。前叙外难云，今时传法者，说密语否？今以此答也。法是达摩之法，故闻者浅深皆益。但昔密而今显，故不名密语。岂可别法亦别耶？问：悟此心已，如何修之？还依初说相教中令坐禅否？答：此有二意，谓昏沈厚重难可策发，掉举猛利不可抑伏，贪瞋炽盛触境制者，即用前教中种种方便，随病调伏。若烦恼微薄，慧解明利，即依本宗本教一行三昧。如《起信》云："若修止者，住于静处，端身正意，不依气息形色，乃至唯心无外境界。"《金刚三昧经》云："禅即是动，不动不禅，是无生禅。"《法句经》云："若学诸三昧，是动非坐禅，心随境界流，云何名为定？"净名云："不起灭定现诸威仪，行、住、坐、卧。不于三界现身意，是为宴坐，佛所印可。"据此，即答三界空华，四生梦寐[19]，依体起行，修而无修，尚不住佛不住心，谁论上界下界？前叙难云，据教须引上界定者，以管窥天，但执一宗之说，见此了教理，应怀惭而退。然此教中，以一真心性，对染净诸法，全拣全收。全拣者，如上所说，但克体直指灵知，即是心性，余皆虚妄。故云非识所识，非心境等，乃至非性非相，非佛非众生，离四句绝百非也。全收者，染净诸法，无不是心。心迷故，妄起惑业，乃至四生六道，杂秽国界；心悟故，从体起用，四等六度[20]，乃至四辩十力[21]，妙身净刹，无所不现。既是此心现起诸法，诸法全即真心。如人梦所现事，事事皆人，如金作器，器器皆金，如镜现影，影影皆镜。梦对妄想业报，器喻修行，影喻应化。故《华严》云："知一切法即心自性，成就慧身，不由他悟。"《起信论》云："三界虚伪，唯心所作，离心则无六尘境界，乃至一切分别。即分别自心，心不见心，无相可得，故一切法如镜中相。"《楞伽》云："寂灭者名为一心，一心者名如来藏，能遍兴造一切趣生，造善造恶，受苦受乐。与因俱，故知一切无非心也。"全拣门，摄前第二破相教；全收门，摄前第一说相教。将前望此，此则迥异于前；将此摄前，前则全同于此。深必该浅，浅不至深。深者直显出真心之体，方于中拣一切收一切也。如是收拣自在，性相无碍，方能于一切法悉无所住，唯此名为了义。更有心性同异，顿渐违妨，及所排诸家言教，部帙次第，述作大意，悉在下卷。

卷　三

上之三教，摄尽佛一代所说之经，及诸菩萨所造之论。细寻法义，便见三义全殊，一法无别。就三义中，第一、第二，空有相对；第三、第一，性相相对，皆条然易见。唯第二、第三，破相与显性相对，讲者禅者同迷，皆谓同是一宗一教，皆以破相便为真性。故今广辨空宗、性宗有其十异：一、法义真俗异，二、心性二名异，三、性字二体异，四、真智真知异，五、有我无我异，六、遮诠表诠异，七、认名认体异，八、二谛三谛异，九、三性空有异，十、佛德空有异。

初、法义真俗异者，空宗缘未显真灵之性，故但以一切差别之相为法。法是俗谛，照此诸法无为、无相、无生、无灭、无增、无减等为义。义是真谛，故《智度论》以俗谛为法无碍辩，以真谛为义无碍辩。性宗则以一真之性为法，空有等种种差别为义，故经云："无量义者，从一法生。"《华严十地》亦云："法者知自性，义者知生灭；法者知真谛，义者知俗谛；法者知一乘，义者知诸乘。"如是十番释法义二无碍义，皆以法为真谛，以义为俗谛。

二、心性二名异者，空宗一向目诸法本源为性，性宗多目诸法本源为心。目为性者，诸论多同，不必叙述。目为心者，《胜鬘》云："自性清净心。"《起信》云："一切法从本以来，离言说名字心缘等相，乃至唯是一心。"《楞伽》云："坚实心。"良由此宗所说本性，不但空寂，而乃自然常知，故应目为心也。

三、性字二体异者，空宗以诸法无性为性，性宗以灵明常住不空之体为性，故性字虽同，而体异也。

四、真智真知异者，空宗以分别为知，无分别为智，智深知浅；性宗以能证圣理之妙慧为智，以该于理智通于凡圣之灵性为知，知通智局。上引《问明品》已自分别，况《十回向品》说真如云，照明为性，起信说真如自体，真实识知。

五、有我无我异者，空宗以有我为妄，无我为真；性宗以无我为妄，有我为真。故《涅槃经》云："无我者名为生死，有我者名为如来。"又云："我计无我，是颠倒法。"乃至广破二乘无常无我之见，如春池执砾为宝；广赞常乐我净而为究竟，乃至无我法中有真我。良由众生迷自真我，妄执五蕴为我，故佛于大小乘法相及破相教中，破之云无。今于性宗直明实体，故显之云有也。

六、遮诠表诠异者，遮谓遣其所非，表谓显其所是；又，遮者拣却诸余，表者直示当体。如诸经所说真妙理性，每云不生不灭，不垢不净，无因无果，无相无为，非凡非圣，非性非相等，皆是遮诠。诸经论中，每以非字非却诸法，动即有三十五十个非字也。不字无字亦尔，故云绝百非。若云知见觉照，灵鉴光明，朗朗昭昭，惺惺寂寂等，皆是表诠。若无知见等体，显何法为性，说何法不生灭等，必须认得见今了然而知，即是心性，方说此知不生不灭等。如说盐，云不淡是遮，云咸是表；说水，云不乾是遮，云湿是表。诸教每云绝百非者，皆是遮词，直显一真，方为表语。空宗之言，但是遮诠，性宗之言，有遮有表。但遮者未了，兼表者乃的。今时学人，皆谓遮言为深，表言为浅，故唯重非心非佛，无为无相，乃至一切不可得之言。良由但以遮非之词为妙，不欲亲自证认法体，故如此也。悟息后即任遮表临时。

七、认名认体异者，谓佛法世法，一一皆有名体。且如世间称大，不过四物，如《智论》云："地、水、火、风是四物名，坚、湿、暖、动是四物体。"今且说水，设有人问，每闻澄之即清，混之即浊，堰之即止，决之即流，而能溉灌万物，洗涤万秽，此是何物？举功能养用而问也。答云：是水。举名答也。愚者认名，便谓已解。智者应更问云：何者是水？徵其体也。答云：湿即是水。克体指也，此一言便定，更无别字可替也。若云水波清浊凝流是水，何异他所问之词。佛法亦尔。设有人问，每闻诸经云，迷之即垢，悟之即净，纵之即凡，修之即圣，能生世间出世间一切诸法，此是何物？举功能义用而问也。答云：是心。举名答也。愚者认名，便谓已识。智者应更问：何者是心？徵其体也。答：知即是心。指其体也。此言最的，余字不如。若云非性非相，能语言运动等是心者，何异他所问词也。以此而推，水之名体，各唯一字，余皆义用。心之名体亦然。湿之一字，贯于清浊等万用万义之中，知之一字，亦贯于贪瞋慈忍善恶苦乐万用万义之处。今时学禅人多疑云，达摩但说心，荷泽何以说知？如此疑者，岂不似疑云：比只闻井中有水，云何今日忽觉井中湿耶？思之思之，直须悟得水是名，不是湿，湿是水，不是名，即清浊水波凝流无义不通也。以例心是名不是知，知是心不是名，即真妄垢净善恶无义不通也。空宗、相宗，为对初学及浅机，恐随言生执，故但标名而遮其非，唯广以义用而引其意。性宗对久学及上根，令忘言认体，故一言直示。达摩云：指一言以直示，后人意不解，寻思何者是一言，若云即心是佛是一言者，此是四言，何为名一也。认得体已，方于体上照察义用，故无不通矣。

八、二谛三谛异者，空宗所说世出世间一切诸法，不出二谛，学者皆知，不必引释。性宗则摄一切性相及自体，总为三谛：以缘起色等诸法为俗谛，缘无自性诸法即空为真谛，此与空宗相宗一谛义无别也。一真心体，非空非色，能空能色，为中道第一义谛。其犹明镜，亦且三义：镜中影像，不得呼青为黄，妍媸各别，如俗谛；影无自性，一一全空，如真谛；其体常明，非空非青黄，能空能青黄，如第一义谛。具如《璎珞大品本业》等经所说。故天台宗，依此三谛，修三止三观，成就三德也[22]。

九、三性空有异者，三性，谓遍计所执性，妄情于我及一切法也，周遍计度，一一执为实有。如痴孩镜中见人面像，执为有命质碍骨肉等。依他起性，此所执法，依他众缘，相因而起，都无自性，唯是虚相，如镜中影像也。圆成实性。本觉真心，始觉显现，圆满成就，真实常住，如镜之明。空宗云，诸经每说有者，即约遍计、依他，每说空者，即是圆成实性，三法皆无性也。性宗即三法皆具空有之义，谓遍计，情有理无；依他，相有性无；圆成，精无理有，相无性有。

十、佛德空有异者，空宗说佛以空为德，无有少法，是名菩提，色见声求，皆行邪道。《中论》云："非阴不离阴，此彼不相在，如来不有阴，何处有如来。"离一切相，即名诸佛。性宗则一切诸佛，自体皆有常乐我净，十身十智真实功德，相好通光一一无尽，性自本有，不待机缘。

十异历然，二门焕矣；虽分教相，亦勿滞情；三教三宗，是一味法。故须先约三种佛教，证三宗禅心，然后禅教双忘，心佛俱寂。俱寂，即念念皆佛，无一念而非佛心；双忘，即句句皆禅，无一句而非禅教。如此，则自然闻泯绝无寄之说，知是破我执情；闻息妄修心之言，知是断我习气。执情破而真性显，即泯绝是显性之宗；习气尽而佛道成，即修心是成佛之行。顿渐空有，既无所乖，荷泽、江西、秀、能，岂不相契？若能如是通达，则为他人说，无非妙方，闻他人说，无非妙药。药之与病，只在执之与通。故先德云，执则字字疮疣，通则文文妙药。通者，了三宗不相违也。

问：前云佛说顿教渐教，禅开顿门渐门，未审三种教中，何顿何渐？答：法义深浅，已备尽于三种。但以世尊说时仪式不同，有称理顿说，有随机渐说，故复名顿教渐教，非三教外别有顿渐。渐者为中下根即时未能信悟圆觉妙理者，且说前人天小乘，乃至法相，上皆第一教也。破相，第二教也。待其根器成熟，方为说于了义，即《法华》、《涅槃》等经是也。此及下逐机顿教，合为第三教也。其化仪顿，即总摄三般。西域此方，古今诸德，所判教为三时五时者，但是渐教一类，不摄《华严经》等。顿者复二：一逐机顿，二化仪顿。逐机顿者，遇凡夫上根利智，直示真法，闻即顿悟，全同佛果。如《华严》中，初发心时，即得阿耨菩提。圆觉经中，观行成时，即成佛道。然始同前二教中行门，渐除凡习，渐显圣德。如风激动大海，不能现像，风若顿息，则波浪渐停，影像渐显也。风喻迷情，海喻心情，波喻烦恼，影喻功用。《起信》论中一一配合。即《华严》一分，及《圆觉》《佛顶》《密严》《胜鬘》《如来藏》之类，二十余部经是也。遇机即说，不定初后，与禅门第三直显心性宗全相同也。二、化仪顿，谓佛初成道，为宿世缘熟上根之流，一时顿说性相理事，众生万惑，菩萨万行，贤圣地位，诸佛万德。因该果海，初心即得菩提；果彻因源，位满犹称菩萨。比唯《华严》一经，及《十地论》，名为圆顿教，余皆不备。前叙外难云，顿悟成佛，是违经者，余今于此通了。其中所说诸法，是全一心之诸法；一心，是全诸法之一心。性相圆融，一多自在，故诸佛与众生交彻，净土与秽土融通，法法皆彼此互收，尘尘悉包含世界，相入相即，无碍镕融，具十玄门㉓，重重无尽，名为无障碍法界。此上顿渐，皆就佛约教而说，若就机约悟修说者，意又不同。如前所叙诸家有云，先因渐修功成，而豁然顿悟；犹如伐木，片片渐斫，一时顿倒。亦如远诣都城，步步渐行，一日顿到也。有云因顿修而渐悟；如人学射，顿者箭箭直注意在中的，渐者日久方始渐亲渐中。此说运心顿修，不言功行顿毕。有云因渐修而渐悟；如登九层之台，足履渐高，所见渐远，故有人云，"欲穷千里目，更上一层楼"。等者，皆说证悟也。有云先须顿悟，方可渐修者，此约解悟也。约断障说，如日顿出，霜露渐消。约成德说，如孩子生，即顿具四肢六根，长即渐成志气功业。故《华严》说，初发心时，即成正觉。然后三贤十圣，次第修证。若未悟而修，非真修也。良以非真流之行，无以称真，何有修真之行。不从真起，故彼经说，若未闻说此法。多劫修六度行，毕竟不能证真也。有云顿悟顿修者，此说上上智根性，乐欲俱胜，根胜故悟，欲胜故修。一闻千悟，得大总持，一念不生，前后际断。断障如斩一絍丝，万条顿断；修德如染一絍丝，万条顿色也。荷泽云："见无念体，不逐物生。"又云："一念与本性相应，便具河沙功德，八万四千波罗密门，一时齐用也。"此人三业，唯独自明了，余人所不见。《金刚三昧经》云："空心不动，具六波罗密。"《法华》亦说："父母所生眼耳，彻见三千界。"等也。且就事迹而言之，如牛头融大师之类也。此门有二意：若因悟而修，即是解悟；若因修而悟，即是证悟。然上皆只约今生而论，若远推宿世，则唯渐无顿，今顿见者，已是多生渐熏而发现也。有云法无顿渐，顿渐在机者：诚哉此理！固不在言，本只论机，谁言法体？顿渐义意，有此多门，门门有意，非强穿凿。况《楞伽》四渐四顿，义与渐修顿悟相类。此犹不敢繁云。比见时辈论者，但有顿渐之言，都不分析。就教有化仪之顿渐，应机之顿渐；就人有教授方便之顿渐，根性悟入之顿渐，发意修行之顿渐。于中唯云先顿悟，后渐修，以违反也。欲绝疑者，岂不见日光顿出，霜露渐消；孩子顿生，四肢六根即具。志气渐立；肌肤人物业艺皆渐成也。猛风顿息，波浪渐停；明良顿成，礼乐渐学。如高贵子孙，于小时乱，没落为奴，生来自不知贵。时清父母访得，当日全身是贵人，而行迹去就，不可顿改，故须渐学。是知顿渐之义其为要矣。

然此文本意，虽但叙禅诠，缘达摩一宗是佛法通体，诸家所述又各不同，今集为一藏，都成理事具足。至于悟解修证门户，亦始终周圆，故所叙之顿渐，须备尽其意，令血脉连续，本末有绪。欲见本末纶绪，先须推穷此上三种顿说渐说。教中所诠之法，本从何来，见在何处？又须仰观诸佛说此教意，本为何事？即一大藏经始终本末，一时洞然明了也。且推穷教法从何来者，本从世尊一真心体流出，展转至于当时人之耳，今时人之目，其所说义，亦只是凡圣所依一真心体，随缘流出，展转遍一切处，遍一切众生身心之中。但各于自心静念，如理思惟，即如是如是而显现也。《华严》云："如是如是思惟，如是如是显现也。"次观佛说经本意者，世尊自云：我本意唯为一大事因缘故，出现于世。一大事者，欲令众生开佛知见，乃至入佛知见道故。诸有所作，常为一事，唯心佛之知见示悟众生，无有余乘若二若三。三世十方诸佛，法亦如是。虽以无量无数方便，种种因缘譬喻言词，而为众生演说诸法，是法皆为一佛乘故。故我于菩提树下初成正觉，普见一切众生皆成正觉，乃至普见一切众生皆般涅槃，《华严妙严品》云："佛在摩竭提国菩提场中始成正觉。其地坚固金刚所成，其菩提树高广严显。"《出现品》云："如来成正觉时，普见众生。等，一一如文。普见一切众生贪恚痴诸烦恼中，有如来身智，常无染污，德相备足。《如来藏经》文也。无一众生而不具有如来智慧，但以妄想执著而不证得，我欲教以圣道，令其永离妄想，自于身中得见如来广大智慧，如我无异。《华严·出现品》文也。唯改当字为欲字，令顺语势也。《法华》亦云："我本立誓愿，欲令一切众，如我等无异。"遂为此等众生，于菩提场，称于大方广法界，敷演万德因华，以严本性，令成万德佛果。其有往劫与我同种善根，曾得我于劫海中，以四摄法而摄受者，亦《妙严品》文也。始见我身，频呻三昧，卢舍那身。闻我所说，说上《华严》。即皆信受，入如来慧，乃至逝多林。我入师子频呻三昧，大众皆证法界，除先修习学小乘者，佛在《法华》会说昔在华严会中，五百声闻如聋如盲，不见佛境界，不闻圆融法是也。次云，我今亦令得闻此经，入于佛慧，即直至四十年后法华会中，皆得授记得也。及溺贪爱之水等者，亦《出现品》云："如来智慧，唯于二处不能为作生长利益。所谓二乘堕于无为广大深坑，及坏善根非器众生，溺大邪见贪爱之水。然亦于被曾无厌舍。"释曰：即华严所说学小乘者，《法华》会中还得授记，及不在此会，亦展转令与授记，是此云不厌舍也。如是众生诸根钝著乐痴所盲，难可度脱。我于三七日，思惟如是事。我若但为赞于佛乘，彼即没在苦，毁谤不信故，疾入于恶道；若以小乘化，乃至于一人，我即堕悭贪，此事为不可。进退难为遂，寻念过去佛，所行方便力，方知过去诸佛，皆以小乘引诱，然后令入究竟一乘，故我今所得道，亦应说三乘。我如是思惟时，十方佛皆现。梵音慰喻我，善哉释迦文。第一之导师，得是无上法，随诸一切佛，而用方便力。我闻慰喻，随顺诸佛意故，方往波罗奈国，转四谛法轮，度憍陈如等五人。渐渐诸处，乃至千万。如羊车也。亦为求缘觉，说十二因缘；如鹿车也。亦为求大乘者，说六波罗密。如牛车也。此上皆当第一密意依性说相教。此上三车，皆是宅中，指云在门外者，以喻权教三乘云云。中间又为说甚深般若波罗密，陶汰如上声闻，进趣诸小菩萨。此当第二密意破相显性教也。渐渐见其根熟，遂于灵鹫山，开示如来知见，普皆与授阿耨多罗三藐三菩提记。究竟一乘，如四衢道中白牛车也。权教牛车大乘，与实教白牛车一乘不同者，三十余本经轮具有明文。显示三乘法身平等，入一乘道。乃至我临欲灭度，在拘尸那城，娑罗双树间，作大师子吼，显常住法，决定说言：一切众生，皆有佛性；凡是有心，定当作佛。究竟涅槃常乐我净，皆令安住秘密藏中。《法华》且收二乘，至《涅槃经》方普收六道，会权入实。须渐次故也。即与华严海会，师子频呻，大众顿证，无有别异。《法华》《涅槃》是渐教中之终极，与《华严》等顿教，深浅无异，都为第三显示真心即性教也。我既所应度者，皆以度讫，未得度者，已为作得度因缘，故于以双树间，入大寂灭定，反本还源，与十方三世一切诸佛，常住法界，常寂常照也。

　　评曰：上来三纸，全是于诸经中录佛自言也。但以抄录之故，不免于连续缀合之处，或加减改换三字两字而已。唯叙华严处一行半，是以经题显佛意，非佛本语也。便请将佛此自述本意，判前三种教宗，岂得言权实一般？岂是言始终二法？禅宗例教，谁谓不然？窃欲和会，良由此也。谁闻此说而不除疑，若犹执迷，则吾不复也。

卷　四

　　然上所引佛自云，我见众生皆成正觉，又云根钝痴盲。语似相违，便欲于其中次第通释，恐间杂佛语，交相交加。今于此后，方始全依上代祖师马鸣菩萨，具明众生一心迷悟，本末始终，悉令显现，自然见全佛之众生，扰扰生死；全众生之佛，寂寂涅槃；全顿悟之习气，念念攀缘；全习气之顿悟，心心寂照。即于佛语相违之处，自见无所违也。谓六道凡夫，三乘贤圣，根本悉是灵明清净一法界心，性觉宝光，各各圆满，本不名诸佛，亦不名众生。但以此心灵妙自在，不守自性，故随迷悟之缘，造业受报，遂名众生，修道证真，遂名诸佛。又虽随缘而不失自性，故常非虚妄，常无变异，不可破坏，唯是一心，遂名真如。故此一心，常具真如生灭二门，未曾暂阙。但随缘门中，凡圣无定，谓本来未曾觉悟，故说烦恼无始，若悟修证，即烦恼断尽。故说有终，然实无别始觉，亦无不觉，毕竟平等。故此一心，法尔有真妄二义，二义复各二义，故常具真如生灭二门。各二义者，真有不变随缘二义，妄有体空成事二义。谓由真不变，故妄体空，为真如门；由真随缘，故妄成事，为生灭门。以生灭即真如，故诸经说无佛无众生，本来涅槃，常寂灭相。又以真如即生灭，故经云法身流转五道，名曰众生。既知迷悟凡圣在生灭门，今于此门具彰凡圣二相，即真妄和合，非一非异，名为阿赖耶识。

此识在凡，本来常有觉与不觉二义：觉是三乘贤圣之本，不觉是六道凡夫之本。今且示凡夫本末，总有十重：<small>今每重以梦喻侧注，一一合之。</small>一、谓一切众生，虽皆有本觉真心；<small>如一富贵人，端正多智，自在宅中住。</small>二、未遇善友开示，法尔本来不觉；<small>如宅中人睡，自不知也。论云：依本觉故，而有不觉也。</small>三、不觉故，法尔念起；<small>如睡法尔有梦。论云：依不觉故，生三种相。此是初一。</small>四、念起故，有能见相；<small>如梦中之想。</small>五、以有见故，根身世界妄现；<small>梦中别见有身，在他乡贫苦，及见种种好恶事境。</small>六、不知此等从自念起，执为定有，名为法执；<small>正梦时，法尔必执所见物为实有也。</small>七、执法定故，便见自他之殊，名为我执；<small>梦时必认他乡贫苦身为己本身。</small>八、执此四大为我身故，法尔贪爱顺情诸境，欲以润我，瞋嫌违情诸境，恐损恼我，愚痴之情，种种计较；<small>此是三毒。如梦在他乡，所见违顺等事亦贪瞋也。</small>九、由此故，造善恶等业；<small>梦中或偷夺打骂，或行恩布德。</small>十、业成难逃，如影响应于形声，故受六道业系苦乐相。<small>如梦因偷夺打骂，被捉枷禁决罚，或因行恩得报，举荐拜官署职。</small>此上十重，生起次第，血脉连接，行相甚明，但约理观心而推照，即历然可见。

次辨悟后修证，还有十重，翻妄即真，无别法故。然迷悟义别，顺送次殊，前是迷真逐妄，从微细顺次生起，展转至粗，后乃悟妄归真，从粗重逆次断除，展转至细。以能翻之智，自浅之深，粗障易遣，浅智即能翻故；细惑难除，深智方能断故，故后十从末逆次翻破前十。唯后一前二，有少参差。下当显示十重者：一、谓有众生，遇善知识，开示上说本觉真心，宿世曾闻，今得解悟。<small>若宿生未闻，今闻必不信，或信而不解，虽人人等有佛性，今现有不信不悟者，是此类也。</small>四大非我，五蕴皆空，信自真如及三宝德。<small>信自心本不虚妄，本不变异，故曰真如。故论云：自信己性，知心妄动，无别境界。又云：信心有四种：一、信根本，乐念真如；二、信佛有无量功德，常念亲近供养；三、信法有大利益，常念修行；四、信僧能修正行，自利利他，常乐亲近。悟前一，翻前二，成此第一重也。</small>二、发悲智愿，誓证菩提。<small>发悲心者，欲度众生；发智心者，欲了达一切法；发愿心者，欲修万行以资悲智。</small>三、随分修习施戒忍进及止观等，增长信根。<small>论云：修行有五，能成此信。止观合为一行，故六度唯成五也。</small>四、大菩提心从此显发。<small>以上三心开发。论云：信成就发心者有三种：一者直心，正念真如法故；二者深心，乐集诸善行故；三发大悲心，欲拔一切众生苦故。</small>五、以知法性无悭等心。<small>等者，贪欲、瞋恚、懈怠、散乱、愚痴。</small>六、随顺修行六波罗密，定慧力用，<small>初修名止观，成就名定慧。</small>我法双亡，<small>初发心时，已约教理，观二执空，今即定慧力，观自觉空也。</small>无自无他，<small>证我空五。</small>常空常幻。<small>证法空六，色不异空，空不异色，故常空常幻也。</small>七、于色自在，一切融通。<small>迷时不知从自心变，故不自在，今因二空智达之，故融通也。</small>八、于心自在，无所不照。<small>即不见心外别有境界，境界唯心，故自在也。</small>九、满足方便，一念相应，觉心初起。<small>心无初相，离微细念，心即常住，直觉于迷源，名究竟觉。从初发心即修无念，至此方得成就，成就故即入佛位也。</small>十、心既无念，则无别始觉之殊，本来平等，同一觉故。冥于根本真净心源，应用尘沙，尽未来际，常住法界，感而即通，名大觉尊。<small>佛无异佛，是本佛，无别新成故，普见一切众生皆同成等正觉。</small>

故迷与悟，各有十重，顺逆相翻，行相甚显。此之第一，对前一二，此十合前第一，余八皆从后逆次翻破前八。一中悟前第一本觉，翻前第二不觉。前以不觉乖于本觉，真妄相违，故开为两重，今以悟即冥符，冥符相顺，无别始悟，故合之为一。又若据逆顺之次，此一合翻前十，今以顿悟门中，理须直认本体，翻前本迷，故对前一二。上云参差，即是此也。二中由怖生死之苦，发三心自度度他，故对前十六道生死。三修五行，翻前第九造业。四三心开发，翻前第八三毒。悲心翻瞋，智心翻痴，愿心翻贪。五证我空，翻前第七我执。六证法空，翻前第六法执。七色自在，翻前第五境界。八心自在，翻前第四能见。九离念，翻前第三念起。故十成佛，佛无别体，但是始觉，翻前第二不觉。合前第一本觉，始本不二，唯是真如显现，名为法身大觉，故与初悟无二体也。顺逆之次参差，正由此矣。一即因该果海，十即果彻因源。《涅槃》经云："发心毕竟二不别。"《华严经》云："初发心时，得阿耨菩提。"正是此意。然虽顺逆相对，前后相照，法义昭彰，犹恐文不顿书，意不并显，首尾相隔，不得齐睹。今更画之为图，令凡圣本末，大藏经宗，一时现于心镜。此图头在中心，云众生心三字是也。从此三字读之，分向两畔，朱画表净妙之法，墨画表垢染之法，一一寻血脉详之。朱为此○号，记净法十重之次；墨为此号，记染法十重之次。此号是本论之文，此点是义说论文尔。

　　迷有十重　　此是迷真逐妄，从微的顺次生起，展转至粗之相。

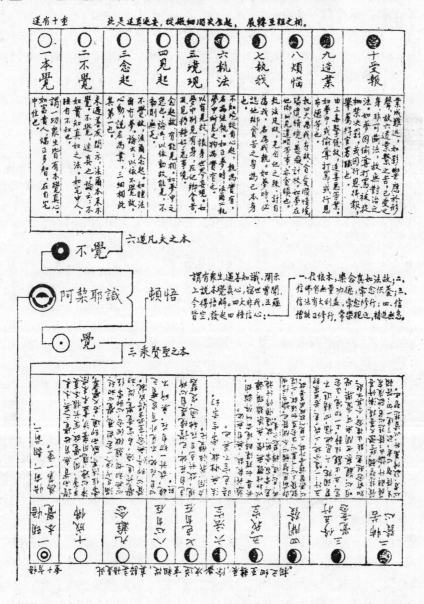

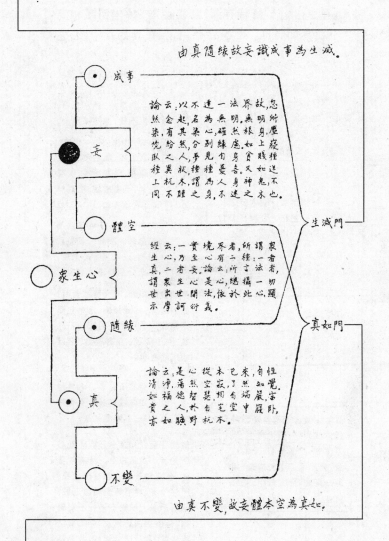

由真隨緣，故妄識成事為生滅。

論云：然全染之人，有起有紛，分然別見種種，謂之為身，不睹其狀不同。以不達一法界故。忽然所起種種，明然明然根身如覺，又神之迷也。

眾生者，所謂一切頭，一種是心，總攝於此一心。境界者，論是法，依於此心，依生心開衍義。

經云：一真心者，乃至妄心出世摩訶二者，謂眾生世示。

論云：清淨如寶亦如賢，是福德智人對瞭不。從空寂是自心於校不。本已來，了然相有端空中展，自如覺覺寶卧，恒然自如嚴心展。

由真不變，故妄體本空為真如。

此上是標位，標此圖中之位也。云衆生心者，是在繣佛性本論及經皆目爲如來藏。及義門，真妄下各二義，是真如門及棃耶識根本義理。兩畔是所標心中性、真如。相、棃耶。染，不覺位中諸法。淨，覺中諸法。法、體也。迷時無漏，淨妙德用，但隱而不滅，故真如本覺，在有漏識中。一切衆生，皆有佛性，是此義也。悟時有漏，染相必無，故無明識相妄念業果等，不在真如門也。唯淨妙德用，獨在真如心中，名之爲佛也。

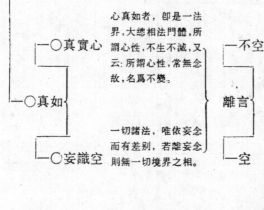

心真如者，即是一法界，大總相法門體，所謂心性，不生不滅，又云：所謂心性，常無念故，名爲不變。

一切諸法，唯依妄念而有差別，若離妄念則無一切境界之相。

以有自體，具足無漏性功德故。又云：已顯法體空無妄故，即是真心，常恆不變，淨法滿足。

是故一切法，從本以來，離言説相，離名字相，離心緣相，畢竟平等，無有變異，不可破壞，唯是一心，故名真如。

從本以來，一切染法不相應故，謂離一切差別之相，以無虛妄心念故，妄念分別皆不相應也。

真如自體相者，有大智慧光明，徧照法界，真實知識，常樂我淨等義故，具足如是過恆沙不思議，佛法滿足，無有所少，名爲如來法身也。

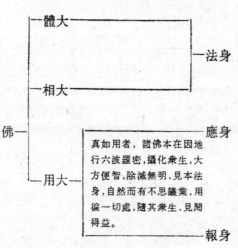

真如用者，諸佛本在因地行六波羅密，攝化衆生，大方便智，除滅無明，見本法身，自然而有不思議業，用徧一切處，隨其衆生，見聞得益。

依凡夫二乘心所見者，名爲應身。以不知轉識現故，見從外來取色分齊，不能盡知故。

依諸菩薩從初發意乃至十地心所見者，名爲報身。身有無量色，色有無量相，相有無量好。所住依界，亦有無量種種莊嚴，隨所示現，即無有邊，不可窮盡，皆由無漏行熏及本覺，熏之所成就，具足無量樂相，故名爲報也。

　　详究前述，谛观此图，对勘自他，及想贤圣，为同为异，为真为妄？我在何门，佛在何位？为当别体，为复同源？即自然不执著于凡夫，不僭滥于圣位，不耽滞于爱见，不推让于佛心也。然初十重，是一藏经所治法身中，第一重。烦恼之病，生起元由，次三重。渐渐加增，我法二执。乃至粗重，三毒造业。慧灭受报。之状。后十重，是法身信方服药，前三重汗出。汗出病差，菩提心开发。将理方法，六波罗密。渐渐减退，从六至九。乃至平复成佛。之状。如有一人，在缠法身。诸根具足，恒沙功德。强壮常住不变，妄不能染。多艺，恒沙妙用。忽然得病，无始无明。渐渐加增，其次七重。乃至气绝，第十重。唯心头暖，赖耶识中无漏智种。忽遇良医，大善知识。知其命在，见凡天人，即心是佛。强灌神药，初闻不信，频就不舍。忽然苏醒。悟解。初未能言，初悟之人，未能说法，答他问难，皆悉未得。乃至渐语，能说法也。渐能行履，十地十波罗密。直至平复，成佛。所解伎艺无所不为，神通光明，一切种智。以法一一对合，何有疑而不除也。即知一切众生不能神变作用者，但以业识惑病所拘，非己法身不具妙德。今愚者难云：汝既顿悟即佛，何不放光者？何殊令病未平复之人，便作身上本艺？然世医处方，必先候脉，若不对病状轻重，何辨方书是非？若不约痊愈浅深，何论将理法则？法医亦尔。故今具述迷悟各十重之本末，将前经论，统三种之浅深相对照之，如指其掌，劝诸学者，善自安心。行即任随寄一门，解即须通达无碍。又，不得虑其偏局，便漭荡无所指归，须洞鉴源流，令分菽麦，必使同中见异，异处而同。镜像千差，莫执好丑，镜明一相，莫忌青黄。千器一金，虽无阻隔；一珠千影，元不混和。建志运心，等虚等界；防非察念，在毫里间。见色闻声，自思如影响否；动身举意，自料为佛法否。美膳粝餐，自想无嫌爱否；炎凉冻暖，自看免避就否。乃至利衰毁誉称讥苦乐，一一审自反照，实得情意一种否。必若自料未得如此，即色未似影，声未似响也。设实顿悟，终须渐修，莫如贫穷人，终日数他宝，自无半钱分。六祖大师云："佛说一切法，为度一切心，我无一切心，何须一切法。"今时人但将此语轻于听学，都不自观实无心否。若无心者，八风不能动也。设习气未尽，瞋念任运起时，无打骂仇他心；贪念任运起时，无营求令得心；见他荣盛时，无嫉妒求胜心。一切时中，于自己无忧饥冻心，无恐人轻贱心。乃至种种此等，亦得名为无一切心也，此名修道。若得对违顺等境，都无贪瞋爱恶，此名得道。各各反照，有病即治，无病勿药。问：贪瞋等即空，便名无一切心，何必对治？答：若尔，汝今勿遭重病痛苦，痛苦即空，便名无病，何必药治？须知贪瞋空而能发业，业亦空而能招苦，苦亦空只麼难忍，故前图中云，体空成事。如机木上鬼全空，只麼惊人得奔走倒地，头破额裂？若以业即空，空中麼造业，即须知地狱烧煮痛楚亦空，空中麼楚痛。若云亦任楚痛者，即现今设有人以火烧刀斫，汝何得不任？今观学道者，闻一句违情语，犹不能任，岂肯任烧斫乎！如此者，十中有九也。

　　问：上来所叙三种教，三宗禅，十所以，十别异，轮回及修证，又各十重，理无不穷，事无不备，研寻玩味，足可修心，何必更读藏经，及集诸禅偈，数过百卷？答：众生惑病，各各不同，数等尘沙，何唯八万？诸圣方便有无量门，一心性相有无量义，上来所述，但是提纲，虽统之不出所陈，而用之千变万势。况先哲后俊各有所长，古圣今贤各有所利。故集诸家之善，记其宗徒，有不安者，亦不改易。但遗阙意义者注而圆之，文字繁重者注而辨之，仍于每一家之首，注评大意。提纲意在张网，不可去网存纲；《华严》云：张大教纲，漉人天鱼，置涅槃岸。举领意在著衣，不可弃衣取领。若但集而不叙，如无纲之网；若但叙而不集，如无网之纲。思而悉之，不烦设难。然克己独善之辈，不必遍寻，若欲为人之师，直须备通本末。好学之士，披阅之时，必须一一详之，是何宗何教之义，用之不错，皆成妙药，用之差互，皆成反恶。然结集次第，不易排伦，据入道方便，即合先开本心，次通理事，次赞法胜妙，呵世过患，次劝诫修习，后示以对治方便，渐次门户。今欲依此编之，乃觉师资昭穆颠倒㉔，交不稳便。且如六代之后，多述一真，达摩大师，却教四行，不可孙为部首，祖为末篇。数日之中，思惟此事，欲将达摩宗枝之外为首，又以彼诸家所教之禅，所述之理，非代代可师通方之常道。或因以彼修炼功至证得，即以之示人；求那慧稠卧轮之类。或因听读圣教生解，即以之摄众；慧闻禅师之类。或降其迹而适性，一时间警策群迷；志公傅大士王梵志之类。或高其节而守法，一国中轨范僧侣。庐山远公之类。其所制作，或咏歌至道，或嗟叹迷凡，或但释义，或唯励行，或笼罗诸教，竟不指南，或偏赞一门，事不通众。虽皆禅门影响，佛法笙簧，若始终依之为释迦法，即未可也。天台言教广本，虽备有始终，又不在此集之内。以心传嗣，唯达摩宗。心是法源，何法不备？所修禅行，似局一门，所传心宗，实通三学。况覆寻其始，始者迦叶阿难。亲禀释迦，代代相承，一一面授，三十七世，有云西国已有二十八祖者，下祖传序中，即具分析。至于吾师。缅思何幸，得为释迦三十八代嫡孙也。故今所集之次者，先录达摩一宗，次编诸家杂述，后写印一宗圣教。圣教居后者，如世上官司文案，曹判为先，尊官判后也。唯写文克的

辅教编卷上①

宋藤州镡津东山沙门释契嵩撰

原　教

　　万物有性情，古今有死生。然而死生性情未始不相因而有之，死固因於生，生固因於情，情固因於性。使万物而浮沉於生死者，情为其累也。有圣人者大观，乃推其因於生之前，示其所以来也；指其成於死之后，教其所以修也。故以其道导天下，排情伪于方今，资必成乎将来。

　　夫生也，既有前后而以今相与，不亦为三世乎！以将来之善成，由今之所以修，则方今穷通，由其已往之所习，断可见矣。情也者，发於性，皆情也。苟情习有善恶，方其化也，则冥然与其类相感而成。其所成情习，有薄者焉，有笃者焉。机器有大者焉②，有小者焉。圣人宜之，故陈其法为五乘者，为三藏者。别乎五乘又岐出。其繁然，殆不可胜数。上极成其圣道，下极世俗之为农者、商者、牧者、医者。百工之鄙事，皆示其所以然。然与五乘者，皆统之於三藏。

　　举其大者，则五乘首之。其一曰人乘，次二曰天乘，次三曰声闻乘，次四曰缘觉乘，次五曰菩萨乘。后之三乘云者，盖导其徒超然之出世者也。

　　使其大洁情汙直趣乎真际，神而通之，世不可得而窥之。前之二乘云者，以世情胶甚，而其欲不可辄去，就其情而制之，曰人乘者，五戒之谓也。一曰不杀，谓当爱生，不可以已辄暴一物，不止不食其肉也。二曰不盗，谓不义不取，不止不攘他物也。三曰不邪淫，，谓不乱非其匹偶也。四曰不妄语，谓不以言欺人。五曰不饮酒，谓不以醉乱其修心。曰天乘者，广於五戒，谓之十善也。一曰不杀，二曰不盗，三曰不邪淫，四曰不妄语。是四者，其义与五戒同也。五曰不绮语，谓不为饰非言。六曰不两舌，谓语人不背面。七曰不恶口，谓不骂，亦曰不道不义。八曰不嫉，谓无所妒忌。九曰不恚，谓不以忿恨宿於心。十曰不痴，谓不昧善恶。然谓兼修其十者，报之所以生天也。修前五者，资之所以为人也。脱天下皆以此各修，假令非生天，而人人足成善。人人皆善而世不治，未之有也。

　　昔宋文帝谓其臣何尚之曰③："适见颜延之、宗炳著论发明佛法④，甚为名理，并是开奖人意。若使率土之滨皆感此化，朕则垂拱坐致太平矣，夫复何事！"尚之因进曰："夫百家之乡，十人持五戒，即十人淳谨；千室之邑，百人修十善，则百人和睦。持此风教以周寰区，编户亿千则仁人百万。夫能行一善则去一恶，去一恶则息一刑。一刑息於家，万刑息於国，则陛下之言坐致太平是也。"斯言得之矣。

　　以儒校之，则与其所谓五常仁义者，异号而一体耳。夫仁义者，先王一世之治迹也。以迹议之，而未始不异也；以理推之，而未始不同也。迹出於理，而理祖乎迹。迹末也，理本也，君子求本而措末可也。

　　语曰："视其所以，观其所由，察其所安，人焉廋哉，人焉廋哉！"孟子曰："不揣其本而齐其末，方寸之木可使高于岑楼。"谓事必揣量其本，而齐等其末，而后语之。苟以其一世之迹而曰："而何甚不猷耶！子辈杂然，盈乎天下，不籍四民⑮，徒张其布施报应以衣服于人，不为困天下亦已幸矣，又何能补治其世，而致福于君亲乎？"曰："固哉！居，吾语汝。汝亦知先王之门，论德义而不计工力耶！夫先王之制民也，恐世敝民混而易乱，遂为之防，故四其民，使各属其属。岂谓禁民不得以利，而与人为惠。若今佛者，默则诚，语则善，所至则以其道劝人，舍恶而趋善，其一衣食，待人之余，非黩也⑯。苟不能然，自其人之罪，岂佛之法谬乎！孟子曰："于此有人焉，入则孝，出则悌，守先王之道以待后之学者，而不得食于子。子何尊梓匠轮舆⑰，而轻为仁义者哉！"儒岂不然耶？

尧舜已前，其民未四，当此，其人岂尽农且工？未闻其食用之不足。周平之世，井田之制尚举，而民已匮且敝。及秦废王制，而天下益扰。当是时也，佛老皆未之作，岂亦二教加于四民而为厉然耶？

人生天地中，其食用恐素有分，子亦为世之忧太过，为人之计太约。报应者，儒言休证咎证，积善有庆，积恶有殃，亦已明矣。若布施之云者，佛以其人欲有所施惠，必出于善心，心之果善，方乎休证，则可不应之，孰为虚张耶？夫舍惠，诚人情之难能也，斯苟能其难能，其为善也不亦至乎。语曰：如有博施于民而能济众，何如，可谓仁乎？子曰："何事于仁，必也圣乎！尧舜其犹病诸。盖言圣人难之，亦恐其未能为也。佛必以是而劝之者，意亦释人贪悭而廓其善心耳。世宜视其与人为施者，公私如何哉！不当傲其所以为施也。礼：将有事于天地鬼神，虽一日祭，必数日斋。盖欲人诚其心而洁其身也，所以祈必有福于世。今佛者，其为心则长诚，斋戒则终身，比其修斋戒之数日，福亦至矣，岂尽无所资乎？"

曰："男有室，女有家，全其发肤以奉父母之遗体，人伦之道也。而子辈反此，自为其修，超然欲高天下。然修之又几何哉？混然何足辨之。"曰："为佛者，斋戒修心，养利不取，虽名亦忘至之，遂通於神明。其为德也，抑亦至矣。推其道于人，则无物不欲善之。其为道也，抑亦大矣。以道报恩，何恩不报；以德嗣德，何德不嗣。已虽不娶，而以其德资父母。形虽外毁，而以其道济乎亲。泰伯岂不亏形耶？而圣人德之。伯夷、叔齐岂不不娶，长住于山林乎？而圣人贤之。孟子则推之曰："伯夷，圣之清者也。"不闻以亏形不娶而少之，子独过吾徒耶！夫世之不轨道久矣，虽贤父兄如尧舜、周公，尚不能必制其子弟。今去佛世逾远，教亦将季，乌得无邪人寄我以偷安耶？虽法将如之何？大林中固有不材之木，大亩中固有不实之苗，直之可也，不可以人废道。"

曰："而言而之教，若详可尚也。然则三教之说，皆张于方今，较之孰为优乎？"曰："叟愚也。若三者，皆圣人之教小子，何敢辄议。然佛，吾道也，儒亦窃尝闻之。若老氏，则未颇存意。不已而言之，三教也，亦犹同水以涉，而厉揭有深浅⑱。儒者，圣人之治世者也。佛者，圣人之治出世者也。

劝书第一并叙

余五书出未逾月，客有踵门而谓⑲曰："仆粗闻大道，适视若《广原教》，可谓涉道之深矣。《劝书》者，盖其警世之渐也。大凡学者，必先浅而后深，欲其不烦而易就也。若今先《广教》而后《劝书》，仆不识其何谓也？"曰："此吾无他义例，第以兹《原教》、《广原教》相因而作，故以其相次而列之耳。"

客曰："仆固欲公擢《劝书》于前，而排《广教》于后，使夫观之者先后有序，沿浅而及奥，不亦善乎。"余然之矣。而客又请之曰："若五书虽各有其目也，未若统而名之，俾其流百世而不相离，不亦益善乎。”余从而谢其客曰：“今夫搢绅先生斁吾道者，殷矣⑳。而子独好以助之，子可谓笃道，而公于为善矣。即为其命工，移易乎二说增为三帙，总五书而名之曰《辅教编》，潜子为《劝书》，或曰：“何以劝乎？”曰：“劝夫君子者自信其心，然后事其名为然也。古之圣人有曰：“佛者，先得乎人心之至正者。”乃欲推此与天下同之，而天下学者反不能自信其心之然，遂毅然相与排佛之说，以务其名，吾尝为其悲之。

夫人生，名孰诚于心。今忽其诚说，而徇乎区区之名，惑亦甚矣。夫心也者，圣人道义之本也；名也者，圣人劝善之权也。务其权而其本不审，其为善果善乎，其为道义果义乎？今学者以适义为理，以行义为道，此但外事中节之道理也，未预乎圣人之大道也，大理也。

夫大理也者，固常道之主也。凡物不自其主而为，为之果当乎。汉人有号牟子者㉑，尝著书以论佛道曰，道之为物也，居家可以事亲，宰国可以治民，独立可以治身，履而行之，则充乎天地。此盖言乎世道者，资佛道而为其根本者也。

夫君子治世之书，颇尝知其心之然乎，知之而苟排之，是乃自欺其心也。然此不直人心之然也。天地之心亦然，鬼神异类之心皆然，而天地鬼神益不可以此而欺之也。然此虽騃见百家之书，而百家者未始尽之。佛乃穷深极微以究乎死生之变，以通乎神明之往来，乃至于大妙。故世俗以其法事于天地，而天地应之以其书。要于鬼神，而鬼神顺之，至乎四海之人，以其说而舍恶从善者，不待爵赏之劝，斐然趋以自化。此无他也，盖推其大诚与天地万物同，而天人鬼神自然相感而然也。”

曰：“此吾知之矣，姑从吾名教乃尔也。”曰：“夫欲其名劝之，但诚于为善则为圣人之徒，固已至矣，何必资斥佛乃贤耶。

今有人日为善物于此，为之既专，及寝则梦其所为，宛然当尔。则其人以名梦乎，以魂梦耶，是必以魂而梦之也。如此则善恶常与心相亲，奈何徒以名夸世俗，而不顾其心魄乎。

君子自重轻，果如何哉？昔韩子以佛法独盛㉒，而恶时俗奉之不以其方，虽以书抑之，至其道本，而韩亦颇推之。故其《送高闲序》曰：“今闲师浮图氏，一死生，解外缪，是其心必泊然无于所起，其于世必澹然无于所嗜。”称乎大颠则曰：“颇聪明识道理”，又曰：“实能外形骸，以理自胜，不为事物扰乱。”韩氏之心，于佛亦有所善乎，而大颠禅书亦谓韩子尝相问其法，此必然也。逮其为《绛州刺史马府君行状》，乃曰：“司徒公之薨也，刺臂出血，书佛经千余言，期以报德。”又曰：“其居丧，有过人行。”又曰：“掇其大者为行状，托立言之君子而图其不朽焉。”是岂尽非乎为佛之事者耶！

韩子，贤人也，临事制变当自有权道。方其让老氏㉓，则曰：“其见小也，坐井观天，曰天小者，非天罪也。”又曰：“圣人无常师，苌弘、师襄、老聃、郯子之徒，其贤不及孔子，孔子三人行则必有我师，”是亦谓孔子而师老聃也。与夫《曾子问》㉔、司马迁所谓孔子问礼于老聃类也。然老子固薄礼者也，岂专言礼乎，是亦在其道也。验太史公之书，则孔子闻道于老子，详矣。

昔孟子故摈夫为杨墨者，而韩子则与墨曰，孔子必用墨子，墨子必用孔子，不相用不足为孔墨。儒者不尚说乎死生鬼神之事，而韩子《原鬼》称乎罗池柳子厚之神奇而不疑㉕，韩子何尝胶于一端而不自通耶？韩谓圣贤也，岂其是非不定而言之反复。盖鉴在其心，抑之扬之或时而然也，后世当求之韩心，不必随其语也。”

曰：“吾于吾儒之书见其心亦久矣，及见李氏复性之说㉖，益自发明，无取于佛也。”曰：“止渴不必东井而饮，充饥不必择庖而食。得子审其心，为善不乱可也，岂抑人必从于我，不然也。他书虽见乎性命之说，大较恐亦有所未尽者也。吾视本朝所撰《高僧传》，谓李习之尝闻法于道人惟俨㉗，及取李之书详之，其微旨诚若得于佛经，但其文字与援引为异耳。然佛亦稍资诸君之何人无心，何心无妙，何教无道，何道无中。概言乎中，则天下不趋其至道。混言其妙，则天下不求其至心。不尽乎至心至道，则伪者、狂者、矜者、慢者由此而不修也。生者、死者因循变化，由此而不警也妙有。妙有大妙，中有事中，有理中。夫事中也者，万事之制中者也。理中也者，性理之至正者也。夫妙也者，妙之者也。大妙也者，妙之又妙者也。妙者，百家者皆言而未始，及未大妙也。大妙者，唯吾圣人推之，极乎众妙者也。夫事中者，百家者皆然，吾亦然矣。理中者，百家者虽预中而未始至中，唯吾圣人正其中，以验其无不中也。曰心，曰道，名焉耳。曰中，曰妙，语焉耳。名与言虽异，而至灵一也。一即万，万即一，一复一，万复万，转之展之，交相融摄而浩然不穷。大妙重玄其如此也矣夫，故其掷大千于方外，纳须弥于芥子⑨，而至人不疑，曰妙而已矣，曰中而已矣，又何以加焉。曰海固深矣，而九渊深于海，夷溪之子岂谅于戏。

教不可泥，道不可罔。泥教淫迹，罔道弃本。泥也者，过也，罔也者，不及也。过与不，及其为患，一也。圣人所以为理必诚，为事必权，而事与理皆以大中得也。夫事有宜，理有至。从其宜而宜之，所以为圣人之教也；即其至而至之，所以为圣人之道也。梁齐二帝（梁武、齐文宣也）反其宜而事教，不亦泥乎；魏周二君（魏武、周武）泯其至而预道，不亦罔乎⑩。夫圣人之教，善而已矣。夫圣人之道，正而已矣。其人正人之，其事善事之。不必僧，不必儒，不必彼，不必此。彼此者，情也。僧儒者，迹也。圣人垂迹，所以存本也。圣人行情，所以顺性也。存本而不滞迹，可以语夫权也。顺性而不溺情，可以语夫实也。昔者石虎以柄国杀罚，自疑其事佛无祐，而佛图澄乃谓石虎曰："王者当心体大顺，动合三宝，如其凶愚，不为教化所迁，安得不诛。但刑其可刑，罚其可罚者。脱形罚不中，虽倾财奉佛，何以益乎？"昔宋文帝谓求那跋摩曰："孤愧身徇国事，虽欲斋戒不杀，安得如法也？"跋摩曰："帝王与匹夫所修当异。帝王者，但正其出言发令，使乎人神悦和。人神悦和则风雨顺，风雨顺则万物遂。其所生也。以此持斋，斋亦至矣。以此不杀，德亦大矣。何必辍半日之餐，全一禽之命，为之修乎？"帝抚凡称之曰："俗述远理，僧滞近教。若公之言，真所谓天下之达道，可以论夫天人之际矣。"图澄、跋摩，古之至人也，可谓知权乎。

圣人以五戒之导世俗也，教人修人以种人⑪。修之则在其身，种之则在其神，一为而两得，故感人心而天下化之。与人顺理之，谓善，从善无迹之谓化。善之故人慕而自劝，化之故在人而不显。故天下不可得以校其功，天下不可得以议其德。然天下鲜恶，孰知非因是而损之。天下多善，孰知非因是而益之。有谓佛无所助夫王者之治天下者，此不睹乎理者也。

善不修则人道绝矣，性不明则神道灭矣。天地之生生者，神也。万物之灵族者，人也。其神暗生生者，所以异也。其人失灵族者，所以衰也。圣人重人道，所以推善而益之也。圣人重神道，所以推性而嗣之也。人者、天者、圣人者，孰不自性而出也。圣人者、天者、人者，孰不自善而成也。所出者固其本也，所成者固其致也。众成之大成也，万本之大本者也。圣人以性嗣，盖与天下厚其大本也。圣人以善益，盖与天下务其大成也。父母之本者，次本也。父母之成者，次成也。次本次成，能形人而不能使其必人也。必人必神，必先其大本大成也，而然后及其次本次成，是谓知本也。夫天下以父子夫妇为人道者，是见人道之缘而不见其因也。缘者近也，因者远也。夫天下知以变化自然为乎神道者，是见其然而不见其所以然也。然者显也，所以然者幽也。是故，圣人推其所以然者，以尽神道之幽明也。推其远而略其近者，以验人道之因果也。圣人其与天下之终始乎。圣人不自续其族，举人族而续之，其为族不为大族乎哉！圣人不自嗣，其嗣举性本而与天下嗣之，其为嗣不亦大嗣乎哉！

教谓布施，何谓也？布施，吾《原教》虽论而未尽，此尽之也。布施也者，圣人之欲人为福